湖南科技大学学术著作出版基金资助

英美中狄更斯学术史研究

第 **3** 卷

赵炎秋　主编

中国狄更斯学术史研究

｜赵炎秋｜著｜

中国社会科学出版社

图书在版编目(CIP)数据

中国狄更斯学术史研究/赵炎秋著. —北京：中国社会科学出版社，
2016.12

(英美中狄更斯学术史研究)

ISBN 978-7-5161-8467-7

Ⅰ.①中… Ⅱ.①赵… Ⅲ.①狄更斯,C.(1812-1870)—文学研究
Ⅳ.①I561.064

中国版本图书馆 CIP 数据核字(2016)第 146150 号

出 版 人	赵剑英
责任编辑	郭晓鸿
特约编辑	席建海
责任校对	董晓月
责任印制	戴 宽

出 版	中国社会科学出版社
社 址	北京鼓楼西大街甲 158 号
邮 编	100720
网 址	http://www.csspw.cn
发 行 部	010-84083685
门 市 部	010-84029450
经 销	新华书店及其他书店

印 刷	北京君升印刷有限公司
装 订	廊坊市广阳区广增装订厂
版 次	2016 年 12 月第 1 版
印 次	2016 年 12 月第 1 次印刷

开 本	710×1000 1/16
印 张	22.5
插 页	2
字 数	335 千字
定 价	82.00 元

总　序

一

从创作的角度看，狄更斯是一个幸运儿。他不像有的作家，一生默默无闻，直到死后才声名卓著；不像有的作家，虽然生前就得到社会的公认，但在成名前，不知经历了多少痛苦、绝望和挣扎；也不像有的作家，出了一部或几部轰动一时的作品之后，创作便一蟹不如一蟹，声名日衰地了其余生。他的第一部长篇小说便轰动了英国文坛，杰作一部连着一部。直到逝世，案头上还摆着一部正在赶写的小说。

1870 年去世之后，狄更斯的家人准备把他葬在罗彻斯特，但举国上下都要求将他的遗体葬在英国专葬伟人的威斯敏斯特教堂。在那里，他与乔叟、莎士比亚、斯宾塞、德莱顿、弥尔顿等伟人为伴。

狄更斯生前，围绕他的创作，批评界有过一些争议。逝世之后，其声名也经过了几次沉浮。然而，"尔曹身与名俱灭，不废江河万古流"，他成功地经受了时间的检验——这对作家们来说是最为严峻的。1902 年，英国的狄更斯爱好者成立了狄更斯协会（Dickens Fellowship）。1905 年，协会创办了专门研究狄更斯的杂志——《狄更斯研究者》（*The Dickensian*），后又将狄更斯在伦敦道提街（Doughty Street）上住过的房子，辟为狄更斯博物馆。在英国作家中，能够享受如此殊荣的，并不很多。1985 年，欧洲《泰晤士报》《时代》《新闻报》等五家报刊通过公民投票，评选出欧洲十大作家，狄更斯就名列其中。1980 年 6 月，英国皇家莎士比亚戏剧公司上演根据狄更斯小说《尼古拉斯·尼克尔贝》改编的同名话剧，获得空前成功。老作家宗璞曾回忆，一位英国友人曾向她抱怨中国人仍用狄更斯的眼光观察英国，说现在的英国已不是狄更斯笔下的英国了，英国文学应该有另外一个代表人物来代替狄更斯。但他想了半天，还是没有想出来。① 这说明了狄更斯在英国文学中无可替代的地位。

二

关于狄更斯的创作成就，国内外研究者进行了多方面的研究。笔者也曾在拙著《狄更斯长篇小说研究》中作了一个比较系统的分析。笔者认为，从内容看，对资本主义社会的批判，对道德的弘扬和对人性的探索，这三者构成了狄更斯小说思想内容的三个基本侧面，形成了其小说思想内容的主体，但是这三个方面不是互相孤立、互相绝缘的，而是既各自独立，又互相联系、配合，共同形成一部复杂而又和谐的三重奏。而贯穿着三重奏的一个主旋律，则是他的人道主义思想。从人物看，人物在狄更斯长篇小说中占据着重要的位置，它是整个小说的中心，小说的整个系统基本上是围绕这个中心构建的。狄更斯喜欢就某一类人物进行反复描写，由此在其小说中形成了不同的人物系列。狄更斯笔下的人物具有性格的单层次、本质的确定化、形象的基调化、形象的明晰性和深厚的人性内涵等特点。从艺术看，狄更斯的小说形成了自己独有的特点，狄更斯的创作方法是感受型的现实主义，人物塑造的基本原则是二元对立，长篇小说的结构特点是多元整一，狄更斯的小说充满了幽默，他用外化的方法揭示人物的内心世界，在叙事方法上，他也进行了多种新的尝试，如将第一人称和第三人称在同一部小说中结合起来进行运用，等等。

但是，我们还应注意狄更斯在小说发展史特别是英国小说发展史上的作用和地位。正是狄更斯，使小说成为真正大众化的艺术形式。18 世纪中叶，约翰逊博士的《致切斯特菲尔德伯爵的信》，宣告了文人依靠恩主的时代的结束，文学开始走向普通群众。但是在书籍的价钱与公众的收入之

---

① 参看宗璞《独创性作家的魅力》，《外国文学评论》1990 年第 1 期。

间始终存在着一定的距离，阻碍了文学作品的完全大众化。朱虹写道：
"18 世纪以来，小说传统的出版形式是三卷本，定价一个半吉尼，属奢侈
品。19 世纪初，租赁小说的图书馆在城市广泛设立，对普及小说起了重要
作用。当时最大的一家穆迪图书馆以'一个吉尼、一本书、一年为期'的
口号招揽了许多主顾。而对于作家来说，被穆迪选中，意味着可以得到最
广大的读者，用一位通俗小说作者奥利奋特的话说，'无异于得到上帝的
承认'。"① 租赁图书馆垄断了大部分文学书刊市场，广大读者花钱租书阅
读。与 18 世纪相比，这种方式虽然普及了小说，但同时又阻碍了小说的进
一步普及与发展。而狄更斯则创造性地运用并发展了久被废置的分期连载
的形式，把一本书的价值化整为零，使广大低收入阶层的读者能够在自己
经济条件许可的范围内读到那个时代最优秀的作品，使小说真正走进千家
万户。

　　法国传记作家莫洛亚则从另一个方面指出了狄更斯在小说发展史上的
意义。莫洛亚认为，"理查森对心理描写作出了贡献，菲尔丁对叙述故事
作出了贡献。在菲尔丁之前，在英国，从来没有一个当代的故事用间接的
形式讲清楚过。菲尔丁成为材料的主人，创立了一种非常自由、十分简单
的小说形式。此后，英国人一直忠实于这种形式。沃尔特·司各特用历史
小说、哥德史密斯和斯特恩用幽默小说和感伤小说稍拓宽了这条英国小说
的康庄大道。就在这个时候走来了狄更斯，他面对的是孩提时代的小说，
要求不高的读者，广阔无边的未被描写的素材"②。狄更斯以菲尔丁的传统
为主，融合理查生、歌德、史密斯、斯特恩等人的长处，通过自己的创作
将英国小说特别是长篇小说提高到成熟的高度，并为它的继续发展打下坚
实的基础。在英国小说乃至世界小说发展史上，他的地位是无法撼动的。

三

　　中国读者接触狄更斯，始于 20 世纪初。1907—1909 年，当时的商务
印书馆连续出版了著名翻译家林纾和他的合作者魏易合译的五部狄更斯长

---

① 参见朱虹《市场上的作家——另一个狄更斯》，《外国文学评论》1989 年第 4 期。
② ［法］安德烈·莫洛亚：《狄更斯评传》，朱延生译，山西人民出版社 1984 年版，第 93 页。

篇小说《滑稽外史》（1907年，现译《尼古拉斯·尼克尔贝》）、《孝女耐儿传》（1907年，现译《老古玩店》）、《块肉余生述》（1908年，现译《大卫·科波菲尔》）、《贼史》（1908年，现译《奥立弗·退斯特》或《雾都孤儿》）、《冰雪因缘》（1909年，现译《董贝父子》），并作了一定的评论。这可以看作我国狄更斯研究的滥觞。从那时开始到现在，中国狄更斯学术史可以分为晚清与民国、新中国成立到20世纪70年代、20世纪80年代以后三个时期。后一个时期又可以分为20世纪八九十年代和21世纪初两个阶段。一百多年的中国狄更斯研究，成果不菲。迄今为止，狄更斯所有的作品，基本上都有了中译本，有的重要作品如《双城记》，中译本竟达23种之多，如果加上改写本、英汉对照本以及同一译者翻译不同出版社出版的译本，数量则更多。研究方面，据不完全统计，研究论文（包括硕士、博士论文）已达2000多篇，研究专著、学术性译著40多部。

应该说，这样的研究成果还是比较可观的。然而这些研究也存在一些不足。不足之一便是对狄更斯学术史的研究不够。诚如陈众议所说："不具备一定的学术史视野，哪怕是潜在的学术史视野，任何经典作家作品研究几乎都是不能想象的。"① 对相关研究成果的详尽把握，是成功的学术研究的前提。因为它不仅可以使研究者知道国内外研究现状，避免与已有研究成果的重复，得到研究的启示和相关的资料，而且，"站在世纪的高度和民族立场上重新审视外国文学，梳理其经典，展开研究之研究，将不仅有助于我们把握世界文明的律动和了解不同民族的个性，而且有利于深化中外文化交流，从而为我们借鉴和吸收优秀文明成果、为中国文学及文化的发展提供有益的'他山之石'"②。对于狄更斯这样的经典作家，就更是如此。光是中国的狄更斯研究成果，就已汗牛充栋，如果再加上西方的相关成果，就更是浩如烟海。这就迫切需要有狄更斯学术史研究方面的著作为狄更斯研究者和读者提供狄更斯研究方面的主要成果、提供相关的研究资料和研究线索。《英美中狄更斯学术史研究》丛书的写作正是这方面的

---

① 陈众议：《外国文学学术史研究·总序》，赵炎秋等《狄更斯学术史研究》，译林出版社2014年版，第2页。

② 同上书，第4—5页。

一个初步尝试。

四

《英美中狄更斯学术史研究》丛书第一次对英美中狄更斯学术史进行系统研究，不仅为中国的狄更斯研究提供了坚实的基础和有益的借鉴，也为国外的狄更斯研究者提供了一个有益的参照系。丛书共分三卷。第一卷："近现代英美狄更斯学术史研究"（1836—1939 年），由刘白撰写，主要研究第二次世界大战前英美狄更斯学术史，有四章正文和附录；第二卷："当代英美狄更斯学术史研究"（1940—2015 年），由蔡熙撰写，主要研究第二次世界大战后包括第二次世界大战的英美狄更斯学术史，有四章正文和附录；第三卷："中国狄更斯学术史研究"，由赵炎秋撰写，主要研究中国一百余年的狄更斯学术史，有五章正文和附录，此外，每卷都附有赵炎秋写的序和本卷作者写的后记。

狄更斯是英国作家，对他的研究最为深入广泛的应该是英国。但同时，狄更斯又是英语作家，作为最大的英语国家，美国以其雄厚的经济、文化与学术实力，在狄更斯研究中后来居上，逐渐取得了与英国并驾齐驱的地位。英美两国的狄更斯研究，代表了世界狄更斯研究的最高水平。另外，作为中国学者，我们研究狄更斯的最终目的，还是与世界各国进行文化交流，了解狄更斯生活的时代与国度，发展我们自己的文学与文化。因此，中国的立场与方法不可或缺，中国的狄更斯研究必须纳入视野。这也是我们选择英、美、中三国的狄更斯学术史作为我们这套丛书研究对象的主要原因。我们相信，我们的选择是正确的，也是有价值的。

丛书的写作缘起于中国社会科学院外国文学研究所于 2004 年启动的"外国文学学术史研究工程"。2008 年，他们开始工程的第二期时，将"狄更斯学术史研究"列入子课题。我与当时在湖南师范大学文学院攻读比较文学专业博士学位的蔡熙和刘白共同承担了这个课题。在研究过程中，我们又申报了教育部一般课题"英美中狄更斯学术史研究"，并获得批准，这给我们的研究增添了新的动力。经过近四年的研究，课题在 2012 年完成。研究的截止时间原定为 2010 年，但研究完成后，因为各种原因，丛书一直未能出版，我们的修改也一直没有停止。特别是蔡熙，就在 2016 年，他还花了几个月时间阅读了大量新的资料，对其撰写的第二卷作了大量补充。因此，整个研究的截止时间又往后推迟了。但因最后定稿的时间不同，各卷研究的截止时间也有一定区别，大致第一卷的截止时间是 2014 年，第二卷的截止时间是 2015 年，第三卷的截止时间是 2015 年上半年。这可以从一个侧面证明我们对丛书写作的认真程度。

文章千古事，得失寸心知。丛书的写作我们尽了自己的努力，但由于水平、资料搜集等方面的限制，丛书肯定还有很多缺点与不足，期待专家与读者不吝指正。

赵炎秋

2016 年 6 月 18 日

目　录

第一章　晚清与民国时期狄更斯学术史

我国读者接触狄更斯，始于 20 世纪初。1907 年至 1909 年，当时的商务印书馆连续出版了著名翻译家林纾和他的合作者魏易合译的五部狄更斯长篇小说《滑稽外史》（1907）、《孝女耐儿传》（1907）、《块肉余生述》（1908）、《贼史》（1908）、《冰雪因缘》（1909），并做了一定的评论。① 这可以看作我国狄更斯研究的滥觞。从那时开始到现在，中国狄更斯学术史可以分为晚清与民国、新中国成立到 20 世纪 70 年代、20 世纪 80 年代以后等三个时期。

第一节　中国狄更斯研究的滥觞：林纾的狄更斯研究

中国的狄更斯研究是从晚清开始的，而晚清的狄更斯研究则是从林纾开始的。林纾在翻译狄更斯小说的时候，写了一些高质量的译序，共有序 4 篇，识 1 篇，短评数则。这些译序虽然短小，但内容丰富，评述精当。林纾以现实主义为核心，探讨了狄更斯创作的各个方面，牵涉很多基本的理论问题，在当时产生了重要影响。

一　林纾的狄更斯研究

林纾的狄更斯研究可以从四个方面探讨。

---

① 现在的译名分别是《尼古拉斯·尼克尔贝》《老古玩店》《大卫·科波菲尔》《奥立佛·退斯特》《董贝父子》。

1. 现实主义创作方法

从创作方法的角度看，林纾是个现实主义者。林纾的现实主义创作观的思想资源主要有两个来源：一是中国古代文学传统，二是西方小说思想。中国古代小说的源头之一是史传。受史传的影响，中国古代小说一直强调真实，要求小说能入史官之目，补历史之阙。林纾的现实主义创作思想与中国传统文学思想有密切联系，另一方面，他也受到他所翻译的欧美现实主义作家狄更斯、托尔斯泰、小仲马、司各特、斯威夫特、斯托夫人、哈葛德等人的小说的影响。林纾曾自述："予尝静处一室，可经月，户外家人足音，颇能辨之了了，而余目固未之接也。今我同志数君子，偶举西士之文字示余，余虽不审西文，然日闻其口译，亦能区别其文章之流派，如辨家人之足音。"① 林纾翻译外国小说 180 多种，对于外国特别是欧美的小说不仅熟悉，而且有深入的研究。狄更斯作为现实主义创作大师，林纾在对其作品进行译介与研究的过程中，对其现实主义创作特征颇多体会，多方面进行了阐述和推介。

林纾认为，狄更斯能够吸引与感动读者，使读者深陷其中而难以自拔，一个重要的原因就是描写的真实与逼真。真实就是符合生活的可然律与必然律，逼真就是小说塑造的世界"逼肖"现实的世界。林纾指出："为小说者，惟艳情最难述。英之司各得，尊美人如天帝；法之大仲马，写美人如流娟，两皆失之。惟迭更先生，于布帛粟米中述情，而情中有文，语语自肺腑流出，读者几以为确有其事。余少更患难，于人情洞之了了，又心折迭更先生之文思，故所撰小说，亦附人情而生。或得新近之人言，或忆诸童时之旧闻，每于月夕灯前，坐而索之，得即命笔，不期成篇。词或臆造，然终不远于人情，较诸《齐谐》志怪，或少胜乎？"② 在这段论述中，林纾提出了"不远于人情"的主张。这有两层含义。一层含义是符合生活的可然律与必然律，也就是生活真实的问题；另一层含义则是指逼真。狄更斯于日常生活中叙"艳情"，"情中有文"，使读者以为写的

---

① 林纾：《孝女耐儿传·序》，许桂亭选注：《林纾文选》，百花文艺出版社 2006 年版，第62 页。

② 林纾：《洪罕女郎传·跋语》，《林纾选集·小说卷》（上），四川人民出版社 1985 年版，第 145 页。

是真事,取得了成功。而司各特、大仲马把美女或者当成天使,或者当成妓女来描写,这就超出了生活之外,无法使"读者几以为确有其事",因而"两皆失之"。

狄更斯的作品不仅具有现实性与真实性,而且其描写重点在下层社会与日常生活。林纾指出:"天下文章,莫易于叙悲,其次则叙战,又次则宜叙男女之情。等而上之,若忠臣、孝子、义夫、节妇,决脰溅血,生气凛然,苟以雄深雅健之笔施之,亦尚有其人。从未有刻画市井卑污龌龊之事,至于二三十万言之多……迭更司盖以至清之灵府,叙至浊之社会,令我增无数阅历,生无穷感喟矣。中国说部,登峰造极者,无若《石头记》。叙人间富贵,感人情盛衰,用笔缜密,着色繁丽,制局精严,观止矣。其间点染以清客,间杂以村妪,牵缀以小人,收束以败子,亦可谓善于体物。终竟雅多俗寡,人意不专属于是。若迭更司者,则扫荡名士、美人之局,专为下等社会写照,奸狯驵酷,至于人意未所尝置想之局,幻为空中楼阁,使观者或笑或怒,一时颠倒,至于不能自已,则文心之邃曲,宁可及耶?"① 林纾通过与中国古典小说的对比,肯定了狄更斯"扫荡名士、美人之局,专为下等社会写照"的现实主义创作方法。林纾并不贬低中国古典小说,对《红楼梦》等给予了极高的评价。但在他看来,《红楼梦》主要描写上流社会,叙述富贵生活,对于下层社会,较少涉及,终究美中不足。这一方面是因为"人间富贵"远离广大民众,容易虚构,容易吸引读者,比写日常生活容易;另一方面,一般民众更愿意看到自己熟悉的生活,"雅多俗寡"的作品离普通民众总有一段距离。狄更斯侧重表现下层社会,一方面打破小说写作传统,更接近生活真实,另一方面也更能增加读者对社会的认识。这不仅符合小说发展的方向,也更能体现现实主义的真谛。

下层社会,家常之事,较之富贵、冒险、盗侠等题材更为难写,因为其缺少这些题材所可能具有的戏剧、眩目、新奇和紧张等特性。林纾指出,《水浒传》"叙盗侠之事,神奸魁蠹,令人耸愓。若是书(指《块肉余

---

① 林纾:《孝女耐儿传·序》,许桂亭选注:《林纾文选》,百花文艺出版社 2006 年版,第62—63 页。

生述》，引者），特叙家常至琐至屑无奇之事迹，自不善操笔者为之，且恹恹生人睡魔。而送更司乃能化腐为奇，撮散作整，收五虫万怪，融汇之以精神，真特笔也！史、班叙妇人琐事，已绵细可味矣，顾无长篇可以寻绎。其长篇可以寻绎者，惟一《石头记》；然炫语富贵，叙述故家，纬之以男女之艳情，而易动目。若送更司此书，种种描摹下等社会，虽可哕可鄙之事，一运以佳妙之笔，皆足供人喷饭。英伦半开化时民间弊俗，亦皎然揭诸眉睫之下"①。《水浒传》《红楼梦》的题材本身，便有吸引读者的地方，而家常琐碎之事缺乏这些因素，因而难以吸引读者，更需作者的写作才能和精心运作。

林纾生活的清末民初，现代意义的现实主义在中国还处于草创时期。当时的人们对于现实主义的看法还未能从唐宋时期白居易的"文章合为时而著，歌诗合为事而作"，以及明清时期的反映"世情"，表现世态炎凉，描写悲欢离合的观念中跳出来。到"五四"时期，新文学家们还在提倡文学的平民化。如周作人的号召："我们不必记英雄豪杰的事业，才子佳人的幸福，只应记载世间普通男女的悲欢成败。"② 林纾对狄更斯现实主义创作方法的研究、推介，有利于改变人们的观念，推动现实主义文学和创作方法的发展，其意义是不可忽视的。

2. 文学与生活的关系

生活是文学的源泉，这是一个通行的观点，但从创作方法的角度看，实际上这也是一个现实主义的观点。浪漫主义、现代主义、语言论批评如俄国形式主义等并不这样看问题，至少不大强调文学的生活源泉。中国古代批评家大都肯定文学与生活的关系。叶昼认为："世上先有《水浒传》一部，然后施耐庵、罗贯中借笔墨拈出，若夫姓某名某，不过劈空捏造，以实其事耳。如世上先有淫妇人。然后以杨雄之妻、武松之嫂实之；世上先有马泊六，然后以王婆实之；世上先有家奴与主母通奸，然后以卢俊义之贾氏、李固实之。若管营、若差拨、若董超、若薛霸、若富安、若陆

① 林纾：《块肉余生述·二题》，许桂亭选注：《林纾文选》，百花文艺出版社2006年版，第66—67页。
② 周作人：《平民文学》，《每周评论》1919年第5期。

谦，情状逼真，笑语欲活，非世上先有是事，即令文人面壁九年，呕血十石，亦何能至此哉，亦何能至此哉！此《水浒传》之所以与天地相始终也与？"① 叶昼这段论述强调生活是文学的本源，文学是生活的反映。林纾同意这种观点。他评论狄更斯的《尼古拉斯·尼克尔贝》，认为书中"亦不无伤于刻毒者。以天下既有此等人，则亦不能不揭此等事示之于世"②。在这一点上，林纾与叶昼的观点是一致的。

林纾还进一步从作家与其创作的关系的角度肯定了文学与生活的关系。他曾"因叹左、司、班、韩能写庄容，不能描蠢态，迭更司盖于此四子外，别开生面矣"③。林纾赞赏狄更斯专力描写下层社会，描写下层社会的世俗、阴暗之处，认为与中国文学巨子左丘、司马迁等相比，是"别开生面"。而狄更斯之所以能够达到这样的成就，除了社会因素，他所采用的现实主义创作方法等之外，与他的出身、经历也有密切关系："迭更司，古之伤心人也。按其本传，盖出身贫贱，故能于下游社会之人品，刻画无复遗漏。""赤里伯尔兄弟之好善，亦人世中不复多见之人。吾意迭更斯既出贫贱，则老而夫或即其亲属，凌蔑既深，故成此书，以报复其虐待。赤里伯尔兄弟，又必有恩于迭更司者也，此书原序中已述及之。"④ 林纾的论述有臆测的成分，但其思想的指向却十分明确：作家的创作与其生活经历有着密切的联系。这从另一个角度说明了文学与生活的联系，肯定了生活是创作的基础与源泉。

不过，作家的创作虽然离不开生活，但又应超出生活。林纾认为，作者有创造的自由，文学不必亦步亦趋地摹写生活。"世有其人，则书中即有其事，犹之画师虚构一人状貌，印证诸天下之人，必有一人与像相符者。故语言所能状之处，均人情所或有之处，固不能以迭更斯之书斥之为妄语而弃掷之也。"⑤ 叶昼受史传文学的影响，强调实录，认为先有某种生

---

① 叶昼：《〈水浒传〉一百回文字优劣》，《水浒传·卷末》，容与堂本。
② 林纾：《〈滑稽外史〉短评数则》，许桂亭选注：《林纾文选》，百花文艺出版社 2006 年版，第 50 页。
③ 同上书，第 52 页。
④ 同上书，第 50、52 页。
⑤ 同上书，第 53 页。

活，然后才有某种文学，作家不过是将生活中的事件改头换面移入文学而已。而林纾强调的则是作家创造的一面，只是这种创造无法脱离生活的制约，只能在生活所提供的条件与基础上虚构，因此，将其虚构的结果与现实相印证，"必有一人与像相符"。鲁迅说："天才们无论怎样说大话，归根结蒂，还是不能凭空创造。描神画鬼，毫无对证，本可以专靠了神思，所谓'天马行空'似地描写了，然而它们写出来的，也不过是三只眼，长颈子，就是在常见的人体上，增加了眼睛一只，增长了颈子二三尺而已。"① 林纾的意思与鲁迅有些相似，比叶昼的则更为辩证。

3. 文学的社会作用

林纾生活的时代，清廷衰朽、西风东渐、社会动荡、人心思变。梁启超大力提高小说的地位，希望通过小说宣传民众、推进改良。林纾赞同梁启超的观点，推崇文学特别是小说的社会作用。他曾自述："余老矣，无智无勇，不能肆力复我国仇，日苞其爱国之泪，告之学生；又不已，则肆其日力，以译小说。"② 希以此"为振作志气，爱国保种之一助"③。

林纾赞同狄更斯通过描写、干预、揭露与批判社会来改良社会的做法。在《贼史·序》中，他写道："迭更斯极力抉摘下等社会之积弊，作为小说，俾政府知而改之。……天下之事，炫于外观者往往不得实际。穷巷之间，荒伧所萃，漫无礼防，人皆鄙之。然而豪门朱邸沉沉中逾礼犯分，有百倍于穷巷之荒伧者，乃百无一知。此则大肖英伦之强盛，几谓天下观听所在，无一不足为环球法，则非得迭更斯描画其状态，人又乌知其中之尚有贼窟耶？顾英之能强，能改革而从善也。"狄更斯描写英国下层社会之积弊，使英国政府和民众知而改之，这正是狄更斯小说益处所在。而"吾华从而改之，亦正易易。所恨无迭更斯其人，能举社会中积弊者著为小说，用告当事，或庶几也。呜呼！李伯元已矣。今日健者，惟孟朴及老残二君，能出其绪余，效吴道子之写地狱变相，社会之受益，宁有穷耶"④? 要改良社

---

① 《鲁迅全集》第六卷，人民文学出版社 1981 年版，第 219 页。
② 林纾：《〈黑奴吁天录〉跋》，吴俊标校：《林琴南书话》，浙江人民出版社 1999 年版，第 45 页。
③ 林纾：《〈雾中人〉叙》，吴俊标校：《林琴南书话》，浙江人民出版社 1999 年版，第 5 页。
④ 林纾：《贼史·序》，许桂亭选注：《林纾文选》，百花文艺出版社 2006 年版，第 70 页。

会，就要对社会进行揭露与批判，而要揭露、批判社会，就要直面、描写社会。林纾的论述，是值得肯定的，在当时有着积极的意义。虽然他将中国社会的不善和改革的停滞归于文学对社会的积弊反映不够，归于中国缺乏狄更斯这样的现实主义大家，但将改革的希望寄予当局，有其局限与幼稚之处。

在对狄更斯作品的评论中，林纾也涉及了文学的认识作用。他强调文学是现实生活的反映，并初步意识到了艺术真实的问题，意识到了文学应该反映生活的可然律与必然律的问题。他认为，狄更斯的小说，"笔舌所及，情罪皆真；爱书即成，声影莫遁，而亦不无伤于刻毒者。以天下既有此等人，则亦不能不揭此等事示之于世，令人人有所警醒，有所备豫，亦禹鼎铸奸，令人不逢不若之一佐也"①。文学将生活中的人与事表现出来，使读者有所认识，有所准备，在生活中遇到类似的人和事便能事先防范，妥善处理。这种看法强调了文学的认识作用，同时又突出了其社会效益的一面，与林纾对于文学的教育作用和社会作用的强调是一致的。

4. 叙事艺术

清末民初，西方文学传入中国以小说为主，而其中又以现实主义小说为主。林纾对狄更斯小说的现实主义叙事艺术推崇备至，大为赞赏。这首先表现在对其小说结构的肯定上。中国小说的传统形式是章回小说。章回小说发展到清代，已经非常成熟，出现了《红楼梦》这样的长篇巨著。但章回小说在发展的过程中也出现了许多程式化与公式化的东西，这些东西影响了小说与现实之间的契合，阻碍了小说对生活的反映，阻碍了小说的发展。在西风东渐的大背景下，林纾对于狄更斯小说结构的重视与研究便是理所当然、顺理成章的了。

林纾肯定狄更斯小说结构的整体性与系统性。在《孝女耐儿传·序》中，他赞扬狄更斯整体把握作品，"刻画市井卑污龌龊之事，至于二三十万言之多，不重复，不支厉"②。在《冰雪因缘·序》中，他通过比较，指

①　林纾：《〈滑稽外史〉短评数则》，许桂亭选注：《林纾文选》，百花文艺出版社 2006 年版，第 50 页。

②　林纾：《孝女耐儿传·序》，许桂亭选注：《林纾文选》，百花文艺出版社 2006 年版，第 62 页。

出狄更斯小说的整体性与系统性的特点:"陶侃之应事也,木屑、竹头皆资为用;郗超之论谢玄也,谓履屐之间皆得其任。二者均陈旧语,然畏庐拾之以论迭更司先生之文,正所谓木屑、竹头皆有所用,而履屐之间皆得其任者也。英文之高者曰司各得;法文之高者曰仲马,吾则皆译之矣。然司氏之文绵褫,仲氏之文疏阔,读后无复余味。独迭更司先生临文如善弈之着子,闲闲一置,殆千旋万绕,一至旧着之地,则此着实先敌人,盖于未胚胎之前已伏线矣。惟其伏线之微,故虽一小物、一小事,译者亦无敢弃掷而删节之,防后来之笔旋绕到此,无复叫应。冲叔初不着意,久久闻余言始觉,于是余二人口述神会,笔遂绵绵延延,至于幽渺深沉之中,觉步步咸有意境可寻。呜呼!文字至此,真足赏心而怡神矣。左氏之文,在重复中能不自复;马氏之文,在鸿篇巨制中,往往潜用抽换埋伏之笔而人不觉,迭更司亦然。虽细碎芜蔓,若不可收拾,忽而井井胪列,将全章作一大收束,醒人眼目。有时随伏随醒、力所不能兼顾者,则空中传响,回光返照,手写是间,目注彼处,篇中不著其人而其人之姓名、事实时时罗列,如所罗门、倭而忒二人之常在佛罗伦司及洒德口中是也。"① 小说应有一个总体结构与布局,每一章,每一节,每一人物,每一情节都应该是这一总体结构中的有机组成部分,各处其位,各得其所。司各特、大仲马的小说总体上是优秀的,但其中的有些情节、场面等未能很好组织进这一有机的结构之中,因而或者显得散漫,或者不够严谨。而狄更斯创作犹如高手下棋,每一着都服从总体布局,"木屑、竹头皆有所用",因而其小说结构与司各特、大仲马的相比,就要严谨得多。

而要达到结构的整体性与系统性,就需要认真构思,仔细布局。如狄更斯的《块肉余生述》。"大抵文章开阖之法,全讲骨力气势。纵笔至于灏瀚,则往往遗落其细事繁节,无复检举,遂令观者得罅而攻。此固不为能文者之病,而精神终患弗固。迭更司他著,每到山穷水尽,辄发奇思,如孤峰突起,见者耸目。终不如此书伏脉至细,一语必寓微旨,一事必种远因,手写是间,而全局应有之人逐处涌现,随地关合。虽偶而一见,观者

---

① 林纾:《冰雪因缘·序》,许桂亭选注:《林纾文选》,百花文艺出版社 2006 年版,第77—78 页。

几复忘怀，而闲闲着笔间，已近拾即是，读之令人斗然记忆，循编逐节以索，又一一有是人之行踪、得是事之来源。综言之，如善弈之着子，偶然一下，不知后来咸得其用，此所以成为国手也。"① 林纾喜用弈棋来比喻写小说，强调善弈之人，每一着都深思熟虑，与全局联系起来。写小说也是如此，必须认真构思、精心布局，每一人物、事件、细节，都要互相关联，并最终纳入全局之中。这也正是《块肉余生述》的结构特点。林纾将之称为"观音锁骨式"。"所谓观音锁骨者，以骨节钩联，皮肤腐化后，揭而举之，则全具锵然，无一屑落者。"如果以骨架作比，则小说的每个部分、每一情节、人物、事件、场面等便是其中的一个骨节，这些骨节各有其用，各安其位，互相钩联，牵一处而动全身，抓住关键而全局清楚。林纾称：《块肉余生述》"为迭更司生平第一着意之书，……思力至此，臻绝顶矣！"② 该书的结构在其中起了重要的作用。

客观地说，狄更斯的小说并不是以结构为其第一强项。即使是《大卫·科波菲尔》，与一些以结构见长的小说如托尔斯泰的《安娜·卡列尼娜》比较起来，其结构还是略显松散与拖沓。从这个意义上说，林纾囿于自己的阅读面与爱好，将狄更斯的小说作为结构的范例向中国读者推荐，还是可以商榷的。但问题的关键不在于推荐的对象，而在于林纾在一系列的文章中反复强调结构的重要，反复强调结构的严谨，结构的整体性与系统性，这对于改变中国传统小说结构的粗放和传统的章回体形式，是起了重要作用的。

形象与细节，是叙事作品的重要组成部分。林纾肯定狄更斯小说形象的鲜明和细节的生动。在《孝女耐儿传·序》中，林纾指出，狄更斯"刻画市井卑污龌龊之事……如张明镜于空际，收纳五虫万怪，物物皆涵涤清光而出，见者如凭栏之观鱼鳖虾蟹焉"③。极赞其作品形象鲜明，人物、事件仿佛被清光包容、洗涤，读者仿佛凭栏观看池中的鱼虾，清晰鲜明。而

---

① 林纾：《块肉余生述·二题》，许桂亭选注：《林纾文选》，百花文艺出版社 2006 年版，第66 页。

② 同上。

③ 林纾：《孝女耐儿传·序》，许桂亭选注：《林纾文选》，百花文艺出版社 2006 年版，第62 页。

在各种形象中，人物形象最为重要。人物的成功与否，直接关系着小说的成败。人物的成功，首先在其形象鲜明，性格独特。如《滑稽外史》中尼古拉司的母亲，"其为淫耶？秽耶？蠢而多言耶？愚而饰智耶？乃一无所类。但觉彼言一发，即纷纠如乱丝；每有所言，均别出花样，不复不沓。因叹左、司、班、马能写庄容，不能描蠢状，迭更司盖于此四子外，另开生面矣"①。尼古拉司的母亲，在《滑稽外史》（今译《尼古拉斯·尼克尔贝》）中只是一个次要人物，其性格特点很难用一句话概括，但性格鲜明独特，思维之混乱，言语之啰唆，行为之可笑，却给读者留下了深刻的印象，林纾的论述，很好地指出了她的这一特点。

细节是小说最小的叙事单元。中国古代小说有出色的描写，但总体来说，中国古代小说更重视情节的营构，而不是细节的描写。狄更斯等西方作家则不同，他们的作品往往以细节的描写取胜。林纾对此有比较深刻的认识。他赞扬《史记》中的细节描写："《史记·外戚传》述窦长君自陈，谓：'姊与我别逆旅中，丐沐沐我，饭我乃去。'其足生人惋怆者，亦只此数语。"但"究竟史公于此等笔墨，亦不多见，以史公之书，亦不专为家常之事发也。今迭更司则专意为家常之言，而又专写下等社会家常之事，用意、着笔为尤难"②。肯定狄更斯于下等社会家常之事中选择细节，展开描写。由于细节充实、丰富，狄更斯小说的情节可能并不复杂，但却铺展得很开，内容丰富。如《冰雪因缘》（今译《董贝父子》）："此书情节无多，寥寥数百语，可括东贝家事，而迭更司先生叙致至二十五万言，谈谐间出，声泪俱下。言小人，则曲尽其毒鳌；叙孝女，则直揭其天性。至描写东贝之骄，层出不穷，恐吴道子之画地狱变相不复能过，且状人间阘茸谄佞者无遁情矣。"③ 所谓曲尽毒鳌、直揭天性、层出不穷，实际上都是指狄更斯描写人物，能够从各个方面，写出人物性格，曲尽人物特点，这里面自然少不了细节的描写。细节不仅保证了小说情节的展开，也保证了形象的鲜明。

---

① 林纾：《〈滑稽外史〉短评数则》，许桂亭选注：《林纾文选》，百花文艺出版社 2006 年版，第 52 页。

② 林纾：《孝女耐儿传·序》，许桂亭选注：《林纾文选》，百花文艺出版社 2006 年版，第 63 页。

③ 林纾：《冰雪因缘·序》，许桂亭选注：《林纾文选》，百花文艺出版社 2006 年版，第 78 页。

二　林纾的翻译方法

林纾是中国第一个翻译狄更斯作品之人，在很长一段时间里，他的译本一再重版，影响了几代中国读者。他的翻译方法也对中国狄更斯小说翻译产生了一定影响。钱锺书认为，林译小说"尽管漏译误译随处都是"，但"许多都值得重读"。"我试找同一作品的后出的——无疑也是比较'忠实'的——译本来读，譬如孟德斯鸠和迭更斯的小说，就觉得宁可读原文。这是一个颇耐玩味的事实。"① 为了进一步了解林纾的狄更斯小说研究，有必要了解他的翻译方法。

1. "中化"的翻译方法

对于林译小说成功的原因，钱锺书有所涉及。他认为："文学翻译的最高标准是'化'。把作品从一国文字转变成另一国文字，既能不因语言习惯的差异而露出生硬牵强的痕迹，又能完全保存原有的风味，那就算得入于'化境'。……换句话说，译本对原作应该忠实得以至于读起来不像译本，因为作品在原文里决不会读起来像经过翻译似的。"② 从某种角度说，林纾的译文在一定程度上达到了这种"化"。

如《大卫·科波菲尔》第 30 章开头有一段景物描写，原文是："It was ten o'clock when I went out. Many of the shops were shut, and the town was dull. When I came to Omer and Joram's, I found the shutters up, but the shop-door standing open. As I could obtain a perspective view of Mr. Omer inside, smoking his pipe by the parlour-door, I entered, and asked him how he was."（我出去时已经十点钟了。许多铺子都已关门，镇上冷清沉寂。我来到欧摩与周阑商店，发现百叶窗已经关闭，但店门还开着。通过店门，我看见欧摩先生的身影，正靠在起座间的门那儿吸他的烟斗，于是我走进去，向他打招呼。）③ 林纾的译文是："人家均闭，城静如墟。余至乌麦衣肆之前，

① 钱锺书：《林纾的翻译》，薛绥之、张俊才编：《林纾研究资料》，福建人民出版社 1983 年版，第 297 页。

② 同上书，第 292 页。

③ Charls Dichens：*David Copperfield*. The New American Llibrary，1962，p. 440. 译文参照了张若谷的译本，有改动。

窗闭而门尚辟，且见乌麦坐而吸烟。余入问讯乌麦。"① 林纾将这段描写完全中国化了。"人家均闭，城静如墟"是典型的中国小说用语，中国读者不熟悉的事物，或弃而不用如"起座间"，或用中国读者熟悉的术语代替，如用"窗"代"百叶窗"。如果将人名改换，不熟悉的读者很难意识到这段描写来自一部外国小说。

但是，在"化"的同时，林纾也在一定程度上对原文进行了增删、变换与改写，使译文不仅在文字上，而且在意思上背离了原文。如《奥立弗·推斯特》第 53 章。"Mrs. Maylie took up her abode with her son and daughter-in-low, to enjoy, during the tranquil remainder of her days, the greatest felicity that age and worth can know-the contemplation of the happiness of those on whom the warmest affections and tenderest cares of a wellspent life, have been unceasingly bestowed."（梅里太太同她的儿子和儿媳住在一起，在她宁静的余年安享一个年高德劭者所能享有的最大的福气——亲眼看着自己在并未虚度的一生中倾注了最热烈感情和最温柔关怀的两个孩子的幸福美满生活。）② 林纾的译文是："密昔司麦烈，随其子妇同居。自问一生行善，居此村中，心身皆逸，直至于奄化而止。"③ 原文的关注点在梅里太太的两个孩子，译文的主要关注点却放在了梅里太太自身，以此为核心，译文的意思与文字都有了较大的改变。

这样，林纾的翻译就形成了自己的特点。他的翻译无法归入传统的直译、意译方法之中。1995 年，美国翻译理论家劳伦斯·韦努蒂（Lawrence Venuti）提出归化和异化两种翻译方法。所谓归化，是要把源语本土化，以目标语或译文读者为归宿，采取目标语读者所习惯的表达方式来传达原文的内容。异化则要求译者向作者靠拢，采取相应于作者所使用的源语表达方式，来传达原文的内容，即以目的语文化为归宿。有人认为，直译、意译侧重于语言层面，归化、异化侧重于文化层面。林纾的翻译方式大致

---

① 狄更斯：《块肉余生述》，林纾译，商务印书馆 1981 年版，第 247 页。

② Charls Dickens: *Oliver Twist*. Oxford University Press, 1966, pp. 347 – 348. 译文参照了荣如德的译本，有改动。

③ 狄更斯：《贼史》，林纾译，商务印书馆 1914 年版，第 142 页。

可以划入"归化"的范围，但又无法用"归化"完整地概括。他采用"省文""增文""变文"等处理方法，不仅在语言层面，而且在文化层面对原文进行了大规模的"改造"，使译文符合中国文化传统、符合中国读者阅读习惯，实际上是在一定程度上根据汉语和中国文化对原作进行了"改写"。这与钱锺书先生的"化"似乎也有一定的距离。① 笔者试用"中化"这一术语加以表述。笔者以为，"中化"既是林纾翻译的成就与特点所在，也是他的翻译不足的内在原因。

2."中化"的特点

从语言层面来看，林纾的翻译主要可以用省文、增文与变文三种方式来概括。

所谓省文，也就是人们常说的"漏译"。但林纾的省文往往是有意为之。在翻译过程中，他往往将那些他认为不重要、不符合中国叙事传统、不符合中国读者阅读习惯的内容去掉。这又有两种情况，一种情况是成段地去掉。如《大卫·科波菲尔》第 22 章，有关于冒齐小姐的精彩描写，但林纾在翻译时，却将这部分内容整个地去掉了。《奥立弗·退斯特》第 31 章，前来侦察梅里太太家抢劫案的伦敦违警罪法庭的两个侦探议论此劫案是家猫裴特干的还是大烟囱契克维克干的那一大段文字，也被林纾毫不犹豫地去掉了。

省文的另一种情况是对原文的内容进行压缩，将一些林纾认为不重要的、枝节性的、描述性的内容去掉，译文的文字与原文相比有一定程度的减少。如《奥立弗·退斯特》第 53 章对诺亚和夏洛特的结局的交代："Mr. Noah Claypole, receiving a free pardon from the Crown in consequence of being admitted approver against the Jew, and considering his profession not alter-gether as safe an one as he could wish, was, for some little time, at a loss for the means of a livelihood, not burthened with too much work. After some consid-eration, he went into business as an Infermer, in which calling he realises a genteel subsistence. His plan is, to walk out once a week during church time,

---

① 韦努蒂的"归化"与钱锺书的"化"都更多地指按照译文接受者的语言与文化为旨归进行翻译，不包括改写的意思。而林纾的翻译除了意译，还有改写的一面。

attended by Charlotte in respectable attir. The lady faints away at the doors of charitable publicans, and the gentleman, being accommodated with threepenny-worth of brandy to restore her, lays an information next day, and pockets half the penalty. Sometimes Mr. Claypole faints himself, but the results is the same. "（诺亚·克雷坡尔先生由于对老犹太做了揭发而得到当局的赦免。他觉得这个行当没有他所希望的那样安全，但又找不到一种不太辛苦的谋生手段，有一小段时间陷入迷茫之中。经过认真考虑，他干起了告密的勾当，并靠着这门职业维持着相当不错的生活。他的办法是：每星期一次在做礼拜的时候，偕同夏洛特穿着体面的衣服出去散步。那位淑女照例在善心的酒店老板的门前晕厥过去，而那位绅士在弄到三便士的白兰地将她救醒之后，第二天便去告发，把罚款的半数装进自己的腰包。有时候克雷坡尔先生自己表演晕倒，效果也不逊色。）① 林纾的译文是："哪亚首首法金，官中原其罪。顾既免罪，无以为生，后乃为官侦探，用以举发人罪（即线民）。"② 林纾去掉了所有的枝干，只保留了核心的内容，译文（加林纾自己的解释）不到原文的五分之一。

增文是将原文没有的内容添加到译文中去。林纾译文中的增文现象较多，但一般比较短小，其主要目的是使意思更加清晰，逻辑更加清楚。《大卫·科波菲尔》第24章，大卫在斯潘娄先生处学徒，住在克洛浦太太家，每当太阳西沉之后，就觉得格外无聊。"It seldom looked well by candle-light. I wanted somebody to talk to, then. I missed Agnes. I found a tremendous blank in the place of that smiling repository of my confidence. Mrs. Crupp appeared to be a long way off. I thought about my predecessor, who had died of drink and smoke, and I could have wished he had been so good as to live, and not bother me with his decease. "（生活在烛光之下很少有美好的时候。那时我就想有人与我聊聊天。我想念爱格尼丝。那个始终微笑着的知心人儿不在跟前的时候，我只觉得眼前是一片广漠的荒野。克洛浦太太好像离我千

① Charls Dickens: *Oliver Twist*. Oxford University Press, 1966, p. 349. 译文参照了荣如德的译本，有改动。
② 迭更斯：《贼史》，林纾译，商务印书馆1914年版，第143页。

里之遥。我想起前面那个因嗜烟好酒而丧生的房客，只希望他能够好心地活下来，以免闪得我如此孤单。)① 林纾的译文是："灯下，焦然无复意味。大抵一身无伴，因之悬念安尼司不已。忆侨居安尼司家，此时灯上，正二人闲适之时，苟有心绪，亦足商酌。且居停所居至暌隔，不能引为伴侣，慰我岑寂；即前赁之人，非冒于烟酒而死者，即得之为伴亦非恶。"② 在这段译文中，林纾先加了"大抵一身无伴"这句解释性的话，以说明想念爱格尼丝的原因。然后去掉了"那个始终微笑着的知心人儿不在跟前的时候，我只觉得眼前是一片广漠的荒野"这一句，换上"忆侨居安尼司家，此时灯上，正二人闲适之时，苟有心绪，亦足商酌"。大概是觉得原文的意思比较蹈虚，不如引入记忆中事，更能说明悬念的原因。最后，在说明"居停所居至暌隔"后，再加上"不能引为伴侣，慰我岑寂"之语，说明结果。这些都是原文所没有的。

变文即译文不严格地对应原文，而是灵活变通，意思与原文相合即可。变文与省文、增文难以截然划开。严格地说，省文与增文中都有变文的因素，变文也很难不对原文语句进行增减。但是，要从语言的角度把握林纾的翻译，还有必要就变文本身进行研究。林译狄更斯小说中的变文有三种情况。第一种情况是语句、意思都无大的改变，只是改变了语式或语态。如将叙述人语言改为人物语言。《大卫·科波菲尔》第43章，大卫的朋友特莱得将自己的未婚妻苏菲介绍给大卫："Traddles presents her to us with great pride, and rubs his hands for ten minutes by the clock, with every individual hair upon his head standing on tiptoe, when I congratulate him in a corner on his choice."（特莱德自豪地将她介绍给我们。我在一个角落祝贺他的选择。他不停地搓手，按照钟上的时刻，搓了足足十分钟之久，同时，每一根头发都在他的头上立了起来。)③ 林纾的译文是："忒老特尔司引苏飞与从宾为绍，其意甚得，以手自磨其衣，而壮发仍坚挺直上。余引忒老

---

① Charls Dichens: *David Copperfield*. The New American Llibrary, 1962, pp. 360 - 361. 译文参照了张若谷的译本，有改动。

② 迭更斯:《块肉余生述》，林纾译，商务印书馆1981年版，第201页。

③ Charls Dichens: *David Copperfield*. The New American Llibrary, 1962, p. 628. 译文参照了张若谷的译本，有改动。

特尔司至于隅陬，语之曰：'尔小狗乃有佳运，竟得此贤妻，可妒也。'"①
将叙述人语言改为了人物语言。

第二种情况是意思没变，但语言有一定的变化。如《大卫·科波菲尔》第 43 章叙述大卫与朵萝的婚礼进行情况："（A dream）Of Miss Lavinia, who acts as a semi-auxiliary bridesmaid, being the first to cry, and of her doing homage（as I take it）to the memory of Pidger, in sobs; of Miss Clarissa applying a smelling-botte; of Agnes taking care of Dora; of my aunt endeavouring to represent herself as a model of sternness, with tears rolling down her face; of little Dora trembling very much, and making her responses in faint whispers."
［好像是半个助理伴娘的莱薇妮娅小姐怎样头一个哭起来；她怎样对已经故去的皮治先生唏嘘致意（这是我的想法）；珂萝莉莎小姐怎样运用装醒药的小瓶子；爱格妮丝怎样照顾朵萝；我姨婆怎样努力装出铁石心肠的楷模，眼泪却不停地滚下她的脸庞；娇小的朵萝怎样浑身发抖，应答的时候，怎样的有气无力，声音低微：这些对于我，也像一个梦。］② 林纾的译文是："仿佛见次姑哭，长姑则力闻花露以止晕。安尼司扶都拉立。祖姨正色，泪被其颊。都拉始而颤，经牧师问时，答语极微细。"③ 整段译文保留了原文意思，但减去了一些枝节如"她怎样对已经故去的皮治先生唏嘘致意（这是我的想法）"等，文字也简洁了许多。

第三种情况是语言和意思都发生了变化。如前引《奥立弗·推斯特》第 53 章对梅里太太村居生活的描写。

3. "中化"遵循的原则

省文、增文与变文并不是随意为之，而是根据一定的原则进行的。林纾是古文家，而且自己创作小说。中国文化与中国叙事传统对他影响很深，在翻译的过程中，他常常受到中国文化、中国小说叙事传统和中国读者阅读习惯的影响和制约，遵循着一定的准则。归纳起来，大致有

---

① 狄更斯：《块肉余生述》，林纾译，商务印书馆 1981 年版，第 353 页。

② Charls Dichens：*David Copperfield*. The New American Llibrary, 1962, p.630. 译文参照了张若谷的译本，有改动。

③ 狄更斯：《块肉余生述》，林纾译，商务印书馆 1981 年版，第 355 页。

以下四点。

第一，叙事为主。

一般地说，中国古代小说虽然结构比较松散，但就叙事而言，特点却很明显：叙事为主，也即侧重故事的讲述，情节发展较快。林纾的翻译，受这一传统的影响很大。他的省文，省去的大多是枝节与描述性的内容，故事与主要情节大都保留了下来。如第二节所举的例子，《大卫·科波菲尔》第 22 章，林纾将有关冒齐小姐的内容全部去掉了。因为相对小说的主要情节，大卫的成长和这一章的主要事件，史朵夫与爱弥丽私奔前的表现，冒齐小姐的故事的确是枝节，去掉不影响故事的进展。而如果去掉史朵夫和爱弥丽的故事，则会影响情节的进展，因为他们的故事构成了大卫成长经历必不可少的一环。《奥立弗·退斯特》第 53 章诺亚和夏洛特的结局，去掉的也主要是他们选择做密探的原因，和对他们骗人伎俩的描述，至于事件的主干，他们做密探的经过，却叙述得很清楚。

第二，重视叙述的逻辑与严密性。

中国古文讲究义理，小说强调交代清楚，逻辑严密。林纾的译文也遵循这一特点。如《奥立弗·退斯特》第 1 章开头的一段叙述："There being nobody by, however, but a pauper old woman, who was rendered rather misty by an unwonted allowance of beer; and a parish surgeon who did such matters by contract; Oliver and Nature fought out the point between them. The result wasthat, after a few struggles, Oliver breathed, sneezed, and proceeded to advertise to the inmates of the workhouse the fact of a new burden having been imposed upon the parish…"（然而，当时婴儿身边没有任何人，除了习艺所的一个老贫妇，她因为偷喝难得捞到的外快啤酒，已经弄得迷迷糊糊；还有一个教区医生，他受制于合同而不得不干这一差使。奥立弗与造化之间较量着，经过几个回合，终于见了分晓，婴儿一口气缓了过来，打了一个喷嚏，并以此向贫民习艺所的人们宣告，该教区又背上了一个包袱……）① 林纾的译文是："顾儿则一一无有。但有蠢蠢之老媪。媪常饮皮酒，目光已翳，

---

① Charls Dickens: *Oliver Twist.* Oxford University Press, 1966, p. 1. 译文参照了荣如德的译本，有改动。

即不醉亦未辨人。此媪外尤有伧医一名。为举村之公医。病人日增而薪俸莫厚，故其治人也，亦随意而投药。惟其随意也，于是倭利物之性命，即得从此医生之手，能嚏矣。顾多此一嚏，而院中增一赘旒矣。"[1] 在原文中，只说明了医生来接生的原因，而林纾的译文，则顺着前文的意思（前文说奥立弗如果生在富贵人家，有围着的亲人和负责的医生，那他就死了），增添了医生的不负责，不负责的原因和后果——奥立弗活了过来。这样，叙事的逻辑性与严密性就更强了。《大卫·科波菲尔》第30章，欧摩先生说他不宜打听病人的情况，大卫开始没有完全领会，后听到欧摩提到他从事的殡葬行业，便明白过来。于是，"Mr. Omer and I nodded at each other, and Mr. Omer recruited his wind by the aid of his pipe."（欧摩先生和我相互点点头，他又借助烟斗的帮助换了一阵气。）[2] 林纾的译文是："余微哂点首，乌麦亦笑，然尚极力吸烟，冀以烟气张其肺力，俾勿喘。"[3] 原文只是说欧摩又抽了一阵烟，林纾的译文则增加其吸烟的目的——止喘，以及吸烟能够止喘的原因——张其肺力，从而使逻辑更加清楚。

第三，强调意思的清晰、显豁。

刘勰曾在《文心雕龙》中提出隐、秀的概念。隐，就是间接、含蓄；秀，就是清晰、显豁。相对而言，中国古代叙事作品更重视"秀"，作者以及叙事者总是倾向于将故事的来龙去脉、事件的意义、人物的行为等交代得清清楚楚。受此影响，林纾在翻译的过程中，也总是倾向于意思的清晰、显豁，常常通过增文、变文等方式，将原作中他认为不够明晰的地方弄得更加明晰。

如《董贝父子》第42章，董贝到卡尔克家做客，见到卡尔克的仆人罗布。卡尔克告诉董贝，罗布就是他家以前的保姆的儿子，董贝曾资助他受过教育。"'Is it that boy?' said Mr Dombey with a frown. 'He does little credit to his education, I believe.' 'Why, he is a young rip, I am afraid,'

---

① 狄更斯：《贼史》，林纾译，商务印书馆1914年版，第1—2页。
② Charls Dichens：*David Copperfield*. The New American Llibrary, 1962, p.441. 译文参照了张若谷的译本，有改动。
③ 狄更斯：《块肉余生述》，林纾译，商务印书馆1981年版，第247页。

returned Carker with a shrug. 'He bears that character. But the truth is, I took him into my service because, being able to get into no other employment, he conceived (had been taught at home, I dare say) that he had some sort of claim upon you, and was constantly trying to dog your heels with his petition. And although my defind and recognised connection with your affairs is merely of a business character, still I have that spontaneous insterest in everything belonging to you, that—'"［"就是那个孩子？"董贝皱了一下眉头说，"我相信，他并没有为他所受的教育添加光彩。""是的，我担心，他是一个不中用的年轻人。"卡尔克耸耸肩，回答说："他是那种性格。但实际情况是，我还是让他来为我服务了。因为他找不到其他的工作，就认为（我敢说，这是他家里教他的）他有权向您提出什么要求，因此不断地尾随您，试图向您提出请求。虽然我跟您商定的双方承认的关系仅仅属于业务性质，但我对属于您的一切事情仍然有着一种自发的兴趣，因此——"］① 林纾的译文是："东贝曰：'彼耶？此子我即拔诸泥涂，亦不见愈，恐徒负吾之恩意。'卡克尔笑曰：'此等人焉值贵人属望？彼无地自容。大抵彼之家人，告彼，谓主人有旧恩于彼，彼以为我亦隶圉于主人之家，故寅缘攀附，请我以主人之故，录用其人。实则我虽受主人豢养，主人家事，胡敢与闻？不过宣劳于商业之间。然亦不敢蔑视主人家之有旧恩者，概置勿念。所以——"② 原文中，董贝对罗布的看法，卡尔克自述的雇用罗布的原因，都写得比较含蓄，而林纾的译文都将其明朗化了，而且侧重点也有所变化。原文中，卡尔克雇用罗布，是因为看到他总是试图跟踪董贝提出请求，而在译文中则是罗布直接向卡尔克提出了请求，卡尔克看在董贝的面上加以录用。这样，卡尔克录用罗布的原因就更为明朗，内在线索更为清楚。

第四，考虑中国文化与中国读者的阅读习惯。

林纾是清末民初著名的古文家，对于中国传统文化有深入的研究。另一方面，他翻译西方文学的主要目的是教育国人，改变国人的思想，提高

---

① Charls Dichens: *Dombey and Son*. Wordsworth Editions Limited, 1995, p. 521. 译文参照了吴辉的译本，有改动。

② 狄更斯：《冰雪因缘》第五卷，林纾译，商务印书馆1914年版，第13页。

国人的爱国精神。因此，他在翻译的时候很注意照顾中国文化传统和中国读者的阅读习惯，有时甚至因此影响到内容的表达。如前引《董贝父子》中的例子。原作中董贝只是说："我相信，他并没有为他所受的教育添加光彩。"林纾译为："此子我即拔诸泥涂，亦不见愈，恐徒负吾之恩意。""拔诸泥涂""徒负吾之恩意"等都是地道的中国传统表达方式，而且与原文的意思出入较大。

对于原作中的对话，林纾也常常根据中国传统文化进行改写，使之更加符合中国读者的阅读习惯和期待视野。《董贝父子》第41章，图茨与菲德两人谈论弗洛伦丝与科妮莉亚。"But when Mr Feeder asks him 'when it is to come off,' Mr Toots reeplies 'That there are certain subjects' which brings Mr Feeder down a peg or two immediately…Mr Feeder, however, as an intimate friend, is not excluded from the subject. Mr Toots merely requiers that it should be mentioned mysteriously, and with feeling. …This brings Mr Feeder, B. A., to the confession that he has his eye upon Cornelia Blinber. He informs Mr Toots that he don't object to spectacles, and that if the Doctor were to do the handsome thing and give up the business, why, there hey are-provided for. He says it's his opinion that when a man has made a handsome sum by his business, he is bound to give it up; and that Cornelia would be an assistance in it which any man might be proud."（但是当菲德先生问他"这事什么时候完成"时，图茨先生回答说，"有些话题——"，这马上使菲德先生无法再问下去。……不过菲德先生是一位密友，这个话题也在交谈的范围之内。图茨先生只是要求神秘地、带着感情地谈。……这使文学士菲德先生承认，他已看中科妮莉亚·布林伯。他告诉图茨，他并不反对眼镜，如果博士在金钱上大方，并辞去他的职务的话，那么他们，生活也就有了保障。在他看来，一个人由于他的工作挣得一笔可观的财产之后，他就应该放弃这一工作；而科妮莉亚在这方面将是任何一个男人都引以为豪的助手。）① 林纾的译文是："斐德问以何时与佛洛伦司议婚。秃齿曰：'尚在余波未靖。'斐德立时审其未济，

---

① Charls Dichens: *Dombey and Son*. Wordsworth Editions Limited, 1995, p. 512. 译文参照了吴辉的译本，有改动。

即不复问。……然斐德者，究为秃齿老友，遂以图娶佛罗伦司告之，坚约勿示外人。……遂语秃齿，言吾已属心于考尼利亚。且云人憎眼镜，我却不尔。博士夫妇老矣，一旦委化，此学堂必属我，我或不至于饥寒。学堂果属我者，考尼利亚，亦必能助我。此亦人生得意事。"① 林纾将图茨的含蓄的暗示均改为中国读者更为习惯的明确叙述，"尚在余波未靖""遂以图娶佛罗伦司告之"等。对于中国读者尚不理解也暂时不能接受的退休观念（那时的中国人退休观念不强，往往觉得这是被人取而代之），则干脆去掉，或者改为中国读者能够接受的去世（委化）。这样，他就按照中国传统和中国读者的阅读习惯将这段对话完全中国化了。

4. 对"中化"翻译方法的反思

林纾不懂外文，需要合作者先将原作口译给他，他再笔译出来。那么，为什么合作者自己不直接将其译成中文，而要经过林纾的再加工呢？根本原因可能只有一个：他们的中文功底和翻译水平都无法与林纾相比。这样，"中化"的翻译方法，就不能不是林纾的译文取得成功的主要原因之一。它在当时还不大了解西方文化和西方文学的中国读者与西方文学之间搭了一座桥，同时它也在两者之间建立了一个缓冲，中国读者面对的不是原汁原味的西方文学，而是通过中国话语改造了的西方文学。这一方面造成了林译小说某种程度的"失真"，但另一方面也提高了它的可接受度，使之更适合当时中国读者的接受习惯与接受水平。加上林纾及其合作者对于原作的比较到位的把握②，译文的虽不形似但却神似，再加上林纾扎实的古文功底和有自己特色富于表现力的浅易文言文，这一切的合力，造成了林译小说的成功及其在中国翻译史中的地位。

对林纾的翻译的批评，主要集中在他的漏译、误译以及选材不精之上。选材是否精当本文不拟讨论。从"中化"的翻译方法的角度看，他的漏泽在很多情况下是有意为之，目的是使叙事紧凑，使情节保持一定的发

---

① 狄更斯：《冰雪因缘》第五卷，林纾译，商务印书馆 1914 年版，第 6 页。

② 林纾曾自述自己由于反复接触外国文学作品，"亦能区别其文章之流派，如辨家人之足音。"见林纾《孝女耐儿传·序》，许桂亭选注：《林纾文选》，百花文艺出版社 2006 年版，第 62 页。

展速度，使译文适应中国读者的阅读习惯。与其称为漏译，不如称为省文。误译有三种情况。第一种情况的确是理解错误。《大卫·科波菲尔》第6章大卫介绍史朵夫，说他"比我至少大六岁"，林纾却译成"入堂已六七年"。这不仅是误译，而且逻辑上也存在问题。因为撒伦学堂是小学，读了六七年还在读的可能性不是很大。这种误译林纾有责任，但他的合作者也可能有一定的责任，毕竟林纾不懂外语。第二种情况可以称为曲译。林纾的翻译有自己的原则。有时，为了满足这种原则，他有意不翻准确。如《董贝父子》第57章，将"海军上将"译为"水师提督"，第56章，将吉尔斯船长话中与航海相关的术语统统去掉，改成一般的语言，等等。这都是考虑中国读者的文化背景与阅读习惯而对原文有意做的修改。从理论上说，这实际上是一个"信"与"用"的问题。"信"强调的是对原文的忠实，"用"强调的则是译文与它的目标读者的切合。林纾的译文偏重于"用"，有意误译便是不可避免的。这实际上也是早期的中国翻译常见的现象。严复提出"信、达、雅"三原则，但他自己的译文比如《天演论》就不够"信"，有很多曲译、增译的现象。曲译还有一种情况，即由于林纾用的古汉语词汇与英文词汇不能完全对应，林纾有时找不到恰当的词汇，不得不用近似的代替。如《大卫·科波菲尔》第44章，有"你这坏孩子""孩子""狠心的孩子""我""咱们两个""宝贝乖乖"等各种称呼，但林纾一律都译为"孺子"。第三章格米治太太谈到事事都与自己别扭，"那让我到我那个区上，在那儿别扭去好啦。但尔，我顶好到'院'里去，在那儿把眼一闭，免得连累你们"。这里的"区"和"院"都是指的"贫民院"，林纾均译为"故居"，恐怕也是由于词汇的限制。第三种情况笔者称为偏译。偏译也是一种有意误译，但它不是有意地不翻准确，而是在翻译的过程未中能准确地传达出文本的原意。如《董贝父子》第35章，董贝假寐，佛洛伦丝在旁守候，后伊迪丝来将佛洛伦丝叫走。"He sat in his shadowy corner so long, that the church clocks struck the hour three times before he moved that night. All that while his face was still intent upon the spot where Florence had been seated, the room grew darker as the candles waned and went out; but a darkness gathered on his face, exceeding any that the night could cast, and rested there."（那天晚上，他在那个阴暗的角落坐了很久，直到教堂钟声敲了三次，他才开始走动。在这整个时间里，他的脸一直朝着佛洛伦丝坐过的地方。随着蜡烛逐渐燃尽并且熄灭，房间里也越来越黑暗，可是在他脸上凝聚着的一层阴影，却比任何夜晚所能投下的阴影更浓，并且一直留在他的脸上。）[1] 林纾的译文是："礼拜堂中已三动，东贝始起就寝。此钟三句中，东贝仍注视佛罗伦斯座次。烛既见跋，旋即熄灭。而东贝额上之黑较此深夜为尤黑（外人状怒容为额黑）。"[2] 比照原文，林纾的译文有三处改动。第一处改动是去掉了他坐在阴影中那一句，这是省文。第二处改动是将开始走动改为"始起就寝"，这是变文。根据原文的意思，董贝并没有马上就寝，而是又在房间里走了很久。但更重要的是第三处改动，其中一是将"脸上的阴影"改为了"额上之黑"，二是增加一句注释性的话："外人状怒容为额黑。"但很明显，这样翻译并不十分准确。根据原文意思，董贝脸上的阴影更浓至少有两层意思：一层意思是他见伊迪丝对他是那样冷淡，对佛洛伦丝却是那样温柔，心中有所感；另一层意思则是暗示他失去了一个向佛洛伦丝表达父爱，以及与伊迪丝搞好关系的机会，离他的失败又近了一步。前一层意思勉强可以解释为怒容（但也不是怒容可以完全概括的），后一层意思则与怒容无关。林纾理解为怒容是不准确的。而且由于这样理解，他将"脸上的阴影"译为"额上之黑"，这也是不准确的。这种情况的误译，在林纾译文的省文、增文和变文中都存在。

笔者认为，漏译和误译实际是林纾"中化"翻译方式的有机组成部分，如果我们肯定他的"中化"的翻译方法，也就必须在一定程度上宽容他的漏译和误译。换句话说，他的漏译和大多数的误译实际上是他"中化"翻译的必然结果，与他"中化"的翻译方式是一点两面、相辅相成的。因此，林纾"中化"翻译的不足也就不在漏译与误译本身，而在它们产生的结果。这些结果有不少是好的，林译小说得到读者的肯定就是明

---

① Charls Dichens: *Dombey and Son*. Wordsworth Editions Limited，1995，p. 444. 译文参照了吴辉的译本，有改动。

② 狄更斯：《冰雪因缘》第四卷，林纾译，商务印书馆1914年版，第57页。

证。但也有些结果是不好的，这也可以从三个方面探讨。

第一，影响了对原作表现对象的社会、自然与文化风貌的如实表现。如《董贝父子》第33章对卡尔克私宅的描写："It is not a mansion; it is of no pretensions as to size; but it is beautifully arranged, and tastefully kept. The lawn, the soft, smooth slope, the flower garden, the clumps of trees where graceful forms of ash and willow are not wanting, the conservatory, the rustic veranda with sweet-smelling creeping plants entwined about the pillars, the simple exterior of the house, the well-ordered office, though all upon the diminutive scale proper to a mere cottage, bespeak an amount of elegant comport within, that might serve for a palace."（它不是座公馆，它并不夸耀自己的面积；但它建造得美丽，布置得极有品位。里面有草坪、花园、暖房，柔和而舒缓的斜坡；一处处的树丛，里面不乏风姿优美的梣树和柳树；天然树木建造的游廊，柱子上缠绕着芳香的匍匐植物；外表朴素的住宅，设施完善的厨房、厕所。所有这一切在规模上虽是小型的，只相当于一个普通别墅，但却说明里面有着可以供宫殿使用的各种优雅、舒适的物品。）①林纾的译文是："屋非大厦，亦无壮丽之观，位置既佳，汎埽亦严净温雅。抱屋有草场，织细而软丽。小园柳线垂青，榛树作青绿色。其中列一花窨。屋之周围，皆游廊。廊柱均藤花抱之，葱茏可悦。但观外象，知屋中人必且舒泰而安闲。"②译文用描写中国园林的笔墨描写卡尔克的住处，虽然意思没错，但其中的英国风味则基本上没有了。

第二，影响了译文惟妙惟肖地表达原文的风韵、神态和细微之处。林纾的省文基本上是从叙事的角度考虑的，其省略的，大都是枝节性、描述性的内容，与叙事主线相关的内容，一般不会省略。这一方面保证了叙事的完整，但另一方面也影响了译文的生动、具体。换句话说，由于省文，林纾的译文虽然总体上能够表现出原作精神、风貌和主体内容，但在一些细微之处如人物具体的神态、事件、场景、氛围的准确表现等方面还是存

---

① Charls Dichens: *Dombey and Son*. Wordsworth Editions Limited, 1995, p. 414. 译文参照了吴辉的译本，有改动。

② 狄更斯:《冰雪因缘》第五卷，林纾译，商务印书馆1914年版，第30页。

在一定的问题。能够传神，但未必都能尽态。如《大卫·科波菲尔》第44章写大卫婚后，姨婆对朵萝的态度："I never saw my aunt unbent more systematically to anyone. She courted Jip, though Jip never responded, listen, day after day, to the guitar, though I am afraid she had no taste for music, never attacked the incapables, though the temptation must have been severe, went wonderful distances on foot to purchase, as surprises, any trifles that she found out Dora wanted, and never came in by the garden, and missed her from the room, but she would call out, at the foot of the stairs, in a voice that sounded cheerfully all over the house: 'Where's Blossom?'"（我从来没有见过我姨婆对任何别人这样全面地和蔼迁就。她讨好吉普，虽然吉普从来没有理过她；她日复一日，听朵萝弹吉他，虽然我可以说，她并不喜欢音乐；她从没对那些无能的仆人发脾气，虽然她憋着一肚皮的气；她走很远的路，去买她觉得朵萝喜欢的一些小玩意，以给她一个惊喜；她从花园里进来，只要没有在屋里看见朵萝，她便站在楼梯下面，用充满全家的欢快声音大声喊道："小花朵儿哪里去了？"）[1] 林纾的译文是："然祖姨之假借都拉，恩意亦重，如施以异教。知都拉爱吉迫，则亦时调此狗，而狗仍弗驯。虽长日听彼弹琴，顾姨氏初不嗜音，特故如其意而已。而女佣之不善，祖姨几于切齿，然终不发一言。果见都拉所嗜，则忘道之远近，亦必购而赐之。每日自小屋中入吾家，第一语必曰：'小花安在者？'"[2] 译文的最后一句，林纾去掉了"进屋而不见朵萝""用欢快的声音大声喊道"等内容，叙事是简洁了，但姨婆对朵萝的重视、喜欢却无法显示出来。不管朵萝在不在，"第一语必曰：'小花安在者？'"实际上变成了一种习惯用语，没有了特殊的情感内涵。

　　第三，一定程度上影响了译文的生动与具体。如《奥立弗·推斯特》第52章描写费根在监狱中的情形："He had sat there, awake, but dreaming. Now, he started up, every minute, and with gasping mouth and burning

---

　　① Charls Dichens: *David Copperfield*. The New American Llibrary, 1962, p. 647. 译文参照了张若谷的译本，有改动。

　　② 狄更斯:《块肉余生述》，林纾译，商务印书馆1981年版，第365页。

skin, hurried to and fro, in such a paroxysm of fear and wrath that even they-used to such sights-recoiled from him with horror. He grew so terrible, at last, in all the tortures of his evil conscience, that one man could not bear to sit there, eyeing him alone; and so the two kept watch together. "（他坐在那里，醒着做梦。他动不动会跳起来，张着大口出气，皮肤滚烫，急匆匆地跑来跑去。恐惧与暴怒如此不可抑制地一阵阵发作，以致见惯了这种情景的看守也吓得从他那儿闪开。最后，他在自己污黑的良心的折磨之下变得如此可怕，以致看守不敢一个人坐在那里看着他，只得两个人一起监守。）① 林纾的译文是："法金之状乃如张眼入梦，夜中狂号迭出。此二人本一睡一醒，至此则皆无睡，坐以监之。"② 相比原文，林纾的译文要简洁得多，但是原文的生动与具体也就打了很大的折扣。

总之，林纾"中化"的翻译方法与现代翻译理念有一定的距离，然其取得的成功也是有目共睹的事实。因此，对于其翻译方法也就不能简单地抛弃，而应吸取其中有用的观念与做法，运用到今天的翻译理论与翻译实践中来。

林译狄更斯小说出版的时候，已是 1907 年，距离清朝的灭亡只有四年时间。在这四年时间里，除林纾的作品外，还有一些与狄更斯有关的文章，如《英国二大小说家迭根斯及萨克礼略传》，简要介绍了狄更斯的生平与创作。③ 宋思复的《读林译滑稽外史有感》："世路多荆棘，人心叹式微。岁寒难与共，日暮我谁归？"④ 以诗歌的形式写出了作者阅读狄更斯小说《尼古拉斯·尼克尔贝》时的感受：世事多艰，人心不古，岁月艰难，帮助难觅。应该说，这种感受与小说的精神与内容还是一致的。不过，这些文章大都是介绍性、感受性的，质量和影响都无法与林纾的文章相比。

---

① Charls Dickens: *Oliver Twist*. Oxford University Press, 1966, p. 344. 译文参照了荣如德的译本，有改动。

② 狄更斯：《贼史》下册，林纾译，商务印书馆 1914 年版，第 139—140 页。

③ 《英国二大小说家迭根斯及萨克礼略传》，（作者姓名不详），《大陆报》1905 年第 12 期。

④ 宋思复：《读林译滑稽外史有感》，《约翰声》1909 年第 1 期。

第二节　民国时期的狄更斯研究①

1911年辛亥革命爆发，进入民国。民国时期的狄更斯研究在晚清研究的基础上继续向前发展，研究的广度与深度都超过了晚清，但总体研究水平似乎并不太高。笔者和笔者的研究生曾在国家图书馆、北京师范大学图书馆以及湖南师范大学图书馆做过比较详细的查找，共找到民国时期狄更斯研究方面的材料332篇。这332篇材料中，翻译的狄更斯作品有98篇②，翻译的国外狄更斯研究资料48篇③，国内学者自己写的有188篇。但这188篇文章中，大多是知识性和介绍性的，有的还是狄更斯的生活照片（有的配有介绍性的文字），真正的学术性文章不到四分之一。

一　20世纪10年代的狄更斯研究

这一阶段，是民国时期狄更斯研究的开始。1912年，是狄更斯诞辰一百周年，欧美纪念活动热火朝天，中国却无甚表示，只有《小说月报》登载了一则消息：《迭更斯百周之纪念品》。消息云，狄更斯是英国的大作家，拥有上千万读者。但因其生时版权制度不健全，因此死后萧条，后嗣贫困。英国官方乃制精美纪念印花，每张一便士，以供喜爱狄更斯之人士买作纪念，并以资助狄氏后裔。④ 这则消息说明，经过林纾等人的译介，狄更斯虽为国内读者所知，但知名度并不很高。民国时期的狄更斯研究，

---

① 本节参考了葛桂录的论文《"善状社会之情态的迭更司"——民国时期狄更斯在中国的接受》（《淮阴师范学院学报》1999年第4期）并借用了其中的部分资料。

② 除林纾译的5部长篇小说之外，这些译文主要涉及狄更斯的《匹克威克外传》《奥立佛·退斯特》《大卫·科波菲尔》《艰难时世》《双城记》《远大前程》等长篇小说和一些中短篇小说。翻译的这些长篇小说大都曾以连载的形式在杂志上分期刊载，但不一定完整，有些是节选。

③ 如［英］威尔逊著，丁咏璐编译的《十九世纪英小说家查理氏迭更斯的悲剧》，连载于《行健月刊》1934年第五卷第3期和第4期；F. 梅格凌著，胡风译的《狄更斯论》，连载于《译文》1935年第二卷第1期至第3期；［法］A. 莫洛亚著的《迭更司的生平及其作品》，连载于《译文》1937年新三第3期和第4期；［苏］亚尼克尼斯德著，天虹译的《迭更司论：为人道而战的现实主义大师》，《文摘》1937年第一卷第4期，等等。相对而言，这些翻译过来的国外学者的狄更斯研究成果学术更强，也更加厚重、深刻。

④ 《迭更斯百周之纪念品》，《小说月报》1911年第4期。

是从狄更斯作品的译介开始的。林纾的译本仍然受到读者青睐，不断再版。1913—1914 年，上海商务印书馆出版了一套 50 开的小本小说，收入了《贼史》《冰雪因缘》《孝女耐儿传》《块肉余生述前编》（上下卷）和《块肉余生述续编》（上下卷）。1914 年 6 月，上海商务印书馆又出版了一套《林译小说丛书》，《贼史》《冰雪因缘》《滑稽外史》《孝女耐儿传》《块肉余生述前编》（上下卷）和《块肉余生述续编》（上下卷），分别编入第 24、25、36、31 和 22 编。1915 年，上海商务印书馆又出版了《说部丛书》，收入了《冰雪因缘》（第 1—6 卷）《滑稽外史》《孝女耐儿传》、《块肉余生述前编》（上下卷）《块肉余生述续编》（上下卷）以及《贼史》（上下册）。除此之外，狄更斯作品的译本还有魏易翻译的《二城故事》[①]，薛一谔、陈家麟翻译的《亚媚女士别传》[②]，及常觉、小蝶翻译的《旅行笑史》（上下卷）[③]。

长篇之外，这一时期还翻译了狄更斯的一些中短篇小说。1914 年，竞生翻译的中篇小说《悭人梦》（《圣诞欢歌》）发表在《小说时报》第 21 期。这部小说又由孙毓修翻译成《耶稣诞日赋》在《小说月报》1915 年第 5 卷第 10 号刊出。周瘦鹃翻译的中篇小说《至情》（《人生的战斗》）刊于《小说大观》1916 年第六集，他翻译的短篇小说《星》收入《欧美名家短篇小说丛刊》，于 1917 年由上海中华书局出版。《星》在 1918 年出现了另一个译本，由烟桥和佩玉翻译，刊于《妇女杂志》第 4 卷第 7 号。1919 年，上海东阜兄弟图书馆出版了闻野鹤编译的《鬼史》（也即《圣诞欢歌》）。另外，周瘦鹃还翻译了狄更斯的短篇小说《幻影》和《前尘》，分别收入《瘦鹃短篇小说》（下册）（上海书局 1918 年版）和《紫罗兰

[①] 《二城故事》[即《双城记》（节选）] 连载于《庸言》杂志 1913 年至 1914 年第 1 卷第 13 号至第 2 卷第 1、2 号合刊。

[②] 《亚媚女士别传》（二卷本）（即《小杜丽》），上海商务印书馆 1915 年版。

[③] 常觉、小蝶翻译了《旅行笑史》（上下卷）（即《匹克威克先生外传》的节选本），上海中华书局 1918 年版。笔者按：《新声》杂志 1921 年至 1922 年第 1 期至第 10 期连载了《旅行笑史》，译者署名天虚我生、常觉、小蝶，并配发了三人的照片。这引发两个问题：其一，《旅行笑史》的译者究竟是常觉、小蝶两人，还是还有天虚我生？其二，按常规，翻译小说一般是先连载再出单行本，此译著的连载在单行本发行之后，是单行本的出版时间不准确还是单行本发行后译者又对译文进行了修改再连载？还有待考证。

集》（上册）（上海大东书局 1922 年版）。①

研究方面，成果不大突出，基本上没有超出林纾的水平。1911 年，庐隐在《青年》杂志 1911 年第 14 卷第 8 期上发表文章《英国小说之作家迭更斯氏为巨擘》，继林纾之后，再次肯定了狄更斯在英国文学史上的重要地位。1913 年，孙毓修在《小说月报》第 4 卷第 3 号上著文称狄更斯"非独著于一国，抑亦闻于世界"。并高度评价狄更斯小说所产生的社会作用。文中还特别介绍了狄更斯描写人物的特长，称"迭更司每一摇笔，则一时社会上之人物之魂魄自奔赴腕下，如符箓之役使鬼物焉。尝有画师，写迭更司著书之画。于其背面，作云烟蓊蔚之状，中有种种之男女，老者少者，俊者丑者，容则醉饱者饥寒者，冠则大冠者小冠者，衣则新者旧者，其忧则各忧其所忧，喜其所喜，得意于其所得意，失望于其所失望，是旨迭更司小说中之主人也，是即世界众生之行乐图。无古无今，悉为此老写尽矣，呜呼！"② 1915 年，孙毓修翻译狄更斯的《圣诞欢歌》（译名为《耶稣诞生日》），在译文前面，有一段简短的介绍："英人迭更司 Charles Dickens 之小说，善状社会之情态，读之如禹鼎象物，如秦镜照胆。长篇大卷一气呵成，魄力之大，古今殆无其匹。……而迭更司第一篇有名之杰作，乃始于说鬼。寥寥短章也。秋坟隐语，豆棚闲话，其有忧谗畏饥之心乎。"③ 作者肯定了狄更斯小说描写生动，结构严谨，但将《圣诞欢歌》看作狄更斯"第一篇有名之杰作"，似乎并不妥当。除孙毓修外，民国早期狄更斯研究史上，周瘦鹃也值得注意。他不仅翻译了狄更斯一些中短篇小说，而且还写了一些介绍性的文字。在为《星》的翻译写的作者小传中，他不仅为读者介绍了狄更斯的生平与家庭，而且介绍了狄更斯的一些作品。这些作品的篇名突破了林纾的译名方法，而采用了后来比较通行的音

---

① 此翻译综述参考了童真的《狄更斯作品在中国大陆的传播和接受——以翻译出版为视角》，《湖南师范大学学报》2006 年第 6 期。

② 孙毓修：《欧美小说丛谈·司各德、迭更斯二家之批评》，《小说月报》1913 年第 4 卷第 3 号。笔者按：孙毓修的《欧美小说丛谈》是我国第一本较系统地介绍西方文学的专著。于 1913 年至 1914 年间先在《小说月报》上连载，1916 年 12 月作为商务印书馆《文艺丛刻甲集》之一结集出版单行本。

③ 孙毓修：《耶稣诞日赋》，《小说月报》1915 年第四卷第 10 期。

译法。此外，1914 年第 4 期的《游戏杂志》刊登了狄更斯 32 岁、37 岁、44 岁、47 岁、56 岁时的多幅照片，从而使中国读者对狄更斯有了更清晰的感官印象。

二　20 世纪 20 年代的狄更斯研究

这一阶段国内的狄更斯著作的译介在上一时期的基础上继续发展。林纾的译作仍在再版。1921 年至 1922 年，《新声》杂志第 1 期至第 10 期开始连载天虚我生和常觉、小蝶合译的《旅行笑史》。1926 年，上海商务印书馆出版了伍光建译的《劳苦世界》（现通译《艰难时世》）。1928 年，上海商务印书馆出版了谢颂羔译的《三灵》（现通译《圣诞欢歌》）。同年 10 月，魏易自译自刊了狄更斯的《二城故事》（现通译《双城记》，该书在 1933 年再次由作者自刊出版）。

这一时期译介方面出现的亮点是，国外狄更斯研究方面的著述被译介进了中国。1929 年，《奔流》杂志第一卷第 8 至第 10 期登载了韩侍桁翻译的小泉八云的演讲：《十九世纪前半世纪英国的小说家》。小泉八云认为："狄更斯有两种伟大底才干。他有一种力量能够给死物加入人工的生气；他还有一种力量能够像伟大底画家一般地捕捉与描绘人物的特形。""他是领有一种讽刺家的才能，能够在刹那中观察出某种奇异，而且能生动地夸大地描绘出来。"但小泉八云并不很看好这种才能，认为这种才能导致狄更斯只能写出似真而非真的人物，并且限制了他观察的深度与广度。另一方面，讽刺比较适合描写坏人，描写美善的人物则比较困难。他认为狄更斯是"一个伟大底艺术家，但不是最高贵底一方面，因此我们不能说他是一位人性的伟大底画家，我们可以称他为惊人的讽刺家，具有描写奇异底特色的天才，并且是最琐碎底特色"①。今天看来，小泉八云对狄更斯的评价可能有所偏颇，但是他向中国读者指出了狄更斯及其创作的某些特点，而这些特色他们从那个时代的国内的批评家那里还看不到。相比而言，德国批评家梅林格的《迭更斯》一文对狄更斯的评价就要高许多。该文认

---

① 小泉八云：《十九世纪前半世纪英国的小说家》，《奔流》1929 年第一卷第 8 期。

为，狄更斯是德国人最喜爱的杰出作家之一，他有着旺盛的创造力，坚信民主主义，对下层人民富于同情心。梅林格指出，狄更斯喜欢伦敦，这座都会是他文学创作的源泉。他善于以极其敏锐的目光去理解它的各种人物并将他们表现在他塑造的各种人物之中，其中许多形象直到今天仍然栩栩如生。狄更斯热爱艺术，他有激进的民主思想，但当他遇到完全缺乏艺术感受的时候，他的民主信念就默不作声了。梅林格认为狄更斯心地善良、理智健全，这使他注意到资本主义社会的各种弊端并进行了猛烈的批判。然而，这并没有使他成为一个社会主义诗人，他强调的是改良。他要求改善英国的统治机构，但却不是以新的取而代之。[①] 20 世纪初，欧美包括日本的狄更斯研究水平远远高出中国，译介欧美批评家的著述，有利于借鉴他们的成果，开阔国内学者的视野与思维，是值得肯定的。

研究仍然比较沉闷，有价值的成果不多。吕天石的《欧洲近代文艺思潮》（商务印书馆 1923 年版）。指出了狄更斯作品中个人反抗社会的主题。谢六逸在《小说月报》第 13 卷第 6 号上发表《西洋小说发达史》，写到狄更斯时，认为他是"英伦第一小说家。当时的英国人，对于司各德派的'罗曼司'已经厌倦，到迭更斯的作品出现，虽然没有脱离罗曼的骨骼，但却有写实之风。表现在他的著作里的轻笑、悲哀、同情等，都是英人的气质。他的描写，无论是人物或是景色，是极精细的，富于机智。不过他有点浮夸的弊病。他和巴尔沙克一般，因为同情下流社会过甚，不免愚弄上流社会。因为他是一个理想家，是一种的社会改良家，所以有这种倾向。他的作品的流布是极广的，欧洲和美国的文坛也受他的影响不少，我国在早就有他的小说的译本，在学校里也把他的小说当作读物"。文章认为："迭氏痛恨上流社会，与贫乏的下级社会同情。因为他自幼就在辛苦中度日，所以书中所描写的事实，很是悲惨。"[②] 文章肯定了狄更斯的文学史地位，对他的思想倾向，创作风格、特点、影响，以及他的生平与创作

---

① 梅林格：《论狄更斯》，画室译，《语丝》1929 年第 5 卷第 14 期。笔者按：这里的梅林格就是德国马克思主义批评家弗兰茨·梅林（Franz Mehring），他的这篇文章 20 世纪 30 年代被胡风重译，篇名为《狄更斯论》，20 世纪 80 年代被罗经国以《查尔斯·狄更斯》为篇名收入《狄更斯评论集》（上海译文出版社 1981 年版）。

② 谢六逸：《西洋文学发达史》，《小说月报》1922 年第十三卷第 6 号。

之间的关系都做了比较详细的介绍。

1926 年，上海商务印书馆出版伍光建译的《劳苦世界》（现一般译为《艰难时世》），小说出版时，译者写了一个《译者序》："迭更斯所著劳苦世界（Hard Times），篇幅较短，而用意独深。惨淡经营，煞费苦心。部署结构，无不先有成竹在胸。非如其他著作，落笔挥毫，任其所之，并不先谋布局者可比。此作尊重德性，有功于世道人心不浅。英国大画师大文豪勒士经（John Ruskin）（现一般译为罗斯金），谓此为迭更斯诸著作之冠，研究社会问题者不可不读。法国大文豪塔痕（H. A. Taine）（现一般译为泰勒或丹纳）谓此书独重天理人情，凡狄更斯所著小说，微言深思无不尽萃于此书中，堪为倾倒。则此书之价值可知。欧战之后，其价值尤为有增无减也。民国十四年秋分，君朔序。"① 译序不长，但比较精到，《艰难时世》的形式、内容及价值均一一涉及，评价颇高。

郑振铎这一时期发表的《文学大纲》对狄更斯给予了极高的评价："他（狄更斯——笔者注）的小说所写的故事与人物都是在于英国中下级的社会里的，这与沙克莱（萨克雷——笔者注）不同……他不讥刺个人，他所骂的乃是社会的制度与组织。他的仁心与柔和的性格，使人读了都感动。平常人所不注意到的琐事末节，他也捉入小说中，写得异常可爱。"②

周瘦鹃除了翻译狄更斯的小说之外，还向读者介绍狄更斯以及他的一些轶闻趣事。如他在《爱修饰的文学家》一文中说狄更斯很讲究，爱穿华服，有一次请一位画师为他画像，他打扮得像一个花花公子。这大概是狄更斯成名之后的一个生活侧面。而在《说觚》中谈到小说之能感动人时，他又特举以"木强无情"闻名的另一个大小说家萨克雷阅读狄更斯小说《孝女耐儿传》（The Old Curiosity Shop）而伏案啜泣、继而泪如雨下的故事作为例证。同时，周瘦鹃在该文中还以狄更斯小说艺术创作特点为例说明做小说本非难事，"但须留意社会中一切物状。一切琐事。略为点染。少加穿插。更以生动之笔描写之。则一篇脱稿。未始不成名作"。"狄根司之

---

① 伍光建：《劳苦世界·译者序》，《劳苦世界》，伍光建译，上海商务印书馆 1926 年版。
② 郑振铎：《文学大纲》（下），商务印书馆 1920 年版。转引自郑振铎《文学大纲》（下），广西师范大学出版社 2003 年版，第 242—244 页。

所以以长篇小说名者。即以善写社会物状故。……于是嬉笑怒骂。皆成文章。而读者之喜怒哀乐。遂亦授之于书而不自觉矣。"并指出狄更斯这种小说取材的方法特点对自己创作产生的诸多影响等。

三　20 世纪 30 年代的狄更斯研究

经过 20 世纪 10 到 20 年代的准备之后，20 世纪 30 年代中国的狄更斯研究开始出现繁荣。

在狄更斯作品的翻译方面，1930 年，上海商务印书馆再版了林纾、魏易合译的《块肉余生述》，说明林译狄更斯小说仍然受到读者欢迎。1934年，上海三民图书公司出版奚识之译注的《双城记》。同年，北京商务印书馆出版了伍光建选译的《二京记》（现通译《双城记》）。1938 年，上海达文书局出版了张由纪翻译的《双城记》。

国外狄更斯研究的译介方面，这一时期出现了几部翻译的英国文学史，如林惠元译的《英国文学史》①，周骏章、周其勋、李未农译的《英国小说发展史》② 等较为详细地介绍了狄更斯的生活经历、创作风格及其人道主义小说。1932 年，上海广学会翻译出版了美国格林女士（K. N. Green）的《迭更斯著作中的男孩》。这部著作分析了惕姆、奥力昧推司特、大卫科拍飞尔、寇特纳勃尔斯、唐别保罗等五个男孩的形象。③ 作者的目的似乎不在深刻，而在于使读者了解这些人物形象。作者将他们的经历生动具体地叙事出来，加以一定的评论，使读者对这些人物具有感性印象的同时，对他们的意义也有一定的了解。如在分析小保罗的时候，作者先叙述了保罗在董贝父子公司中的地位，然后写董贝为了把儿子培养成为自己的接班人，如何加重他的学习负担，如何剥夺了他与自己姐姐弗洛伦斯以及同龄人交往的愉悦，再写保罗如何因病而去世。作者最后写道："唐别保罗'无母何恃'？其父又期望太深，以弱小之童年，遽加以十分重担，使

---

① F. Sefron Delmer：《英国文学史》，林惠元译，林语堂校，上海北新书局 1930 年版。

② 威尔柏·克劳斯（Wilbur L. Cross）：《英国小说发展史》，周骏章、周其勋、李未农译，上海商务印书馆 1938 年版。

③ 分别是《圣诞欢歌》《奥列佛·退斯特》《大卫·科波菲尔》《老古玩店》《董贝父子》中的人物，现一般译为铁姆、奥列佛·退斯特、大卫·科波菲尔、吉特·那布尔斯、保罗·董贝。

彼勉强读许多书籍，如柔软细草，猝遇霜雪，怎能使它不萎枯呢？我于是为天下无母之幼儿一恸，愿教育儿童者注意及之。"① 自然，将保罗的早夭完全归罪于董贝的要求过严，狭窄了这个形象的意义。但这段评论的确指出了保罗早夭的直接原因，深入挖掘下去，不难找出真正的罪魁乃是董贝的金钱至上的思想。因此，这段总结又是有意义的。

1937 年，是狄更斯诞辰 125 周年纪念。这一年《译文》新三卷第 1 期为此刊发了"迭更斯特辑"，翻译介绍了三篇文章。第一篇是苏联批评家亚尼克尼斯特著、许天虹译的纪念文章《迭更司论——为人道而战的现实主义大师》。文章从"人道的拥护者、'中等阶层'的作家、迭更司的矛盾、伟大的写实主义者"等四个方面对狄更斯及其创作进行了论述。作者认为："'笑'和'泪'——这两个字简明地表明了我们心中的跟迭更斯相关联的复杂思想和情感。他的长篇小说中充满着这两种各趋极端的情绪，表明了英国的一位最伟大的小说家的性格的复杂性。"狄更斯始终关注英国社会和英国人民，并以他的全部热情回应着。文章认为，狄更斯是一个中产阶级作家，一个人道主义者，他同情下层人民，具有民主思想。"他推翻了浪漫主义，为写实主义在文学上取得了一个地位。"但狄更斯的思想和创作是矛盾的。"在一方面，他不愿接受那蒲尔乔（引者按：即布尔乔亚，资产阶级）的现实状况，但在另一方面，在他批评现实时，他却没有作全盘的摒斥。迭更斯是一个改革家，并不是一个革命家。……他想要除去资本主义制度所产生的社会罪恶，但并不去触动这个社会本身。因此产生了他那拥护明确的缓和办法的创作活动，因此产生了他那希冀劳资妥协和贫富妥协的倾向。这产生了他那些和解的'圣诞故事'。这些和解的倾向反映着作为一个中等阶层的人道主义者的迭更司的性格。"② 这些观点反映了一个社会主义国家的批评家对狄更斯的看法，也是当时苏联学术界对包括狄更斯在内的西方人道主义作家的总体评价标准。第二篇文章是苏联批评家叶夫格尼·兰作、克夫译的《年青的迭更司》。文章记

---

① 格林：《迭更斯著作中的男孩》（一角丛书之一），上海广学会 1930 年版。
② 亚尼克尼斯特：《迭更司论——为人道而战的现实主义大师》，许天虹译，《译文》1937年新 3 卷第 1 期。

叙了狄更斯如何通过自己的努力，从不利的环境中脱颖而出，从皮鞋厂的童工到司法所的学徒，到采访国会的新闻记者，最后成为一位著名作家的过程。文章肯定了狄更斯超强的记忆力、深刻的观察力和惟妙惟肖的描写能力，认为狄更斯同时代的作家如萨克雷、布尔韦、科林斯和爱略特等在这些方面都比不上他。第三篇文章是法国作家莫洛亚作、许天虹译的《狄更斯与小说的艺术》。莫洛亚批驳了当时的一些批评家对狄更斯的指责，如他的小说缺乏结构，他的人物是木头制成的，他总是在自己的小说中追求一个道德目标。他指出这些指责的不正确，肯定了狄更斯的小说艺术。莫洛亚指出，在狄更斯之前，英国小说一直在菲尔丁开辟的道路上徘徊，这个时候，"迭更斯来了。他发见了那几乎还在婴儿时期的小说，一群不很严格的读者，一大堆没有使用过的材料"。在他手里，英国小说走向了成熟。他的小说可能有自己的缺点，但这缺点无损于其伟大。莫洛亚最后写道："迭更司是迭更司，正如巴尔札克是巴尔札克一样。让我们尊敬地在这些巍峨的纪念碑四周盘桓着，在享受了分析的快乐之后，让我们来尝味亲爱的他们纯正的喜悦吧。"[①] 莫洛亚虽不是英国人，但他对狄更斯及其创作的把握十分深入，分析十分细致，有说服力。继这篇文章之后，《译文》新三卷第3、4两期又连续刊登了莫洛亚的《迭更司的生平及其作品》（上、下）。1941年，《现代文艺》第二卷第6期上又登载了莫洛亚的《迭更司的哲学》。四篇文章构成了莫洛亚的传记名作《狄更斯评传》一书的全部内容。1943年，这部由莫洛亚著、许天虹译的传记的单行本由桂林文化出版社出版，为中国读者全面深入地了解狄更斯起了很好的作用。

这一时期的译介，值得一提的还有美国女作家赛珍珠的《我对迭更司所负的债》。在这篇文章中，赛珍珠深情地回忆了自己孤独的童年：父母没有时间管她；周围的中国人虽然不是不好，但没将她作为自己人；她时时意识到自己是一个外国人、一个异类。"她常要想到，'像我一样的小孩到底住在什么地方？他们所在的是类似怎样的一个国家？'我记得，她很想和这些小孩一起玩，可是这里没有他们。"这种情况在她7岁时的一天

---

① 莫洛亚：《狄更斯与小说的艺术》，许天虹译，《译文》1937年新三卷第1期。

改变了。她发现了狄更斯的作品。她先读了《奥列佛·退斯特》和《艰难时世》，然后就离不开它们了。"在以后的十年中每本书我都读过一遍又一遍，从此时起在我的手头总有迭更司的一册什么书，这我可以钻进到这书里去，使自己感觉到又在家乡。"赛珍珠认为，狄更斯对她的影响是巨大的。"他要我张开眼睛看人，教导我爱一切的人，善的与恶的、富的与贫的、老年人与小孩子。他教我恨虚伪与好听的话语。他使我相信，在外表的严厉中时常隐藏着良善，良善与诚恳高出于世上的一切。他教我痛恨吝啬。现在才认为，他在其性格上是天真的，感情作用的与孩儿气的。或许，这是对的，但我所知道的人非常像他书中的人物——要知道在生活中好人不一定是那么白玉无瑕，而坏人也不是那么容易辨认得出来。但我并不非难他的纯朴，因为他有一优点。这优点——便是对生活的极大的兴趣。如果他看到的生活仅是黑的与白的，那不过是因为他本身里面潜伏着莫大的力量与纯洁、爱与憎。他交给了我对于这多样的人类生活的兴趣，与这生活的最大的欢快。""我时常读着迭更司的书以消磨晚上的时间，因为另外我没有什么地方可去。"狄更斯还使赛珍珠爱上了英国，虽然她没有一点英国人的血统。"好几年前，我到伦敦时，我很熟识它，我并不感觉到我是在异国。"① 整篇文章的字里行间，洋溢着作者对狄更斯的感谢与崇敬。作为在中国出生的美国女作家，赛珍珠 1932 年获普利策小说奖，1938 年获诺贝尔文学奖，在中国读者中的影响很大。她出面谈狄更斯对她的影响，对提高狄更斯在中国读者中的地位和影响有着积极作用。

国内的狄更斯研究方面，这一时期主要还是知识性、介绍性的文章居多。1931 年，樱宁在《循环》杂志第一卷第 25 期"近代名人介绍"栏目发表文章《狄更斯（Charbes dickens，一八一二至一八七〇）》，指出狄更斯是英国写实文学的代表，与萨克雷一起为英国文坛的双璧。但狄更斯的作品"喜欢描写下流社会的生活而予以哀怜。所以他的作品，更受人热烈的欢迎"②。肯定了狄更斯在英国文坛首屈一指的地位。1934 年，《国闻周报》上发表一篇文章《英国文坛新发现不列颠博物院秘档记——小说名家

---

① 赛珍珠：《我对迭更司所负的债》，克夫译，《译文》新三卷第 3 期。
② 樱宁：《狄更斯（Charbes dickens，一八一二至一八七〇）》，《循环》第一卷第 25 期。

狄更斯夫人之泪史》。文章详细地记叙了狄更斯的婚姻与恋情，包括他与几个姨妹的亲密情感，与女演员爱伦·特南的私情，以及他最后与妻子凯瑟琳的分居，并配以图片。对狄更斯与妻子的关系及其处理，文章作者显然有所批评："狄更斯到晚年尤其暴戾。一八六五年狄氏乘车在铁道旁遇险，狄夫人写信问候他，他只冷冷地答复了几句。……自从离异以后，狄更斯对于这位十个子女的母亲，从未见过一面。最后他临终的时候，把子女找到病榻之前，但是绝没有去找他的夫人。遗嘱上面的措辞，尤其使得狄夫人难过。他谆嘱子女不要忘记他们的娇娜姨母抚养他们的恩惠。他又给遗产八千镑给娇娜，凡是他的珍饰玩好，一切归娇娜保存。狄更斯生前每年给狄夫人生活费六百镑，遗嘱当中，又把这数目削成只能动用八千镑的息金。这位葬在西寺的英国文坛巨子，对于他的夫人的待遇，可谓奇酷备至，不能不为他的盛名之累了。"① 这篇文章对于中国读者了解狄更斯的私生活，并进而增进对其创作的了解是有积极作用的。但狄更斯与其妻子的关系十分复杂，不宜用片面指责某一方的方式来处理。《中学生》杂志 1935 年第 55 期上刊登佩弦（朱自清）的《文人宅》（伦敦杂记之四）。文章介绍了狄更斯 1837 年到 1839 年在伦敦"西头"住过的一个宅子，这个宅子当时被辟为狄更斯纪念馆②。朱自清介绍了里面格局与摆设，并顺带对狄更斯的生平与创作做了简单的介绍。最后，作者略带感叹与尊敬地写道："宅子里的东西多半是人家捐赠，有些是特地买了送来的。也有借得来陈列的。管事的人总是在留意搜寻着，颇为苦心热肠。经常用费大部靠基金和门票、指南等余利；但门票卖的并不多，指南照顾的更少，大约维持也不大容易。"③ 1936 年，平万在《自修杂志》发表文章《小说名家狄更斯之奋斗》。文章发表在"自学成功名人传"这一栏目，作者的目的是为当时的青年人立一榜样，鼓励他们在逆境中自学成才。因此，文章主要介绍了狄更斯早年的艰难处境和他如何在逆境中自强，最终成为著名作

---

① 兆素译述：《英国文坛新发现不列颠博物院秘档记——小说名家狄更斯夫人之泪史》，《国闻周报》第 11 卷第 26 期。

② 这个纪念馆现在还在，笔者 2009 年在剑桥大学访学时还去参观过。

③ 佩弦：《文人宅》（伦敦杂记之四），《中学生》1935 年第 55 期。

家的过程。文章认为，早年的艰辛对狄更斯的改变至少有两个重要影响：
"第一是，使他对于穷苦工作的人们有了广大的同情心，甚至于不能说话
的动物，也在他的同情心中占了位置。他最恨的是那些有能力行善而不为
善的人们。其次，他学到了勤苦和负责的可贵。如果说有一个作家，他写
作那么认真，好像有人在监督着，那就是说狄更斯。"① 平万认为，这种影
响对于狄更斯日后的创作起了积极的作用。而《文学》1937 年第 8 卷第 6
期的一篇不到 1000 字的短文则着重介绍了狄更斯晚年的朗读活动。文章将
他进行朗读的原因归于他好动和喜欢表演的性格。"虽然许多友人都警告
迭更司，这是有伤他那作家的尊严和他的康健的，但生来就喜欢表演的迭
更司，因为要更亲切地去尝味一般读者对他的钦佩和敬爱，竟不顾一切地
出发了。"② 这种活动损害了他的健康，狄更斯的早逝与此有关。实事求是
地说，狄更斯的朗读与经济上的考虑也有一定的关系，文章没有指出这一
点。但它补足了狄更斯生活的一个环节，使中国读者对狄更斯的生平有一
个更完整的了解。

有的研究者注意到了狄更斯小说之外的其他作品。1934 年，《新垒》
杂志第 4 卷第 5 期发表了高倚筠的文章《狄更斯的〈耶稣传〉》③。文章写
道，大约在 1846 年至 1849 年，也即狄更斯《大卫·科波菲尔》的写作之
前和之中的时候，他还写了一本《耶稣传》(The Life of Our Lord)。"这本
书是他特写来给他的儿女们看的，可是一生都没有出版，直至今年才由纽
约的 Simon and Schuster 公司初次发售。"文章认为，狄更斯写这本书的目
的，是因为他所生活的年代，是科技飞速发展的年代，人们的宗教信仰开
始动摇，但狄更斯的"宗教热情并没有衰歇，他又恐怕他的儿女们会受了
这个影响，所以他就在他们能够阅读粗浅文字的时候，给他们先灌注一些
耶稣的生活"。换句话说，狄更斯的目的是想在宗教信仰不稳定的时代，
从小培养自己的孩子对耶稣和宗教的信仰与热爱。而狄更斯在书写出之后

---

① 平万：《小说名家狄更斯之奋斗》，《自修杂志》1936 年第 1 卷第 2 期。
② 《迭更斯的晚年》，《文学》1937 年第 8 卷第 6 期。
③ 除《新垒》外，同年的《生生》第 3 卷第 2 期、《文学》第 3 卷第 2 期也都发表了狄更斯
《耶稣传》出版的消息。

拒绝正式将其出版的理由则是："这部书是他写给他的儿子们的个人私信，同时又恐怕一公开了他这么亲密的文字会引起人家攻击他对于宗教信仰之热情。"狄更斯去世时，将这部书的手稿交给他的妻妹乔治娜保管，乔治娜死后，这部书稿则由狄更斯最小的儿子亨利·菲尔丁·狄更斯保管。亨利在世之时，一直遵循狄更斯的意愿，没有出版这部书稿，但他并不觉得父亲的决定是正确的，因此在自己的遗嘱中，他这样写道："我是他的儿子，不能不照我父亲的愿望不要它出版，可是我不以为这是对的……因此，我命令我的妻子和儿女们去考虑一下这个问题，不要受了我的意见的影响，合情合理多数表决了不要把它出版，我就命令我的妻子把那原稿送去不列颠博物馆，她做女保管人；可是如果多数表决了要出版，那末，我就命令我的妻子负责把它卖了，卖得的钱，我的妻子儿女抽数平均。"他去世之后，他的妻子儿女们开会表决，决定将此书出版。全书128页，共11章，大多是根据对路伽福音写的。高倚筠认为"《耶稣传》的文字非常轻松简白，炼字造句都很浅显，不只是小孩子当它是故事读了会受了很大的感动，即使成年人读了也决不会当它是写给小孩子的"①。这篇文章比较详细地记述了狄更斯《耶稣传》的写作和出版经过，对其内容与形式做了简洁的介绍。说明当时国内狄更斯研究界对于国外狄更斯著作的出版情况还是比较关注和熟悉的。

这一时期比较系统地论述狄更斯的文章是徐行的《狄更斯之研究》。全文分为四个部分，分别发表在1936年的《礼拜六》第632、633、634、635期上。文章第一部分对狄更斯进行概述。先肯定狄更斯是"维多利亚时代三大小说家——巴沃尔、狄更斯、萨克雷——中最得人崇拜的一个"。然后简单介绍了狄更斯的创作，肯定狄更斯是一个伟大的讽刺作家。他"所笑的是上流社会，而他的同情之泪却在下流社会"。文章认为，狄更斯"并没有喊什么革命，也甚至没有想到革命"，但他的作品却"可以在人民中煽起反抗的火焰，并培养着革命的种子"②。第二部分主要谈狄更斯的童年与少年生活。徐行认为："要了解狄更斯的著作中的思想，对于他生平的事迹就要有相当的了解。因为狄更斯的著作中所描写人物，往往就是从

① 高倚筠：《狄更斯的〈耶稣传〉》，《新垒》杂志第4卷第5期。
② 徐行：《狄更斯之研究》，《礼拜六》1936年第632期。

他自己生活的经历上脱化来的。"① 文章比较详细地叙述了狄更斯的早期生活，以及他的父母对他的影响。第三、第四两个部分谈狄更斯的著作生涯，分成上、下两篇。上篇谈狄更斯的创作早期的生活。1933 年，狄更斯发表了自己的第一篇作品《民斯及其同族兄弟》。但这篇作品狄更斯并没有得到稿费，"可见当时出版界对一个穷苦的新进的作家的待遇是如何的刻薄"②。后来，他将自己这一时期写的作品结集为《波茨小品文集》（现一般译为《博兹特写集》）。1938 年，狄更斯结婚，同年，发表他的成名作《辟克威克》（现一般译为《匹克威克外传》），他的生活进入第二个时期。这一时期 "他的新的工作主要可归纳为三方面：第一是写作，第二是公读（这是当众诵读自己的作品），第三是出版活动"③。这一时期是他生活中最愉快的时期，也受到一些攻击，但他以自己的天才的创作对这些攻击做了回答。下篇写狄更斯 1841 年后的生活与创作，如他的两次美国之行，他的意大利、瑞士、法国之行，他晚年的朗读活动，等等。狄更斯的《美洲印象记》（现一般译为《游美札记》）、《马丁捷士尔威达》（现一般译为《马丁·朱述尔维特》）批判了美国的监狱和美国人的虚伪，激起美国人的愤怒。但狄更斯并没退缩，他坚持认为《马丁》是他的得意之作。"狄更斯一生最可訾议的是他晚年（约十年间）的黄金欲，但这一点决不能掩蔽这天才作家的伟大。"④ 徐行的这篇文章名为 "狄更斯之研究"，但仍侧重于生平与创作的叙述，实质性的研究并没进行。而且行文间有很多错误。除了上文已经指出的之外，再如文章将《匹克威克外传》说成是小品文，将《圣诞故事集》说成是长篇小说⑤，等等。这都是些不应该犯的错误。由此也说明我国当时对狄更斯的整体研究水平还有待提高。

---

① 徐行：《狄更斯之研究》，《礼拜六》1936 年第 633 期。
② 徐行：《狄更斯之研究》，《礼拜六》1936 年第 634 期。笔者按，此说有误，实际上，狄更斯第一篇作品没有得到稿费的主要原因是因为他既没署名也没写地址。又，狄更斯的第一篇小说一般译为《白杨路的主餐》。
③ 同上。笔者按，此说亦有误。狄更斯的朗读活动开始于他 50 岁之后，创作早期并没有公读。
④ 徐行：《狄更斯之研究》，《礼拜六》1936 年第 635 期。
⑤ 徐行：《狄更斯之研究》，《礼拜六》1936 年第 632 期。

四　20 世纪 40 年代的狄更斯研究

20 世纪 40 年代，中国的狄更斯研究进一步繁荣。

在狄更斯作品的翻译方面，除以前各种译本不断再版之外，这一时期出现了不少新的译本。1940 年，上海合众书店出版了海上室主用文言文翻译的《双城故事》（现通译《双城记》）。1942 年，上海新时代社出版丘斌存翻译的欧美作家短篇小说集《汤琰穆飞游记》。其中收入了狄更斯的短篇小说《娜如底死》《曷利底死》。1943—1945 年，重庆文化生活出版社陆续出版了许天虹翻译的《大卫·高柏菲尔自述》（4 册），1947 年，该译本又以 3 卷本的形式由上海文化生活出版社出版。1944 年，重庆自强出版社出版了邹绿芷翻译的狄更斯的短篇小说集《黄昏的故事》（收入《黑面幕》《酒徒之死》《街灯夫》《黄昏的故事》《敏斯先生及其从兄》和《和雷细奥斯帕金斯》等 6 部短篇小说）。1945—1946 年重庆文化生活出版社出版了许天虹翻译的《双城记》（3 册）。1945 年，重庆文化生活出版社出版了方敬翻译的《圣诞欢歌》。1945 年，重庆国际文化服务社出版了陈原译的《人生的战斗》。1945 年，上饶战地图书出版社出版了许天虹翻译的《匹克维克遗稿》（第 1 册）（即《匹克威克外传》前 4 章）。1945 年 6 月，重庆文化生活出版社出版了许天虹翻译的《大卫·科波菲尔》。1947 年 5 月，上海通惠印书馆出版了邹绿芷翻译的《一个家族的故事》（同年 11 月，该馆将书更名为《炉边蟋蟀》重印出版）。1947—1948 年，上海骆驼书店出版了蒋天佐翻译的《匹克威克外传》（1948 年，上下册）、罗稷南翻译的《双城记》（1947 年）、董秋斯翻译的《大卫·科波菲尔》（1947 年，上下册）和蒋天佐翻译的《奥列佛尔》（1948 年，现一般译为《奥列佛·退斯特》）。总括起来，这一时期共翻译出版了狄更斯 7 种新的长篇小说全译本、1 个新的节译本和 11 部中短篇小说。到 1949 年，狄更斯的 15 部长篇小说已有 9 部被译为中文在国内出版。① 这为我国读者的阅读和研究者的研究提供了较好的基础。

――――――――――

① 　计有《匹克威克外传》《奥列佛·退斯特》《尼古拉斯·尼克尔贝》《老古玩店》《董贝父子》《大卫·科波菲尔》《艰难时世》《小杜丽》和《双城记》。

在国外研究的译介方面，这一时期的重要成果之一是 1943 年由桂林文化出版社出版的许天虹翻译的《迭更司评传》。这是国内第一部系统介绍狄更斯的生平与创作的专著。书的作者是法国著名传记作家莫洛亚。莫洛亚虽是法国人，但对狄更斯却有着非常深入的"同情了解"。在他的笔下，狄更斯的生活、个性、思想、喜好，以及创作风格、作品的内容和形式特点都得到了很好的表现。传记很有文学色彩，可读性很强。朱虹认为："约略考察一下百年来的狄更斯评论就不难发现，莫洛亚的立论也许属于'老派'，但相隔半世纪，也不无新鲜之处。比起某些令人沮丧的新发明，使人倍感亲切。莫洛亚笔下出现的是一个富有人情味的狄更斯，有普通人的弱点，但又有过人的精力与非凡的艺术造诣，总之，是既平凡又伟大的天才艺术家。这样的一个狄更斯读者能理解，愿意亲近并想通过作品进一步去了解他。"① 这段评述写于 30 年前，现在看来，仍有意义。

除莫洛亚的《狄更斯评传》外，1942 年，《金沙》第 1 卷第 4 期，发表了怀谷译述，弗斯特（现通译福斯特）著的《狄更斯的生活与著作》。福斯特是狄更斯生前好友和死后的遗嘱执行人，他写的《狄更斯传》至今仍是狄更斯研究最权威的资料之一。这篇文章根据福斯特的记载，对狄更斯的生平与作品做了一个简短的概述。1947 年，《读书与出版》复 2 第 4 期发表了珂洛连科的《初读迭更斯的〈唐贝父子〉》（何家槐译）。在文章中，珂洛连科以文学的笔调，追忆了自己童年时期阅读《董贝父子》的一次奇妙的经历。书是作者的哥哥借回来的，他利用哥哥不看的间歇翻了一会儿，一开始书并没有吸引他。"但有一天当我哥哥正在阅读的时候，我看见他笑得竟像发了疯似的。接着，他又一再地仰在椅子上，把书放在腿子上抖着，大声地哄笑着。"童年的珂洛连科为好奇心所吸引，又重新拿起了小说。他读到小保罗之死，立刻"像着了魔似的呆住了"② 。整部小说的魅力向他展示出来，他被小说的情节，被保罗、董贝，特别是弗洛伦丝

---

① 朱虹：《也和狄更斯交个朋友吧！——谈莫洛亚的〈狄更斯评传〉》，《名作欣赏》1984年第 4 期。笔者按，莫洛亚的《狄更斯评传》现在比较通行的译本是朱延生译，山西人民出版社 1984 年版，和王人力译，上海译文出版社 1986 年版。两个译本现在很容易找到，具体内容不再赘述。

② 珂洛连科：《初读迭更斯的〈唐贝父子〉》，何家槐译，《读书与出版》复 2 第 4 期。

所吸引，爱不释手。这篇文章展示了狄更斯小说的生动之处，展示了普通读者被它吸引的过程，有助于读者了解狄更斯小说的魅力。

1944 年，《锻炼》第 2 期、第 3 期连续发表 N. 亚坡斯陀洛夫（N. Apostolov）著、刘思源译的《托尔斯泰与狄根斯》。文章对狄更斯与托尔斯泰之间的相似之处，以及前者对后者的影响进行了比较详细的论述。文章认为，"当我们评价狄根斯创造力的伟大时，我们应当把他列入从社会道德重要性的三棱镜来看艺术的优秀人们中。在这一方面，不难在他和托尔斯泰中间发现相似之处"。"狄根斯著作中这两种成分——他对于人类福利的关切，他对于各种问题（即使是引起他的怜悯和愤慨的问题）的诙谐看法——使他对于托尔斯泰格外富有吸引力。"文章认为，托尔斯泰的自传体三部曲《童年》《少年》《青年》，"表明托尔斯泰所受狄根斯的一般的影响和《大卫·科波菲尔》特殊的影响"。"总体来说，某些西方作家在托尔斯泰身上发生影响（在他最早期的作品中，这样的痕迹格外看得出）是没有怀疑的余地的。在那些作家中间，没有疑问，狄根斯占主要的地位。"[1] 托尔斯泰自己也承认并乐于谈到这一点。"托尔斯泰伯爵夫人在一封信中告诉我们：'我的丈夫很重视《大卫·科波菲尔》，也常称赞狄根斯其他的作品。萨克雷的作品他也喜欢读，但我从来不曾听见他发表关于他的意见。'""托尔斯泰在《什么是艺术》中最确定地发表了关于艺术家的狄根斯的意见。在他所举的最高艺术的少数例子中，他提到《圣诞歌》、《二城故事》，他把《大卫·科波菲尔》和《辟克维克文件》举作'上等阶级'最好艺术作品的例子。""托尔斯泰觉得狄根斯是那用了作品来促进人类福利的作家中的一类。这是他们相似之点的'内在的'方面。"[2] 文章详细分析了托尔斯泰与狄更斯的相似之处，内容比较丰富。1948 年，《谷雨文艺月刊》第 4 期发表李联译的汉弗莱·豪斯（Humphry Housg）的《英国社会问题小说家狄更斯的两个性格》。豪斯惊异于虽然狄更斯不断地被人们研究，但"对于他的综合批评很少。人们常常忽略了他的深刻性格，明显的性格间的联系常被人草率地肯定或略去"，这不利对于狄更斯

---

① N. Apostolov：《托尔斯泰与狄根斯》，刘思源译，《锻炼》1944 年第 2 期。

② N. Apostolov：《托尔斯泰与狄根斯》，刘思源译，《锻炼》1944 年第 3 期。

及其作品的理解。豪斯认为，狄更斯有两个重要的性格侧面。其一，"他深受罪恶、邪念和强暴所吸引，尤以各种身受的残酷和痛苦，因此，很明显，这些影响形成了他的心理特性，他表现着，对于犯罪者底思想和行为的了解，有巨大而深切的认识，关于邪恶的知识是他把握读者们的心的一个源泉"。其二，是他的诚挚道德观念。"他对于立法程序、行政和财政很关心，还有更奇妙的，他以为用人与人之间纯朴忠心的善意，或以解决一切社会疾病，他常为了社会或半政治的目的而写作，尤以暴露黑暗、挑战痛败为甚。"① 豪斯认为，这两个性格深深影响了狄更斯的创作，他的小说如《奥列佛·退斯特》《老古玩店》对于邪恶几乎有一种同情的理解。"在《古老古董店》（现一般译《老古玩店》），吉尔普（现一般译奎尔普）对待他底妻残酷得可怕，在《巴纳比·拉特治》（现一般译《巴纳比·拉奇》）中戈登暴动的叙述，《双城记》中恐怖者的野性之叙述，以及朱茨列维（现一般译乔纳斯·朱述尔维特）谋杀了提格之后常常流浪，这些例子显示了他对于罪恶、无可避免的邪恶、孤独的道德罪人熟悉得惊人。"② 而这一切又是与狄更斯对社会罪恶的批判结合在一起的。这形成了狄更斯小说的魅力与特点。这些国外的研究文章从不同的角度对狄更斯及其作品进行了分述，对于当时还不发达的国内狄更斯研究起到了很好的借鉴作用。

国内研究方面，这一时期开始出现繁荣。具体表现一是研究文章数量逐渐增多，一是新的研究角度开始出现。

这一时期出版了7种狄更斯长篇小说的新译本。在译本出版的时候，译者们往往喜欢写点文字，对译本进行介绍、评论。这些译序虽然不长，但由于译者对于自己评论的作品十分熟悉，因而往往能够切中肯綮，谈出自己的特色。如蒋天佐的《〈匹克威克外传〉译后杂记》。文章将小说的写作过程叙述得非常详细："《匹克威克外传》最初发表的年代是一八三六年，形式是所谓'先令月刊'，每月出一分册，附有插图，而且开头是以

---

① Humphry Housg：《英国社会问题小说家狄更斯的两个性格》，李联译，《谷雨文艺月刊》1948 年第 4 期。

② 同上。

插图为主。分册出版的时候封面上写着：'匹克威克社遗留的文件，中有关于社员的游历、奇遇、旅行、冒险、游戏事项的踏实记录。鲍兹编辑，附有西摩的插图四幅。'但是不久西摩自杀了，插图者换了布斯，而《匹传》也就改成以文字为主的东西。布斯据说是一位高超的画家，可是没有刻铜版的技巧，而那时没有现代的制版术，必须用手刻，而且大多要画家自己动手。所以布斯不久就被布朗所代替，他在他的插图上，用菲兹的笔名，为了和迭更司的笔名鲍兹呼应。这些插图我们现在都翻印了出来，对于版画有兴趣的读者大概是可以获得相当满意的。"文章的主体部分是谈《匹克威克外传》的语言及其翻译。蒋天佐认为："狄氏的风格不是简练的，文字亦然。翻译的时候，几次犹疑要不要加以修整。但结果仍然决定任其拖沓……遇到那些长得可怕的句子，我总尽力保持原样，不随便割断，因为我觉得把外国文的结构在合理的范围内介绍给中国人参考，也是翻译的任务之一。"蒋天佐认为："迭氏的文字虽不简练，然而灵活之极，也丰富之极。就文字技巧而言，《匹传》较之我所读过的迭氏其他著作尤其巧妙而变化多端。"接着，文章讨论小说中的人物语言："作品中人物的语言切合人物的身份，在外国作品是早已不算什么的。这也是近代文学的特色之一……但在迭更斯的时代，语言和人物的完全吻合，似乎还只是开始，还没有完成，至少迭氏的作品不能说达到完成。"文章认为匹克威克先生的语言有其特点，至于其他人物，其语言的特点"还只能算是表面的征象，所谓'性格'却是难说的"。至于维勒父子，"他们语言的最大特色是有规律的拼音错误和文法错误，至于措辞方面，除了若干'黑话'，都是并无特色的"[①]。作者在翻译的过程中，只有对《匹克威克外传》的语言有十分深入的了解，对其语言的分析才能合乎作品实际。另一方面，从字里行间，我们也能看出作者的翻译观念，如对"信"的强调，对翻译传达原作风格的要求，等等。

除了这些译者序或译者后记之外，这一时期狄更斯研究的主力还是一些单篇的研究文章。

---

① 蒋天佐：《〈匹克威克外传〉译后杂记》，《人世间》1947 年第 4 期。

20 世纪 40 年代初，之青在《民力副刊》第 205 期、第 206 期、第 207 期连续发表文章《小说家狄更斯》，比较详细地叙述了狄更斯的生平与创作，并用英文原名，列举了狄更斯的 14 部长篇小说，以及《博兹特写集》《游美札记》《意大利风光》《圣诞颂歌》《教堂钟声》《炉边蟋蟀》《人生的战斗》《着魔的人》等 8 部作品，共 22 部。但奇怪的是没有收入《巴纳比·拉奇》，大概是由于作者的疏忽。① 但尽管如此，这篇文章还是为中国读者提供了一份最完整的狄更斯主要作品名录。

1943 年，戴烨在《新学生月刊》发表文章《迭更斯的〈双城记〉》，认为狄更斯"最大的贡献，莫过于《双城记》的问世"②，肯定了《双城记》在狄更斯创作中的地位。但文章以介绍故事情节为主，缺少深入的分析。同年，天虹（许天虹）在《改进》发表文章《关于迭更斯和〈匹克威克遗稿〉》。文章将狄更斯称为英国最伟大的通俗作家，并解释说这里的通俗没有贬义，而是指"他的作品为文化程度较低的大众爱读"。文章认为："迭更司是英国得以避免'革命'的精神上的因素之一。"如果英国社会改变了一些弊病，具有更多的温和、仁爱的色彩，"这些都有一部分是迭更司的功劳。没有几个作家，曾给予他们的国家这么大的影响，因为没有几个人曾这么正确地表现他们自己的民族——在它的大大小小的一切形象上"。"迭更司的伟大，不仅在于他的作品大规模地暴露了当时的英国及其各社会层的生活真相，而且也在他造成了一种真正的'文学革命'。他推翻了浪漫主义，为写实主义在文学上取得了一个地位。"③ 文章从读者、社会影响和文学史上的贡献三个方面肯定了狄更斯的地位，代表了当时国内的主流看法。

1946 年，金钧在《幸福世界》发表文章《英国文豪狄更司》。文章侧重介绍了狄更斯宽广的国际胸怀。文章认为，狄更斯"不是一个气量狭窄的英国人。许多的意大利人、法国人和德国人都喜欢他"。"朋友从他的为

---

① 不可能是由于不知道。因为在文章中，作者列出了他写这篇文章的参考资料，如 Long 著的《英国文学》，William Swinton 著的《英国文学研究》。按理，这些英国学者列举狄更斯的作品时不会遗漏《巴纳比·拉奇》。见《民力副刊》第 207 期。

② 戴烨：《迭更斯的〈双城记〉》，《新学生月刊》1943 年第 2 卷第 1 期。

③ 天虹：《关于迭更斯和〈匹克威克遗稿〉》，《改进》1943 年第 8 卷第 1 期。

人方面发现一种可亲近的品质，于是马上会得到他们的信任。……在巴黎，他跟乔治桑、拉玛丁、雨果、吉赛亭以及无数的歌剧界和话剧界的闻人相处得很熟，他受到他们的招待。他了解他们之中的任何一个人，并没有什么困难。"他的作品也是如此。他的《匹克威克外传》出版之后，"在法国的家庭里，在意大利的家庭里，在德国的家庭里，马上都是人手一卷了，因为他们发现书中产生了热情与笑料，这都是他们所能够了解的。书中的主人翁匹克威克先生本人，成为一个欧洲人的典型了"。他的其他小说"并没有用什么方法推销到外国或登广告，就是凭着书的本身的价值，深入到欧洲人的心里，所有的读者立刻觉得，在他们的作家的精神上，他们有了一个真正的英国朋友"①。此外，文章还以具体的事例说明了狄更斯的仁慈情怀。

有的文章带有广告宣传的任务。如天泽的文章《狄更司与其焦炭市》。文章先简略介绍狄更斯的生平与作品，然后介绍《艰难时世》，认为"《焦炭市》（Hard Times，即《艰难时世》）正是他的名著之一，篇幅较短而用意独深"。在文章后面，杂志用个方框标出："《焦炭市》曾由陈汝惠译出后，发表于《小说月报》，旋因该刊停办，发表者仅五分之一，陈氏兹决定改由本刊发表，将自第七期起。"②顺便为杂志以后的内容做了一个广告。

1947年，郁天在《文艺知识》1947年第1集第4期上发表文章《迭更斯和他的〈双城记〉》。文章从"艰难与欢乐的生活""发掘中下层的作家"和"双城记"三个方面对狄更斯与他的《双城记》进行了介绍。作者认为："《双城记》在迭更斯的作品中，是比较富于理想的一部，所以结构也没有像他其余的作品那么散漫。而且在主题的处理上，很明显地呈现足以代表迭更斯的那种人道主义，以及他的爱和恨的和解的倾向。""《双城记》在其他方面，和迭更斯的另外的著作一样，是一种笑和泪所凝结的杰作。它有着十分奥妙的结构和十分复杂的感情。他是用一种易被市民阶层所接受的通俗的形式来实行他的故事和描写人物的。"梅尼特的"故事几

---

① 金钧：《英国文豪狄更司》，《幸福世界》1946年第1卷第3期。
② 天泽：《狄更司与其焦炭市》，《启示》1946年第5期。

乎离奇曲折到了极致，他的语言几乎发散到了极致，却并不荒诞，而且这种神密（原文如此）的曲折与有趣的语言仍不妨害，那特有的爽朗格调"。"迭更斯的艺术特色里，显然有着一种磁性的魔力，它很自然地吸引着广大的读者，感受着他的一种痛苦又欢乐、恐惧而舒适的复杂的情绪，在不大吃力也不大平静的情况下，顺顺当当读完他的小说。照莫洛亚说起来，这就是'一种迭更斯的风味'。"① 文章对《双城记》的介绍比较详细，分析比较细致与中肯。

1947 年，蒋天佐在《文汇丛刊》发表文章《关于迭更司》，认为评价狄更斯不能单从思想、性格描写、风格、语言、结构、对现实的反映等方面着手，而是要"整个地把他放在人生的饱含一切元素的洪流里估一估它的比重"。从这个角度看，狄更斯的伟大是无可否认的。此外，作者认为，狄更斯是中产阶级的代表，他"在英国文学史上的地位约摸可以比作法国的巴尔扎克和俄国的果戈理"②。因为当时巴尔扎克和果戈理在中国读者中的知名度较高，这种比拟有助于肯定狄更斯的文学史地位。

1947 年，林海在《时与文》发表文章《〈大卫·高柏菲尔自述〉及其作者》。这篇文章联系狄更斯的生平分析《大卫·科波菲尔》，挖掘其成功与不足的原因。林海认为："读书要知人论世，这是一条颠扑不破的原则。这条原则可以普遍应用，而用于读狄更斯的作品，尤不可废。"作者秉持穷愁著书，愤怒出诗人的观点，认为狄更斯早年生活艰辛，这形成了他的人道主义和对人类的同情。25 岁之后，他一举成名，从此一帆风顺，这使他变得虚浮。他有一种盲目的乐观主义，"这是因为他成功得太迅速而彻底。让他多在泥潭中挣扎几时，他的态度也许会更严肃一点，对于世事的看法也许会更深刻一点。因为他翻身得太容易了，他才那样盲目地相信，一切可怜虫的命运，都跟他自己的一样，总有一天会自动地'否极泰来'"。这自然要对他人的创作产生不利的影响。具体到《大卫·科波菲尔》，人们一般认为前十几章写得好，而后面的部分则写得不大好。其原因则是因为"这书开头十几章，十之七八是作者自己的经验，后面则想象

---

① 郁天：《迭更斯和他的〈双城记〉》，《文艺知识》1947 年第 1 集第 4 期。
② 蒋天佐：《关于迭更司》，《文汇丛刊》1947 年第 4 期。

居多"。"狄更斯开始写这书时，他的思想回到童年时代，所以字字认真，语语动人，到了大卫发迹之后，那是另外一个狄更斯，成功后的狄更斯，在那里执笔。"于是，好人得到好报，恶人得到恶报，"一切现世社会上不可能的事，他要在作品中使其可能"。"这种作品当作'劝世文'来看自然很好，但对于真正的'世道人心'却是大有害处，因为它的盗用只是麻醉而已。""在技巧方面，狄更斯的作品更十足地受着'成功得太迅速而彻底'之累。以才力而论，他几乎无所不能。"但是，"他的成功不曾使他更进一步地去指导读者，提高读者的鉴赏力，却叫他不顾一切地去讨好读者，求取读者的更大的宠爱"。"总之，狄更斯的作品在各方面都受着他不寻常的遭遇的影响，那是千真万确的。"① 知人论世是我国传统的批评方法，但林海将这种方法运用到狄更斯研究上来，将狄更斯的生活经历与其创作结合起来，探讨其创作成败的原因，在 20 世纪 40 年代我国的狄更斯研究中又是一种新的视角与方法。

　　1948 年，董秋斯在《读书与出版》上发表文章《从翻译狄更斯说起》。这篇文章主要是针对那些认为狄更斯的作品没有价值的批评家写的。作者引用托尔斯泰的话，"狄更司是百年一遇的天才，他的批评家却早已被人忘记了"。肯定狄更斯的文学史地位。强调对待过去的作品，要用历史的眼光。"因为社会环境改变了，思想背景改变了，硬要古人的见解和写作方式完全投合我们的意思，简直可以说是无理取闹。"作者主张从整体的角度评价作品，认为那种攻其一点，不及其余的批评方法，并"不能帮助读者了解和欣赏他所批评的对象"，"结果只能造成文化的关门主义"。② 应该说，董秋斯提倡的批评方法是正确的。文章还介绍了俄罗斯与苏联对狄更斯的翻译出版情况，以对比狄更斯在中国不够重视。

　　1948 年，林海在《时与文》发表文章《狄更斯的写作技巧》。全文以《大卫·科波菲尔》为例，从结构、人物和戏剧性三个方面分析了狄更斯的写作技巧。在结构方面，作者认为，《大卫·科波菲尔》中，主人公并非全书最主要的人物。"书中跟他的经历同样重要的，至少有下列诸

---

① 林海：《〈大卫·高柏菲尔自述〉及其作者》，《时与文》1947 年第 2 卷第 24 期。
② 董秋斯：《从翻译狄更斯说起》，《读书与出版》1948 年复 3 第 8 期。

人的事：密考伯、司蒂尔福斯和爱默丽（现一般译爱米丽）、喜朴（现一般译希普）和威克菲尔。……因此，在结构方面，作者的技巧全在如何把这些不相联系的小情节贯穿起来。这儿我们发现狄更斯行文时的一个大原则——多多变化。这原则用在处理复杂的情节时，便是错综排列。书中几个重要的小情节都不是一次述完的，作者的办法是把每个情节的始末分散在四大部分中，使各部分都含着这些情节的一鳞一爪。"这样，各个小故事"如何衔接，如何使各个情节不致混乱或遗漏，这是作者最费苦心的地方。我们必须反复细看，方能抓住其中的奥妙"。文章还讨论了狄更斯小说中的伏笔。作者认为，伏笔有两种作用，"一种是预备将来容易接线"，"一种是故布疑云"。"本来布疑魂阵是狄更斯最拿手的戏法之一，但在本书中只用于一些小情节上面，这也是本书跟他的别种作品不同的一点。"①在人物方面，文章认为，狄更斯笔下人物有扁平的一面，作者喜欢给人物挂"牌子"，用一两个特征性的语言、行为给人物做个标签。但是，"狄更斯的人物虽扁平，却有生命。这跟作者精力弥满当然有关，但一半也由于他对每个人物只注意一二点，所以写来格外深刻"。"狄更斯的人物还有一个特点，便是半真半幻。……狄更斯笔下的人物每有一种魔力，令人对之神魂颠倒，个中妙处全在这'半真半幻'四字上面。"②在戏剧性方面，作者认为，狄更斯"对于任何事件，总不肯跟历史家似的，三言两语把它说尽。他注重直接表现，而不屑采取间接叙述的方法。因此，书中从头到尾不断有着类似剧本中的一幕或一景的场面出现。在这样的场面中，各个人物的性格固然表现得活灵活现，便是故事本身也被发展得淋漓尽致。我们读过此书，觉得印象极深，这实在是个主要的原因"③。文章的观点中肯，分析深入，在艺术分析方面，虽没有莫洛亚的全面④，但在当时的中国，还是首屈一指的。

1948 年，青苗在《文讯》1948 年第 1 期发表文章《〈双城记〉读后

---

① 林海：《迭更司的写作技巧》，《时与文》1948 年第 3 卷第 12 期。
② 同上。
③ 同上。
④ 莫洛亚：《迭更司与小说的艺术》，天虹译，《译文》1937 年新三卷第 1 期。

记》，对狄更斯小说的结构进行批评。作者认为："狄更斯的小说缺乏结构，故事庞杂，头绪紊乱，没有重心，他所有的作品都显著地带着形式的混乱与机械的安排，到故事难以交代或转弯的时候，便往往弄出许多传奇和巧遇以解救他的难关，在这一点上真有点像中国的旧小说一样；但虽则如此，狄更斯的文笔却是壮丽的，处处都闪耀着伟大的天才的火花，他在《双城记》后半部中所描写的法兰西大革命，就是和巴尔扎克及雨果相比，也毫无逊色。"具体到《双城记》，这部小说"故事的开展是极为紊乱的，它是用倒述的方法来描述的，而且这些描述并不连贯，只是杂乱的镜头的陈列"。作者在这里显示出自己的矛盾：他一方面承认狄更斯的天才，承认狄更斯作品的魅力，另一方面又批评狄更斯小说结构的混乱；一方面批评狄更斯作品中的人物是些傀儡，另一方面又认为"但由于他的伟大的艺术天才，他能赋给这些傀儡以生命，因此我们绝不能以狭小的眼光来评论狄更斯的"[①]。但是如果狄更斯小说的结构与人物都存在严重问题，他的艺术天才又表现在什么地方呢？实事求是地说，狄更斯小说的结构虽不如林纾所夸奖的那样好，但也决不像青苗批评的那样差，《双城记》的结构总体上说是严谨的、有机的。而狄更斯的人物更是其成功的原因之一。青苗的批评说明他对狄更斯及其创作的理解还有不够，只看到了一些表面的现象。但他的批评也显示了研究者们独立研究的精神，不再跟着相关的评论一味地唱赞歌。

本章小结

晚清与民国时期是中国狄更斯学术史的开端。总的来看，这一时期中国的狄更斯研究水平较低，多为一些翻译与介绍，且不够系统，深入扎实的研究成果较少。但这一时期的研究也有其不可忽视的价值。其一，它是我国狄更斯研究的开始时期，其研究成果为以后的狄更斯研究打下了初步的基础；其二，这一时期的狄更斯研究较少受到意识形态以及政治的影

---

① 青苗：《〈双城记〉读后记》，《文讯》1948 年第 1 期。

响，研究者的心态比较自由，观点比较多元、开放。

这一时期中国的狄更斯研究起点较高，林纾的狄更斯小说翻译与评论直到今天仍有其值得重视的价值。但是林纾开创的这一势头并没有很好地维持下去。整个民国时期，狄更斯虽然受到关注，但影响显然没有俄国的屠格涅夫、托尔斯泰、契诃夫，英国的拜伦那样深广。其中的原因大概有以下四点：其一，民国时期社会动荡、政治斗争激烈，加上长达 14 年的抗日战争，政治与救亡成为社会生活的中心话题，受此影响，学者们没有将狄更斯这样的与中国现实相隔较远的研究对象作为自己关注的核心。其二，由于时代与文化的原因，狄更斯作品中弥漫的理想主义、社会和谐、贫富共处的思想显然不被当时进步的批评家们所认同。茅盾认为："英国文学家如迭更司（Charles Dickens）未尝不会描写下流社会的苦况，但我们看了，显然觉得这是上流人代下流人写的，其故在缺乏真挚浓厚的感情。俄国文学家便不然了，他们描写到下流社会人的苦况，便令读者肃然如见此辈可怜虫，耳听得他们压在最下层的悲声透上来，即如屠尔格涅甫、托尔斯泰那样出身高贵的人，我们看了他们的著作，如同亲听污泥里人说的话一般，决不信是上流人代说的。"① 茅盾认为狄更斯写下层社会缺乏真情实感，是上流社会代笔下层社会的观点当然可以商榷，但其评论也说明了当时的进步批评家们与狄更斯的隔膜。其三，民国时期没有出现将狄更斯研究作为自己终身学术追求的专业的狄更斯批评家，大多数批评家都将狄更斯作为自己学术研究的一个次要部分，或者偶尔客串一下，自然难以出现独创、厚重、深刻的学术成果。其四，民国时期的中国社会刚从晚清的闭关锁国状态走出不久，外国文化与文学的介绍与研究都还处于起步阶段，狄更斯的作品和国外特别是英美的狄更斯研究大多还未翻译过来，这种状况自然也要影响国内的狄更斯研究。

这种状况直到 20 世纪 30 年代后期才有所改变。1937 年，借狄更斯诞辰 125 周年的契机，报刊陆续发表了一些研究性论文与译文，引起国

---

① 沈雁冰：《俄国近代文学杂谭》（上），《小说月报》1920 年第 11 卷第 1 号。

人对狄更斯的关注。20 世纪 40 年代的研究出现进一步深入的趋势。但随着国民党政权败走台湾，新中国的建立，中国的政治、经济、思想和意识形态，都发生了重大的改变，原有的研究思路与研究传统无法继续，中国的狄更斯研究再一次发生曲折，等到其再次繁荣，已经是 20 世纪 80 年代了。

第二章　新中国成立到20世纪70年代的狄更斯学术史

第一节　这一时期的阶段划分问题

1949 年，中华人民共和国成立，历史翻开新的一页。由于政治制度与意识形态的变换，中国的狄更斯研究进入一个新的时期。从 1949 年到 1979 年，可为共和国狄更斯研究的第一时期。这一时期文学研究的基本特点是，重视文学作品的思想与内容，强调作家与作品的阶级性和人民性，运用社会—历史的批评方法，现实主义和社会主义现实主义得到更多的肯定。这些特点也影响了国内的狄更斯研究。这一时期有一个特殊的阶段，即从 1966 年到 1976 年的"文化大革命"。这一阶段，由于社会动荡，极"左"思潮横行，学术机构的活动受到极大影响，我国的狄更斯研究基本陷入停滞，研究成果基本没有。因此，这一时期中国狄更斯研究实际上是指 1949 年至 1966 年和 20 世纪 70 年代最后几年的狄更斯研究。

关于这一时期中国狄更斯研究的分期，有不同的看法。赵炎秋、童真将 1949 年至 1966 年作为第一时期，1966 年至 1976 年作为第二时期，1977 年以后至今作为第三时期也即新时期。殷企平、杨世真将 1949 年至 1966 年作为第一时期，1966 年至 1980 年作为第二时期，1980 年至今作为第三时期也即新时期。[①] 这两种划分方法大致相同，分歧在于 1977 年到 1980 年

---

① 参见赵炎秋《狄更斯长篇小说研究》"绪论"第三部分，社会科学文献出版社 1996 年版；童真《狄更斯作品在中国大陆的传播和接受——以翻译出版为视角》，《湖南师范大学学报》2006 年第 6 期；殷企平、杨世真《新中国 60 年狄更斯研究之考察与分析》，《外国文学研究》2011 年第 4 期。

这4年的划分。前者将这4年划入第三时期。后者将这4年划入第二时期。本书将"十七年"和"文化大革命"两个阶段合为一个时期，并将20世纪70年代后4年（包括"文化大革命"结束的1976年）划入这一时期，将新时期作为一个时期。这样划分主要基于两个方面的理由：其一，从百年中国狄更斯研究史的角度看，"十七年"与"文化大革命"不宜分为两个时期。从时间上看，这两个时期加起来还不到30年，比晚清民国和新时期这两个时期的时间都要短，不足以单独形成两个时期。从思想脉络看，"十七年"与"文化大革命"十年在思想、路线上有着密切的联系。实际上，在"十七年"，"左"倾思想和路线一直占据着主导地位，"文化大革命"十年实际上只是将这种思想与路线推向了极端。其二，20世纪70年代最后4年国内狄更斯研究属于过渡时期，既可划入新时期，也可划入这一时期。从历史分期来看，它应属于新时期，但从思想脉络、研究方法、价值立场等角度看，它与"十七年"则更为接近。"文化大革命"后国内思想的大解放，实际上是从1978年12月召开的中国共产党十一届三中全会开始的。但是全会精神的贯彻落实有一个过程，思想的转变也需要一定的时间。从学术研究的实际来看，以1980年为界，将1980年（不包括1980年）以前的狄更斯研究划入前一时期，1980年以后的狄更斯研究划入新时期，不是没有道理的。

另外，本书认为，学界通常以1966年为界，将这一时期分为"十七年"和"文革"两个阶段的划分方法也有所不妥。这主要基于以下三个考虑。其一，将20世纪70年代最后4年划入"文化大革命"时期不是很合适。这4年在思想与学术两个方面都是一个拨乱反正的时期，与"文化大革命"实际上是对立的。从思想脉络看，是"十七年"和新时期之间的一个过渡。其二，"文化大革命"也不是铁板一块。1968年7月22日，《人民日报》刊载毛泽东的"七二一指示"："大学还是要办的，我这里主要说的是理工科大学还要办，但学制要缩短，教育要革命，要无产阶级政治挂帅，走上海机床厂从工人中培养技术人员的道路。要从有实践经验的工人、农民中间选拔学生，到学校学几年以后，又回到生产实践中去。"1970年6月27日，中共中央批转《北京大学、清华大学关于招生（试点）的请示报告》，决定废除考试制度，"实行群众推荐、领导批准、学校复审相结合的办法"，招收工农兵学员。中国大学的招生工作在停顿 4 年之后，又重新恢复。资料显示，1970 年至 1976 年全国总共招收工农兵大学生约 82 万人。因为教学等的需要，"文化大革命"后期虽然没有狄更斯研究方面的文章发表，但实际的研究工作已经启动。① 其三，从形式上看，如果将"文化大革命"时期划为一个独立的阶段，则不仅这一阶段乏善可陈，而且 20 世纪 70 年代最后 4 年也不好处理。因此，本书以 10 年为一个单元，将这一时期分为 20 世纪 50 年代、60 年代和 70 年代三个阶段；以 1970 年为界，将"文化大革命"分为前期和后期，分别划入 20 世纪 60 年代和 20 世纪 70 年代两个阶段。从表面上看，这似乎是将作为一个整体的"文化大革命"拆开了，但实际上更加符合学术发展的内在脉络。

第二节　20 世纪 50 年代的狄更斯研究

新中国成立之初，百废待举，加上土地改革、朝鲜战争等重大事件，国家工作的重心一时无法转到文化建设上来。另一方面，由于政权的更迭、政治体制、意识形态和国家指导思想的变换，国统区过来的狄更斯研究者面临着重新学习、转换思想、重新认识研究对象的问题，而解放区过来的知识分子熟悉狄更斯又需要一个过程，因此，从 1949 年到 1955 年，虽然在文艺等方面出现了不少有影响的作品，但在狄更斯研究方面却一直没有什么动静。直到 1955 年 3 月，《复旦学报》第 2 期才发表了全增嘏的文章《读迭更斯》，开了新中国狄更斯研究的先河。这以后，狄更斯研究方面的文章几乎年年都有发表，在当时的环境下，应该说还是比较正常的。其中原因，童真认为有三个方面，一是马克思、恩格斯等马克思主义经典作家对狄更斯的高度评价。二是苏联的影响。新中国成立初期，中国一切向苏联学习。狄更斯的作品广泛反映了英国的社会生活，对英国社会的阴暗与罪恶进行了广泛的揭露与批判，被看成资本主义制度的批判者，社会主义阵营抨击资本主义的有力武器，社会主义制度国家教育读者的好

---

① http://baike.baidu.com/link? url = 1OC0YnN-guNm_ 8rctwqIa-VWUPGuiuPhfntYwkjKC7L2ApAqFExG-fwi9RJ3yowE.

教材。三是当时中国文坛正在大力推广社会主义现实主义的创作方法，狄更斯的创作总体上是现实主义的，自然受到中国文学界与评论界的青睐。①这些观点是站得住脚的。自然，还应加上一点，即狄更斯研究已有的学术基础，这一基础实际上在民国时期就已奠定了。

在译介方面，20 世纪 50 年代再版和重印了民国时期的一些译本。如罗稷南翻译的《双城记》这一时期再版了 4 次。②董秋斯翻译的《大卫·科波菲尔》再版了 3 次。③1950 年，生活·读书·新知三联书店再版了蒋天佐翻译的《匹克威克外传》（上下册）和《奥列佛尔》，广学会出版了米星如、谢颂羔翻译的《圣诞之梦》。1952 年，上海国际文化服务社再版了陈原译的《人生的战斗》。1953 年，文化生活出版社再版了许天虹翻译的《大卫·高柏菲尔》。而民国时期一再再版的林译狄更斯小说则没有再版过一次。这可能有两个原因，一是新中国成立之后，强调为工农兵服务，强调通俗化，林纾的文言文译本与此精神不合。一是林纾在"五四"时期的保守立场使他在政治上受到排斥，这自然也要影响学术界与出版界对他的译作的态度。

这一时期的新译本有，1955 年上海文艺联合出版社出版的许君远翻译的《老古玩店》（上下册），1957 年上海新文艺出版社出版的全增嘏、胡文淑翻译的《艰难时世》，1955 年上海平明出版社出版的吴钧陶翻译的《圣诞欢歌》，1955 年上海文艺出版社出版的汪倜然翻译的《圣诞欢歌》，1955 年上海文艺联合出版社出版的高殿森翻译的《着魔的人》，1956 年上海文艺联合出版社出版的金福翻译的《钟乐》。

国外研究的译介方面，这一时期值得注意的是伊瓦雪娃《关于狄更斯作品的评价问题》。伊瓦雪娃（一译伊瓦肖娃）是苏联著名的狄更斯研究专家，她的《狄更斯评传》（1983 年在国内翻译出版）在中国产生过广泛的影响。《关于狄更斯作品的评价问题》是她《狄更斯评传》的绪论部分，

---

① 童真：《狄更斯与中国》，湘潭大学出版社 2008 年版，第 99 页。

② 上海三联书店 1950 年版，生活·读书·新知三联书店 1951 年版，上海新文艺出版社 1955 年重译版，上海文艺出版社 1951 年版。

③ 生活·读书·新知三联书店 1950 年版，人民文学出版社 1958 年版及 1959 年重印。

发表在《译文》1957 年第 11 期和第 12 期上。文章分为三个部分。第一部分对狄更斯进行总体评价，阐述其创作的价值与局限；第二部分批评西方"反动文艺学者"对狄更斯的不正确理解；第三部分阐述狄更斯及其作品在俄罗斯与苏联受到的欢迎，俄苏批评家们如别林斯基、车尔尼雪夫斯基、高尔基等对狄更斯的研究与评价。指出，"资产阶级批评尽力要歪曲狄更斯的创作，要贬低他所创造的形象的批判意义。苏联文艺学则要把狄更斯从这些批评的手中夺回来，并在这方面做过不少工作"①。文章最重要的是第一部分。伊瓦雪娃认为："狄更斯从来不同意他同时代的进步工人运动活动家的见解和信念。""狄更斯距离马克思主义思想远得很，也没有任何迹象显示他对自己的两位伟大同时代者的著作读过一行，狄更斯的政治见解受到资产阶级偏见的影响。但同时他所创造的最杰出的形象不仅判决了资本家的死刑，还判决了资本主义本身的死刑。""艺术家狄更斯的力量渊源于他的现实主义和对他那时代现实的认识。在作品中他反映了当时的基本问题。他的批判主义的根源乃是决定了 19 世纪三四十年代英国现实主义的汹涌高涨的解放运动。"② 伊瓦雪娃引用列宁"一个民族两种文化"的论断，肯定狄更斯的作品属于人民文化的范畴。认为"不论狄更斯具有资产阶级的什么偏见，不论他的意识中的矛盾有多大，他的作品，就其客观意义来说，仍不失为英国人民文化的卓越成就。他所创造的形象的力量、意义及人民性是在于它们的典型性"。尽管狄更斯"受过资产阶级教育，对资产阶级抱有幻想，他在作品中还是反映了劳动者的利益。因此他的作品深刻的人民性。狄更斯在他较优秀的作品中，一面暴露了资本主义社会统治阶级代表人物的自私自利、冷酷无情、丧尽人性，一面客观地描绘了统治阶级压迫下英国人民的生活，真实地反映了他那时代英国劳动群众的心理和愿望，暴露了资产阶级社会的骇人的不公道"。虽然他"不接受反而谴责他那时代真正的英雄——宪章运动者。他还自己虚构出一些理想的利他主义的代表者来

---

① 伊瓦雪娃：《关于狄更斯作品的评价问题》，李筱菊译，蔡文显、吴志谦校，《译文》1957年第 11 期、第 12 期。引文引自伊瓦肖娃《狄更斯评传》，蔡文显、廖世健、李筱菊译，广东人民出版社 1983 年版。（下同）

② 伊瓦肖娃：《狄更斯评传》，蔡文显、廖世健、李筱菊译，广东人民出版社 1983 年版，第2 页。

跟资产阶级利己主义自私自利的代表者相对立"。但是，"关于现实主义艺术家狄更斯的最后结论是：他的世界观中虽有许多矛盾，他还是看到了并正确地反映了客观现实"。"狄更斯创造的暴露性形象不仅属于过去，他们之中很多就其年代看来，表面上虽然属于作者的时代，却至今仍保存着他们的现实意义，而且他们所起的批判作用也越来越大。"[①] 伊瓦雪娃肯定了狄更斯作品的思想内容和价值、意义。她的文章的意义在于，它是新中国成立之后在中国译介的第一篇苏联狄更斯研究专家比较完整地论述狄更斯的论文，它的观点与方法对当时中国的狄更斯研究起到了借鉴与指导的作用。

国内研究方面，据不完全统计，1955 年有 2 篇文章发表，1956 年 3篇，1957 年 19 篇，1958 年 4 篇，1959 年没有文章发表。[②]

1957 年的高潮是由于几部根据狄更斯的小说改编的电影《匹克威克外传》《孤星血泪》等在我国上演引起的。这些电影引起了我国观众对狄更斯的兴趣，一些学者纷纷撰文介绍狄更斯，对这些电影进行评论。另一方面，从 1949 年到 1957 年 8 年时间，一些学者在狄更斯研究方面已有一些积累，趁此热潮，也发表了一些自己的研究成果，形成一个小的高峰。主要文章有胡惠峰的《狄更斯及其〈匹克威克先生外传〉》（《新民晚报》1957 年 3 月 18 日），天虹的《狄更斯和〈匹克威克先生外传〉》（《浙江日报》1957 年 5 月 24 日），孙大雨的《狄更斯和他的〈匹克威克书简〉》（《人民日报》1957 年 4 月 19 日），袁湘生的《谈谈〈匹克威克先生外传〉》（《北京日报》1957 年 4 月 20 日），全增嘏的《介绍影片〈匹克威克先生外传〉》（《大众电影》1957 年第 5 期），沙金娘作、李溪桥译的《匹克威克在银幕上》（《电影艺术译丛》1957 年第 3 期），佐里的《看英国片〈匹克威克先生外传〉》（《新闻日报》1957 年 3 月 24 日），华林一的《谈谈狄更斯的〈劳苦世界〉》（《南京大学〈学报〉》1957 年第 1 期），林耳的《略谈〈艰难时世〉》（《文艺书刊》1957 年第 6 期），全增嘏、胡文淑

---

①　伊瓦肖娃：《狄更斯评传》，蔡文显、廖世健、李筱菊译，广东人民出版社 1983 年版，第3、4 页。

②　此数据根据笔者和笔者的研究生在湖南师范大学图书馆、北京师范大学图书馆、国家图书馆以及中国知网、读秀网等网站上的资料整理而成。

的《〈艰难时世〉后记：读狄更斯》（新文艺出版社 1957 年版），邵单的
《看〈孤星血泪〉的一些印象》（《中国电影》1957 年第 2 期），王云缦的
《关于〈孤星血泪〉的人物和情节》（《大众电影》1957 年第 2 期），徐德
谦的《"上等人"和"下等人"——影片〈孤星血泪〉观后》（《解放日
报》1957 年 2 月 26 日），海观的《影片〈孤星血泪〉告诉我们什么》
（《人民日报》1957 年 3 月 9 日），熊友榛的《〈雾都孤儿〉译者的话》（通
俗文艺出版社 1957 年版），钟羽的《谈几部根据狄更斯小说改编的电影》
（《中国电影》1957 年第 2 期），约翰·柏林、凯·提洛特点的《狄更斯的
创作生活》（《译文》1957 年第 11、12 期）。这些文章围绕狄更斯的《匹
克威克外传》、《奥列弗·退斯特》和《艰难时世》三部小说及其电影进行
介绍和评论，侧重知识和鉴赏，学术性不是很强，深入的研究也还有待努
力。因此，1957 年的这次高潮只能算是一次启蒙、一种普及和教育。这说
明 1949 年开始的政治体制、意识形态和学术话语的转换，对我国的狄更斯
研究者来说并不是一个轻松的过程，他们需要根据新的情况转变思想、转
换话语、积累相关知识。

　　这一时期国内狄更斯研究偏重介绍与欣赏，但也不是 20 世纪三四十年
代话语的简单重复。研究者们努力运用新的思想、新的话语，从新的角度
对狄更斯及其创作进行解读，提出新的思想与观点，以满足新的时代的需
要。1957 年，天虹在《浙江日报》发表文章《狄更斯和〈匹克威克先生
外传〉》，认为狄更斯"可说是英国最伟大而又通俗的作家。我说的'通
俗'，并没有什么贬抑的意味，而是说他的作品'雅俗共赏'，为具有各种
文化水平的人所爱读。在英国、美国、加拿大、澳洲等英语国家里，甚至
不识字的劳动大众都爱听朗读他的小说。苏联和日本的人民，也喜欢狄更
斯作品的译本。在我们中国，古典文学研究家夏承焘先生最近就对我说
过，他读起狄更斯的小说来感到很亲切，好像讲的是我们中国的故事似
的。古今中外，没有几个作家曾像狄更斯这样给予他的祖国这么大的影
响。比如某些温和多情的色彩在英国的家庭生活中占着上风；比如在大庭
广众间执行死刑等野蛮制度或是把无力还债的男女监禁起来等办法，已从
英国的社会生活中消灭了；比如贫苦的儿童在英国受到了比从前好得多的

待遇……这些改革都有狄更斯的功劳。也没有几个作家，曾像狄更斯这样，在大大小小的一切形象上，这么正确而又生动、具体地表现了他们自己的民族特色。狄更斯所以伟大，不仅由于他的作品大规模地暴露了当时英国社会各阶层的生活真相，而且还由于他进行了一番真正的'文学上的革命'。他为现实主义在文学上争取了一个地位。要知道，19 世纪的最初三分之一，是浪漫主义的全盛时期。狄更斯的'匹克威克先生外传'却发表于 1836 年，这也就是 19 世纪的英国现实主义诞生的一年。……在开头，'匹克威克先生'本是一个相当可笑的人物，可是后来却发展成了十分可爱。读者们看到匹克威克先生的一切良善的性格，而且自觉有'幽默'的因素保护着，尽可以发泄感情，开怀大笑"①。文章对狄更斯创作的特点、文学史地位以及《匹克威克外传》做了比较详细的介绍。但这篇文章的特殊之处在于，天虹（许天虹）曾于 1943 年在《改进》第 8 卷第 1 期发表文章《关于迭更斯和〈匹克威克遗稿〉》，《浙江日报》上的文章几乎就是《改进》上的文章的翻版，但也有几个关键性的改动。如将 1943 年文章中的"迭更司是英国得以避免'革命'的精神上的因素之一"这一句去掉，将"写实主义"改成了"现实主义"，在英国、美国等欧美国家的民众喜欢狄更斯小说的后面，加上了苏联、日本和中国的读者也喜欢狄更斯的作品。这种将以前发表过的文章修改后再发表的现象，一方面说明，这一时期国内的狄更斯研究尚处于过渡时期，新中国时期的研究积累还不够深厚，所以不得不用以前的材料；另一方面说明，研究者正努力用新的思想和标准分析、处理自己的研究对象。新的时代强调阶级与革命，人民性成为衡量作家作品的重要标准，现实主义成为文学创作提倡的方法，苏联成为中国的老大哥和最重要的盟友，这些时代的特征都在天虹的文章中表现了出来。

与许天虹相似，熊友榛在 1957 年由通俗文艺出版社出版的简写本《雾都孤儿》"译者的话"中也肯定"因为狄更斯出身贫苦家庭，他对于英国贫民社会的体验十分深刻，他终生保持着对于穷人的无限同情。他所经历的艰苦的儿童时代，在他的脑海里留下了不可磨灭的伤痕，所以他对不

---

① 天虹：《狄更司和〈匹克威克先生外传〉》，《浙江日报》1957 年 5 月 24 日。

幸的儿童更抱着极大的同情。他的作品多是描写被压迫者和被蹂躏者；他特别爱写穷苦孩子的悲惨遭遇。他用锐利的笔锋、讽刺的情调，对英国统治者和资产者的伪善和欺诈，对英国社会的黑暗和罪恶，加以无情的揭露"。他的小说，"暴露了英国资本主义社会存在的不少尖锐矛盾；但狄更斯只是一个改良主义者，不是一个革命家，他只批评现实，却并不愿意改变资本主义制度本身。与他同时代的马克思和恩格斯早在1848年，就发表了《共产党宣言》，他们用无可争辩的论证，不仅指明了资产阶级的灭亡和无产阶级的胜利同样是不可避免的，并且还指出了无产阶级走向胜利的光辉道路。可是狄更斯仅仅要求资产阶级对于穷人多慈悲，多给予怜悯，希望劳资和贫富阶级能够妥协共处"。不过，作者还是承认，"尽管如此，狄更斯仍是反映当时英国广大群众的声音与苦痛的伟大作家，广大的群众对于狄更斯抱着莫大的敬爱与信任"。因为他虽然只揭露了英国社会的很多黑暗，而"没有指出罪恶的根源，但这是一百二十年前的作品，作品里描绘的情景在今天的英国仍然存在着。狄更斯能够如此深刻地暴露当时的社会情况，就不能不说是难能可贵的文学杰作了"①。作者的看法有辩证之处，但侧重的仍是作品的人民性与革命性。

这些特征在袁湘生的《谈谈"匹克威克先生外传"》一文中表现得也很明显。袁湘生认为："金哥儿（现一般译为金格尔），看起来，似乎是一个反面人物，可是影片告诉我们，金哥儿并不是一个自甘堕落的人。促使这个人物犯罪的不是金哥儿自己，而是他生存于其间的社会制度。他是一个演戏的艺人，从他的聪慧的谈吐、细密的心思和富有戏剧性的动作上看来，他是有可能造就为一个良好演员的；可是他失业了，在当时卑视艺人的社会里，他无法生活，只好流浪各地，终于做了骗子。金哥儿在牢狱里和匹克威克所说的那些断断续续的伤心沉痛的话语……分明是这个饥饿的人对当时社会制度所造成贫穷和失业现象的愤怒的控诉。作为新的现代的观众，对于影片以匹克威克感化了金哥儿，并且资助他到国外去谋生作为结尾，是不能满意的。伟大的人道主义者和现实主义作家查尔士·迭更斯

---

① 熊友棪：《雾都孤儿》（简写本），通俗文艺出版社1957年版，第115、116页。

的思想是有着局限性的。在他与周遭的黑暗势力进行斗争的过程中，他的最大希望是：善心和道义力量会感化资本主义社会的坏分子，会因此而促进社会的改革。但是这种希望，照我们看起来，是绝不能成为现实的，是离通过革命来改造社会的理想还甚为遥远的。"① 这篇文章强调革命这一时代主旋律，将金格尔的堕落归于资本主义制度，不是完全没有道理的。但是文章忽略了，一个人的堕落固然与社会有关，但与个人品质也是分不开的；革命固然是好，但对任何一部作品都要求其以革命作为解决问题的途径，也难免公式化。

也有学者从艺术的角度分析、介绍狄更斯的作品。佐里在《幽默与讽刺——看英国片〈匹克威克先生外传〉》一文中指出："狄更斯的作品里充满着强烈的幽默感。他用笑来揭露和讽刺阶级社会里的一切丑态，并且是那样的风趣、深刻、动人。"文章分析道："影片继续描写了匹克威克在监狱里的生活。他听从了他的仆人山姆'什么事都办得到只要你肯花点钱'的话，被移送到了'最讲究'的牢房去住。聪明的山姆对匹克威克说：'现在就差在窗口树上缺少一只会唱的黄莺鸟，在壁炉上烧壶水。我看谁敢说这儿比皇宫里来得差。哪怕在监狱里这钱也能替你办事，你说怪不？'这句话，道出了资产阶级社会里司法制度的腐朽。"② 匹克威克作为"犯人"，却因为金钱而在监狱中继续过着"上等人"的生活。幽默中充满深刻的讽刺，揭示了资本主义社会金钱的魔力。徐德谦的文章《"上等人"与"下等人"之间——影片"孤星血泪"观后》，侧重分析了匹普、艾丝黛拉、郝薇香和乔等几个人物形象。作者认为："在资本主义社会里，很多人都向往着过'上等人'的生活，在追求一个美丽而聪明的姑娘时，谁都希望自己的社会地位和经济生活能超过对方，因而可以博得她的欢心和爱慕；每一个姑娘也都希望能找一个多情倜傥而门当户对的美男子，以便婚后可以享受幸福愉快的生活。但是，事实总是和愿望开玩笑，尽管你想尽一切办法，结果等待着你的常是你所最怕和最痛心的失望。这是什么道理呢？最近上演的英国艺术片《孤星血泪》回答了这个问题，它塑造了一

① 袁湘生：《谈谈〈匹克威克外传〉》，《北京日报》1957 年 4 月 27 日。

② 佐里：《幽默与讽刺——看英国片〈匹克威克先生外传〉》，《新闻日报》1957 年 3 月 24 日。

些典型人物，安排了一些典型环境，构成了离奇的曲折故事，生动地刻画出资本主义社会里，人与人之间的生活和爱情方面的丑恶形态，以及不同阶级人们之间真诚和虚伪的区别。""影片的成功处和可爱处，就是通过以上几个典型人物悲欢离合的故事，给观众以一种明显的印象，很自然地可体会到他们这些悲惨遭遇的根源，就是资本主义社会的虚伪、欺诈、阴狠、毒辣的制度本质。虽然影片还有一些缺点，如主张人与人之间应无原则的博爱而不应仇视，这些都是会模糊和冲淡阶级矛盾的。但我们可以想象，这些都是原作者所处时代以及拍摄此片的地点条件的局限性所致。"[1]这些文章谈的大都是根据狄更斯的小说改编的电影，但与其小说基本是一致的。不过，我们也可看出，即使是侧重分析狄更斯作品的艺术层面，实际上仍是与小说的内容、对小说的社会评价等联系在一起的，并不是纯粹的艺术分析。

另一批评家海观则通过比较《远大前程》的小说与电影，分析电影改编的得与失。作者认为，在《远大前程》中，"作者集中地揭露了资本主义社会处世原则中一个重要的组成部分：往上爬的原则。故事就是环绕着匹普这个往上爬的人物而展开的。匹普原是由他的姐夫抚养大的一个贫苦的孤儿。因为爱上了一位上等人家的小姐，他也梦想做个上等人。一旦实现了他的'伟大的期望'，爬到上等人的地位以后，对于把他抚养成人的姐夫，他就抱着鄙视的态度，甚至羞与为伍了。最后他才发现原来他是靠着一个逃犯的金钱才爬到上等人的地位的。作者在这里刻画出一个何等冷酷的真实！在资本主义制度下面，要往上爬，就得倚靠他人的血汗和肮脏不过的金钱；要往上爬，就得寡廉鲜耻和忘恩负义，对有钱的上等人奴颜婢膝而把昔日同甘苦共患难的穷亲友抛在一边。作者原是把匹普这个人判定为孤独终身的。但在校对清样的时候，作者听从了友人布尔威·李顿（也是作家）的怂恿，把这个故事改成了大团圆的结局，使匹普和他恋爱的艾司得拉终成了眷属。从这里以及从匹普这个人物的发展上，可以看出伟大作家狄更斯的思想局限性。他相信善良终会战胜邪恶，相信社会可以

---

① 徐德谦：《"上等人"与"下等人"之间——影片〈孤星血泪〉观后》，《解放日报》1957年2月26日。

凭着人类甚至资产阶级的善心而得到改革。因此匹普这个人物在作者笔下既是那样可鄙可憎，又是相当善良的。其实这样的角色只不过是个被腐蚀了的灵魂罢了。原作中这个势利人物的一些突出的地方，在影片里没有传达出来，再加上影片采用了'孤星血泪'这个名字，一部分观众就更不明白主题是什么了"。"狄更斯笔下代表'上等人'的海未夏姆（现在一般译为郝薇香）小姐这个形象是塑造得很成功的。她，阴险、狠毒、自私、狭隘，受了同阶级男人玩弄以后，甘愿在不见阳光的暗室里度过凄凉的一生，同时却利用一个无辜的少女把报复加在一切男人的身上，结果自己在一场大火里化为灰烬。影片中的海未夏姆也正是这样一种人。但是在表现匹普的姐夫——铁匠乔·卡吉莱和他的后妻比弟这两个属于下等人之列的善良的人物的时候，影片却删去了关于他们的一些动人的情节，因而冲淡了他们应有的光彩。""影片对两个相当重要的人物的关系没有做出清楚的交代。匹普的'恩人'、逃犯之一阿布尔，原是个一贫如洗的苦人，长年过着流浪、乞讨、做短活、偷窃，甚至循环往复的监狱的生活。另一个左脸上有刀疤的逃犯，叫作康帕森，是个无恶不作、有钱有势的上等人，也就是玩弄海未夏姆小姐的人。在法庭的庇护之下，他把自己所犯的罪恶转嫁在阿布尔身上，使得阿布尔被判了重刑，从此两个人结下了仇恨。阿布尔被流放到澳洲去以后发了财，由于自己一生受到'上等人'的欺侮，因此梦想把匹普培养成为上等人，借以宣泄他的平生之恨。这两个人，前者（阿布尔）可以归入匹普一类，后者（康帕森）可以归入海未夏姆一类。他们两人对于说明这个故事的主题有很大的帮助。但影片对他们的身世和相互间的关系的交代却比较含糊。因此有些事情也就不得不由观众自己去猜测了。"① 文章在思想分析上没有很多突破，但在切入的角度上则有一定的新意。

这一时期的学术性论文不多，有一定代表性的有全增嘏的《读迭更斯》和华林一的《谈谈狄更斯的〈劳苦世界〉》。

全增嘏的《读迭更斯》共分四个部分。第一部分批驳了一些欧美批评家对狄更斯的批评，这些人认为"迭更斯的作品结构散漫，人物夸张，嘲

---

① 海观：《影片〈孤星血泪〉告诉了我们什么》，《人民日报》1957 年 3 月 8 日。

笑露骨，感伤过分"。作者针对这些批评，逐一进行了批驳。比如结构，文章首先指出，至少狄更斯的晚期作品结构并不散漫。接着，文章指出狄更斯的早期作品与流浪汉小说的关系，认为这也是小说的一种类型。然后，文章指出狄更斯的小说都是分期连载的，"为了吸引读者，每期所载的都得有个中心，因此整本书往往给人一种结构松散的印象，但是拆开来看，其中每段的情节和布局还是相当紧凑的。自始至终能抓住读者，使他们不断地发生浓厚的兴趣，这不是一桩容易的事情。这正是迭更斯手法高明之处"①。应该说，这一观点是正确的，是站得住脚的，但也有些观点给人牵强的感觉。如在批驳认为狄更斯笔下的人物是平面的观点时，文章引用了英国批评家杰克逊的观点，"杰克逊说，迭更斯把他的人物画成平面的，因为在他看来，这些人根本就是平面的，而这些人之所以是平面的缘故，就因为他们所处的那个社会已经把他们压扁，使他们不能恢复原状了。杰克逊引了恩格斯在《反杜林论》第三篇第三节中的一段话，说在资本主义社会中，由于高度的分工，人也就分裂开来，变成了畸形了。换言之，迭更斯不是把好好的人弄成了讽刺画，他不是把他们的脸孔故意画成了鬼脸，而是因为鬼魅的资本主义社会已经使他们变成了鬼了"②。这种把对社会问题的研究和解答移到对文学问题的研究和解答上来的做法，现在看来，的确有点隔靴搔痒。第二部分以《老古玩店》为例说明了狄更斯作品的思想性，认为这部小说"抓住了当时英国社会中的主要矛盾：压迫者的资产阶级和被压迫者的无产阶级以及大部分的小资产阶级之间的矛盾"③，批驳了那种把狄更斯的作品当成消遣品或闲书来读的观点。第三部分通过《教堂钟声》《奥列佛·退斯特》和《艰难时世》三部小说分析狄更斯是如何与资产阶级哲学作斗争的。作者认为，狄更斯有论辩的才能，但他不是通过抽象的论辩来批判资本主义哲学的，因为"迭更斯是个小说家。小说书不是理论书，说理的小说无一不失败。迭更斯深知这一点，所以他绝不是用什么哲学来驳倒资产阶级的哲学，而是通过形象的描写，用

---

① 全增嘏：《读迭更斯》，《复旦学报》1955 年第 2 期。
② 同上。
③ 同上。

他的讽刺冷嘲，用他那现实主义的和有象征意味的笔调来宣示出一个真理，那就是信奉资产阶级哲学的人是如何可笑无聊，虚伪卑鄙；如何冷酷残暴，灭绝人性；又如何愚蠢地自食其果"。作者认为，狄更斯的《教堂钟声》打击的是马尔萨斯主义，他的《奥列佛·退斯特》打击的则是体现了马尔萨斯主义精神的新的济贫法，而《艰难时世》"的宗旨就是在给功利学派与曼彻斯顿学派一个狠狠的打击，而它的主题就是在说明这些资产阶级哲学的毒害"①。文章的第四部分分析了狄更斯创作的变化，并将他与莎士比亚做了对比，肯定了其在文学史上的重要地位。作者认为，在创作过程中，狄更斯"越来越把资产阶级丑恶而狰狞的面貌看清楚了，终于觉得资本主义社会的政权就是资产阶级用来保卫自身的利益并压迫人民的工具。他对资产阶级的愤怒也越来越加强了，终于觉得整个社会的问题不是用点点滴滴改良主义的方法所能解决的而是需要用革命的方法来解决。只不过他没有参加过实际的革命斗争，他对于革命的观念也是模糊不清的，因此就不知道必然要发生的是哪种革命，所以也就不知道革命将如何到来。在我看来，这就是迭更斯的悲剧之形成的主要原因。至于他在创作道路上风格方面的发展，可以说迭更斯是越来越自觉地把幽默和讽刺当成反抗他那社会的武器，在后期的作品中，他的悲怆性也有了适当的控制，甚至可以说在那时期的小说中他的愤怒是多过悲怆。他晚年所写的小说，结构也更紧凑了……他的文字到了后期也越来越精练了"②。这篇文章围绕狄更斯小说的思想性进行了比较全面的论述，作者尽量用马克思主义的观点来分析问题，阐明观点，文章写得比较厚实，为新中国的狄更斯研究开了一个好头，也预示了以后的研究方向。

华林一的《谈谈狄更斯的"劳苦世界"》联系狄更斯的整个创作，对《艰难时世》进行了比较全面的研究。作者认为，"狄更斯早期作品里所攻击的是个别现象、局部现象，而在'劳苦世界'（现一般译为《艰难时世》）里所攻击的则是整个社会制度、整个资产阶级的思想体系。狄更斯在青年时所看到的是社会上的某些弊病，那时他满怀希望，深信革除了社会上的某些

---

① 全增嘏：《读迭更斯》，《复旦学报》1955 年第 2 期。

② 同上。

弊病，社会就能成为完善的社会。换句话说，社会基本上是好的，虽然也带有不少缺瑕。但到后期，他看出了整个社会都有问题，他企图找出社会上各种弊病的总根源。所以在'劳苦世界'里他所攻击的不再是个别现象、局部现象，而是整个思想体系、整个社会制度了"。因此，"我们读狄更斯的早期作品，总觉轻松愉快，读'劳苦世界'则异常沉闷"。这不是如某些"资产阶级批评家"所说的其"天才耗尽了"，或"灵活性减退了"①，而是其创作发展的必然结果。华林一认为，在《艰难时世》中，狄更斯通过具体的人物形象、具体的事实细节，体现了资本主义思想体系实施后的恶劣后果。这种具体的人物和细节主要通过格兰特格来特（现一般译为葛擂硬）和庞特皮（现一般译为庞德贝）两个人物和他们的行为来体现。庞特皮有一个慈爱的母亲，从小受过很好的教育，但"为了要使人相信他白手起家，获得人们对他的敬佩，他无时无刻不自吹自擂，说什么被母亲遗弃，被所有不同年龄的人们侮辱，但由于意志坚强，勇毅过人，终成大业。他不许他的母亲说他是她的儿子"②。而与此形成鲜明对比的是马戏班的演员裘浦父女。裘浦为了女儿茜茜（现一般译为西丝）有一好的前途，将茜茜送到格兰特格来特办的学校后悄然出走。而茜茜明知在马戏班的生活更和谐，但为了实现父亲的愿望，仍然留在毫无生趣的格兰特格来特家。"父为女而出走，女为父而受辱，父远道跋涉，心碎而死，女怀中藏着为父购买的医治创伤的药膏，日盼父女团聚。父女深情，真足以感动天地。"两者构成鲜明的对比，狄更斯的阶级倾向性也就在这种对比中表现出来了——虽然狄更斯本人并不承认敌对阶级的存在，他的小说人物只有贫富之分，没有阶级之分——"某些资产阶级批评家厌恶狄更斯的后期作品，就是由于这种倾向性；我们所以珍重他的后期作品，亦是由于这种倾向性；因为这种倾向性的进一步发展，就成为社会主义文学，我们的文学"③。"格兰特格来特先生是个实际的人，功利主义的信徒。他说他要根据他的原则来教养他的子女，使他的子女个个成为模范。"

---

① 华林一：《谈谈狄更斯的〈劳苦世界〉》，《南京大学学报》1957 年第 1 期。
② 同上。笔者按，庞德贝吹嘘自己白手起家最重要的目的还不是为了获得人们的敬佩，而是要虚构一个白手起家的典型，以让自己对工人的统治取得一个道德上的高地，同时让工人们安于现状，将自己的贫困归于命运，归于机遇，归于自己的不努力。
③ 同上。

但结果是儿子沦为盗贼，女儿差点精神崩溃。"小汤姆与露意莎的遭遇，证明功利主义伦理教育思想的全部破产。"① 文章最后指出，狄更斯批判现实，但他并不向往过去，他对过去社会的精英贵族阶级持批判的态度。《艰难时世》的贵族阶级的两个代表，庞特皮的管家斯把雪脱夫人和露意莎的诱惑者、花花公子哈脱霍斯都是反面的典型。作者由此推论，狄更斯向往的是未来。虽然"狄更斯的软弱性使他不可能做出积极的主张来，不可能提出工人群众解放的正确道路来。但尽管如此，他对资产阶级思想体系的彻底揭露，他对工人群众的深厚同情，使他一直为广大人民所爱戴"②。华林一的文章对《艰难时世》的分析比较详细，也有一些具有启发性的观点，但总体来看，政治色彩过于浓厚了一点，不过，这是那个时代的特点，也是那个时代的产物。

第三节　20 世纪 60 年代的狄更斯研究

1957 年国内狄更斯研究出现一个小的高潮之后，接着而来的反右、大跃进，以及 1959 年至 1961 年三年自然灾害，使国内政治、经济和文化生活的重心都发生了变化，国内狄更斯研究陷入低潮。据不完全统计，1958 年挟 1957 年的余势，有 4 篇介绍性的文章发表，1959 年没有一篇文章，1960 年 2 篇，1961 年 2 篇。1962 年再次出现高潮。③ 这一年中国度过了三年自然灾害，经济得到全面恢复，领导层总结了前几年的教训，一定程度上克服了"左"的观念，政治与意识形态方面有一个短暂的和缓阶段，文化与文学得到比较全面的发展，学术方面自然也不例外。另一方面，这一年是狄更斯诞辰 150 周年，以此为契机，全国各地的报纸杂志发表了一系列的纪念与研究文章，掀起了一个新的狄更斯研究的热潮。但与此同时，政治形势也越来越紧张。1962 年 9 月，中共中央八届十中全会上，毛泽东

---

① 华林一：《谈谈狄更斯的〈劳苦世界〉》，《南京大学学报》1957 年第 1 期。

② 同上。

③ 此数据根据笔者和笔者的研究生在湖南师范大学图书馆、北京师范大学图书馆、国家图书馆以及中国知网、读秀网等网站上的资料整理而成。

重提阶级斗争，"全会指出，在无产阶级革命和无产阶级专政的整个历史时期，在由资本主义过渡到共产主义的整个历史时期（这个时期需要几十年，甚至更多的时间）存在着无产阶级和资产阶级之间的阶级斗争，存在着社会主义和资本主义这两条道路的斗争"。并且"这种阶级斗争，不可避免地要反映到党内来"①。1963 年到 1964 年，"四清"运动在全国范围展开，1965 年 11 月 10 日，姚文元在上海《文汇报》发表文章《评新编历史剧〈海瑞罢官〉》，预示着"文化大革命"的风暴即将来临，1966 年 5 月 16 日，中共中央发布《中国共产党中央委员会通知》（简称"五一六通知"），决定在全国范围发动无产阶级"文化大革命"。政治形势的紧张和"极左"路线的猖獗扼杀了狄更斯研究的热潮，1963 年狄更斯研究方面的文章迅速缩减到 3 篇，1964 年 2 篇。1965 年之后直至"文化大革命"结束，国内再没有狄更斯研究方面的文章发表。有关的译介活动也基本陷入停顿。

狄更斯作品的译介方面，这一时期不大活跃。1959 年至 1961 年的自然灾害影响了图书出版的物质基础；1964 年之后全国政治生活的"左"倾现象日益严重，狄更斯作为资本主义英国的资产阶级作家，自然很难成为关注的对象；1966 年"文化大革命"爆发，一切学术活动停止：这些都严重影响了狄更斯作品的翻译与出版。这一时期主要译作只有蒋天佐翻译的《匹克威克外传》（上下册）。这部小说自北京三联书店 1950 年初版之后，上海文艺出版社 1961 年出版了平装版本，1962 年出版精装版本，人民文学出版社上海分社 1964 年出版新 1 版。此外，北京外国语学院英语系选注了《大卫·科波菲尔》《双城记》《远大前程》《雾都孤儿》等作为英语学习的简易读物，在这一时期陆续由北京商务印书馆出版。《世界文学》杂志 1961 年第 1 期发表了赵萝蕤节译的《美国杂记》，1962 年第 7 期、第 8 期发表了海观节译的《董贝父子》。1963 年 8 月，上海文艺出版社出版了张若谷翻译的《游美札记》。

国外研究的译介也比较萧条。20 世纪 50 年代的向苏联一边倒，隔断

---

① 引自《中国共产党第八届中央委员会第十次全体会议公报》。

了国内狄更斯研究界与西方的联系，而 20 世纪 50 年代末 60 年代初与苏联的公开决裂，又阻碍了国内狄更斯研究界与苏联的联系，国外狄更斯研究的译介也就成了无米之炊。这一时期比较有影响的译文只有卢那察尔斯基的《查尔斯·狄更斯》。文章分析了维多利亚时代英国社会的特点，认为狄更斯是这个时代的产物。"狄更斯是英国小资产阶级的痛苦、爱好和仇恨的伟大表现者，是它那安慰自己，设法使那些在觉悟最高最文雅的小资产阶级人物的周围与内心、在这个社会集团的知识分子中间所产生的风暴缓和下来的企图的伟大表现者。"[①] 文章分析了狄更斯的《博兹特写》《奥列佛·退斯特》《尼古拉斯·尼克尔贝》《马丁·朱述尔维特》《圣诞故事集》《董贝父子》《大卫·科波菲尔》《艰难时世》《双城记》《伟大的期望》《我们共同的朋友》等作品。文章认为，中期之后，狄更斯更重视作品的严肃与深刻。"青春的欢乐只是作为遗迹存留下来。心理描写的深度和社会性的宣传越来越跃居首要的地位了。"[②] 文章反对把狄更斯定位于一个幽默大师。"我们知道，他的幽默只会削弱人们所得的印象，虽然我们了解，幽默能使狄更斯的小说朗诵起来显得有趣和动听。无论如何，我们不一定需要用幽默来教育人。这个情况也是确实的：狄更斯作为一个独特而伟大的现实主义者现在对我们已经没有意义，虽然狄更斯这种清新的现实主义对我们本国的古典现实主义文学的发展起过很大影响。"文章对狄更斯作品的内容持批判的态度："至于讲到狄更斯小说的内容，那末我们当然应该对它抱各种批判的态度。我们很明了他的小资产阶级立场的不彻底性。我们可以拿他做例子，拿他的作品做例子，特别清楚地证明这不彻底的立场是没有出路的。"文章肯定狄更斯的一些艺术手法，认为"对我们具有特殊的意义"。如狄更斯的典型创造方法。"狄更斯不是单纯地创造典型，换句话说，他不是单纯地创造某个代表着一种普遍的性格的中间形象，同时像每一位艺术家通常所做的那样，给这个概括性的、有特征意义的代表人物添上某些具体的、能赋予生命力的特点。不，狄更斯是漫画家

---

① 卢那察尔斯基：《查尔斯·狄更斯》，蒋路译，《世界文学》1962 年第 8 期。笔者按：这篇文章后以《狄更斯》为题目收入罗经国编选的《狄更斯评论集》中，上海译文出版社 1981 年版。

② 同上。

们的先驱和导师。他从他实际生活过的环境中撷取典型。他把典型提高到了夸张、非常夸大、有时几乎是荒诞不经的地步。这种夸张、夸大的手法是许多英国作家所特有的。……在狄更斯的作品中，这个手法达到尽善尽美的境界。"文章认为，狄更斯创作的另一个艺术特点"对我们也十分珍贵。他是怀着极大的热情来写小说的。我们可以感觉到，他随时都在爱和憎。作者一分钟也没有离开我们，我们仿佛听得见他的心在跳动。作者的这种同情、这种响亮的笑声，他的眼泪、他的愤怒，以及他把每行字都当成亲骨肉，把每个典型都当作他个人的朋友或仇敌来对待的态度，使他的小说充满了异常温暖的感情。在全部世界文学中还是很难找到这样彼此融为一体的东西：既有客观的、丰富多姿的生活描写，又有这种缭绕不绝的、总是给狄更斯的生活画面伴奏着的生活乐曲"①。在行文的过程中，卢那察尔斯基肯定狄更斯作品中严肃、深刻的一面，但在总体上又对其小说内容持批判的态度，完全肯定的只有其小说的一些艺术手法。这种过于政治功利化的批评态度使他难以完全认识到狄更斯的价值，是值得商榷的。

国内研究方面，1960 年有两篇文章。一篇是谢金良的《从〈双城记〉分析狄更斯的世界观》（《开封师范学院学报》1960 年第 5 期）。全文分五个部分：作者传略及其创作态度，《双城记》内容介绍，狄更斯对法国革命的态度，矛盾产生的原因，对狄更斯的评价。文章的重点是分析狄更斯对于法国大革命的矛盾态度及其原因和评价。文章认为，狄更斯生活时代的宪章运动对其产生了重要的影响。虽然"一直到死，狄更斯还是没有接受他同时代的工人活动家的信念和见解。不过，一个现实主义作家是不可能和那时代的历史失去联系的。对重大的政治运动和人民解放事业不可能充耳不闻的。狄更斯自然也受到这一运动的影响"。而《双城记》是狄更斯最重要的作品之一，"今天，试用唯物主义和辩证法的观点和方法来分析狄更斯的进步性和其局限性，以求对一个作家有进一步的了解"② 是非常必要的。文章认为，狄更斯对法国大革命的态度是矛盾的。1792 年之

---

① 卢那察尔斯基：《查尔斯·狄更斯》，蒋路译，《世界文学》1962 年第 8 期。
② 谢金良：《从〈双城记〉分析狄更斯的世界观》，《开封师范学院学报》1960 年第 5 期。

前，他对法国革命持同情态度，认为是贵族阶级的残酷压迫导致了人民的反抗。但 1792 年法兰西第一共和国成立，雅各宾派专政之后，他对法国革命便持否定态度，认为革命太过残暴，违反了人道的原则。产生这种矛盾的原因："一方面，狄更斯受了《法国革命史》（卡莱尔著，引者注）的影响，另一方面，由于他受的阶级教育和阶级出身，这样，他对革命的矛盾性也随之而产生。"① 文章认为，这种矛盾反映了"狄更斯小资产阶级民主立场的两面性，以及在公开的剧烈的阶级斗争中的恐惧心理"。"狄更斯之所以伟大，是因为他看到重大的社会问题，而且也能正确地反映出革命爆发的内在原因和必然性。""不过，狄更斯本身显然是不同意这样革命的恐怖手段的。他认为人民在狂怒中不仅消灭了罪犯，而且将无辜的人民也一起消灭掉了。不但如此，狄更斯还片面地认为革命是人民群众单纯地报复行为的手段。"他提倡人道主义和利他精神，希望以此来解决社会矛盾。但是尽管有这些矛盾，"狄更斯是 19 世纪一位最伟大的现实主义作家。在创作过程中，他一直站在人民一边，深深感到社会问题不能用改良办法来解决。他认为轻视人民的需要和抹杀人民的权利，人民群众不得不用极端的手段来解决社会问题，来保卫自己的人权。他能看出解决社会问题的主要力量——人民，这一点就很了不起。也超出了他同时代人的思想范围了。狄更斯写《双城记》的目的不是像资产阶级评论家认为的那样是无保留地谴责革命的。狄更斯满认为想用这本小说引起已占统治地位的资产阶级的注意，轻视人民的力量或抹杀人民应有的权利，不可避免地会引起人民群众的愤怒。人民会用革命手段来保卫自己的"② 。这篇文章通过一部作品分析狄更斯的思想和世界观，这种模式对国内以后的狄更斯研究产生了一定影响。文章的观点在当时的环境中还是比较客观、比较辩证的，也是很长一段时间国内学界对于《双城记》的主流观点之一。文章的不足是过于强调狄更斯思想的矛盾，而没有看到狄更斯思想中统一的一面。另外，文章认为狄更斯"感到社会问题不能用改良办法来解决"，这不符合狄更斯思想和创作的实际，而且也和文章中的相关论述矛盾。如文章认为狄更

① 谢金良：《从〈双城记〉分析狄更斯的世界观》，《开封师范学院学报》1960 年第 5 期。
② 同上。

斯主张用人道主义和利他思想来解决社会矛盾，这实际上就是一种改良而不是革命的主张。

1960 年的另一篇文章是周煦良的《关于巴尔扎克、托尔斯泰和狄更司的一些新著》（《现代外国哲学社会科学文摘》1960 年第 8 期）。这是一篇介绍性的文章。文章根据《泰晤士报文学增刊》的信息，介绍了希利斯·米勒的《狄更司小说中的世界》、艾尔默的《匿名的狄更斯》、恩格尔的《狄更斯的成熟》和费尔丁辑录的《狄更司演讲集》等四部研究著作的大致内容。

1961 年有 3 篇关于狄更斯的文章发表，但一篇是赵萝蕤节译的《美国杂记》，另一篇是则小资料。资料介绍 1848 年法国革命爆发的时候，狄更斯十分高兴，用法语给好友福斯特写了一封信："我的朋友，我发现我是那样地爱这个共和国，以至不得不抛弃自己的语言，而专门用法兰西共和国的语言来写信——这是上帝和安琪尔的语言——一句话，法兰西的语言！……法兰西的光荣万岁！共和国万岁！人民万岁！打倒皇室！打倒波旁王朝！打倒纪佐！杀死卖国贼！让我们为自由、平等和人民的事业流血吧！五点半再见，我的好友！请接受我的致意，相信我吧，公民！公民查理·狄更斯。"[①] 这则资料也许有助于我们理解狄更斯写《双城记》时的某种心态。

这一年学术性的文章只有一篇，即署名为"中文系外国文学评论组"的《略论批判现实主义作家狄更斯》。文章分为三个部分。第一部分论述狄更斯与时代的关系。文章强调宪章运动对狄更斯的影响。认为"由于'宪章运动'的开展，使资本主义社会的黑暗和罪恶暴露无遗，阶级矛盾日益尖锐，因此这就为批判现实主义文学奠定了广泛和深刻的社会基础，同时也决定了狄更斯的现实主义的暴露性。狄更斯真实地反映了这个时代的特点，广泛地描写了英国社会的各个方面、各个阶层，创造了多种典型，英国工人运动的巨大力量得到如此具体的反映。尤其是 19 世纪 40 年代后的作品，更表现了狄更斯对社会问题的关注，他不懈地探索社会出路，力图消灭一切罪恶的、不平等的现象，解决社会矛盾，并设计了乌托邦式的图案。同时也表现了小资产阶级调和阶级矛盾的反动性。在工人阶

①　《狄更斯与法国革命》，《世界文学》1961 年第 11 期。

级和资产阶级激烈的斗争面前，狄更斯不是赞扬和支持工人的革命斗争，而是以抽象的博爱精神对斗争着的双方进行空洞的说教，妄想在不触伤社会制度和资产阶级的前提下消弭社会灾难。在作品中，他一味宣扬劳资合作，企图以此补缀社会裂痕。因此，深刻的揭露性、批判性和鲜明的阶级调和论调、改良主义色彩，乃是狄更斯作品的全部思想内容"①。第二部分主要讨论狄更斯小说的思想内容，认为"狄更斯的小资产阶级人道主义的世界观，表现在批判资本主义的罪恶上，是进步的；表现在生活理想上，是民主的，但也是保守的自私的；而表现在政治观点上，则是改良的甚至反动的"，如他的《大卫·科波菲尔》。"科波菲尔之所以遭到破产，并降低了社会地位，乃是资本主义矛盾和'自由竞争'在家庭内部的反映。但是狄更斯却把原因归结为科波菲尔的继父——利己主义者摩德斯通蔑视人间感情的结果。这样就把资本主义社会的倾轧现象看作伦理冲突，变成了理性与非理性的斗争，从而抽掉了阶级矛盾的内容。因而使他设计了一条以道德感化、个人奋斗来消解社会矛盾，人人各尽其智能取得幸福的虚妄的图案，把小资产阶级乌托邦式的幻想提高为可以实现的理想。这虽然也表现了对生活理想的积极的、进步的态度，然而却是显然不真实的，不能不说是小资产阶级保守性的反映。"② 第三部分讨论狄更斯的思想。文章认为狄更斯的思想有二重性。一方面，他有激进的民主主义和人道主义的思想，加上现实主义的创作方法，这决定了他的现实主义批判的深刻性。但另一方面，他又有乌托邦思想和改良主义的主张，表现了他的消极、保守和反动。两者相比，前者是主要的。文章最后指出："狄更斯，作为资本主义的广泛的揭露者、深刻的批判者，作为贫苦人民的深切同情者，是进步的、伟大的，他的创作具有深远的意义；作为阶级调和论的鼓吹者、改良主义的宣传者、暴力革命的否定者，则是错误的，甚至反动的。这正是继承狄更斯的优秀的遗产时应当批判的。"③ 这篇文章的批评方法仍是社会

---

① （河北大学）中文系外国文学评论组：《略论批判现实主义作家狄更斯》，《河北大学学报》1961 年第 00 期。

② 同上。

③ 同上。

—历史的。作者力图"辩证"地分析狄更斯及其创作，但也存在割裂研究对象，让对象适应自己的研究框架的问题。

1962 年，狄更斯诞辰 150 周年，各地报刊发表了一系列纪念性的文章，形成了狄更斯研究又一热潮。主要的文章有：范存忠《狄更斯与美国问题》、王佐良《狄更斯的特点及其他》、陈嘉《论狄更斯的〈双城记〉》、姚永彩《从〈艰难时世〉看狄更斯——为纪念狄更斯诞生一百五十周年而作》、杨耀民《狄更斯的创作历程与思想特征》、柏园《假如狄更斯今日重游美国——读狄更斯的〈美国杂记〉所想到的》、李赋宁《狄更斯："大卫忆童年"》、王科一《"世界上是真正有所谓爱的"——漫谈狄更斯的〈艰难时世〉》、蒋天佐《狄更斯诞生 150 周年纪念》、辛未艾《从〈艰难时世〉看狄更斯的创作倾向——纪念狄更斯诞生一百五十周年》、孙梁《狄更斯说书——外国文学札记》、戴镏龄《嫉恶如仇的狄更斯》、牛庸懋《简谈查理斯·狄更斯》、王忠祥《英国杰出的现实主义作家狄更斯——纪念狄更斯诞生 150 周年》、姚遏《狄更斯与〈圣诞述异〉》等。这些文章可以分为两类：一类发表在报纸上，以纪念性为主；另一类发表在学术杂志上，以学术性为主。

报纸上的纪念性文章在数量上占多数。这类文章大多篇幅比较短小，有的以知识性、介绍性为主，如姚遏的《狄更斯与〈圣诞述异〉》（现一般译为《圣诞欢歌》）。文章主要介绍《圣诞述异》出版之后遇到盗版问题，已印的书几乎一本也卖不出去。狄更斯只好打官司。官司打赢了，但盗版的公司破产了，狄更斯不但没有拿到法院判决的 1000 英镑的赔偿金，反而欠了 700 英镑的诉讼费。但诉讼的胜利使《圣诞述异》的销路又好起来，最后，狄更斯拿到了 726 英镑的稿酬。还了 700 英镑的诉讼费，狄更斯从这部杰作得到的实际收入只有 26 镑。从这则轶事我们似乎可以了解在现实生活中，狄更斯积极地推进版权制度的部分原因，了解他在《荒凉山庄》中对大法官庭的描写并不完全是他天才的想象的产物。

另一些文章对所涉及的问题做了一些深入的探讨，有较强的学术性。如王佐良的《狄更斯的特点及其他》认为，狄更斯是同时代英国作家中成就最大的，但同时也比较突出地暴露了他们的共同特点。狄更斯经历了比其他作家更为明显的发展，风格从幽默为主到批判、讽刺为主，批判从片面、偶然到全面、深刻，结构从松散到完整。"他的技巧上的发展是伴随着他的思想上的发展并进的，亦步亦趋的。而在他最好的作品里则两条发展的线索常常是合二为一的。"如《远大前程》。在狄更斯的艺术里，有一种十分动人的混合，"一方面，他最会写实。……他的细节除真实、生动之外，还有一种尖锐的敏感性。在《大卫·科波菲尔》之中，当小孩子大卫第一次遇见墨特斯通小姐的时候，她正忙着家务，毫不关心地'只将冰冷的手指让孩子握了一下'。这是极为深刻的一笔：冷的不只是墨特斯通小姐的手指，还有她的心，而这是通过一个孩子的敏感表现出来的，一个具体的细节写出了两个人的性格，同时又托出了一个有社会意义的场面，使我们看出孩子是怎样需要温暖，而他所得到的，却只是可怕的冷漠。""狄更斯是写真实的细节的能手，然而另一方面，他又最奇幻、最夸张，在渲染、烘托上最走极端……在他的小说里，气氛不是点缀，不仅仅是背景，而是小说结构里的重要组成部分，往往既是象征，又是实体。""真实的细节与诗样的气氛混合，具体情节与深远的社会意义混合，幽默、风趣与悲剧性的基本人生处境的混合——正是这一切使狄更斯的作品丰富厚实，而且充满了戏剧性。"王佐良认为，狄更斯感情充沛，但任由感情泛滥就造成了人们所诟病的"感伤化"。"我认为他的感伤化的最大害处在于一种小资产阶级的感情泛滥使他不能看得更清楚，不能在他本身条件许可下，对于他所处社会的本质认识得更深入，而这一认识的深入原是会导致他的艺术登达更高的峰巅的。"① 这篇文章篇幅不长，但却是这一时期较少的侧重于艺术分析的文章，虽不全面但评价中肯，这在侧重思想分析的当时是很有意义的。

王科一《"世界上是真正有所谓爱的"——漫谈狄更斯的〈艰难时世〉》一文对狄更斯在《艰难时世》中通过马戏团团长史里锐的评论表达出的"世界上是真正有所谓爱的"观点进行分析，指出西丝父女之间的确存在真正的爱，但这种爱却因为他们贫穷的处境而无法实现。"当西丝日

---

① 王佐良：《狄更斯的特点及其他》，《光明日报》1962 年 12 月 20 日。

日夜夜捏着那个装'九合油'的空瓶时，他父亲的骨殖也不知落在哪个荒山旷野里呢。"① 而宠得贝有钱，其母子之间的"爱"有现实物质支撑，但他们之间却没有爱。作者以此说明，在人剥削人的社会，不可能实现人与人之间真正的爱，只有在消灭了剥削的新中国，才可能实现这种真正的爱。

与王科一不同，辛未艾《从〈艰难时世〉看狄更斯的创作倾向》一文则从宏观着眼，针对部分英美批评家对《艰难时世》的贬低，肯定狄更斯的后期创作。文章认为，狄更斯早期作品对社会有批判，"可是由于有一些揭露、抨击是和大量对于可笑举动的嘲讽联结在一起，由于社会背景好像万花筒一样在主要人物的背后转动，因此对社会现象的纵深解剖和概括就受到限制"。而他的后期创作则克服了这些缺点。"他不再注意个别人物的一些可笑的行为，也不再寄兴趣于一些离奇怪诞的情节；他注意纵深，注意集中概括，注意典型人物和典型环境的有机的联系。"作者认为这是一个新的更高的发展，而《艰难时世》则是标志着这一重要发展的作品。作者通过对作品中的主要人物和工人阶级与资产阶级之间的矛盾斗争进行分析后认为："它的内容是有丰富的社会意义的，它的艺术概括力是强大的，人物性格的发展也是自然的。使作品的感染力受到影响甚至损害的，不是在于对社会现象做了挖掘和分析，而是由于作者对现实生活做了虚假的描写和解释。"②

更为宏观的则是王忠祥的《英国杰出的现实主义作家狄更斯——纪念狄更斯诞生150周年》。文章以马克思《英国中产阶级》中的相关论述为依据，指出狄更斯的创作具有几个明显的特点：其一，是暴露性与批判性的热情；其二，是创作中的民主思想与强烈的政治性；其三，是与他的民主思想脉息相关的乐观主义。这种乐观主义与他的人道主义一样，"植根于当时的小资产阶级思想意识。狄更斯的小说，既反映出他对生活的热爱，对人民正义最

---

① 王科一：《"世界上是真正有所谓爱的"——漫谈狄更斯的〈艰难时世〉》，《文汇报》1962 年第 8 期。

② 辛未艾：《从〈艰难时世〉看狄更斯的创作倾向——纪念狄更斯诞生一百五十周年》，《文汇报》1962 年 12 月 25 日。

后会得到伸张的信任；也表达了他的幻想——企图用道德伦理方案处理社会矛盾和阶级斗争问题"。作者认为这一企图是不可能实现的，反映了狄更斯的阶级局限性。"但若不看到狄更斯小说里更为重要的东西，即对生活的积极的观点，对资产阶级世界的揭发与批判，那也是不正确的。"①

此外，蒋天佐在《狄更斯诞生 150 周年纪念》中对狄更斯的生平与创作做了一个简洁然而系统的梳理，认为"由于狄更斯真实地反映出了 19 世纪初叶的英国社会面貌，由于他极其深刻地揭发了资产阶级以及依附于资产阶级的许多反动势力的罪恶，所以，尽管由于他对资产阶级还存在着幻想，以致使他的思想和艺术都受到限制与损伤，但他仍然是伟大的、不朽的。他的作品不仅在当时发生了巨大的进步作用，直到现在还为世界人民喜爱和珍视"②。戴镏龄在《嫉恶如仇的狄更斯》中强调："狄更斯的作品所以具有高度的现实意义，就在于其能深刻地反映当时英国社会的这种矛盾（指劳资矛盾，引者注），无情地抨击了那种极不合理的社会制度。他是个嫉恶如仇的人。英国资产阶级社会的贪婪残酷、狡诈虚伪，经过他的刻画，丑态百出地暴露出来。另一方面，我们从他的作品中看到英国最低社会层的饥饿贫困，疾病流离，又不禁惊心动魄。"戴镏龄认为："狄更斯最大的局限性是他的资产阶级人道主义观点，但总的说来，他的作品过去对社会起了巨大的促进作用，今天也还在很大的程度上帮助读者认识西方资本主义社会的丑恶面貌；在艺术技巧方面，他有许许多多东西值得我们学习。"③柏园在《假如狄更斯今日重游美国》一文中，根据狄更斯《美国杂记》的内容，联系当时美国的现实，认为 20 世纪 60 年代的美国比狄更斯游历时的美国更加黑暗、更加丑恶。《美国杂记》描写美国的监狱，但是，"假如狄更斯到了今日的美国，那他看见的将是一个大监狱，而不是这里那里的几个号子了。有一张美国报纸说，'太阳之谷'变成'恐怖之谷'了。据肯尼迪先生说，'这个世界并不是注定成为人类等待处

---

① 王忠祥：《英国杰出的现实主义作家狄更斯——纪念狄更斯诞生 150 周年》，《湖北日报》1962 年 12 月 19 日。

② 蒋天佐：《狄更斯诞生 150 周年纪念》，《文汇报》1962 年 2 月 13 日。

③ 戴镏龄：《嫉恶如仇的狄更斯》，《羊城晚报》1962 年 5 月。

决的大监狱'，这话当然不假；但是在今日的美国，却已经'注定成为老百姓等待处决的大监狱'了"。《美国杂记》描写了奴隶和奴隶制，但是，"假如狄更斯到了今日的美国，那他看见的虽然不是背上、臂上、脸上、脚上烙了字的黑人奴隶，但是他仍然看见'三K党'、'老桦树会'之类形形色色的人们为吊死黑人而树起的绞刑架……整个美国的劳动人民都变成另外一种奴隶——资本的奴隶，而华尔街老板们就是巨大的奴隶主"。"今日美国的奴隶主已经不是拥有区区几个被烙铁烙字的黑人的主子，他们是戴着钢盔和不戴钢盔的华尔街的百万富翁及其走卒们，这是一种新式的奴隶主。"作者断言："狄更斯当年回国还写下了《美国杂记》，假如他到了今日的美国，他将被'非美'活动委员会提出控诉，首先就不给签证，即使成行，很可能在他到达美国的当天就被联邦调查局抓起来，投入到狄更斯所描写过的'辛辛监狱'去，连速记也写不成了……"① 文章将美国的一些现象夸大或从不同的方面理解，对美国社会做了不够实事求是的批评。从这篇文章可以看出当时批评的一些倾向性问题。

不过，总的来看，这些文章虽然有的存在一些问题，而且每篇只涉及狄更斯及其创作的一个方面，但合起来，还是给了读者一个相对完整的印象。

学术性论文主要有陈嘉的《论狄更斯的〈双城记〉》、范存忠的《狄更斯与美国问题》、杨耀民的《狄更斯的创作历程与思想特征》等。文章数量虽然不多，但质量较高。

陈嘉的《论狄更斯的〈双城记〉》分为四个部分。第一部分讨论了《双城记》写作的背景，指出狄更斯写《双城记》受到了卡莱尔写的《法国革命》的影响，也受到了另一比他年轻的作家考林斯的剧本《冰冻了的海洋》的影响。这样就不可避免地给读者带来这样的困惑："《双城记》究竟是以法国革命为主题呢？还是以恋爱为主题呢？作者写《双城记》的中心意图究竟是什么呢？上面两个问题，是我们对《双城记》的理解与估价的中心问题。"② 第二部分讨论小说中的积极方面，这主要表现在作者对法

---

① 柏园：《假如狄更斯今日重游美国——读狄更斯的〈美国杂记〉所想到的》，《世界知识》1962年第5期。

② 陈嘉：《论狄更斯的〈双城记〉》，《江海学刊》1962年第2期。

国革命的描写上。"狄更斯一方面塑造了压迫者和被压迫者的鲜明生动的形象，另一方面又概括地描绘了统治阶级的骄奢淫逸和人民群众受尽苦难而起来反抗的广阔的画面。使我们看到了 18 世纪末法国封建社会中残酷的人吃人的黑暗状况；看到了革命党人从地下活动转入革命斗争的正义性和必然性。"作者认为，狄更斯对于法国革命总体上是基本肯定的，"作者的鲜明的进步倾向，就在于此"。此外，在小说中，狄更斯"还对 18 世纪末和当时的英国社会的丑恶现实作了无情的揭露"[①]。第三部分讨论《双城记》所表现出来的狄更斯的局限。"这首先表现在他的资产阶级人道主义思想上；表现在他对一七八九年到一七九四年法国资产阶级革命的看法上。""在描写革命前夕的情况的章节中，他完全站在革命群众一边；在描写革命开始时的部分里，他既为革命而兴奋，又感到斗争未免'残酷'；最后在描写革命深入的场面中，他就逐渐忘掉了革命正义性的一面，而只看到了他所认为的杀多了人和杀错了人的'残忍'和'粗暴'的一面。这些矛盾的表现，在很大程度上是与作者的资产阶级人道主义思想是分不开的。由于这种资产阶级人道主义思想，他怜悯与同情在法国革命前夕受苦受难的广大人民，痛恨不讲人道的统治者，因而对于一向不讲人道的黑暗社会所进行的革命，也就表示了赞许；但同样地由于这种资产阶级人道主义思想，当革命爆发而逐步深入之后，他便转过来又去以他的'人道'的眼光怜悯与同情那些遭到人民的惩罚的昔日的统治者，而认为革命搞得太'过火'了，因而对革命产生反感。""不过，狄更斯是否就因为他认为法国革命有些'过火'和'残忍'因而就否定了法国革命的正义性和必然性呢？我看不是的。"因此，陈嘉认为，对法国革命的两面性还不是《双城记》最大的缺陷，"卡尔登这个人物和以他为主角的恋爱情节，是《双城记》中最大的缺陷，是狄更斯的局限最突出的表现"。陈嘉问道："一个生活堕落的人，为了爱一个玩偶般的女子而牺牲生命去救她的贵族丈夫：这种'舍己为人'的意义究竟有多大呢？"而且，小说最后，"作者还把这种人类之爱加上了宗教色彩，把卡尔登的'舍己为人'和耶稣基督的舍己而

---

① 　陈嘉：《论狄更斯的〈双城记〉》，《江海学刊》1962 年第 2 期。

使他人'复活'的爱相提并论,也就是把卡尔登与'救世主'相比,以此来贬低他所认为'残暴不仁'的革命事业。这更是狄更斯害怕革命的具体表现,是狄更斯的最突出的阶级局限"①。第四部分是一个小结,说明了资产阶级批评家推崇卡尔登和《双城记》中的恋爱情节,而"我们却推崇小说中有关法国革命的部分"②。陈嘉的这篇文章克服了我国《双城记》研究中容易存在的一个问题,即有意无意地将狄更斯对法国革命的肯定与否定两种态度割裂开来,作者以资产阶级人道主义将这两个方面联系起来,成为一个有机的整体。对于《双城记》的缺陷,文章也有自己的看法,文章不认为小说最大的缺陷是对法国革命否定的一面,而是对卡尔登这个人物的肯定和对以卡尔登为主角的恋爱情节的描写。这一观点很有新意也很有道理,可惜往往被后来的研究者忽视了。文章的另一特点是文章的结论与作品的实际联系十分紧密,文章的观点建立在对作品的人物、情节、场面的分析之上,而不是使人物、情节、场面服从自己的观点。当然,文章的观点也有值得商榷的地方。如对资产阶级人道主义,对卡尔登的舍己救人,文章的批评都过于猛烈了一点。

范存忠的《狄更斯与美国问题》分为五个部分。第一部分写狄更斯的美国情结和他的第一次美国之行。第二部分写狄更斯对"美国的资产阶级民族性格"的论述。狄更斯将其概括为两个方面。"首先,狄更斯认为美国人是一个爱好热闹、爱好刺激的民族。关于这一点,狄更斯做了极其生动的描绘。狄更斯的船刚到波士顿港,还没靠上码头,一大群口袋里夹着报刊的人蜂拥上船,争先恐后,抢着握手。狄更斯以为他们是报贩,哪知全是报馆编辑。""美国资产阶级民族的另一特征是浮夸,是爱好自我吹嘘。美国人喜欢说美国好,喜欢说什么东西都是美国的好。譬如铁路运输罢,美国人深信美国的是最好的——至少比英国的好。如果你说,不完全这样,他是不相信的。"③此外,狄更斯对当时美国人喜欢嚼烟草、随地吐痰的习惯也进行了批评。第三部分论述狄更斯对美国社会制度的看法。

---

① 陈嘉:《论狄更斯的〈双城记〉》,《江海学刊》1962年第2期。

② 同上。

③ 范存忠:《狄更斯与美国问题》,《文学评论》1962年第2期。

"狄更斯一再提到美国的《独立宣言》。毫无疑问，《独立宣言》里的名句曾经引起他对美国的兴趣。《宣言》中说：'我们认为这些真理是极其明显的：人是生而平等的；造物主赋予他们以不可剥夺的权利，其中包括生存、自由，及谋求幸福的权利。'狄更斯在游美期间认识到这理想在美国土地上完全没有实现。首先，关于自由。狄更斯发现美国并不是一块'自由乐土'，像美国人自己所标榜的那样。在美国，一方面有些人有无法无天的自由，而另一方面许多人连起码的言论自由也无法享受。狄更斯在美国到处受到隆重款待，但是觉得禁忌很多，这也不应说，那也不应说。"①狄更斯认为美国人的"自由"实际上只是资产阶级追求利润的自由。美国人的平等只限于白人社会，广大黑人却依然处于奴隶制的奴役之下。第四部分写狄更斯对美国问题特别是黑人问题的看法和他的第二次美国之行。狄更斯反对对黑人的奴役，他看到了蓄奴制是美国的"最大炮火"，主张并倡导社会改革，但他反对暴力革命。他看到了革命的不可避免，但又害怕革命的到来。他赞成解放黑人，但又认为黑人笨拙、缺乏教育，不能适应民主的选举制度。"狄更斯一方面觉得黑人是应当解放的，另一方面又觉得黑人实在太笨拙了，处在爱好流动的美国人中简直很难生存下去，哪能享受民主权利呢？那时黑人在法律上已获得了选举权。狄更斯对议会选举制度一向没有好感，认为没有适当教育程度的人不可能实行这制度，因此他断言：给予黑人选举权只是政党为了骗取选票而玩弄的手法而已。总之，狄更斯看出：黑人的处境和黑人新近获得的自由身份是极其不相称的。但是他的斗争力量衰退了，没有像初次游美时那样义愤填膺了。"②第五部分对狄更斯美国问题研究的价值、意义进行了总结与评论。这篇文章结合狄更斯的生平和《游美札记》《马丁·朱述尔维特》两部作品，围绕"美国问题"，进行了综合和深入的分析，其观点与研究方法至今仍有价值与启示意义。

杨耀民的《狄更斯的创作历程与思想特征》是这一时期国内狄更斯研究最重要的成果。文章分为五个部分。第一部分对狄更斯的生平与创作历

---

① 范存忠：《狄更斯与美国问题》，《文学评论》1962 年第 2 期。
② 同上。

程做了一个总的论述。杨耀民认为狄更斯在早期创作中"已经表现了杰出的创作才能。他特别擅长写富有特征的人物和生动个性化的对话，这在初期的小说中已经有很杰出的表现。狄更斯原不是以小说结构的完整见长，但他也写了一些结构比较紧密的作品。在这个时期他还没有摆脱'流浪汉小说'给他的影响。这种小说的特点之一就是结构松散，一系列不相干的场景通过主人公连接起来"。在这种情况下，作品的思想主题"也就难免不很清楚"，而且"狄更斯恐怕也还没有对此给以应有的注意"。杨耀民更肯定的是狄更斯的后期小说，认为"狄更斯在五十、六十年代达到了他创作成就的顶峰。他的批判最深刻的作品，艺术上最完整的作品都是在这二十年中完成的"。"他这个时期的长篇小说在思想内容上，远比以前的作品深刻，在情调上，偏于阴暗。如果说他以前着重于批判个别的恶人、个别的现象，这个时期他着重批判的是根本性的政治问题；如果说乐观气氛、喜剧成分在以前的作品中比较突出，这个时期的作品尽管由于社会风尚与个人爱好这样特点依然存在，严肃与深沉却占了上风。""除了政治问题以外，狄更斯在五十、六十年代的作品中特别着重批判一切建立在金钱基础上的人与人的关系。"而19世纪60年代的小说又与19世纪50年代的小说有所不同，这不仅表现在内容上，也表现在艺术上。狄更斯写于19世纪60年代的三部小说"特别喜欢写变态心理，极激烈的感情经验，传奇色彩也有所增长"[1]。第二部分讨论狄更斯对下层民众的态度，认为"狄更斯的一个重要特点正是对被压迫、被侮辱与被损害的阶级的同情。……在他的作品里，几乎没有社会地位最高的贵族或爵士作为正面人物出现。在许多情形下，这类人物是用漫画般的讽刺笔法写的。对于中产阶级的人物，他常根据他们对穷苦人的态度作为评价的标准"。狄更斯同情劳苦大众，关心他们的命运。"他用自己的作品向世界公布他们在那个罪恶的社会所受的种种折磨与凌辱，并且宣称他们的生活应当比较安适、人格应当受到尊重。"但是，"狄更斯写的正面劳动人民、贫民的优秀品质中都缺少一点东西，那就是反抗性"。狄更斯认为穷人应该有自己的尊严，"反对那些主要

---

① 杨耀民：《狄更斯的创作历程与思想特征》，《文学评论》1962年第6期。

向穷人子弟灌输的'谦卑''自知身份'的教育",认为这只能使受教育者变得虚伪、阴险。但另一方面,他也反对下层群众的反抗。"他虽然觉得劳动贫苦大众应该受到人的待遇,如果暂时还得不到,却要他们忍耐、等待,不要有反抗行为。不然就不是他所能同情的了。"① 第三部分讨论狄更斯对英国社会及当时无处不在的金钱关系的批判和狄更斯的政治观点。文章认为:"狄更斯给 19 世纪中叶的英国画了一幅相当完整的写真,反映了那个远不是令人向往的社会的面貌。在那里,统治社会的真实力量是财产。没有财产的人固然备受折磨、凌辱,有财产的人之间的关系也受金钱的支配,演出了多少悲喜剧。"不过,狄更斯虽然揭露了资本主义社会的许多罪孽和丑恶现象,"但这并不意味着他认为应该对那个社会进行根本性的改造。他并不指责私有财产而是看财产是否以'正当'手段得来,有了财产是欺侮还是帮助穷人"。文章认为,"狄更斯在政治上没有系统理论"。"他对于英国的状况并不满意,他也没有为此称颂过去。他对于君主专制和贵族政体深恶痛绝。""在他死前的一次讲话中他把自己一生的政治信条总结为:'我对于治人者的信任,整个说来,是无限小的,我对于治于人者的信任,整个说来,是无穷尽的。'……显然,狄更斯的信念是富有民主主义精神的。"狄更斯对于统治者是责备的,"出于对被压迫者的同情,出于人道主义、民主主义的思想,但是担心过甚的压迫会引起他深感恐惧的革命运动却也是一个根本原因。因此在他认为英国存在着革命危机的五十年代,他写了他对英国政治制度批判最强的作品,而到六十年代社会比较安定,他就再也没有写《凄冷居舍》(现一般译为《荒凉山庄》)、《小杜立特》(现一般译为《小杜丽》)那样的作品了"②。狄更斯同情下层民众,但也反对下层民众的革命运动。他赞成的,是和平的改良运动。第四部分讨论狄更斯与维多利亚时代资产阶级的意识形态。认为"狄更斯对维多利亚时代中产阶级意识形态一方面有所批判,另一方面却又不能不为它所囿。他的读者主要是中产阶级,他不能不时刻考虑他们的偏见和爱好"。"狄更斯作品中许多正面人物缺乏思想光辉,主要原因之一就是他们

---

① 杨耀民:《狄更斯的创作历程与思想特征》,《文学评论》1962 年第 6 期。
② 同上。

没有高尚的理想，他们的思想局限在个人生活的小天地中，满足于安适的家庭生活。他们没有浮士德、列文那样对人类命运的关心。他们比鲁滨孙安分，比汤姆·琼斯规矩，但是他们也完全没有这些形象所能具有的生命力。他们实际上是庸俗的中产阶级通过狄更斯给自己的理想所作的写照"①。狄更斯的小说绝大多数以大团圆结尾，人物大多善恶有报。这种所谓的"诗的正义"实际上仍是由当时中产阶级的思想情绪所决定的，不一定符合当时的社会现实。第五部分讨论狄更斯的思想和阶级基础。认为狄更斯的"立场是民主主义的小资产阶级的立场，他的指导思想是人道主义"。"在他生活的时代，人道主义是一种非常流行的思想。资产阶级、小资产阶级中间的一些人，特别是一些知识分子企图以人道主义思想来解决工人阶级与资产阶级的阶级矛盾。狄更斯由于他的阶级地位很容易接受这种思想。他真诚地同情在那个社会里受压迫的劳动人民和穷人的处境，希望他们能过人的生活，人格应该受到尊重，指出他们的不幸是统治者造成的；他愤怒地指责政治制度的不民主及腐败，社会的不正义，统治阶级的冷酷、贪暴、虚伪及其他种种罪恶。……然而，狄更斯惧怕并且反对劳动人民的革命斗争，提倡敌对阶级相互谅解、融合，在保存私有制度阶级差别的条件下改善劳动人民的处境，把希望寄托于爱心。这又不利于他所同情的人民群众的解放。"他的作品的内容与矛盾都可以从这个基础出发加以解释。文章最后指出："看来狄更斯也和许多19世纪批判现实主义作家一样，在反映、批判那个罪恶的社会时他们是伟大的，当他们提出治疗社会疾病的药方时，就变得糊涂甚至有害了。"② 杨耀民的论文全面、扎实、深入，代表了"十七年"国内狄更斯研究的最高水平。但也有这一时期狄更斯研究常见的不足：侧重思想内容，喜用阶级分析，有用观念剪裁作品实际的现象。

由于政治和意识形态上的"左"倾加剧，1962年的研究高潮未能维持，1963年相关的狄更斯研究文章很快缩减到2篇，分别是赵萝蕤《狄更斯与〈美国杂记〉》、晁涌《怒火正在到处燃烧——读狄更斯〈游美札记〉有感》。两篇文章的发表与这一年8月张若谷翻译的《游美札记》的出版有关。

---

① 杨耀民：《狄更斯的创作历程与思想特征》，《文学评论》1962年第6期。
② 同上。

赵萝蕤在 1961 年曾经节译过《游美札记》并在《世界文学》杂志上发表（译名为《美国杂记》），对《游美札记》的内容十分熟悉。《狄更斯与〈美国杂记〉》对游记的内容进行了比较详细的介绍与分析。作者认为，狄更斯 1842 年的美国之行破灭了这位民主主义者的不少美丽幻想。这部杂记就是他幻想破灭后的产物。不过作者提醒我们，《美国杂记》是一百多年前的产物，"所以不能从狄更斯的杂记中认识今天的美国。除了时代局限之外，这部作品还有某些显著的缺点：作者是个相当顽固的改良主义和人道主义者，他描写各种社会机构如盲人学校、疯人院、监狱、教养院等非常详细，描写社会情况则比较简略；他也过分注意并重复许多烦琐的生活细节，常常因此而忽视了生活的主要方面。但是《美国杂记》中所保存的某些社会资料却仍有很大的现实意义。这些记载虽然大部分都比较简略，但是我们还是可以从其中看到某些今天美国的社会现象在一百二十年前的雏形"[1]。接着，作者从"金元是最高权威""贫富悬殊""所谓美国'民主'""移民者的命运""印第安人""对奴隶制的控诉""美国'生活方式'"，以及"二十五年以后"（狄更斯第二次访问美国）等几个方面，对《美国杂记》的思想和内容进行了分析，作者重视狄更斯在札记中对美国社会批判的一面，特别是对美国式民主包括黑奴制度的揭露和批判，但注意引用作品中的具体内容来说明自己的观点。

相对而言，晁涌《怒火正在到处燃烧——读狄更斯〈游美札记〉有感》则更具政治色彩。文章先引用札记中的相关记叙，说明美国奴隶制度的野蛮和残暴。然后指出在经过南北战争和解放黑奴之后，美国黑人依然处于被奴役的状态。他们只是从奴隶"变成了资本家残酷剥削的工人，依然不过是名义上'自由'的最低工资奴隶"。文章认为"只要美国那个腐朽反动的社会制度存在一天，美国残酷的种族歧视和种族迫害是一天也不会停止的。时至今日，美国统治阶级对待黑人的野蛮和凶残，比之狄更斯时代只有过之而无不及"。但是，今天的美国黑人毕竟积累了一百多年的斗争经验，他们的觉醒与斗争也达到了前所未有的水平。"美国的通讯社

---

[1] 赵萝蕤：《狄更斯与〈美国杂记〉》，《光明日报》1963 年 11 月 21 日。

已在惊呼：'怒火正在到处炽烈地燃烧，象征着黑人不惜一切代价冲破一百多年以来的种族壁垒的决心的不断增长。'这就是狄更斯当年所未能看到的、所没有估计的，今天黑人弟兄斗争的新形势。正如毛主席所指出的：'万恶的殖民主义、帝国主义制度是随着奴役和贩卖黑人而兴盛起来的，它也必将随着黑色人种的彻底解放而告终。'"① 20 世纪 60 年代，正是美国黑人争取解放斗争的关键时期，这篇文章的论断表面上看有一定的历史根据。但现在看来，作者对美国并没有真正的了解，文章抓住的实际上只是一些表面现象，因此论述难免出现偏差。

这一年的《世界文学》第 11 期还发表了一则狄更斯的文摘，标题是《狄更斯谈艺术夸张》。引文出自《马丁·朱述尔维特》序言，内容如下："在具有某一类思想和理解的人看来是夸张的东西，在另一种人看来是平凡的真理。通常被人称为有远见的人，从一种景色中看出无数的特色和意义，这些对于一个短视的人来说是不存在的。"这应该是狄更斯为那些批评《马丁·朱述尔维特》过于夸张的人预备的，但是单独抽出来，颇有一些哲理的意味。《世界文学》杂志摘引它，应该也是因为它从某一角度说明了夸张的实质。

1964 年有关狄更斯的研究文章也是 2 篇，分别是张忠祥《怒火正在燃烧》（《长春》1964 年第 2 期），杨耀民《狄更斯的〈双城记〉和人道主义》。后者虽然发表在《光明日报》上，但却是一篇较长的学术性论文。文章认为，狄更斯写《双城记》的目的是想要英国的统治阶级吸取法国革命的教训，改善自己的统治与管理方式，让被压迫群众生活得好一些。文章认为，《双城记》之所以是一部有意义的作品，并不是因为它在艺术技巧上有什么新的东西，"也不在于通过它，我们对法国革命可以有些感性认识——因为它只提供了一幅歪曲、片面的图景，更不在于它在思想性方面有什么特别可取之处——事实上它是狄更斯作品中思想倾向最不好的作品之一。它值得我们注意，是因为它比较全面地反映了 19 世纪西方以人道主义作为指导思想的作家可以做到什么，绝对做不到什么，提倡什么，批

---

① 晁涌：《怒火正在到处燃烧——读狄更斯〈游美札记〉有感》，《新民晚报》1963 年 9 月 5 日。

判什么，提倡或批判的出发点又是什么"。文章认为，《双城记》中爱与恨的对立是其重要主题之一，而这一主题的核心就是要以"超阶级的爱而不要以阶级斗争来解决社会问题。在分析历史时是这样，对待现实的社会问题时也是这样"。狄更斯同情的是被压迫者，当过去的被压迫者通过革命掌握了权力又压迫起他人的时候，狄更斯对他们的态度便成为批判的了。文章认为："人道主义在历史上曾经起过积极的启蒙的作用。在文学上，它的作用是复杂的。时代不同、社会状况不同，作家的阶级地位及所反映的现实的性质不同，它具体所起的作用也就不同。"在狄更斯创作《双城记》的 19 世纪中叶，社会的主要矛盾已经是资产阶级和无产阶级的矛盾，资产阶级人道主义所起的作用也就发生了变化。人道主义作家可以批判社会的黑暗面，可以同情劳动人民，肯定他们的尊严和过幸福生活的权利。但他们解决问题的办法却只能是爱。"他们宣传的博爱也是超乎阶级的、绝对的爱。他们用同样的博爱尺度衡量统治者和被统治者，这似乎是很公平的，但实际上只会对掌握生产资料、掌握政治实权的剥削阶级有利。……他们对劳动人民的同情也只在于想把他们的生活提高到小资产阶级水平，而不改变他们的被压迫的地位，仍然保持社会经济上的不平等，因而也就是政治上的不平等。对于革命暴力他是深恶痛绝的，暴力是社会的'产婆'，既然他们所理解的新社会不过是稍加改良的旧社会，当然也就不欢迎这个产婆了。马克思和恩格斯曾经指出，统治阶级的思想家和这个阶级的积极成员之间存在着分裂甚至对立和敌视，但是当阶级本身受到威胁时，这种敌视便会自行消失。人道主义者就是这样。在资产阶级的统治不受根本威胁的情况下，他们可以批判以至敌视这个阶级的积极成员，而以对待群众革命这个关系资产阶级存亡问题时，他们就与这个阶级的积极成员站在一起来反对革命的人民了。"① 这篇文章对资产阶级人道主义的分析在陈嘉文章的基础上又前进了一步，指出作者虽然批评资本主义社会，但在根本上他们是赞同并维护资本主义社会的。不过在阅读的过程中读者也可能会产生这样的疑惑：革命的目的是使人民过上幸福的生活，如果人道主义作家相信通过他们的

---

① 杨耀民：《狄更斯的〈双城记〉和人道主义》，《光明日报》1964 年 7 月 5 日。

办法也能使人民过上幸福生活，是否他们的想法就一定没有道理呢？

1964 年之后，社会生活中"左"的倾向越来越严重，到 1966 年"文化大革命"开始的时候，"极"左思潮在国内已经占据绝对统治地位，这极大地影响了国内的学术研究，整个哲学社会科学的研究基本处于停顿的状态。《文学评论》杂志 1966 年第 3 期之后停刊，其他学术报刊大致也是这种命运。研究者自身难保，自然无法进行正常的学术研究。即便有的侥幸过关，但由于极"左"思潮的钳制，也不敢发表自己的独立见解，只好发表一点牵强附会的批判言论，小心翼翼地不敢越雷池半步。狄更斯研究进入"沉寂期"。这一沉寂直到 20 世纪 70 年代初才有所松动。

第四节　20 世纪 70 年代的狄更斯研究

1970 年，"文化大革命"进入晚期，将这一年定为晚期的开始，基于以下两个理由。其一，1969 年 4 月，中国共产党召开第九次全国代表大会，1970 年，各级党委陆续恢复，开始主持工作。这两大事件标志着经过"文化大革命"前四年特别是 1966 和 1967 两年的疯狂，虽然极"左"思潮仍占统治地位，但国家高层已经意识到那种"革命"冲击一切、国民经济混乱停滞、社会生活无规范无秩序的状态再也不能继续下去了，已经开始有意识地恢复国民经济和正常的社会生活秩序。其二，1970 年北大、清华开始招收工农兵大学生，1972 年在全国推开。对于学术研究来说，党委恢复和大学招生是两大根本性的事件，党委恢复意味着国家恢复正常，知识分子虽然仍然受到压制，但至少他们知道自己能做什么，不至于像"文化大革命"初期那样动辄得咎，甚至突遭天外横祸。大学恢复招生则意味着学术研究有条件的恢复。毛泽东在"七二一指示"中虽然说的主要是理工科大学还要办，但也并没说文科不要办，而且实际上，整个"文化大革命"时期，招收的工农兵大学生中，文科生也占了一个较大的比例。大学招生的恢复，也推动了社会科学研究的恢复。因为既有学生，就需要教师，"文化大革命"后期，大批高校教师回到工作岗位。而教师恢复教学之后，就必然要进行一定的研究。因为高校的教学，没有一定科学研究的支撑，实际上是无法进行的。这样，"文化大革命"后期，特别是高等学校恢复招生之后，狄更斯又开始受到一定的关注。在外国文学方面，狄更斯毕竟是一个不可忽视的作家。中文和外语等专业的学者以马克思、恩格斯的有关论述为挡箭牌，以人民性为武器，把狄更斯放入讲课的内容，有的学校还以学习资料的名义，印发了狄更斯的《双城记》、《艰难时世》等作品，并附上一定的评论、介绍，供学生们阅读。狄更斯的研究工作也开始启动，一部分学者暗中开始自己的独立研究，虽然成果尚无法发表，但却为"文化大革命"结束后狄更斯研究的复兴做好了准备。

1976 年 10 月，以"四人帮"垮台为标志，"文化大革命"结束，"极左"思潮的代表人物"四人帮"离开政治舞台，国内的狄更斯研究得到恢复。这一恢复过程从 1976 年 10 月到 1977 年年底，大约经历了 1 年多的时间。这一方面是因为要从"文化大革命"造成的思想桎梏和思维定式中走出来需要一定的时间，另一方面也是因为相关的学术刊物的恢复或创刊以及学者们从潜伏状态进入研究状态，研究成果的发表也需要一定的时间。1978 年2 月，《文学评论》复刊，标志着文学领域学术研究的全面恢复。这一年，"文化大革命"后的第一篇狄更斯研究论文，王忠祥的《论狄更斯的〈双城记〉》发表，国内狄更斯研究正式启动。1978 年，全国共发表有关狄更斯的文章 4 篇，其中学术论文 1 篇，译文 1 篇，知识性的短文 2 篇。1979 年发表相关文章 7 篇，其中学术性论文 2 篇，译文 1 篇，其他文章 4 篇。①

王忠祥的《论狄更斯的〈双城记〉》可谓我国新时期狄更斯研究的开端之作，发表在《外国文学研究》1978 年第 1 期创刊号上。文章首先肯定"查尔斯·狄更斯是英国 19 世纪批判现实主义文学的奠基人，他属于马克思所称赞的'杰出的小说家'。他的丰富的创作同乔叟的散文、莎士比亚的戏剧、菲尔丁的小说、拜伦的诗歌，都是英国文学史上光辉的篇章"。然后分析了狄更斯创作此部小说的时代背景、写作目的，作者对法国大革命的态度以及由此体现出来的作者思想上的矛盾。论文将《双城记》中的人物分为"理想的正面人物、'自我牺牲'的怪人、革命人民的代表和贵

---

① 此数据根据笔者和笔者的研究生在湖南师范大学图书馆、北京师范大学图书馆、国家图书馆以及中国知网、读秀网等网站上的资料整理而成。

族、资产阶级坏蛋"等四类，并逐一进行了分析。这种分类方式对 20 世纪 80 年代我国狄更斯小说人物分析产生了一定影响。作者将梅尼特放在小说人物体系的核心，认为"在四类人物中，像梅尼特医生等正面人物形象，体现了狄更斯人道主义理想，而厄弗里蒙地侯爵兄弟、巴尔塞这一类贵族、资产阶级坏蛋的形象，表现了狄更斯的批判能力，指出了贵族阶级灭亡的历史必然性，揭露了资产阶级的食利哲学。正面人物形象的活动，是小说情节发展的基础，在怪诞人物的辅助下，他们既与贵族、资产阶级坏蛋作尖锐的对比，又同坚定的革命分子表示差异，从而突出小说的人道主义主题"①。文章的内在指导思想与"十七年"研究论文是一致的，如对梅尼特的分析。作者认为，梅尼特的思想与性格经历了一个发展的过程。"青年时代的医生，为人正直，见义勇为，不为利诱，不为威屈。……但是，此时此刻的医生又是天真幼稚的，凭着'良心'而生活的，他确曾不顾朝廷的淫威和贵族的特权，向大臣写密信陈述事情的经过，不过这主要是为了解除他自己的'良心上的负担'，把不再发生类似事件的希望寄托在封建朝廷大发慈悲上。这就是医生被抓进巴士底监狱的直接原因。"经过监狱的苦难之后，梅尼特的思想上升到了一种"无我的精神"状态。他抛弃了过去的恩怨，为"爱"而活着。文章认为："狄更斯十分赞扬医生的'无我精神'，认为医生奉行了合乎人道原则的利他主义。不过说到底，这种'无我精神'，还是有'我'的。医生对于路茜的爱、对代尔那的谅解都不是超阶级的，都从小资产阶级的情感出发，带有他自己的强烈的道德观念。从狄更斯对后来的医生'无我精神'的赞赏来看，他虽然认为医生先前要求复仇有理由，却又给予批评，这显然是出之于他的阶级偏见。在小说中，梅尼特医生这个现实主义艺术形象是有深刻的社会意义的。他的苦难的经历，在当时很有代表性，对法国、英国贵族阶级的残暴、资产阶级法律的虚伪，起了揭露、影射的作用。"② 由此可见，文章肯定的主要是梅尼特这一形象的批判意义，对于狄更斯在这一形象身上体现出来的"爱""无我精神"和"利他主义"，则分析为"小资产阶级情感"和"有

---

① 王忠祥：《论狄更斯的〈双城记〉》，《外国文学研究》1978 年第 1 期。
② 同上。

我的"，也就是说，他只是对自己的女儿与女婿是"无我"和"利他"的，而不是对所有的人。很明显，这种分析与小说实际还是有一定距离的。

译文是泰纳（一译丹纳）的《论狄更斯小说中的人物》。文章节选自泰纳的《英国文学史》。泰纳认为："狄更斯笔下的所有人物不外属于两种类型：一类是有同情心和情感的人，另一类是没有同情心和情感的人。狄更斯把自然创造出来的人同被社会变成畸形的人做了对照。他晚期的小说之一《艰难时世》代表了他的全部小说的精粹。"接着，泰纳运用他的"种族、环境、时代"三要素原理，分析了这两类人物及其形成的原因。泰纳认为："不能把这种对弱者和强者的比较，或者这种反对社会赞颂自然的呼声看作艺术家的凭空臆想或者是一时即兴。只要我们深入探索英国民族精神的历史，就会发现它的原始基础是一种激烈的感情，它的自然表现就是一种抒情诗式的升华。"泰纳在分析狄更斯小说人物时，喜欢联系法国进行比较，人物分析实际上变成了英、法两国民族性差异的分析。如泰纳从"虚伪"和"傲慢"两个方面分析了狄更斯笔下"被社会变成畸形的人"，并与法国社会与文学中的人物做了对比。"实利精神和道德精神被英国人所兼收并蓄，这个民族已从商业、劳动和政府中获得了生意场上的经验和才干，所以他们才视法国人为孩子和疯子。这种风气一经泛滥便破坏了想象力和情感。人成了一部推理的机器，堆满了一整套的数据和事实，这一种人否认精神生活和心灵欢乐，看待世界除了收入和亏损之外，别无他求，这个人变得铁石心肠，冷酷无情，利欲熏心，饕餮无度，把人当作机器，因此，某一天他会发觉自己不过是一个商人、银行家、统计家，他已经不再是人了。"而"这类人物在法国是难以找到的，他们的这种冷酷性不是法国人的性格。这类人是英国那种有它自己的哲学、自己的伟大人物和辉煌业绩的学校制作出来的，而法国人则从未设立过这种学校。当然，法国作家也多次描绘过那些贪得无厌的妇人、生意人、店主，巴尔扎克的作品就充满着这种人，然而他是通过这种人的愚蠢昏沌来解释他们的，或者是把他们处理成怪物，譬如像葛朗台和高勃萨克。而狄更斯的人物却构成了一个阶级，代表了一个民族的劣行"①。

---

① 泰纳：《论狄更斯小说中的人物》，陈加洛译，《福建师大学报》1978 年第 2 期。

英、法两大民族的不同之点在这种比较中突出出来。泰纳的分析突破了当时流行的阶级分析法，对于当时国内的狄更斯研究，有较强的启示意义。①

1979 年发表的两篇学术性论文一篇是何文林的《谈谈狄更斯的〈双城记〉》，一篇是任明耀的《评狄更斯的〈艰难时世〉》。

何文林的《谈谈狄更斯的〈双城记〉》在对小说思想内容的分析方面没有新的创见，基本上围绕着反映了法国大革命前后广阔的社会画卷、对法国革命的态度的两重性、狄更斯的人道主义，以及反动贵族、革命者、理想人物等展开论述，观点没有新的突破。与以前的文章不同的是，这篇文章用了一定的篇幅来讨论《双城记》写作艺术。文章认为："《双城记》是狄更斯晚年一部成熟的现实主义文学作品……作品在人物塑造、情节安排、思想表达上，运用了大量对比手法，把对立的形象和画面，加以相互衬托，突出了作品的主题，加强了作品思想倾向的表现。……作品在结构上是完整、突奇的。开篇'时代'一章，用对时代的感叹，交代小说所描写的时代，增强了这部历史小说的真实性。故事开展以后，主要围绕着医生梅尼特父女与查理斯·厄弗里蒙地叔侄，以及得伐石夫妇几个主要人物的纷繁纠葛和错综复杂的矛盾来描写。然后，又以倒插手法，把医生在狱中所写的血书公之于众，揭示故事产生的根由。这使作品在情节上曲折、委婉，富有戏剧性，给读者以深刻鲜明的印象。作品在风格上，改变了狄更斯早期创作的诙谐、幽默、活泼的特色，代之以肃穆、尖刻的批判，使

① 有意思的是，译者在译文后面加了一段长长的注，分析泰纳这篇文章的局限："作者在此书中企图对艺术现象作历史解释，但他所使用的'三大原则'却有相当抽象的性质，没有阐明社会的阶级关系。他的社会学原则是把生物现象与社会现象等同起来，对艺术作品的社会内容与民族特色的分析流于一般化和简单化。他所谓文学中的民族性，实际上是一个超阶级的抽象概念；他所强调的地理因素，无法说明同一民族的艺术在同样的自然条件下所产生的变革和发展；他所理解的时代，反映不出革命阶级的力量和阶级斗争的发展趋向。因此，他在狄更斯作品中看到的人不是阶级的人，而是一般所谓善与恶的人，有感情与没有感情的人。在他看来人的感情除了社会的决定（时代与环境）是一个因素外，民族的渊源、气质、习俗也是主要的原因。其实在阶级社会中，人的感情只能是带上阶级烙印的，不可能是超阶级的。泰纳没有看到狄更斯的这两类人，一类就是资产阶级及其社会罪恶的体现者，另一类则是劳动人民的代表者。前者得到的结局不是道德的惩罚便是肉体的灭亡，后者的结局则往往是在为生活的斗争中取得道德的胜利。这正是揭示了资产阶级社会必然走向灭亡的规律，这并非民族的因素在起作用。"现在看来，这段分析正好表现了当时根深蒂固的阶级论观念，比泰纳的文章更有局限。

作品更显得深刻有力。同时，作品里的环境描写与抒情插笔，都增加了艺术的感染力。然而，作品的基调是低沉的，这种低沉的情调正是狄更斯失望情绪的流露。"①

与何文林的文章一样，任明耀的《评狄更斯的〈艰难时世〉》在对小说内容的分析上新见不多。文章一开头就指出："《艰难时世》（1854 年）是英国批判现实主义杰出作家狄更斯的一部重要作品。这部作品的可贵之处，在于它反映了 19 世纪 50 年代英国资产阶级和无产阶级之间的矛盾冲突。正如这部小说的题目所揭示的，19 世纪四五十年代对英国劳动人民来说，确实是'艰难时世'。"这仍然是通行的说法。但文章也有一定的变化，如在评价斯梯芬这个人物时，作者认为："作家对斯梯芬的苦难生活和不幸遭遇，寄予深刻同情，对他的宽容精神又十分赞赏。总之，这个工人形象有一定的真实性，但是并不高大，并不典型，特别是他临死前的说教，大大损害了这个人物的形象。"虽然作者还是认为这个人物不够高大、不够典型，但承认了他有一定的真实性，不像以前的一些文章，认为这个形象是对工人阶级形象的一种歪曲，干脆予以否定。文章对《艰难时世》的艺术特色也做了一些分析："这部小说在创造人物方面，显示了狄更斯创作上的特色。他善于描写典型环境中的典型性格。在人物描写方面，作家既抓住了人物的特点，又运用了夸张的手法。他不但善于用细节来刻画人物，而且善于使用富于性格特征的语言来突出人物的形象。所以他创造的人物给读者的印象特别深刻。""最后想谈一谈作家在作品中的议论。夹叙夹议是许多英国小说家的特点，狄更斯也喜欢在他的作品中发表他的议论。如果说狄更斯在创造人物典型方面是高明的雕塑家，那末，在议论方面却是一个典型的资产阶级人道主义演说家。从狄更斯在《艰难时世》中的议论中，不但可以看出作家的爱憎感，也可以看出作家的思想局限。"② 应该指出的是，任明耀这篇文章有一个严重的不足，他将花花公子詹姆斯·赫德豪士和工人运动领袖斯拉克布瑞奇弄成了一个人。"詹姆斯·赫德豪士是狄更斯笔下的工人领袖形象。狄更斯对这个人物一直没有好感。从这

---

① 何文林：《谈谈狄更斯的〈双城记〉》，《河北大学学报》1979 年第 1 期。
② 任明耀：《评狄更斯的〈艰难时世〉》，《杭州大学学报》1979 年第 4 期。

个工人领袖的外形到言行，他都加以丑化，从而暴露了作家对工人运动缺乏深刻的理解。这个工人的外表是那么难看。他穿着奇奇怪怪的衣服，两肩高耸，眉毛低垂，五官挤在一道，完全是一个小丑模样。他又是一个玩弄权术的空头政治家。……他是一个好色之徒，自从认识了露意莎以后，他一心要勾引她。……可是他对工人又是另一副脸孔。他对工人讲话，盛气凌人。他能用革命的词句把工人鼓动起来，博得热烈的掌声。……他是十足的两面派。讲的一套，做的又是一套。按理说，他作为工人领袖，对工人的不幸遭遇应该十分同情了，可是不，他对受尽苦难但尚未觉醒的斯梯芬却百般凌辱。"① 这是一个完全不应出现的错误。如果说，有评论家将《双城记》中的"巧克力爵爷"和厄弗里蒙地侯爵混为一个人还因为这两个人有一定的相同之点，赫德豪士和斯拉克布瑞奇则是完全不同的两个人，而且两人也根本没在一起活动过。这种现象只能说明这一时期部分的狄更斯研究者对于狄更斯的作品还不大熟悉，对学术研究的认真程度也还有所不够。

其他几篇文章是赵萝蕤的《批判的现实主义杰出作家狄更斯》（《读书》1979 年第 2 期）、尚朱的《狄更斯和〈艰难时世〉》（《吉林日报》1979 年 3 月 25 日）、鲁枢元的《从狄更斯的"看着写"说起》（《奔流》1979 年第 3 期），以及富尔顿著、沈善译的《从〈锦绣前程〉到〈孤星血泪〉》（《电影艺术译丛》1979 年第 1 期）和外国文学研究 1979 年第 1 期上的一则出版信息《介绍凯思琳·蒂洛琳主编的〈查尔斯·狄更斯书信〉第四卷（1840—1846）》。

赵萝蕤的《批判的现实主义杰出作家狄更斯》尽管是一篇介绍性的文章，但有一定的学术含量。作者认为，生活培养了狄更斯的阶级意识。"这种强烈的阶级意识——一个城市贫民的阶级感情，支配了他一生。他同情穷苦人，歌颂小人物，极度憎恨各种各样的统治阶级，憎恨各种各样的政府机构和社会组织；他十分注意和关心历史和社会的变动。这些都是这一段刻骨铭心的童年生活赐予他的。""作为杰出的批判现实主义作家，

---

① 任明耀：《评狄更斯的〈艰难时世〉》，《杭州大学学报》1979 年第 4 期。

他的可取之处正由于他的作品深深扎根于生活之中。'批判的'和'现实主义的'这两个艺术特点是作品的精华，有巨大的感染力和认识价值。但是由于他的阶级局限性，所以推动批判的现实主义的创作方法的主要动力只能是追求个人幸福的人道主义和改良主义而不可能是彻底的革命。因而小资产阶级的人道主义思想，既是作者的力量，也是他的弱点。""狄更斯的长篇小说往往头绪繁多、情节结构复杂。他又常用突出人物形象的某些特点或某些常说的话、常做的事、常用的姿势的方法来揭示他们的精神面貌，并把他们个性化。虽说狄更斯的艺术风格是十分丰富多彩的，但他绝不是一个精雕细刻、事事安排妥帖的能工巧匠，又和某些 19 世纪末、20世纪的欧美小说家不同。他才气横溢，信笔写来，自成文章。他的风格当然是谁也不会学、谁也学不会的。"① 这些评论应该说还是相当精彩的。

富尔顿的《从〈锦绣前程〉到〈孤星血泪〉》是一篇很有学术含量的译文。文章通过对狄更斯的小说《锦绣前程》（现一般译为《远大前程》）与根据它改编的电影《孤星血泪》的比较研究，探讨了小说改编为电影时的一些普遍性问题。"小说手法确实要比戏剧手法更近似电影手法。小说讲故事的方法（主要采用描写与叙述）可以跟影片的（主要采用画面）相比拟，而戏剧的方法则主要是靠对白。当然，改编舞台剧可以比改编长篇小说更拘泥于原作，因为影片与舞台剧在表现方式上是相类似的，那就是：它们都是看得见和听得到的。所以一出舞台剧满可以用摄影机和麦克风记录下来，几乎就跟舞台上演出的一模一样。一部影片愈是分毫不差地'忠于原剧'，结果就变得愈像戏剧——而愈不像电影。改编长篇小说则不然。必须把小说语言翻译成电影语言，也就是使两者互异，才算是忠于原作。由于这些缘故，从戏剧改编的影片很少能胜过哪怕能保持原剧的水平，而从小说改编的影片则往往足与原作媲美，有时还能更胜一筹。除去很少的例外，根据小说改编的影片总是比根据戏剧改编的来得好。它们必定比直搬舞台剧的影片为好——其所以更好，是因为它们采用了不同的手法。"② 这段论述的内涵十分丰富。首先，文章指出电影与戏剧在表现方式上是一

① 赵萝蕤：《批判的现实主义杰出作家狄更斯》，《读书》1979 年第 2 期。

② 富尔顿：《从〈锦绣前程〉到〈孤星血泪〉》，沈善译，《电影艺术译丛》1979 年第 1 期。

样的①，因此，在改编戏剧的时候，电影往往容易拘泥于戏剧，甚至原封不动地将戏剧搬上舞台，结果观众看到的实际上是搬上屏幕的戏剧而不是真正的电影。因此，改编自戏剧的电影往往不如原作成功，因为它们往往带着所改编的戏剧的痕迹。而改编小说则不同。小说与电影是两种不同的艺术形式②，因此将小说改编成电影必须在形式上对小说进行彻底的改造，将语言变成图像。而在叙事方式上，小说则比戏剧更接近于电影的叙事方式。因此，只要善于运用技巧，根据小说改编的电影总比根据戏剧改编的电影要好。接着，文章通过对《锦绣前程》和《孤星血泪》的对比，说明了将小说改编成电影时的技巧与方法。文章认为："通过这样一些方法来改编一部长篇小说，其结果是能把它再现在银幕上的。影片几乎处处都能把它复制出来，凡是不可能加以复制的地方，影片常常能另作补偿。假如改编作品是忠实于长篇小说的意图，忠实于它的主题和它的人物的话，那就可以说它是'忠于原作'。"③笔者以为，富尔顿的这些观点到今天仍有启示意义。

本章小结

通过以上的分析，可见这一时期我国狄更斯研究的总体水平尚不是很高，研究成果也不是很多，但也取得了一定的成就。首先，它完成了一种时代性的大转向。其次，它为今后的狄更斯研究打下了坚实的基础。最后，在具体的研究方面它也取得了一定的成就和成果。

就思想倾向看，除了"文化大革命"时期，这一时期的狄更斯研究虽有一定的"左"的倾向，但大多数研究者的持论还是比较公允的，其中虽然也有牵强的地方，但基本上还是实事求是的。那种貌似革命实则无知，不顾事实信口雌黄，动辄上纲上线的极"左"的东西尚不多见。

---

① 这个"一样"在笔者看来就是两者都是用图像，只不过电影是用二维平面上的影像，而戏剧则是用活的人的形象。

② 笔者认为，两者的不同在于一个是图像艺术，一个是语言艺术。

③ 富尔顿：《从〈锦绣前程〉到〈孤星血泪〉》，沈善译，《电影艺术译丛》1979年第1期。

这一时期我国的狄更斯研究具有始创性、介绍性，侧重具体作品和鲜明的政治色彩等特点。

第一，是始创性。20 世纪 50 年代中期，我国学者基本上完成了狄更斯研究的转向。这有三层意思：第一层意思是指这一时期的狄更斯研究已从侧重译介国外的观点转为以自己的独立研究为主；第二层意思指我国对国外狄更斯研究的介绍已从西方学界转向苏联；第三层意思是指在思想观念和研究方法上，基本上与过去的一套脱离了联系，而转向了马克思主义社会—历史批评方法。这种转向造成了与过去研究传统的一定程度的脱节，开始了一个新的研究方向。作为转向之后的第一批研究成果，这一时期的文章自然也就带上了始创的性质。"文化大革命"后的几年，极"左"思潮的统治结束，新的思想开始涌现，国内狄更斯研究出现新的转向。从某种意义上说，这也是一种始创。这一时期狄更斯的作品，除了《匹克威克外传》《大卫·科波菲尔》《艰难时世》《双城记》等几部受重视的之外，很多还未被翻译过来；或者虽被翻译过来但是节译；或者印量很少。如蒋天佐的《奥列佛尔》，三联书店 1950 年出版，只印行了 5000 册，以后没有再版。而 20 世纪前半叶林纾等人的译本又因作者的政治思想倾向等问题而被弃置不用，至少，无人公开引用（这与林纾等人的译本是文言，不大符合新中国语言发展的方向可能也有一定关系）。因此，不少研究尚需借助外文资料。另一方面，国外有关的狄更斯研究成果也未能很好地被介绍进来，国内狄更斯研究者的研究缺少相关的资料借鉴，很大程度上是自己的摸索。这也在一定程度上增强了这一时期的研究的始创性特点。

第二，是介绍性。任何深入的学术研究都不能凭空产生，必然要以过去的成果为基础。"十七年"特别是 20 世纪 50 年代的狄更斯研究和"文革"后几年的狄更斯研究既然具有始创的性质，就必然要从基本的东西开始。这一时期出了不少知识性文章，这些文章一般比较短小，其目的是向读者介绍狄更斯其人和他的作品，使读者增加这一方面的知识。

在研究论文方面，介绍性则表现为分析面铺得较广，但不够深入。这种现象甚至在杨耀民的《狄更斯的创作历程与思想特征》一文中也有体现。这篇文章一半以上的篇幅是对狄更斯的创作历程的论述，虽然论述得很精辟，但作为一篇研究论文，特别是一篇高质量的学术论文，其实是没有必要的。但在当时却又不得不如此，这正说明了当时我国狄更斯研究水平还不高，以至文章不得不花费较大的篇幅对狄更斯的创作做一个比较全面的介绍。

第三，是侧重单篇作品的分析。这一时期的狄更斯研究文章大多数是以单部小说为分析对象的。如1957年的18篇文章，只有2篇涉及几部作品，而且这种涉及还是非常浅层次的，其他都是单篇分析。1962年在研究的深度方面有较大进展，但在侧重单篇分析方面的改进则不大。16篇文章，除了一些较短的介绍性文章，研究论文中真正称得上综合分析的实际上只有杨耀民的《狄更斯的创作历程和思想特征》。范存忠的《狄更斯与美国问题》讨论的范围比较广泛，但涉及的主要作品则主要是《马丁·朱述尔维特》和《游美札记》两部，如果就小说来说，则只有一部。"文化大革命"后几年的几篇研究论文，则都是以单部小说为研究对象。造成这种现象的原因除了总体研究水平较低和先期成果的积累不够之外，与狄更斯的一半以上的作品没有翻译过来也有一定关系。任何研究总是带有一定的功利性，没有翻译过来的作品绝大多数读者无法知晓，研究它们也就成了无的放矢，这在一定程度上束缚了研究者的手脚。当然，也不排除部分研究者外语功底不够，研究工作只能根据译本进行的情况，译介的滞后自然对他们从整体把握狄更斯的创作造成了一定的困难。

第四，是侧重思想内容的分析，具有强烈的政治色彩。这一时期中国的文艺理论主张内容与形式的二分，同时强调政治标准第一、艺术标准第二。在这种理论思想的指导之下，这一时期的狄更斯研究侧重于思想内容的分析是必然的。以1962年为例，16篇文章中，真正侧重艺术分析的只有王佐良的《狄更斯的特点及其他》一篇，而且篇幅短小，其他文章都是分析思想内容的。有些文章如范存忠的《狄更斯与美国问题》、杨耀民的《狄更斯的创作历程与思想特征》虽然不是分析单篇作品的思想内容，而是分析狄更斯某一时期或整个思想发展与特点，但主要分析对象仍是狄更斯的作品，因此实质上还是作品的思想内容分析。有的文章如王忠祥的《英国杰出的现实主义作家狄更斯》、辛未艾的《从〈艰难时世〉看狄更斯的创作倾向》等从标题上看似乎与艺术有关，但实际上分析的仍是其思想内容。"文化大革命"后几年的文章，虽然大都涉及了艺术问题，但对思想内容的分析仍然占据了主要的篇幅。

　　在思想内容方面，这一时期的狄更斯研究又侧重社会—政治层面的分析，具有强烈的政治色彩，阶级分析的方法得到普遍的运用。这一时期的研究重点集中在三个方面：狄更斯作品中的人道主义思想，狄更斯作品对社会的批判和狄更斯对下层人民的同情。自然，就这些问题本身来说，并不是不可以从别的角度如人文的角度进行分析，但是当时的政治气候与理论导向使研究者们很难向其他方向努力。如杨耀民的《狄更斯的创作历程与思想特征》在当时是站得比较高的，但是很明显，它也没有超出社会—政治的层面。这样，从具体内容来看，这一时期的狄更斯研究实际上是一元发展的，这对狄更斯研究的深入与多样化实际上是不利的。

第三章　新时期狄更斯学术史(上)

　　"新时期"指20世纪80年代至今这一时期。我们可以将这一时期分为上、下两个阶段，上阶段指20世纪八九十年代，下阶段指21世纪前14年。这样划分主要基于如下两个考虑：其一，21世纪是个全新的世纪，随着经济的持续发展，高校扩招，学术活动更大规模的展开，国内的狄更斯研究也持续繁荣。2012年狄更斯诞辰二百周年，更是将国内的狄更斯研究推向高潮。据不完全统计，这一年发表的与狄更斯有关的各类文章不少于216篇，其中学术性论文不少于151篇，这个数量是空前的。其二，国内自20世纪90年代中期开始，文化研究逐渐成为一种强劲的学术思潮与批评方法，这在一定程度上影响了21世纪前14年国内狄更斯研究的内容与走向，使其显示出与20世纪八九十年代不同的特点。因此，有必要将两个阶段分开进行讨论。

　　本章研究20世纪八九十年代国内的狄更斯研究。

　　1980年之后，国内的狄更斯研究经过一段时间的准备，开始走向繁荣。1980年全国各类报刊共发表狄更斯研究方面的文章14篇①，比1979

---

　　① 这14篇文章是：1. 严崇德、熊冬华：《〈孤星血泪〉独具一格》，《电影评介》1980年第9期；2. 赵汉光：《狄更斯的梦想　劳伦斯的精神》，《艺术世界》1980年第4期；3. 劳荣：《徘徊于正反之间——读狄更斯的〈匹克威克外传〉》，《百花洲》1980年第4期；4. 陈星鹤：《谈谈狄更斯的〈双城记〉》，《文科教学》1980年第4期；5. 濮阳翔：《浅论狄更斯的〈双城记〉》，《北京师范大学学报》1980年第1期；6. 张玲：《狄更斯最宠爱的孩子——〈大卫·考波菲〉》，《春风译丛》1980年第2期；7. 王进：《狄更斯最宠爱的孩子》，《百花洲》1980年第3期；8. 潘耀瑔：《狄更斯创作的艺术特色》，《外国文学研究》1980年第2期；9. 信东：《狄更斯的童年与他笔下的儿童》，《成都日报》1980年6月8日；10. 罗素芬：《从〈大卫·科波菲尔〉看 （转下页）

年的 7 篇翻了一倍,而且是以学术性论文为主。如果以人大复印报刊资料《外国文学研究》卷为例,1981 年收录狄更斯研究方面的文章和文章目录共 12 篇,1982 年 16 篇,1983 年 17 篇,1984 年 13 篇,1985 年 13 篇,考虑到还有不少没有收入的文章,当时狄更斯研究的繁荣是毋庸置疑的。

这一时期的狄更斯研究可从译介、论文和专著三个方面探讨。

第一节 译介

"文化大革命"结束后,中国文化进入全面复兴期。百废待举,翻译界与出版界第一位的工作是再版以前出版过的狄更斯作品。1978 年 3 月,人民文学出版社再版了董秋斯译的《大卫·科波菲尔》,同年,全增嘏、胡文淑的《艰难时世》被上海译文出版社和江苏人民出版社分别再版。1979 年 4 月,上海译文出版社再版了蒋天佐翻译的《匹克威克外传》,同年,狄更斯的两部小说出现了第一个中译本,即上海译文出版社出版的王科一翻译的《远大前程》和黄邦杰翻译的《荒凉山庄》。

20 世纪 80 年代,狄更斯的三部小说第一次出现了中译本:即叶维之翻译的《马丁·瞿述伟》(上下册)(上海译文出版社 1983 年版),智量翻译的《我们共同的朋友》(上海译文出版社 1986 年版),项星耀翻译的《德鲁德疑案》(上海译文出版社 1986 年版)。1985 年,上海译文出版社还出版了金绍禹翻译的狄更斯的随笔集《意大利风光》的第一个中译本。

20 世纪 90 年代,狄更斯作品的翻译继续繁荣,1990 年,上海译文出版社出版了高殿森、程海波、高清正等人翻译的《巴纳比·鲁吉》的第一个中译本。至此,狄更斯的 15 部长篇小说和主要的中短篇小说都有了中译本。20 世纪 90 年代狄更斯作品翻译开始向纵深发展:即对已经有了中译本的狄更

(接上页)狄更斯的资产阶级人道主义》,《语文教研》1980 年第 1 期;11. 王力:《狄更斯与屠格涅夫小说时、空艺术比较》,《比较文学论文集》,南开大学出版社 1980 年版;12. 张瑞、俞志:《狄更斯和〈孤星血泪〉》,《电影评介》1980 年第 9 期;13. 《英国最大的电影制片厂倒闭——该厂拍摄过〈王子复仇记〉,〈雾都孤儿〉等名片》,《人民日报》1980 年 7 月 4 日;14. 汝栋:《狄更斯说书》,《语文学习》1980 年第 4 期。其中,3、4、5、8、10、11 都是篇幅较长的学术性论文。

斯作品进行再翻译。这种再翻译在 20 世纪 80 年代，甚至晚清民国时期都出现过，但是在 20 世纪 90 年代形成规模。这一方面固然是由于到这一时期狄更斯的主要作品都已有了中译本，已经没有多少可供翻译者们开垦的处女地，他们只能在已开垦的土地上继续耕耘。但更重要的，还是中国社会对于狄更斯作品的需求持续旺盛，以及在物质充裕的前提下，翻译者之间和出版社之间的竞争。在整个 20 世纪 90 年代，狄更斯长篇小说的新译本明显增加，达 33 种之多。许多作品都出现了两个以上的译本，有的作品如《双城记》《奥立佛·退斯特》《远大前程》出现了 6 个以上的新译本，其中《双城记》的译本达到 11 个之多。① 在众多版本的竞争之中，一些译得较好的版本逐渐得到公认。上海译文出版社从 20 世纪 80 年中期开始，到 1998 年，选择了 19 种比较经典的译本，结为《狄更斯文集》，统一推出，在国内读书界、翻译界和研究界产生了较好的影响。这 19 种译本分别是：1.《博兹特写集》（短篇小说集，陈漪、西梅译）；2.《匹克威克外传》（蒋天佐译）；3.《奥立弗·退斯特》（荣如德译）；4.《尼古拉斯·尼克尔贝》（杜南星、徐文绮译）；5.《老古玩店》（许君远译）；6.《巴纳比·鲁吉》（高殿森、程海波、高清正译）；7.《马丁·瞿述伟》（叶维之译）；8.《董贝父子》（祝庆英译）；9.《大卫·考坡菲》（张谷若译）；10.《荒凉山庄》（黄邦杰、陈少衡、张自谋译）；11.《艰难时世》（全增嘏、胡文淑译）；12.《小杜丽》（金绍禹译）；13.《双城记》（张玲、张扬译）；14.《远大前程》（王科一译）；15.《我们共同的朋友》（智量译）；16.《德鲁德疑案》（未完成遗作，项星耀译）；17.《圣诞故事集》（中篇小说集，汪倜然、金绍禹、邹绿芷、邹晓建、戴侃、高殿森译）；18.《游美札记·意大利风光》（游记，张谷若、金绍禹译）；19.《中短篇小说选》（项星耀译）。众多的版本相互竞争，可以说是整个 20 世纪八九十年代狄更斯作品翻译的一个新的特色。

---

① 分别是：1. 宋兆霖、姚暨云译《双城记》，浙江文艺出版社 1992 年版；2. 石永礼、赵文娟译《双城记》，人民文学出版社 1993 年版；3. 高奋等译《双城记》，湖南文艺出版社 1993 年版；4. 郭赛君译《双城记》，燕山出版社 1993 年版；5. 陈文伯译《双城记》，花城出版社 1996 年版；6. 孙法理译《双城记》，译林出版社 1996 年版；7. 王苗芝译《双城记》，内蒙古人民出版社 1998 年版；8. 秋丹译《双城记》，哈尔滨出版社 1999 年版；9. 张悦译《双城记》，延边人民出版社 1999 年版；10. 文家俊译《双城记》，延边人民出版社 1999 年版；11. 黎冰译《双城记》，延边人民出版社 1999 年版。

另一个新的特色是狄更斯作品的各种异本，如缩写本、节译本、改写本、编译本、英汉对照本、英文注释本、影印本、注音本和连环画本的大量出现。

缩写本、节译本、改写本、编译本的出现主要是为了满足愿意阅读狄更斯的作品但又因时间不够或阅读水平不高而不能阅读狄更斯作品全本的那些读者的需要。这四者之间有相同点，即都对狄更斯的作品进行了压缩和改写，都一定程度地降低了阅读的难度。但也有一定的区别：缩写主要是压缩篇幅，选出精华，但要求完整；节译本主要是选译精华，不一定要求完整；改写本则要求改写者用自己的语言对狄更斯的作品进行重写，不要求与狄更斯的原文对应；编译本则比改写本更加自由，编译者可以对狄更斯的作品进行改写，而且可以根据自己的理解加入原作中没有的内容、进行必要的说明和解释。这一时期狄更斯作品的缩写本有 20 世纪 80 年代湖南人民出版社出版的"世界文学名著缩写本丛书"，其中收入了狄更斯的《孤星血泪》（1981）、《双城记》（1981）、《雾都孤儿》（1982）、《大卫·科波菲尔》（1982）、《艰难时世》（1982）、《匹克威克外传》（1984）等 6 部作品的缩写本。广东人民出版社 20 世纪 80 年代出版了一套外国文学名著普及本，其中收入了《大卫·科波菲尔》（1982）、《双城记》（1984）、《奥列佛尔》（1985）等 3 部作品缩写本。20 世纪 90 年代，中国少儿出版社出版了《孤星血泪》（1990）、《大卫·科波菲尔》（1993）等两部作品的缩写本。明天出版社出版了《大卫·科波菲尔》（1996）、《老古玩店》（1996）等两部作品的缩写本。节译本有中国青年出版社 1982 年出版的《大卫·科波菲尔》；新世纪出版社 1990 年出版的《双城记》和《奥列佛尔》。改写本有河北少儿出版社 1998 年出版的《大卫·科波菲尔》《双城记》《雾都孤儿》。编译本有四川人民出版社 1980 年出版的《孤星血泪》，等等。

英汉对照本、英文注释本、影印本主要是为了满足一部分英语水平较高的读者学习英语、阅读原著的需要而出版的。英汉对照本有 20 世纪 80 年代上海译文出版社出版的简写本英汉对照世界文学丛书，其中收入了狄更斯的《雾都孤儿》（1982）、《艰难时世》（1982）、《尼古拉斯·尼克尔贝》（1988）。外语教学与研究出版社 1992 年出版了一套英语系列丛书，其中收入了狄更斯的《雾都孤儿》《双城记》和《艰难时世》。1997 年又根据牛津大学出版社的改写本出版了一套英汉对照读物，其中收入了狄更斯的《双城记》《远大前程》《大卫·科波菲尔》《雾都孤儿》和《圣诞颂歌》（1998）。英文注释本有两种，一种是在简易读物的基础上所做的注释，如 20 世纪 80 年代商务印书馆出版的一套简易英语注释读物，其中包括狄更斯的《远大前程》（1983）、《双城记》（1982）、《大卫·科波菲尔》等。一种是在原著的基础上做一定的注释。如外语教学与研究出版社与牛津大学出版社合作出版的"经典世界文学名著丛书"，其中收入了狄更斯的《大卫·科波菲尔》（1994）、《艰难时世》（1994）、《双城记》（1994）、《远大前程》（1995）等作品。影印本是 20 世纪 80 年代国内部分出版社为了满足国内读者阅读英文原著的需要而推出的，狄更斯的许多作品如《奥列弗·退斯特》《大卫·科波菲尔》《艰难时世》《双城记》《远大前程》等都有影印本。严格地说，影印本如果未经原出版社的授权是不符合相关规定的。因此，在中国于 1992 年正式加入"世界版权公约"之后，这种影印本基本上就没有了。

注音本和连环画本主要是针对少年儿童的需要而出版的。注音本一般选择在简易读物注上汉语拼音，以供儿童学习汉语拼音之用，当然，也可用于成年人学习普通话。连环画本主要是满足少年儿童阅读狄更斯作品的需要，由于它图文并茂，受到少年儿童特别是儿童的欢迎。狄更斯作品的注音本有北京语言出版社 1995 年出版的《大卫·科波菲尔》《远大前程》等；连环画本有北京知识出版社 1996 年出版的《奥列弗·退斯特》《双城记》《远大前程》《圣诞欢歌》等。

狄更斯作品的各种译本的大量出现，一方面说明了狄更斯作品翻译出版的繁荣，另一方面也说明了中国社会对狄更斯作品需求的旺盛和多样化。

国外狄更斯研究成果的译介方面，这一时期翻译出版了几本狄更斯的传记，如伊瓦肖娃（又译为伊瓦雪娃）的《狄更斯评传》（蔡文显等译，广东人民出版社 1983 年版）、安德烈·莫洛亚的《狄更斯评传》（朱延生译，山西人民出版社 1984 年版）、埃德加·约翰逊的《狄更斯——他的悲剧与胜利》（林筠因、石幼珊译，天津人民出版社 1992 年版）、T. A. 杰克逊（Jackson，T. A.）的《查尔斯·狄更斯：一个激进人物的进程》（范德一译，上海译文出版社 1993 年版），英国赫·皮尔逊（Hesketh Pearson）的《狄更斯传》（谢天振、方晓光、鲁效阳、董翔晓译，浙江文艺出版社 1985 年版），英国 M. 斯莱特（Slater，M.）的《狄更斯与女性》（麻益民译，百花文艺出版社 1990 年版）。此外，还出版了一本学术性的译文集，即罗经国编选的《狄更斯评论集》（上海译文出版社 1981 年版）。

一些杂志也发表了部分国外学者的狄更斯研究成果。如李吟波译，苏联 Д. 乌尔诺夫著的《果戈理与狄更斯》（《国外社会科学》1985 年第 8 期）；聂振雄译，爱尔兰詹姆斯·乔伊斯著的《狄更斯诞辰一百周年》（《外国文学报道》1985 年第 6 期）；周殊平译，乔纳森·亚德利著的《狄更斯在美国》（《文化译丛》1987 年第 4 期）；刘琦岩译，美国罗蒂著的《海德格尔，昆德拉，狄更斯》（《国外社会科学》1995 年第 10 期）等。

伊瓦肖娃的《狄更斯评传》1954 年由莫斯科大学出版社出版。评传的"绪论"曾以"关于狄更斯作品的评价问题"为标题在《译文》1957 年第 11 期、第 12 期上发表。[①] 正文分为 15 章，第一章分析狄更斯的早期作品《博兹特写集》和《匹克威克外传》，第二章分析《奥列佛·退斯特》，第三章分析《尼古拉斯·尼克尔贝》，第四章介绍宪章运动发展年代的狄更斯，第五章分析《美国杂记》和《马丁·朱述尔维特》，第六章分析《圣诞故事》，第七章分析《董贝父子》，第八章和第九章介绍 1848 年和 1848 年以后的狄更斯，第十章分析《艰难时世》，第十一章分析《小杜丽》，第十二章分析《双城记》，第十三章介绍狄更斯的编辑活动，第十四章介绍晚期的狄更斯，第十五章分析作为批判现实主义作家的狄更斯的遗产。伊瓦肖娃运用的是社会—历史的批评方法，她喜欢将狄更斯放到当时具体的历史语境中，分析他的思想和创作的形成、发展及其原因。在分析具体的作品前，作者总要先大段地综述与这一作品有关的社会历史和思想方面的情况。对于有助于理解狄更斯及其创作的材料，伊瓦肖娃的介绍十分详

① 参见本书第二章第一节论述伊瓦雪娃（即伊瓦肖娃）《关于狄更斯作品的评价问题》的部分。

细，而狄更斯具体的生平事迹，如果与其思想、创作没有密切的关系，往往会被她忽略。在分析的过程中，伊瓦肖娃喜欢将西方批评家的相关论述作为对象进行批判，但很少将他们的观点作为正面意见吸收到自己的论述中。伊瓦肖娃注意资本主义和社会主义两大阵营的分野，遵循的是无产阶级—社会主义的传统，其思想源泉主要是马、恩、列、斯的思想和俄罗斯与前苏联的思想家和批评家的相关论述。从她选为专章论述的狄更斯的作品来看，她重视的显然是那些社会批判性和政治性更为强烈的作品，至于《大卫·科波菲尔》《远大前程》这些公认的狄更斯的杰作，则因为其更注重对社会和人性本身的探讨而受到伊瓦肖娃一定程度的忽视。在思想内容和艺术形式两个方面，伊瓦肖娃更重视是思想内容，自然，也有一定的艺术分析，但艺术分析也常常与思想内容的分析紧密联系在一起。如在分析《小杜丽》中的巴纳克尔家族之后，作者及时指出，狄更斯在描写这一家族时所运用的艺术手法："表现形式跟被表现的本质故意不相适应的艺术手法，一般是被狄更斯广泛采取的。这在长篇小说《小杜丽》中表现得极其突出。愚钝被描写成'智慧'，无所事事被描写成'积极活动'，对社会利益完全漠不关心被描写成'热心公益'。"① 在分析《双城记》的时候，这种融合也很明显："狄更斯在描写'旧制度'时，强调指出人民不可言状的贫困和国家的统治者无法形容的专横跋扈。为了使画面更加强烈鲜明，作家采用了他晚期小说所特有的含有换喻意义的长复合句的语句构造，这种语句构造具有独特的节奏，并且特别注意音韵。他就是按照这个原则描绘圣安东尼工人地区的饥饿的场面的……为了加强图画的鲜明性，狄更斯采用了象征的手法。例如在许多章节中都出现了德华吉太太的寓意性的形象，她不停地在纺织着，用自己的符号和花样记录'所有命定灭亡的人的名字'。德华吉太太的形象在小说中不断闪现，成了不可避免的报复的、别开生面的预兆。在工人区街头大酒桶里的红酒在溢流。红酒是血的象征，它不久就将淹没巴黎的街头。……即将到来的不可避免的和难逃劫数的血腥报复之象征性的暗示，在小说第一部中不断地重复着。侯爵轧

---

① 伊瓦肖娃：《狄更斯评传》，蔡文显等译，广东人民出版社 1983 年版，第 363 页。

死了小孩以后回到自己的领地，看见自己的双手沾满了血——血红的夕阳的返照。侯爵望了望自己的双手，想道：'这没有什么，它马上就会消失的。'在城堡的地面上出现了像血一样的斑点。"① 在这些文字中，思想分析与艺术分析实际上很难截然分开。

在总体上，伊瓦肖娃对于狄更斯是肯定的。她认为："狄更斯一生都没有摆脱资产阶级的幻想和偏见。他相信可能在资产阶级社会制度范围内得到改良和逐步的发展；他拒绝采取革命的途径来改革这种制度；拒绝用革命的办法来解决社会矛盾，这些矛盾在作家文学活动的年代里，在英国是非常尖锐的。""然而，不管狄更斯在他的社会政治观点上受到怎样的局限，不管他跟他的阶级偏见有着怎样的关联，他的创作对于资本主义制度却不是起了稳定的作用，而是起了破坏的作用。""虽然狄更斯对于自己时代真正的主人公——宪章派不予接受并加以责难，同时将他所虚构的、理想的利他主义原则的体现者拿来跟资产阶级利己主义和自私自利的代表人物做对比，但他的创作毕竟还是深刻地具有人民性的。狄更斯的作品反映了当代生活中许多的方面，再现了它的典型的现象。""狄更斯的作品具有巨大的认识意义，而且到现在还保持着它的价值，因为真实的现实生活的描写保证作家获得完美的艺术形式。"② 伊瓦肖娃认为，狄更斯的"思想体系虽然有许多矛盾，却没有阻碍他看到客观的现实并在他的作品里将它反映出来。……作家不能理解到资本主义只是历史发展的一个阶段，但他却抓住了资本主义关系的基本的典型现象，并在具有巨大的艺术力量与认识力量的现实主义形象中描写了这些现象"③。伊瓦肖娃看到了，"城市永远是狄更斯笔下描写的中心"。伦敦出现在狄更斯全部作品里，任何一个生活细节都逃不出艺术家的眼睛。"狄更斯留心观察伦敦所发生的各种变化，将它们指出并把他所心爱的城市每一种新的生活风貌记录下来。"④ 在艺术上，伊瓦肖娃认为："狄更斯的世界观整个地决定他观察与揭示周围现实事

---

① 伊瓦肖娃：《狄更斯评传》，蔡文显等译，广东人民出版社1983年版，第386—387页。
② 同上书，第456、457、458页。
③ 同上书，第463页。
④ 同上书，第466、467页。

件所采取的观点。它也形成完全别致的、他个人所独具的文学风格。……
狄更斯一方面力图艺术地把握他所看到的一切,概括全部'生活真理'和
全部生活事实的复杂表现;同时着手采取各种不同的艺术手法,这些手法
彼此结合起来,决定了他的风格:这就是现实主义的描写与尖锐夸张的漫
画,温和的幽默与愤怒的讽刺。"作者认为:"如果说狄更斯的形象没有足
够的深度和内在的能动性的话,那么这个缺陷由于这些形象的特别鲜明
突出、具体生动而得到弥补。狄更斯形象的特点是具有这样大的说服力,
因而就像真实生活给人最鲜明的印象一样使人牢记不忘。……无论狄更
斯写什么,他总是广泛地运用对比与重复的手法。这是他的风格的基本
特点之一。……作家通过强调某一主要特征来揭示形象的倾向,表现在各
个方面——甚至表现在人物名字的挑选上。"① 在细节描写方面,伊瓦肖娃
认为:"典型的特征细节的不断重复构成狄更斯艺术风格不可分离的特点,
并加强他所创造的形象的丰富表达力和戏剧紧张性。跟狄更斯这个基本的
风格特点相联系的,应当提到他运用得十分完美的典型细节的描写技巧。
他具有不同寻常的观察力,可是他从不为细节而追求细节。他在创造人物
画像与事件状态时的详尽描写,跟罗列详情细节来记录事物的自然主义者
的手法毫无共同之处。狄更斯笔下的细节永远是典型的、出色的,并在他
小说的复杂有机整体中起着巨大的作用。""文献里常常谈到狄更斯式的描
写技巧,特别是写景的技巧。很难找到一个艺术家,在善于鲜明而突出地
描绘活生生的现实景物方面可以跟狄更斯相比。狄更斯的各种描写从来都
不是抽象的。它们跟他的小说人物的生活有着紧密的联系,构成他们的
'背景',传达主人公的心情,使他们的感受更显得鲜明突出,它们有时由
作者按照跟这些感受构成对比的原则进行安排,有时在同这些感受的直接
平行中得到开展。景物常常受到人物思想、感情和内心感受的渲染。"② 伊
瓦肖娃十分赞赏狄更斯的语言,认为"狄更斯最强有力的艺术手法之一就
是他的语言。……它是这样的丰富、有独创性而且多种多样,作家的词汇
是这样的无限灵活和色调鲜明"。"狄更斯语言的非凡的灵活性,在颇大程

---

① 伊瓦肖娃:《狄更斯评传》,蔡文显等译,广东人民出版社1983年版,第480、482、483页。
② 同上书,第487、491页。

度上构成作家的幽默技巧。""狄更斯往往采用首语重叠的长复合句结构与推敲音韵、有韵律的散文，有时也采用特殊的头韵，来加强他的语言的表达力。"①

伊瓦肖娃的《狄更斯评传》被介绍到国内的时候，正是中国狄更斯研究快速恢复、对外界的大门打开不久的时候，评传丰富的资料、细致的分析和鲜明的观点对当时及以后一段时间国内的狄更斯研究都产生了重要的影响。当然，它的过分执着的两大阵营的划分、过分坚守的俄苏式的社会主义传统，以及过分单一的社会—历史分析方法，也对国内狄更斯研究者们产生了一定的消极影响。

如果说伊瓦肖娃的《狄更斯评传》坚持的是俄苏文化传统，那么罗经国编选的《狄更斯评论集》传播的则主要欧美学者的思想。这部论集收集了30位作家的有关狄更斯的重要评论，除了卢那察尔斯基是俄苏批评家之外，其他都是欧美批评家。论集的内容丰富，观点各异，但也有几个核心的内容。

第一，是对狄更斯早期创作与晚期创作的评价。一般地说，狄更斯的早期创作幽默、乐观，对社会的批判较浅，往往将社会罪恶归于个人，晚期创作幽默减弱、乐观主义的成分减少，作品的基调更为严峻，对社会的批判加深，并且更多地将社会罪恶归于制度的层面。部分批评家如罗斯金、萧伯纳、林赛和普里斯特莱等肯定狄更斯后期的创作。罗斯金认为"无论狄更斯的表述方式怎样，他所告诉我们的事实却总是真实的"。他要求"我们不要因为狄更斯喜欢采用戏剧性的过火语言，就看不到他对机智和洞察力的运用。他在所写的每一本书中的主流和目的都是正确的；所有这些书，尤其是《艰难时世》这本书，凡是对社会问题发生兴趣的人们都应当仔细和认真地阅读"②。萧伯纳则进一步指出："如果你是按照写作的顺序来阅读狄更斯的话，那你就只得向早期著作中那个轻松愉快的、只是偶然表示愤怒的狄更斯告别了；他的偶然的愤怒已经发展深入到对现代世界整个工业秩序的激情的反抗，你应当从这里得到享受。这里你所看到的

① 伊瓦肖娃：《狄更斯评传》，蔡文显等译，广东人民出版社1983年版，第492、496页。
② 罗经国编选：《狄更斯评论集》，上海译文出版社1981年版，第8、9页。

不再是恶棍与英雄，而只有压迫者与受难者，或者身不由己地压迫别人，或者自己受苦。他们受到一部庞大机器的驱使，这部庞大的机器把它本应抚养、培育的人民压成齑粉。它从我们当中不是挑选最正直最有远见的人，而是挑选最卑鄙最愚蠢的人来当它的领导。"萧伯纳批评那些赞扬狄更斯早期小说的评论家，批评他们"对于像《艰难时世》《小杜丽》《我们共同的朋友》，甚至《荒凉山庄》（由于莱斯特·达德洛克爵士）这样一些杰作却无视或是贬抑，这是因为它们无情地、踏实而深入地揭露了英国的社会、工业和政治生活；我们从中还会看到狄更斯是多么有力地击痛了统治阶级的良知。……《老古玩店》是写来让你娱乐，让你开心和让你感动的，它达到了目的。《艰难时世》是写来让你感到不舒适的，它确实会使你感到不舒适（你活该如此）；虽然，它比以前任何两部著作都可能使你更感兴趣，但肯定能给你留下更深的伤痕"①。但也有一部分批评家如菲茨詹姆斯·斯蒂芬、特罗洛普、亨利·詹姆斯否定狄更斯的晚期创作。斯蒂芬认为，《双城记》是一部十分拙劣的作品。"无论从文学、道德或者从历史的角度看，这都是一部非常稀奇古怪的作品。如果不是标上了狄更斯先生的名字的话，这部小说可能会没有一个读者。现在居然还有点名气，这名气是从这部书所处的境遇中得来的。"小说缺乏艺术性，"人们似乎很难想象在狄更斯先生的存货之中，还有比所展销的这种结构更为笨拙，更为松散、花哨而庸俗的货色了"。狄更斯"享有盛誉的两大来源是：其一，用最粗糙的刺激办法挑逗人们感情的那种能力；其二，他那把平凡事件渲染得怪诞和出人意料的能力"。而这两种能力虽然在他的早期作品屡屡见效，但"由于现在大家很熟悉他的作品，这就夺去了他的作品以前有过的那种新颖和光泽，作品的技巧手法也已暴露无遗；方法是机械的"，已经不能再吸引读者了。但小说更大的缺陷是对现实的歪曲的描写："狄更斯先生所叙述的那个奸污一个奴隶、杀死另一个奴隶的刻毒的侯爵的闹剧式的故事，是对18世纪中叶法国社会状况的极不公正的描述。法国贵族阶层对许多事该负责任，这本来是个可悲的现实，但是说他们能够不受惩罚地

---

① 罗经国编选：《狄更斯评论集》，上海译文出版社1981年版，第86、87页。

进行抢劫、谋杀和强奸,这绝对不是实事。"对于英国社会的描写,也是不正确的。英国社会存在弊病,"可是狄更斯先生并不以公正地描述这些弊病为满足。他严重地夸大了这些弊病的危害性"①。斯蒂芬的这些批评不能说完全没有道理,但他忘记了一个核心的问题:狄更斯是在写小说,而不是在写历史。小说家有虚构的权利,他虚构的世界只要本身是内在完满的,就是有理由存在的,不一定要和历史事实相符。亨利·詹姆斯也不喜欢狄更斯的晚期创作,"我们觉得《我们共同的朋友》是狄更斯最贫乏的作品。这书之所以贫乏,不只是由于一时的困惑,而是由于永久性的才智枯竭。它缺乏灵感和妙想。过去十年来我们总觉得狄更斯先生明白无误地在强迫自己进行写作。《荒凉山庄》是逼出来的,《小杜丽》是苦苦地熬出来的,目前这本书很像是用铁锹和鹤嘴锄挖掘出来的"②。一句话,晚年的狄更斯已经江郎才尽,晚期的作品已经消尽了早期的才智与灵感。詹姆斯的评论似乎过于严峻了一点,他只注意了狄更斯早期作品的幽默与鲜活,却忽视了其晚期作品对社会的洞察,更加圆熟的技巧和更加谨严的结构。

第二,是对狄更斯人物的评论。狄更斯笔下人物特点鲜明,令人过目不忘。不少评论家就此进行过评论。爱·莫·福斯特认为:"狄更斯的人物几乎都是扁形的……狄更斯作品中的每个人物都可以用一句话概括,但却使人奇妙地感觉到了人性的深度。可能是狄更斯所具有的那种巨大的生命力使他的人物也颤抖起来,以至于他的人物借助他的生命,好像他们自己也有了生命一样。……狄更斯天才的一部分在于他采用了类型和漫画。他的人物第二次一登场,我们就认出了他们;然而达到的效果并不呆板,对于人的认识并不肤浅。那些不喜欢狄更斯的人能说出许多理由。他应该算是个坏作家。但事实上他是我们的大作家之一,而且他在描写人物类型方面所取得的巨大成就说明了扁形的内容可能要比那些比较严峻的批评家们所承认的更为丰富。"③ 福斯特认为扁形人物没有圆形人物成就高,但又

---

① 罗经国编选:《狄更斯评论集》,上海译文出版社 1981 年版,第 25、26、27、30 页。

② 同上书,第 43 页。

③ 同上书,第 102 页。

不得不承认狄更斯笔下的扁形人物是成功的，他将之归于那些人物的强大的生命力和人性的深度，可惜他没有进一步展开讨论。他提出了问题，但实际上没有解决问题。托·斯·艾略特的看法与福斯特有一定的类似，他认为"狄更斯塑造人物特别出色。他所塑造的人物比人们本身更为深刻"。"在狄更斯最杰出的人物身上，我们却丝毫看不到作家斧凿的痕迹。""狄更斯的人物逼真，因为他们独一无二。柯林斯的人物逼真，因为作家煞费苦心地把他们写得前后一致，使他们近似生活。狄更斯在描写一个巨大的形象的时候，常常是随随便便地信手写来。因此我们要到小说进展很久以后，才会发现自己是在和一个高大有力的形象打交道。"① 乔治·吉辛、吉·基·杰斯特顿、安格斯·威尔逊等也都对狄更斯笔下的人物做了肯定性的评价。杰斯特顿认为："与其说狄更斯是一位小说家，不如说他是一位神话作家；他是最后一个神话作家，也许还是最伟大的神话作家。他并不是总能把他笔下的人物写成人，但他至少能把他笔下的人物写成神。"狄更斯小说中的人物"并不是为了故事而存在；倒是故事为了他们而存在"②。暗示了狄更斯小说的人物中心的特点。

第三，是对狄更斯人道主义思想的讨论。人道主义是狄更斯创作的指导思想，也是其作品的核心思想，许多评论家从不同角度进行了论述。但欧美评论家们更注重分析狄更斯人道主义的内涵，而不是它的两面性。法国批评家丹纳认为，"狄更斯的小说实际上可以归结为一句话：行善和爱。……他认为只有一种人生活得有价值，配得上被称为人：这种人当他想到他给予别人或别人给予他的好处的时候便会掉下眼泪"③。美国评论家艾德加·约翰逊认为，狄更斯的人道主义就是《圣诞欢歌》中所歌颂的圣诞节精神。"狄更斯的'圣诞节的哲学'是他的社会思想的基本核心。""他认为这种对别人如兄弟般的情谊能够发展成为对全人类的福利更深厚、更积极的关心。"④ 英国批评家乔治·奥威尔认为，狄更斯的人道主义是对

---

① 罗经国编选：《狄更斯评论集》，上海译文出版社1981年版，第105、106页。
② 同上书，第75、76页。
③ 同上书，第41—42页。
④ 同上书，第200页。

弱者的同情。"他无论在什么时候，无论在什么地方，总是理所当然地站在处于劣势的人一方的。如果把这种做法引向一个合乎逻辑的结论，那么当处于劣势的人一旦变成处于优势，人们就不得不站到对方去了，而事实上狄更斯正是趋向于这种做法的。"他以此来解释《双城记》中狄更斯对革命者的态度的变化。① 约翰·怀恩认为，狄更斯反对社会压迫，"他认为一旦社会变成一个压迫人的社会，社会里人们之间的关系也一定会变得反常"②。人道主义就要消除这种压迫，使人与人生活在和谐之中。

第四，是对狄更斯小说艺术的评论。许多评论家肯定狄更斯是个现实主义者，但也有不少批评家看到了狄更斯小说中的浪漫主义因素。卡扎明肯定"狄更斯对事物的反映是理想主义的"。"他把英国最好的一面呈现在他的眼前。在一个有许多倾向交织在一起的国家里——这方面和别的国家情况相似——他挑选出了和蔼友好的人性的各种特征，并且把它们组成一个整体。"③ 乔治·吉辛也认为，狄更斯与莎士比亚一样，"他们各自都是至高无上的理想主义者"④。对于狄更斯小说中的夸张，有些批评家持否定的态度，但更多的是持肯定态度。爱伦·坡肯定狄更斯小说中的夸张，认为"要恰如其分地描绘真理本身，一定程度的夸张至为重要；……我们不能把一个东西画成真的而是要把这件东西画得在观众看来像是真的。高峰期我们以丝毫不差的精确性来描摹自然，那么被描摹的自然就会显得很不自然"⑤。乔治·吉辛也为狄更斯的夸张做了辩护。他认为狄更斯的人物是有夸张，"几乎每一页都夸张"，但这不是指责他的理由，"我们唯一有理由着重提出的总是，他的人物描写是否前后一贯。在大多数情况下，我相信答案应该是肯定的"⑥。乔治·奥威尔认为："狄更斯是一个在一定程度上能为人模仿的作家。……人们无法模仿的东西却是他那丰富多彩的创造，这不是人物的创造，更不是'情节'的创造而是用词的特色和具体的

---

① 罗经国编选：《狄更斯评论集》，上海译文出版社 1981 年版，第 142 页。
② 同上书，第 280 页。
③ 同上书，第 108、109 页。
④ 同上书，第 68 页。
⑤ 同上书，第 9 页。
⑥ 同上书，第 54 页。

细节。狄更斯著作的显著的、毫无误解余地的标志便是他那些毫无必要的细节。"① 燕卜生认为："狄更斯的象征手法常常是充分有道理的，而且还有非常感人的戏剧性和诗意；可是狄更斯的一些不好之处正是在他的象征手法不恰当之处。"② 还有不少评论家对狄更斯小说的幽默、结构、情感的表达方式等提出了自己的看法。

第五，文集还收入了不少在狄更斯批评史上有影响的作家的作品。如约翰·福斯特的《查尔斯·狄更斯传》是狄更斯研究最重要的原始资料之一，文集收入了传记的精彩片断；乔治·吉辛、吉·基·杰斯特顿是狄更斯批评史上的重要作家，文集收入了他们的重要作品；爱德蒙·威尔逊在他的《两个斯克路奇》中用心理分析的方法来解释狄更斯后期创作中的抑郁情绪，为狄更斯研究提供了新的方向，文集收入了这篇文章；等等。

此外，安德烈·莫洛亚的《狄更斯评传》、埃德加·约翰逊的《狄更斯——他的悲剧与胜利》、赫·皮尔逊的《狄更斯传》和斯莱特的《狄更斯与女性》在这一时期也产生了较大的影响。莫洛亚的《狄更斯评传》具有很强的文学性与可读性，在民国时期就已有中译本，朱延生的翻译使这部名著再次在中国读者中产生重要的影响。约翰逊的《狄更斯——他的悲剧与胜利》从出生、家庭背景，一直到其去世，对狄更斯的一生做了比较全面的介绍。传记重点介绍的是他与他的世界的斗争，他的作品的撰写与面世，但对作品的具体评价不多。书中主要依靠的资料是狄更斯数量众多的信件，以及当时的一些杂志，一手资料较多。但有评论家认为，这部传记在狄更斯与他的夫人凯瑟琳的关系这一重大问题上一味地偏袒狄更斯，是其一个大的缺陷。皮尔逊的《狄更斯传》的全名是《狄更斯：他的性格、戏剧性事件和生平》，作者的目的不是对狄更斯和他的创作做一全面的展示，而是紧紧抓住狄更斯身上最本质的东西——他的独特的性格和他一生所经历的戏剧性事件，展开他的一生。传记中狄更斯的形象栩栩如生，狄更斯所生活的时代和他的朋友也得到了勾勒。斯莱特是英国资深的

---

① 罗经国编选：《狄更斯评论集》，上海译文出版社 1981 年版，第 132 页。着重号为原文所有。

② 同上书，第 265 页。

狄更斯研究专家，他的《狄更斯与女性》叙述了狄更斯与他生命中几位女性（包括母亲伊丽莎白、夫人凯瑟琳、两个小姨子玛丽与乔治尼娅、情人爱伦·特南等）的关系，对于我们理解狄更斯小说中的人物特别是女性人物，了解狄更斯的心理与病理都很有帮助。传记资料扎实，作者的写作态度十分严谨，没有确凿的证据一般不下确定的结论。

　　总体来看，这些传记、译著与译文的出版和发表，对开阔国内学者的视野、提供研究方法、增进国内学者对狄更斯及其作品的理解、促进国内狄更斯研究的发展，都起到了好的作用。

第二节　论文

　　研究方面，成果仍以论文为主。笔者统计，这一时期国内报刊发表的有关狄更斯的文章为 350 篇左右，其中，学术性论文约为 200 篇，平均每年 10 篇左右。① 本节拟从思想、人物、艺术、比较以及翻译与学术史研究等几个方面对这一时期的论文做一粗略的梳理、归纳与分析。

一　思想

　　思想方面，上一时期占主导地位的社会—政治批评仍是重要的批评视角与方法，狄更斯作品中的人道主义思想仍是研究者们喜爱的话题。这一时期的论文，光是题目上明确标示出"人道主义"这一关键词的，就达 14 篇之多。这些文章，或是从一部作品看狄更斯创作中的人道主义如易漱泉的《从〈双城记〉看狄更斯的人道主义思想》（《湖南师范大学学报》1985 年第 2 期）；或是从总体上论述狄更斯的人道主义思想如周中兴的《浅谈狄更斯作品中的人道主义思想》（《徐州师范学院学报》1983 年第 2 期）；或是在对时代的论述中涉及狄更斯的人道主义思想如李倩的《论 19 世纪欧洲人道主义作家的思想根基》（《湛江师范学院学

---

　　① 此数据根据笔者和笔者的研究生在湖南师范大学图书馆、北京师范大学图书馆、国家图书馆以及中国知网、读秀网等网站上的资料整理而成。后面所有有关国内狄更斯研究的数据，均来源于此，不再注释。

报》1996 年第 3 期）；或通过作家作品之间的比较对狄更斯的人道主义思想进行论述如薛龙宝的《略论狄更斯和雨果的人道主义》（《扬州师院学报》1987 年第 3 期）、湖晴的《人道主义的三座丰碑——〈双城记〉、〈九三年〉、〈日瓦戈医生〉之比较》（《南京高师学报》1998 年第 1 期、第 2 期）。但是，由于前一时期对狄更斯人道主义的探讨比较深入广泛，这一时期的探讨要想继续深入也比较困难。如周中兴的《浅谈狄更斯作品中的人道主义思想》对狄更斯人道主义的探讨仍主要是从狄更斯对受压迫、受剥削的下层人民的深切同情，对资本主义社会的批判和其人道主义的两面性三个方面进行，并没有超出杨耀民等人论述的范围。倒是一些比较性的论文，由于视野的扩展及新的研究对象的引入，给人带来一些新的感觉。如湖晴的《人道主义的三座丰碑——〈双城记〉、〈九三年〉、〈日瓦戈医生〉之比较》，文章认为，三部小说写作的年代，"从 1859 年到 1874 年，再到 1953 年，前后相距百年。它们描绘蔚为壮观的人类两大重要的历史事件，在文学领域为人道主义树起了三座丰碑"①。文章从不同角度对三部作品进行了比较分析。文章认为，三大作品从人道主义出发描写了人类历史上的两大事件——法国革命和俄国革命。但"三位作家的人道主义各具个性。狄更斯既对法国革命表示理解和同情，又视革命为'浩劫'，是充满'仁爱'精神的、反对一切形式暴力的人道主义。雨果正面肯定了革命是人道的集中体现、肯定了武装保卫革命政权平定旺岱叛乱的正当和必要，同时又批判了以'革命'的名义不施人道的暴力恐怖，是革命与人道统一、以人道为革命的前提与归宿的人道主义。帕斯捷尔纳克的人道主义要复杂得多。既在肯定革命即人道的问题上与雨果相似，又在反对一切形式暴力问题上与狄更斯一致，还在谴责新的政权模式、坚决维护个人的自由民主权益上构成自身特点"。在叙事上，"三位作家都在人道与暴力的矛盾冲突基础上构思故事，可是这一基本矛盾在文本中的具体表现不同、文本的结构形式不同"。"在《双城记》中，作家描写人道与暴力的矛盾，突出暴力即阶级压迫，阶级报复的恐怖，它不仅毁灭被压迫者同时

---

① 湖晴：《人道主义的三座丰碑——〈双城记〉、〈九三年〉、〈日瓦戈医生〉之比较（续）》，《南京高师学报》1998 年第 2 期。

也毁灭'毁灭了旧压迫者而兴起的新的压迫者们'，唯有仁慈博爱、阶级调和才能拯救人类。文本的结构复杂，情节扑朔迷离。""在《九三年》中，作家反映人道与暴力的斗争，既表现为敌我矛盾又表现为革命阵营内部温和的人道派和强硬的恐怖派的矛盾。就是说，作家坚定地站在革命即人道的立场上把批判矛头对准叛乱分子的同时，也指向了崇尚'暴力'、迷信'恐怖'的雅各宾派。在此基础上构思的文本，结构严谨、情节简单，人物关系却相当复杂。""在《日瓦戈医生》中，作家表现人道与暴力的矛盾，不但反映在对旧社会、旧制度的否定上，更多地反映在对新政权、新制度的批判上。它没有贯穿始终的事件构成情节的主干，只以主人公日瓦戈的生活经历纵贯文本始末。它的结构有别于前二者，类似自由松散的'流浪汉小说'。但它又以女主人公拉拉的生活遭遇为次要线索。两条线索的聚散离合演化并增强故事情节的波澜曲折。""简而言之，三部作品虽然同是反思历史的叙事文本，然而它们的艺术构思、叙事角度各异，并且均出色地突显了各自的主题。《双城记》着眼于描写以阶级压迫、阶级报复为矛盾冲突基础的错综复杂的事件，意在提供史实借鉴，并且通过劳雷的内视角劝说社会改良。《九三年》着眼于描写在革命政权与复辟势力进行你死我活的斗争的背景上产生的革命阵营内部的思想斗争，意在评判革命功过，并且通过郭文的角度烛照人类未来。《日瓦戈医生》着眼于描写主人公们在剧烈的社会变革中的生活遭遇展现个人与社会的矛盾冲突，意在通过主人公心路历程表达主体性灵、抨击社会弊病。"① 人物形象"聚焦作家们各具个性的人道主义"。三部文本在善恶对比的基础上、矛盾对立面的转化中构建人物形象体系。"在《双城记》中，引人注目的是文本着力塑造了体现作家理想的众多的不同类型的正面人物，他们组成了'善'的众生相……文本还以革命爆发为契机描写了'贱民'与贵族双方的善恶转化，对比强烈、壁垒分明。""在《九三年》中，善恶对立主要表现为革命与反革命对比鲜明，同时恶中有善；其次又表现为革命内部的矛盾斗争，善中有恶。""在《日瓦戈医生》中，善恶对立主要不表现为人物之间的关系，而

---

① 湖晴：《人道主义的三座丰碑——〈双城记〉、〈九三年〉、〈日瓦戈医生〉之比较（待续）》，《南京高师学报》1998 年第 1 期。

表现为个人与社会的冲突以及人物自身复杂的人性。""三部文本又都塑造了三种不同类别的主动承受苦难的英雄人物形象，体现了同中有异的高格调的悲剧审美价值。""在《双城记》中，是舍己救人的卡尔登。……卡尔登成了人类兽性大发而互相残杀的祭台上的牺牲品，成了以自己的受难唤醒人类善心良知、使人类得救的基督。于是卡尔登登上了狄更斯所颂扬的人道主义的巅顶。作家借因死难而净化、升华、羽化成神的卡尔登，怀着巨大的悲悯注视着小小环球上的亿万生众，指出了一条阶级之间相互妥协、彼此仁爱宽恕的通向天国之路。""在《九三年》中，是同样舍己救人的郭文。可是郭文的行动出自于对革命理想的执着与忠诚。他是名副其实的英雄。在人伦上，为了革命理想斩断了亲情的羁绊大义灭亲；在战场上，为了革命理想出生入死，竭忠尽智，屡建奇功。郭文对革命的坚强信念是建立在革命即人道的基础上的。在如何处置被俘的朗德纳克的两难悖反中，他得出结论：违背人道也就违背革命，使'共和国的脸''羞耻得通红'。他所能做的唯一抉择就是以自己的死使革命免受玷污，把革命理想定格在无与伦比的崇高完美境界中。一句话，郭文以死捍卫了具有推动人类历史前进伟力的法国革命（即暴力革命）的思想精髓，他是一个有着全人类忧患意识的悲剧英雄。"日瓦戈医生同样是悲剧英雄的形象。这是因为：在个人与环境的尖锐对峙中，无论处境何等艰难，不管是接踵而至的灾难还是死神阴影的笼罩窥探，主人公始终不变初衷，坚持高尚的人生信念、朴素的生活理想不动摇；在个人与环境的尖锐对峙中，无论社会舆论何等狂热，不管来自'官方'的高压还是出自'朋友'的'规劝'，主人公始终头脑清醒、独立思考、择善而为。他拒绝着社会的'改造'——实际维护着人的尊严，保持纯洁的人性不被异化；他坚持发出自己的声音——实际高扬着理性精神，抗议着蒙昧与愚昧。……日瓦戈的行为动机并非来自琐碎的个人欲望，而是从他所处的历史潮流中得来的。在他身上体现着前苏联社会中具有普遍意义的人的自由的主体意识、正当要求、善良愿望与冷酷专断的社会机制之间的矛盾冲突。"[①] 通过比较，文章对三个作家的人道主义思想做出了总结，其中狄更斯的"狄更斯的人

---

① 湖晴：《人道主义的三座丰碑——〈双城记〉、〈九三年〉、〈日瓦戈医生〉之比较（续）》，《南京高师学报》1998年第2期。

道主义以'温和'为特征。过去，只承认狄更斯的人道主义在暴露法国专制统治的罪恶、揭示法国革命爆发的必然性上显示了批判劲力；而对它把法国革命描写成'一场浩劫'，从而表达了'反对一切形式暴力'的主张这一点，坚决予以否定。此刻，我们要做一番细致的剥离。首先，我们仍要坚持'否定之否定'，即否定狄更斯对法国革命的否定。法国革命对人类的功绩不容抹杀，暴力革命的原则不容怀疑。狄更斯之所以否定法国革命是因为他将本民族的政治文化模式绝对化、唯一化，然后去批评、指摘甚至裁定别国，这自然有欠准确和公允。其次，我们又要肯定在狄更斯的否定中所包容的合理成分、正义因素。狄更斯描写的弥漫法国全社会的革命狂热所造成的'恐怖'以及革命报复的残酷，连法国革命坚定的拥护者雨果也不能不痛心疾首。而且，狄更斯对新、老压迫者同样下场的揭示也不只是作家惩恶扬善的主观愿望，而是寄寓着黑格尔所论证的'合理的必然是存在的'历史预见。罗伯斯庇尔的结局是其佐证。也就是说，早在一百多年前，狄更斯借助于本民族的历史经验就已洞若观火地揭露并批判了法国革命即欧陆式政治模式的负面效应，狄更斯'温和'的人道主义所显示的极强的历史穿透力不是令我们这些后人自愧弗如吗?"[①] 湖晴的论文不仅通过比较突出了狄更斯人道主义的特点，同时显示出研究者对狄更斯人道主义的新的观点与理解，而这又凸显出时代的发展。只有思想解放的新时期，才有可能对狄更斯的人道主义思想和他的反对暴力的思想作出一分为二的辩证的解释。

　　同样是讨论人道主义，朱虹的《〈圣诞故事〉：圣诞精神与资本主义的现实》关注的重点已转移到围绕仁爱所表现出来的资本主义社会人与人之间的关系。文章认为，在《圣诞故事集》中，狄更斯"从对待圣诞节的不同态度入手，提出了资本主义社会中人与人之间的关系问题"。这个问题也就是《共产党宣言》中所说的，资产阶级在它取得了统治的一切地方，都"无情地斩断了把人们束缚于天然首长的形形色色的封建羁绊"，"使人和人之间除了赤裸裸的利害关系，除了冷酷无情的现金交易就再也没有任

---

　　① 湖晴：《人道主义的三座丰碑——〈双城记〉、〈九三年〉、〈日瓦戈医生〉之比较（续）》，《南京高师学报》1998 年第 2 期。

何别的联系了。""狄更斯在《圣诞故事》中选择了圣诞节这个按西方传统本应充满仁爱精神的时节来开展故事,有意通过强烈的对比突出地提出了资本主义社会中这个最核心的问题。"文章认为:"资产阶级使金钱统治一切,泯灭了人性,这是狄更斯对资产阶级本性的最高的批判。"不过他的批判也就到此为止,"在脱不出以个人为中心看问题的资产阶级人道主义者世界观中,狄更斯在揭示资产阶级劣根性时又只能以个性为出发点和归宿"。他只能通过梦境等手段,让斯克路支这样一个典型的资产阶级守财奴,"经过一场梦便改弦更张,恢复了自己的天然人性,在一夜之间从一个又冷又硬又自封的'牡蛎'变成一个可爱的助人为乐的'圣诞老人'"①。以"良心的发现"来解决现实的问题。文章虽然还是围绕人道主义展开,但侧重点已经转到另外一些方面。

另一部分学者则突破人道主义的范围,从新的角度切入狄更斯作品思想的研究。1987 年,赵炎秋发表《论狄更斯的道德观在其长篇小说人物塑造中的影响》。文章突破 1949 年以来国内狄更斯研究的传统的社会—政治视角,从伦理的角度切入狄更斯研究。文章指出:"狄更斯思想的核心是资产阶级人道主义,但是他的人道主义更多地侧重于伦理道德的范畴。作为一个思想家,狄更斯是不深刻的,作为一个道德家,狄更斯却是杰出的。""在他的长篇小说中,他所批判的重大社会罪恶,几乎都是属于道德的范畴,如自私、卑劣、残忍、高傲、欺骗、冷酷无情等。他认为只要清除了道德上的污泥浊水,整个社会就会变得美好起来。""狄更斯的道德思想有一个完整的体系,可以分为三个层次。"核心层次是高尚、诚实、仁爱,中间层次是正直、勇敢、无私、利他、厚道、真诚、通情达理等,表面层次是人们的教养、生活作风、处世态度如文雅、谦和、稳重、严谨、温柔、有礼貌、自尊、尊重别人、举止得体等。"道德贯穿了狄更斯长篇小说中的每一个人物,成为人物性格的核心和主要内容。这样,狄更斯便用自己的道德观规范了自己的人物,使他们的性格呈现出道德化的特色。"② 道德化

---

① 朱虹:《〈圣诞故事〉:圣诞精神与资本主义的现实》,《名作欣赏》1984 年第 3 期。
② 赵炎秋:《论狄更斯的道德观在其长篇小说人物塑造中的影响》,《陕西师范大学学报》1987 年第 4 期。

造成了狄更斯小说人物性格的单层次、人物本质的确定化等特点,这些特点使狄更斯笔下的人物成为世界文学史一个个性鲜明的人物画廊。

人性是这一时期思想研究关注的另一重要方面。赵炎秋的《论狄更斯小说对人性的探索和表现》一文认为,对人性的关注与探索是狄更斯小说思想内容的一个重要方面。在小说中,狄更斯对人性的探索广泛而又深入,既包括人性的正常方面,也包括人性的反常方面,而且具有明显的整体性与系统性。在艺术手法上,他善于通过夸张与普泛化的方法,从对人物的具体描写进入对人性的探索。[1] 尹德翔的《宣示人性精神的持久艺术——重读狄更斯的〈艰难时世〉》认为:"狄更斯的小说题材不一,面貌各异,但是,它们的共同品质,却是一种亲切的单纯。这就是作品中无处不在的健康有力的人性精神和浓郁的人情味。狄更斯的小说能够吸引读者,感染读者,在大众读者中常盛不衰,根源多半在此。"《艰难时世》以批判功利主义和政治经济学为出发点,旨归则落在坚持人性、弘扬人性上面。但是,还有一个初看并不醒目,而仔细斟酌起来,则贯穿作品首尾,也一直蕴含在小说叙述过程之中的东西,即对感情的关注。……一切其他人性方面,皆可以统摄在感情之下,用感情来衡量。感情观点是小说确立人物、展开情节、选取细节的主要参照,是作者观察和评价事物的首选角度,是《艰难时世》的基本主题。文章从此出发分析了庞得贝和葛雷硬两个人物,认为两个人物有着本质的区别,"他们之间最根本的不同在于,庞得贝几乎丧失了感情天性,而葛雷硬则是一个并不缺乏正常感情的人"。"借庞得贝和葛雷硬,狄更斯说明了人性受到扭曲的两类基本形式。在庞得贝,出于性格上的自我中心倾向,他的无情已经习惯,已经入骨,铸成了他人性上的残疾,他也将终生不能自救。葛雷硬则不是这样。葛雷硬的问题主要是,他的理论暂时压制了他的天性,影响了他的感觉,使他变得麻木。这就是为什么他并不缺乏感情,却在小说中表现得相当冷峻和不近情理。……葛雷硬是可悲的,但不是可耻的;作者对他主要是叹息同情,而不是鄙视。"文章最后提出,狄更斯这类作家一起将"人类之爱"

---

[1] 赵炎秋:《论狄更斯小说对人性的探索和表现》,《湖南师范大学学报》1992 年第 3 期。

当作维系人类社会并支持社会进步的最终依靠，我们过去总是觉得这是天真简单、一无可取的。事实上可能不是如此。"实际上，这种思想的前提乃是对人类的信心：从本质上说，人是好的、高贵的，所以最终是有希望的。这种对人类的基本的信念，追根溯源，可以推到欧洲文艺复兴早期开始的人文主义传统。人类社会为什么能有今天？或者，具体点说，资本主义的西方为什么竟可以不断改良而摆脱了狄更斯时代的各种问题？不同利益的斗争是一方面，但是，如果没有人们向上向善的主导倾向，任何一桩社会性的进步都是不可想象的。这是一种巨大的、推动人类前进的力量。"① 作品中所蕴含的这种健康而理性的力量，正是狄更斯的作品经久不衰的重要原因之一。

有的学者注意到了狄更斯作品中的宗教因素。陶丹玉认为，狄更斯《双城记》的创作动机"除了真实反映人民疾苦和谴责贵族的残暴之外，更旨在宣扬、歌颂自己的宗教情感——基督的仁爱和永生。这一主题应该和其现实主义主题并立，是支撑这部文学作品大厦地位的两根巨柱，而不仅仅是其中无足轻重的碎石瓦砾"。接着，文章从故事情节、场景描写、人物刻画、小说题目等方面对隐含在小说中的宗教情感进行了分析，指出："许多评论家认为《双城记》是一部缺乏狄更斯特色的作品，认为宗教倾向削弱了作品批判现实主义的力度。其实，宗教情感不仅不是此作品的副产品，相反，却是作者要着重强调和颂扬的重要主题。从这个意义上说，《双城记》是最富有狄更斯特色的作品，因为作者身上的气质在作品中表现得最为淋漓尽致。"② 还有的作者注意到了狄更斯小说与社会改革之间的关系，以及小说对小私有者崩溃现象的反映。如蓝泰凯的《一曲小私有者崩溃的挽歌——狄更斯的〈老古玩店〉浅论》（《贵阳师范高等专科学校学报》1984 年第 2 期），赵洪尹、曹顺发的《狄更斯小说与社会改革》（《涪陵师专学报》1997 年第 1 期），等等。

上述论文重在探讨狄更斯作品思想内容，同时也扩大了狄更斯研究的

---

① 尹德翔：《宣示人性精神的持久艺术——重读狄更斯的〈艰难时世〉》，《国外文学》1999 年第 4 期。

② 陶丹玉：《论〈双城记〉中的宗教倾向》，《外国文学研究》1997 年第 4 期。

范围。而另一些论文突出点在扩大狄更斯的研究范围，同时又探讨了狄更斯作品的思想。1989 年，朱虹发表文章指出："狄更斯是文学史上不多见的把高度的思想性和广泛的娱乐性结合起来的作家。""除了我们心目中的狄更斯——资本主义社会的叛逆，还有另一个狄更斯——迎合大众趣味的通俗小说作者。若要全面了解狄更斯，他的这一面不容忽视；从考察某些文艺现象的角度，他的这一面亦有启发性。""作为通俗小说作者的狄更斯为追求销售量，尊重中产阶级的社会偏见，表达他们的心理和感情要求，迎合他们的欣赏标准。总之，狄更斯的作品作为通俗小说来看，处处都打上了中产阶级的理想和趣味的烙印。"① 狄更斯作品的"中产阶级的体面"、性道德的纯洁、感伤、恐惧和悬念等侦探小说因素，都可以从这个角度考察。现在看来，朱虹这篇文章很明显受到了西方一些评论家的影响，对狄更斯小说中通俗、市场的一面有所夸大。但这篇文章的确开阔了国内狄更斯研究的视野，开辟了新的研究角度，有利于人们更全面地了解狄更斯及其创作。

1992 年，《外国文学评论》第 3 期在研究动态栏发表署名为"宁"的作者的文章《狄更斯能纳入后现代主义话语吗?》。文章引用美国梵得比尔大学克莱登教授的论文的观点，指出可以从后现代主义的角度研究狄更斯。狄更斯对于意识形态影响未及的"素朴的"或不受重视的叙述程式的运用，他的作品中的那些性情乖张、行为异常的角色，他的创作中的追求狂欢化，崇尚戏谑模仿，他在晚年创作中致力于将几无联系的小说人物拉扯到一起，等等，都与后现代主义有密切的联系，或者可以看作后现代主义创作的先声。这篇文章虽然只是一篇介绍性的文字，但它在国内狄更斯研究中引入了一个新的话题，有利于狄更斯研究领域的开拓。

1994 年，周才长在《外国文学研究》1994 年第 5 期上发表论文《金融界的董贝与文学中的董贝——兼论历史的真实与典型的真实的模糊关系》。文章在形式上很有特点，全文分为正文和注释两个部分。正文通过将小说人物董贝和他的原型、金融家 Overstone 进行对比，认为作为典型，

---

① 朱虹：《市场上的作家——另一个狄更斯》，《外国文学评论》1989 年第 4 期。

董贝有一定的模糊性、丰富多彩性和不确定性。但苏联的批评家却只看到了其金钱本质的一面，而中国的批评家又从苏联批评的片面性出发，将董贝概括为一个典型的冷酷的资本家，这样就把一个生动、丰富、具有模糊性的形象变成了一个干巴巴的片面的概念。文章的注释部分则通过引用陈涌等人的观点自己进行辨析的方法，阐述了作者自己对于典型的看法：典型是许多真实形象的模糊集合。这篇文章对于典型的定义不一定正确，但是其将虚构世界与现实世界结合起来进行分析并提出新的观点的方法则有较大的启发性。

1995 年，赵炎秋发表文章《论狄更斯小说中的男性意识》。文章认为："狄更斯并不是一个歧视女性的作家。在生活中，他爱她们、尊重她们。然而在创作中，他又总是有意无意地贬低她们，把她们置于男性之下。这主要出于两方面的原因。一是当时社会、文化潜移默化的影响，二是他本人身为男性这一质的规定。"文章从生存能力的缺乏、智力的强弱、对女性规范的设置三个方面分析了隐含在狄更斯创作中的男性意识。文章认为："狄更斯女性规范的核心是要求女性的奉献，向男性并且为男性而奉献。自然，这种奉献是在'爱'的名义下进行的。然而，女权主义者们早就批评了其中隐含的不平等……这里的关键是男性没有以同等的爱回报女性。虽然作者也要求他们爱妻子，然而这更多地是指感情与物质上的付出与关怀，而不是男性为女性牺牲自己的前程、事业、地位和在社会上的发展。在与娜拉辩论时，海尔茂强调自己愿意为娜拉日夜工作，愿意为她受苦受难，'可是男人不能为他爱的女人牺牲自己的名誉。'娜拉的回答却是：'千千万万的女人都为男人牺牲过名誉。'这正是狄更斯笔下男女关系的一种反映。不过易卜生对此持批评态度，狄更斯却表示了赞同。"①

1999 年丁建民、殷企平在《浙江大学学报》1999 年第 3 期上发表论文《狄更斯园林中的奇葩——试论〈狄更斯演讲集〉的价值》。文章从文学的角度探讨了狄更斯演讲集的学术价值。作者以具体例子证明，狄更斯的演讲不仅有助于我们加深对狄更斯作品和维多利亚时代的文学状况，

---

① 赵炎秋：《论狄更斯小说中的男性意识》，《漳州师院学报》1995 年第 3 期。

尤其是小说状况的了解，更有助于我们增进对他的文学观的了解。这是国内学术界第一次从文学的角度将狄更斯的非文学作品纳入狄更斯研究的范围。①

二　人物

人物仍是这一时期狄更斯研究的重点之一。受 20 世纪八九十年代流行的系统、信息、控制等"三论"的影响，这一时期的研究者们倾向于将狄更斯小说中的人物联系起来，从整体的角度进行系统的分析。赵炎秋先后发表《外化——狄更斯揭示人物内心世界的重要手法》(《湖南师范大学学报》1989 年第 5 期)，《论狄更斯小说人物的基调化倾向》(《湖南师范大学学报》1990 年第 4 期)，《狄更斯小说人物的类型与发展》(《湖南师范大学学报》1991 年第 5 期)，《论狄更斯笔下的双重人格人物》，(《湖南师范大学学报》1994 年第 6 期)，《论人物在狄更斯长篇小说中的位置》(《求索》1995 年第 4 期)，《论狄更斯小说人物塑造中的二元对立原则》(《邵阳师专学报》1995 年第 3 期) 等 6 篇文章，对狄更斯长篇小说中的人物进行深入分析。在《人物塑造中的二元对立原则》一文中，赵炎秋认为，二元对立原则不仅是狄更斯小说"人物描写的方法，而且是人物性格的构成方式。这里的二元对立中的'对立'，有对照、对比的意思，也有矛盾、分裂的意思，相异的两面性质相反，但不一定构成对比的关系"。这种二元对立不仅表现在人物的整体塑造上，也表现在具体人物之间和人物形象自身。在整体塑造上，二元对立主要表现在道德、贫富两个方面。在人物之间，二元对立主要表现在人物集团和人物个体之间。但是，"狄更斯笔下的人物特别是主要人物，与之对立的有时不是一个而是几个人物。这些人物从不同方面与之对立，从不同方面显出其性格特征。……这样，二元对立便成了多元对立。多元对立便于从多方面描写人物，从对比的网络中突出其特点，写出其性格的复杂性"。人物自身的二元对立"既指人物性格因素之间的矛盾对立，也指人物自身的一种裂变……狄更斯常常从不

---

① 不包括《游美札记》，这部作品在范存忠的于 20 世纪 60 年代发表的《狄更斯与美国问题》中就讨论过。不过，从另一个角度说，《游美札记》虽不是小说，但仍可看作文学作品。

同角度对人物进行分割，使同一人物在某个方面分裂成互相对立的两个人物，以达到叙事、塑造人物和表达思想的目的"①。

周颐在《淮北煤师院学报：社科版》1991年第1期、第2期、第3期上连续发表了3篇论文，集中讨论狄更斯作品中的扁平人物。《兼容了历史与喻指价值的人物：狄更斯"扁平人物"论之一》针对部分批评家对狄更斯长篇小说中的"扁平人物"不真实、类型化、怪诞滑稽的批评与责难，指出狄更斯小说中的"扁平人物"既是"历史的生活样本"，又具有超越时空的喻指价值，他们身上所隐含的抽象寓意，能在不同时代的社会中落实到具体的现实人物或具体对象上。文章认为："文学形象的超时代的内容既可以是博大的历史进程、深邃的人生哲理的概括，炽热的生命意识、幽深的人性底蕴的抒发，也完全可以表现为芸芸众生中寻常可见的无数种生活现象的抽象。……一个文学形象的超越历史阶段的内容会在历史发展中不断被赋予新的色彩、新的风貌、新的发现，但它的基本内核是稳定的、成型的。它具备的含义不限于某段历史、某个民族的特定范围，作为一个象征，它在流变的生活长河中保持长久的喻指价值。"因此，狄更斯"扁平人物"审美价值的一个方面，"就是在这些人物中有一部分形象可以突破时空的界限，向历代读者展示富有现实意义的生活样本。他们就像是一种生活哲理，一直在启示人们认识人类生活中长久存在，并且可能经常影响生活的某些现象的本质。从这个意义上说，狄更斯的'扁平人物'虽然性格单一，其意义却不贫乏"②。《呼唤着人类同情的艺术形象：狄更斯"扁平人物"论之二》认为，狄更斯笔下人物的性格虽然单一，但作者以善、恶为参照，将其组成彼此对立与对照的人物系统，在对照中描写、维护和弘扬人性的善良品质。而在这个系统中，恶的人物几乎都归于可耻或可怜的下场，而善的人物几乎都有满意的归宿。这样，狄更斯惩恶扬善的人道主义精神，以及由人物形象本身所体现的人情与人性的要求，就会使读者产生更强的共鸣，留下更深的印象。"需要强调的是，由这两个人物系统所体现的善

① 赵炎秋：《论狄更斯小说人物塑造中的二元对立原则》，《邵阳师专学报》1995年第3期。
② 周颐：《兼容了历史与喻指价值的人物：〈狄更斯"扁平人物"论〉之一》，《淮北煤师院学报：社科版》1991年第1期。

与恶，决非那些个别品性的机械相加，比如奎尔普的凶狠加约那斯的自私就等于恶。恶是这些人物反人道、无人性的精神本质的抽象，是这个系统人物的道德价值的否定性判断。反之，善也如此。处于系统中的人物形象是从不同侧面揭示善与恶的道德实质和人性的底蕴，而不是孤立地表现某一种品性。从这个意义上看狄更斯的'扁平人物'，就发现了他们身上的比'社会批评'更深更广的精神内容。"而要"用对照的形式表现人性的善与恶，就不得不使人物的性格鲜明化、单纯化，起到反差强烈的作用"。因此，从美学意义上看，狄更斯笔下的人物大都是喜剧型的人物。"喜剧性格与悲剧性格完全不同。后者要表现的是个性，人物身上折射出来的普遍性，是人物独特的个性化性格所导致的结果……而喜剧性格所要表达的就正好是共同性。既是显示共同性，那么喜剧性格就可解脱描写个性化的悲剧形象所依循的艺术规范，作者享有较为宽松的自由。在表现一种共同性的过程中，作家可以放弃与他所选择、所要刻画的某种性格特性不相符的别的因素，在作家主观确定的范围内，按照共同性的需要，调动相应的艺术手段来使表达共同性的那一性格特征鲜明化、凝固化，甚至可以让它超出生活的常度，在'陌生化'的戏剧性状态中，令人惊异又引人注目。于是夸张的渲染、漫画的变形，在喜剧性格的塑造中有了广阔的发挥天地。"① 由此形成狄更斯笔下人物的特点，也是其成功的原因之一。《表演出舞台效果的喜剧性：狄更斯"扁平人物"论之三》认为，在人物塑造上，狄更斯倾向于采用传统的戏剧手法来描写人物形象，他让人物不停地行动，以唤起其活力，同时以精彩的人物话语增添人物的艺术情趣，使其喜剧性格表现出一种舞台效果。"狄更斯仿佛始终是一个热情充沛而且驾轻就熟的导演，利用他的长篇小说，召唤着一系列的'扁平人物'进入充分活跃的状态，调动他们每个人都演出由狄更斯自己设计的舞台动作；这些动作直观性强，夸张气氛浓，令人一见就乐，印象深刻。所以他们尽管同密考伯一样仅在平面上表现出各自的单一品行，却能克服单薄和凝固常常导致的枯燥乏味，并且避免了一味地直接议论和抽象说教。读者从这些人物身上可以观察和认识到某种品性和观念，但在同时也

---

① 周颐：《呼唤着人类同情的艺术形象：〈狄更斯"扁平人物"论〉之二》，《淮北煤师院学报：社科版》1991 年第 2 期。

伴随着戏剧性的观赏而得到审美的愉悦。这就是狄更斯众多的'扁平人物'与所谓公式化、概念化人物的区别所在，同时也就是他们之所以为广大读者喜爱的原因之一。"① 这组文章虽然数量不多，但围绕对狄更斯小说中的扁形人物的分析是比较深入的。

狄更斯自己艰苦的童年生活导致他对儿童的关心，他的小说出现了众多成功的儿童形象，如奥立佛、小耐儿、小保尔、乔、小时的科波菲尔和匹普等。这些形象引起了这一时期国内狄更斯研究者的注意，人们从不同角度对狄更斯笔下的儿童形象进行分析，由此形成狄更斯小说儿童形象研究系列。吉晶玉认为："狄更斯虽然不是有意识地专为孩子们创作，但他的儿童题材小说却极大地丰富了19世纪欧洲儿童小说领域，他以一代文学大师的大手笔，将儿童小说创作推向一个巅峰，为儿童小说的发展做出了重大贡献。"这具体表现在三个方面：第一，狄更斯的创作丰富了儿童文学体裁。第二，"狄更斯的儿童题材小说开拓了'童年苦难小说'题材。19世纪以前的欧洲儿童文学作品多数取材于民间传说、民间童话或儿童家庭生活，题材较狭窄，且远离广阔的社会生活。狄更斯第一部伟大的社会小说《奥列佛·退斯特》把一个无家可归的孩子置于自己的描写中心之后，一个新的题材——'苦难儿童题材'出现了"。第三，发展了儿童小说的艺术表现手法，如有血有肉、栩栩如生的儿童形象，生动有趣的故事情节，切合儿童年龄和心理特征的创作风格等。② 吉晶玉认为："狄更斯人道主义创作思想表现于儿童观方面有着一定的进步性。他在诸篇儿童题材小说中所表现的热爱保护儿童、尊重儿童自然天性、重视儿童教育、培养儿童人道精神等观点，对于今天以至未来的21世纪的儿童教育都有着很现实而积极的指导意义。"③ 郭珊宝则认为，注重塑造儿童形象，关注儿童的命运，是狄更斯小说人道主义的一个突出特征。"维多利亚时代提供的丰富素材和他个人印象太深的童年遭遇，使其笔锋始终围绕着各种各样性格的男女儿童。他们在他的笔下哭着、笑着，不乏成人气地评论着人生，幻

---

① 周颐：《表演出舞台效果的喜剧性格：〈狄更斯"扁平人物"论〉之三》，《淮北煤师院学报：社科版》1991年第3期。

② 吉晶玉：《狄更斯儿童题材小说略论》，《乌鲁木齐成人教育学院学报》1997年第1期。

③ 吉晶玉：《至爱至上的乐章——论狄更斯人道主义思想及其儿童观》，《乌鲁木齐成人教育学院学报》1998年第2期。

想着未来，组成一个各具个性的儿童群像。"郭珊宝从孩子的梦与孤独的心、童心世界、稚嫩的心与纯洁的爱等三个方面对狄更斯笔下的儿童形象进行了探讨。"狄更斯以哀婉、抒情的笔调，谱写出一阕阕生与死、动人心魄的苦孩子幻梦曲。他们年幼夭折，激发出人们沉痛的感情，从而达到了小说对现实深刻的批判的目的。另一方面，小说中，对苦不堪生的孩子，有时死反倒是痛苦的解脱，因此，死时虽不悲壮，倒形成一种哀伤、凄婉、淡淡的梦幻般的宁静。""狄更斯一生创作总能保持童稚之心，这在客观效果上收到两种益处：一可以像孩子一样无边际地扩大想象的空间，驰骋想象的翅膀。二以童心来写实，某种程度上加强了批判精神，讽刺的范围扩大到许多成人注意不到的恶习陋俗中。……优美的童心世界是他挖掘人性美的广阔领域，又是他人道主义理想所孜孜不倦追求的美好境界。"① 湖晴认为儿童题材文学不仅仅是给孩子们阅读的，"大作家笔下的优秀儿童题材文本深深扎根于民族的精神土壤中。它们不仅是作家主体精神的投射，而且也传导出作家生活的国度、时代中民族的生存态势、思想习俗、精神氛围。它们一经诞生便作用于本民族，成为哺育本民族的精神性格，传导本民族文化传统的重要载体"。他分析了狄更斯的《大卫·考柏菲尔》，雨果的《悲惨世界》，马克·吐温的《哈克贝利·费恩历险记》，高尔基的《童年》《人间》等作品，认为这些作品不仅是作家精神气质的具象写照，也是民族文化心理的独特显影。② 这些研究从不同角度切入狄更斯笔下的儿童形象与儿童题材作品，增进了读者对狄更斯创作的理解。

此外，任明耀对狄更斯笔下的怪人形象，郭珊宝对狄更斯笔下的儿童形象，余迎胜对《大卫·科波菲尔》中的妇女形象等，也都进行了一定的探讨。③ 还有的作家探讨了狄更斯笔下的单个人物如德洛克夫人、坡勾提（一译辟果提）兄妹、巴基斯、卡尔登、丽齐、贝拉等。其中，张新民的《试论卡

---

① 郭珊宝：《狄更斯的儿童形象初探》，《外国文学研究》1982 年第 1 期。

② 湖晴：《大作家笔下的小世界——几位文学大师儿童题材文本解读》，《南京高师学报》1997 年第 2 期。

③ 任明耀：《狄更斯作品中的"怪人"形象》，《外国文学研究》1981 年第 4 期；郭珊宝：《狄更斯的儿童形象初探》，《外国文学研究》1982 年第 1 期；余迎胜：《无可奈何的定位——谈谈〈大卫·科波菲尔〉中几个妇女形象》，《外国文学研究》1996 年第 1 期。

尔登形象的美学意义》一文认为，卡尔登是个具有双重性格的人，但其性格的主导一面是好的、积极的。在帮助露茜一家的过程，他性格中肯定的一面得到了升华。"卡尔登是由善良人走向毁灭的。作者把他放在外部与内心冲突的旋涡中，与不同阶级的人物联系起来，在着力描写卡尔登性格的过程中，把同情的泪水倾注在主人公的悲剧命运里，增添了作品的韵味和灵性，产生了震撼人心的气势。虽然写了好人由顺境转入逆境的过程，却成功地获得了'唤起悲悯之情，使情感得到陶冶'的美感效应。读者从主人公命运中所看到的，正是'人生有价值的东西'的毁灭，从进步的社会发展观来看，这是符合历史必然要求的。……从《双城记》的总体角度来看，卡尔登的形象为整部作品增加了血肉，注入了灵气，因而，具有永久的审美价值和艺术魅力。"① 文章从美学而不是通常的人道主义角度切入卡尔登形象的研究，丰富了读者对卡尔登这一人物的认识。

三　艺术

受益于 20 世纪八九十年代对文学作品审美性和艺术性的重视与强调，这一时期狄更斯小说艺术得到研究者们的重视，研究涉及狄更斯小说艺术的各个方面。

朱虹、赵炎秋以系列论文的形式对狄更斯小说的结构、幽默、心理描写、人称和视角等进行了比较全面的探讨。如朱虹在《〈远大前程〉中第一人称的妙用及其他》一文中认为，与《大卫·科波菲尔》中的大卫不同，《远大前程》中的匹普并不是一个不折不扣的正面人物，而且，大卫是依靠自己的勤奋与努力获得成功与幸福，而匹普则是通过接受有钱人的资助，走上自己的"远大前程"。但是，匹普作为小说主人公，却自始至终得到了读者的同情与喜爱。这除了他本性善良，是个孤儿等因素外，小说采用的第一人称也起了重要作用。"《远大》一书用第一人称叙述匹普的忘恩负义，始终是以他的纯朴善良的本性为基础，使我们透过他的自叙，时刻可以感到浪子的一颗童心始终未变。这样，第一人称的叙述方法不仅

---

① 张新明：《试论卡尔登形象的美学意义》，《西北第二民族学院学报》1990 年第 4 期。

是可能的，而且用得恰到好处，比起从旁的客观叙述更能表现人物性格的矛盾与层次……更重要的是，匹普通过自叙向读者坦露他在生活上、思想上摔的跤、他的内心矛盾，这种诚实本身正是他的为人、他的人格的鲜明表现。这样，《远大》中第一人称的妙用不仅在于它所表现的内容，而还在于这种方式本身所反映的人物的本质特点。如果不是一个如匹普那样诚实的人，那么第一人称的方法就不可能像《远大》中那样得到尽美尽善的发挥。"① 赵炎秋在《狄更斯小说的叙事模式及其成就》一文中也对狄更斯小说的叙事问题进行了探讨。他从现代叙事理论出发，将人称与视角严格分开，人称有第一人称、第二人称和第三人称；视角有全知视角、限制视角和戏剧视角，两者结合构成小说的叙事模式。狄更斯小说两种基本的叙事模式主要是第三人称全知视角和第一人称限知视角。作者根据创作的需要在两种叙事模式中做了成功的选择。他的大多数小说采用的是第三人称全知视角，而在《大卫·科波菲尔》和《远大前程》中采用的则是第一人称限知视角，在《荒凉山庄》中则进一步将两种视角搭配起来，轮流采用。这种叙事方式对狄更斯小说的成功起到了积极的作用。②

　　这一时期的艺术研究更多的是单篇论文，不同的研究者从不同的方面对狄更斯创作的艺术特点进行分析。

　　狄更斯的创作方法仍是学者们关注的一个问题。占主流地位的看法仍是认为狄更斯的创作方法是现实主义的。在此基础上，赵炎秋进一步提出狄更斯的现实主义是感受型的，它既和福楼拜的客观型现实主义也与浪漫主义有着明显的区别。③ 赵炎秋认为，创作方法的实质是作者对创作与现实生活的关系处理。这种处理方式主要有三种，即按照事物实际有的样子写作，按照事物应该有的样子写作和按照事物感觉有的样子写作。按照事物实际有的样子写作，就是按照事物的本来面貌写作，强调主观表现与客观现实的吻合。按照事物应该有的样子写作，就是作家认为事物应该怎样

---

① 朱虹：《〈远大前程〉中第一人称的妙用及其他》，《名作欣赏》1982 年第 5 期。
② 赵炎秋：《狄更斯小说的叙事模式及其成就》，《东方论坛》1995 年第 4 期。
③ 赵炎秋：《描写感受世界——论狄更斯小说创作方法的基本特征》，《湖南师范大学学报》1995 年第 4 期。

就怎样描写，不考虑客观事物的本来面貌。按照事物感觉有的样子写作则更复杂一些。一方面，作家要考虑事物的本来面貌，另一方面，他们又不要求自己的描写与客观事物完全吻合。他们为了表现自己的感受，常常要对生活进行某种选择甚至变形。不过，他们所感受到的现实也可能存在某种偏差。这样，就造成了他们的主观描写与客观现实或多或少的偏离。这些作家又可分为两类：一类为了表现自己的感受，喜欢对生活进行改造、变形和重新安排，这样，他们表现的生活与客观现实容易拉开距离。① 另一类则侧重于通过对生活的选择、夸张等表现自己的感受，但不热衷于改变生活的本来面貌。这一类作家可称为感受型的现实主义作家。狄更斯便是这类作家的代表之一。吕伟民从另一角度指出，狄更斯的创作方法中有浪漫主义的一面。作者认为："狄更斯创作的主流是现实主义……但是他又是一个具有丰富的想象力、炽热的感情和几乎像孩子一样纯真的理想主义作家。这些素质为他的浪漫主义倾向准备了温床。狄更斯的眼光是现实的，他始终把注意力放在现实社会生活中，但他的气质是浪漫的，热情而又富于幻想，二者的结合使他的浪漫主义倾向表现为一种独特的风格，即在资本主义的'文明世界'中，从人们的日常生活中，发现'富有浪漫色彩的那一面'。"② 赖干坚则认为："狄更斯的创作方法的特点便在于他把现实主义方法和浪漫主义方法紧密结合。"这种结合的"一个重要方面是对现实的深刻揭露、批判与理想主义的有机融合，因而狄更斯在描写社会黑暗时仍给人一线光明。从题材的处理来看，狄更斯小说中现实主义与浪漫主义的结合表现为真实与幻想的融合，因而狄更斯的小说富于传奇色彩和戏剧性场面"。在人物塑造上，狄更斯的方法"是从客观回到主观，即人物和事件源于现实生活，反映了社会风貌，作者却按照自己情感、想象和幻想的导向来处理题材、塑造人物，以求更有效地激发读者的情感和想象力。因此，狄更斯塑造的人物往往较符合浪漫主义文学观：人物或善良如天使，或恶过魔鬼"③。续枫林也认为，

---

① 这一类作家实际上就是现代派作家。这样，西方现代主义作家便在两个方面与传统现实主义产生联系：在侧重感受的表达方面，他们与狄更斯等人相似，在强调客观性、零度写作等方面，他们又与福楼拜等作家相似。

② 吕伟民：《试谈狄更斯的浪漫主义倾向》，《河南师大学报》1983 年第 5 期。

③ 赖干坚：《狄更斯的创作方法特点浅论》，《厦门大学学报》1990 年第 1 期。

狄更斯创作方法是现实主义和浪漫主义的结合。"他以自己切实的辛酸体验和荒唐的生活现实，运用幻想、夸张的方法，创造了浪漫与写实相结合的不朽佳作。"① 其实，这些学者都看到了狄更斯创作中主观和理想化色彩较强的一面，而对这一面的不同理解与归纳，形成了各人不同的看法。

　　部分研究者从宏观的角度，研究狄更斯小说的艺术特色。潘耀瑺认为，狄更斯的小说"题材丰富，形象鲜明，浮雕式地展示了一幅幅绚丽多彩的生活画面。狄更斯善于以个别人或一家人的生活为中心组织情节，透过情节提出当时公众所关心的社会基本问题，使作品主题突出，线索分明，形成了他的创作的显著艺术特色"。"狄更斯的每一部小说，都述说了众多的事件和故事，而又总是能够在描述的过程中，逐渐把主要人物的性格刻画出来。这是狄更斯创作的又一显著的艺术特色。"在景物描写上，狄更斯"善于把所描写的自然风景或现实环境变成具体而生动的形象，与人物的情绪、内心境界融合起来，因而能够引起读者的现实感和直接的想象"。在手法上，狄更斯喜用对比、反复重述等手法来塑造人物、加强作品的感染力。② 另一些研究者还注意到了狄更斯小说的语言特色。江萍、文清认为："大胆的比喻、拟人法以及熟练运用英语中具有双关含义的词汇进行辛辣的讽刺，是狄更斯的又一艺术表现手法。如小说中'board'一词的巧妙运用。'Not having a very clearly defined notion of what a live board was, Oliver was rather astounded by this intelligence, and was not quite certain whether he ought to laugh or cry.''奥利佛并不了解一个活木头是什么东西，因此听到这句话很感惊讶，不知道他应该笑呢还是应该哭。'此处狄更斯用'board'这一具有双关意义的词巧妙地影射了董事会毫无感情、毫无人性的一面，形象生动地揭示：天下乌鸦一般黑，不论他们是什么人，董事会永远像木头般冷酷无情。"③ 叶大波的分析更加细致。他认为狄更斯是语言上的革新家，他的语言风格，可以从八个方面分析。第一，风格多变，笔力恣肆。第二，"越规犯法"，出奇制胜。"狄更斯作为语言大师，常常

① 续枫林:《狄更斯:"两结合"的文学大师》,《新疆社科论坛》1992年第2期。
② 潘耀瑺:《狄更斯创作的艺术特色》,《外国文学研究》1980年第2期。
③ 江萍、文清:《狄更斯作品艺术特色评析》,《兰州大学学报》1999年第2期。

不按某些语法学家所定下的框框循规蹈矩，而是大胆出新，在语言风格上别树一帜。"他的叙述语言中，常见一些无谓语动词（main verb）句，就是一个例子。当然，"狄更斯并非随心所欲，损害英语语言的纯洁性；相反的，他丰富、发展了英语语言的表达法"。第三，细致入微，不落俗套。第四，选词精当，别具一格。第五，倒装、平行，回翔万状。第六，明喻、暗喻，幽默奇崛。第七，标点运用，独见匠心。第八，"直接""间接"，浑然一体。"狄更斯语言艺术的另一特点是直接引语和间接引语交叉使用，或者混为一体。"总体来看，"狄更斯的语言风格铺张扬厉，峥嵘不凡。他善于驱驾语言，尽力昭显生活的状貌。叙述细腻，娓娓动人，斡旋回环；抒情遣怀，婉曲深藏，空谷清音。描写景物有时恬静平和，妩媚俏丽；有时气势豪宕，雄浑奔放：既有精雕细琢的描绘，又有线条粗犷的勾勒。人物形象的描述姿态横生，别具风味：有时轻彩淡涂，漫不经意；有时泼墨如雨，淋漓酣畅"①。

对于狄更斯小说中常见的艺术手法，研究者们也给予了认真的关注。蔡明水研究了狄更斯中的象征。他认为："如果说狄更斯的艺术像一颗熠熠生辉的钻石，那么象征手法就是钻石上一个光影浮动的小平面。狄更斯把象征手法同现实主义、浪漫主义结合起来运用，增加了作品的内涵和深度，给小说增添了诗的意境。"狄更斯的象征有自己的特点，他的"大部分象征产生的意境是明朗清晰的，如大雾并不象征天地间的'神秘力量'而含有深刻的社会意义，它暗示的抽象概念可以从它固有的属性引申而得，不是作者随心所欲外加的"。另一方面，狄更斯小说中的象征不影响主题的表达。如《荒凉山庄》的主题是明显的，"对一个认为雾就是雾的读者来说仍然是显而易见。然而我们一旦领悟了象征的内容，便可以进入一个更幽深的意境，超越作品的时空限制，看到更远更本质的意义"②。作者认为，狄更斯的象征手法摇曳多姿，独具魅力。并具体从情节结构、场景描写两个方面进行了论述。郭珊宝讨论了狄更斯的夸张。他认为，夸张是狄更斯小说的主要艺术手法之一。狄更斯的"夸张手法具

① 叶大波：《狄更斯语言风格一瞥》，《福建外语》1985 年第 4 期。
② 蔡明水：《狄更斯的象征手法初探》，《外国文学研究》1985 年第 2 期。

有童心式飞腾无际的想象力的特点，这个特征决定了他塑造人物性格的独
特风格和个性"。狄更斯的夸张是一种童心式的夸张，作者具有一双"孩
子第一次看世界的慧眼，所以'能够找到'那些'值得夸张'的事物"。
狄更斯的夸张有时给我们荒诞的感觉，但是"我们如果从儿童审美经验的
角度来理解狄更斯的夸张，也就抓住了他的艺术个性，反感会顿然消失，
像置身于童话中而毫不觉得荒唐一样"。这种儿童心理也对他笔下的成人
形象产生了影响。认识到这一点，"我们就不会奇怪何以他的成人也像孩
子一样善于夸张，何以好人、坏人泾渭分明，非圣徒，即魔鬼。对于情
节、题材、语言等诸方面难以理解的问题也会迎刃而解，许多非难之辞也
将被取缔"①。王力探讨狄更斯小说中的视点。他认为，狄更斯十分重视叙
事方式问题，在《老古玩店》《荒凉山庄》等作品中，他对视点进行了革命
性的创新。与中国古典小说相比，"他的小说的叙述者具有几个特点：1. 叙
述者所占作品空间减少了。他的叙述者不像中国古典小说的'说书人'那样
在作品中占突出地位，从而避免了对作品内容的干涉。……2. 多重视点的
建立，使读者对作品的视野进一步拓展，增加了他们对作品的认识。……
3. 多重视点的建立，使得人物的心理剖析成为可能。单一视点对人物心理
的透视稍嫌狭窄，只对社会生活进行外部的描绘就不可能对人物心理做深
刻的剖析。狄更斯小说的多重视点的建立，使得社会生活与人物内心都得
到表现"。"但狄更斯小说的视点并未从根本上得到创新，他的叙述者还不
是一个充分自觉化的角色。这表现在他的小说视点既对传统小说有所创
新，又有相当的保守色彩。"如在视点角度的选择上，"他的《荒凉山庄》
虽然赋予人们两个角度，但并不是更多的角度"。在视点距离的选择上，
"作者的视点距离尚不能消除人物与读者间的距离，也不能使人物给我们
以最大限度的真切感"。在视点的视野的选择上"狄更斯也有不足之处。
他的视点范围还不甚广阔，他的笔触还没有进入任何一个人物的心灵，他
的视点所摄取的作品空间是外在的物质空间，而不是我们今天所应当认识
的人物的心理空间"。而现代小说正是在这三个方面突破了传统小说的局

---

① 郭珊宝：《狄更斯小说的夸张》，《外国文学研究》1987 年第 4 期。

限。"从狄更斯的小说视点，以及小说叙述观念的发展，可以看到这样的趋势：尽可能地在作品中增加视点——增多叙述者的数量，实现散点叙述的目标。这种视点无限扩张的结果，实际上导致了作品中彻底消灭叙述者。"① 现代小说的发展是否如王力所说，以消灭叙事者为目标，而且传统小说的叙述方式是否就绝对是落后的，恐怕还值得商榷，但他对狄更斯小说视点的论述，大多数观点还是符合狄更斯小说实际的。

不少研究者从单部作品切入狄更斯小说艺术的研究，大家抓住狄更斯小说艺术的某一方面，各抒己见，很多见解值得重视。

罗经国着重分析《荒凉山庄》的结构。他接过林纾的评论，将《荒凉山庄》的结构称为锁骨观音式。认为小说庞大复杂，但狄更斯"别具匠心地使小说的情节、主题、象征和叙述有机地结合起来，使扑朔迷离的故事跌宕起伏，浑然成为一体"②。

李肇星以《游美札记》为例，分析狄更斯景物描写的特点。他认为，狄更斯的景物描写情景交融，带有漫画色彩，充满轻松的幽默和辛辣的讽刺。作者综合运用多种艺术手法，笔法变化多端，画面各有千秋。"狄更斯不仅善于在运动中图状山川，影写云物，而且善于以拟人化的手法把静物写得栩栩如生。"③

郭珊宝研究《匹克威克外传》中的幽默。他认为："狄更斯具有两种才能：既擅长写深沉、机智又耐人寻味的笑，又能写粗俗滑稽、插科打诨的笑。不论微笑还是大笑，都能使我们在笑声中领悟、享受美感的愉悦和教益。"《匹克威克外传》的"基调是喜剧风格——让人发笑。人物大多数是喜剧式的。每个人的风格都不尽相同。根据身份、教养、阅历的迥异，表现出不断变幻光怪陆离的光谱的幽默感。书中主要描写了匹克威克派绅士们风度的幽默，其次是仆人和劳动人民的旷达、乐观的幽默描绘得也很出色。此外，有悍妇、恶棍的可笑滑稽相，也有贵妇、淑女的忸怩做作丑

---

① 王力：《狄更斯小说的视点与小说叙述观念的衍化》，《天津社会科学》1986年第3期。
② 罗经国：《试论〈荒凉山庄〉的锁骨观音结构》，《国外文学》1993年第4期。
③ 李肇星：《狄更斯描写景物的几个特点——读〈游美札记〉》，《外国文学研究》1982年第1期。

态;有吝啬鬼的幽谐,也有募捐者的诙谐"。《匹克威克外传》的幽默来自于巧妙的夸张、叙述者的心境与客观环境的矛盾、巧妙的语言、怪诞的人物与情节。①

米瑞恒分析了《远大前程》的叙事艺术。他认为狄更斯在《远大前程》中成功地运用了第一人称叙事。这种成功"首先在于有利于读者保持移情和审美自由的平衡。……《前程》一书中,匹普的经历是童话式的结构,有较多的巧合。……如果用第三人称叙述,很难使读者移情,小说的魅力就会削弱。作者在《前程》里不但要讲一个有趣的故事,而且意在通过艺术形象针砭时弊,臧否人物。这要求小说既有一定的可信度,使读者有可能取得一定程度的移情,又不纯乎冷静地旁观。读者能在移情的同时某种程度上游离于小说之外,观照艺术的表达形式和社会意义,使审美过程保持张力……为读者在审美过程中移情和审美自由的平衡创造了条件"。《远大前程》"一书叙事的成功还表现在,主人公以客观的口吻叙述所见所闻,并不断自我分析、自我批判、自我解剖,有利于表现作品的内容,突出反讽的主题"。另一方面,作者为了叙事的需要,又在不破坏第一人称叙事原则的情况下摆脱第一人称的限制,巧妙地创造出更多的视角。如小说通过匹普石灰窑的遇险,以及奥立克在窑中的自述,介绍了许多第一人称无法讲述的事情,为理解匹普这一人物提供了新的视角。②

伍厚恺结合《双城记》的主题思想探讨了其艺术特色。他认为:"一般说来,狄更斯的小说并不以构思完善、布局精巧见长。所以,《双城记》在艺术上最显著的特点应该是:紧紧围绕作者的创作意图和作品的主题思想成功地安排了多层次、多角度的平行对照和对比关系。"在风格基调上,《双城记》"表现了狄更斯后期凝重冷峭的创作风格。这是因为狄更斯此时对资本主义社会矛盾的认识渐深,危机感加重,并且因此而选取了世界历史上极严酷的法国封建社会的阶级压迫和法国革命这样激烈的阶级大搏斗作为作品的题材。面对革命前的法国社会状况,狄更斯的情绪是悲愤和郁怒的"。不过,在"冷峻沉郁"基调中,小说仍然有一股感伤的情绪潜流

---

① 郭珊宝:《〈匹克威克外传〉的幽默》,《学习与探索》1982 年第 5 期。
② 米瑞恒:《〈远大前程〉的叙事艺术》,《河北大学学报》1991 年第 1 期。

着，这主要是由卡尔登带来的。"他是一个在英国资本主义社会中被挤垮了的小资产阶级知识分子典型，浑身包裹着一层浓重的感伤之雾。"尽管狄更斯给他的牺牲涂上了一层神圣的色彩，他实际上不过是个悲剧人物。这种牺牲至多侥幸换来路茜一家的安宁和幸福，绝不可能改变严酷的现实。不管狄更斯是否清楚地意识到了，他在《双城记》这样的作品里仍然没有摆脱感伤的情绪，这透露出他对人道主义理想和乐观主义信念所怀抱的一种危机感。此外，作者还讨论了《双城记》中的寓意性或象征性手法。作者认为："和狄更斯所有作品，甚至和大概所有的欧洲现实主义小说相比较，《双城记》中象征手法的运用可以说是最突出和最成功的。配合着有力的写实手法，作者使用了由色彩、动作、音响以及形体、自然景观等构成的多种象征物。就每一种来说，往往又包含着两个对立元素，而其中有的元素本身又具有复杂的层次。这些多种多样的、二元组合的、多重层次的象征物互相联系从而形成一个象征系统，以纷繁复杂而又内在统一的众多意象，以形象、情感和思想高度化合的方式，使读者从感官到心灵都受到强烈的感染和影响。这是属于'诗'的，或者是近于音乐的一种手法。"① 文章的分析应该说是比较深入的。

四 比较研究

比较研究在这一时期的狄更斯研究中出现可喜的增长势头。有比较才有鉴别，通过比较，既可更好地理解狄更斯的作品，也可进一步了解狄更斯对中国现当代文学的影响。同时，比较研究也是中国学者学术视野扩展的表现。这一时期的比较研究论文共24篇，可以分为两个部分。一部分是与国外作家比较，用来比较的作家有屠格涅夫、托尔斯泰、果戈理、雨果、萨克雷、劳伦斯、哈代等。王力比较了狄更斯与屠格涅夫小说中的时空描写，指出屠格涅夫小说人物所占空间较小，他的小说中人物较少，一般不写五光十色的各阶层的人群。"他的小说人物基本上是个体形象，不是群体形象。"他在写人物命运时，基本上是以人物的现实状况为主，很

---

① 伍厚恺：《论〈双城记〉的艺术特色》，《四川大学学报》1985 年第 3 期。

少以其历史过程为主。狄更斯正相反,他喜欢写众多的人物,在他的不少作品中,人物几乎挤满了整个小说的空间。在写人物命运时,他喜欢写"人物命运的纵向的历史发展,而不是人物性格凸现的瞬间;他不从作品的近处着墨,而是从故事的远方落笔"。在时间的处理上,屠格涅夫小说的节奏的进展比较快,以现实的时间线索为作品主体,历史的回顾是次要的,而且两者之间情节联系不多。"狄更斯的小说节奏则是另一种情形,由于他的作品所包含的事件过于烦琐,细节过于详尽,许多线索齐头并进,作品的推进节奏就显得缓慢。""屠格涅夫以现实的时间线索作为作品主体,历史的回顾是次要的。……狄更斯小说中的两条时间线索不同于屠格涅夫。在一定程度上可以说其历史线索的比重超过现实线索。在他的小说中,现实线索展开时,历史线索也开始推进。两条线索紧紧扭结,二者之间具有一种不可分割的必然联系。作者让历史线索去推动现实线索前进。现实的线索在很大程度上是为历史的线索服务的。"①

李鸿泉分析了狄更斯与萨克雷笔下的女性形象。李鸿泉认为,狄更斯笔下的女性形象可以分为理想人格型、病态人格型、玩偶型和怪癖型等四种不同的类型。而"萨克雷笔下的女性则很难归入哪种类型"。作者认为:"利己或利他是狄更斯和萨克雷评判人物的最基本的道德标准,但两人的表现角度、手法不尽相同。几乎在狄更斯的每部小说中都有奉行不同道德准则的女性,人物线条简单明确,善恶对照鲜明,往往一句话就能概括出人物的性格特征使其完整地再现在我们面前。萨克雷的人物则不同,萨克雷的女性性格是多元化的,爱米利亚不是理想人格型,蓓基也不是病态人格型,而且不能简单地认为她们综合了哪几种类型的特征。""狄更斯的女性形象有比较广阔的社会背景。但是,从伦理道德角度来看取社会和人生仍是狄更斯的主要认知方式。""萨克雷的女性就更少和政治经济事件发生关系了。他主要是反映被金钱污染的社会风气。女人们的全部活动都在家庭婚姻的小圈子里。""狄更斯与萨克雷揭开了当时家庭婚姻的悲惨的一角,但他们并没有突破维多利亚的伦理道德规范的局

---

① 王力:《狄更斯与屠格涅夫小说时、空艺术比较》,《比较文学论文集》,南开大学出版社1980年版。

限。因此，在呼吁不要伤害女人的同时，也要求女人恪守本分，以爱和牺牲来营建幸福家庭。"① 李鸿泉认为，两位作家笔下的女性形象与两人不同的的生活经历、性情禀赋和气质爱好分不开，并进一步探讨了两者之间的关系与联系。

李少军在《继承与创新——劳伦斯与狄更斯比较研究》中从语言和修辞手法、女性人物个性刻画、男性人物形象塑造与男性人物相互关系三个方面，论述了劳伦斯对狄更斯的借鉴与超越。文章认为："狄更斯以情节为结构要素，以别具特色的修辞作媒介，把个人体验生动地呈现在读者面前。虽然狄更斯有卓越的感动读者的能力，他却与他笔下的人物之间有距离。他把他们看成具有很强烈感情（如怜悯或藐视等）的对象，因而他的陈述是孤立而封闭的。劳伦斯则使叙述铺陈过渡到自由思维，这种开放式的挥洒自如令《虹》别具一格。就社会范畴而言，劳伦斯的作品所涉及的方方面面面远不及狄更斯广阔。劳伦斯更深入于他笔下人物的心理之中，意识先于语言被表达出来；许多人物的意识反应就是那些未经修辞整饰过的混乱感觉，表达着'比语言更深刻'的纯粹本性，然后作者才以协调的语言进行整理。""狄更斯和劳伦斯都以哲人的眼光看到了同一问题对立的两面。对狄更斯而言，问题是如何在使用复杂的情节这种技巧时传达出人物完整的内心感受；而对劳伦斯来说，则是怎样在远离人物的个人激情体验之外，使它们在更完美的艺术构思中明白易懂，为读者所理解。"在女性人物的塑造方面，两位作家"笔下的女性都不是十分完美的人物。虽然狄更斯把女性理想化，可同时也局限了她们的行动能力"。而劳伦斯则"以不同方式贴近和探索女性人物。他从另一角度去看待她们；每个人物都是生活中不断凸现出来的'修订自己的人'"。在创作时，劳伦斯"主要是倾听他的女性人物的身心感受，狄更斯则主要倾听他的读者诸君。狄更斯对人物的低声细语及不连贯的自发性动作不做评价，而只以高超的修辞来控制和体现——作者本人思考着他的人物的身心感受。劳伦斯却往往背叛传统，以全新的观点去评估个性的新侧重之处，考虑有关进化、本能和

---

① 李鸿泉：《维多利亚盛世的女性悲歌——狄更斯与萨克雷笔下的女性群像》，《外国文学研究》1994 年第 2 期。

意愿等新内容。劳伦斯观察事物的方法使他能以这种崭新的方式去叙述和表达"。两位作家对男性的力量都持一定怀疑的态度,并在作品中均有所表现。①

　　另一部分研究论文是与国内作家比较,这种比较集中在老舍与狄更斯的关系上。9 篇文章集中在狄更斯对老舍的影响和两人的幽默与讽刺两个方面,一篇文章分析两人笔下的小人物。彭禄茂对两人的思想进行了分析。他认为:"早期的老舍不像狄更斯那样有着强烈的政治热情。他受狄更斯的影响主要在于社会思想、伦理道德和艺术情趣上,尤其是后者。老舍多次谈到他那时认为自己是搞文学的,不必过问政治,并以此自命清高。"但他并不像狄更斯那样对资本主义社会持肯定态度,"他与狄更斯的不同在于:他没有狄更斯那样对资本主义怀有深厚的感情。老舍观察社会更冷静和客观,没有狄更斯那样对乌托邦理想的盲目乐观。并且,他总的政治观点也不像狄更斯铁板一块。抗战爆发后,老舍的政治热情大大增强,政治倾向也逐渐明朗,由于经常接触进步人士和周恩来等共产党人,成为共产党的亲密朋友"。新中国成立之后,有时甚至因为要突出政治而损害了作品的艺术性。作者最后总结道:"总之,老舍的思想虽然有些地方受到狄更斯的影响,但他能从中国的实际出发,能够随着中国革命的发展而发展。他的政治倾向是进步的、革命的,他实行人道主义和坚持个性主义是有对象、有选择的,是柔中有刚、刚中有柔的。老舍和他的思想是中国现代社会的产物。"②

　　更多的文章聚焦的是两人的幽默与讽刺。袁荻涌认为,老舍是通过阅读狄更斯等英国作家的作品,才产生了创作的欲望,进而成为著名作家的。老舍的幽默受到狄更斯的影响,但"老舍对狄更斯等人的幽默风格的借鉴,并非一味照搬,而是有着很强的主体意识,是有取有舍的。……狄更斯的幽默很少和深刻揭露社会黑暗本质结合起来,缺乏强烈的批判意识。……在老舍幽默诙谐色彩的后面,我们感觉到的是强烈的悲剧意识和深刻的批判精神。在含泪的笑中,处处显示出作家对中国社会无与伦比的

---

① 李少军:《继承与创新——劳伦斯与狄更斯比较研究》,《外国文学研究》1997 年第 1 期。
② 彭禄茂:《老舍的思想与狄更斯》,《赣南师范学院学报》1988 年第 3 期。

洞悉，对民族文化心态的深沉思考和尖锐抨击"。老舍的现实主义以及其以底层社会为自己小说的主要描写对象的特点，也与狄更斯有关。"狄更斯以城市贫民为主要描写对象，以现代都市生活为背景，以小人物的不幸命运为主线的现实主义精髓，启发了老舍，使他发现自己也拥有同样丰富的艺术宝藏，也有可任意驰骋的艺术天地。……从狄更斯小说中，老舍领悟到自己应该追求的艺术目标，明确了自己可以为之奋斗的方向。……老舍作品的这种庶民性，固然取决于他的生活环境，得益于他丰厚的生活积累，可是我们也不能排除狄更斯对他的启迪和影响。从描写对象和抨击方向的一致性上，我们不难看出这种影响的存在。值得注意的是，尽管老舍也很喜欢康拉德、威尔斯、赫胥黎等英国作家，但这些作家却没有像狄更斯那样对老舍产生深刻而持久的影响，原因就在于他们所描写的生活与老舍自己的生活经历相距较远。"① 袁荻涌的分析与看法具有一定的代表性。

李冰霜从笑里藏怒、笑中含悲和笑艺生花三个方面对老舍与狄更斯的幽默艺术进行了对比。作者认为，狄更斯和老舍都善于以讽刺、嘲笑、风趣等幽默的手法抨击旧社会的各种虚伪、狡诈的恶行。但是狄更斯虽然嘲讽、批判当时的社会，他对资本主义社会制度仍抱有极大幻想；而老舍对整个旧制度却是深恶痛绝的，老舍在作品中，表现了比狄更斯更深、更具时代意义的思想内容。"狄更斯的童年是在困苦中度过的，他了解下层人民的悲惨生活，憎恨造成人民悲苦的剥削制度，因而，他能够从貌似可笑的事物中发现其悲哀的实际。"老舍在这方面受到狄更斯的影响。但狄更斯是从改良主义出发，怜悯人民，幻想资产阶级给人民带来幸福，而老舍则能从下层人民的角度反映社会现实，他希望人民能够同旧制度告别，对整个旧制度持彻底否定的态度。在艺术手法上，老舍和狄更斯都寓讽刺于幽默之中，都善于抓住人物言谈、外貌的某些特点进行嘲笑。但两者也有不同。"狄更斯的笔法是细腻的、客观的，他喜欢通过人物自身行为来否定丑恶事物"，狄更斯还喜欢采用故意夸张的手法，来取得幽默的效果。而"老舍的笔法是带有主观性且是简洁的，他擅长用自己带情感的描述，以及描写人物近于荒谬的自我感觉，来表

---

① 袁荻涌：《老舍与英国文学》，《黄河学刊》1994 年第 2 期。

现人物性格，暴露丑恶事物"。老舍的幽默艺术比较含蓄，不像狄更斯那样夸张。而且狄更斯惯于以幽默手法表现性格单一的人物，老舍则往往能以幽默手法表现人物复杂的性格。李冰霜最后指出，在幽默艺术方面，老舍虽然受了狄更斯的影响，但他在创作实践中形成了自己独特的风格，不是对狄更斯幽默的简单重复。①

　　部分研究者通过具体作品的分析对两位作家进行了比较。成梅比较了老舍的《牛天赐传》与狄更斯的《远大前程》，认为前者在形式结构如人物设置、人物关系、主要情节和艺术风格如幽默、比喻、夸张、对照等方面都受到后者一定的影响。同时老舍还有意识地以《远大前程》为隐性参照物，在《牛天赐传》中对中西两种文化做了多方位的跨文本比较。作者认为："基于隐含参照物的跨文本（或曰泛文本）的文化对比、文化展示和文化批判历来是老舍小说创作中最基本、最有创意的部分。……王文英则赞誉老舍是能够面对另一种较高程度的文明，时时对照我古老文明中落后成分的爱国主义作家，并认为这种剖析和批判国民性中的缺陷成了老舍创作的基本思想，因此也贯彻到他的创作的始终。"比如，"同样是'君子好逑'的'窈窕淑女'，形象却大相径庭。狄文瑛之文静、做作与艾丝黛拉之傲慢、任性所形成的鲜明对比，足以反映出东西文化中不同的上流社会青年女子范型"。再如两部小说对学校教育的描写。"老舍通过这些描写所展现的中英学校生活的隐比是明显的：伍甫赛先生的姑奶奶的教学法固然漫不经心，但毕竟在某种程度上顺应了孩童的天性，而天赐所经历的学校教育实为对学生身心的无情禁锢。老舍于此绝不是就教学论教学，就学校论学校，而是从现象看本质，矛头直指中国教育方法和民族思想观念的弊端。"② 这一分析就两部小说本身来看是有一定道理的，但如果扩大到狄更斯的整个创作，则有点问题。狄更斯对当时英国教育的批判的一个重要方面，就是对儿童身心的摧残，如《尼古拉斯·尼克尔贝》中的宠儿学堂，《大卫·科波菲尔》中的撒伦学堂。不过，成梅有意识地从文化对比

---

　　① 李冰霜：《笑的艺术——谈老舍的幽默艺术与狄更斯的创作》，《外国文学研究》1986年第1期。

　　② 成梅：《〈牛天赐传〉与〈远大前程〉综述》，《广州师院学报》1998年第10期。

的角度解读两部小说还是值得肯定的。

五　翻译与学术史研究

随着狄更斯在国内读者中的影响的加大和相关译本的增多，这一时期开始有学者对狄更斯作品的翻译以及国内研究情况进行研究，发表了一批成果。翻译研究方面有 5 篇论文，分别是：王治国的《谈新译〈大卫·考坡菲〉》（《读书》1983 年第 9 期）；顾延龄的《浅议〈大卫·科波菲尔〉的两种译本》（《翻译通讯》1983 年第 8 期）；罗山川的《〈双城记〉（修订译本）小议一二》（《湘潭师专学报》1984 年第 2 期）；孟伟根、毛荣贵的《对〈双城记〉中译本的若干意见》（《绍兴师专学报》1991 年第 2 期）；张霞的《修辞格的翻译与风格的传达：对比 *David Copperfield* 两个译本所得启示》（《外国语》1992 年第 5 期）。可见，这一时期的翻译研究主要是围绕《大卫·科波菲尔》和《双城记》两部作品的译本展开的。

1980 年，上海译文出版社出版了张若谷翻译的狄更斯的 *David Copperfield*，译本取名《大卫·考坡菲》，与之前董秋斯翻译的取名《大卫·科波菲尔》的译本形成对照。两部质量上乘但风格却迥然不同的译本引起研究者们的注意。顾延龄的《浅议〈大卫·科波菲尔〉的两种译本》从选词与琢句、形合与意合、添词与引申、人物语言的表达、四字词组的运用、文学译作的注释、译名、方言和俚语七个方面对两个译本进行了分析，"总的印象是董译文字简练，使用直译方法较多，外国文学的韵味较浓；而张译在许多地方则更为准确、流畅、生动、传神，别具特色，颇有独到之处，受到读者的赞赏"。作者由两部译作的对比还进一步提出了"案本—求信—神似—化境"四个概念，作为对翻译艺术不同境界的要求，越往后要求越高，做到就越难。①

《双城记》一直是我国狄更斯研究界和翻译界关注的重点，成为翻译研究的重点，亦是情理之中。孟伟根、毛荣贵的《对〈双城记〉中译本的若干意见》对罗稷南《双城记》第三版提出批评，认为"第三版的译文质

---

① 顾延龄：《浅议〈大卫·科波菲尔〉的两种译本》，《翻译通讯》1983 年第 8 期。

量虽然较前有了一定的提高，但其中仍有不少误解、讹译及囫囵硬译，令读者失望的译笔几乎随处可见"。作者认为，罗稷南的译本除了硬译、讹译之外，其汉语表达也不够清通流畅。"令人遗憾的是：囿于译者的汉语修养，汉语表达佶屈聱牙、词不达意之处也随处可见。"文章认为："《双城记》的中译本在某种程度上折射了存在于我国译界的一些问题，同时也极其严峻地向我们提出了这样一个问题：如何尽早结束我国译界'人自为战''（出版）社自为战'的封闭阻隔的局面，从而使我国读者能够享读到其译文质量能与世界名著相配的中译本。"① 文章对罗译本的批评十分尖锐，但出发点是为了提高我国翻译作品的质量，为人民群众提供更好的精神食粮，用意是好的，值得肯定。

学术史研究论文有两篇，分别是赵炎秋的《建国后狄更斯研究述评》[《柳州师专（学报）》1996 年第 1 期]，葛桂录的《"善状社会情态的迭更司"——民国时期狄更斯在中国的接受》[《淮阴师范学院（学报）》1999年第 4 期]。后者论述民国时期国内狄更斯研究，前者论述新中国成立后至 1996 年国内狄更斯研究，两篇文章合起来，正好对 1907 年以来九十年的中国狄更斯学术史做了一个大致的梳理。由于是始创性的工作，两篇文章的内容还比较简略，相关资料的收集也还不是很全面。但毕竟筚路蓝缕，从学术史的角度还是值得肯定的。

第三节　专著

论文的篇幅毕竟有限，随着研究的深入，研究者们逐渐感到有必要以一种新的形式将自己的研究成果更大规模地展示出来；另一方面，随着狄更斯影响的增加，也迫切需要全面系统地向读者介绍狄更斯及其创作。这导致了研究专著和知识性著作的出现，这是这一时期狄更斯研究的明显进展。

这一时期的狄更斯研究著作主要有：

---

① 　孟伟根、毛荣贵：《对〈双城记〉中译本的若干意见》，《绍兴师专学报》1991 年第 2 期。

陈挺：《狄更斯》，辽宁人民出版社 1982 年版。

张玲：《英国伟大的小说家——狄更斯》，北京出版社 1983 年版。

朱虹：《狄更斯小说欣赏》，山西人民出版社 1985 年版。

傅先俊：《英国批判现实主义文学大师狄更斯》，商务印书馆 1989 年版。

王治国：《狄更斯传略》，上海文艺出版社 1991 年版。

谢天振：《深插底层的笔触：狄更斯传》，世界图书出版公司上海分公司 1994 年版。

赵炎秋：《狄更斯长篇小说研究》，社会科学文献出版社 1996 年版。

薛鸿时：《浪漫的现实主义：狄更斯评传》，社会科学文献出版社 1997 年版。

徐澜：《狄更斯：我撞上了你的眼睛》，远方出版社 1997 年版。

童炜钢：《狄更斯》，海天出版社 1998 年版。

车雷：《雾都明灯：狄更斯传》，河北人民出版社 1999 年版。

其中学术性较强的是朱虹的《狄更斯小说欣赏》、赵炎秋的《狄更斯长篇小说研究》和薛鸿时的《浪漫的现实主义：狄更斯评传》。

《狄更斯小说欣赏》是朱虹在自己写的系列论文的基础上增补而成的。全书收集了 16 篇文章和 1 篇《代序》，分别评论除《德鲁德疑案》之外的狄更斯的 14 部长篇小说和他的《博兹特写集》《圣诞故事集》，《代序》为朱虹写的另一篇文章《评莫洛亚的〈狄更斯评传〉》。作者在《后记》中写道："这本小书记录了、汇集了笔者在重读狄更斯时的一些零碎的感受，难免带着个人感情的色彩，无意追求什么体系。当然，任何评论，都包含着某种方法论的前提。我想，在评论中，实事求是从形象出发，从广义的文艺反映现实的基本规律出发，总能捕捉到原作精华的点滴。"[1] 本着这种目的，专著的每篇文章集中谈狄更斯小说的一个方面，力图写出作者个人的见解。如，《博兹札记》这一章侧重分析狄更斯对伦敦特别是伦敦底层社会的描写，狄更斯敏锐的观察力、惊人的表现力。作者特别指出："狄更斯作品中的许多思想、艺术特点都在《札记》

---

[1] 朱虹：《狄更斯小说欣赏》，山西人民出版社 1985 年版，第 191 页。

里初见端倪。若是先读完狄更斯的 16 部小说杰作，回过头再读他出版的第一部书《博兹札记》，会有一种似曾相识的感觉：书中的形象、情绪、调子都那么熟悉。《札记》中那些伦敦市民的可笑行径，关于伦敦景物的观察入微描写，对伦敦市民口头语言的熟悉，对风俗人情的讽刺揶揄，和那些狄更斯独有的喜剧性夸张，所有这些都使我们时而想到狄更斯小说中的人物，时而想到他的小说中的那个场景。正如有的评论所指出的，如果说狄更斯的全部作品可以比作一部宏伟的戏剧，那么《札记》可以说是一次'彩排'。"①《匹克威克外传》侧重分析匹克威克先生的主观想法与客观现实的脱节，指出作者通过"既逼真又逗乐"的人物、场景与事件来揭露社会的阴暗面，通过"匹克威克这些滑稽化的形象"来"歌颂真善美"。《老古玩店》侧重分析小说的感伤情调。作者认为："小耐儿的死在狄更斯笔下被赋予了类似《里尔王》中科迪丽亚之死的那种高度悲剧性。"可是在阅读实践中，两者的效果却截然不同，"一个令人悲愤，而另一个只是感伤"。"问题在于，在《里尔王》里，是强者、是正义被击败，因而具有悲剧性。而在《老古玩店》中，是弱者无谓地受难。小耐儿短短的一生中从来是默默地忍受，随着一个赌博成性的老人躲债；她的流浪没有意义、她的一生是个负数。……这就是为什么，尽管书中用抒情的赞颂、用其他人物的陪衬来烘托小耐儿，甚至全书从结构上以她的死为高潮，但是，她的死是无谓的，因此，这一切都落空了，剩下的只有为哭而哭的感伤情调。在这里，狄更斯失去了作家最宝贵的一种品质——节制。"②《大卫·科波菲尔》侧重分析小说的重叠镜头。作者认为，《大卫·科波菲尔》属于欧洲文学传统中"少年成长"的题材的作品。小说的主题便是"人生"。"作者通过大卫的形象和他的一生命运表现他所理解的人生，探索人应该怎样了解客观世界、怎样与他人相处、怎样度过自己的一生。""大卫关于童年时代的回忆都在无言中包含成人的智慧和过来人的心情，但同时又不失真，仍然符合儿童的心情和语气，像一种重叠

① 朱虹：《狄更斯小说欣赏》，山西人民出版社 1985 年版，第 7 页。
② 同上书，第 63、64 页。

镜头似的，使读者既看到孩子的形象又感到他长大成人以后的心灵。"① 这正是小说写作的一个特点，也是表达作者构思意图的一个重要方法。《荒凉山庄》侧重分析作者对 19 世纪英国法律机器的描写，指出在小说中，"作者写出了'法'是主宰人的命运的一种混乱、盲目而又残酷的力量，从而表现了资本主义世界的无理性、无秩序和不可理解以及个人在这种力量面前的无能为力和恐惧绝望"②。《艰难时世》侧重分析小说的寓言性。作者引用乌鸦与狐狸的寓言，认为"《艰难时世》中的葛擂硬和他那万灵的'事实和数字'的'哲学'便是寓言中的乌鸦和它的'歌喉'。葛擂硬卖力地推行他那套哲学，最后自食其果。故事中其他的线索都服从和围绕这一中心思想"。小说通过葛擂硬的"事实"哲学，"揭露和抨击了以边沁（1748—1832）为代表的曼彻斯特学派，即代表自由资产阶级利益的功利主义哲学。当然，《艰难时世》的意义远远超出对一个经济学派的抨击，而是通过它揭露了资产阶级所代表的'新'的人生观、处世哲学，并进而对资本主义社会进行全面的概括"③。《双城记》讨论小说所提出的双重的警告。作者认为小说的故事由两个部分组成，一个部分是马奈特（一译梅尼特）医生一家的故事，另一个部分是以德法治夫妇为中心的法国大革命中的群众与暴力场面。前者是充满爱的世界，后者是充满恨的世界，小说最后的结局是爱战胜了恨。作者认为，小说是向"剥削、统治阶级发出的一个严重警告"。"它通过法国大革命的暴力场面，具体而形象地预示了英国社会的前景，向剥削、统治阶级指出，像小说中的圣爱弗雷蒙（一译厄弗里蒙地）侯爵一样，他们播下的种子也只能结成同样的苦果。""但这警告也是双重的，既是对剥削、统治阶级，同时也是对革命人民的一个警告……似乎革命一旦得逞，就会失去控制，使革命走向自己的反面。因此在这个意义上，《双城记》也是对革命人民的警告，提醒他们暴力本身的逻辑会把他们与压迫者一起推向毁灭、同归于尽。"④

---

① 朱虹：《狄更斯小说欣赏》，山西人民出版社 1985 年版，第 126、127 页。
② 同上书，第 137 页。
③ 同上书，第 143 页。
④ 同上书，第 168、169 页。

《远大前程》侧重分析其中第一人称的妙用。认为"《远大》一书用第一人称叙述匹普的忘恩负义，始终是以他的纯朴善良的本性，使我们通过他的自述，时刻可以感到浪子的一颗童心始终未变。这样，第一人称的叙述方法不仅是可能的，而且用得恰到好处，比起从旁的客观叙述更能表现人物性格的矛盾与层次。……更重要的是，匹普通过自述向读者坦露他在生活上思想上摔的跤子、他的内心矛盾，这种诚实本身正是他的为人、他的人格的鲜明表现"①。专著形式活泼，论述灵活，见解虽不系统，但常见精彩之处。

赵炎秋的《狄更斯长篇小说研究》也是在系列论文的基础上增补而成的。作者具有较强的整体与系统意识，把狄更斯的15部长篇小说看作一个有机的整体，从思想、人物、艺术三个角度进行系统的分析，其研究深入狄更斯小说的各个方面，而在具体的论证中，又未停留在一般的泛泛而论上，把研究变成纯理论的阐释，而是深入狄更斯小说世界中，对小说进行具体入微的分析，于具体分析中形成观点，反过来，观点又指导了对作品的分析，宏观与微观的结合比较紧密。全书有较强的对话意识，作者的视野比较广阔，掌握的材料比较丰富，在研究的过程中，常有意识地针对国内外狄更斯研究中一些值得商榷的观点进行评述，并提出自己的看法。例如，作者对国内外颇有影响的英国作家兼批评家福斯特认为狄更斯作品中的人物都是扁平人物，而扁平人物的价值没有圆形人物高的观点提出异议，指出狄更斯小说中的人物既有扁平的也有圆形的，并从理论与文学史两个方面论证扁平人物与圆形人物各有价值，不存在谁高谁低的问题。并进而从人物性格内涵的多少和人物性格的内涵有无变化两个方面，把狄更斯小说中的人物分成静止中的简单人物、发展中的简单人物、静止中的复杂人物、发展中的复杂人物四种类型，这就比福斯特的看法更为深入，同时也更符合狄更斯小说的实际。

专著分为三个部分。第一部分为思想研究。作者认为，狄更斯长篇小说的思想内容是复杂的，而最重要的三个侧面则是对19世纪英国（包括

① 朱虹：《狄更斯小说欣赏》，山西人民出版社1985年版，第176—177页。

美国）社会的批判，对伦理道德的弘扬和对人性的关注与探索。"这三者构成了狄更斯长篇小说思想内容的三个基本侧面，形成了其小说思想内容的主体。"狄更斯小说的主导思想是人道主义，而这人道主义侧重的是伦理道德的范畴，其基础是人性。因此，"狄更斯的道德观与人性本质上是同一的。在具体表现上，符合道德的东西往往也是符合人性的，违反道德的东西往往也违反人性。……道德与人性构成了狄更斯小说人道主义思想的主要内容，而人道主义又是狄更斯小说对社会的批判的基础与出发点。这样，狄更斯小说中的道德与人性便同对社会的批判产生了紧密的联系。从某种意义上说，道德与人性也就是狄更斯小说社会批判的基础与出发点。作者把道德—人性标准运用到社会生活之中，对于符合这一标准的加以肯定，对不符合这一标准的加以批判。因此，狄更斯小说中的社会批判与他对道德的弘扬和对人性的批判也有着内在的一致"。在《双城记》中，狄更斯既批判贵族阶级的残暴和专制，同情人民的不幸；又反对人民的报复，批判他们的残暴与疯狂。在他看来，这都是违反人性与道德的。"我们可以从中分析狄更斯人道主义的进步性和局限性，却不能批判作者在对待法国大革命的问题上态度自相矛盾。因为他的评价标准不是历史的，而是道德—人性的。"① 自然，三者之间的内在一致"并没有取消它们的区别、各自的领域和质的规定性。因此，在狄更斯的小说中，它们并不总是处于合唱的状态，也有着自己独自的声音。这可以从两个方面探讨。首先，在某几个方面同时在同一个部分表现出来的情况下，这几个方面在重要性和主次方面，往往是有区别的。……其次，更重要的是，有的部分表现的，主要是一个方面的思想"②。这样，三个侧面既各自独立，又互相联系、配合，形成一部复杂而又和谐的三重奏，构成狄更斯小说思想内容的主体。

除了这三个侧面之外，专著还讨论了狄更斯小说中的家庭观念和男性意识。"狄更斯小说中的家庭观念主要表现在家庭至上、家庭幸福、家庭神圣三个互相联系的方面。"狄更斯理解的幸福首先是家庭的幸福，这幸福"不在于金钱的多寡、地位的显要或者门第的高贵，而在于家庭成员之

---

① 赵炎秋：《狄更斯长篇小说研究》，社会科学文献出版社 1996 年版，第 104、106、107 页。
② 同上书，第 112 页。

间关系的和谐"。家庭是狄更斯笔下人物追求的主要对象,"对他们来说,家庭不仅是生活的主要内容,而且是生活的目的,人生的归属"。在狄更斯的小说中,家庭具有一种褒贬奖惩的功能。完满的家庭只有正面人物才可能拥有。因此,狄更斯强调家庭的稳定完整。"狄更斯小说中的家庭一经建立,便具有某种神圣性,不在特殊情况下不会解体。对于不幸解体的家庭,作者总是充满了同情。如果这种解体是在某种外力的作用下造成的,还往往带着一定程度的悲剧性。""对于造成家庭的破裂和毁灭的,不管什么情况,作者都一律持批评的态度。"即使的确是不幸的家庭,也应保持其稳定完整。在小说中,狄更斯也的确写了一些家庭的破裂,但"往往是为了对人物进行惩罚与批判,或者是为了反对某种思想和观念"①。在现实生活中,狄更斯并不是一个歧视女性的作家。"然而在创作中,他又总是有意无意地贬低她们,把她们置于男性之下。这主要是由于两方面的原因。一是当时社会、文化潜移默化的影响,一是他本人身为男性这一质的规定。"在狄更斯的笔下,"面对命运与困境,女性的生存能力远远地不如男性,而在智力上,狄更斯笔下的女性,也明显地低男性一筹"。在小说中,狄更斯为女性设置了种种规范,其核心则是"要求女性的奉献,向男性并且为男性而奉献",只是这种奉献是在"爱"的名义下进行的。但"女权主义者们早就批评了其中隐含的不平等",在社会规范问题上,狄更斯采用的实际上是双重标准。如"同是不会料理家务,但家政弄得乱七八糟的责任却在朵拉身上。而且不仅大卫这样认为,朵拉自己也这样认为"。"尽管作者给自己的这种处理装饰了很多理由和原因,但其潜在的基础,仍是作品中那无处不在的男性意识。"②

第二部分是人物研究。专著从人物在狄更斯长篇小说中的位置,狄更斯长篇小说中的人物系列,人物的特点,人物的类型与发展,以及狄更斯长篇小说中的变态人物等五个方面,对狄更斯长篇小说中的人物进行了探讨。

---

① 赵炎秋:《狄更斯长篇小说研究》,社会科学文献出版社 1996 年版,第 117、122、117、126、129 页。

② 同上书,第 135、142、151、152 页。

专著认为，人物在狄更斯长篇小说中占据着重要的位置，是整个小说的中心。从与结构的关系看，狄更斯小说的典型结构是多元整一，小说故事往往是由多个单元组合而成。而这些单元"是以人物为中心形成的，在叙事单元内部，人物也是中心，情节为塑造人物服务"。从与主题的关系看，"狄更斯并没有有意识地用某种主题来规范笔下的人物。总体上看，狄更斯小说中的人物很少循规蹈矩地在某一主题规定的范围内活动，他们过于活跃，常常冲破主题的界限"。狄更斯小说中有时出现"主题漂移"的现象，如《荒凉山庄》，小说的前半部分侧重批判法律制度和法律机构，后半部分的重心则逐渐转移到对妇女、家庭、婚姻等问题的探讨上。这种漂移主要也是"由于人物的活动、变化使主题的种种因素发生或显或隐，或轻或重的变化"造成的。从与环境的关系看，"狄更斯小说中的环境完全是为塑造人物服务的"。"狄更斯小说中的环境对人物有一定的影响，作者看到了环境对人物的作用。"但在人物与环境的关系中，狄更斯更倾向于肯定人物对环境的作用。狄更斯小说中的人物常常表现出改造环境的一面。这种改造有的失败了，有的则胜利了。"看狄更斯的小说，总觉得其中有股乐观、向上的力量，一个重要的原因就在于此。"①

狄更斯小说中的人物众多，其性格行为各不相同，千姿百态，但是也有着这样与那样的联系。作者长期注意社会生活中的某些人物，把他们在作品中艺术地表现出来，由此形成人物的系列，如浪荡子、福星、多余人、律师等人物系列。比如律师系列，大致可以分为讼师型、正直型、职业型和法律机器型等四类。"这四类律师在狄更斯小说中的出现频率并不是前后一致的。早期小说主要是一二两类，形成比较单纯的好坏对立。中后期小说描写的重点逐渐转到三四两类上来。这说明，随着对社会、法律的认识的不断深入，作者本人的思想也在不断发展。他不再把社会、法律的弊病归于法职人员的个人品质，而是从制度本身、从法律对人性的扭曲这一角度来加以认识，从而能够认识到事物的本质，塑造出丰满深厚的人

① 赵炎秋：《狄更斯长篇小说研究》，社会科学文献出版社 1996 年版，第 158—159、164、168、165、168 页。

物形象。"①

　　专著对狄更斯长篇小说人物的特点进行了探讨。"狄更斯笔下的人物千姿百态、丰富多彩。但他们又有一定的共同点。这些共同点使他们与其他作家笔下的人物有明显的区别。"② 专著从人物性格的单层次、人物本质的确定化、人物形象的基调化、人物的明晰性、深厚的人性内涵等五个方面对狄更斯笔下人物的特点进行了归纳与分析。人物性格的单层次指狄更斯小说人物身上，突出的是道德层次方面的内容，其他方面如政治、经济、阶级等方面的内容则比较模糊。人物本质的确定化是指狄更斯笔下人物性格的基本、核心的层次一经确定便很少变化，人物本质基本是终身不变的。人物形象的基调化是指"以艺术形象的某个方面、部分或特征作为中心贯穿整个艺术形象，并使该艺术形象的各个方面都吻合这个中心。……基调化不仅是狄更斯小说人物特点，也是其小说本身的一个特点"③。狄更斯笔下人物的明晰性主要表现在三个方面，一是人物的本质、评价、价值取向都比较明显，读者比较容易把握。二是人物的外部表现和其本质比较一致，通过其外部言行，比较容易把握其性格核心。三是其笔下人物性格比较符合理性，非理性的因素较少。深厚的人性内涵"有两层意思。一层意思是说狄更斯小说人物有着丰富的人性内容，第二层意思是说狄更斯小说人物具有的人性内容有着很厚的深度，反映了人性的某些本质性、规律性的东西，某些人们不易觉察或因司空见惯而忽略了的东西"④。

　　专著对爱·摩·福斯特的圆、扁人物理论进行了讨论。认为"福斯特所谓'扁平'有简单和静止两层含义，'圆形'有复杂和发展两层含义。但性格复杂的人物，有可能是静止的，性格简单的人物，则有可能发展。因此，文学作品中人物的性格，实际上有简单、复杂、静止、发展四种情况，用'扁平'与'圆形'来概括，并不十分妥当"⑤。而且认为圆形人物的美学价值高于扁平人物，断言狄更斯笔下的人物几乎都是扁平的，也

---

①　赵炎秋：《狄更斯长篇小说研究》，社会科学文献出版社 1996 年版，第 191 页。

②　同上书，第 193 页。

③　同上书，第 200—201 页。

④　同上书，第 212 页。

⑤　同上书，第 217 页。

是不妥当的。专著从简单与复杂、静止与发展两个方面讨论了狄更斯笔下的人物。最后得出结论，可以把狄更斯笔下人物分为四个大类：静止中的简单人物、发展中的简单人物、静止中的复杂人物、发展中的复杂人物。

专著还讨论了狄更斯小说中的变态人物，认为变态人物是狄更斯小说人物的一个重要的类别，并进而从怪人与双重人格人物两个方面，讨论了变态人物的具体表现与特点。

第三部分为艺术研究，讨论狄更斯小说的艺术特点。专著认为，狄更斯小说创作的基本特征是描写自己的感受世界。狄更斯是感受型现实主义的代表作家。"感受型现实主义的总体特点是：侧重表现作家感受到的生活，同时按照生活的本来面貌进行描写。这里感受到的生活包括两重意思：一是指作者感受到的生活，二是指作者在生活中的感受。"感受型现实主义的创作方法有如下几个特征：其一，"侧重生活的奇异一面与遵循生活的本来面貌的有机结合"。其二，"主观的生活进程与客观的生活逻辑的有机结合"。其三，"重视细节的真实和强调主观的介入的有机结合"①。

狄更斯小说人物塑造的基本原则是二元对立。"这里说的二元对立中的'对立'的双方，并不一定是互相绝缘、毫不相干的，它们中不少是互相联系、相辅相成、互相补充的。对立使它们各自的特点更加突出、形象更为鲜明，表达的思想更为清晰。在这一方面，本章用的'对立'这一术语与人们常用的对照、对比的意义相同。但是，狄更斯小说人物中，还有不少相互对立的因素并不构成对比关系，局限于对比就会缩减本章讨论的范围。因此，笔者把狄更斯小说人物塑造中的这一特点称为'二元对立'。""狄更斯小说人物塑造的二元对立原则，首先表现在人物的总体塑造上"，其次表现在具体的人物之间，再次表现在人物形象自身。"狄更斯常常从不同角度对人物进行分割，使同一人物在某个方面分裂成互相对立的两个人物，以达到叙事、塑造人物和表达思想的目的。"②

狄更斯小说结构的典型模式是多元整一。"所谓多元，是指狄更斯小

① 赵炎秋：《狄更斯长篇小说研究》，社会科学文献出版社1996年版，第251、252、255、258页。

② 同上书，第262、263、271页。

说是由多个叙事单元组合而成的。所谓叙事单元，是由一定的人物、事件和背景组成的一个具有内在自足性和内在独立性的故事。"所谓整一，是指这些单元虽然各自独立，但又通过人物、情节、线索等互相联系、渗透，共同构成一个有机的统一体。如《双城记》。"这部小说是由五个叙事单元组成的：1. 梅尼特医生一家的故事，2. 得伐石夫妇的故事，3. 厄弗里蒙地家族的故事，4. 卡尔登的生活与献身，5. 克朗丘的生活及经历。这五个单元之间虽有紧密联系，但并不互相包含或隶属，而是互相独立、平等发展的。"但另一方面，这五个单元之间又通过人物、情节和线索等紧密地联系成一个有机的整体。比如《双城记》中的几个主要人物，"梅尼特过去是得伐石的主人，受到厄弗里蒙地侯爵的迫害，而这个家庭的后代代尔那后来又成为他的女婿。法国大革命期间，代尔那被捕入狱，他的主要控告者得伐石太太正是被厄弗里蒙地侯爵兄弟虐杀的农妇的妹妹。卡尔登是梅尼特女儿路茜的爱慕者，梅尼特一家的朋友，后来又为救代尔那献出了自己的生命"①。克朗丘则同时在梅尼特单元和卡尔登单元出现。人物之间的联系和穿插，将小说的五个单元联为一个有机的整体。多元整一结构的基本特征是：散而严谨、网状结构、人物中心。

狄更斯小说中的心理描写很有特色，他不像意识流派作家那样，运用内心独白、时空错乱、自由联想等手段，尽力揭示出人物的内心活动，也不像托尔斯泰等作家那样，通过作者的笔触，对人物的内心世界进行剖析、刻画，把人物的内心世界描述给读者，而是运用种种艺术手段，把人物的内心世界转化为可感知的外部形象，通过人物的内心间接地显示出来，这种方法可以称为内心世界的外化。狄更斯外化人物心理的方法是多种多样的。主要有：通过人物的言行表情，把人物的内心世界表现出来；通过一些细小的暗示，表现人物的内心活动；通过作品中另一人物之口，说出某一人物的一些不为人知的事情，反映人物的内心世界；通过作者的叙述，介绍人物的一些活动，反映出人物的内心世界。不过"狄更斯揭示人物内心世界的主要手段是外化，也不意味他不直接描写人物的心理。在

---

① 赵炎秋：《狄更斯长篇小说研究》，社会科学文献出版社1996年版，第289、290页。

小说中，狄更斯对人物心理的直接描写也常常有成功之处。但狄更斯直接的心理描写也带着外化的特点"。如对儿童心理的描写。"狄更斯主要是通过儿童对周围世界的感受来表现儿童心理，而托尔斯泰则主要是通过对儿童心理深入细致的刻画来揭示儿童的内心世界。另一方面，狄更斯对儿童心理的描写主要是扣住儿童心理的特点进行，'而托尔斯泰伯爵最感兴趣的是心理过程本身，它的形式，它的规律。'也就是侧重儿童心理的辩证发展过程。"[①]

此外，该书还讨论了狄更斯小说中的人称与视角，以及狄更斯小说中的幽默，等等。专著认为，"狄更斯小说中的幽默的内在机制是矛盾。自然，凡有矛盾不一定能形成幽默，凡幽默也不一定都要包含矛盾。但狄更斯善于运用矛盾，使事物显得不协调、不相称，突出事物的荒谬、滑稽、可笑之处，揭示事物的本质，引起读者的回味与思考，同时打破读者的期待视野，使其发生意外的转折，从而产生强烈的喜剧效果"。"狄更斯的幽默往往与滑稽与讽刺结伴。"[②]这些观点，深化了国内学界对狄更斯幽默的认识，值得重视。

薛鸿时的《浪漫的现实主义：狄更斯评传》，全书共分24章，以狄更斯的生平为线索，侧重对狄更斯作品的分析。薛鸿时不同意将狄更斯看作批判现实主义的代表作家。他认为："狄更斯天生具有浪漫主义气质，他瑰丽的想象时时形成强大的张力，总想突破对客观事物的忠实临摹。少年时，他全家入狱，一个人无限寂寞地坐在咖啡店里，隔着玻璃往外瞧，他硬是把玻璃上的'咖啡店'字样，反读成'伊福克荒原'。这可以作为他的主观意识如何改变客观事物的一个例子，这正是他日后写小说时所采用的艺术方法的象征。……他认为艺术家完全有权充分运用想象力，来表现自己的审美理想，必要时可以更改客观对象的某些方面。"因此，对狄更斯的研究绝不能满足于指出狄更斯小说对英国社会的批判，更应深入认识狄更斯独特的创作个性和艺术特色。狄更斯的创作充满诗的激情，笔下人物往往超越现实生活的范围。狄更斯的小说一方面忠实于现实，另一方面

---

① 赵炎秋：《狄更斯长篇小说研究》，社会科学文献出版社1996年版，第305页。

② 同上书，第315、319页。

又超越现实，运用现实的材料来表达他的道德理想。"狄更斯的小说不但虚构性强，充满夸张、变形，到了中、晚期，他越来越多地采用比喻、寓意、象征，甚至荒诞的手法，从具象到抽象，使小说获得更加深刻的意蕴。这种写法，比工笔临摹更加真实，在小说艺术上要高一个层次。狄更斯成为卡夫卡的先驱，他的《荒凉山庄》直接影响了《诉讼》，这绝不是偶然的。"① 薛鸿时将狄更斯小说的这种特色称为"浪漫的现实主义"，并将这一观点贯穿到对狄更斯小说的分析之中。

在分析的过程中，作者不倾向做抽象的理论探讨，而是结合故事内容，在对情节、人物的介绍与分析中蕴含自己的观点，得出相关的结论。由于与作品结合紧密，评传的结论具有较强的说服力。如第 12 章对《圣诞颂歌》的分析。作者认为："《圣诞颂歌》是工业时代的神话，它改变了时间程序，打通了人间与幽冥，在艺术上，早已超越了对客观现实的忠实临摹……狄更斯牢牢地立足于英国四十年代的现实，这个神话包含着意义深刻的社会内容；同时，他又充分驰骋着浪漫不羁的想象，淋漓尽致地表现了自己的社会理想。……狄更斯在苦难的 19 世纪 40 年代，在处处充斥着反人道行为的资本主义社会中，大声呼唤人道，是完全正义的、进步的行为，他诉说出广大人民的心声。《圣诞颂歌》一出现，立即受到全民的热烈欢迎。从此，这部作品就像圣诞树、槲寄生、赞美诗和节日火鸡一样，永远和圣诞节和亿万英语国家人民的生活联系在一起。"作者认为："对于狄更斯的人道主义理想，对于他的圣诞精神，应该充分肯定。……我们在肯定他的人道主义时，似乎不必犹豫、彷徨，更不必把大得人心的人道主义冠以资产阶级的帽子，拱手送予人。"② 再如第 15 章对《大卫·科波菲尔》的分析。作者先介绍小说的酝酿与准备，然后介绍小说的主要情节，然后分析小说的风格，认为在小说中，狄更斯"将自传与虚构、细节真实和丰富想象糅合起来，使之浑然一体，成为具有最高品位的艺术精品"。最后得出结论："狄更斯的艺术决不能简单地归入现实主义（或自然

---

① 薛鸿时：《浪漫的现实主义：狄更斯评传》，社会科学文献出版社 1996 年版，第 285、286 页。

② 同上书，第 110、111 页。

主义）范畴，无论早期、中期或后期，他始终和浪漫主义有着密切的关系。我们称他是一位将现实主义和浪漫主义完美结合的作家也许更准确些。"① 这种分析方式比较符合评传的特点，具有较强的可读性。

本章小结

对于中国的狄更斯研究来说，20 世纪八九十年代是一个重要时期，随着中国社会的逐渐步入正轨，政治上的拨乱反正，经济的逐步繁荣，文化上的面向全世界特别是西方开放，中国的狄更斯研究也走向繁荣。20 世纪 80 年代早期的研究还有着传统观念的束缚，但随着思想解放运动的逐步深入，这种束缚也逐步消失，新的思想与新的观念不断涌现，形式方面的创新也常有出现。

这一时期中国的狄更斯研究形成了自己的特点。

第一，研究范围的明显扩大。研究者们的研究对象不再局限于几部传统的重要作品，而是扩展到狄更斯的整个创作。狄更斯所有长篇小说和部分其他作品如游记、中短篇小说、演讲集等，都进入了研究者的视野，成为研究的对象，有的甚至得到了比较全面的分析。如中篇小说《穷人的专利权》，在 1983 年、1984 年就连着有马家骏的《狄更斯的〈穷人的专利权〉》、蔡申的《一篇让人感到不舒适的小说：读〈穷人的专利权〉》和苏阳宜的《穷人的梦幻、悲哀与觉醒：〈穷人的专利权〉简析》三篇文章对之进行分析。其他的一些以前不太引人注目的作品如《游美札记》《狄更斯演讲集》等也都有人专文论述分析。自然，在研究范围扩大的同时，重心仍然存在，几部重要作品如《双城记》《艰难时世》《大卫·科波菲尔》等，仍是研究者们注意的中心，有关的研究文章也最多。特别是《双城记》，专门分析它的文章，光是人大复印报刊资料上面收录的就有二十多篇。不过这种现象的形成与我国高等院校外国文学教学中把《双城记》作为狄更斯的代表作有关，不完全是由于它本身的成就。

---

① 薛鸿时：《浪漫的现实主义：狄更斯评传》，社会科学文献出版社 1996 年版，第 160 页。

　　第二，突破了过去那种一元发展的局面，形成了多元并存的研究格局。这一时期，改变了"十七年"时期向苏联一边倒的现象，吸收了西方的思想、观念与方法。研究上，不再局限于思想内容的范围，艺术方面的成就与特点越来越受到研究者们的重视，出现了一些质量较高的论文。这一时期还有一些论文试图淡化内容与形式的界限，从一个新的角度分析狄更斯的作品，如朱虹的《〈艰难的时世〉的寓言性及其他》、赵炎秋的《论狄更斯小说人物形象的基调化倾向》，都是既涉及内容的方面，又涉及形式的方面。比如《基调化倾向》这篇文章，作者认为："所谓基调化，是指以艺术形象中的某个方面、部分或特征作为中心贯穿整个艺术形象，并使该艺术形象的各个方面都吻合这个中心。"这一特点既表现在形式方面，又表现在内容方面，内容与形式的区分与对立无形中被取消了。

　　另一方面，在分析思想内容的时候，研究者们也不再局限于社会—政治层面，而开始在其他层面进行探索，并且取得了较大进展。特别是人文层面，这一层面的研究在这一时期的狄更斯研究中取得长足进展，成为和社会—政治层面并峙的另一高峰。如赵炎秋的《论狄更斯的道德观在其长篇小说人物塑造中的作用》，该文从伦理道德的角度对狄更斯小说做了比较全面的综合分析。郭珊宝的《圣诞节的史克罗奇的两重性——读狄更斯〈圣诞欢歌〉札记》从人性的角度，分析了小说对人的性格的两重性以及人性的丧失与复归的探索。此外，朱虹的《市场上的作家——另一个狄更斯》从文学品位的角度分析了狄更斯作为通俗作家的一面及其在小说中的表现。这些，都帮助形成了狄更斯研究中的多元格局。

　　自然，从内容的角度考察，社会——政治层面的分析仍是这一时期狄更斯研究中的主要方面之一。但是在这层面的内部，各种观点的冲突也日益激烈，传统的、占主导地位的观点受到猛烈的冲击。以《双城记》为例，传统认为，它是狄更斯的代表作，无论思想还是艺术，都取得了很高的成就，然而陈超棠的《简论狄更斯〈双城记〉》却对这一观点提出了疑问，宣称《双城记》不是一部成功的作品，更不是一部世界杰作。另一挑战来自陈星鹤的《谈谈狄更斯的〈双城记〉》。他针对认为《双城记》歪曲了法国大革命和革命者的流行观点提出不同意见，认为狄更斯并没有把得伐石太太作为革命者的代表来写，只是强调了她的复仇，而当时的确有这样一批为了复仇而参加革命的人。另一方面，狄更斯也没试图全面反映法国大革命的各个方面，只是侧重揭示法国大革命爆发的一个重要原因：人民对贵族阶级长期压迫的反抗。而这是符合历史的。因此《双城记》既没有歪曲法国大革命也没有歪曲革命者。这些文章的观点是否正确当然可以商榷，但它们却进一步说明了这一时期狄更斯研究中的多元化。

第三，整体性的综合研究占了较大比重。随着狄更斯研究总体水平的逐渐提高，单篇作品的分析越来越显得不够。对狄更斯的整个创作进行总体把握越来越显示出其必要性。而单篇作品分析的积累和狄更斯大多数重要作品和有关资料的翻译出版又为这种努力提供了必要的条件。在这种情况下，研究者们纷纷跳出单篇分析的老路，以狄更斯的几部作品乃至整个创作作为自己的研究对象，以更好地把握狄更斯的创作，找出某些更本质更有普遍性的东西。前面谈到系列论文，很多都是综合研究。再如王力的《狄更斯与屠格涅夫小说时、空艺术比较》、赖干坚的《狄更斯的创作方法特点浅论》、蔡明水的《狄更斯象征手法初探》、潘耀珠的《狄更斯创作艺术特色》等，都是从整体的角度进行研究的。有的研究者扣住狄更斯创作的某一方面，联系狄更斯的整个创作，从不同角度深入地展开分析，提出了一些有价值的观点与看法。如赵炎秋用四篇文章，从人物性格中道德因素、人物的心理描写、人物的基调化特征和人物的类型与发展等四个方面，对狄更斯长篇小说中的人物进行多方面的剖析。周颐用三篇文章，从历史与喻指价值、情感因素、喜剧性格三个方面，分析了狄更斯笔下的"扁平人物"。这些批评，促进了狄更斯研究的深入与发展。

第四，系列论文的大规模出现。与新中国前 30 年的狄更斯研究相比，这一时期的狄更斯研究中出现了大量的系列论文。部分研究者不满足于单篇论文的零敲碎打，而是有计划地对狄更斯的作品进行系统的研究，以便不断地深入，这导致系列论文的出现。首先采用这种形式的是朱虹。她有感于 20 世纪 80 年代初人们对西方现代派作品的过于热衷，古典作家相对冷落的现实，决心以自己的研究向人们说明古典作家仍有巨大的魅力。从1982 年开始，她以《名作欣赏》为阵地，连续三年共发表了 11 篇狄更斯研究方面的文章。这些文章，每篇侧重分析狄更斯一部长篇小说的一个方面，或思想，或人物，或艺术，文笔活泼，见解常有独到之外。作者英文纯熟，资料丰富，写起来旁征博引，左右逢源。接着，赵炎秋从1987年开始至1996年，连续发表了《论狄更斯的道德观在其长篇小说人物塑造中的作用》等14篇文章。赵炎秋具有较强的整体意识和系统观念，他的文章从相互联系的角度对狄更斯小说的思想、艺术和人物进行比较深入的研究，呈现出一定的系统性。作者对狄更斯的小说吃得比较透，因而能够提出自己独到的看法，论证比较充分。此外，郭珊宝、周颐、任明耀、赖干坚、王力、金嗣峰、臧传真等也都发表了两篇或两篇以上的系列研究文章。系列论文是文学研究中的重磅炸弹，它能够广泛深入地进入研究对象，促进研究的不断深入。它在这一时期的大量出现，说明了狄更斯研究的深入和学者专业化程度的加深。

第四章　新时期狄更斯学术史(下)

　　进入 21 世纪，中国狄更斯研究得到井喷式的发展，仅就论文而言，从 2000 年至 2014 年十五年时间，全国报纸杂志发表各类与狄更斯有关的文章共 1091 篇，其中学术性文章 778 篇。① 译介、专著方面也取得了一定进展。这首先得益于中国经济在 21 世纪的快速发展，国家与社会有更多的经济力量支持学术的研究与发展。其次，发轫于 20 世纪 90 年代末的中国高校的超常发展也给狄更斯研究的繁荣提供了内在的动力。② 大量专科甚至中专学校以各种方式和途径升格成为本科院校，本科生、硕士生、博士生的数量成倍增加。处于学术体制内的人需要一定的科研成果来满足体制对他们的要求，这自然地造成了狄更斯研究队伍的扩大和相关成果的增多。再次，与相关部门与机构对狄更斯的重视也有关系。2003 年，教育部将狄更斯的《匹克威克外传》列入中学生语文课外读物，2006 年由中国社会科学院外文所《外国文学评论》杂志主办的"'与经典对话'全国外国文学学术研讨会"提倡对西方文学经典进行再研究，2012 年狄更斯诞辰 200 周年，全国各地举行了一系列的纪念活动。这些，都增加和促进了国内读者

---

　　① 本章与狄更斯研究有关的数据均根据作者与作者的研究生在国家图书馆、北京师范大学图书馆、湖南师范大学图书馆、中国知网、读秀网等上查找到的有关狄更斯的资料整理而成。下面不再注释。

　　② 中国高校的超常发展是从 1999 年开始的，这一年中国高校开始大规模扩招，全国普通高等院校招生数与 1998 年的招生数相比，增幅达到 42%，以后几年，每年高校招生数平均以 20% 左右的速度递增。1998 年，录取 108 万人；1999 年，增至 160 万人；2000 年，180 万人；2001 年，260 万人；2002 年，320 万人；2003 年，382 万人；2004 年，420 万人；2005 年，504 万人；2006 年，530 万人。2006 年的招生数是 1998 年的 5 倍。

对狄更斯及其作品的重视和关注，促进了狄更斯研究的繁荣。

这一时期的狄更斯研究仍然可从译介、论文和专著等三个方面探讨。

第一节　译介

据不完全统计，这一时期国内出版的狄更斯作品的各种译本（包括重印本、改写本、英汉对照本等），共 457 种。其中最重要的是 20 世纪 90 年代中期，浙江大学宋兆霖教授在有关出版社的支持下，组织翻译的 24 卷本《狄更斯全集》。全集一卷至十五卷，是狄更斯的 15 部长篇小说，十六卷是《圣诞故事集》，十七卷是《中篇小说集》，十八卷是《戏剧·诗歌·短篇小说集》，十九卷是《博兹特写集》，二十卷是《游美札记　意大利风情》，二十一卷是《非旅行推销商札记》，二十二卷是《重译集》，二十三卷是《演讲集》，二十四卷是《儿童英国史》。可以说，《全集》几乎囊括了狄更斯的所有作品。遗憾的是，《全集》译稿出来之后，有关出版社却因领导层更换等原因，拖着不肯出版，使译稿搁置了十来年。直到 2012 年，才由另一出版社浙江工商大学出版社出版。至此，狄更斯的所有作品，基本上都有了中文译本。重要作品大都有两个以上的译本，有的作品如《双城记》，译本甚至达到了 23 个之多。① 这给国内的狄更斯研究提供

---

① 主要有：1.《双城记》，罗稷南译，新文艺出版社、上海译文出版社 1955 年版（1983）；2.《双城记》，毕均轲译，湖南人民出版社 1981 年版；3.《双城记》，张玲、张扬译，上海译文出版社 1989 年版；4.《双城记》，石永礼、赵文娟译，人民文学出版社 1993 年版；5.《双城记》，宋兆霖译，浙江文艺出版社 2012 年版、浙江工商大学出版社 1994 年版；6.《双城记》，郭赛君译，北京燕山出版社 1995 年版；7.《双城记》，陈文伯译，花城出版社 1996 年版；8.《双城记》，孙法理译，译林出版社 1996 年版；9.《双城记》，马占稳译，语文出版社 1997 年版；10.《双城记》，叶红译，长江文艺出版社 2001 年版；11.《双城记》，文怡红译，小知堂文化 2001 年版；12.《双城记》，林晓琴、张筠艇译，海峡文艺出版社 2002 年版；13.《双城记》，周辉译，中国致公出版社 2003 年版；14.《双城记》，曾克明译，南方出版社 2003 年版；15.《双城记》，马瑞洁译，天津古籍出版社 2004 年版；16.《双城记》，许天虹译，桂冠出版社 2004 年版；17.《双城记》，赵运芳译，中国致公出版社 2005 年版；18.《双城记》，何湘红译，广州出版社 2006 年版；19.《双城记》，于晓梅译，哈尔滨出版社 2007 年版；20.《双城记》，刘子宏译，中国致公出版社 2012 年版；21.《双城记》，黄平译，北方文艺出版社 2012 年版；22.《双城记》，田亮译，延边教育出版社 2012 年版；23.《双城记》，吴文静译，安徽师范大学出版社 2013 年版。如果加上改写本、英汉对照本，以及由同一译者翻译由不同出版社出版的译本，数量则更多。

了极大的方便。①

狄更斯作品的各种译本如缩写本、节译本、改写本、编译本、英汉对照本、英文注释本、影印本、注音本和连环画本在这一时期依然引人注目。各出版社出版的狄更斯小说的缩写本、英汉对照本等达到 110 种之多。北京大学出版社 2006 年出版了一套"世界名著英文简本读物系列",其中收有狄更斯的《圣诞颂歌》《大卫·科波菲尔》《雾都孤儿》《尼古拉斯·尼克尔贝》等作品。上海译文出版社 21 世纪初陆续推出"朗文英汉对照阶梯阅读丛书",其中收有狄更斯的《双城记》《大卫·考坡菲》《雾都孤儿》等作品。2013 年,湖南文艺出版社推出"青少年成长必读丛书",其中收入狄更斯的《大卫·科波菲尔》等作品。单独出版的狄更斯作品也不少,2003年,上海译文出版社出版 A. 约翰逊(A. Johnson)、G. C. 索恩利(G. C. Thornley)改写,沐君注释的《大卫·科波菲尔》;2005 年,上海人民美术出版社出版岳春改写的缩写本《孤星血泪》;2005 年,暨南大学出版社出版何广铿改写的英汉对照插图版《圣诞颂歌》;2004 年,华夏出版社出版刘登翰缩写的《双城记》等。不过,这些异本主要集中于《匹克威克外传》《雾都孤儿》《尼古拉斯·尼克尔贝》《大卫·科波菲尔》《奥列弗·退斯特》《远大前程》《双城记》等长篇小说以及中篇小说《圣诞欢歌》,狄更斯的其他作品的译本则比较少,这从一个侧面说明了中国读者对狄更斯作品的阅读取向。另外,随着电子技术的发展,这一时期还出现了狄更斯作品的电子版,如燕山出版社 2000 年陆续推出的电子图书《世界文学文库》(共 68 册)全译本,其中就包括了狄更斯的《双城记》(宋兆霖译)、《雾都孤儿》(龙冰译)、《大卫·科波菲尔》(李彭恩译),并且还附有根据同名小说改编的电影光盘。电子图书的出版增加了狄更斯作品的传播面,使读者的阅读变得更加的快捷、方便。

在这股狄更斯译介、出版的热潮中,除了传统的文艺出版社之外,外语类出版社如译林出版社、外语教学与研究出版社、上海译文出版社和少儿类出版社如中国少年儿童出版社等的表现也十分抢眼。特别是在

---

① 当然,也不排除有些译本没有自己的创新与风格,基本上是一种重复劳动。

各种译本的译介和出版中，这些出版社做了大量的工作，这不仅仅是因为广大读者对于狄更斯作品的喜爱，也有广大读者特别是青少年读者学习英语的热情。

这一时期翻译的有关狄更斯的传记不是很多。主要有：1. ［英］凯瑟林·彼得斯（Catherine Peters）：《狄更斯》，李渝译，世界图书出版西安公司 2001 年版；2. ［英］凯瑟琳·彼特斯（Catherine Peters）：《查尔斯·狄更斯》（英汉对照本），蒋显文译，外语教学与研究出版社 2002 年版；3. ［英］内尔·钱皮恩（Nell Champion）：《狄更斯》，咸珊珊译，外语教学与研究出版社 2005 年版；4. ［英］伊丽莎白·詹姆斯（Elizabeth James）：《查尔斯·狄更斯》（英语注释本），上海外语教育出版社 2009 年版。5. 保罗·施利克（Paul Schlicker）：《狄更斯说》，潘桂英译，商务印书馆 2013 年版；6. ［俄］彼得·阿克罗伊德（Peter Ackroyd）：《狄更斯传》，覃学岚、包雨苗译，北京师范大学出版社 2015 年版。

《狄更斯说》形式上颇为别致，全书由《序》《前言》《查尔斯·狄更斯的一生》《现在我们开始聊聊吧……》《扩展阅读》和注释、索引等部分组成。《查尔斯·狄更斯的一生》以比较简洁的文字介绍了狄更斯的生平与创作，《扩展阅读》介绍了狄更斯的作品和部分有影响的狄更斯传记和研究专著。全书的主体是《现在我们开始聊聊吧……》，在这个部分，作者虚拟了对狄更斯幽灵的采访。采访涉及狄更斯生活与创作的 15 个方面，包括狄更斯的进入文坛、戏剧爱好、写作习惯、与画家的交往、文学友人和对女性作家的评论、作品版权、生命中的女性、宗教观念、国外旅行、美国观感、法制观、劳动阶层休息和娱乐的权利、教育观、政治观、狄更斯喜欢的运动和游乐活动等内容。每个方面先联系狄更斯的生平对相关话题做一简单的陈述，然后是对话，采访者提出相关的问题，由狄更斯的幽灵作答。如"一团舞台之火"，这一节谈狄更斯的戏剧爱好。陈述部分是如下一段文字："戏剧表演占据了狄更斯生活和工作的绝大部分时间。他不光痴迷于看戏，还是一个满怀抱负的剧作家、有天分的演员。狄更斯将自己的作品改编为独角戏，亲自出演，令人激动不已。艺术批评家约翰·拉斯金（Johnson Ruskin，1819—1900）对狄更斯作品中的戏剧因素的总结让人记忆深刻，他说作者写的每一件事都是被'一团舞台之火'所照亮——维多利亚剧院（The Victorian Theatre）的煤气脚灯。在狄更斯最亲密的朋友中，他称威廉·查尔斯算得上是他人中一流的悲剧演员，并竭尽全力建议麦克雷迪促进严肃戏剧的复兴。相应地，麦克雷迪称狄更斯是当代唯一真正有功绩的业余演员。"对话部分提出了四个问题：1. "有人引述你的话说，写作在本质上是一种戏剧性活动。戏剧在你生活中发挥作用了吗？" 2. "你有想过成为一个演员吗？" 3. "你提到莎士比亚——你欣赏他的作品？" 4. "能再说说关于你的公众朗读会吗？"①对于这些问题，狄更斯的幽灵一一做了回答。作答的依据主要来自狄更斯的相关书信和福斯特的《狄更斯传》，但经过作者的编排、补充。作者模拟狄更斯的口吻与语气，站在狄更斯的立场，对相关问题做了详细的阐述。有的回答提供了一些新的材料或公众不大容易知道的细节。如在回答"你有想过成为一个演员吗？"这个问题时，"狄更斯"回答说："是的，我确实想！在我刚满20岁时，我申请科文特加登王室剧院的试演。但那天身体不舒服，就不得不放弃了。下个季节到来的时候，我已经成为全职的议会记者……然而我还是很想通过戏剧创作成名。在文学生涯前期，我还写过半打剧本。"在回答"你的写作方式"时，"狄更斯"说："我前四本小说都是即兴创作，但是之后我逐渐制订计划，这种写作方式非常适合我。一部小说，尽管早在我写完之前就已经开始出版，但是小说情节和主旨，我动笔之前就在脑子里完成了。最初的创作构想很煎熬，我必须想出一个暂定的题目之后才能动笔。然后我为（连载的）每一期都拟订出计划来。我将一张纸对折，在中间从上到下画一条线。纸的左边我为连载的每一部分做出大致的记录，并列出问题；在纸的右边记录下重大事件和人物角色。这些笔记用来提醒自己都已经写过了什么，还需要写些什么。聪明吧，不是吗？"②有的回答重申了狄更斯的立场、观点。如他对宗教、社会、政治的看法。有的回答则为狄更斯进行了辩护。如关于爱伦·特南的问题。"狄更斯"的回答是："谣言！作为一名绅士，在这个问题上，除了

---

① 保罗·施利克：《狄更斯说》，潘桂英译，商务印书馆2013年版，第42、43—48页。
② 同上书，第44、57页。

我插入在《家常话》和《艰难时世》中的声明中所宣布的，我没有任何要
说的。如果我不得不再次向你重申一遍，我会说：'由于某种原因，也许
是出于恶毒，也许是因为愚蠢，也许是由于不知道哪里来的意外，要不就
是这么多原因共同使然，反正我的家庭琐事遭到了极度恶意和十分惨无人
道的扭曲——不仅涉及我，还牵连我最深爱的人们，他们很无辜……接着
我要非常郑重地宣布，最近私底下所有与我无意间提及的麻烦相关的谣
言，都是极其恶劣的伪造。'"① 这显然是传记的作者为尊者讳，不愿将狄
更斯扯进一些有损他的荣誉的事件之中。

这一时期翻译的国外狄更斯研究专著也不多。主要有：1. ［美］约翰·
奥·乔丹选编：《查尔斯·狄更斯》、英文注释本，上海外语教育出版社
2003 年版；2. 威廉·S. 霍尔兹沃思（William S Holdsworth）：《作为法律
史学家的狄更斯》，何帆译，上海三联书店 2009 年版；3. ［德］斯蒂芬·
茨威格（Stefan Zweig）：《三大师：巴尔扎克、狄更斯、陀思妥耶夫斯基》，
赵燮生（编），申文林（译），安徽文艺出版社 2013 年版；4. ［美］杰罗
姆·汉密尔顿·巴克莱：《青春的季节成长小说：从狄更斯到戈尔丁》，郑
利萍译，明天出版社 2014 年版。

约翰·奥·乔丹选编的《查尔斯·狄更斯》系《剑桥文学指南》丛书
中的一种，该书共收入海外学者的 14 篇论文。论文集涉及狄更斯生平及其
对创作的影响，不同阶段的创作和艺术成就，狄更斯作品中的城市、童
年、生活、家庭和性别意识；他的语言艺术；他的作品被改编为戏剧、电
影、电视的情况，等等。

霍尔兹沃思是英国著名法律史学者，他的《作为法律史学家的狄更
斯》是文学与法律研究领域的一部重要作品。译者何帆指出："在世界文
学史上，许多脍炙人口的法律题材作品，都曾受狄更斯小说的影响。卡夫
卡的《审判》和赫尔曼·麦尔维尔的《书记员巴特尔比》都明显受过《荒
凉山庄》启发。陀思妥耶夫斯基的《罪与罚》和《卡拉马祖夫兄弟》，也
从狄更斯作品中获益匪浅。但是，在对法律人物的刻画和对法律弊端的揭

① 保罗·施利克：《狄更斯说》，潘桂英译，商务印书馆 2013 年版，第 103—104 页。

示方面，这些作品均不及狄更斯。"而霍尔兹沃思则是 20 世纪上半叶英国最著名的法律史学家之一，由他来研究狄更斯作品中的法律问题，是再合适不过的。事实上，"法律与文学"已经成为西方法学一个重要的研究领域，英美的一些"主要法学院皆开设了'法律与文学'课程，且均把狄更斯的著作列入指定阅读书目。哈佛、耶鲁大学甚至专设了'狄更斯与法律'这一课程"。而"一直以来，狄更斯与法律这一研究领域最为权威，引证率也最高的著作，仍是霍尔兹沃斯这部《作为法律史学家的狄更斯》"[①]。

全书共分四章。第一章题目为"法院与法律人的居所"。作者认为，狄更斯生活时代英国的司法制度正在改革，"小说中描写的司法弊端虽有改观，却仍有不少亟待改进之处。追随狄更斯对那一时期的法院、法律人以及法律的描述，我们可以见证其昔日风貌，丰富对本国法律早期历史的理解，还将了解到古今各类规则在诉讼中的混杂搭配、交错适用。可以说，正是这些新旧规则的搭配、运转和适用，才筑就了维多利亚时代的司法新貌。很显然，这一系列反映时代变迁的皇皇画卷，经过一位天才观察者的悉心描绘，将对法律史学家们产生独一无二的价值"。"之所以说狄更斯对那一时代的法院、法律人以及法律的刻画具有独到之处，有两个主要原因。其一，它们提供了我们无法从别处获取的资讯；其二，上述场景的描绘者具有卓越的观察能力，并拥有最切身的体验与第一手资料。"[②] 霍尔兹沃斯认为："在 19 世纪前叶，法律史学家从狄更斯小说获取的资讯，无论是幅度范围之广泛，还是人物修改之生动，都要优于同一时期的其他史学著作。上述资讯为今人还原了当时法律界的诸多场景，并再现了那时的时代氛围。"但是"事实上，狄更斯并不是一位法律人。他并不熟稔那些复杂的法律条文，作品中所犯的法律常识性错误也不止一处。文中提及的那些规则条文，多数源自带有好奇心的想象"。"狄更斯关注的是法律的运行机制、执法者及其工作条件，以及法律对那一时代的芸芸众生产生了何

---

① 威廉·S. 霍尔兹沃思（William S Holdsworth）：《作为法律史学家的狄更斯》，何帆译，上海三联书店 2009 年版，"导读"部分第 11、16—17 页。

② 同上书，第 4 页。

种影响。因此，从他的著作中，我们可以看到形形色色的法律行当，而这些对于法律史学家来说当然非常重要。狄更斯的叙述具有巨大价值，既得益于其杰出的观察能力，也源自他拥有的第一手材料。"①换句话说，我们不应在狄更斯的小说中去寻找精确的法律条文，而应该去了解其小说中所展现的维多利亚时代的法律历史。接着，作者讨论了"法律运作的外部条件——法院与法律人的居所"，包括"普通法中的中央法庭"，"'老贝利'中，由那些负责听审并裁决、审判在押未决犯的委员们操控的法庭"，"大法官法庭"，"破产法庭"，"法院办公室"，"博士院"和"法律人的居所"。

　　第二章的题目是"法律人、法律助理与法律文员"，主要讨论狄更斯小说中的法职工作人员。霍尔兹沃斯认为："狄更斯对于法律的熟稔，得益于他在查尔斯·莫洛伊律师事务所及艾利斯与布莱克默律师事务所的工作经历，这份经历令他对低端法律事务有了更为深入的了解……狄更斯也非常了解法律事务代理人及事务律师等不同类型的律师。遗憾的是，他对高端法律职业的了解不够全面，无论出庭律师还是皇家大律师，在其著作中都着墨不多。"狄更斯对于普通出庭律师鲜有叙述。律师协会的概况也只是在《小杜丽》中默都先生所举办的宴会上一笔带过。作者分析了狄更斯笔下几个形象丰满的法职人员。如《荒凉山庄》中的格皮。"狄更斯笔下形形色色的法律助理中，格皮的形象最为完整。他是一个典型的伦敦人——雄心勃勃、充满理想。格皮日常行文，即使是普通小事，也恪按律师文书模式，平日说话更是带着庭上发言的口吻，之所以如此，显然源自他在律师事务所所受的独一无二的教育与熏陶。……格皮先生也不是一无是处，相反，他有诸多他人并不具备的美德。他刻苦能干，并一直赡养着自己言语粗鄙、招人厌烦的老母亲。此外，如前所述，他对朋友托尼·贾布林也很友善，在其时运不济之际，还慷慨伸出援助之手。""《远大前程》集中描述了从事刑事业务的律师。狄更斯生动刻画了贾格斯先生这一形象，并对他与客户、治安法官和其他法律部门打交道时的强硬手腕

---

　　①　威廉·S.霍尔兹沃思：《作为法律史学家的狄更斯》，何帆译，上海三联书店2009年版，第9、10页。

进行了精彩描写。"① 对于各种法职人员职业上的长处与不足，专著的分析也很精彩。如《匹克威克外传》中的几个法职人员。"毋庸置疑，在普通家庭业务上，佩克尔先生是一名出色的法律顾问，但他对道森与福格式的行事手段明显拙于应对。斯纳宾无疑是一位优秀的不动产律师，却并不擅长打违约诉讼的官司。""在小说中，道森与福格二人面目可憎。他们的业务都很复杂，但他们显然具备足够能力，来充分驾驭这些业务。……从另一个角度来说，他们在班德尔太太一案上的做法确有可圈可点之处，策略上远远胜过佩克尔。正因如此，许多法律评论家反而认为他俩的所作所为无可厚非，至少他们保持了隐忍克制的态度，没有因为匹克威克在几次会面中出言不逊而控告他。就凭这一点，我觉得他俩在一定程度上还算未逾常规。……事实上，他们也非常精明，尽量避免佩克尔所期盼发生的内部分歧。因此，小说结尾时，我们可以看到他们仍在经营。"② 专著从法律角度得出的结论，显然与从其他角度得出的结论有一定的区别。

第三章的题目是"《荒凉山庄》与大法官法院的程序"。专著认为："狄更斯之所以关注大法官法庭，是由于1844年他先后在五起侵犯其著作权的大法官法院案件中担任原告。尽管最终被判胜诉，他却未能从被告人处获取分文赔偿。这一经历对他产生了很大影响。"造成大法官法庭司法弊端的原因大致有四个方面，一是法院的工作人员完全不称职；二是动作过程僵硬死板，效率低下；三是大量陈规陋习的存在；四是法院故步自封，自愿受呆板条文桎梏，只在拥有完全控制权时才愿介入案件。专著从起诉状、取证模式、主事官及六书记官、法庭程序、完全管辖权及其效果和诉讼过程等六个方面分析了大法官法院司法程序的弊端。这些"机制的拖沓、浪费和低效是显而易见的。很多不必要的证人被召来接受询问，相关费用自然水涨船高；更糟糕的是，他们的证词通常无法令人满意，因为这些人根本不明白自己被质询的问题是什么"。"在小说故事发生的年月，上述所有导致诉讼拖延的因素继续趋于恶化。司法人员极不称职，以至于

---

① 威廉·S. 霍尔兹沃思：《作为法律史学家的狄更斯》，何帆译，上海三联书店2009年版，第53、81、57、61、64页。

② 同上书，第64、66页。

大量时间浪费在庭审准备阶段和庭审过程中。一件案子在不同阶段需要提交法庭多次,等待时间无比漫长,久拖不决是常有的事。"而且这一切都要由被告来买单。"如果被告没有财产或者没有足够的财产,他就有可能被收监入狱。"① 然后在监狱里一直关到其死亡,就像《匹克威克外传》中那位倒霉的皮匠。那位皮匠原是一名遗嘱执行人,因为遗产继承者不满意遗嘱的规定而被扯进大法官法庭的官司,最后因欠诉讼费而被关进监狱,再也没有出来的希望。不过,专著也指出,《荒凉山庄》中所描写的大法官法庭的弊端,在小说发表的 19 世纪 50 年代已经开始改革了。1852 年,《大法官法院程序法》发布,狄更斯所深恶痛绝的烦琐的诉讼程序和旷日持久的诉讼过程得到了纠正。②

第四章的题目是"《匹克威克外传》与普通法程序"。专著指出:"1827 年,普通法法院的司法程序之繁复,充斥的各类拟制之繁杂,已达到前所未有之地步,超越了之前任何一种司法制度。"在《匹克威克外传》中,"狄更斯通过对班德尔太太诉匹克威克一案的描述,向我们介绍了普通法诉讼程序的三个重要特征:第一,法院的部分惯例实践与法律拟制;第二,诉讼证据规则及其效果,根据该规则,当事人或与诉讼结果有利害关系者不得出庭作证;第三,法院判决的执行方式,债权人据此可以拘捕债务人"③。在这一章,霍尔兹沃斯介绍了狄更斯时代普通法的上述三个特点,并且就衡平法与普通法程序的不足之处进行了比较。除此之外,霍尔兹沃斯还从法律史的角度对《匹克威克外传》中的一些法律措施进行了解答。如班德尔太太控诉匹克威克先生一案,"既然匹克威克相对富裕,为什么道森和福格决定申请拘捕他,而不是直接执行其财产"?原因在于,按照当时的法律,除了拘捕,道森和福格没有办法执行匹克威克的财产。"匹克威克既没有土地,也没有其他不动产。他住在租来的房里,游荡于不同旅馆之间,其财产主要来自其投资所得。这就意味着,上述财产在诉

---

① 威廉・S. 霍尔兹沃思:《作为法律史学家的狄更斯》,何帆译,上海三联书店 2009 年版,第 103、112 页。

② 同上书,第 90、96—97、120 页。

③ 同上书,第 125、128 页。

讼中根本无法查封，也不可能借助债务人财产扣押令将其扣押。"因此，"拘捕债务人成为保障债权人权益的最有效的途径"①。这些解释读来都是饶有兴味的。

《作为法律史学家的狄更斯》篇幅不长，但论述视角新颖，霍尔兹沃斯从狄更斯的作品寻找法律史的材料，用法律史的知识说明狄更斯作品中的涉法问题。虽是专著，却有较强的可读性，对国内类似的研究有很好的启示作用。

论文的译介方面，有分量的论文不多，值得注意的是美国学者玛丽—凯瑟琳·哈里森的论文《虚构与移情伦理的悖论：重读狄更斯的现实主义》和赵炎秋选编的《狄更斯研究文集》。哈里林的文章运用社会心理学家 C. 巴特森的"同情—利他行为理论"，以狄更斯的小说《圣诞颂歌》和《雾都孤儿》为例，分析了现实主义小说中虚构与移情的伦理悖论。文章认为，现实主义作家主张文学介入现实生活，试图以文学作品对社会伦理产生正面的影响。然而现实情况却更为复杂，比如，"对痛苦之人的同情是伦理行为最强烈的动机之一，它对感受他人情感及相应行为反应的方式均意义重大。然而，对文学作品中经历痛苦的人物的同情，却体现了想象、情感与伦理之间更为复杂的关系。读者可因虚构人物的苦难而动情，却无后继行为，这一局限使得任何虚构心理的移情均面临阐释与伦理困境"。"我们对现实世界苦难的反应既有情感成分也含行动成分，感受之后便行动。不过，表征痛苦却易导致这两种反应的分裂，即情动而无行动。虚构人物的生活无法干预（如助其缓解痛苦），这是我们与现实之人和虚构人物情感两者互动的主要差异之一。事实上，动情却无宣泄情感的行动正是阅读小说的典型特点。"换句话说，在现实生活，我们对某种苦难产生情感反应的同时也往往伴随着行动，如对苦难的承受者给予某种帮助。但在阅读"表征痛苦"的虚构作品如小说的时候，这种情感与行动的统一便分离了。我们同情小说中的人物，但无法采取任何行动帮助他们解除或减轻痛苦，因为他们并不在此之前存在。而另一方面，当读者过多地沉浸

---

① 威廉·S. 霍尔兹沃思：《作为法律史学家的狄更斯》，何帆译，上海三联书店 2009 年版，第 146、150 页。

在虚构世界中的时候，它就有可能"让读者满足于感受小说中人物的情感而又不能对有需者加以援手，这实际上是对现实生活伦理要求的逃避"。"'一个俄罗斯太太为戏剧中的虚构人物而哭泣，而她在剧场外等候的那个马车夫却冻死在自己的座位上，此类事件不时发生、随处可见。'詹姆斯雄辩地将对虚构人物的移情倾向与'过量地阅读小说和观赏戏剧的习惯'联系起来，并最后总结道，过度沉溺于叙事世界'会变成现实世界中真正的怪物'。"那么，如何解决此悖论呢？作者建议对小说人物采取提喻式阐释法，即将小说的人物个体视为类似群体的代表，然后将对虚构人物的情感反应转化为对类似群体的情感与伦理行动。要做到这一点，"读者必须将虚构人物阐释成他们所认同的现实世界中一个社会群体的代表，亦即那些非虚构的、能接受帮助的人们的一个成员"。这样，当读者同情小说中的某一人物时，遇到现实中的类似遭遇的人，他们便会伸出援手。而"狄更斯的现实主义作品最重要的特征便是其人物的这种提喻功能。为了避免读者忽视斯格姆梧尔（通译斯金波，引者）这一人物，狄更斯强调他笔下的人物均是众多命运类似者中的一员。他多方提醒读者，这些虚构人物经受的苦难，与'你'同时代人遭遇无异。在将斯格姆梧尔所唱民谣中的'农家男孩'与他小说中现代城市中的烟囱清扫工进行比较之后，狄更斯进而运用其中简短、常用的人名以及对包括鸠（通译乔，引者注）在内的'烟囱工们'的影射来彰显鸠的代表作用"[1]。

《狄更斯研究文集》是一部译文集，332千字。"研究文集从西方主要是英美的狄更斯研究专家相关的研究专著与论文中精选出29篇文章。编选的基本原则有二：一是经典，所选文章必须是公认的在西方狄更斯批评史上具有奠基性的作品，在西方狄更斯批评史上起过重要作用且至今仍有重要的学术价值。二是侧重当代，20世纪50年代之后的文章占了文集的大多数。29篇文章反映了从狄更斯生前到21世纪西方特别是英美狄更斯批评的基本发展轨迹，汇集了西方特别是英美狄更斯批评的主要观点，展示了西方狄更斯研究丰富多彩的批评方法。本文集有意避开了罗经国先生编

---

[1] 玛丽—凯瑟琳·哈里森：《虚构与移情伦理的悖论：重读狄更斯的现实主义》，戚宗海译，尚必武审定，《叙事》（中国版）2011年第00期。

选的《狄更斯评论集》相关内容。"① "罗经国先生译文集的选文截止到1981年，'第二次世界大战'以后的文章收得较少，本译文集尽量多纳入'第二次世界大战'后特别是20世纪80年代之后的文章。对于那些非收不可的狄更斯批评史上的经典作家，则选收了他们其他文章。因此，两本书可以对照着读。"②

29篇文章共分三辑。第一辑"19世纪文学批评"包括4篇文章。阿伯拉罕·海华德的《评〈匹克威克外传〉第1至17章和〈博兹速写〉》通过对《匹克威克外传》和《博兹速写》的分析，肯定狄更斯是一位具有原创性的新天才，其创作代表了一种幽默新风格。文章认为狄更斯成功的主要原因在于他首先转向叙述都市下层阶级，得心应手地表现了伦敦下层阶级丰富多彩的智慧与幽默，以及地道的方言习语。文章预言，如果狄更斯能够恰当地运用他丰富、充沛而多样的才能，足以保证他声名赫赫、长盛不衰。玛格丽特·奥利芬特夫人的《论轰动性小说》批评了狄更斯的《远大前程》，认为这部小说专门描写几乎不可能的事件，就其本身而言，这些事件奇怪、危险、刺激；而就其作为狄更斯先生的系列作品中的一部而言，这部小说是虚弱、疲乏而苍白的。不过，她还是肯定了《远大前程》中生动的细节描写，如小说开头对马格韦契和他出现的沼泽地的描写。马修·阿诺德的《互不相容》以敏锐的洞察力指出了《大卫·科波菲尔》中的教育问题。他赋予了文化教育以特殊的使命，指出文化教育的目的在于培养完美的人格和健全的理智。他的这些独到的见解对维多利亚时期英国文化和教育的发展做出了特殊的贡献。列夫·托尔斯泰的《三封信》称赞狄更斯是"19世纪最伟大的小说家"，表达了托尔斯泰对狄更斯的欣赏之情。

第二辑"20世纪上半叶文学批评"包括10篇文章。茨威格的《狄更斯》探讨了狄更斯与英国社会的关系、狄更斯的创作思想、文体风格、童年对他创作的影响等。此文既有传记的真实，又有小说的生动，还有学术论文般的缜密与逻辑，甚至还有诗歌般的激情和散文般的清新，让读者在

---

① 赵炎秋编选：《狄更斯研究文集》"内容简介"，译林出版社2014年版。
② 赵炎秋编选：《狄更斯研究文集》"编选者序"，译林出版社2014年版，第1页。

轻松品读的过程中进行深刻的思考。托·阿·杰克逊的《狄更斯富有想象力的现实主义》运用马克思主义观点研究狄更斯，文章将狄更斯的创作与他所生活的维多利亚时代联系起来解释狄更斯创作的魅力所在。作者认为狄更斯之所以能长远地打动各国读者，在于他用一种卓越的艺术形式揭露了社会的黑暗，表达了他对社会的抗议，点明了他身处各个时期的变化，使我们看到了"一个激进人物的进程"。安德烈·莫洛亚的《狄更斯的哲学》系统阐述了狄更斯的人生观、政治观、宗教观。他认为狄更斯对人生、政治、宗教的态度都体现在他的博爱精神与单纯的乐观主义当中。莫洛亚站在外国作家的视角上评述狄更斯，更多地注意到了不同作家的创作与他们的民族性格、文化背景之间的密切关系，这样不仅对法国读者了解狄更斯有帮助，对于中国读者也提供了有益的视角。詹姆士·乔伊斯的《纪念狄更斯诞辰一百周年》指出狄更斯盛名不衰的重要原因在于他的通俗性，即他对伦敦的熟稔、他的幽默与夸张。在乔伊斯看来，要正确理解狄更斯的小说，就应该理解他小说中体现出来的这些特性。汉弗莱·豪斯的《狄更斯世界》认为，狄更斯生活的英国，宗教正处于从超自然信念向人文主义转化的时期，狄更斯是这种转化的代表之一。他采取的是一种实用人文主义基督教，缺乏真正的宗教体验，他的作品没有显示任何与真正的宗教主题有关的强烈情感。他批判宗教的阴暗面但不否定宗教。他要求宗教促进社会的美好，强调行动而不是信仰。爱德蒙·威尔逊的《狄更斯：两个斯克鲁奇》从精神分析的角度探讨了狄更斯的生活与他的创作之间的关系。威尔逊认为，狄更斯童年时代为有组织社会的残忍所伤害，形成了犯罪和反叛两种态度，这导致他对监狱和罪犯主题的关注。另外，狄更斯的记者生涯使他看清了政治的真正面貌，这导致他对政治的不信任，这种不信任是狄更斯反叛性的一个重要方面。狄更斯几乎自始至终地反体制：尽管他对教会和国家是忠诚的，尽管他有时也为它们说些好话，但是当涉及议会和它的法律、法庭和政府官员、持异议的新教徒与英国教会的信条之类，他总是将它们写成滑稽可笑或者十分残忍，或者二者兼备。乔治·奥威尔的《查尔斯·狄更斯》认为狄更斯不是一个"无产阶级"作家，也不是通常意义上的革命作家。狄更斯批判社会，但同时得到被批判者的容忍，其秘密在于他对社会的批评几乎全是道德方面的。他的批判指向的是一种精神上的改变而不是社会结构的变革。狄更斯痛恨暴力并且不相信政治，那么剩下的唯一补救办法就只有教育了。这种信念部分地解释了狄更斯如此关注儿童的原因。狄更斯没有庸俗的民族主义，一半是心地真正宽广的标志，另一半是他负面的、颇不合作的政治态度的结果。吉·基·切斯特顿的《作为社会主义者的狄更斯》批驳了评论家皮尤认为狄更斯是个社会主义者的断言。文章认为，社会主义是政府对所有国家资本拥有所有权，从这个角度出发，狄更斯不可能是社会主义者。狄更斯不喜欢的是专制暴政。他帮助弱势群体，抵抗强权阶层。掌权的人可能是一位个人主义的商人或者一位社会主义的官员：狄更斯的任务是提醒他，他是一个人，因此，他也可能是一个邪恶的人。埃尔默·艾德加·斯托尔的《主人公与反面人物》认为，在整个 19 世纪，在现实主义和喜剧性方面，没有人比狄更斯更接近于莎士比亚。狄更斯和莎士比亚作品中的成功人物如狄更斯笔下的甘普太太、莎士比亚笔下的福斯塔夫，他们的成功在于其言语风格而不在于性格描写。两人笔下的反面人物均是独创的，虽然一无是处，却吸引人。狄更斯笔下的反面人物机灵而精力充沛，机智而幽默，语言独具特色，不会相互混淆。而且，与莎士比亚的反面人物一样，他们都很快活。埃德加·约翰逊的《狄更斯的大悲大喜》展示了狄更斯的奋斗史：从童工→职员→速记员→记者→成功作家的奋斗历程。其特色主要表征在三个方面，即对真实的无畏追求，出色的心理分析，叙事与阐释相结合。

　　第三辑"现当代文学批评"包括 15 篇文章。乔治·卢卡契的《历史小说》认为，狄更斯的历史小说通过强调道德的一面，削弱了人物生活与法国大革命事件之间的联系，后者只是浪漫的背景；由于扎根于古典传统，所涉及的历史事件不多，从而完整地保存了当代小说具体描写的方式。M. J. M. 布朗兹韦尔的《隐含作者、外叙事层叙事者与大众读者：杰拉德·热奈特的叙事模式和〈远大前程〉的朗读版》探讨了热奈特的叙事模式，讨论了真实作者、隐含作者、叙事层次、外叙事层叙事者以及隐含读者、真实读者之间的关系问题。认为作者如果想同现实的读者交流，可以采取现场朗读的方式。文章讨论了《远大前程》的印刷版和朗读版之间的区别，以及形成这种区别的内在原因。多萝西·凡·根特的《从托杰斯公寓看到的狄更斯世界》认为，孤独是人类生存的境况，狄更斯为了强调其笔下人物的非人性使用了情感谬误和具体化原则从而将阴郁的世界观颠倒过来。希利斯·米勒的《狄更斯喜剧艺术的源头》认为，狄更斯的小说常常强调喜剧的一面，其喜剧艺术导源于从外部视角来观察世界，被动地观察与自己无关的世界，与世界保持一定的距离，以滑稽的态度观察事物，从中享受着一种快感，将那些曾经让他恐惧的人变成无害的傀儡戏。雷蒙·威廉斯的《城里人》认为，狄更斯是城市小说的开创者，他创造了"文学伦敦"，揭示了伦敦都市最根本的特征：混杂性、拥挤的多样性、运动的随意性，表现了城市转瞬即逝、孤独冷漠的现代性特质。特里·伊格尔顿的《查尔斯·狄更斯》认为，狄更斯是城市小资产阶级，与社会具有摇摆不定的阶级关系，其阶级成分既有来自社会结构中的统治阶级意识形态，也有来自被统治阶级的意识形态，可以涉及更丰富、范围更广泛的生活经历，对工业资本主义的浪漫人文主义批评保持着十分明显的"自发性"，其"现实主义"不是一种纯净的现实主义。弗雷德里克·詹姆逊的《发自肺腑的怨恨：乔治·吉辛"实验小说"中的体裁不连贯和意识形态素》认为，狄更斯范式存在两种情况：一是狄更斯式的伤感，二是情节剧叙事。从意识形态的角度看，这两种范式可以说是两种不同的叙事策略。狄更斯范式同时具有社会和政治的象征意义。芭芭拉·哈代的《马丁·朱述尔维特》认为，狄更斯是一位社会批评家，而道德问题在其作品中尤为令人瞩目，狄更斯将讽刺与万物有灵论的描写结合起来，将道德情节与社会描写结合起来，有着连贯的道德体系。戴维·庞特的《狄更斯与哥特小说》认为，英国的哥特小说肇始于霍勒斯·瓦尔波尔，在布尔沃·利顿、乔·佩·雷·詹姆士、威廉·哈里森·安斯沃思、乔·威·麦·雷诺兹等人的笔下获得了重大发展，但狄更斯在哥特小说发展过程中具有战略地位，对哥特小说的城市化做出了独特贡献。菲利普·柯林斯的《狄更斯与城市》认为，狄更斯对伦敦有着深深的依恋情结，他的城市观随着伦敦的变化而变化。他是写伦敦的大师，传达了伦敦的广阔与多元性，生活中诸多特殊方面的外观、感觉、气味和氛围等。现场报道最新情况是其作品必不可少的要素，但他表达的不仅仅是新闻，而是极富想象和道德的寓意。因此，狄更斯赢得了"为后代描写城市的特派记者""伦敦的但丁""富于想象力的摄影师"等诸多称号。马克·斯皮尔卡的《狄更斯与卡夫卡：相互阐释》从比较研究的角度指出，主题、情境和视点是狄更斯与卡夫卡的怪诞喜剧的共同点。儿童视角是二者最优秀的小说，从而使读者洞悉生活在官僚主义制度下社会心理和社会世态的复杂性。尼古拉·布拉德伯里的《狄更斯与小说形式》认为，狄更斯的作品都以连载的形式问世，这种出版体制对于小说形式具有深刻的文化、经济和审美意义。连载出版，分期购买，成就了绝大多数读者购买小说的欲望，使得狄更斯的作品能够保持读者的悬念，操纵读者的想象力，对小说形式的外形、节奏、结构和韵味引发了革命性的发展，情节结构与陪衬情节结构、剧情突转与逆转、危机与灾难、对巧合与解脱的诱惑等艺术手法的娴熟运用，情节剧、犯罪小说、神话、童话故事、民谣等无一不被狄更斯纳入其作品之中。里查德·L. 斯特恩的《狄更斯与插图》认为，狄更斯的小说绝大多数以连载的形式发表，每一期皆由文字版和相应的插图组成，插图是其艺术不可或缺的一部分，他的创作与原创插图画家有着千丝万缕的联系。在狄更斯时代，不少读者还不识字，他们从别人的朗读中了解并热爱狄更斯的小说，通过插图建构想象的文本，插图为 19 世纪不识字的读者奉献了"穷人的圣经"，也为狄更斯的小说打开了广阔的市场。实际上，这既是视觉媒介和视觉技术的运用，也是文化产业的最初尝试。插图是狄更斯的作品具有现代性因子的重要表现形式。狄更斯的创作对维多利亚时代视觉文化的发展做出了积极的贡献。乔斯·马什的《狄更斯与电影》认为，狄更斯的小说充溢着强烈的戏剧性，不仅受到普通大众的欢迎，而且一直为电影制片人所青睐，电影史上的重要的人物格里菲斯、爱森斯坦等公开宣称他们的每一部重要电影都从狄更斯那里受到形式方面的启发，宣称狄更斯是"电影的鼻祖"。狄更斯的小说在情节结构、叙事技巧、社会功能、众多的读者等方面给予电影的影响是其作品具有现代性因子的重要一面。弗·雷·利维斯和奎·多·利维斯的《狄更斯与托尔斯泰：严肃看待〈大卫·科波菲尔〉的个例》认为，狄更斯是一个既受大众欢迎又深刻、严肃的最伟大的创造性艺术家，他对托尔斯泰的作品产生了根本性的影响。利维斯夫妇曾经批评狄更斯，说他是一个津津乐道于伤感煽情的"娱乐高手"。这篇文章显示了他们对狄更斯评价由负面评价为主到正面肯定的变化。

《狄更斯研究文集》中的文章观点各异，方法多样，内容丰富多彩。为我国狄更斯喜爱者与研究者进一步理解狄更斯及其创作提供了一个较好的基础与出发点。

第二节　论文

据统计，这一时期在公开出版的报刊上发表的狄更斯研究方面的学术性论文共有 778 篇。① 从 2000 年到 2012 年，整体呈逐年上升的趋势，2012年更是达到了创纪录的 155 篇，2013 年和 2014 年仍保持较高的数量。此外，还有 150 篇狄更斯研究的博硕士论文。进一步细分，这 778 篇论文可分为综合研究、思想研究、人物研究、艺术研究、比较研究、翻译传播研究和学术史研究等 7 类。其中，综合研究类的论文为 129 篇，思想研究类的论文为 204 篇，人物研究类的论文为 146 篇，艺术研究类的论文为 167篇，比较研究类的论文为 80 篇，翻译传播研究类的论文为 39 篇，学术史研究类的论文为 13 篇。②

一　综合研究

综合研究主要指从宏观层面研究狄更斯、狄更斯的创作、狄更斯的作品与社会和其个人经历之间的关系的文章。这方面严幸智值得注意。他从2004 年到 2010 年陆续发表了 7 篇文章探讨狄更斯小说思想内容及其与时代和社会的关系。《现世情怀：狄更斯的宗教观》对狄更斯的宗教观进行了分析和论述。文章认为，"狄更斯的宗教思想是朴素的，他没有提出宏

---

① 其中 2000 年 10 篇，2001 年 9 篇，2002 年 9 篇，2003 年 15 篇，2004 年 25 篇，2005 年 22篇，2006 年 32 篇，2007 年 44 篇，2008 年 72 篇，2009 年 71 篇，2010 年 86 篇，2011 年 105 篇，2012 年 151 篇，2013 年 45 篇，2014 年 82 篇。

② 本数据不包括博硕士论文。但在后面的分析中，仍会涉及博硕士论文。博硕士论文已成我国狄更斯研究的一个重要组成部分，其中有很多有价值的思想和材料。

大的宗教理论，也没有创立单独的宗教流派，所表明的只是一种对待宗教的立场和态度。"狄更斯"极力主张基督教的人道主义关怀，强调世人要在上帝的感召下相互关爱，减少对穷人的冷漠和歧视。他坚持传教者和信教者都应该摆脱刻板教规的左右，注重爱心的传播与拥有"。文章认为："狄更斯充满穷人情结的宗教观是其工业化批判思想的重要组成部分，构成维多利亚时代人文关怀思潮的重要一脉。"① 《狄更斯中产阶级价值观论析》指出狄更斯的中产阶级价值观与维多利亚时代英国社会富足和贫穷共存的悖论紧密相连，而狄更斯的人道主义情怀和社会正义感驱使他通过揭露和批判英国社会的阴暗面和弊端来维护中产阶级价值观和现存的社会制度。文章认为："作为积极的道德力量，传统的中产阶级价值观在狄更斯所有的成熟小说中都发挥了重要的组织作用。狄更斯所描述的自立、敬业、勤奋、节俭、认真、坚毅、耐心和责任感等中产阶级价值观都与早期英国中产阶级创业阶段的传统价值观相关联。""狄更斯的早期小说反映了一种无忧无虑的中产阶级乐观主义：对进步和社会前景的信心，对传统的丧失信心和对企图将中世纪理想化的人们的鄙视。除此之外，还有一种对贵族的反感与批判。""狄更斯的后期作品大量描述了'理想的家'这一中产阶级的主要价值观。理想中的家是乐园，是远离冷漠的商业世界的避风港。炉火融融的家是嬉戏、情感和幻想的源泉。"不过，虽然"狄更斯对自己描述的中产阶级价值观进行了精心选择，并以一种松散的方式连接在一起"，但"他并没有试图向读者提供一系列连贯而清晰的中产阶级思想体系。道德框架本身在不同的小说中也往往是不同的"。这是因为维多利亚时期中产阶级价值观本身也是变化的，而且由于英国的特殊情况，英国中产阶级与传统贵族在这一方面出现阶层融合的现象，中产阶级与贵族阶级的价值观有纠缠不清的现象，因此，狄更斯也不可能提纯出一套系统典型的中产阶级价值观。② 《狄更斯作品中的异化》认为，在狄更斯作品中，工业化和都市化无处不在，工业社会不仅敌视和排斥制度中的个人，而且使人异化。"在狄更斯的作品尤其是后期作品中，工业社会被描绘成一种

---

① 严幸智：《现世情怀：狄更斯的宗教观》，《广西社会科学》2004 年第 2 期。
② 严幸智：《狄更斯中产阶级价值观论析》，《西北民族大学学报》2004 年第 2 期。

压迫人和使人异化的制度，它敌视和排斥制度中的个人。个人失去了人性，成为了像物一般的机械存在。作品中随处可见工业社会中人在机器的控制下变成物品，被机器操纵、控制或买卖的例子。……在后期的作品中，人被异化成失去人性的机器已不再是偶尔的命运，整个工人阶级的命运都是这样。整个工业社会也越来越成为这个样子。""在狄更斯的小说中，人和事物的性质常常颠倒了。一方面，我们看到人的感情被倾注在房子、家具甚至衣服等无生命的东西上，而另一方面人却被描述为具有非人的特征。"狄更斯还描写了金钱的魔力及其对人与社会的影响。"在社会的各个领域，思维方式、感情以及道德本身都受到经济学原理左右；婚姻成了投机行为，朋友异化为商业资本，金钱成为商业和经济活动的主要甚至唯一目标。"[①] 金钱颠覆了正常的人际关系，使人变成金钱的奴隶。此外，《感性改良主义狄更斯》（《天津外国语学院学报》2005 年第 2 期）、《狄更斯倡导公平教育》（《苏州科技学院学报》2004 年第 4 期）、《关注尊严：狄更斯与社会救助》（《学海》2004 年第 6 期）3 篇论文主要论述狄更斯人道主义思想的不同侧面，即狄更斯旨在通过改良主义的方式来倡导下层人民享受公平教育和社会救助。《关注穷苦人的文学：再读狄更斯的〈圣诞故事集〉》（《学海》2006 年第 3 期）指出，狄更斯的《圣诞故事集》体现了他的社会组织原则主张：怜悯和慈善与正义同样重要；阶级之间应该互相了解，从而实现"人间友好，天下太平"。严幸智的研究体现了自 20 世纪 90 年代在国内兴起的文化研究的影响，重视狄更斯作品与社会各个方面的联系。

李增从新历史主义的角度出发，研究狄更斯作品中不为主流社会注意的下层中产阶级人物。李增认为："在英国维多利亚社会生活着一个特殊群体，即下层中产阶级（lower middle class），它出现的时间要比当时社会其他三个主导阶级——贵族阶级、中产阶级、无产阶级晚了许多，而且它作为一个具有鲜明特征的阶级群体身份的界定直到 1870 年才出现；它是一个不享有特权、未形成一定社会力量、生活在其他三个阶级夹缝中间的群

---

① 严幸智：《狄更斯作品中的异化》，《长春大学学报》2010 年第 3 期。

体，游离于当时社会的三大主导阶级之外。"这些边缘人物成为狄更斯小说人物的一个主要类型。"随着创作的不断深入，狄更斯创造的'边缘人物'在继续延承维多利亚时期形成的传统的同时，还拓展和改造了这一传统。在《匹克威克外传》（1836年）之后的作品中，许多'边缘人物'依然呈现出幽默、滑稽的特征，但他们已经不再是作者蔑视与奚落的对象，狄更斯在他们身上注入了温情与同情，这标志着狄更斯'边缘人物'的创作进入了一个新的阶段。"不过，狄更斯创造的边缘的价值不仅仅拓展和改造维多利亚时期形成的传统，更重要的是他们对当时占统治地位的中产阶级意识形态话语进行了颠覆。所谓颠覆，是指对代表统治阶级秩序的社会意识形态提出质疑，从而使普通大众的不满得以宣泄。如果这种"颠覆"的力量被控制在许可的范围之内，使之无法取得实质性效果，这种控制力量则可称为"抑制"。在狄更斯的"边缘人物"中，我们看到了"颠覆"与"抑制"策略的同时展示。比如在《小杜丽》中，狄更斯便通过"边缘人物"对中产阶级价值观提出质疑。"首先，狄更斯运用'角色转换'的方式把原来属于中产阶级的品德赋予到了'边缘人物'身上。""其次，在狄更斯小说中很多'边缘人物'的阶级身份很难给予准确界定，他们似乎介于中产阶级与下层中产阶级之间，这是一群'跨越阶级界限'的阶级人物。狄更斯有意塑造出这样的人物以抨击当时社会意识形态权力话语中的等级制度观念。"比如小杜丽，这"是一个阶级身份神秘、模糊不清的人物，已经超越了传统的阶级界限，是生存在中产阶级和下层中产阶级缝隙中的特有产物，这个人物的塑造说明狄更斯思想观念的重要转变及创作上的突破。狄更斯'颠覆'维多利亚社会阶级等级观念、'颠覆'中产阶级'绅士'观念这一维多利亚意识形态主导话语的事业在小杜丽这个'边缘人物'身上达到了一个高潮"。不过"虽然狄更斯对维多利亚社会意识形态主导话语进行了'颠覆'。但是这种'颠覆'是有一定限度的，它被'抑制'在社会许可的范围之内。……因为这种颠覆力量是社会权力话语产生出来的……颠覆维多利亚社会中产阶级价值观也是当时社会的需要。正如英国历史学家克拉克所说，随着19世纪中期英国社会的迅速变化，人们对仅靠阶级出身划定绅士或身份等级的做法产生了怀疑，因而开始使用精神和道德品质来补充绅士观念，在谈到绅士的属性时，教育、教养、举止、品德等也成为重要因素。绅士被赋予了新的内涵。狄更斯也顺应了这个潮流，并在《小杜丽》中准确到位地描述了这一观念的变化"①。这样，通过颠覆与抑制，狄更斯笔下的边缘人物参与了维多利亚主流意识形态之一的中产阶级意识形态的改造与重建，成为狄更斯小说中重要的人物类型。

肖锦龙从现象学的角度出发分析美国当代批评家希利斯·米勒的《查尔斯·狄更斯：他的小说世界》，认为该书虽然充分注意到了作家意识在文学世界中的主导作用，但对作家意识的表现形态即文学形式的核心地位视而不见，因而有严重的局限性。文章认为："无论在理论观念的层面上还是在批评实践的层面上，米勒的《查尔斯·狄更斯：他的小说世界》主要以狄更斯作品中的意识为关注点，是一部典型的意识批评论著。从方法论的角度看，一方面它彻底突破了传统的传记批评、社会历史批评、思想观念批评、心理分析批评等各种外部研究模式，将批评焦点从过去对作家的个人经历、时代背景、思想观念、心理状态等的探究转向了对呈现在作品中的作家大脑图景、精神个性、想象世界或者说意识的探究，开了内部研究之先河，对西方文学批评的发展作出了独特的贡献。另一方面它完全忽略了对作家意识和作品意识得以形成的一个关键性的层面即文学形式和文学叙写模式的深入探讨，因而它的意识批评根本上是一种有严重缺陷的意识批评，是不充分的意识批评。它所坚持的内部研究是一种极有限的内部研究，是半吊子内部研究（这也正是他为什么后来抛弃意识批评、走向解构批评的缘由）。米勒的《查尔斯·狄更斯：他的小说世界》是西方现象学批评的经典之作，它的成就和不足是西方现象学批评的优势和缺陷之结晶。认真总结它的得失对我们深入把握现象学批评及其优劣成败，吸收它的优点及克服它的缺点，创建新型的更为科学有效的批评方法无疑具有重要的镜鉴作用。"②

---

① 李增：《狄更斯小说中的"边缘人物"与维多利亚意识形态的权力话语》，《外国文学研究》2008 年第 2 期。

② 肖锦龙：《意识和文学叙写模式——米勒〈查尔斯·狄更斯〉意识批评之得失浅议》，《清华大学学报》2009 年第 3 期。

  吴桂辉依据萨义德的后殖民理论，挖掘了狄更斯小说中蕴含的殖民话语与帝国意识。认为"伴随着大英帝国的崛起而形成的欧洲甚至伦敦中心意识无不影响着狄更斯的小说创作"。他的所有小说几乎都是以伦敦为中心，而其他地方不过是伦敦或英国的附庸，澳大利亚，是殖民、敛财和流放犯人的场所，美国特别是它的西部，是一个富得流油、变幻莫测的他者，而广大的东方，则是一个沉默而富裕、值得觊觎的地方。这些分析，从不同角度挖掘了狄更斯作品的内涵，富于启发意义。作者认为，把狄更斯的作品置于大英帝国的历史背景下进行研究，挖掘、分析蕴藏在其小说中的帝国意识与殖民话语，"这样做的主要目的不是要证明或否认狄更斯的一些文本的文学价值与地位，而是让我们从另一角度更好地欣赏传统经典文学作品的文学内涵。"①

  方颖玮、麦永雄运用德勒兹的文学机器和效果装配的概念对狄更斯小说进行有别于传统定式的阐释。德勒兹的机器"显然不是纯技术的工业制造的机器，而是一种哲学与美学的链接与装配观念或机制。……机器不是一种隐喻，而是一种生活之流和思想机制。机器的概念否弃了基要主义的超验上帝和主体观念或评判标准，意味着事件的不断链接与生成的不断更新，凸现了 AND（链接）的内在性的经验逻辑"。而德勒兹由"机器"所衍生出来的"装配"的概念，也"从来不是等级制的'血统'，而是不断链接的'联姻'，指涉一种多元异质的维度，使'人口、多元性、辖域、生成、情感、事件'互相关联，是一种复合功能的共生和共振"。"从德勒兹机器诗学和'狄更斯装配'的感觉逻辑而言，狄更斯小说经常逸出人为划定的批判现实主义藩篱，表现出众多浪漫与怪异的特征。德勒兹认为，文学人物是生活和差异的产物，可以视为文学机器艺术汇聚的效果'装配'。狄更斯笔下的人物塑造常常有人们颇感诧异的效果。奇特的句子、怪异的身体抽搐、非理性的欲望和情感以及碎片化的叙事构成了狄更斯这位经典的批判现实主义作家常遭到忽视的一面。……文学机器的运作促使小说中一系列奇特怪异的事件与元素的链

---

① 吴桂辉：《狄更斯小说后殖民解读》，《牡丹江师范学院学报》2009 年第 2 期。

接，装配出狄更斯式的人道主义奇崛的情感效果，恐怕难以仅仅用批判现实主义一语蔽之。"① 文章的观念很新，但对具体作品的分析还略显粗放。

2012 年，是狄更斯诞辰 200 周年，全国各地都举办了一些纪念活动，发表了一些纪念性的文章。其中陆建德的两篇文章有一定代表性。陆建德肯定"狄更斯批判自己身处的社会，同时又不愿看到它被贫富差别和阶级仇恨所撕裂，他相信普通英国人的道德和信仰，爱护英国社会，他从来不以激起怨愤和仇恨为目的，他以宽厚仁爱的大心融化坚冰，奋力驱散他在《荒凉山庄》中刻画过的无处不在的雾瘴"②。陆建德认为，英国渐进性改良与欧陆激进式的革命达到的效果是一样的，但相比而言，英国式的改良对社会造成的破坏更小。"从狄更斯的小说里我们能看得到一个社会的价值体现，它就像巨轮船舱底部的压载，保证了社会在持久稳妥的改革进程中不致倾覆。"③ 这些看法，显示了对狄更斯的与以往不同的评价。

与欧陆特别是法国不同，英国实行的是渐进性的改良，没有暴风骤雨似的暴力革命。英国社会进程的这一特点新时期后得到了越来越多的学者的肯定。部分学者从文学的角度，看到了狄更斯在这一进程中的作用。尹康敏认为，英国历史上几乎所有重大的变革都是通过渐进的方式完成的，作为大作家式的社会评论家和批评家，狄更斯似乎找到了自己的定位，通过自己的创作推动社会的改进。"狄更斯相信文学（尤其是小说）在影响道德和社会方面的潜力，他将小说作为讨论道德和社会改革的一个平台。""他对社会的评论提高了阅读公众的集体意识，有效推进了越来越影响当局决策的公众舆论的形成，促使英国政府内省，也间接地导致了一系列的社会福利、政治、法律、城市治理、教育、环境等方面的改革。"④

---

① 方颀玮、麦永雄：《文学机器的装配：从福斯塔夫式背景到狄更斯小说》，《社会科学辑刊》2011 年第 6 期。

② 陆建德：《新语境下，如何读狄更斯》，《人民日报》2012 年 4 月 10 日。

③ 陆建德：《专为下层社会写照——纪念狄更斯诞辰两百周年》，《浙江工商大学学报》2012 年第 5 期。

④ 尹康敏：《时代良知的呼唤——作为社会评论家狄更斯对英国社会发展的影响》，《信阳师范学院学报》2014 年第 4 期。

此外，王红的《〈老古玩店〉的生态批评解读》（《哈尔滨学院学报》2007 年第 1 期）分析了体现在《老古玩店》中的生态思想；蔡熙的《狄更斯的城市小说探赜》（《沈阳师范大学学报》2012 年第 1 期）探讨了作为城市经验的体验者与表达者，狄更斯城市小说的特点及其影响；程雨丝、阎爽的《解读〈艰难时世〉的空间权力》［《短篇小说（原创版）》2012 年第 3 期］分析在等级的空间关系中所体现的资本主义工业社会的意识形态。这些论文，都从自己的角度对狄更斯小说研究提供了一些新的思想。

二 思想研究

思想研究类的论文数量在这一时期仍是最多的，但与前几个时期相比，所占的比例却有较大幅度的下降，这显示了这一时期国内狄更斯研究的全面与多元发展趋势。

狄更斯及其作品的人道主义思想以及与此相关的仁爱思想仍是这一时期研究的重点之一，研究者们从不同角度对狄更斯作品中的人道主义和仁爱思想进行探讨，但总的来看没有大的突破。伦理、人性与家庭也是这一时期研究的重要维度，各有一定数量的论文，但与对人道主义的研究一样，未能出现很有创见的作品。值得注意的是赵炎秋的《对于历史的道德叩问——狄更斯小说中的监狱研究之二》。文章指出："作为一个杰出的现实主义作家、人道主义思想家，狄更斯在其创作中对 19 世纪英国的监狱做了广泛的反映，并从道德的角度进行了深入的批判。""狄更斯对英国监狱的批判具有单维度的特点。他把道德作为评判监狱的主要标准，并把这一标准贯彻到评价的各个方面，而较少考虑其他的因素。这种特点影响了他对监狱这一历史存在的全面认识，在一定程度削弱了他批判的力度。但这并不意味狄更斯对监狱的道德批判是没有价值的。狄更斯对监狱的道德批判给我们提供了历史评价与道德评价、历史进步与道德进步、处于社会发展前列的社会存在的道德完美等许多值得思考的问题。"关于历史评价与道德评价问题，文章认为："历史以社会的发展为目标，道德以社会的和谐为目标，两者并不是一致的。……一个事物，既可以从历史的角度进行评价，也可以从道德的角度进行评价，两种评价都是有价值的，但两种评价也都有自己的片面性。我们既不能以历史的片面性来否定道德的片面性，也不能以道德的片面性来否定历史的片面性。然而，两者的辩证结合又不是一件容易的事情。对于文学创作来说，也不一定是件必需的事情。作家根据自己的构思可以选择历史的角度，也可以选择道德的角度。在这种情况下，确定他们的单维批判的价值的标准便只可能有两个，一是他们的批判在其维度本身的范围内是否全面正确深刻，二是他们的批判是否完全忽视了另一维度。狄更斯对监狱的道德批判本身是全面而深刻的，而且这种批判虽然具有单维度的特点，但并非没有意识到监狱的历史维度。在这个意义上，我们说，狄更斯的批判是成功的。"关于历史的进步与道德的进步之间关系的问题，文章认为"从总体上看，历史的进步总会带来或促进道德的进步。但是两者之间也不是一对一成正比例的关系。这有两个方面的原因。其一，是在某些局部或某些层次，历史的进步与道德的进步之间有一种脱节的现象，某些能够促进历史发展的措施甚至可能带来道德的退步。……其二，道德作为一种调整人际关系、规范人们行为的准则，是为自己的时代、社会所决定，为自己的时代、社会服务的。因此，不同的时代、社会对道德的要求是不同的，道德的内涵与规定性也有区别。……这样，历史的进步与道德的进步之间就存在着许多复杂的不确定的因素，由此形成两者之间的张力。狄更斯的道德批判未能很好地利用这两者之间的张力，这是他的道德批判的一个不足。但是另一方面，他从道德的角度审视历史，看到了许多单从历史的角度看不到的东西，这又是他的道德批判的深刻性所在"。关于在历史上处于前列的社会存在的道德完美的问题，文章认为："人类社会总是一个阶段一个阶段地向前发展的。从生产力及与此相关的社会物质文明的发展来说，总是后一个阶段优于前一个阶段，在发展的过程中处于前列的社会存在优于处于后面的。但从道德的角度来看却不一定绝对如此。因为道德调整的是人的行为和人与人之间的关系，任何社会存在，只要涉及人，就存在道德的问题，不管它处于什么样的发展阶段。狄更斯的道德批判启示我们，即便在历史的发展过程中处于前列的社会存在，从道德的角度看也不可能是十全十美的，作家应该对其保持批判的态度，而不能对其顶礼膜拜。"①

由于政治与意识形态方面的原因，国内学界对西方文学中的宗教因素持回避态度。这一时期的狄更斯研究注意到了其作品中的宗教内容。如宗红梅认为："狄更斯的宗教思想是在宗教世俗化的思想大背景下形成的。他极力主张基督教的人道主义关怀"，强调宗教的教化功能，注重爱心的传播与拥有。② 马静认为，《双城记》在批判社会的同时，宣扬了在爱和再生的追求中的牺牲精神。小说所描写的激情、宽恕和复活，明显具有宗教色彩。③ 刘忠纯的硕士论文《论基督教——圣经对狄更斯小说创作的影响》从主题思想、人物形象、故事情节和小说意象等四个方面探讨了宗教对狄更斯小说创作的影响。④ 这些研究应该说是一个拓展。狄更斯的宗教观念不是很强，但作为在宗教传统中长大并生活在这一传统之中的作家，他的作品也不可能不受宗教的影响。但问题在于，这一时期的研究大多还只是将宗教与狄更斯的作品进行比照，分析狄更斯作品中的哪些主题、人物、意象或艺术手法与宗教有关，分析比较深入的文章不多。但也有值得重视的文章，如朱沅沅的《〈荒凉山庄〉圣经隐喻与宗教道德化分析》。文章指出："《荒凉山庄》匠心独具地运用了圣经隐喻这一背景灯光，借助圣经语言、人物形象，暗示了小说人物、情节的发展方向。"文章"选取受害者弗莱德小姐——一个耗费全部的时间等候谁也不清楚是什么判决的老女人——的两个圣经隐喻和乔——无家可归、食不果腹的孩子——举目仰视教堂塔顶的大十字架这一具有象征意义的动作，借助圣经的公义审判观探讨了以大法官庭为代表的腐朽势力的毁灭结局。与此对照的是世俗的避难所——家庭"。"弗莱德小姐把大法官的判决（judgment）比作上帝的末日审判（Day of Judgment），她称大法官掌管的大印（Great Seal）就是启示录中的第六印（sixth seal），而根据《圣经·启示录》，第六印的揭开预示

---

① 赵炎秋：《对于历史的道德叩问——狄更斯小说中的监狱研究之二》，《湖南师范大学学报》2006 年第 6 期。

② 宗红梅：《论〈双城记〉中狄更斯的宗教观》，《南昌高专学报》2007 年第 4 期。

③ 马静：《狄更斯〈双城记〉的宗教色彩》，《科技信息（学术研究）》2007 年第 31 期。

④ 刘忠纯：《论基督教——圣经对狄更斯小说创作的影响》，硕士论文，湖南师范大学，2011 年。

着要发生一系列可怕的大灾难，那是上帝的愤怒和对人的审判。把法庭的判决与上帝的审判联系起来意味着，在弗莱德小姐眼中，大法官的权力可以和上帝的权力等同。这位疯癫老太太所说的话隐藏着作者使用圣经隐喻的高超技巧。首先，它展现了个体对法庭判决感到的绝望。仔细思忖，可以发现末世审判和第六印的揭开都预示着末世即将到来的灾难，而这是上帝对邪恶的报应。因此，从这个角度来看，弗莱德小姐等候的不仅仅是法庭的判决，而是上帝的审判即终极的公义。弗莱德小姐的隐喻话语给这个人物蒙上了一层神秘的面纱。此外，让一个半疯癫的女人启示灾难更能加强小说家对法律机构的强烈愤慨。弗莱德小姐对末日审判的断言昭示了小说对社会邪恶的强烈控诉。"文章认为，维多利亚时期功利主义的盛行推动了经济的发展，但也使人们精神僵化。另一方面，由于达尔文主义思想的影响，人们日趋受经验理性支配，对传统基督教的教义的信仰受到削弱。但是，"宗教的道德准则却被更多的作家推崇，因其对挽救受科学理性支配的现代社会的世道人心能发挥积极的作用。维多利亚时期的诸多作家都有明显的把宗教道德化的倾向，他们强调宗教的美德和价值观，绕过了上帝的存在、至圣、圣经的绝对权威等问题"。宗教出现道德化的倾向。这种宗教道德化的倾向在《荒凉山庄》中的表现是对家庭生活的推崇。"世俗领域的家庭生活成为被宣扬的一种生活方式，家庭生活成为传统宗教信仰的替代物。作为宗教道德化载体的家庭生活被神圣化，承担了道德教化、精神安慰的重任。"这样，狄更斯就通过圣经隐喻，"一方面表达了对以大法官庭为代表的机构改革理想的幻灭，另一方面又展示了作为宗教道德化载体的家庭生活对信仰缺失的弥补和替代"①。

家庭仍然受到学者们的关注。闵晓萌运用雷蒙德·威廉斯自然理论，对《艰难时世》中"自然"家庭关系的多重含义进行分析。她认为，《艰难时世》着力刻画的几个家庭，最终无一不在风雨飘摇的社会大环境下支离破碎。狄更斯"通过将情感关系和经济关系建构成'自然'与'非自然'的二元，赋予了情感关系固有和本质的优先地位，以对抗功利的经济

_____

① 朱沅沅：《〈荒凉山庄〉圣经隐喻与宗教道德化分析》，《国外文学》2009 年第 3 期。

关系。小说结尾处，作者通过安排一个理想化的家庭外来者实现了家庭关系由'非自然'向'自然'的转化。这种经过修复的'自然'的家庭关系起到了掩盖社会矛盾、将小说对家庭关系的探讨限制在伦理层面的作用。这也使得小说中所谓'自然'的家庭关系具有了革新与保守并存的两面性"①。这个"家庭外来者"自然是西丝。她不仅帮助了葛擂硬，也给"名誉丧失"了的露意莎带来了幸福与宁静。

这一时期思想研究比较重要的进展主要是在与文化研究有关的领域。文化研究在西方兴起于 20 世纪五六十年代，兴盛于 20 世纪七八十年代，但在国内，文化研究的引进与兴盛则是 20 世纪 90 年代之后的事，其研究在狄更斯研究领域崭露头角则是 21 世纪。2004 年，乔国强在《外国文学研究》发表文章，分析《奥列弗·退斯特》中狄更斯反犹的种族主义倾向。文章认为，在"阅读《雾都孤儿》时，有两个异常明显的感受：一是每当出现邪恶势力的典型场景时，犹太人往往是其中的主谋或活动在其中的主角。……二是犹太人在小说中可能不是最残暴、凶狠的，但他们却是最龌龊的、最令人厌恶和仇恨的"。"在狄更斯看来，因为生物遗传的缘故，每一个犹太人都毋庸置疑地不同程度地继承了其先辈卑鄙、可憎的品质，其相貌和本性都不可救药地无法改变，这是犹太人不可避免的生物归宿。他觉着自己在小说中说出这一点来，并不是歧视犹太人，不过是道出了某种事实而已。"文章进而分析了狄更斯反犹主义的来源及其原因，批评了西方社会根深蒂固的种族主义倾向。文章指出，犹太教本是基督教的母体。但基督教兴起之后，两大宗教"为了谁才是上帝的选民等问题争执不休。为了吸引更多信徒加入自己的阵营，双方展开了一场互相指责、嘲讽与诽谤的激烈'嘴战'。基督教徒还对犹太人进行了兵戎相见的讨伐。在这场战争中，基督教徒对犹太教最富有攻击性和成效性的打击是，他们指控犹太人是杀害上帝耶稣的凶手。这样一来，犹太人的形象大受损伤，在非犹太人的眼中竟变成了魔鬼撒旦的化身"。日积月累，犹太人在欧洲文学中逐渐成为负面形象的象征。由此可见，"狄更斯在《雾都孤儿》中选择费金作为残害儿童和破坏社会道德的代言人并不

---

① 闵晓萌：《情与利的冲突——〈艰难时世〉中"自然"家庭关系的复杂性》，《天津外国语大学学报》2014 年第 1 期。

是偶然的，而是承袭了欧洲历史上对犹太人存有偏见的传统。狄更斯所谓的写实，其实也难以逾越根深蒂固的种族观念的制约"①。乔国强的这一观点后来在黄艳丽的《浅析〈雾都孤儿〉中狄更斯的反犹主义》（《青年文学家》2009 年第 3 期）一文中得到回响。不过黄艳丽的文章只是重复了乔国强的观点甚至部分文字，并没有增添什么新的东西。

女性主义是这一时期重要的研究角度之一。郭荣批评狄更斯受维多利亚意识形态和自己成功经历的影响，在创作中总是将女性置于男性之下，有意无意地贬低女性。郭荣的文章指出："狄更斯女性规范的核心是要求女性的完全奉献，向男性并且只为男性而奉献。自然，这种奉献是在'爱'的名义下进行的。然而，女权主义者们早就批评了其中隐含的不平等……这里最关键的是男性没有以同等的爱去回报女性。虽然狄更斯也要求男人要爱妻子，然而这里的'爱'所指的更多的是感情与物质上的付出与关怀，而不是男性为女性而牺牲自己的前程、事业、地位和在社会上的发展。这恰好正是狄更斯笔下男女关系的一种反映。在社会规范的问题上，狄更斯所采用的标准实际上是双重标准，其对男女双方的要求并不一样。这种双重标准必然造成对女性的不公正。"② 这一观点是比较深刻的。不过也应指出的是，这一观点不是郭荣自己的，而是从赵炎秋《狄更斯长篇小说研究》第 6 章中借鉴的。另一研究者王育芳认为："人本主义话语假设了一种作为人类构成要素的普遍本质，并将在社会历史环境中形成的宗主与男性特征及其活动，如理性、生产、权力意志等，推崇为人类的本质，因之，宗主、男性成了典范，而臣属、女性则成了另外一种东西、一种附属的身份或性别。长久以来，男性掌握着话语权，在男权社会建构的二元对立体系中，'他'代表力量、理性和真理，而'她'则被构造为弱者、感性、非理性；在这种强势话语的主宰之下，历史上男主女次、男尊女卑的思想独立于种族、文化和国界而成为跨越时代与社会的主流话语。"③

① 乔国强：《从〈雾都孤儿〉看狄更斯的反犹主义倾向》，《外国文学研究》2004 年第 2 期。
② 郭荣：《论〈远大前程〉中狄更斯的男性意识》，《辽宁行政学院学报》2008 年第 11 期。
③ 王育芳：《女性主义视野中的〈董贝父子〉与〈福尔赛世家〉》，《译林》（学术版）2012 年第 2 期。

殷企平则从异化的角度分析了狄更斯小说中所描写的工业文明的新进展。他认为,《小杜丽》表面上结构凌乱,但深层结构却十分紧凑。书中最具黏合力的是莫多尔先生所代表的"进步"潮流——是他刮起的股市风波把书中所有人物的命运联系在了一起。小说中的"'瘟疫'跟人的身体没有丝毫关系,而是指精神上的一种毒素,即千军万马奔致富道路时撩拨人欲望的那种侥幸心态"。在这种全民追富的投机心态中,形形色色的骗子大量出现。"正是因为有了这些极其'进步'① 的弄潮儿,工业社会才变得更加纷乱,更加喧嚣。"而在《董贝父子》中,董贝与儿子的故事在不到三分之一的地方就结束了,小说主要写的实际是董贝与他女儿弗洛伦斯的故事。但小说不叫"董贝父女"而叫"董贝父子",其原因就在于董贝对于金钱帝国和事业成功的追求。这一现代社会发展的内驱力在狄更斯小说中走向它的反面,它导致了人性的异化,扭曲了人们之间的正常关系。弗洛伦丝在自己的家里只是"一个陌生人:她的家只为'董贝父子公司'而存在,只为物质进步而存在,因而离她心目中的精神家园相去甚远。从这一意义上说,董贝家的父女关系根本就是名存实亡。也正是在这一意义上,小说的题目没有丝毫差错。选用《董贝父子》替代《董贝父女》来作为题目,实在是作者匠心独运的结果:它悖论式地突出了董贝父女关系的重要性,既彰显了和谐、正常的父女关系的缺席,又暗示了其中的原因,还召唤了这种关系的回归。《董贝父子》也好,《董贝父女》也罢,它们都指向了一个共同的含义,即成人与小孩儿之间的正常关系已经被扭曲。不管是董贝跟儿子的关系,还是他跟女儿的关系,都有一个共同的特征,即父亲根本不在乎自己的孩子是否有一个幸福的童年"②。其原因只是对金钱与"事业"的追求。殷企平的反思揭示了狄更斯对工业文明的态度:"进步""新潮"只有在促进社会和谐,增添人们幸福的时候才是有价值的。作为一个充满人文关怀的作家,狄更斯对所谓的"进步"持有一种本能的疑虑。

---

① 殷企平:《〈小杜丽〉中的进步"瘟疫"》,《浙江大学学报》2005 年第 4 期。

② 殷企平:《是〈董贝父子〉,还是〈董贝父女〉?——狄更斯笔下的"进步"和异化》,《杭州电子科技大学学报》2006 年第 1 期。

　　殷企平的另一篇文章从文化蕴涵的角度分析了狄更斯晚年的重要作品《我们共同的朋友》。殷企平认为："《我们共同的朋友》中所有的朋友/伙伴关系，都跟财富问题交织在一起。更具体地说，就是都跟财富的获取、归属和分配等问题交织在一起。小说中的人际关系错综复杂，交往形式各有差异，但是不外乎两大类，即真朋友和假朋友，而这两大类别的划分都取决于相关人物对财富的态度和处理方式。"假朋友圈的真正主宰和终极目标都是财富，真朋友圈则把"人品、友情和爱情置于财富之上"。这样狄更斯就通过"共同的朋友"这一形象，参与建构了批判流行于英国维多利亚时代社会的"'现金联结'的文化语境，同时提出了一条通向共同体的路径"。那就是对友情、爱情、人品等的重视形成一条共同的纽带，将大家联结起来。此外《我们共同的朋友》还展示了下层群众的美好品质，指出："任何共同体的建构，都不能忘记生活在'漏洞'和'边角'里的共同朋友"，也就是那些生活在社会底层的善良的人们。"①

　　此外，兰丽伟在《潜意识在〈远大前程〉中的流露》(《作家》2008年第6期)一文中讨论了《远大前程》的潜意识内涵。陈颖、李潇颖的《从生态批评的视角解读狄更斯作品中回归自然的主题》(《名作欣赏》2010年第7期)指出，狄更斯的小说大多以伦敦为背景，其小说中无处不在的是工业化导致的极其恶劣的后果，物质环境的废墟化及人性的扭曲。面对满目疮痍的废墟状态，狄更斯在多部作品中表达了向往自然、返璞归真的生态思想，体现了回归自然、融入自然、感悟自然的生态智慧。李秀玉的《心灵的"还乡"——解读〈圣诞颂歌〉中的时间意识和死亡意识》[《重庆教育学院(学报)》2012年第5期]指出，狄更斯的《圣诞颂歌》表现出了强烈的时间意识和死亡意识，并通过对时间意识和死亡意识的思考上升到对"生"的沉思。王敏的《心灵的返璞归真：柏拉图"灵魂"观在〈圣诞颂歌〉中的体现》(《英语研究》2014年第3期)借用柏拉图的"灵魂"观以及与此相关的"灵感"说和"迷狂"说来分析《圣诞颂歌》的主人公斯克路奇。柏拉图认为灵魂由三部分构成，一是"理性"，二是

---

　　①　殷企平：《"朋友"意象与共同体形塑——〈我们共同的朋友〉的文化蕴涵》，《外国文学研究》2013年第4期。

"欲望",三是"激情"。《圣诞颂歌》通过过去圣诞精灵、现在圣诞精灵和未来圣诞精灵的拜访,使斯克路奇怪的心灵经受一次又一次的洗礼,越来越接近那个原来的自己。"在跟随精灵们的旅程中,他是忘我的,他一直在用心思考,他是'理性'的;他的'欲望'在一点一点地被剥夺;他的'激情'在一点点地增多洋溢。"王培培在《匹普命运的现代价值——试析〈远大前程〉主人公匹普的命运》(《科技信息》2008 年第 7 期)一文中认为,《远大前程》表达了上等人和下等人的区别,不应该用物质的眼光来看待,而应以精神、道德的眼光来观察。匹普的悲剧,一方面是道德标准的模糊,另一方面,则是整个社会环境的复杂及由此造成的不同等级的人在社会中不同命运所造成的。这些文章,都一定程度扩展了狄更斯作品思想研究的范围。

三　艺术研究

狄更斯的小说艺术仍是这一时期研究的重点之一。这一时期艺术研究类论文涉及的范围较广,主要可以概括为以下几个方面:1. 艺术特色的研究;2. 写作手法如反讽、对比、二元对立、双关、象征(当然,象征也有从艺术特色的层面进行探讨的)等的研究;3. 语言风格(包括人物语言)与文体特征的研究;4. 叙事艺术研究;5. 创作方法研究;6. 意象研究。

艺术特色研究可从两个方面探讨。一是总体特色研究。这一时期部分研究者试图从整体上对狄更斯小说的艺术特色进行把握,以进一步理解狄更斯的创作。2013 年,赖干坚接连发表两篇文章,对狄更斯的艺术品格进行探讨。[①] 赖干坚认为,狄更斯一踏上文学创作道路,就遵循直面社会人生的方针,把文学创作当作干预生活、推动社会进步的手段。他对待世事,具有鲜明的爱憎,他自始至终都是黑暗社会的抗议者,邪恶势力的鞭挞者,被侮辱被损害者的忠诚卫士,精神家园的探寻者、缔造者。他是时

---

① 赖干坚:《狄更斯的艺术品格(一)——纪念狄更斯诞辰二百周年》,《沈阳大学学报》2013 年第 1 期;赖干坚:《狄更斯的艺术品格(二)——纪念狄更斯诞辰二百周年》,《沈阳大学学报》2013 年第 2 期。

代的预言家，大众娱乐的提供者，英国民族精神的表现者和重塑者。"狄更斯作为精神家园的探寻者、缔造者，意味着他把握了时代精神，成为他那个时代英国民众的精神导师、引路人。这是狄更斯和他的创作永远不朽的根本原因，也是他超越了同时代的作家和后继者，成为继莎士比亚之后英国最伟大的作家的奥秘所在。"①

自 1989 年朱虹在《外国文学评论》上发表《市场上的作家——另一个狄更斯》之后，狄更斯创作中通俗性、娱乐性的一面就不断被人提起，但一般都是将它看作狄更斯创作的"另一面"，是他作为现实主义作家的严肃的一面的补充。蒋承勇跳出了这一思维定式，从有机整体的角度看待狄更斯创作中娱乐性、通俗化的一面。他认为"狄更斯是一位享有盛誉的经典作家，然而，成名之初的他近乎今天的网络写手和通俗作家——借助新的传播媒介在娱乐读者中名声大噪，而后成了现实主义文学的经典作家"。"狄更斯作为现实主义经典作家，其经典性是通过娱乐性和通俗性得以承载和实现的，或者说，娱乐性和通俗性不仅是狄更斯小说生成为经典的方式和途径，而且，它们本身也是经典性成分。……这两者共同促成了狄更斯小说不同寻常的大众阅读效应和图书市场效益。……这不仅让作者誉满全球，也给他和出版社带来了丰厚的经济收入，还极大地提高了小说的地位，促进了小说尤其是长篇小说创作的空前繁荣，而这仅仅靠他小说的社会批判性的经典特质显然远远不够。对于狄更斯来说，故事、娱乐、童心、童话、通俗是他的小说风格及成为现实主义经典作家之重要的不可或缺的质素。娱乐与通俗是狄更斯小说显现在社会批判性之外的经典特质，或者说娱乐性与通俗性是狄更斯小说的'别一种经典性'。社会批判性和娱乐性、高雅和通俗等共同构成了更全面的狄更斯小说之经典性。"②蒋承勇的解读给我们带来了对狄更斯创作的一个新的理解。

伟大的作家总是超越时代的。赵炎秋从这一角度探讨了狄更斯盛名不

---

① 赖干坚：《狄更斯的艺术品格（一）——纪念狄更斯诞辰二百周年》，《沈阳大学学报》2013 年第 1 期。

② 蒋承勇：《娱乐性、通俗性与经典的生成——狄更斯小说经典性的别一种重读》，《浙江社会科学》2014 年第 9 期。

衰的原因。他认为，狄更斯的小说在结构、道德意识、城市题材、人物等方面都既继承了过去的传统，又有自己的创造，同时暗含了未来小说的种子，甚至在某些方面开了未来小说创作的先河。比如小说结构，狄更斯创造了一种"多元整一"的结构模式，"从文学史的角度看，这种结构模式实际上是狄更斯在流浪汉小说基础上的一种创新发展，它既继承了过去小说的结构特点，又开启了现代小说的结构模式。现代小说结构的基本模式是封闭性的，它以事件或主旨而不是人物经历或时间作为小说的基本框架，由此决定了小说的取材范围和小说人物、事件等的取舍，并使小说的结构变得严谨。……现代小说结构的封闭与严谨同流浪汉小说结构的开放与松散正好形成对立的两极，而狄更斯小说的结构就处于这二者的中间，包含了二者的因素。从狄更斯小说的结构往前回溯，就回到流浪汉小说；从他的小说结构往后发展，就成为现代小说的结构。换句话说，狄更斯小说的多元整一结构如果加上一个事件或主旨的框架，它就向现代小说结构转换；如果减少其整一性，叙事向人物经历倾斜它就向流浪汉小说结构靠拢。狄更斯小说的结构，既连接过去，又通向未来"[①]。这正是狄更斯小说盛行近二百年而不衰的重要原因之一。

狄更斯小说单个的艺术特色如幽默、讽刺、怪诞、戏剧性、童话色彩等这一时期仍有学者研究。但总的来看，成就不大显著。

意象研究是这一时期狄更斯小说艺术研究的一大收获。意象本是中国古代文论中的一个术语，研究者们将它运用到狄更斯研究中来，泛指某类具有一定内涵的形象，并以此为纽结，深入狄更斯小说的内部，探讨其深层的思想与艺术。2005 年，赵炎秋发表《狄更斯小说中的监狱》。文章认为在狄更斯的小说中，监狱这个意象呈现正反两面性："在狄更斯的小说中，监狱既是揭露社会黑暗的地方，又是惩罚罪犯的场所，既是普通民众谋生之地，又是不良分子聚集之处，呈现出正反两面性。但是，在表现监狱正面性质的时候，作为惩罚罪恶的象征，狄更斯笔下的监狱只是一种抽象存在；而在表现监狱反面性质的时候，监狱便成为现实的存在，它切实

---

① 赵炎秋：《过去与未来：狄更斯小说中的跨时代因素》，《湖南大学学报》2014 年第 2 期。

影响到所涉及的每一个人的肉体与精神。因此，在狄更斯的小说中，监狱在整体上呈现出负面色彩。虽然狄更斯在一些具体的现实层面上看到或者说无法否定监狱的正面作用，但他对当时英国的法律与司法机构总体上持否定的态度，所以，在小说中，他刻意突出、具体化了监狱负面的一面，而淡化、抽象化了监狱正面的一面。这样，他就在对监狱进行全面反映的同时，突出了对监狱的批判。""这种处理方法反映出狄更斯小说创作的一个基本特点：即在坚持全面反映生活的同时，通过虚化与突出生活的某些方面，以达到自己的创作目的。"①

陈晓兰的《腐朽之力：狄更斯小说中的废墟意象》分析了狄更斯小说中无所不在的废墟意象。文章指出："伦敦是狄更斯创作的源泉，狄更斯把毕生精力用在对伦敦的观察上，大都市化时期伦敦的混乱无序对狄更斯具有强烈的吸引，形成了他特殊的审美趣味。"狄更斯生活在英国工业化的高峰时期，但他很少描写工业化的过程，而是关注它的结果。而在结果中，他关注的又不是工业化带来的秩序与繁荣，而是它阴暗与罪恶。他的作品中描写的那些文明的副产品，那些糜烂、混乱、阴暗的事物和意象，"体现了一个城市和社会被过度开发、过度消耗后的衰竭和不可逆转的衰朽与腐烂。因此，狄更斯的伦敦，并非处在一个成长、建设、发达时期的放纵欲望的荒野（wilderness），而是一个被利用、破坏、被消耗后的废墟荒原（wasteland）"。"废墟，一方面是时间作用的结果；另一方面又是被人为利用、破坏又被遗弃的产物。……透过狄更斯小说中不断出现的忏悔意象，可以看到狄更斯强烈的历史意识和时间意识。这种抽象的意识是通过形象具体的空间变迁来表现的。并与作家对现代文明成果和人类不良行为之结果的思考融为一体。""狄更斯小说的废墟意象体现了伦敦的古老以及历史的底蕴……狄更斯常常将古旧的街区以及荒废的古宅与现代工业文明、机构化的恶果、人性的邪恶与犯罪联系起来，体现了狄更斯对于古旧事物乃至传统的复杂感情。""狄更斯小说中描写的废墟荒原，或者处于都市中的古老区域，或者在城乡结合部，是过去与现在、传统与现代、乡村

----

① 赵炎秋：《狄更斯小说中的监狱》，《外国文学评论》2005 年第 2 期。

与城市、自然与文明遭遇的结果，体现了现代工业文明和都市政治对传统生活方式和乡村自然的破坏与冲击。""狄更斯把现代废墟与荒原归因于现代工业文明和腐败的都市政治，表现了他对工业文明的否定和对现代化的反思。但这并不意味着狄更斯是一个具有浓厚怀旧主义情绪和向往乡村牧歌情调的作家……他对传统的衰亡表现出怜悯和惋惜，但又表现了它的不合时宜和被抛弃、走向灭亡的必然。……狄更斯的理想生活仍是中产阶级式的……小说中浓墨重彩描写的古旧街道、庄园、废墟所包含的种种信息……的确具有强烈的美学效果，给小说增添了一抹浓厚的苍凉感，但它们毕竟又是丑陋的、怪诞的、没有生机、注定要灭亡的。"在《远大前程》中，"狄更斯试图表明：过去的事物必然消亡，就像庄园变成废墟、垃圾，最终被新房屋替代，但历史经验却无法消除，它变成了现代人感情和经验的一部分。狄更斯表现了旧的、传统的一切不可抵抗的衰亡命运，但它又让我们看到历史、传统以财产、遗迹的形式进入现实，参与现代的进程。因此，狄更斯所表现的现代绝非一个与历史完全断裂的时代，而是一个与过去有着千丝万缕的联系的时代。……狄更斯不仅表现了传统的现代价值，而且认为传统、历史，如果不善加对待，就会变成废墟，变成罪犯的巢穴，使一代人的生活陷入废墟"[1]。文章围绕废墟意象，分析狄更斯对于传统、传统与现代的关系的看法，是比较深入的。

此外，任柳《死亡与焦虑——狄更斯小说中的火车形象》一文强调狄更斯小说中的火车是与狄更斯世界相对的"异质"因素，是充满怪诞意味的"庞大怪物"和"死神"，浑身散发出令人恐怖的狂暴力量。[2] 殷企平在威廉斯（Raymond Williams）和马库斯（Steven Marcus）关于狄更斯小说中铁路意象象征工业革命正面和负面效应的研究基础上，指出通过对该意象的情景语境和社会文化语境的分析，可以看清它的背后是挥之不去的忧患意识，是对伴随工业革命而盛行的社会价值观的质疑，是拯救人类灵魂的努力。[3] 傅晓燕、何云波的《现代工业废墟——狄更斯笔下的城市景

---

① 陈晓兰：《腐朽之力：狄更斯小说中的废墟意象》，《外国文学评论》2004年第4期。
② 任柳：《死亡与焦虑——狄更斯小说中的火车形象》，《山东文学》2007年第8期。
③ 殷企平：《〈董贝父子〉中的"铁路意象"》，《外语与外语教学》2003年第1期。

观》(《长沙铁道学院学报》2007年第3期)通过对狄更斯作品中的城市景观的探讨,指出狄更斯的忧患意识和底层意识,使他笔下的伦敦呈现一片现代工业废墟的状态。张冰的《解析〈远大前程〉的意象写作手法》(《作家》2010年第8期)认为狄更斯在《远大前程》中大量运用了心理意象、内心意象和泛化意象,对深化小说主题、昭示人物命运、推动情节发展等,都起到了画龙点睛的作用。

创作方法仍是这一时期研究的重点。占主流地位的看法仍认为狄更斯是一个现实主义作家,但也有一些研究者注意到了狄更斯创作中的非现实主义因素。李增、曹彦认为:"狄更斯不仅是伟大的现实主义小说家,同时也是一个具有强烈浪漫主义创作倾向的小说家。他从法国思想家卢梭和英国19世纪初期的浪漫主义作家那里汲取思想,创作了一系列具有浪漫主义特色的小说。他的代表作《远大前程》比较典型地反映了浪漫主义回归自然、关注儿童的创作思想。"狄更斯是一个"继承了浪漫主义文学传统的现实主义小说家"[1]。李跃红则从宗教因素出发,探讨狄更斯创作的非现实主义性。他认为,"狄更斯作品皆由善恶两组形象构成,由此形成罪人悔改、恶人毁灭和好人团圆等模式",是与现实主义相抵牾的。他的作品中出现的善恶两极原则和相关模式等,"并非由于对社会现实的真实反映,而是其主观意识干预结果。而这种主观意识正是在基督教强烈影响下形成的,或者干脆说,是他对基督教的信仰和对信仰的理解"[2]。换句话说,对宗教的信仰和对信仰的理解,造成了狄更斯创作中的非现实主义因素。

在研究狄更斯的创作方法时,这一时期的研究者们倾向于从作品实际而不是相关的概念入手,对狄更斯创作方法进行具体分析,提出自己的看法。薛鸿时在他的专著《浪漫的现实主义——狄更斯评传》中所提出来的狄更斯的创作方法是浪漫的现实主义的观点,在这一时期得到部分研究者的赞同,并以此为出发点分析了狄更斯的部分小说。韩彦芝认为狄更斯是

---

[1] 李增、曹彦:《论狄更斯〈远大前程〉中的浪漫主义倾向》,《东北师大学报》2005年第6期。

[2] 李跃红:《狄更斯创作的非现实主义性及其原因》,《云南民族大学学报》2007年第6期。

浪漫的现实主义大师，他的小说"《大卫·科波菲尔》是一部结构严谨的艺术整体，作者通过独特的心里视角描写人物，通过细心观察，发挥丰富的想象力，注入强烈的情感，热情细致、广阔深入地描写了外部的社会生活与风土人情，从而展示出人物的性格特征和内心世界；通过妙趣横生的幽默、细致入微的心理分析，描写小人物的日常生活、个人际遇、七情六欲、悲欢离合和生老病死，从而向我们展示了社会各个阶层千姿百态的人物形象，通过现实主义描写与浪漫主义气氛的有机结合把错综复杂、曲折动人的故事情节连成一体"①。杨斯越的《浅析狄更斯〈双城记〉的浪漫现实主义精神》（《剑南文学》2012 年第 12 期）认为，《双城记》是一部借古讽今的忧患之作，"小说以法国大革命为背景，通过对各色人物在巴黎和伦敦这两个世界大都市中的遭遇描绘及其内心世界的剖析，展现的是法国和英国两国的阶级对立和激烈的阶级斗争等诸多社会问题，反映出的是人道主义关怀之下的革命合理性与复仇的疯狂性，在这部作品中狄更斯大力地主张以仁爱和宽恕去化解深切的仇恨、拯救那些扭曲的心灵，是英国浪漫现实主义精神作品的经典之作"。文章从小说结构的悬念性、内容的时代性、人道主义的显现等几个方面对《双城记》进行了分析，以突出其中的"浪漫现实主义精神"。

另一研究者赵炎秋将其在 20 世纪 90 年代的观点修改、充实后再提出来，认为狄更斯的创作方法是感受型的现实主义。其创作侧重感受，重视生活的奇异一面与遵循生活的本来面貌、主观的生活进程与客观的生活逻辑、重视细节的真实和强调主观介入的有机结合。与其创作方法相连，狄更斯的描写方法具有"物化"的特点。他的物化描写本身虽然具有一定的意义与独立性，但在总体上还是为形象塑造、主题表达等服务的。从具体叙事手法看，狄更斯的物化描写有细密、详尽和繁复、重叠等两个特点。②

创作方法作为纯粹的概念探讨是比较容易的，但具体到作为个体的作

---

① 韩彦芝：《浪漫的现实主义大师查尔斯·狄更斯——〈大卫·科波菲尔〉的艺术特色赏析》，《时代文学》2009 年第 24 期。

② 赵炎秋：《感受与物化：狄更斯创作方法再探》，《英美文学研究论丛》第十九辑（2013年秋），上海外语教育出版社 2013 年版。也可参看本书第五章第一节。

家身上,特别是狄更斯这样风格多样的作家身上,则是比较难以界定的。这一时期国内学者从狄更斯作品出发,对其创作方法分别提出自己的看法,这有利于我们对于狄更斯创作和作家本人的理解。

狄更斯小说有其独特的叙事方式与叙事手法,这一时期不少研究者运用叙事学理论,对狄更斯小说叙事艺术进行研究。研究内容涉及狄更斯小说的叙事特征、叙事结构、故事层次与叙事语言等。如艾晓玲的《〈远大前程〉的叙事特征》一文认为,作为狄更斯后期重要作品,"《远大前程》不仅在同类小说的叙事艺术方面达到了顶峰,还构成了20世纪初从现代主义小说蓬勃发展出来的叙事革命的发端,可以说,《远大前程》对现代主义小说的叙事方式有先驱性的预示作用"。文章认为,在叙事结构上,小说采用了犯罪与惩罚二元对立的深层模式,在叙事语法上,角色之间是对立转化的,在人称机制,叙述自我和与经验自我交互使用,在文本策略上,小说有意识地运用了隐喻象征的手段,扩展、深化了文本的诗意内涵。文章认为:"《远大前程》的另外一个显著的文本策略是该小说空间形式的重要地位。……小匹普一登场便出现在凄凉的乡村墓地,随后他在乔的铁匠铺和沙堤斯宅间来回活动。到伦敦后,匹普的活动空间更是在朴凯特家中、贾格斯的事务所里、自己的寓所内、文米克的城堡间来回切换,每一个空间都展示出不同的含义。空间的变化在很大程度上引起了匹普心理的变化,从而成为情节发展的重要机制。"① 作者以现代叙事理论为依托,对《远大前程》的叙事特征做了比较深入的分析,具有一定的启示性。

艾晓玲对《远大前程》的分析已经涉及空间研究的问题,另外一组研究《远大前程》的文章则集中在对小说的叙事空间和叙事距离的分析上。熊荣敏从空间叙事的角度,指出《远大前程》存在两种空间形式,即在时间流程中环境(包括地理环境和人文环境)和场景的结合所形成的故事层面的物理空间和由于经验自我的介入而形成的与叙述自我的特殊说话氛围也即非故事层面的心理空间。"与传统的现实主义小说不同,《远大前程》

---

① 艾晓玲:《〈远大前程〉的叙事特征》,《四川大学学报》2000年第1期。

展现给读者的不仅仅是单一、完整的虚构世界，而是存在于不同层面上的多重艺术空间。狄更斯将现实空间与充满怪诞色彩的神秘空间'并置'，依靠解构现实空间与神秘空间，以及拓延与拼接空间平面的策略，将两部分绞合在一起。为了让叙述者的故事更加真实，作者虚构了一个心理空间，通过心理空间自由地穿梭在现实空间与神秘空间中，从而叙述神秘空间中的事情。"文章认为："狄更斯无疑是一位具有强烈空间意识的作家，并善于将这种空间感有效地传达给读者。他不仅仅把空间看作故事发生的地点和叙事必不可少的场景，而且利用它来表现时间、安排小说的结构，甚至推动整个叙事进程。尤其是一系列象征、隐喻与意象的使用，物理空间和心理空间的紧密结合，使读者更加关注故事与意义的深度与广度。"①
在另一篇文章中，熊荣敏进一步从语言学的角度分析了《远大前程》中的心理空间。文章认为："心理空间是人们在进行思考、交谈时为了达到局部理解与行动之目的而构建的小概念包……心理空间通过语言可建立起一系列的概念（如时间、空间、现实、虚拟），从而使人们在思考和交谈时不断建构心理空间来阐释概念意义。""《远大前程》中的心理空间，无论是叙述自我的叙述和心理活动，还是经验自我的解释、自责、心理矛盾，都对故事的叙述效果和读者的接受产生了很大的影响。"在叙事功能上，这种心理空间主要起着两个作用：完成各个叙事空间的转换和延宕故事叙事的节奏，使其产生戏剧化的效果。② 另一研究者邹德媛认为，在《远大前程》中，狄更斯的道德观通过他的叙述技巧得到充分的展现。"当少年皮普犯错误、迷失自我时，便与他保持相当的距离，同时也给读者留有充足的空间去思索；当成年皮普真心忏悔时，又对少年皮普产生同情；少年皮普与成年皮普合二为一时，他们与隐含作者狄更斯及读者的距离降为零，体现狄更斯在颂扬真与善的道德观"及对善良人性的信念。③ 张月娥进一步研究了狄更斯对"距离"的控制，她认为，"狄更斯的代表作《远

① 熊荣敏：《多重空间的构建——论〈远大前程〉的空间叙事艺术》，《时代文艺》2011年第2期。
② 熊荣敏、张绍全：《论〈远大前程〉的心理空间构建》，《外国语文》2012年第2期。
③ 邹德媛：《〈远大前程〉中叙述距离的控制》，《赤峰学院学报》2012年第8期。

大前程》就是一部成功、有效地控制'距离'的典范。""作者巧妙地运用叙事手法，使作为叙述者的成年皮普和小说中人物少年皮普之间，读者与叙述者及角色皮普之间，隐含作者与角色皮普之间，保持了一定的距离，从而达到小说的审美效果。小说的作者狄更斯运用一定的修辞技巧成功地实现了小说中各种'距离'的控制。"这些距离控制手法主要有：利用"隐含作者"对"距离"进行控制；利用"叙事视角"对"距离"进行控制；利用"可靠叙述者"和"不可靠叙述者"对"距离"进行控制；利用"反讽"对"距离"进行控制。通过这些手法，作者"使读者能够跟小说中的人物一同游历，感受他们的痛苦与快乐，同时读者也能够超出作品，对作品做出更客观的判断，达到与隐含作者的融合"[①]。

陈静的博士论文《压制、惩罚、异化：狄更斯主要作品中的空间视角》借用勒菲弗尔的空间理论，结合福柯的权力空间理论，剖析了狄更斯写作于不同时期的三部重要小说《大卫·科波菲尔》《小杜丽》和《远大前程》中的"个人成长空间""权力空间"和"精神空间"，揭示空间的能动作用及其对人的制约与重塑作用，探究狄更斯小说中空间书写的文化意义。论文认为，《大卫·科波菲尔》中主人公童年时期生活的空间主要有三个，即家庭、学校、工厂，三个空间均体现了以金钱为导向的人际关系。空间是一切公共生活形式的基础，是一切权力运作的基础。空间性质的改变使得本应带来亲情和温暖的家庭却充满紧张、冷漠、焦虑和压迫；学校成为家庭压迫及其权力关系的延伸；工厂更是给主人公的心灵造成了难以磨灭的创伤。这三个空间所表现出来的特殊性并非完全由单个的人物所造成，而是体现了当时社会对于儿童权益的漠视。个人成长空间可以看作社会空间的缩影，同时反映出个人与社会之间的关系。人与人之间的疏离、冷漠是空间压迫的具象化。在这部小说当中，空间不再是单纯的事件发生场所，而是作为施动者对主人公的身心施加着压迫和规训。《小杜丽》的空间主要是监狱——现实的监狱空间和象征性的监狱空间。论文揭示了监狱空间作为权力的代理者对于思想和心灵的规训，以及对人的惩戒。空

---

① 张月娥：《〈远大前程〉中的"距离"控制手法》，《安阳工学院学报》2012年第3期。

间是隐性权力转化为实际权力的基础，监狱这个特殊的权力空间为空间生产性的实现提供了最大的可能性，被囚禁其间的人物在思想上处于与外部真实的社会环境相互隔离的状态，导致他们同周围人群的关系发生变化，从而最大限度地改变了他们的人格和命运。幽闭的监狱空间成为他们评价外部世界一切事物的唯一参照物，或者成为他们逃避现实生活和良心责罚的唯一避难所。权力与空间的结合，使得监狱摆脱了其作为消极的事件场所的地位，而作为行动者参与到积极的惩训过程之中。《远大前程》中空间则主要是信仰空间和文化空间。论文通过对异质的信仰空间和虚浮的文化空间的深度解析，阐明了小说主人公在物质至上的社会大环境中遭遇精神困境的社会原因，彰显小说的道德寓意。个体的追求无法摆脱社会空间中的潮流与趋势。自然科学的发展使得维多利亚时期的英国人可能重新审视古老的精神信仰，而经济的繁荣则使得金钱和资本的潜力得到空前的释放，使之成为整个社会生活中的主导力量，物质主义开始侵入并瓦解传统的信仰空间，追求物质成功成为大多数维多利亚人的生活导向。而个体的物质追求反过来进一步促进了社会文化空间的深度划分和重组。在这个过程中，空间成为一个塑造者，不仅决定了个体的生活状态，也决定了个体的精神状态。论文的研究不仅是狄更斯小说研究领域的一次大胆尝试，同时也为经典在当代的重新解读提供了一条有益的途径"。[1]

叙事理论20世纪80年代被介绍进中国，空间叙事理论21世纪初国内始有人涉足。这些理论如此迅速地被狄更斯研究者运用于批评实践，是值得肯定的。

四　人物研究

情节与人物是小说的两大要素。相比而言，在狄更斯的作品中，人物比情节更为精彩与重要。人物仍是这一时期狄更斯研究的重点之一。这一时期狄更斯人物研究论文涉及狄更斯的《匹克威克外传》《奥列弗·退斯特》《尼古拉斯·尼克尔贝》《大卫·科波菲尔》《圣诞欢歌》《荒凉山庄》

---

① 陈静：《压制、惩罚、异化：狄更斯主要作品中的空间视角》，博士论文，上海外国语大学，2013年。

《小杜丽》《双城记》《远大前程》等作品中的匹克威克、奥列弗、南茜、费金、拉尔夫、科波菲尔、斯提福兹、贝西、斯克路奇、卡尔顿、厄弗里蒙地侯爵、德洛克夫人、小杜丽、匹普、文米克、乔、马格韦契、埃丝黛拉、郝薇香等人物,其中重点又在南茜、匹普、郝薇香三个人物身上。研究南茜的论文有 10 篇,研究郝薇香的论文也是 10 篇,研究匹普的论文有 14 篇。这三个人物性格都比较复杂,且具有两面性,这应该是其受到青睐的重要原因之一。另一原因是在以前过于强调政治性与批判性时候,《远大前程》这部小说受到的注意度不够,而它又的确是狄更斯小说艺术性最高、思想内涵最复杂的作品之一,因此匹普和郝薇香在这一时期受到关注是可以理解的。人物研究的角度是多种多样的。以匹普为例,徐玉凤认为《远大前程》是一部教育小说,主人公"匹普由天真到虚荣,最后幻想破灭、内心成熟的过程,也正是他学会折衷的过程。匹普在磨难中学会了'折衷',在'折衷'中实现了自我成熟"①。郭荣在 2009 年写了 3 篇文章,分别从《远大前程》中的女性人物对匹普性格发展的影响、匹普的阿妮玛原型及其发展、匹普自我追求的欲望特征及其发展三个方面对匹普的性格及其发展进行了分析。郭荣认为,在《远大前程》中,四位女性对匹普性格的形成与发展产生了重要影响。第一,是匹普的姐姐乔夫人,乔夫人和乔的养育塑造了匹普善良的天性;第二,是郝薇香小姐。她使匹普对自己的生活有了不切实际的幻想和期待,对其性格产生了负面的影响;第三,是艾丝黛拉,她使匹普形成贪婪、傲慢的性格;第四,是毕蒂,她"的性格潜移默化地影响着皮普,可以说,她对皮普改恶从善、重新找回自己的善良有重要的作用"②。阿妮玛指男性心灵中的女性意向,"男性的阿妮玛意象对于女人身上的爱好虚荣、孤弱无力、变化无常和无心无意的特征有种先天的喜爱。""荣格曾描述了阿妮玛发展的四个阶段,不同的阶段有不同的形象:夏娃、海伦、玛丽亚、索菲亚。作为夏娃的阿妮玛,往

---

① 徐玉凤:《学会"折衷"走向成熟——析〈远大前程〉主人公匹普的成熟过程》,《聊城大学学报》2005 年第 3 期。

② 郭荣:《论〈远大前程〉中的女性人物对皮普性格发展的影响》,《哈尔滨学院学报》2009年第 5 期。

往表现为男人的母亲情结；海伦则更多地表现为性爱对象；玛丽亚表现爱恋中的神性；索菲亚则像缪斯那样属于男人内在的创造源泉。"郭荣认为："在皮普的个人成长过程中，他的阿妮玛原型发展经历了三个阶段：'夏娃'阶段——乔夫人，'海伦'阶段——毕蒂，'玛丽亚'和'索菲亚'阶段——埃斯苔娜。从这三个阶段来分析皮普的阿妮玛原型发展可以更清楚地认识这三位女性在他人生中重要的地位。"① 《远大前程》中通过描述匹普对自己的"远大前程"的盲目追求，揭示了资本主义社会的黑暗现实。"匹普远大前程破灭的根源就是因为他抱有错误的幻想：错误地幻想着成为一个'上等人'，错误地幻想着娶艾丝黛拉为妻，错误地期待着摆脱贫困生活而拥有大量财产。"最后，匹普终于意识到他所有的幻想都基于不切实际的幻觉，重新回复自我。② 刘冬梅运用弗洛伊德的精神分析理论，对匹普的人物性格进行深入的剖析，探求他是如何在潜意识的支配下精神受到层层压抑，而后将精神压抑一步步转移为力比多，最终形成他善良单纯→虚荣虚伪→善良成熟的性格特征转变。作者认为"皮普是一位形象刻画复杂、心理活动丰富的人物。他本身极其渴望被爱，并且具有爱的能力，却只能在付出和失望中寻求片刻的满足和平衡。皮普那种对艾斯黛拉的无意识的情欲是建立在他在现实生活中所受的痛苦之上的。对《远大前程》中皮普性格的弗洛伊德式解读可以使读者从一个新的层面对皮普有更深入、更全面的理解"③。邹萌则分析了《远大前程》中匹普的性格发展与社会环境的关系。④ 这些文章从不同角度分析匹普这一形象，对读者理解这一人物提供了有益的帮助。

---

① 郭荣：《论〈远大前程〉中皮普的阿妮玛原型及其发展过程》，《黄冈师范学院学报》2009年第2期；《浅论〈远大前程〉中匹普自我追求的欲望特征及其发展过程》，《时代文学》2009年5月下半期。

② 郭荣：《浅论〈远大前程〉中匹普自我追求的欲望特征及其发展过程》，《时代文学》2009年5月下半期。

③ 刘冬梅：《〈远大前程〉中皮普之精神分析理论解读》，《齐齐哈尔师专学报》2011年第4期。

④ 邹萌：《〈远大前程〉中匹普的性格发展与社会环境的关系》，《校园英语》2012年第12期。但邹萌的这篇文章与2005年哈尔滨工程大学雷萍的硕士论文《〈远大前程〉中匹普的性格发展与社会环境的关系》有许多雷同之处且未标明。

　　除了对单个人物的分析之外，这一时期对狄更斯笔下人物的整体研究也取得了较多成果。这种研究可以分为两个方面：一是将狄更斯笔下人物作为一个整体，分析他们的特点、作者塑造人物的手法等。二是对狄更斯笔下人物系列进行研究，这主要集中在儿童形象和女性形象两个方面。

　　在整体研究方面，李宇容从福斯特的圆形与扁形人物理论出发，认为神话象征手法及其神话的时空观，以及18世纪流浪汉小说故事性与平民化的特征对狄更斯的人物创作产生了深远的影响，这些影响与他的创作偏好如市民世界的象征性和细节化的漫画手法等相结合，形成了其特有的同时有着缺憾的扁形人物塑造方法。作者认为，狄更斯塑造的，不是"典型环境中的典型人物"，"因为他们投射的仅是不同种的人，是蕴涵某种抽象观念的象征载体，他们在历史中重复，而历史因为他们而重复。时代的历史的具体内容没有对他们的性格产生任何决定意义。……只要仔细与巴尔扎克……《人间喜剧》中的男男女女相比，狄更斯的人物们显然是属于神话与童话时代的'典型'"。狄更斯受流浪汉小说的影响很大，他吸取了流浪汉小说的故事性、趣味性和平民化等特点。"他继承了菲尔丁和斯摩莱特的人物创作方法，把普通的人、事漫画化，心灵的美丑与外貌的美丑之间总是画等号。他的幽默泛滥成灾，有时候竟然流于哗众取宠。但是狄更斯的人物比菲尔丁和斯摩莱特的都伟大，点金棒仍然在于他始终无法稍稍吝啬的——细节。""为了令他完全静态的人物动起来，他运用了大量的细节和夸张的想象力。他选择人物身上最突出的外貌和性格特征，用一百种方式夸大，用一百种方式重复，使得那些特征像烙印一样在读者脑中无法抹去。漫画是用粗略而简单的方式着手的，但狄更斯的漫画不再是粗线条的，那组成肖像的多种多样、精雕细琢的细节使小说成为高超的艺术。"文章认为，狄更斯式的扁形人物的缺陷是内心世界的不够明晰。"他的主人公们，善良正直的少男少女们，又有谁能确切地说出他们的特征？对于他们的心灵，我们比对那些怪物的心灵更加一无所知。艾妮斯的自我牺牲仿佛西方版的薛宝钗，斯麦克比奎尔普更让我们厌恶，路茜·梅尼特纯粹是一个花瓶。狄更斯只为他们做了令人同情的肖像，却无力增添任何人性的气质与深度。在塑造人物的实践中，狄更斯事实上借鉴了拉伯雷的时空体中'成长的范畴',价值和时空构成正比关系,善良美好的东西总要生长、胜利,而邪恶、丑陋的东西不断衰竭、死亡。品质及其在时空中的表现从一开始就作为不可分割的统一形象联系在一起。人物的外形首先和他们的内在高度协调,其次是他们的遭遇,恶毒的家伙们也许一时占据上风,在虚幻的境地里得到胜利,但结局都是悲惨的,而善良美丽的人物们则相反。"文章最后指出:"神话为狄更斯提供了最理想的时空和人物类型,菲尔丁等人开拓的18世纪流浪汉小说形式又把狄更斯的眼光逐渐吸引并集中到他所处的市民社会,他天才的想象力与象征的魔术为我们创造了一个空前绝后的现代神话世界,使得同时代的萨克雷等大家也黯然失色。"①

袁玉梅讨论了狄更斯小说中的忏悔形象。她将狄更斯笔下的忏悔形象分为三类:"恶→善"忏悔模式,如《匹克威克外传》中的金格尔;"善→恶→善"忏悔模式,这类人"本性是善良的,只是后来走歪了,言行背离了自己的本性,最后通过忏悔这一方式重新找回自己,肯定已有信仰"。如《艰难时世》中的葛擂硬;"善恶同在,恶中有善→善"的模式,如《奥立弗·退斯特》中的南茜。"狄更斯作品中忏悔形象大多有一个引路人,或是'一面镜子'。引路人常以自己高尚的道德感化人,从而使坏人变好、恶人从善。"在狄更斯的小说中,"凡真心悔改者,都得到了宽恕;不忏悔或虚假忏悔的恶人,受到了应有惩罚"。忏悔形象在狄更斯小说中有着重要的艺术价值,"作者通过展现忏悔形象弃恶从善、改邪归正的过程,批判了当时社会中存在的假恶丑,从而肯定了真善美,寄托了社会与道德理想,深化了作品主题"。此外,忏悔形象也丰富了狄更斯小说二元对立的创作方法,推动了故事情节的进展。狄更斯小说中大量出现忏悔形象的原因,首先是"忏悔形象的塑造是人物以自我的良心和道德行为为审判对象,进行自我反省的结果"。"再者,狄更斯笔下的忏悔形象,还受到了'原罪说'及赎罪理论的渗透。在'原罪'与'赎罪'之间,忏悔是最重要的中介,于是形成了'原罪—忏悔—救赎'的得救模式。狄更斯也受到了这种模式的影响。"② 刘忠纯认为,狄更斯小说中的人物大多是扁平

---

① 李宇容:《解读狄更斯小说人物创造的特点》,《丽水学院学报》2005年第1期。
② 袁玉梅:《论狄更斯中长篇小说中的忏悔形象》,《中山大学学报论丛》2005年第6期。

人物，性格较为单一。但性格单一，并不意味着人物关系的单调、同一。狄更斯小说中对立的双方往往此消彼长，从而形成变化的态势。从这一角度出发，可以发现：狄更斯常常颠覆作品中人物的最初关系。这种颠覆可以从群体颠覆和个体颠覆、简单颠覆和复杂颠覆两个角度来探讨。颠覆造成了人物关系的变化和人物性格的发展，有利于对人性的广泛探讨，有利于作者的道德批判，也有利于情节的安排并取得戏剧性的效果。[①]

女性主义近几十年在国内成为一门显学，许多研究者特别是女性研究者喜欢运用女性主义理论分析狄更斯某一作品中的女性人物，或者对狄更斯作品中的女性人物做整体的探讨。

简丽华认为，女性是狄更斯生活中的一个重要部分，同时也是其小说创作中的重要组成成分。狄更斯结合其一生中所接触的几位女性的优点，创作了众多的天使型女性，高度赞扬了那些美貌贤淑、宜家宜室、对家庭作出贡献的女子，通过这些女性形象狄更斯宣扬了英国当时的中产阶级女性标准和道德传统，体现了当时的社会理想，对当时的社会发展有着重要的意义。但是，狄更斯笔下的天使形象也有严重的局限。首先，从天使们所生活的客观环境来看，狄更斯所塑造的天使型女性几乎都是以家庭为生活背景的。其次，从天使的主观思想上来看，她们几乎都没有自己的具体思想，没有自己的兴趣、爱好及理想。在狄更斯所创作的天使形象中，难以找到有自己理想和追求的女性。她们有着美丽外表但没有深刻的思想内涵。她们满足于家庭地位，甚至还有一种奴性的自律，努力将自己塑造成完美（其实是符合男性审美标准）的女性。最后，狄氏笔下的天使"没有激情，没有性欲"。在维多利亚时代的整体氛围下，狄更斯在塑造女性天使时，从不涉及任何有关性的东西。他强调的往往是姐妹亲情，以及男女之间"非性爱"的姐弟、兄妹亲情，使读者觉得人物形象缺乏真实感。[②]之所以形成这种现象，既有时代也有狄更斯个人的原因。

---

① 刘忠纯：《颠覆：狄更斯小说动态发展的人物关系》，《绥化学院学报》2010 年第 6 期。

② 简丽华：《狄更斯作品中"天使"形象创作的局限》，《湖南科技学院学报》2013 年第 6 期；简丽华：《浅析狄更斯作品中"天使"形象创作的意义》，《云南社会主义学院学报》2014 年第 1 期。

　　王育芳分析了狄更斯《董贝父子》中伊迪丝这一形象，认为在对这位离经叛道的女性的描写中，狄更斯"敏锐地把握到时代的脉搏，对女性特定的失语缺席的历史进行了辩护和书写，对她们为争取主体尊严对男权世界所进行的颠覆与反抗做了富于人性的展现"。作者认为："在父权制社会的价值体系中，男性与女性都有着各自的社会定位与角色期待，对男性的衡量标准是地位与财富，对女性的期许则是美貌、品德和驯顺。""伊迪丝是董贝在丧子的沉重打击下经过考察和挑选而选定的、被公认为配做庞大的董贝父子公司老板妻子的女人，一个有望生一个财产继承人的工具。他所引为得意的想法是，这个骄傲而高贵的女人将给他的门庭带来荣耀，为他尊贵的董贝父子公司增添尊严。……董贝认为对妻子而言，自己的权威不容违逆，面对董贝极端傲慢、要求绝对服从的命令，同样傲慢不屈的伊迪丝曾做出过和解的努力，然而她的吁请遭到了'从不知跟心打交道'的董贝的断然拒绝，从而在两者之间上演了一出共同毁灭的悲剧。""伊迪丝从出场到消失只占书中的一小部分，她全部的生命力与光彩都在从结婚到婚后忍无可忍愤而与人私奔这一短短的过程中爆发出来，像流星般划过天际，她以自身毁灭为代价实现了对专横的男性世界的报复，实现了对其悲剧性的命运和悲苦绝望的人生的超越。她并没有和那个卑劣的引诱者在一起，然而她却从此身败名裂，隐居起来，在孤苦伶仃中度过自己'不名誉'的余生。"伊迪丝的结局是不幸的，但她"以她对男性视为圭臬的财产法则的蔑弃和她对财富之家的叛离打破了男性所构建的话语秩序，颠覆了男权话语中心所制定的有关女性忠诚、驯顺的神话"。这又是她的行为的价值所在。作者将男女平等的希望寄予未来，认为只有当"这个世界上一种新的人与人、人与世界的关系确立起来之后，当女性以最自然的方式实现了向社会的融合之后，女性——还有男性，才可能获得真正意义上的自由"①。延辉认为狄更斯在塑造女性形象时喜欢夸张，将她们变成天使或魔鬼的化身，由此形成一种童话模式，他的女性人物塑造的优势与不足都可以从此找到原因。② 李梅认为，基于人道主义的关怀，狄更斯重视"描

---

① 王育芳：《女性主义视野中的〈董贝父子〉与〈福尔赛世家〉》，《译林》2012年第4期。
② 延辉：《狄更斯笔下童话模式中的女性天使与魔鬼》，《时代文学》2010年2月上半期。

写各种女性角色透露出来的女权主义，个性鲜明的女性角色及其彰显的女权主义成为狄更斯作品中一个十分鲜明的印记"①。这些观点都有一定的可取性。

此外，郝薇香、南茜、德洛克夫人等狄更斯小说中著名的女性形象，也得到这一时期国内狄更斯研究者的重视。冯瑞贞等运用"原型批评"理论分析《远大前程》中的郝薇香，认为其悲剧是"集体无意识"的必然产物。从人物个体来看，人格面具的过度膨胀和心理的极度压抑是其性格异化的内在原因。"哈维沙姆是出身贵族世家的名门小姐，森严的门第观念和家庭教育使她从小就脱离现实生活，清高孤傲。在没有母亲的家庭中长大的哈维沙姆是萨蒂斯庄园的象征，即使镇上有身份的人也不能轻易一睹她的芳容；在父亲去世后她替父亲承担起了家族的责任，这个庞大的社会面具一方面满足了她受人尊敬的虚荣心，另一方面，又使她不得不极度压抑内心的自我情感。"在婚姻问题上，她受到来自社会各个方面的巨大压力，但"真正起决定作用的却是哈维莎姆小姐自身内心对于人格面具的认同。出身名门、家产万贯、养尊处优的富家小姐，这是多么诱人的人格面具！虽然这面具压抑了哈维莎姆小姐内心对于爱和美满婚姻的追求，使她心生厌恶，但是她又舍不得丢掉这份虚荣，直到最后，她已完全被自己的人格面具所吞噬。对爱的追求和被抛弃的痛恨日日夜夜折磨着她，摧毁了她对生活的信念，使她陷入人格扩张的紧张心理状态，造成人格的分裂与扭曲，也激起了她强烈的占有和复仇的欲望，并因为长时间的心理斗争与挣扎，身心能量消耗殆尽，无法找到自己的精神皈依，因而走向精神崩溃，走向最终的毁灭。这就是这位悲剧女性角色性格上体现出来的原型意象"。而从创作者的角度看，则是男性作家的集体无意识操纵了这位女性角色的悲剧命运。"作为男权社会的一分子，'男尊女卑'的这种集体无意识的思想已经深深地植根于男性作家的脑海当中，使他们在塑造女性形象时无法摆脱夏娃这一原型，并使这一原型通过他们的作品得到外化。生活在基督教文化语境下的狄更斯的集体无意识的形成自然不可避免地受到以

---

① 李梅：《狄更斯笔下的女权主义》，《名作欣赏》2010年第10期。

上妇女观的影响，而他本人的经历更是刺激这种无意识外化的直接因素。出身卑微的狄更斯与他的中产阶级的妻子的婚姻并不美满，这种不幸的经历无疑又加重了他头脑中关于女性的集体无意识。"而"作家会把这种生命的体验不由自主地转移到自己的作品中，从而塑造了异化的女性，以表达自己对女人的怨恨和同情"①。两者的权力，造成了郝薇香悲剧的必然性。张娜则从个人与社会关系的角度分析了《奥列弗·退斯特》中南茜悲剧的必然性。"她认识到自己所作所为的罪恶，但又不能摆脱这个环境和身边的人。无法脱离那个罪恶和阴暗的世界，她就还必须继续自己的恶行，来换取生存。她对小奥利弗的拯救完全是出于自己本性善良的部分。然而，一旦她内心的善良与道德感被激发出来，便注定难以回到过去的生活轨道中去。随着内心的不断觉醒，南希与周围环境之间的冲突也将日益扩大和严重。这些都决定了她命运悲剧的必然性。"② 龙怀珠探讨了《荒凉山庄》中德洛克夫人的形象，认为德洛克夫人一方面是一个在资本主义社会重压下被迫戴着假面具生活、心灵被摧残的可怜女性，另一方面也是一个为恢复自我的真实面目、向社会进行勇敢斗争的反抗女性。她背负着早年失贞的秘密与英国法律机器的代表图金霍恩作了坚决的斗争，不惜身败名裂也决不妥协。文章认为："揭露和抨击19世纪50年代英国与经济基础不相适应的司法系统的罪恶和吃人的本质是《荒凉山庄》的基本主题。作者通过作品中一大群与大法官庭有直接案情牵连的人物的悲剧命运突现了这一主题，同时又让德洛克夫人，这个与大法官庭没有任何联系的贵妇人的悲剧从另一个方面深化这一主题。德洛克夫人被迫戴着假面具的二十多年异己生活，她的被摧残的心灵，她的反抗的悲剧，以及作品对她悲剧原因的揭示，无不再度确证19世纪50年代英国司法系统的吃人本质和其扼杀人性、无孔不入的滔天罪行。这也就是德洛克夫人悲剧的意义。"③ 这些文章分析的出发点虽然不同，但其女性主义的立场都很明显。

---

① 冯瑞贞、任晓霏、李崇月：《情到深处人孤独——哈维沙姆小姐悲剧命运的必然性解读》，《山东社会科学》2010年第5期。

② 张娜：《浅析〈雾都孤儿〉中南希悲剧命运的必然性》，《芒种》2012年第5期。

③ 龙怀珠：《一个心灵被摧残的反抗女性——〈荒凉山庄〉中德洛克夫人形象评析》，《宝鸡文理学院学报》2008年第4期。

随着计算机技术的发展，部分研究者开始运用计算机技术研究狄更斯及其作品。郑文韬、郑飞通过使用语料库检索软件，对狄更斯的《远大前程》进行分析："旨在深入发掘《远大前程》中的线索性人物马格维奇的相关信息和出场频率，结合语料库检索软件提供的相关数据，重新审视马格维奇从逃犯到富翁、从挣扎于社会底层的囚徒到新兴有产者的心路历程，进一步揭示这一戏剧性人物自我救赎及自我价值实现的全过程。"文章指出："通过使用索引定位（Concordance Plot）功能对'马格维奇（Magwitch）'一词进行检索分析可知，马格维奇在小说文本的前39个章节中出现次数为0，自第40章之后出现次数为26。""马格维奇真实身份的解密过程与其财富积累的过程几乎同步。"这反映了当时社会对身份和财富的重视，马格维奇自己对此也是认同的。因此他发财之后，出资将匹普培养成绅士，以实现自己的价值。作者通过对一些关键词语的检索，得出结论："《远大前程》中的马格维奇不仅是一位外表粗犷且略带几分侠气的大人物，同时也是个体意识的勇敢捍卫者。他的自我救赎之旅是随着他财产状况的变化而改变的，对皮普的资助与亲近也是他为了找寻自我、得到个体满足所实施的必要手段。此外，根据语料库检索软件提供的可靠数据显示，马格维奇是传统意识形态的卫道士，他坚决拥护男性占主导地位的思维模式。对他而言，自我救赎的最终目的是为了符合社会对男性，尤其是对上流社会'绅士'的期待。因此，马格维奇在获得财富的同时也踏上了自我觉醒的征途，并最终完成了自我救赎与服从社会规则的双重使命。"[1] 将计算机科学与文学研究结合起来，是文学研究的重要途径之一。计算机以其强大的计算与检索功能，将在传统文学研究中几乎不可能的事情变得轻而易举，从而扩展了文学研究的领域，增加了文学研究的方法与手段。自然，计算机计算和检索出来的结果是死的，正确的结论还得由研究者做出。从这个意义上说，郑文韬、郑飞的文章是一个很好的开端。

---

[1]　郑文韬、郑飞：《论马格维奇的自我救赎——基于语料库的〈远大前程〉文本检索分析》，《北京航空航天大学学报》2012 年第 2 期。

五 比较研究

比较研究类论文这一时期达到 70 多篇。有比较才有鉴别，通过不同民族、国度作家之间的比较，可以更加清楚不同作家之间的写作特点，了解作家之间的影响与联系。这一时期的比较有两个重点。就国内作家而言，主要是老舍与狄更斯之间的比较。国外作家中，福克纳笔下的爱米莉（《献给爱米莉的一朵玫瑰》）与狄更斯笔下的郝薇香（《远大前程》）得到了研究者的更多关注。

老舍的创作特别是其早期创作与狄更斯创作风格十分相近，而老舍自己也承认他受到狄更斯的影响并且有意识地向狄更斯学习。这自然引起人们对老舍与狄更斯之间关系的研究兴趣。这一时期狄更斯与老舍研究论文共 16 篇，研究者们从不同角度对狄更斯与老舍之间的关系进行了探讨。葛桂录认为："中国现代作家中，唯有老舍多方面受惠于与他在经历、禀性、才情上十分相似的现实主义大师狄更斯。狄更斯的幽默风格触发了老舍'天赋的幽默之感'，狄更斯的小说世界唤起了身处伦敦的老舍对故乡的回忆及表现的欲望，狄更斯的人道主义旨趣更投合了老舍的性格。这些都促使老舍一开始从事文学创作就自然而然地对狄更斯的作品进行了单向性的模仿。他的多部作品在小说题材的选择、人物形象的塑造、作品创作的主导意图、幽默风趣的审美取向诸方面受到了狄更斯的显著影响。"文章认为："老舍在多方面受惠于狄更斯。可以说如果没有碰到狄更斯这样的文学导师，老舍恐怕只能在小说殿堂外徘徊。""没有狄更斯，就没有文学家老舍。""但是，当他从狄更斯那里获得打开小说殿堂的第一把钥匙后，并未因此把狄更斯奉若神明，把什么都搬到自己的文学作品中来，而是带着自己的经验和见识，去汲取和分析，甚至去批评和扬弃。"也正因为这样，老舍才成为文学大家的老舍，而不仅仅是狄更斯的模仿者。① 杨婷凤比较了老舍与狄更斯小说中的人道主义思想。认为"在主题选择上，老舍的小说遵循现实主义原则，表现了不合理的社会制度下的种种恶德败行，展示

---

① 葛桂录：《狄更斯：打开老舍小说殿堂的第一把钥匙》，《宁夏大学学报》2001 年第 3 期。

了小人物的悲剧命运,开拓了现代小说关注小人物命运的主题。在思想意识上,老舍以同情的眼光观察他所处的社会中下层人民的种种不幸,以悲天悯人的人道主义情怀描摹着这一切。在以上意义上,老舍与狄更斯是相同的。但是,他的作品往往弥漫着一种深沉的悲剧意识,幽默的外表下深藏着作家复杂而忧郁的感情,他的小说往往以悲剧收场,开场时满是希望而结束时什么也没有,鲜有流于肤浅的大团圆式的虚假场面。这正是充满幻想、信奉善与恶能够握手言欢的狄更斯先生所不及之处。就这样,伟大的小说家老舍并没有因阅读狄更斯的作品而被俘获,相反,他通过生动的、特有的综合方法确定了自己、超越了自己"①。周晓微认为,狄更斯与老舍都描写底层人物,面对苦难,狄更斯笔下的底层人物选择的是直面,老舍的是承受。在女性人物方面,老舍笔下的"底层女性由于在社会生活中没有独立的人格地位,不得不受制于命运,她们的善良与柔弱使她们好像命运中的无根之草;在狄更斯的笔下,底层女性是觉醒的,她们或许看上去也是弱不禁风的,但是她们却有着生命之根,显现出坚定的生命力量"。在结局上,老舍笔下的"底层人物即使聪明、善良、用功,最终还是由于社会的黑暗而梦想破灭,令人觉得遗憾,而狄更斯小说中的人物历经磨难之后,总是'风雨之后见彩虹',有一个大团圆式的结局,即使失去生命,也会在宗教之光下走得安心与从容"。这种不同,与两位作家所生活的时代、社会以及两人不同的思想、认知均有关系。②

　　这一时期在狄更斯与老舍研究方面用力最勤的是田建平。她以一组系列论文,从跨文化文学接受的角度探讨了狄更斯的小说题材与老舍的小说题材、狄更斯人物塑造与老舍的人物塑造、狄更斯的小说风格与老舍的小说风格、狄更斯的小说的结构方式与老舍的小说结构等的关系。田建平认为,"就像伦敦对于狄更斯一样,北京对于老舍也是一个梦想。老舍与北京是一个人与一座城、一种文化的关系。北京是老舍的写作源泉"。"狄更斯运用丰富的生活积淀,以普通人的生活经历为中心构思情节,塑造描写典型人物典型环境,透过情节揭示社会问题,从而突出主题,引起读者的

---

① 杨婷凤:《论老舍和狄更斯小说中的人道主义思想》,《洛阳师范学院学报》2007 年第 3 期。

② 周晓微:《老舍与狄更斯笔下底层人物描写比较》,《东南大学学报》2009 年第十一卷增刊。

关注、同情乃至愤慨和憎恨。其小说取材广泛，涉及社会生活的各个方面。描写的就是普通的日常生活，普通的商人、市民、手工艺者、律师、地主、仆人等。"而老舍的家庭出身及生活阅历深深地影响了他的创作取向，他将自己的艺术视角确定在自己最熟悉的北京，"把北京的下层市民如人力车夫、商人、孤儿、职员、平民等作为自己的写作重点"。"老舍小说创作艺术的形成与发展与英国现实主义大师狄更斯的影响有密切关系"，他接受狄更斯的影响，同时又大胆创新，"将自己所亲身感受到的生活，以富于艺术感染力的形式表达出来"，形成自己的题材特点。① 在人物塑造方面，老舍"遵循了狄更斯的'大变形'原则，许多人物与狄更斯的如出一辙：外表丑陋、言行滑稽、心灵卑鄙。早期的人物虽没有狄更斯笔下的那么鲜活，但内涵却更为丰富，且皆具有狄更斯式的变态性与疯狂性"。在人物塑造的艺术手法上，老舍与狄更斯也极为接近，如从外表进行喜剧性的刻画，夸张的笔触、奇特的比喻和戏谑夸张的语言的运用等。② 在小说结构安排上，"狄更斯式的正反、善恶两极对立世界在老舍的许多作品中都有体现"。"如《离婚》中张大哥与老李的精神世界的对立以及张大哥与小赵两个世界的对立。"《四世同堂》中，爱国与卖国两种人格的大对立。这种对立不仅表现在家族之间，也表现在家庭内部，"像祁家，就出了个三花脸式的小汉奸祁瑞丰。在冠家这个汉奸窝里，出了高弟、尤桐芳两个'叛逆'"③。在审美风格方面，老舍小说最重要的特色是幽默，老舍的幽默具有喜中蕴悲、悲中蕴喜的特点，这一特点与狄更斯的影响也密不可分。④ 田建平从不同角度对老舍和狄更斯之间的关系进行探讨，增进了我们对相关问题的了解。但不容讳言，在研究的深刻与深入上，她的文章还需进一步的努力。

---

① 田建平：《狄更斯的伦敦与老舍的北京——谈跨文化文学接受对老舍小说题材选择的影响》，《吉首大学学报》2007年第6期。
② 田建平、俞艳珍：《跨文化文学接受影响下的"大变形"原则——浅谈狄更斯对老舍小说人物形象塑造的影响》，《吉首大学学报》2008年第3期。
③ 田建平：《跨文化文学接受影响下老舍小说的结构安排——老舍小说中狄更斯式的正反、善恶两极对立世界》，《怀化学院学报》2008年第3期。
④ 田建平：《跨文化文学接受下喜中蕴悲的幽默风格——谈狄更斯对老舍的审美影响》，《辽宁行政学院学报》2008年第4期。

除老舍外，国内作家张天翼、茅盾、林纾等与狄更斯的关系也受到研究者们的注意。胡强认为，狄更斯笔下的人物大都是扁平人物，这些人物"不仅体现了狄更斯创作个性中很强的主观情感成分，也被赋予了强烈的讽刺和夸张意味"。"张天翼的讽刺中也有一种情感浓烈的主观和夸张，他的人物形象也呈现一种鲜明而单薄的特色。"但是，现实和张天翼的个性使他将"那种漫画化、戏谑化和脸谱化的'狄更斯格调'扩展到了一种强化、浓化和极端化的境地。他要的是一种尖锐的、燃烧着激愤的讽刺，一种能把这极端丑恶和极其腐败的社会辨析清楚的讽刺"。从而达到表达自己的思想、针砭社会现实的目的。① 原梅认为，狄更斯与茅盾都是现实主义的重要作家，其创作在其所生活的时代都推进了现实主义的发展，但也各有特点。狄更斯的现实主义手法中包含着浪漫主义的因素，茅盾的现实主义则更具理性的色彩。另一方面，"同样是对社会现实生活的描述与展现，《大卫·科波菲尔》立足于作者的真实生活经历，却通过人物性格命运的特殊性、情节的传奇性、场面的戏剧性使作品具有浓厚的传奇色彩，因而具有长久的艺术生命力，成为19世纪英国文学的经典之作，至今仍为广大读者所喜爱。茅盾的《子夜》虽然真实地记录下历史的进程，但由于过分注重创作与时代的对应性，过分追求文本的社会效应，缺乏对事物的独特审美过程，整体上宏大有余而内力不足，因而使作品的当代现实意义有所降低"②。这一认识是比较深刻的。

如果说对国内作家与狄更斯关系的研究侧重的是影响研究的话，那么国外作家与狄更斯关系侧重的则是平行研究，涉及狄更斯与福克纳、赛珍珠、菲茨杰拉尔德、福楼拜、雨果、乔伊斯、斯坦贝克、麦尔维尔、普希金等作家作品的比较。其中，福克纳笔下的爱米莉与狄更斯笔下的郝薇香得到研究者关注。两个女人性格的怪异与命运的相似使她们成为合适的比较对象。王孟夏认为，两人是男权社会的牺牲品，两人的"悲剧性结局并

① 胡强：《创造性的接受主体——论张天翼的小说创作与外来影响》，《外国文学研究》2003年第3期。
② 原梅：《现实主义精神的飞扬与流动——浅谈茅盾与狄更斯的创作，以〈大卫·科波菲尔〉〈子夜〉为例》，《甘肃社会科学》2009年第2期。

非因为她们自己的性格天生古怪或精神异常，她们不过是那个男权占统治地位时代的牺牲品"。男权社会对她们的第一重伤害来自他们的亲人，第二重伤害"来自她们不幸遇到的流氓、恶棍或是心术不正的男人"。她们将自己的爱情寄托在这些男人身上，得到的却是恶意的欺骗与背叛。"最后一重也是最让人感到窒息的压力，来自冷酷的社会及根深蒂固的习俗，凡被认为是不符合好女人标准的女性，哪怕经历过不幸的遭遇，往往也会成为人们取笑、蔑视、肆意评论的对象。""她们受到男性的压迫和欺辱却无力反抗，在传统这张无形的大网中苦苦挣扎，在压力中变得绝望而性格扭曲。""她们的悲剧是社会历史的产物，是男权社会的牺牲品。"① 胡英、刘波认为，福克纳的《献给爱米丽的一朵玫瑰》在叙事视角、叙述声音、变态人物、变态情节和叙述技巧等方面都对狄更斯的《远大前程》有所模仿；但福克纳所赋予作品的特殊南方地域色彩又使其拥有独特的艺术魅力。文章采用定性、定量的方法对两部作品的叙事进行了论述。如对悬念的分析：《远大前程》"由三部分共 59 个章节构成。在第一部分第 8 章中，作者通过匹普讲述了郝维仙小姐的隐居状态，但对造成她生活悲惨状态的原因却只字不提。一直到第二部分第 3 章，作者才通过赫伯特之口提及参与骗财阴谋的两个恶棍，而直到第三部分第 3 章，才又借不知就里的马格韦契讲述有关自己故事之机，补充了两个恶棍的社会背景与名字。类似的悬念比比皆是，但读来却自然妥帖，丝毫不觉得作者在故弄玄虚，为悬念而悬念。这除了与叙述者的天真幼稚、故事的神秘氛围有关外，还与狄更斯作品典型的'多元整一'结构直接相关。在匹普讲述他在肯特和伦敦的故事时，小说涉及乔一家、郝维仙家族、埃斯苔娜一家等的经历，人物林林总总、地点变换频繁，作家得以自由变换场景，随心所欲地设下一个又一个谜团，再通过不同人物之口把谜底一个一个地揭开"。而"《献给爱米丽的一朵玫瑰花》"的悬念设置，是围绕砒霜的用途、莫名其妙的怪味、荷默·伯隆的神秘失踪而展开的。直到结尾，读者才恍然大悟：原来谜底就是爱米丽购买砒霜，谋杀情人，致使她的屋子散发出怪味，而多年来她竟

---

① 王孟夏：《郝薇香小姐与爱米莉小姐：男权社会的无辜牺牲品》，《焦作师范高等专科学校学报》2006 年第 2 期。

与尸体共眠。在这里，造成悬念的原因是骄傲、清高的爱米丽没有朋友、没有关心她的亲人，过着与世隔绝的孤独生活。不知就里的外视角叙述者根本不可能进入爱米丽的世界，洞察其因，因而她的秘密至死才被发现。尽管《献给爱米丽的一朵玫瑰花》设谜的原因与方式与《远大前程》并不相同，但其悬念设置产生了同样强烈的艺术效果"①。胡爱华从互文的角度对两个人物进行分析，认为"两个人物形象在社会背景、家庭背景以及报复社会的手段等几个层面上具有互文性"。但"爱米莉人物形象不仅仅是对郝薇香人物形象的简单模仿，而是更高层次上的颠覆和再创造"。"福克纳不仅运用了多重写作手法如'时序颠倒''多角度''哥特式'等来衬托人物变幻莫测的性格特征和人性深度，并在内容上较好地处理了与所指涉文本的关系，达到了'重写是为着反对、超越或摈弃'的目的。"如两人的报复社会，郝薇香只是"借别人之手达到报复天下男人的目的"，爱米莉则做得更彻底。"爱米莉形象的颠覆意义在于，她那不顾现实的倔强意志和一种内在的反抗精神，她时刻准备着以个人的力量挑战这个社会。……爱米丽把全部生命化成了追求爱情的烈火，这追求中含着悲壮，毁灭中透着力量。显然她的所有行为都是为了确定自己的优越性、自己的尊严和作为南方淑女的完整性，表达了作者批判南方传统观念对女性的压抑和摧残，和对她们的命运寄以深深的同情。"②

除狄更斯与老舍、郝薇香和爱米丽两个重点外，这一时期比较研究还涉及其他各个方面，有些文章值得注意。

赵炎秋的《狄更斯与晚清中国四外交官笔下的英国监狱》一文认为，狄更斯在自己的小说中，对19世纪英国监狱做了深入的表现，郭嵩焘、刘锡鸿、薛福成和宋育仁等晚清4外交官也在自己的日记或笔记中，对英国监狱做了比较详细的记述。但双方笔下的英国监狱却呈现出截然不同的面貌。狄更斯笔下的英国监狱的形象是否定的，作者对其持批判的态度；而

---

① 胡英、刘波：《〈献给爱米丽的一朵玫瑰花〉与〈远大前程〉叙事比较研究》，《华南理工大学学报》2005年第3期。

② 胡爱华：《爱米莉、郝薇香人物形象之互文性解读》，《辽宁教育行政学院学报》2009年第3期。

4外交官笔下的英国监狱的形象则是肯定的，作者对其持赞赏的态度。这里不仅有双方主观方面的原因，更有民族与文化方面的原因。从主观上看，"4外交官对国内体制、文化以及统治阶层的保守都程度不同的有所不满，希望借用西方的榜样来促进国内的改革——当然也包括法律体制的改革。这决定了他们必然从积极的方面来观察英国的监狱。不但易于、善于发现英国监狱的亮点，而且将英国监狱中一些负面的东西也从正面做了理解"。而狄更斯出身贫苦，曾在监狱中生活过，对英国监狱的了解远远超过中国4外交官，"而批判的态度也使他更倾向于将英国监狱消极的一面揭示出来。这样，狄更斯小说中的英国监狱与4外交官笔下的英国监狱自然会有天壤之别"。而更重要的是，"4外交官考察英国监狱的出发点是历史，历史总有先进与落后之分，而4外交官的参照系又是落后的中国监狱及其制度，相比之下，英国的监狱自然是学习的楷模。而狄更斯观察英国监狱的出发点是人道主义与道德。道德总是只有相对的完善，而不可能达到绝对完善的程度。而监狱无论怎样完善，从人道与道德的角度看，也不可能令人完全满意。这是由它的性质所决定的。这样，狄更斯看到的，自然大多是阴暗的一面"①。

龚静的《〈远大前程〉对〈简·爱〉的借鉴与反冲及其对维多利亚时期中产阶级男性气质的建构》一文认为，《远大前程》在结构上对《简·爱》有所袭用，但对《简·爱》掀起的女性中心叙事潮流和女性气质塑造又有较强的反冲。"《远大前程》在许多情节上对《简·爱》的借鉴并非简单模仿和挪用，反倒体现了一个男性作家对《简·爱》女性叙述权威的压制和解构，以及对敢说敢做、咄咄逼人的女性气质塑造的反拨，倡导一种以男性为中心、奉男性为权威的更为善解人意的女性气质。"比如毕蒂，这是《远大前程》中最直接地体现了对《简·爱》进行重写的人物。"她是一个无依无靠的孤女，不仅接受了教育，也是一个道德完善的姑娘，还是一名平凡的乡村女教师，这些身世都接近简·爱。但狄更斯并没有为她安排像简·爱那样成功的人生结局，她的故事虽然也是以婚姻收场，甚至

---

① 赵炎秋：《狄更斯与晚清中国四外交官笔下的英国监狱——狄更斯小说中的监狱研究之三》，《中国文学研究》2006年第4期。

是小说中唯一一个'从此之后和丈夫一起快乐地生活'的女性人物，但是狄更斯并没有让这位灰姑娘不切实际地嫁给任何王子形象的人物，铁匠铺老板乔是她的归属。如此，狄更斯对简·爱的故事进行了更为真实的重写，以此来揭示女性作家小说所包含的不切实际的灰姑娘叙事的幻想本质。"文章认为："以女性的谦卑、柔和、善解人意为标志的家庭生活在维多利亚时期的英国史无前例地被与男性气质理想联系在一起。安妮塔·罗斯认为：'狄更斯的小说为研究19世纪出现的中产阶级的性别和男性气质提供了丰富的素材，狄更斯对维多利亚时期的英国社会中的儿童、绅士和拥有绅士理想的男人的生活处境持久的热情，为我们对处于急剧的社会变化和迈入工业化时代的英国的性别建构问题进行深入的了解提供了可能。'"文章"结合德里达有关动物的伦理学观点分析狄更斯建构维多利亚时期英国中产阶级男性气质的策略"。"在《远大前程》中，狄更斯通过皮普的语言能力将马格维奇等劳工阶层男性人物动物化，又借助于法律机器将马格维奇判处为异类……但是，正是通过马格维奇所赚取的血汗钱，皮普才获得了良好的教育，从而拥有获得绅士身份的通行证；当马格维奇的再次出场威胁到皮普的这一身份时，狄更斯便让他被捉住并病死狱中。同样，马格维奇的钱将皮普培养成了绅士，当皮普继续用他的钱会有损他的高尚后，狄更斯便安排将马格维奇的钱充公，让社会作为个体的代表将其吞食。皮普正是通过象征性地吃掉马格维奇才最终获得了为帝国的殖民事业而效劳的绅士身份。"一个中产阶级男性也就这样形成了。[①]

　　姜智芹的《箱子意象·无罪负罪·父母形象投射——〈美国〉〈大卫·科波菲尔〉比较研究》认为："卡夫卡和狄更斯表面上很少有相似之处，但在内在、深层上却是互相关联的。他们最大的相似之处是对家庭—社会冲突主题的关注。卡夫卡称他的《美国》是对狄更斯的《大卫·科波菲尔》'不折不扣'的'模仿'，是从狄更斯那里借来的梦，箱子意象、无罪者负罪、父母形象的投射是两部作品共同探讨的问题。"文章认为："比较研究是一个双向阐释的过程，卡夫卡的《美国》受到狄更斯《大卫·科波菲

---

① 龚静：《〈远大前程〉对〈简·爱〉的借鉴与反冲及其对维多利亚时期中产阶级男性气质的建构》，《外国文学评论》2011年第4期。

尔》的启发，而从《美国》的角度来反观《大卫·科波菲尔》，我们对狄更斯的作品会有更深入的理解和认识。"比如无罪者负罪的问题。"卡夫卡和狄更斯都将自己的主人公塑造成无罪负罪、无疚负疚的典型。"两作家"通过《美国》和《大卫·科波菲尔》，探讨了少年心灵的成长和人对自我的认识。两位作家都认为，由于不谙世事，孩子幼小的心灵里产生一种分裂的倾向。一方面，父母或父母的代理人带给他一种外在的惩罚；另一方面，他们童稚的内心被一种自由的东西充盈着，在狄更斯那里是不受约束的心灵，在卡夫卡这儿是不受约束的意识。孩子承受着来自内部和外部世界的双重压力以及这种压力带来的痛苦。因此，在某种程度上，孩子的人生'朝圣'历程就是获得内心和谐统一的过程，或者说至少是认识自我的过程"。"《美国》是卡夫卡对于人认识自我、救赎自我的大胆探索"，"大卫成长的过程中遭遇过许多不友善的人"，《美国》的主人公卡尔和《大卫·科波菲尔》的主人公大卫正是通过这些内在和外在的压力和磨炼，一步步地趋向成熟的。①

这些文章通过比较，对狄更斯创作的某些方面进行了深入的分析，具有较强的启发性。

六 翻译传播和学术史研究

翻译传播研究和学术史研究在上一时期狄更斯研究中就已出现，但这一时期形成了一定的规模。狄更斯在中国的译介始于1907年，至今他的主要作品均已译成中文，相关译本几百种，对其作品的翻译、传播进行研究水到渠成。这一时期狄更斯翻译研究主要依据《大卫·科波菲尔》《远大前程》《奥列弗·退斯特》和《双城记》等作品的译本进行，研究内容可以归纳为以下四个方面。

其一，通过对狄更斯作品翻译的研究探讨相关的翻译理论。如雷宇根据乔治·斯坦纳的"信赖、侵入、吸收、补偿"翻译四步骤理论对《雾都孤儿》四个译本进行分析，认为译本的千差万别源于译者主体对原著自身

① 姜智芹：《箱子意象·无罪负罪·父母形象投射——〈美国〉〈大卫·科波菲尔〉比较研究》，《山东师范大学学报》2011年第4期。

的不同理解和阐释，应该综合考虑译者所处的历史环境和文化背景，慎重评价译本质量的高低。文章指出："翻译并不是'意义'被简单复制的过程，而是有'人'这一主体参与的过程。"主体在翻译的过程中起着决定性的作用。"林纾、荣如德、蒋天佐、龙冰四个译本在对于世界名著《雾都孤儿》的翻译中都充分体现出了译者主体的能动性。译者所在的时代、个人文化背景、翻译目的以及写作手法等因素都体现着译者的主体性，而这些因素深刻而能动地影响着译文的风格及翻译策略的选择。"① 童真的《文学翻译与文化过滤》一文认为："文学翻译在跨语言的文学交流中起着重要的作用，它的最高标准是'化'。由于语言、文化背景和文化传统的不同，译者在翻译过程中不可避免地会对原作进行文化过滤，使文学翻译无法实现彻底和全部的'化'。"因此，"正确认识文化过滤在文学翻译中的作用，处理好二者之间的关系，不仅有助于译者最大限度地实现文学翻译中的'化'，也对我们以何种态度来面对外来文学和文化具有借鉴意义"②。

其二，对译者所处时代与译本关系的探讨。姜秋霞等人通过对林纾、董秋斯和张若谷所译的《大卫·科波菲尔》的三个不同译本的对比研究，探讨了译入语民族文化语境与外国文学译介的关系，和外国文学在译介过程中不同民族文化意识形态的冲撞与和谐。文章指出："不同的历史文化背景下，社会意识形态对策略选择的文化价值取向有明显不同的影响。在三个文学样本中，20世纪初译者的文化价值取向为'归化'，20世纪末译者的文化取向主要为'异化'。""源语与译入语社会意识形态的对应程度与译者的改写程度成反比；对应程度越低，改写程度越大。"在意识形态与译介转换策略的内在关系方面，文章认为，一方面，"本土社会意识形态对外国文学译介转换策略的宏观文化价值取向具有重要作用"。另一方面，"意识形态的内在结构对译介转换的'改写'程度及'改写'方式具

---

① 雷宇：《乔治·斯坦纳翻译四步骤下的译者主体性——〈雾都孤儿〉四个中译本对比分析》，《长春理工大学学报》（社会科学版）2012年第3期。

② 童真：《文学翻译与文化过滤——以狄更斯〈大卫·科波菲尔〉的三个中译本为例》，《湘潭大学学报》2008年第3期。

有重要影响作用"①。

其三，对狄更斯及其作品在国内译介与传播的研究。童真在其论文中系统地梳理和研究了狄更斯作品在中国的翻译出版情况和狄更斯小说在中国广泛接受的重要原因。她认为"作品的出版情况最能直接体现这一作家在异国的接受度，从出版这一视角来研究狄更斯的接受是很有价值和意义的"。文章认为："狄更斯在中国被广泛接受，一方面是因为他作品的现实主义品质，而现实主义从'五四'以来一直是中国新文学传统的核心内容。"另一方面也是重要的原因则"是他作品中所呈现的大众文化特征。狄更斯的小说大多具有很强的故事性，故事情节跌宕起伏、扣人心弦。其故事多为大团圆的结局，对人物的命运的安排基本依照'善恶报应'原则，这很符合中国人的欣赏趣味及道德诉求。其作品的人物鲜明、生动，而且或多或少地带有某种理想化和夸张的成分，给人留下深刻的印象。狄氏的作品风趣幽默，具有高度的娱乐性，这一切都为他赢得了众多的中国读者"②。2012年，宋兆霖主编的《狄更斯全集》由浙江工商大学出版社出版，《外国文学研究》专门发文进行了评论："这一套全集共二十四卷，1346万字，是我国首次出版的真正意义上的狄更斯作品大全。《狄更斯全集》收录了狄更斯的全部作品，遴选世界范围内最佳版本进行翻译，参照英国牛津大学出版社和剑桥大学出版社等权威出版机构出版的狄更斯作品做后期审校，并补入了戏剧、诗歌、演讲、短篇小说等以单行本出版的作品，除个别译本属旧译新外，大部分作品均为新译，其中《戏剧、诗歌、短篇小说集》《非旅行推销商札记》《重印集》三卷以及《中篇小说集》的部分内容，是第一次被介绍到中国。为了这套全集的编校出版，浙江工商大学出版社组织了社内外三十余人的精干队伍历时多年才完成。参加本全集翻译及撰写序言的，则多为国内知名译家和研究专家。面对沉甸甸的《狄更斯全集》，不禁让人感到欣慰：自从1907

---

① 姜秋霞、郭来福、金萍：《社会意识形态与外国文学译介转换策略——以狄更斯〈大卫·考坡菲〉的三个译本为例》，《外国文学研究》2006年第4期。

② 童真：《狄更斯作品在中国大陆的传播和接受——以翻译出版为视角》，《湖南师范大学学报》2006年第6期。

年狄更斯作品开始被译介到中国,在一百年后的今天,终于翻译出版了他的全集。"文章认为:"从维多利亚时代连载狄更斯小说的几十页篇幅的期刊到蔚为大观的全套《狄更斯全集》,折射出狄更斯作品经典形成与传播过程中由'轻'到'重'的文化现象。《狄更斯全集》的翻译出版,使中国读者对狄更斯这位文学家及其作品有一个更为全面的了解,也有助于推进狄更斯研究。"①

其四,对译本本身进行探讨。柯彦玢通过研究伍光建的《劳苦世界》对《荒凉山庄》的省译与改写,指出:"《艰难时世》是一个以完整的意象系统构筑起来的象征主义作品,它以诗意的象征对抗功利主义的'事实'哲学,关键意象的使用、重复与叠加有效地表达了作者对维多利亚文明的种种非人性现象的失望与关切。《劳苦世界》以传统中国白话小说为模板节译《艰难时世》,留取主要故事和人物,却省去了大部分意象,把'诗'译成了'史'。"文章认为:"《艰难时世》和《劳苦世界》之间在意象系统上的差异不仅显示原作者和译者对'小说'这种文学形式不同的看法,也反映出二者对文字功用的不同见解。小说的节译一般采用的都是留取主要故事情节和人物的方法,但有些小说可以省译、删节,有些则不可以,能否省译要看原著所采用的艺术技巧和文体。《艰难时世》的象征主义的创作方法限制了译者的自由,原著大大小小的意象组成的意象网使得任何改动都会降低意象的累积效应。把一个'不真实'的象征主义作品改写得比较真实,对译者来说绝对不是件容易的事。去掉象征性意象的故事是否是真实的故事,《劳苦世界》呈现的故事和人物是否'真实',还有待进一步的研究。"② 柯彦玢对于《艰难时世》原著的把握以及伍光建译本的批评应该说是准确的。

此外,胡晓姣以人物语言与抒情段落为对象,对张谷若、庄绎传、宋兆林(原文如此,似应为宋兆霖,引者注。)和李彭恩所译的《大卫·科

---

① 王欣:《中英文化交流的硕果——评〈狄更斯全集〉的翻译出版》,《外国文学研究》2014 年第 5 期。

② 柯彦玢:《〈艰难时世〉与〈劳苦世界〉:从"诗"到"史"的演变》,《外国文学》2013年第 4 期。

波菲尔》的四个译本的翻译质量与译者翻译的独特之处进行分析，指出其各自的长处与不足。① 李钊通过对《大卫·科波菲尔》张谷若译本和董秋斯译本分析，指出对原作的忠实不能仅仅停留在语言文字层面，更要考虑文化背景的忠实。作者指出，翻译的"忠实不能简单地停留在语言层面，文化背景、作者的目的以及用语的语境是必须要考虑到的因素。在某些情况下，对原文适当的'背叛'反而是更好的一种选择，太拘泥于字面却适得其反。因此，在翻译过程中，译者必须将文化背景等因素考虑进去，以取得最佳的翻译效果"。翻译应该让不同文化背景下的"译文读者获得与原文读者相同的感受。翻译的最终目的是促进文化交流，只有让目标语文化中的读者产生和源语读者相同的感受，才能让翻译达到其根本目的"②。

　　学术史研究上一时期已经开始，但是这一研究较大规模的展开是在这一时期而且是在 2010 年之后，这与中国社会科学院外文所在 21 世纪初实施的"外国文学学术史研究工程·经典作家系列"有关。这一工程 2004 年启动，2006 年正式立项，已滚动发展到了第三批，推动了国内学者对包括狄更斯在内的国外经典作家学术史的研究。2010 年，邹创发表《二十年来我国狄更斯研究综述》一文，从译介出版、总体研究、主要作品的分析解读三个方面对 20 世纪 90 年代以来国内的狄更斯研究做了一个初步的归纳。③ 2011 年，刘白发表《21 世纪国内狄更斯小说研究述评》，文章从总体研究、主要作品研究和研究的特点和问题三个方面，对 21 世纪前 10 年国内狄更斯研究做了述评，资料翔实，观点经过深入思考。④ 同年，殷企平、杨世真发表《新中国 60 年狄更斯研究之考察与分析》一文，文章对新中国 60 年狄更斯研究主要成就进行了回顾与反思，有自己独到的看法与见解。⑤ 2014 年至 2015 年，赵炎秋先后发表《晚清与民国时期中国狄更斯

---

① 胡晓姣：《〈大卫·柯波菲尔〉四译本比较分析——以人物语言及抒情段落为对象》，《鸡西大学学报》2009 年第 2 期。

② 李钊：《浅论翻译中的忠实——David Copperfield 中译本比较》，《西南民族大学学报》2011 年第 S2 期。

③ 邹创：《二十年来我国狄更斯研究综述》，《西江月》2010 年 1 月（上）。

④ 刘白：《21 世纪国内狄更斯小说研究述评》，《湖南科技大学学报》2011 年第 1 期。

⑤ 殷企平、杨世真：《新中国 60 年狄更斯研究之考察与分析》，《外国文学研究》2011 年第 3 期。

学术史研究》(《清华大学学报》2014年第6期)、《共和国前三十年中国狄更斯学术史研究》(《湖南社会科学》2014年第2期)、《20世纪八九十年代中国狄更斯学术史研究》(《湖南科技大学学报》2014年第3期)、《21世纪初中国狄更斯学术史研究》(《湖南师范大学学报》2014年第6期)等四篇论文,构成了国内狄更斯学术史研究的完整系列。这一时期狄更斯研究成果中最值一提的是刘白、蔡熙的博士论文《英美狄更斯学术史研究1836—1939年》《当代英美狄更斯学术史研究1940—2010年》。① 两篇博士论文完成于2011年6月,50多万字,对自19世纪30年代至今的英美狄更斯研究的代表作家、作品和主要观点进行了梳理、归纳、分析、评论。内容翔实、资料丰富,很有借鉴价值。可以说是这一时期狄更斯学术史研究的重要成果。

第三节　专著

这一时期出版的狄更斯研究方面的著作大约有十几种,但有的是再版,有的只是普及性的小册子。比较重要的有罗经国的《狄更斯的创作》(辽宁大学出版社2001年版),童真的《狄更斯与中国》(湘潭大学出版社2008年版),赖干坚的《狄更斯评传》(学林出版社2012年版),严幸智的《狄更斯与他的时代》(广西师范大学出版社2014年版),赵炎秋、刘白、蔡熙等的《狄更斯学术史研究》(译林出版社2014年版),赖干坚的《狄更斯:为人道而战的伟大作家》(厦门大学出版社2015年版)。

罗经国的《狄更斯的创作》共12章,其中第1章介绍狄更斯的生平,其他11章分别分析狄更斯的10部长篇小说和1部中篇小说集。② 作者曾编过《狄更斯评论集》,对狄更斯的作品和相关评论都很熟悉。在分析的过程中,作者没有平均使用力量,而是根据每部作品的特点和自己的体会,

---

① 刘白:《英美狄更斯学术史研究1836—1939年》;蔡熙:《当代英美狄更斯学术史研究1940—2010年》,博士论文,湖南师范大学,2011年。

② 分别为《匹克威克外传》《奥列弗·特维斯特》《圣诞故事集》《董贝父子》《大卫·科波菲尔》《荒凉山庄》《艰难时世》《小杜丽》《双城记》《远大前程》《我们共同的朋友》。

选择三个到四个方面进行重点分析。如《荒凉山庄》，作者的分析从四个方面进行。情节结构方面，作者认为："《荒凉山庄》的情节结构包括三条主要线索和多条次要线索。第一条主要线索是关于坷达·克莱尔和理查·卡斯顿的恋爱故事。第二条主要线索是关于德洛克夫人的故事。第三条主要线索是关于埃丝特·萨默森的故事。次要线索包括沉湎于非洲事务、不理家务的杰利比太太的故事，家庭律师图金霍恩的故事，法律文书商斯纳斯比的故事，打靶场主乔治·朗斯威尔的故事，法律文件誊写人尼姆和孤儿乔的故事，疯癫老太婆弗莱德小姐的故事，等等。"这些线索都直接或间接地与控贾迪斯案有关。"小说的成功之处是这些情节并不平铺直叙地展开。几条线索同时进行，在结构上造成一种无秩序、无章法的错觉。作者主要通过悬念手法，让各种线索一步一步展开。随着故事情节的展开，小说中的疑团不断加深，狄更斯在小说结构中所惯用的悬念手法在《荒凉山庄》中表现得最成功。"① 主题方面，作者认为，《荒凉山庄》的基本主题是对英国大法官法庭的抨击。"不过，狄更斯并不从根本上否定英国的法律。他对大法官庭的抨击主要是针对它的昏聩和腐败，以及麕集在它周围的一批靠法律为生的。他们对诉讼者勒索，干尽种种伤天害理的事。狄更斯主要是在谴责大法官庭没有尽它应尽的主持'正义'的义务。"其他还有两个主题。一是关于"责任"问题，二是抨击在当时英国社会生活中占着一定统治地位的、墨守成规的、反对变革的贵族阶级。"小说的三个主题：大法官法庭、责任感和贵族统治的瓦解在艺术结构上是紧密联系的。小说所抨击的不负责任的、为贵族阶级利益服务的大法官庭以及贵族社会正在崩溃。它必将被欣欣向荣、充满生机的工业资产阶级所取代。"② 在象征手法方面，作者首先指出："狄更斯擅长用象征手法来烘托小说气氛。在他的后期小说中，象征变得越来越重要。"然后分析了伦敦的大雾、克鲁克的废品收购店、托姆独院、弗莱德小姐和她所喂养的鸟儿等的象征意味。作者认为："具有深长意义的是狄更斯用象征手法描写废品收购店主克鲁克的'自我燃烧'。它预示大法官庭由于罪孽深重，必将像克鲁克

---

① 罗经国：《狄更斯的创作》，辽宁大学出版社 2001 年版，第 92、90 页。
② 同上书，第 88、97 页。

那样烧成灰烬。"① 在叙述方式方面,作者认为:"狄更斯在《荒凉山庄》的叙述形式上做了一个大胆的突破。他既采用了无所不知的叙述人,又采用了第一人称讲故事的形式。这两种形式轮流交叉地采用。"既便于展示广阔的生活,描写众多的人物,又能深入人物的内心世界。"特别值得注意的是,狄更斯在叙述手法上用了英语语法上两种不同的时态。在无所不知的叙述人讲故事时,用的是现在时;在埃丝特·萨默森在故事发生七年后回忆往事时,用的是过去时。这两种时态的交错使用,加强了小说的逼真感。"此外,两种叙述方式的交错运用,也有利于切换故事的线索,"紧紧抓住读者的好奇心。正如我国古典小说中那种'欲知后事,且听下回分解'的'卖关子'手法"②。

《小杜丽》则侧重分析了小说的三个方面。首先,作者指出《小杜丽》中的核心意象——监狱,是英国社会的象征。小说的情节复杂,故事的发展扑朔迷离,"但是监狱这一形象自始至终笼罩着全书。不管人们怎样行动,不管他们是在牢内,还是在狱外,他们都无法逃脱监禁他们肉体和禁锢他们思想的樊笼"。监狱里面自然是监狱,而监狱外面的世界仍然是一个监狱。"那里充满了虚伪、阴谋和欺诈,人们虽然行动自由,但是他们在精神上被套上无形的枷锁,彼此钩心斗角,互相猜疑和不信任。""监狱的阴影并不局限于英国本土。即使英国人旅居海外,他们身上也带着一股'牢房味'。""书中的每一个主要情节的描写都与监狱的形象分不开。"小说最后,"克仑南姆夫人那幢监狱似的宅邸突然的倾塌是具有象征意义的。与《荒凉山庄》中绰号叫'大法官'破烂店老板克鲁克的'自我燃烧'一般,这幢宅邸自我倒塌预示着英国社会面临的局面"③。其次,作者分析了《小杜丽》对英国政府官僚机器的抨击。小说虚构了一个"兜三绕四部",作为英国官僚机构的代表。这个部"是英国政府最重要的部门。它插手英国的一切事物……这一政府部门的办事原则是'怎样不去办事'"。"小说还描写了巴纳克尔和这个贵族世家。这一家族操纵着'兜三绕四

---

① 罗经国:《狄更斯的创作》,辽宁大学出版社2001年版,第97、100页。
② 同上书,第101、102页。
③ 同上书,第115—116、117、119、120页。

部'。家族成员被安插在'兜三绕四部'在全球的各个角落，从英国的财政部长、印度总督，到中国的领事，'兜三绕四部'在国内外的一切职务几乎为巴纳克尔一家包揽。"① 这个家族就像甲壳动物一样，紧紧地依附在这个部门之上，无所事事，也不想有所事事，祸害着人民，拖累着整个国家。最后，作者指出，小说的结局是暗淡的。"全书结束时，好人虽然得到好报。但是这里完全消失了狄更斯前期作品结束时那种阳光明媚、鸟语花香、令人陶醉的气氛。"亚瑟·克仑南姆破产，杜丽先生破产。虽然亚瑟后来在朋友的帮助下出了狱并与小杜丽结了婚。"但是马歇尔西监狱的阴影依然存在，'兜三绕四部'还在推卸责任，盘算着怎样不去办事，巴纳克尔家族还在操纵着国家大事，从最大的公众馅儿饼到最小的馅儿饼。人道主义作家狄更斯只能从亚瑟和小杜丽的婚礼上得到一丝安慰。"②

罗经国在对狄更斯作品的分析中能够抓住重点，写出自己的见解，论证充分，材料恰当且文字简洁，使这部篇幅不大的著作具有较深厚的学术含量。

童真的《狄更斯与中国》是国内迄今为止最系统地考察百年狄更斯在中国的接受、传播与研究的专著。全书共分四章，第一章介绍狄更斯的生平与创作。作者肯定狄更斯是现实主义的大师，同时指出狄更斯作为大众小说家的一面。童真认为，狄更斯热爱大众娱乐，"对于他来说，'娱乐是人类道德信仰核心的天性、忘我性和情感共鸣之所在。'所以，在他眼里，不懂娱乐、没有娱乐的世界将是可怕的"③。狄更斯创作的大众化手段表现在如下几个方面：其一，以廉价出版的方式出版自己的小说；其二，迎合大众趣味的故事，如曲折离奇的情节、鲜明生动的人物形象、幽默风趣、煽情、大团圆的结局等。作者认为："狄更斯之所以在他那个时代以及在我们这个时代还为大众所欢迎，主要是因为'他能用一种滑稽、简单因而是大家能记住的形式表达普通人民的天生的正派体面、合乎礼仪的行径'。在此，如果把狄更斯的小说比作一道菜的话，曲折离奇的情节是主料，鲜

---

① 罗经国：《狄更斯的创作》，辽宁大学出版社 2001 年版，第 122、123 页。
② 同上书，第 124、125 页。
③ 童真：《狄更斯与中国》，湘潭大学出版社 2008 年版，第 59 页。

明生动的人物是配料，幽默风趣是盐，感伤和温情是味精，而最后盛上的菜就叫'大团圆'。这道菜并不是在高级餐馆的奢侈品，而是大排档中的家常菜。这就是狄更斯这位大众作家的成功所在。"① 专著对狄更斯创作大众性的一面分析就其大众性本身而言是站得住脚的。但狄更斯绝不仅仅是一个大众娱乐作家，或者说主要不是一个大众娱乐作家，如何将他的创作的大众性的一面与他整个创作的关系讲清楚，专著还有一段路程要走。

　　第二章介绍狄更斯在中国的译介。作者介绍了狄更斯传入中国的文化语境，将国内狄更斯作品的翻译出版分为1907—1948年、1949—1966年、1977年至今三个时期，"文化大革命"十年因没有狄更斯作品的翻译出版，故专著没有列入。作者在资料的收集上下了一番工夫，对于狄更斯作品在中国的翻译情况的介绍是至今国内最为详细的。此外，作者还通过对《大卫·科波菲尔》的林纾、董秋斯和张若谷三个译本的比较，研究了中国狄更斯翻译的成就和存在的一些问题。专著认为："林纾不懂外文，这使他在一定程度上受制于和他合作的口译者，影响了他的翻译。不过也正因为如此，他在翻译时较少受原语言的制约，不会拘泥于个别字句，而是透过口译者的叙述，用心去揣摩原作者的创作意图，从整体去把握人物和故事，用'心'与作者建立了一种情感联系。""林纾的译本之所以受到大家的推崇，一是由于他把握住了原著的精髓，另一个原因是他用了简洁通俗富有弹性的文言文。"在翻译方法上，林纾主要采取归化的方法。"所谓归化，也称民族化翻译法，是指以目标语文化为依归，要求译者以目标语读者为中心，强调译文地道生动、通顺流畅，使其更加符合目标语读者的阅读习惯和表达习惯……以归化为翻译策略时，译者主要采用的是意译手段，对原作进行了大量的改动、替代、添加、删节等。"② 这一方面使林译《块肉余生述》（即《大卫·科波菲尔》）适应了当时中国读者的文化水平与阅读习惯，另一方面也使译作有背离原作、未能完全传达出原作风貌的地方。董秋斯采用的则是"异化"的翻译方法。"异化，也称非民族化翻

---

① 童真：《狄更斯与中国》，湘潭大学出版社2008年版，第75页。
② 同上书，第123、124、125页。

译法，它是以源语文化为归宿，要求译者向作者靠拢，采取对等于作者所用的源语表达方式，'偏离本土主流价值观以保留原文的语言、文化差异，送读者去国外'……董版的《大卫·科波菲尔》一直被视为直译的代表。董先生强调翻译的'信'，他反对翻译时删节原著的做法，在翻译词汇的选择上也尽量贴近原文，可以说他的译作最大限度表达出对原著的'忠实'。……他的译文大都是依据原文逐字逐句翻译的。"但是，英语与汉语毕竟是两种不同的语言体系，其所产生的文化背景也不一样，严格地"忠实"于原文，难免要影响意思、文化与美感意味的表达，使其译文显得"生硬而过分欧化"①。张若谷强调翻译要译出"地道的译文"。这"大致包括下列几层意思：第一，内容方面应与原作保持一致，做到神韵相通；第二，译文的形式应与原作偏离不大，也就是说译文在词句表达上与原作保持基本一致；第三，译文应在用词的性质上与原作保持基本一致，如果原作用的是俚语、习惯用语或典雅语，译文也应该用相同或相类似的词语；第四，原作的语言是标准的译出语，那么译文也应该符合译入语的标准。张若谷的《大卫·考坡菲》实践了他的翻译主张，他不仅做到了忠实原文的意义，而且在形式、风格上与原著保持着高度的一致，译笔自然、流畅、规范。特别难能可贵的是，原著中地道的英文，他用地道的汉语对应译出，令人称奇。在翻译策略上，他没有走向异化或归化两种极端，而是做到'异归均衡'"。作者认为："尽管张版的《大卫·考坡菲》还存在一些瑕疵，如赵炎秋的《建国后狄更斯长篇小说翻译一瞥》和刘明的《试析张若谷先生的翻译风格》等文章就指出该版中的漏译、译文不贴切和不完美的地方，但无论如何，该版本可称是目前国内的最佳译本。"②

第三章介绍狄更斯在中国的影响与接受。专著认为，狄更斯在中国的广泛影响与接受，与他的作品的现实主义品质、人道主义思想和大众化特征密不可分。这些品质、思想和特征符合20世纪中国社会的现实与需要，与中国的传统比较契合，因而能够得到中国读者的欢迎与接受。专著分析了狄更斯对中国文学的影响，认为这种影响可以从新的文学和思想观念的

---

① 童真：《狄更斯与中国》，湘潭大学出版社2008年版，第130—131、133页。

② 同上书，第135、139页。

输入、新的叙事手法和叙事模式、幽默的艺术、感伤主义情调等方面来分析。不过，专著的这种分析还嫌粗略、间接了一点，如能更加具体、实证，可能更有意义。专著通过对老舍与狄更斯、张天翼与狄更斯的个案研究，分析了狄更斯对中国作家的影响及其主要途径和原因，以及中国作家对狄更斯的超越。作者认为，老舍在题材的选择、人物的塑造和幽默等方面受狄更斯的影响很深，但老舍又不是狄更斯亦步亦趋的模仿者，他"之所以能成为中国现代最伟大的作家之一，就在于他在学习和借鉴狄更斯的同时，融入了自己的思想和风格，融入了自己民族的文化"。比如"在描写人物与故事时，狄更斯以善恶作为唯一的标准，对坏人进行无情的嘲弄，对社会存在的丑恶现象进行揭露和批判，但他所批判的对象是个别人和个别现象，并没有对英国人及资本主义制度本身进行批判和反思。与他不同的是，老舍的心中除了用善恶这把尺子对具体的人和事进行丈量之外，还比狄更斯多了对自己的民族和民族文化及社会制度本身的审视和批判。这是老舍对狄更斯的最大的超越"。与狄更斯相比，"老舍作品中政治倾向更强。老舍在英国五年的工作和生活经历，使他亲身体验并目睹了中国人被歧视与被侮辱的情景，更激发了他心底的爱国热情。在与异质文化的碰撞与交流中，他学会了以他者的眼光来认识中国文化，这就使他的批判更加的广泛、深入而有力"①。

第四章介绍狄更斯在中国的研究。专著将中国狄更斯研究分为清末及民国时期、新中国成立初17年和新时期等三个时期，一个时期一个时期进行了介绍，并对中国与英美狄更斯的研究进行了比较。专著认为，在思想研究方面，"将人道主义思想视为狄更斯思想的核心是中国研究者的共识……目前中国的狄更斯研究者将人道主义视为解密狄氏生活、创作的钥匙，这一点与英美研究者的多元性是不同的"。在对狄更斯作品及创作的研究方面，"中国这方面的研究还有较大的差距，这不仅表现在研究的专著少，在研究内容及深度上也有许多欠缺的地方。如对狄更斯的创作特点的研究大多只停留在什么的阶段，对影响狄更斯创作的因素集

---

① 童真：《狄更斯与中国》，湘潭大学出版社2008年版，第186、187、189页。

中在作家的生平及当时的政治历史，忽略了大众娱乐、维多利亚时期的社会心理以及读者对狄更斯创作的影响"①。专著还对中国狄更斯研究中的文化过滤及变异现象进行了研究。认为"由于受西方的狄更斯研究的影响，中国的狄更斯研究与英美的研究有较多的相似之处，但由于中英文化的巨大差异，中国狄更斯研究又显现出对西方狄更斯研究的选择、变异即'文化过滤'"。这种过滤"首先表现在对西方狄更斯研究的选择和引入上"，其次表现在"对狄更斯代表作的认识与理解上"。在英美，"更多的人倾向于将《大卫·科波菲尔》视为作家的代表作"，而在中国，"一般都将《双城记》视为狄氏的代表作"。这"是典型的以我们自身的文化模子的文学观和文化立场在认识、欣赏、评价来自西方文化模子中的作家作品，这种根据自己的文学观、审美观去欣赏、理解、取舍来自别的文化模子的文学信息的结果必然会造成狄更斯这位来自异质文化模子中的作品在中国产生变形、遗漏，甚至歪曲。像狄更斯这位在英国文学史上著名的流行作家，我国在研究他时夸大了其作品对重大的社会问题和社会现实的反映，将他作为流行作家媚俗的一面过滤掉了"②。总的来看，童真对中国狄更斯研究取得的成就是显著的，但也还存在一些问题，如资料或知识性错误，重复研究的现象严重，创造性与创新不够，有严重的"苏化"和"西化"倾向，等等。

赖干坚的《狄更斯评传》是作者多年研究和积累的结晶。全书分上、中、下三篇。上篇探讨狄更斯拼搏奋进、悲欣交集的多彩人生，中篇探讨狄更斯的创作轨迹与心路历程，下篇探讨狄更斯的艺术品格与艺术个性。③作者认为，关于狄更斯生平，"最值得注意的是他的成长道路和带有悲喜剧色彩的恋爱与婚姻"，关于狄更斯的创作，"必须弄清楚它的发展脉络，揭示他的创作风格的变化与他的心路历程之间的关系"。作者要求自己，"不一定要对狄更斯创作的意义、价值和特点加以周密思考，给予实事求

---

① 童真：《狄更斯与中国》，湘潭大学出版社 2008 年版，第 265—266、267—268 页。
② 同上书，第 279—285 页。
③ 赖干坚：《狄更斯评传》，学林出版社 2012 年版。

是的、科学的评价,力求对狄更斯其人其作能提出一点自己的见解"①。这种写作思路与目的贯穿全书并由此形成全书的特点。

书中最精彩的部分是中篇。在这一部分,作者将狄更斯的创作分为早期、转折时期、高峰时期和晚期四个阶段,分析了狄更斯的 15 部长篇小说和一篇中篇小说《圣诞颂歌》。

作者将狄更斯的早期创作 (1836—1841) 概括为"创作的传奇色彩与作者的浪漫情怀",认为"狄更斯早期的创作,一方面通过为富不仁的反面形象揭露邪恶势力如何造成世界的混沌,另一方面又通过一系列善良仁慈的富人形象,表明善良仁慈的富人可以造福一方,为确保世界的秩序与安宁发挥自身的作用"。"狄更斯的早期作品具有深厚的浪漫色彩","幽默和喜剧性是狄更斯早期创作的又一明显特征"。这一时期的小说,"一般来说,情节比较复杂,枝蔓繁多,结构松散"②。

转折时期从 1841 年到 1850 年,这一时期的狄更斯创作的特点是"创作思想艺术的更新与作者对现实的深入观察,冷静分析"。这一时期,"狄更斯的思想发生了巨大的变化,他称自己成了一名激进主义者。他的思想之所以发生巨变,除了现实的触发、他本人对社会的深入观察和思考之外,还因为受到激进派思想家卡莱尔的影响"。"这一时期,狄更斯在揭露批判利己主义对人性的毒害的同时,还提提倡'圣诞哲学',即以圣诞节所弘扬的博爱、善良、仁慈、宽容及和谐精神作为健康的人生哲学来和拜金主义、利己主义相对抗。……在这时期的作品中,作者对资产阶级利己主义者的鞭挞表现出来的幽默已带有辛辣的意味,而且两种人生哲学的较量呈现出紧张的气氛。"③

高峰时期从 1850 年至 1859 年,这一时期狄更斯创作的特点是"创作思想艺术的成熟与作者对现实的极度失望、不满、内心的焦虑不安"。这一时期,"不管是国事还是家事都让狄更斯焦虑烦躁。对现实中种种问题的关注,无形中扩大了他的社会视野,而随着他对社会问题思考的日渐深入,对未来不免失去了信心。这一切都使他这一时期的创作形成独特的格

---

① 赖干坚:《狄更斯评传》,学林出版社 2012 年版,第 355 页。
② 同上书,第 104 页。
③ 同上书,第 151 页。

局"。这一时期狄更斯的创作有如下特点:其一,社会批判力度大大增强;其二,乐观主义趋于破灭,悲剧气氛浓厚;其三,幽默成分相对减少;其四,小说艺术更加成熟。"首先艺术形象更加厚重、深沉……其次,结构严谨,情节安排严密,丝丝入扣,形成有机的整体。再次,表现手法更多样。""总的来说,19 世纪 50 年代的狄更斯,思想显得更深刻,创作风格趋向阴郁低沉,悲剧色彩浓厚,艺术手法也变得更成熟。"①

晚期从 1859 年至 1870 年,这一时期的创作可用"创作的悲喜剧色彩与作者幻灭感、苍凉情怀"来概括。这一时期狄更斯长篇小说创作数量较少,作品的思想艺术也有些新的特征。"首先,从题材和主题来看,狄更斯晚期的创作从重大的社会题材转向富于传奇性和奇异特征的题材。作品的主题一般倾向于对资本主义的拜金主义、利己主义的揭露批判,表现社会非人性化过程中出现的悲喜剧。总的来看,这时期的作品反映现实的广度、深度和批判的力度都比高峰时期的创作逊色,同时流露出些许幻灭、伤感和无奈的情调。其次,从表现手法来看,狄更斯晚期的创作仍坚持其真实与幻想融合的套数,不过有些发展变化。比如,他比先前更注重人物思想性格的发展变化与人物生活环境的关系。同时这时期的作品开始注重人物内心世界的展现,更多采用平实的写实手法,更少采用夸张、漫画化的手法,更注重细节的真实。另一方面,这时期的作品更喜欢表现平凡事物富于浪漫意味的一面,更常表现奇异的、令人难以置信的事件和惊险的、富于戏剧性的场面,从而使情节更富于传奇性和戏剧性。再次,这时期的作品,从主人公的命运来看,更富于悲喜剧色彩。"正因为"狄更斯最后十余年留下的两部半长篇小说可以说自成格局,和他在 19 世纪 50 年代创作的几部作品有明显差异"②,所以赖干坚才将它与 19 世纪 50 年代的创作分开,另外划为一个时期。

《狄更斯评传》对狄更斯的 15 部长篇小说和狄更斯最著名的中篇小说《圣诞颂歌》均辟专章进行了分析。这些分析脉络清楚,论证比较深入。比如,分析《匹克威克外传》时,作者用的副标题是"匹克威克与他的喜

---

① 赖干坚:《狄更斯评传》,学林出版社 2012 年版,第 202、201、202 页。
② 同上书,第 262—263、263 页。

剧世界";分析《老古玩店》时,副标题是"现实与幻想的融合、喜剧与悲剧交织的寓言";分析《马丁·朱述尔维特》时,副标题是"世界的混沌与利己主义的猖獗";分析《董贝父子》时的副标题是"金钱世界与情感世界的较量";分析《荒凉山庄》时的副标题是"法网下的混沌世界";分析《艰难时世》时的副标题是"对功利主义哲学的致命一击";分析《小杜丽》时的副标题是"世界是一座监狱";分析《双城记》时的副标题是"一部历史寓言";分析《远大前程》时的副标题是"一部没有英雄的小说";分析《我们共同的朋友》时的副标题是"拜金主义阴影下情感世界的悲喜剧"。这些章节的副标题,既是其所分析小说的突出特点,也是这一章分析的重心所在,观点鲜明,有自己的见解。

在下篇,赖干坚对狄更斯"直面社会、关爱人生、心系大众的艺术品格"和"融合浪漫与写实特征的艺术个性"进行了探讨。在艺术品格上,专著将狄更斯定位于"黑暗社会的激烈抗议者,邪恶势力的鞭挞者;被侮辱被损害者的忠诚卫士;精神家园的探寻者、缔造者;社会福音的传播者;时代的预言家;大众娱乐的提供者;英国民族精神的表现者、重塑者"。在艺术个性上,专著将狄更斯的创作个性归纳为浪漫与写实两者的融合,在创作上"倡导对现实的想象性模仿"①。专著指出:"在狄更斯看来,小说的真实不是简单地再现现实,而是对现实进行想象性的模仿的结果。可见狄更斯小说表现的现实,是他心目中的现实,是经过他的想象加工过的、真实与幻想融合的现实。""他把发掘、表现熟悉的、平凡的事物中的浪漫因素,看作是表现生活的诗意,表现生活中令人感到欣慰、鼓舞的东西。他认为,这是生活在艰苦的环境中的劳动者干涸的心田最需要的。显然,在狄更斯看来,用浪漫的眼光和手法表现现实,不只是艺术方法问题,它还涉及艺术为大众服务的方向性问题。"这种想象性的模仿有几种形态:其一,"以'富于幻想的处理办法'表现对邪恶势力的批判、否定";其二,"现实批判与理想探寻相结合";其三,"题材趋向现实与幻想的融合,因而狄更斯的小说既是现实的,又富于传奇色彩和戏剧性";

① 赖干坚:《狄更斯评传》,学林出版社2012年版,第3页。

其四，"人物塑造兼具写实与浪漫的特征：人物既是真实的，又是奇特的"。对这些观点，专著分别进行了论证。如对狄更斯的人物塑造，专著认为："总的来说，狄更斯塑造人物的方法是从客观回到主观，即人物和事件源于现实生活，反映了社会风貌，但作者按照自己的情感、想象和幻想的引导来处理题材、塑造人物，以求更有效地激发读者的情感和想象力。因此，狄更斯塑造的人物往往比较符合浪漫主义美学观：或善良如天使，或凶恶如魔鬼。"有的评论家否定狄更斯笔下的怪人，"认为这类怪人'是作者作为自娱而创造出来的'，或是'作者耽于怪诞、大胆而无拘束的幻想的产物'。这种说法未免欠公允。其实，在资本主义社会中本来就存在许多荡人心魄的荒唐事件和精神畸形的人，而狄更斯是个情感和想象力极其丰富的作家，他最善于捕捉人和事物的特征；他一旦发现这些特征，感情和想象力就活跃起来，非把这些特征加以夸大，表现得淋漓尽致不可，以便让读者和他自己一样激动。惟其如此，狄更斯笔下的人物总带有鲜明的个性特征，给读者留下极其深刻的印象。狄更斯笔下的怪人之所以'怪'，就因为这类人物的性格特征激发了作者的情感和想象力；作者通过夸张手法，既把人物的性格表现得鲜明突出，又在形象中带入了自己的审美情感"①。这些分析，是符合狄更斯创作的实际的。不过，在归纳上，是用"浪漫与写实的融合"更为妥当，还是用"表现自己感受到的生活"更为妥当，还值得进一步的探讨。②

严幸智的《狄更斯与他的时代》是在他的博士论文的基础上修改、补充而成的，书中的部分内容曾以系列论文的形式发表。全书除"绪论"外，共分五章。第一章标题是"富足与贫穷：新时代的悖论"。这一章认为，由于起始于18世纪的工业革命，英国经济在19世纪出现持续繁荣，生产力持续提升，物质财富极大丰富。但繁荣带来的好处并没有为社会大多数成员公平地分享，反而加大了贫富之间的差距。"1801年，1.1%最富有的人取得国民总收入的25%；到1848年，1.2%最富有的人所聚敛的财富占国民总收入的40%。相比之下，体力劳动者的收入在国民总收入中所占的比例却从1803年

---

① 赖干坚：《狄更斯评传》，学林出版社2012年版，第330、332、332—335、338—339页。
② 参见本书第五章第一节"感受与物化：狄更斯创作方法再探"。

的 42% 下降到 1867 年的 39%。可见，随着工业革命的进行，财富分配不当使穷人更穷、富人更富。"① 贫富分化造成底层群众的不满，社会冲突加剧；下层民众健康状况持续恶化，国民体质整体下降；社会犯罪与反抗行为增多，等等恶果。狄更斯出身社会下层，年少时饱尝艰辛，这"使他在自己终其一生的文学创作生涯和社会活动中，都一如既往地关注被剥夺者的命运和处境"②。他对当时社会贫富悬殊的现实进行了猛烈的批判。虽然他并不反对财富和工业的进步，但强调财富掌握者的道德品质，要求以人道主义的精神来弥补工业进步所带来的不足，提高全民的道德水准。

第二章标题是"建设性批判：狄更斯与英国工业社会"。这一章认为，19 世纪的英国，"国内矛盾日趋激烈，社会弊病进一步暴露，贫富悬殊加大，各种社会问题层出不穷"。这是"一个科学和经济上自信、社会和精神上为悲观主义情绪笼罩、人们深刻意识到进步的不可避免而焦虑不安的时期。人们普遍感到，传统的解决方案、公认的真理和济世良方都已经无济于事"。"狄更斯生活的时代同时也是英国小说的黄金时代，当时，整个英国民族'成了一个读小说的民族，从现任首相到最近雇来的下房丫鬟，无一例外'。狄更斯充分利用了这一时代特征。他或创办杂志，分期发表自己的小说，或将自己的小说交由出版商出版发行。这不仅为他换来了丰厚的收入，而且极大地提高了他的社会地位。……然而事业上的成功并没有泯灭作家的良心。他利用手中的笔对自己生活的英国社会进行了充满激情的描述和批判。埃德加·约翰逊认为：'狄更斯的重要价值不仅在于他准确地浓缩了自身的生活经历。他以敏锐的目光透视现代生活。贯穿他全部作品始终的一条线索，就是对 19 世纪英国社会所做的批判性分析。其深度和广度是没有任何一位作家能够超越的。'"③ 狄更斯在自己的作品里对维多利亚时代的英国社会及其变化进行了广泛的反映与批判，其批判的锋芒涉及当时英国的政治制度、法律制度和法律机构、人性的异化，以及社会的各种阴暗面。不过，狄更斯不仅是批判，在批判的同时，他也提出和

---

① 严幸智：《狄更斯与他的时代》，广西师范大学出版社 2014 年版，第 55 页。
② 同上书，第 79 页。
③ 同上书，第 101—102 页。

维护自己支持与赞成的东西。他强调中产阶级的价值观，强调道德，提倡"圣诞"精神，主张社会改良，要求富人仁慈、穷人忍耐，贫富之间和谐共处，肯定现存社会制度，反对暴风骤雨式的暴力革命。"因此，他的批判是一种建设性的批判，是为社会的完善和进步出谋划策，而不是想批垮现存的社会制度。他希望自己的批判能有助于当时的英国社会摆脱自身所面临的弊端和困境，进而使人们生活得更加幸福。"①

第三章的标题是"关注尊严：狄更斯与社会救助"。"社会救助是'对同胞的爱，并通过具体的行动表现出来以提高别人生存状态'。"② 扶贫济困是基督教的传统。16 世纪末 17 世纪初，英国都铎政府通过了两部法案，干预对于贫困人口的救济问题，以后英国政府又陆续颁布了一些与济贫相关的法案。但是，旧的济贫法案受到很多批评，一是所需费用太高，二是这些法案常常被人利用，带来不好的社会效果。"农场主们知道，农业工人的工资将由济贫税予以补助，因此，他们往往故意压低工人的工资。而另一方面，那些不是雇主的纳税人却发现，济贫费用急剧上升。……更糟糕的是，工人知道，即使他工作再努力，也不能挣到足够的工资以维持生活，因而，他们经常转而依靠救济生活。"③ 三是人们批评济贫法损害了被救助者的尊严，使懒惰者更加懒惰。因此，1832 年英国政府颁布了《济贫法修正案》也称《新济贫法》。《新济贫法》企图通过惩治"懒惰"贫民的办法来根治贫穷，规定"救济只能在济贫院内进行。作为回报，接受救济者必须在济贫院的监管下从事必要的劳动。新设济贫院的原则是'鼓励'穷人'自立'。为此，济贫院都故意弄得脏乱不堪，伙食极差，劳动量又极大，还规定一家男女必须分居，父母子女不可在一起。为此，济贫院被分成两半，一半住男，一半住女，被称作是穷人的'巴士底狱'。当局认为，济贫院必须办得令人生畏，这样才能最大限度地减少救济，迫使一切人哪怕是极度贫穷也要拼命挣扎，只要还有一点办法，就绝不轻易进

---

① 严幸智：《狄更斯与他的时代》，广西师范大学出版社 2014 年版，第 159 页。
② 同上书，第 161 页。
③ 同上书，第 163 页。

救济院"①。狄更斯从他的人道主义立场出发，对这种济贫思想和济贫制度进行了猛烈而广泛的批判。他把确保受助者获得应有的尊严作为自己奋斗的主要目标。他反对这种有损穷人尊严的救济，反对救济院对穷人的虐待，要求让穷人拥有行动的自主权，发展他们的自立能力，通过改善他们的情趣、习惯，让他们自己提高自己的道德素质，使他们成为自尊自立的人。他不仅在其创作中，而且在其社会实践中实施自己的观点与主张。他与人一起创办"失足妇女感化院"，救助失足妇女，筹集经费，扶助文坛前辈和骨肉同胞，四处演讲，宣传自己的主张。他将同情与友好给予一切人，而不只限于那些堕落至极和贫困无助的人。狄更斯的慈善观和慈善行为是值得肯定的。

第四章的标题是"有教无类：狄更斯倡导公平教育"。本章认为："通过为社会的政治、道德和宗教机构服务，教育不仅有助于使社会成员具有完善的人类品质，而且能在缓和社会矛盾、解决实际问题、维持社会现状和社会稳定，促进社会平稳变迁与转型以及创造、传播知识、新价值观和新信仰等方面发挥作用。"但当时的"英国政府在教育领域同样采取'自由放任'的态度。结果，不仅接受教育的对象极为有限，而且学校传授的知识也过于陈旧，明显滞后于当时的社会需要"。狄更斯对这种现象十分不满，"尤其是对当时绝大多数下层民众事实上被排斥在教育大门外的现实给予了极大关注，通过社会活动和文学创作大力呼吁普及初等教育"②。他从"人道主义立场出发，顺应工业革命时期英国社会转型的时代要求，积极倡导一种致力于改变普通人命运的全新公平教育思想，认为国家有义务不加区别地为所有社会成员提供公平接受教育的机会，以使他们具有分享经济发展成果的能力和机遇。……狄更斯认为，教育是唯一能够有效地给普通人提供切实帮助的手段。这既是狄更斯倡导公平教育的重要内容，更显示了他关心社会中每一个成员命运的人道主义精神与救世情怀。与教育内容相比，狄更斯对教育精神的理解更深刻。狄更斯并不崇拜学问与知识。相对于当时公学和大学里的高深学问，他更关注像贫民免费学校这类简单教育机构的必要

---

① 严幸智：《狄更斯与他的时代》，广西师范大学出版社 2014 年版，第 173 页。
② 同上书，第 219、225 页。

性和不足之处"①。不过，对于自己极力倡导建立的国家教育体制，狄更斯并没有清楚的认识。对于老师和教学的认识也同样如此，他乐于讽刺和谴责教育的阴暗面，但对什么才是好的，却语焉不详。在他的小说中，大多数学校都是坏的，好学校不但数量少，而且给人的印象也不深。

第五章的标题是"现世情怀：狄更斯的宗教观"。19世纪英国宗教的总体趋势是宗教世俗化。"宗教世俗化不是取消宗教，而是指社会和个人从宗教和信仰的控制下摆脱出来，宗教与政权相分离，宗教成为个人可以选择的私事。"② 当时英国最有影响的宗教派别是卫斯理宗。卫斯理宗强调，真正的基督教是一种社会宗教。卫斯理宗关注的是现实的拯救。"这一拯救不仅包括通过传播福音实现民众灵魂的救赎，更重要的是提供现实救助，以实现对他们的肉体拯救。……这一运动深刻关注社会现实，聚集下层民众的生存状态。它通过福音布道和一系列社会救助行动，赋予穷人以尊严与自信，为他们提供了生活的希望和勇气。""在卫斯理宗影响下的宗教复兴更重要的是一次宗教伦理运动，而不是神学运动。它关于基督教伦理的解释对英国社会的政治和经济生活产生了重要影响，而它所宣扬的思想和态度则影响了人们的世俗活动。"③ 在福音运动这一大的背景下，狄更斯形成了自己的关注现世、关心穷人的宗教观。他在自己的创作与社会活动中宣扬社会福音，希望能够唤醒英国全社会上下为改变英国的现状而努力。他反对口惠而实不至、在形式上做工夫的慈善，赞扬那些努力改变穷人的生存状态做出实实在在的努力的人们。他重视宗教的教化功能，渴望有一种超越教派之争而直达心灵的宗教，在传播爱心时不受教规的束缚，对各类宗教持一种宽容的态度。"他所信仰的实用的人道主义基督教与所谓的宗教体验相去甚远，他作品中所揭示的强烈感情，与真正的宗教主题无关。狄更斯讨厌形式主义、教士权术的含义以及错综复杂的教条和与教条相关的争论。"④ 他希望通过自己的创作与社会活动改变人们一些陈

① 严幸智：《狄更斯与他的时代》，广西师范大学出版社2014年版，第277页。
② 同上。
③ 同上书，第283页。
④ 同上书，第319页。

旧的信仰，使社会变得更好。如他反对人生是一场与邪恶和痛苦抗争的令人沮丧的战斗的观点，强调人类在本质上是善良的，世界应该充满友爱。狄更斯的宗教观在总体上应该说是积极的，虽然也还存在一些问题。

严幸智的《狄更斯与他的时代》从文学与历史结合的角度研究狄更斯，试图"以狄更斯的文学创作和社会活动及其对英国工业化和社会转型认识的心路历程"[①] 作为全书的主要线索。他的研究开辟了国内狄更斯研究的一个新的领域。但在历史与文学的有机联系，狄更斯的文学创作与他的社会实践的互动与相互影响方面，专著既给了我们很多启示，也留下了较多的研究空间。

赵炎秋、刘白、蔡熙等合著的《狄更斯学术史研究》是新中国第一部狄更斯学术史研究方面的专著。全书共 379 千字，分为两编。第一编是"狄更斯学术史"，第二编是"狄更斯学术史反思与研究"，此外，还有"重要文献""人名中外文对照及索引""书、报、刊名中外文对照及索引"三个附录。

专著的主干部分是第一编。这一编分为三章。第一章对 1836 年至 1939 年的英美狄更斯学术史进行了梳理与研究。专著将这一时期英美狄更斯研究分为三个阶段。第一阶段为狄更斯生前。狄更斯的成名作《匹克威克外传》发表于 1836 年，这部小说得到巨大成功，从此狄更斯杰作不断。各种评论也不断涌现。狄更斯生前，对他与他的创作的评论大致可以分为赞美与批评两大阵营。赞美者肯定狄更斯小说的幽默、情节、人物、小说真实感和打动人心的力量。批评者则主要针对他的小说的粗俗、语言的不规范、不自然的夸张、情节等的不合逻辑等。但赞美与批评没有影响狄更斯的创作，他总是以一部部新的作品引起读者的兴趣，巩固自己在文坛的地位。第二阶段是 1870 年到 1914 年。1870 年狄更斯去世之后，他的声誉有一个下降的过程，但很快，就由于乔治·吉辛、切斯特顿等著名批评家对他的肯定，其声誉重新高涨，并达到一个新的高度。到 1914 年第一次世界大战爆发，英美的狄更斯研究不断发展、繁荣。有学者形象地将这一阶

---

① 严幸智：《狄更斯与他的时代》，广西师范大学出版社 2014 年版，第 360 页。

段的狄更斯研究称为"狄更斯产业"。"这个时期对狄更斯的研究大致有如下几种：一是传记研究。1870 年狄更斯谢世，各种报纸杂志争载他的亲友写的回忆录。随着他的私人信件陆续发表，有关他的传记不断出版，形成了一股前所未有的热潮。……二是研究论文。更多的论文从学术批评的视角来探讨狄更斯小说的人物、思想、叙事风格以及狄更斯与批评的关系等。三是研究专著。"① 这一阶段出现了乔治·吉辛、切斯特顿等重要的狄更斯研究专家，他们的研究深广、系统，有力地奠定了狄更斯在世界文坛的地位，其观点至今仍有很强的借鉴意义。1914 年至 1939 年，是这一时期英美狄更斯研究的第三阶段，由于战争的影响，这一时期部分英美狄更斯研究者尽力"挖掘"狄更斯身上与创作中的爱国主义因素，以将狄更斯塑造成一个爱国者和伟大的人文主义者，以"达到既呼吁本国人民热爱自己的国土，保卫家园，又将盟国的人民团结起来的目的。然而，这类文章使文学自身的独立价值和艺术魅力受到损伤，也造成对狄更斯及其作品认识上的某种偏差"②。这一阶段英美的狄更斯研究呈现多元发展的倾向，除了传统的现实主义批评、传记研究外，"多种文学批评方法均在狄更斯研究领域大显身手：以珀西·勒伯克、佩勒姆·埃德加等为代表的英美新批评家与形式主义者们强调对狄更斯文本的研究；T. A. 杰克逊为代表的批评家运用马克思主义观点研究狄更斯，认为狄更斯之所以能长远地打动各国读者，在于他对社会黑暗的揭露与抗议，他用一种卓越的艺术形式写出了人们共同具有强烈感受的人生处境；茨威格等批评家则运用精神分析方法展示了狄更斯创作的心理动势以及作家的心理世界。"③

第二章研究 1940 年至 2012 年英美狄更斯学术史。专著同样将这一时期分为三个阶段。第一阶段从 1940 年到 1959 年。这一时期英美狄更斯研究出现了第一次转向。"这种'转向'有两方面的含义，一方面含义是指学术界对待狄更斯的态度发生明显变化。第二次世界大战前，学术界认为狄更斯爱好者对他的评价太高，没有看到狄更斯艺术风格的重大缺陷。也

---

① 赵炎秋等：《狄更斯学术史研究》，译林出版社 2014 年版，第 43 页。

② 同上书，第 97 页。

③ 同上书，第 79 页。

就是说学术界主流的观点认为对狄更斯的欣赏和赞扬应当有一定的限度。第二次世界大战后学界对狄更的立场为之一变。"狄更斯得到更多的肯定。"这一转变是由英国作家乔治·奥威尔和美国记者埃德蒙·威尔逊开创的。另一层意思是指，狄更斯研究从业余批评走向职业批评。狄更斯批评有个非常独特的特征，即从1836—1940年这一百年间大部分早期研究是非专业人士和非学院派批评家撰写的。"① 这一时期出现了职业批评家，以大学教师为主的学院派批评家逐渐成为狄更斯研究的中坚力量，如 F. A. 利维斯、雷蒙·威廉斯等。这一时期的英美学界的狄更斯批评的主流是形式主义批评，批评家们从形式、语言、语义等方面深入探讨了狄更斯作品中的艺术技巧，纠正了狄更斯是一个艺术粗糙、不讲究艺术技巧的作家这样一种偏见。此外，传记研究也取得了较大成就，如埃德加·约翰逊的《狄更斯——他的悲剧与胜利》等。第二阶段从1960—1979年。这一时期，英美的狄更斯研究健康发展，狄更斯批评日趋多元化，主题研究、影响研究、形式主义批评、马克思主义批评、心理批评、原型批评并立共存，批评成果十分丰富。20世纪70年代之后，英美狄更斯研究发生第二次转向。"这种转向主要表现在从传统批评走向后现代批评，狄更斯研究的主流倾向是从'理论'中获取灵感。'理论'一词指的是一系列特定的文学、语言、哲学理论。解构主义、接受理论、新历史主义、女性主义、文化批评、后殖民主义批评等种种方法进入狄更斯研究领域，批评方法和视角呈现多元互动的特色。"② 这种转向为20世纪80年代英美狄更斯研究的繁荣奠定了基础。第三阶段是1980—2010年。这一时期英美的狄更斯批评以解构主义为理论支撑，新的批评方法不断出现，"林林总总的批评理论进入狄更斯研究领域，狄更斯研究流派纷呈，呈现'百家争鸣，百花齐放'的繁荣局面"③。这一阶段英美的狄更斯研究主要有后现代主义和传统批评两大派别。后现代主义主要有解构主义批评、女性主义批评、心理批评、新历史主义批评、文化批评等。传统批评主要有人文主义和形式主义批评、传记研究、主题研究、比较研

---

① 赵炎秋等：《狄更斯学术史研究》，译林出版社2014年版，第98页。
② 同上书，第142页。
③ 同上书，第145页。

究、马克思主义和社会历史批评等。但两者的区别并不是绝对的，"传统的人文主义研究与后现代批评一起是融合互渗的，呈现'你中有我，我中有你'的态势"①。

第三章梳理和研究东方与俄苏狄更斯学术史，分为"中国狄更斯学术史""日本狄更斯学术术"与"俄苏狄更斯学术史"三个部分，以中国狄更斯学术史最为重要。百年中国狄更斯学术史可以分为三个时期。第一时期为晚清与民国时期。1907 年至 1909 年，林纾与他的合作者魏易连续翻译了狄更斯的五部小说并做了一定的评论，这可以看作我国狄更斯研究的滥觞。这以后的四十多年时间，我国的狄更斯研究从无到有，逐步发展。到 1949 年，国内共出版了狄更斯《匹克威克外传》《奥列佛·退斯特》《尼古拉斯·尼克尔贝》《老古玩店》《董贝父子》《大卫·科波菲尔》《艰难时世》《小杜丽》《双城记》等 9 部小说的译本，翻译国外狄更斯研究资料 48 篇，国内学者自己写的知识性与学术性文章 180 多篇。这一时期中国的狄更斯研究起点较高，林纾的狄更斯小说翻译与评论直到今天仍有其值得重视的价值。但是林纾开创的这一势头并没有很好地维持下去。整个民国时期，狄更斯虽然受到关注，但影响显然没有俄国的屠格涅夫、托尔斯泰、契诃夫，英国的拜伦那样深广。这种状况直到 20 世纪 30 年代后期才有所改变。1937 年，借狄更斯诞辰 125 周年的契机，国内报刊陆续发表了一些研究性论文与译文，引起国人对狄更斯的关注。20 世纪 40 年代的研究出现进一步深入的趋势。但随着国民党政权的败走台湾，新中国的成立，中国的政治、经济、思想和意识形态，都发生重大的改变，原有的研究思路与研究传统无法继续，中国的狄更斯研究再一次发生曲折，等到其再次繁荣，已经是 20 世纪 80 年代了。第二时期为新中国成立到 20 世纪 70 年代。国内的狄更斯研究在"左"倾思潮的压抑下艰难地发展。1957 年，由于几部根据狄更斯小说改编的电影的上演，我国出现了一个狄更斯研究的小高潮。但相关研究主要是围绕狄更斯的《匹克威克外传》《奥列弗·退斯特》和《艰难时世》三部小说及其电影进行介绍和评论，侧重知识和

① 赵炎秋等：《狄更斯学术史研究》，译林出版社 2014 年版，第 145 页。

鉴赏，学术性不是很强，深入的研究也还有待努力。1962 年中国度过了三年自然灾害，经济得到全面恢复，领导层总结了前几年的教训，一定程度上克服了"左"的观念，政治与意识形态方面有一个短暂的和缓阶段，文化与文学得到比较全面的发展。另一方面，这一年是狄更斯诞辰 150 周年，以此为契机，全国各地的报纸杂志发表了一系列的纪念与研究文章，掀起了一个新的狄更斯研究的热潮。1966 年，"文化大革命"爆发，此后十年，我国的狄更斯研究处于停滞时期。1976 年"文化大革命"结束，我国狄更斯研究逐渐恢复，并为 20 世纪 80 年代以后的狄更斯研究的发展做好了准备。这一时期我国的狄更斯研究具有始创性、介绍性、侧重单篇作品和思想内容的分析等特点。总的来看，这一时期我国狄更斯研究的总体水平尚不是很高，研究成果也不是很多，但它完成了一种时代性的大转向，为今后的狄更斯研究打下了坚实的基础。因此，也应给予一定的肯定。第三时期从 20 世纪 80 年代至 2012 年。这一时期可以分为两个阶段。第一阶段为 20 世纪八九十年代。1980 年之后，国内的狄更斯研究经过一段时间的准备，开始走向繁荣。译介方面，狄更斯的 15 部长篇小说和主要的中短篇小说都有了中译本，部分作品有了多个中译本。研究方面，这一时期国内报刊发表的有关狄更斯的文章达到 350 篇之多，出版狄更斯研究著作 11 种，其中，赵炎秋的《狄更斯长篇小说研究》、朱虹的《狄更斯小说欣赏》、薛鸿时的《浪漫的现实主义：狄更斯评传》等都具有较高的学术性，产生了较好的社会影响。这一阶段国内狄更斯研究形成了自己的特点，第一，是研究范围的明显扩大；第二，是突破了过去那种一元发展的局面，形成了多元并存的研究格局；第三，是整体性的综合研究占了较大比重；第四，是系列论文的大量出现。第二阶段是 21 世纪前十几年。这一阶段国内的狄更斯研究在上一阶段的基础上继续发展，出现新的繁荣。译介方面，这一阶段国内出版的狄更斯作品的各种译本达 457 种，其中最重要的是 2012 年浙江工商大学出版社出版、宋兆霖主编的 24 卷本《狄更斯全集》。文章方面，这一阶段国内报刊加上博硕士论文，有关狄更斯的文章已经达到 1000 余篇。专著方面，这一阶段国内出版狄更斯研究方面的著作十多种，其中，罗经国的《狄更斯的创作》、童真的《狄更斯与中国》、赖干坚的《狄更斯评传》等都有较高学术价值和社会影响。这一阶段国内狄更斯研究有如下特点：首先，研究队伍不断扩大，研究成果不断丰富；其次，研究方法日益多样，新方法的运用层出不穷；最后，研究对象不断增加，研究领域不断扩展。

第二篇是对狄更斯学术史进行反思。反思围绕狄更斯学术研究的一些核心问题，联系作家的创作进行。全篇分为五章。第一章讨论狄更斯的创作方法。专著认为，狄更斯是感受型现实主义的代表作家之一。其创作侧重感受，重视生活的奇异一面与遵循生活的本来面貌、主观的生活进程与客观的生活逻辑、重视细节的真实和强调主观介入的有机结合。从叙事的角度看，狄更斯的描写方法具有"物化"的特点。他的物化描写本身虽然具有一定的意义与独立性，但在总体上还是为形象塑造、主题表达等服务的。从具体叙事手法看，狄更斯的物化描写有细密、详尽和繁复、重叠等两个特点。第二章讨论狄更斯小说中的监狱意象。专著认为，狄更斯喜欢描写监狱，在他的小说中，监狱呈现正反两面性。但是，在表现监狱正面性质的时候，监狱只是一种抽象的存在，在表现监狱反面性质的时候，监狱便成为一种现实的存在。因此，在狄更斯的小说中，监狱在整体上呈现否定的色彩。这种处理方法反映出狄更斯小说创作的一个基本特点：即在坚持全面反映生活的同时，通过虚化与突出生活的某些方面，以达到自己的创作目的。第三章讨论狄更斯创作中的人性因素。专著认为，人性是狄更斯小说的重要内容与魅力之源。在其创作中，狄更斯对人性进行了广泛而又深入地探索，既包括人性的正常方面，也包括人性的反常反面，而且具有明显的整体性与系统性。在艺术手法上，他善于通过夸张与普泛化的方法，从对人物的具体描写进入对人性的探索。第四章讨论狄更斯小说中的跨时代因素。专著认为，任何优秀的作家，其创作必然是过去、现在、未来三者的有机结合。狄更斯的小说在结构、道德意识、城市题材、人物等方面都既继承了过去的传统，又有自己的创造，同时暗含了未来小说的种子，甚至在某些方面开了未来小说创作的先河。这正是狄更斯小说盛行近二百年而不衰的重要原因之一。第五章讨论狄更斯人道主义的道德内涵。专著认为，狄更斯是一个人道主义者，但他并不以深刻的思想见长。

狄更斯真正有深刻洞察的,是道德与人性两个领域。后者构成他的人道主义思想的基础,前者构成其主要内容。道德,是狄更斯认识、评价社会生活的一个主要出发点,也是狄更斯小说创作的主要目的之一,其小说思想内容的一个基本组成部分。狄更斯所理解的人性不是一种历史的具体性,而是一种思想的抽象性,他往往是从善恶的角度来理解、描写人性。这样,他的人性便与道德挂起钩来,并经常以道德的形式表现出来。从这个角度可以说,对社会的批判、对人性的探索和对道德的弘扬,是狄更斯小说思想内容的三个主要侧面。三个侧面在其人道主义思想的统领之下,既各自独立,又相辅相成,共同构成一部复杂而又和谐的狄更斯小说思想内容的三重奏。

《狄更斯学术史研究》资料翔实、脉络清楚、分析精当、阐述详细,是狄更斯爱好者深入了解狄更斯及其创作的指南,也是狄更斯研究者研究狄更斯及其创作的基础和出发点。当然,专著的系统性还可更强,还应增加欧陆狄更斯学术史研究方面的内容,资料的收集、解读也还可进一步深入、加强。

王星著、张雷摄影、董肖娴绘画的《寻找狄更斯:七部名著读伦敦》(生活·读书·新知三联书店2014年版)是这一时期形式上较为新颖的一部图书。作者将狄更斯生活的伦敦分为七个时区,选择他的七部小说,每部小说围绕一个地点,阐述一个时区的地理环境和社会变迁。如《雾都孤儿》联系马夏尔西监狱,《大卫·科波菲尔》联系考文特花园,《艰难时世》联系索霍广场,《双城记》联系老柴郡奶酪酒馆,《远大前程》联系道提街,《匹克威克外传》联系查灵十字路,《圣诞颂歌》联系圣保罗教堂等,配以照片和绘画。狄更斯是一个典型的伦敦作家,伦敦是他作品中的主要背景。这本书以图文并茂的形式向读者介绍狄更斯的创作和他所在时代的伦敦,别有新意。

值得一提的是,赖干坚在2012年出版《狄更斯评传》之后,2015年又出版了一部新书《狄更斯:为人道而战的伟大作家》,专著达32万多字,分为绪论、狄更斯创作的主导精神、人道眼光审视下的二元对立世界、苦难与救赎母题彰显的救世情怀、混沌世界的人生理想、人道眼光审视下的爱情与婚姻、人道精神的大众情结、人道精神的道德眼光、人道精神主导下的人物塑造、与人道精神相呼应的叙事艺术等 10 章和结语：狄更斯的永恒魅力。作者自述写作这本书的动机时说："在'左'的思潮肆虐年代，庸俗社会学的文学批评理论甚嚣尘上，资产阶级人道主义作家被当作无产阶级革命的对立面来批判，狄更斯也难免被批得灰头土脸，难以认识其真面目。我之所以要专门剖析狄更斯的人道主义思想与其创作的关系，就为了展现狄更斯的真实面目，揭示其创作的精髓与魅力之所在。"① 人道主义一直是国内狄更斯研究的重点，赖干坚的这部书又给它加了一个很重的砝码。

本章小结

21 世纪虽然还只过去了十几年，但从这十几年的情况看，中国的狄更斯研究已经进入了快车道。这种繁荣植根于经济的发展与研究队伍的扩大的基础之上，因而是种可持续发展的繁荣。但是与繁荣形成对照的是，高质量的研究成果仍然不是很多。而衡量任何学术研究的标准都不仅仅是一个量的问题，更是一个质的问题。很显然，在这个问题上，中国的狄更斯研究还有很长一段路要走。

本时期狄更斯研究呈现如下几个特点。

（1）研究队伍不断扩大，研究成果不断丰富。自 20 世纪 90 年代高校扩招之后，文学专业的本科生、研究生招生规模不断扩大，加之各类高校办学层次的提高，对学术研究日益重视，这直接导致学术研究队伍的扩大，加之 21 世纪初外国文学研究界对国外经典作家研究的提倡，狄更斯自然成为研究者们关注的对象，研究论文逐年增多，到 2012 年达到创纪录的150 多篇。

（2）研究方法日益多样，新方法的运用层出不穷。20 世纪是理论的世纪，传统的批评方法、现代主义与后现代主义的批评方法并存，20 世纪 90年代，西方文化研究介绍进入中国，研究方法更加丰富多彩。另一方面，

---

① 赖干坚：《狄更斯：为人道而战的伟大作家》，厦门大学出版社 2015 年版，第 292 页。

经过 20 世纪八九十年代理论引进与学习，研究者们也更加意识到研究方法的重要。因此 21 世纪前 15 年，国内狄更斯研究者方法论意识更加明显，除传统的批评方法如社会—历史批评、传记批评、实证批评等之外，新批评、结构主义叙事学、西方马克思主义、接受理论、新历史主义批评、女性批评、文化批评、生态批评、后殖民主义等各种 20 世纪兴起的批评方法都被学者们运用到狄更斯研究中来，如莎士比亚一样，狄更斯也成为新的批评方法的试验场，几乎每一种新兴的文学批评方法都能在狄更斯研究中看到。

（3）研究对象不断增加，研究领域不断扩展。以前狄更斯研究主要集中在狄更斯的《奥列弗·退斯特》《大卫·科波菲尔》《荒凉山庄》《艰难时世》《双城记》《远大前程》等长篇小说上，这一时期这些小说虽然仍是研究重点，但狄更斯的其他作品如《老古玩店》《小杜丽》《荒凉山庄》《圣诞故事集》，以及他的中短篇小说等也都进入了研究者的视野。值得一提的是，狄更斯的一个短篇《信号员》，这一时期竟出现了五篇研究文章。① 这一事实从一个侧面说明了这一时期狄更斯研究对象的扩展。另一方面，研究领域也在不断地扩大。以前零星出现的翻译传播研究、狄更斯学术史研究这一时期形成气候，出现了系列的论文甚至专著。文化研究成为研究的重点。以前较少出现的意象研究，这一时期取得了可喜成果。生态研究、后殖民主义研究等也都成为经常性的研究主题。

但是，也应该指出，这一时期的狄更斯研究仍旧存在不少问题。如研究成果数量虽然很多，但低水平重复现象也很严重。光是讨论《双城记》中的人道主义的论文，这一时期就出现了近十篇之多。再如，研究领域虽然有较大扩展，但仍存在扎堆的现象，狄更斯的几部主要作品如《双城记》《奥列弗·退斯特》《远大前程》《大卫·科波菲尔》等仍是研究者们青睐的研究

---

① 周雨：《"小"中见"大"——浅析狄更斯奇想短篇小说〈信号员〉》，《安徽文学》2009年5月。高其蕾：《重读经典短篇也精彩——浅析狄更斯的短篇小说〈信号员〉的叙事艺术》，《学理论》2010年第34期。郝伟：《哥特式因素在〈信号员〉中的体现》，《考试周刊》2011年第42期。洪梅：《浅析狄更斯短篇小说〈信号员〉中的"怪诞"特征》，《作家》2012年第6期。胡晓红：《于奇想中显现小人物之怪诞与痛苦——浅析狄更斯短篇小说〈信号员〉的叙事结构和人物塑造》，《海外英语》2012年第14期。

对象，狄更斯的其他作品，虽然已经进入研究者的视野，但关注度明显不够。此外，是研究的质量还有待提高，多元声音还不够嘹亮。

特别应该指出的是，这一时期仍然存在学风不正的现象。有的文章抄袭别人的成果，有的文章借鉴了别人的成果却不注明。如陈柳青发表于《郑州航空工业管理学院学报》2009 年第 5 期的文章《论狄更斯〈远大前程〉的浪漫主义倾向》明显"借用"了李增、曹彦发表于《东北师大学报》2005 年第 6 期上的文章《论狄更斯〈远大前程〉中的浪漫主义倾向》，邹萌发表于《校园英语》2012 年 12 期的文章《〈远大前程〉中匹普的性格发展与社会环境的关系》与 2005 年哈尔滨工程大学雷萍的硕士论文《〈远大前程〉中匹普的性格发展与社会环境的关系》有许多雷同之处，郭荣发表于《辽宁行政学院学报》2008 年第 11 期的文章《论〈远大前程〉中狄更斯的男性意识》明显地"借鉴"了赵炎秋《狄更斯长篇小说研究》中的观点，但都没有任何注释。这种现象不能不说是这一时期狄更斯研究中不和谐的音符。出现这种现象，与当前整个学术界的浮躁现象有关，也与狄更斯研究队伍扩展太快，研究成员水平不一有关，更与当前的量化考核方式有关。当前年轻教师晋升职称、研究生毕业都需要一定数量的论文，这催生了数量不少的职称论文、"毕业论文"，论文的质量参差不齐也就在所难免。

第五章　狄更斯学术史反思与研究

自 19 世纪 30 年代发表作品以来，狄更斯就一直是批评家重点关注的对象之一。人们围绕他的创作进行了各种讨论，但观点并不一致，大家见仁见智，各抒己见。本章试图围绕狄更斯学术史上大家争论的一些核心问题进行分析，提出自己的看法，以使读者对于狄更斯及其创作有更为深入的了解。

第一节　感受与物化:狄更斯创作方法再探

一　感受型现实主义

由于马克思、恩格斯和高尔基等人的论述，新中国成立后我们一直将狄更斯看作现实主义或者批判现实主义作家。而在西方，对于狄更斯的创作方法，则可谓见仁见智、众说纷纭。

英国批评家奥利芬特（Mrs Oliphant）和赫胥黎（Aldous Huxley，1894—1963）等人认为，狄更斯是一个感伤主义小说家。赫胥黎认为:"狄更斯最突出的一大特点是，当他写作激动之时便立刻不再运用理智。洋溢在他心里的感情淹没了他的头脑，甚至迷糊了他的眼睛，因此，他一旦感到悲伤就无法甚至不愿看到现实。"[①] 而乔治·吉辛（George Gissing，1857—1903）、T. A. 杰克逊（Thomas A. Jackson）等人则认为狄更斯是一

---

① Aldous Huxley: "The Vulgarity of Little Nell." *Vulgarity in Literature*, London: Chatto & Windus, 1930, p. 55.

位浪漫的现实主义者。吉辛曾明确表示："狄更斯创造了一种可以称之为浪漫现实主义的写作方法。"① T. S. 艾略特（Thomas Stearns Eliot, 1888—1965）和法国批评家卡扎明（Louis François Cazamian, 1877—1965）则强调其创作中的浪漫性。卡扎明认为狄更斯本质上是一个浪漫主义者，他将狄更斯与勃朗特三姐妹归入浪漫主义作家一列，将萨克雷看作现实主义小说家。另一批西方批评家的观点则与高尔基等人类似。他们大都肯定狄更斯创作的现实性，认为他运用了现实主义的创作方法。在狄更斯生前，《伦敦评论》上的一篇未署名评论认为他是英国现实主义领军人物，自创作以来，一直以其敏锐的洞察力和创作题材的多样性而驰骋文坛。② 蒙塔古·格里芬（Montague Griffin）认为狄更斯具有画家的精确性，"没人能比他更为精准地描绘生活的细节，没人能在一眼之内比他观察到更多的细节：任何粗俗的东西都无法逃脱他的眼睛"③。詹姆斯·M. 布朗（James M. Brown）认为，从根本上来说，狄更斯是一个现实主义者。他从文学与市场的角度考察，认为狄更斯成熟的小说的本质特征在于狄更斯作为一个小说家"既迷恋于想象，在艺术上又受到日常社会生活市场本质的启迪"，同时"敏锐地意识到了他自己在文学市场的经济地位"④。还有一些批评家如埃德温·皮尤（Edwin Pugh）认为狄更斯是一个社会主义者，F. R. 利维斯（F. R. Leavis, 1895—1978）认为狄更斯只是一个广受欢迎的娱乐高手，R. C. 丘吉尔（R. C. Churchill）认为狄更斯的风格不稳定，过于喜欢迎合读者大众。此外，女性主义者认为狄更斯是个男权主义者，后殖民主义批评家认为狄更斯有帝国意识，现代主义批评家强调狄更斯作品中的现代因素，心理分析批评家挖掘狄更斯小说中的精神创伤及童年记忆，等等。这些实际上也牵涉到对狄更斯创作方法的看法。

理论是灰色的，生命之树才能常青。创作方法不过是作家创作的一些共同特点的归纳，无法涵盖每一个鲜活的创作主体。对狄更斯这样具有高

① George Gissing: *The Immortal Dickens.* London: Palmer, 1925, p. 10.

② From an Unsigned Review in *London Review*, 28 October 1865, pp. 467 – 468.

③ Montague Griffin: "An Estimate of Dickens as an Artist." *Irish Monthly*, XXIV, No. 279, September 1896, pp. 490 – 498.

④ Brown, James M. *Dickens: Novelist in the Marketplace.* London: Macmillan, 1982, p. 166.

度独创性的作家，我们更应从其创作实际出发，实事求是地分析其创作特点，多侧面地剖析其创作时遵循的基本规则，这样，我们才能对狄更斯的创作方法有一个比较客观、科学的理解与把握。

笔者以为，狄更斯的创作方法实际上是一种感受型的现实主义。

在给福楼拜的信中，乔治·桑（George Sand，1804—1876）曾经提出一个非常著名的观点。她认为有些作家按照事物实际有的样子写作，有些作家则按照事物应该有的样子写作。一般认为，乔治·桑的这一看法道出了现实主义和浪漫主义的根本区别。

乔治·桑是从作家创作与现实生活关系的角度来区分现实主义与浪漫主义的。但是仔细推敲，作家的创作与现实生活的关系实际有三种，而不是乔治·桑认为的两种。比照乔治·桑的说法，这三种分别是：按照事物实际有的样子写作，按照事物应该有的样子写作，按照事物感觉有的样子写作。

按照事物实际有的样子写作，就是按照事物的本来面貌写作，强调主观表现与客观现实的吻合。按照事物应该有的样子写作，就是作家认为事物应该怎样就怎样描写，不考虑客观事物的本来面貌。按照事物感觉有的样子写作则更复杂一些。一方面，作家要考虑事物的本来面貌，另一方面，他们又不要求自己的描写与客观事物完全吻合。他们为了表现自己的感受，常常要对生活进行某种选择甚至变形。另一方面，他们所感受到的现实也可能存在某种偏差。这样，就造成了他们的主观描写与客观现实或多或少的偏离。这些作家又可分为两类：一类为了表现自己的感受，喜欢对生活进行改造、变形和重新安排，这样，他们表现的生活与客观现实容易拉开距离。① 另一类则侧重于通过对生活的选择、夸张等表现自己的感受，但不热衷于改变生活的本来面貌。这一类作家可称为感受型的现实主义作家。与此相对，我们可以把福楼拜等尽量客观地描写现实生活、强调作家的零度参与的作家称为客观型现实主义作家。

---

① 这一类作家实际上就是现代派作家。这样，西方现代主义作家便在两个方面与传统现实主义产生联系：在侧重感受的表达方面，他们与狄更斯等人相似；在强调客观性、零度写作等方面，他们又与福楼拜等作家相似。

感受型现实主义与吉辛的"浪漫现实主义"有一定的相似之处，即都认为狄更斯创作时在真实表现客观的社会生活的同时，也注重表达自己主观的思想感情，有的时候甚至按照自己的主观愿望剪裁客观生活。但是"浪漫"一词使人想起乔治·桑的"按照事物应该有的样子写作"，侧重主观表达等意思。这不符合狄更斯创作的实际。狄更斯创作时，虽然重视主观世界的表达，但他更重视的，还是对客观现实的描写，"在更广的范围内描写英国的风土人情"①。而更重要的，在很多人们认为狄更斯是在主观杜撰的地方，狄更斯自己却认为他是严格按照客观现实描写的。如《荒凉山庄》，人们常认为小说对于大法官法庭、克鲁克的自燃等的描写是不真实的，是作者的主观想象。狄更斯为此做了大段的说明："本书所陈述的有关大法官法庭的一切，基本上都是真实的，并没有超出事实的范围。格里德利那件案子是根据实际发生的真事写成的，基本上没有什么改动。……目前，大法官法庭正在处理一桩将近二十年前开始审理的案件。据说，一次同时出庭的律师曾经多达三四十位，诉讼费用高达七万英镑；它是一件旨在解决疑难问题的友好诉讼；有人很肯定地告诉我，这件案子审到现在，还是和初次开庭时差不多，距离结案仍遥遥无期。大法官法庭还有一件著名的案子眼下还没有判决。那是在上一世纪末开始审理的，诉讼费用早已超出了上述案件所花的七万英镑的两倍。如果还需要为'贾戴斯控贾戴斯案'找出其他根据的话，那真是不胜枚举。"关于克鲁克先生的自燃，"我在写下那些情节之前，曾经费了一番力气进行调查。这种有记录可查的案子大约有三十件，其中最有名的就是科内利亚·德·博迪·塞桑纳特伯爵夫人一案，当时维罗纳的神甫吉乌塞佩·比安基尼曾经对此案进行过详细地调查，并做过细致的描写，写成了一本书，于 1731 年在维罗纳出版"②。这些文字说明，在别人认为不真实的地方，狄更斯实际上是有现实依据的。当然，他所依据的事实可能是一些偶然现象，并不一

---

① 狄更斯：《匹克威克外传·作者序》，《匹克威克外传》，莫雅平译，浙江工商大学出版社 2012 年版，第 2 页。

② 狄更斯：《荒凉山庄·作者序》，《荒凉山庄》，主万、徐自立译，浙江工商大学出版社 2012 年版，第 2 页。

定是生活本质现象，有的甚至并不符合生活常识。但问题在于，作者觉得是真实的，并且也将它作为真实描写出来。在这里，我们不能说作家在主观臆想，因为他的感受有生活的基础。他不像福楼拜等作家，以现实生活为依据，对自己的感受进行再校正，而是直接将自己感受的生活作为普遍的现实表现出来。把这种创作方法称为"浪漫现实主义"，不如"感受型的现实主义"或"感受型现实主义"更符合狄更斯创作的实际。

二 狄更斯感受型现实主义的特点

感受型现实主义的总的特点是：侧重表现作家感受到的生活，但尊重生活的本来面貌。这里"感受到的生活"包含两重意思：一是指作者感受到的生活，二是指作者在生活中的感受。

狄更斯是感受型现实主义的代表性作家之一。其创作方法的基本特征之一，是侧重生活的奇异一面与遵循生活的本来面貌的有机结合。这里的"奇异"主要不是指怪异，而是罕见、特殊、非常、有趣、戏剧性等意思。狄更斯描写的是自己感受到的世界。但现实生活林林总总，千变万化，只有那些或多或少有些特殊、新鲜之处的部分才容易给人留下较深的印象。人们一般认为，狄更斯确立了 19 世纪英国文学新的现实主义美学原则，把文学创作引向现实的日常生活，引向普通的人民大众。但却一定程度地忽略了，他虽然把文学引向了现实生活，但他笔下的生活，却不是平庸的、琐碎的、乏味的，而是罕见的、特殊的、充满戏剧性的，一句话，是奇异的。这一特点在狄更斯的小说中处处可以看到。正因为狄更斯的小说侧重表现生活中奇异的一面，所以它们常常受到人们不够真实的指责。狄更斯不得不举出大量证据，说明自己的描写与现实生活没有出入。如《马丁·朱述尔维特》的"卷头语"："本书初问世的时候，某些方家曾经指教我，'清水吐司协会'与那班人的雄辩高论，也太荒唐无稽，令人难以置信了。所以我就不得不在这里提一笔：马丁·瞿述伟的经历的那一部分，完全是根据合众国某些公开会议的记录，逐字逐句敷衍成文的；这些记录曾经刊载于 1843 年 6、7 两月的《时报》上。"我们不怀疑狄更斯的这些证据，但是需要用大量事实来证明自己的描写的真实性这一事实本身，就从一个侧面说明了狄更斯的创作侧重表现生活中奇异一面的这一特点。

然而另一方面，在描写中，狄更斯又遵循着现实生活的本来面貌。他强调真实性，要求作品的内容不能违反客观的现实生活。他曾批评一个作家，认为"他关于海上风平浪静的描写……是不确实的。……我曾亲眼看到大西洋上风平浪静的情况，这情况持续到三天或者四天；船儿待着不动，就像我此刻写信的书桌一样"①。他自己的小说虽然喜欢描写生活中奇异的部分，但这奇异的生活本身，却是以现实生活中的本来面貌出现在作品中的。如《荒凉山庄》中的贾戴斯控贾戴斯案。这件案子在当时的英国的确比较特殊、罕见。但作者对案件的描写本身却是真实的。它的审理、它的拖延、它牵涉的复杂的人际关系、它对当事人的命运的影响等，这些描写，采取的是生活的原生态，符合生活的本来面貌。

这样，在狄更斯的小说中，奇异性与真实性就较好地达到了有机的统一。

感受型现实主义的另一基本特征，是主观的生活进程与客观的生活逻辑的有机结合。狄更斯要表现自己在生活中的感受，但感受总是主观性的东西，与现实生活不一定一致。作者希望善有善报、恶有恶报，好人最终得到幸福，坏人最终受到惩罚。但现实生活则不一定如此，有时好人反而受到惩罚，坏人偏偏得到幸福。于是在小说中，狄更斯常常对生活的进程进行干预，使其按照自己的意愿发展。将狄更斯所有长篇小说作为考察对象，我们可以发现，狄更斯小说的故事进程，大都符合作者的主观愿望，发展进程经过作者人为的安排。这种主观的干预有时甚至导致某种程度的失真。詹姆斯·斯蒂芬（James Fitzjames Stephen）曾经批评《双城记》对厄弗里蒙地侯爵的描写，认为"狄更斯先生作为18世纪的特色而描写的那类暴行，在14世纪时就已经既不可靠，也不寻常了"②。这一批评是正确的。但笔者认为，狄更斯这样写，并不是由于他对18世纪法国社会的无知。狄更斯写作《双城记》时，曾阅读了大量的资料，光卡莱尔就为他从

---

① 转引自伊瓦肖娃《狄更斯评传》，蔡文显等译，广东人民出版社1983年版，第407页。

② Sir James Fitzjames Stephen："A Tale of Two Cities." *Saturday Review*，December 17，1859，pp. 38 - 46. 译文参考了吴柱存译文，载罗经国《狄更斯评论集》。

伦敦图书馆选了两车书，派人送到他的家里，使狄更斯"又是感激，又是吃惊"①。自然，这些书他不一定全看，但对与小说内容密切相关的 18 世纪法国贵族的有关情况他不可能不涉及。因此，他是"选择性失明"。之所以如此，仍是为了充分地表达自己的感受。《双城记》的一个基本思想是：法国革命的爆发，是由于贵族阶级对下层人民的残酷压榨。为了表达这一思想，对客观现实做一定的变动便是必然的。

但是，狄更斯虽然常常根据主观的意愿对生活的进程进行人为的安排，他的小说却仍保持着客观、真实的品位。这是因为，在具体的生活事件的描写中，狄更斯是严格遵守现实生活的逻辑的。如《双城记》中对厄弗里蒙地侯爵的描写。一方面，作者为了表达自己的思想，违背 18 世纪法国的现实，虚构了厄弗里蒙地侯爵兄弟奸淫农妇、杀死农民而不受惩罚的情节；另一方面，作者又运用种种手段，使这一情节显得合情合理，符合小说所设置的现实的逻辑。在小说中，作者首先描写了当时贵族阶级飞扬跋扈、一手遮天的总体氛围，然后又描写了侯爵兄弟的权势、性格，特别是他们当时受到宫廷宠信，握有国王颁发的特许证，可以随便捕人的事实，在这种情况下，他们什么事情办不到呢？特别是当对手只是几个平民的时候。正因为如此，这一事件虽然在总体上不符合历史真实，但在小说描写的特定环境中，却并没有什么不真实的地方。

由此可见，在对自己小说中的生活内容做总体的处理时，狄更斯往往遵循自己的主观愿望，但在具体描写时，又严格地遵循现实生活的逻辑。因此，狄更斯的小说既酷似现实，又不似现实。西方不少评论家如艾略特、杰斯特顿（G. K. Chesterton）等人一方面承认狄更斯是现实主义作家，一方面又认为他创作的是一种神话，他的人物属于诗的范畴。笔者以为，一个重要的原因就在于此。

狄更斯感受型现实主义的第三个基本特征，是重视细节的真实和强调主观介入的有机结合。现实主义强调细节的真实性。狄更斯小说的细节真实、客观而又具体，在他的小说中占有举足轻重的地位。英国批评

---

① 参见《狄更斯——他的悲剧与胜利》，天津人民出版社 1992 年版，第 630 页。

家约翰·克劳斯认为:"狄更斯的才华在于他刻画入微的细节……首先给我们以深刻印象的是精确的观察、惊人的明喻、丰茂的描述、详尽的修饰,凡此等等洋洋洒洒地堆集起来。"①

但是,细节毕竟不能直接充分地表达作者的感受,虽然在对细节的选择和描写中可以间接地渗入作者的感受。因此,作为一个侧重感受的表达的作家,狄更斯在重视细节的同时,又积极地介入作品之中。主观的介入给他提供了一个渠道,使他能够直接地表达自己的思想、感情和愿望,表达自己在生活中的各种感受。

在狄更斯的小说中,主观介入的途径主要有两种。一种是通过带着褒贬的描写,把自己的思想感情明白地宣示出来。如狄更斯小说中的正面人物,大都相貌堂堂,或者眉清目秀,而反面人物,则总是丑陋难看,令人厌恶。另一种途径是通过插话的方式,直接向读者表达自己的感受。这种插话可长可短。短的如:"对于宽厚体贴的英国法律来说,这是多么精彩的写照啊!法律居然容许贫民睡觉!"② 长的如《老古玩店》中小耐儿死后,作者的一段文字:"她死了,没有一种睡眠能够这等美丽平静,这等没有丝毫痛苦的迹象,而看起来又是这等娇艳。……她死了。可爱、温柔、有耐性、有高贵品质的耐儿死了。……"③ 长达一千多字。从文体上看,这种插话有议论、有抒情,也有议论兼抒情。前引两段插话,前者是议论,后者是抒情,而议论中饱含着感情,抒情中又有一定的议论,无法截然分开。

作者的主观介入使狄更斯找到了一条充分表达自己感受的有效途径。它渗入繁复、真实的细节之中,使狄更斯的小说在客观的描写之中显示出强烈的主观色彩。④

三 狄更斯"物化"的描写方法

从叙事的角度看,狄更斯的描写方法具有"物化"的特点。

---

① 罗经国编选:《狄更斯评论集》,上海译文出版社1981年版,第275页。
② 《奥立佛·退斯特》,荣如德译,上海译文出版社1984年版,第12页。
③ 《老古玩店》,许君远译,上海译文出版社1984年版,第670—672页。
④ 有关本节内容更为详细的论述,请参看赵炎秋《描写感受世界——论狄更斯小说创作方法的基本特征》,《湖南师范大学学报》1995年第4期。

批评家常用"物化"来概括法国新小说派的一个写作特点。它指用一种客观、中性的语言详尽、细致地展示事物的各个方面，尽力再现事物的精确表象。新小说派的物化描写有三个基点。首先，它是为写物而写物，物本身具有本体论上的意义，对物的描写本身就是目的，不再是为人物、主题服务的手段。罗伯—葛利叶（Alain Robbe-Grillet，1922—2008）认为："我们必须制造出一个更实体、更直观的世界，以代替现有的这种充满心理的、社会的和功能意义的世界。让物件和姿态首先以它们的存在去发生作用，让它们的存在驾临于企图把它们归入任何体系的理论的阐述之上，不管是感伤的、社会学、弗洛伊德主义，还是形而上学的体系。在小说这个未来世界里，姿态和物件将在那里，而后才能成为'某某东西'。此后它们还是在那里，坚硬、不可变、永远存在，嘲笑着自己的意义。"① 意义不再重要，物件与姿态本身就是目的。其次，新小说派的物化的写作方法排除叙事者的主观因素，强调纯客观地展示与描写。罗伯—葛利叶说，在他的小说里，"人的眼睛坚定不移地落在物件上，他看见它们，但不肯把它们变成自己的一部分，不肯同它们达成任何默契或暧昧的关系，他不肯向它们要求什么，也不同它们形成什么一致或不一致。他偶尔也许会把它们当作他感情的支点，正像把它们当作视线的支点一样。然而，他的视线限于摄取准确的度量，同样，他的激情也只停留于物的表面，而不企图深入，因为物的里面什么都没有；并且也不做出任何感情表示，因为物件不会有所反应"②。人不将自己的主观渗入物之中，也不试图在物中挖掘内存的意义。最后，新批评物化的描写方法强调准确、精细地展示物件与姿态各个方面，用法国批评家布阿德福尔的话说，就是"描写得过分细致入微"③。如罗伯—葛利叶的《嫉妒》对主人公阿 X 家栏杆的描写："如果用手指沿着木纹和裂缝的方向摸一摸，就会感到栏杆的木头还是很光滑的。

---

① 阿兰·罗伯—葛利叶:《未来小说的道路》,《新小说派研究》,中国社会科学出版社 1986 年版, 第 63 页。

② 阿兰·罗伯—葛利叶:《自然、人道主义、悲剧》,《新小说派研究》,中国社会科学出版社 1986 年版, 第 69 页。

③ 布阿德福尔:《新小说派概述》,《新小说派研究》,中国社会科学出版社 1986 年版, 第 500 页。

有一块地方比较粗糙，随后又是光溜溜的，只是摸不到木纹了，并且有一块块油漆的隆起。在白天，木料固有的褐色与残留的淡灰色漆皮形成鲜明的对比，将锯齿般参差错落的刻花突现出来。栏杆的扶手上，漆皮销蚀得比较厉害，只剩下零零星星的几块。立柱上的漆倒反而比较完整，只在中央部位现出一些凹陷的剥落处，可以用手指摸出纵向的一道道木纹。到接近地面的部位，漆皮又残缺不全了，只消用指甲稍稍一抠就能揭下一大块，几乎感觉不到什么阻力。"① 这段文字将栏杆的木质、漆层的颜色、质地、状态和销蚀程度都描写到了读者如同亲见的程度。这种写法在其他小说流派那里是比较少见的。

我们所谓的狄更斯的物化的描写方法中的"物化"借用了新小说派的批评术语。狄更斯的物化描写与新小说派的物化描写既有相似之处也有差异。相似之处表现在两者都重视对事物、物件的细致描写，重视物化描写本身的意义。差异在于，狄更斯的物化描写不是为写物而写物，在写物的过程中也不排除叙事者主观因素的渗入。而且狄更斯的物化描写虽然本身具有一定的意义与独立性，但在总体上还是为形象塑造、主题表达等服务的。如前面引用的罗伯—葛利叶的《嫉妒》中对露台栏杆的那段描写。这段描写出现在小说开头阿 X 与弗兰克在露台上乘凉的时候。从现实主义的角度，这应该是环境描写。但是这段描写既不能帮助人物的刻画，也与情节的发展、主旨的表达无关，甚至连刻画环境的功用也不明显。在这段描写的前面，是对露台上的光线及设施的交代，后面是对两个处在黑暗中的人物的描写。从人物或主题的角度看，对栏杆的描写既不能增进读者对露台的了解（栏杆只是露台很不重要的一部分），也无助于刻画人物，实际上可有可无。作者用如此长的一段文字加以描写，目的就在栏杆本身，栏杆在这里取得本体论的意义。而狄更斯则不同，他对物的描写虽然详尽，但这种描写本身不是目的，物的描写在他的作品中不具本体论的意义。如《远大前程》对文密克的住处沃尔伍斯的描写："这里是一群后街小巷，水沟和小花园，看起来像是个沉闷的隐居地，文密克的房子是一个小木屋，在一个小花园中央，屋顶经过修整，又

---

① 阿兰·罗伯—葛利叶：《嫉妒》，《新小说派研究》，中国社会科学出版社 1986 年版，第 201 页。

漆上了颜色，像是一座架了炮的炮台。……这是我见过的最小的房子。看着形状极为奇怪的哥特式窗子（绝大多数是装样子的）。门也是哥特式的，低得几乎进不去人。"文密克的住宅前有一个旗杆，每个星期天，他要升一次旗。到他的住处要经过一座桥，"那是座木板桥，路过了一条四英尺宽、两英尺深的小沟"。过桥之后，他就将桥吊起来，"这样，这条路就不通了"。每天晚上9点的时候，文密克要放一次炮。"他说的那门炮，架在了一垛格子架构造的堡垒上。一个用油布做的制作精巧的小东西像一把伞一样盖在上面，为其挡风遮雨。""他领我去一个十几码远的小亭子，虽然不远，可是小路设计得很巧妙，错综复杂，着实走了好一会儿才到。然而在这个僻静的地方，我们的酒杯已经摆放好了。这座亭子建在一个用作点缀的湖边，我们的潘趣酒正放在湖水里冰着。小湖是圆形的，中央有一个小岛（可以看作晚饭的色拉），湖中建了座喷泉，如果你让一个小的水力磨粉机转动起来，取出管子里的软木塞，流出的泉水正好可以溅湿你的手背。"① 这段文字将文密克的产业沃尔伍斯的方方面面描写得十分详细，如在眼前。但是与《嫉妒》对栏杆的描写不同，这段描写与人物性格是紧密联系在一起的。在《远大前程》中，文密克是个有着双重性格的人，在律师事务所，他是一个冷漠无情、公事公办的职员，但在自己家里，他又是个富有生活情趣、很有人情味的汉子。从本质上说，他是一个正直、善良的人，他之所以发展出两种性格、两副面孔，是因为环境的逼迫。小说对沃尔伍斯的描写，正是为了突出他私生活中的隐秘一面。契诃夫说，如果一部剧本开头写到一把手枪，那么结束前一定要用它来射击。现实主义要求所有细节都要与主旨、人物等结合起来，形成一个有机的整体。狄更斯基本上是按照这个原则去做的，而新小说派则基本上违反了这个原则。

从具体手法看，狄更斯的物化描写有如下两个特点。

其一，细密、详尽。英国批评家阿诺德·凯特尔（Arnold Kettle）认为，狄更斯的散文风格是冗长的，这"反映了思想的古板和笨拙"②。"冗

① 狄更斯：《远大前程》，徐式谷等译，浙江工商大学出版社2012年版，第174—175页。
② 阿诺德·凯特尔：《狄更斯：〈奥列佛·退斯特〉》，《狄更斯评论集》，上海译文出版社1981年版，第187页。

长"有一定的道理，但不能因此认为狄更斯的思想古板而笨拙。狄更斯小说语言的"冗长"有两个方面的原因，一个原因是用词不够干净利索，而更重要的原因则是，他在写作时总是追求细密、详尽，试图把表现对象的方方面面都展示出来，一个事件、一段情节，别人用一百个字，他就可能用到两百个字甚至三百个字。如《远大前程》对文密克先生结婚场景的一段描写："这位大家闺秀穿戴一如平常，只是她把绿手套脱下，换上副白色的。他老爹同样也准备向婚姻之神的祭坛献上类似的供品。但是，这位老先生戴起手套来困难重重，文密克只得前来支援，让他背靠一根柱子，自己站在柱后，使劲把手套给拉上去，我也助他一臂之力，帮着抱住他老爹的腰，好使双方保持平衡，使得出力，又不致出岔子。凭着这一套神机妙法，大功终于告成，手套戴上了手，且戴得尽善尽美。"[1] 按照英国风俗，参加婚礼的人应该戴白手套。在描写文密克的父亲戴手套的过程中，为了取得幽默的效果，作者采用了夸张的方法，引进了文密克和匹普帮他戴手套的描写。同时，也不忘记反复说明，如"手套戴上了手，且戴得尽善尽美"，等等。

其二，繁复、重叠。这是狄更斯物化描写的另一个重要特点。在这方面乔治·奥威尔举了一个很有说服力的例子。他曾读过一个故事，十分简单："有一位色雷斯人，素以顽固著称。他的医生警告他说如果他再喝一壶酒，他就会死去。于是这位色雷斯人就喝下一壶酒，而且即刻从屋顶上跳下去摔死了，他说，'这么一来，我就证明了不是酒把我弄死的。'"然而，这同一个故事在狄更斯的小说中讲起来："就需要大约一千字。在讲到中心问题以前很久我们听到的全是这个病人的衣服、他的饭菜、他的姿态，甚至他读的报纸，还有关于这位医生的座车的特殊构造，车子能遮住车夫的跟上衣不相称的裤子。……整个故事充满了细节。"奥威尔认为，这些细节有些是"毫无必要的"[2]。为了达到某种效果或目的，狄更斯的小说喜欢反复地描写相同或相似的事件、细节等。仍以《远大前程》为例，匹普和包凯特打架的一段文字："我一看他那灵活劲儿，暗自发慌。但是

---

① 狄更斯：《远大前程》，徐式谷等译，浙江工商大学出版社2012年版，第384页。
② 罗经国编选：《狄更斯评论集》，上海译文出版社1981年版，第132—134页。

无论凭体力，还是论道理，瞧他那长着淡黄色头发的脑袋与我的肚皮不可能过意不去，可他既然硬是与我作对，我有权利奉陪到底。所以我二话没说，就跟着他走到花园一个偏僻的角落里。这是两堵墙的交接处，还有一些垃圾挡住外界的视线。他问我这地方满不满意，我说满意。然后他征得我的同意，他走开一会儿，不久就回来了，带来一瓶水、一块浸醋的海绵。'你我都用得着。'他说着把两样东西放在墙边。接着脱衣服，不但脱了外套和背心，还脱光衬衫，脱得一身轻，像模像样，斗志昂扬。虽说他气色不好，脸上长着粉刺，嘴上生着疹子，身体并不怎么样，可这一番准备工夫着实吓了我一大跳。据我判断，他年龄跟我不相上下，但个头比我高了很多。那一套腾挪花样像是有几分功夫。要说其他方面，那便是他身穿一件灰衣服（自然是说他未脱掉上阵时穿的），他的胳膊肘、膝盖、手腕和脚跟比身体其他部分要发达。我一见他拉开进攻的架势，一招一式颇有章法，目光在我身上上下打量，像是选好攻打我的要害部位，心里不觉冷了半截。不曾料我只一拳过去，他就两脚朝天翻倒在地，抬头瞧着我，鼻孔鲜血直流，这实在是我平生从未遇到的最大奇事。"① 为了突出包凯特的勇气、顽强和遵守规则，作者反复描写他被打倒了又爬起来继续进攻的行为，每次行为都大同小异，给人繁复、重叠的感觉。

奥威尔认为，狄更斯小说中的细节有些是毫无必要的，这一观点是否正确，笔者以为，如果从塑造人物、推动情节、表达思想的角度看，狄更斯的物化描写是烦琐了一点。但问题在于，物化描写是狄更斯小说现实主义品质的重要来源和组成部分。苏联评论家乌尔诺夫认为，在狄更斯的小说里，一切东西，或者说直到像逗点那样的任何东西都是一种现象。不仅仅是通常意义上的物体获得了特殊的实物性，任何现象，甚至抽象的概念都物质化、具体化了：在狄更斯的世界里，什么都得到了表现，一切客体都具有个性，并得到了充分的观察、触摸、闻嗅等。而物化描写正是达到乌尔诺夫所说的这一切的主要途径之一。浪漫主义倾向于使作品的内容诗意化，而现实主义的本质之一则是要使作品的描写现象化、具体化、客观

---

① 狄更斯：《远大前程》，徐式谷等译，浙江工商大学出版社 2012 年版，第76页。

化。物化的描写方法正是达到这一目的的基本手段之一。狄更斯小说中的物化描写为读者展示了一个真实具体、伸手就可以触摸到的世界，保证了小说客观、真实的品质。狄更斯的小说内含着许多主观的因素，但人们之所以仍然感觉其是现实的，除了感受型的现实主义创作方法之外，物化的描写手法不能不说是一个重要的原因。两者结合起来，构成狄更斯创作方法的主要内容。

伟大的作家大多存在争议，即使伟大如莎士比亚，生前也曾被认为比不上本·琼生，死后被托尔斯泰称为"野蛮人"。狄更斯的创作从开始就存在激烈争论，褒贬不一，各有理由。但这些争论，有不少与其创作方法有关。了解其创作方法和具体的叙事手法，或许能使我们对这些争论有一个更清楚的认识与判断。

第二节　狄更斯小说中的监狱意象

意象研究是 20 世纪后期以来狄更斯研究的一个热点问题，本节试图通过对狄更斯小说中的监狱意象，切入狄更斯小说的研究，以进一步把握狄更斯的创作，把握狄更斯小说的内容与特点。并试图通过这一研究，探讨意象研究的特点与作用，以及应该注意的问题。

现代监狱制度建立于 18、19 世纪的欧洲。作为最早发动工业革命，资本主义最先发达的欧洲国家，英国的现代监狱制度在 19 世纪已基本发展成熟。监狱潜移默化地深入社会的各个方面，影响着人们生活。狄更斯敏感地表现了这一生活现象及其对人们的影响。他的 15 部长篇小说，几乎每一部都涉及了监狱，有的小说如《小杜丽》等，更是以监狱作为人物活动的主要场所。在 19 世纪欧洲作家中，狄更斯是涉及监狱最多的作家之一。另外，在狄更斯的小说中，监狱不是一个单向性的东西，而是有着多重意义与作用的复合体。在不同的作品以及同一作品的不同部分，监狱起着不同的作用，有着不同的意义。

一　作为揭露社会黑暗的监狱

在现代社会，监狱是一种必不可少的专政工具，它通过限制罪犯的自由，维持着社会的稳定，保证着社会的正常运转。从这个意义上说，监狱是社会正义与秩序的保卫者。但是，监狱是人运作的，本身并不能自动识别好人与罪犯。如果由于某种原因，监狱里关押的不是罪犯，而是无辜的人，那么，监狱的性质便起了完全相反的变化。如果说，所有的腐败中，司法的腐败是最大也最为可怕的腐败，那么，社会黑暗中，监狱的黑暗也就是最大也最为可怕的黑暗。

狄更斯的小说多方面地揭露了这种黑暗。在他的笔下，由于法律的不公，法官的草菅人命，律师的玩弄条文，监狱里关的往往是一些善良的百姓，真正的罪犯反而逍遥法外，《匹克威克外传》很好地描绘了这种情况。匹克威克先生打算雇一个仆人，在与房东巴德尔太太商量时，却引起一直仰慕着匹克威克先生的巴德尔太太的误会，以为他在向自己求婚，以至晕倒在匹克威克的怀里。这本来是日常生活中的一个小插曲，虽然有点滑稽与尴尬，但过去了也就过去了。然而此事被名叫道逊与福格的两个律师知道之后，却平地起了波浪。两个讼棍虽然明知是巴德尔太太误会，但为了得到代理费，却怂恿巴德尔太太告匹克威克毁弃婚约，在法庭里颠倒黑白，威胁证人，并且为了赢得官司，特意选择在 2 月 14 日英国传统的情人节开庭审判，以获得陪审团对巴德尔太太的同情。法官闭着眼睛，什么也没听，但却装着在听，用一支没有墨水的笔在本子上装模作样地写着什么。在这种情况下，毫无过错的匹克威克输了官司，被法庭判罚 750 英镑的毁约赔偿金。但更可恶的是，由于匹克威克坚持真理，宁愿坐牢，也不愿付这不合理的赔偿费，两个律师为了得到代理费，又将自己的雇主巴德尔太太送进了监狱。监狱成了两个讼棍手里的工具，要关谁就关谁。他们为了自己的一点利益，颠倒黑白、为所欲为，成为人人害怕的角色，社会却奈何不了他们。这只能说明这个社会出了毛病。

道逊与福格只是普通的法律从业人员，其能量再大还有一个限度，如果为非作歹的是一个有着更大权势的人，受害者付出的就不仅仅是坐牢或金钱之类的事情，而是自己的幸福与生命。《双城记》中的梅尼特医生就是这样一个受害者。这位医生在一个多云的月夜被厄弗里蒙地侯爵兄弟叫去看病，得知了一个可怕的秘密。侯爵弟弟为了得到一个美丽的农妇，逼死了她的丈夫，杀死了她的弟弟，她的父亲悲伤郁闷而死，农妇与她腹中的胎儿也因农妇力竭而亡。医生无法承受这样的秘密，写信将此事告诉了朝廷的大臣，以求得到内心的安宁。然而这封信却落到了侯爵兄弟的手里。尽管梅尼特已在信中写明，这件事除了大臣，他没有告诉任何人，而且也决不会告诉任何人。但侯爵兄弟仍然用国王宠幸他们时赏赐给他们的空白逮捕令，把梅尼特关进了巴士底狱。如果不是法国大革命爆发，医生就将在那里终其一生，连他的妻子也不知道他到哪里去了。应该指出的是，厄弗里蒙地侯爵兄弟还只是普通的贵族，那么，推想一下，比他们权势更大的贵族比如那位"巧克力爵爷"乃至国王本人，又会怎样地胡作非为？在他们的手中，监狱完全成了统治者维护自己利益、镇压人民的工具。

有论者指出，狄更斯在《双城记》中对法国大革命和革命前贵族特权的描写是不真实的。① 从历史的角度看，也许是如此。但小说不是历史，小说家也不是历史学家。狄更斯这样写，当然是为了表达他对当时英国监狱和社会的一种看法。虽然巴士底狱是在法国，但只要联系《双城记》中代尔那在英国法庭中那黑白颠倒的受审，就可看出，在狄更斯的眼里，英国的监狱与法国的监狱并没有什么区别。

与监狱相连的社会如此，监狱内部同样黑暗。《匹克威克外传》《小杜丽》等对监狱的肮脏、混乱、伙食低劣，监狱管理人员对囚犯的漠不关心、营私舞弊、中饱私囊等有比较详细的描写。匹克威克先生入狱后，狱卒故意把他与几个混混关在一起，使他不堪其扰，不得不向看守另租一个房间。小说写道，匹克威克所在的弗利特监狱，看守出卖看守间的床位得到的收入，相当于有着伦敦郊外一条小街的产权的人一年的收入。② 匹克威克在监狱看到，肮脏、潮湿、阴暗的地下室里也住着人，不禁感到吃惊，但看守却习以为常。满目的悲惨与凄凉使匹克威克头痛、心痛，他只好把自己关在房间里，不到晚上不再出门。

肉体的摧残还是其次，监狱最残酷的，还是对人心灵的摧残。它使囚犯的性格扭曲，丧失了自尊、自立甚至起码的生活能力。先看《匹克威克

---

① ［英］约翰·格劳斯：《双城记》，《狄更斯评论集》，上海译文出版社 1981 年版。
② 《匹克威克外传》，蒋天佐译，上海译文出版社 1979 年版，第 548 页。

外传》中的一个人物。这是一个小矮子，因欠 9 英镑的债和 45 英镑的费用，被关在监狱 17 年，完全失去了正常生活的能力。有一次他在外面喝酒待久了，超过了监狱关门的时间，看守威胁他以后再不按时归来就把他关在监狱外面。他吓坏了，从此再也不敢迈出监狱一步。《小杜丽》中的一个囚犯与此相似。他长期待在监狱，有一次偶尔上街，街上的行人熙熙攘攘，车马来来去去，一切都乱糟糟的，他吓得不轻，不知如何行动，只好马上返回监狱，从此不敢出去。监狱的目的是限制人的自由，给人以惩罚，以使人不敢轻易犯罪。因此，监狱应该是一个令人望而生畏、避之唯恐不及的地方。然而这些囚犯却不仅把监狱当作自己的栖身之处，而且当作自己"精神的家园"，这不仅是这些囚犯本身的异化，也是监狱的异化。《小杜丽》中的杜丽先生则是另外一种类型。这位出身绅士阶层的人因负债被关进债务人监狱，长期的监禁使他的性格发生扭曲。他试图以提高自己的自尊来抵抗不幸的命运和因坐牢给他带来的可能的侮辱与轻视。他以马夏尔西（伦敦债务人监狱名——笔者注）之父自居，国王一样地坐在自己的牢房里，接受其他囚犯的朝拜，以恩赐的态度接受他们的馈赠。他不顾女儿小杜丽的能力，强求她做她力不能及的事情，以维持他自己的体面与尊严。这种自尊一直影响到他出狱后的所作所为。福科认为，惩罚的最终目的是造成人们的认同，建立心中的自律，使人们不需惩罚就自动地不去做社会禁止的事情。[①] 从某种意义上说，长期的关押使杜丽先生所产生的这种畸形的自尊，也成为他心中的一种自律，使他难以回复正常的状态。这也是监狱的惩罚所造成的一种结果，但却不是福科所说的那种正面的结果，而是一种负面的结果。

二　作为罪犯惩罚场所的监狱

不过，在狄更斯的小说中，监狱也没有失去它惩罚罪犯的功能。狄更斯笔下的反面人物，作者为他们设计的最终结局，主要有三种。第一种是死亡，如《艰难时世》中的庞得贝、《老古玩店》中的奎尔普、《双城记》

---

① 福柯：《规训与惩罚》，生活·读书·新知三联书店 2003 年版。

中的厄弗里蒙地侯爵等。第二种是受到内心的惩罚，或者失去财产、地位，陷入贫困之中。如《小杜丽》中的克林南姆夫人、《马丁·朱述尔维特》中的俾克史涅夫、《奥列弗·退斯特》中的班布尔夫妇等。再一类就是被送进监狱，如《匹克威克外传》中的金格尔主仆，《大卫·科波菲尔》中的希普、利提摩，《尼古拉斯·尼克尔贝》中的史奎尔斯、马尔贝利，《马丁·朱述尔维特》中的乔纳斯·朱述尔维特等。乔纳斯没有进入监狱，在路上服毒自杀了，但即将被关进监狱，却是他服毒自杀的直接原因。在这些人面前，监狱呈现出正面的色彩。

这里，讨论《艰难时世》中的一个例子是有意义的。主人公葛擂硬是个功利主义的信徒，认为"什么都得出钱来买。不通过买卖关系，谁也决不应该给谁什么东西或者给谁帮忙"[1]。在他的教育下，他的儿子汤姆变得极端自私自利，偷窃了自己的雇主庞得贝的银行里的现金。事情败露之后，葛擂硬求助于自己的一个私交、马戏团老板史里锐将自己的儿子送到海外去，正准备动身的时候，葛擂硬过去的学生、汤姆现在的同事毕周跑来将汤姆抓住了。高傲的葛擂硬只好低声下气地向毕周求情：

"毕周，"葛擂硬先生垂头丧气，可怜巴巴地毕恭毕敬跟他说："你有心肝没有？"……

葛擂硬先生叫道："难道你那颗心不能为怜悯所左右？"……

"……我想现在只有一个办法可以打动你的心。你在我创办的学校里读了好多年书，只要你想到我们花了多少心血帮助你念书，您就可以放弃眼前的利益放我儿子走了。我苦苦地哀求你，希望你想一想前情。"他甚至想贿赂毕周：

葛擂硬先生接着说："你想的不过是升级，那么你要多少钱才能抵偿你的升级损失呢？"[2]

---

① 狄更斯：《艰难时世》，全增嘏、胡文淑译，上海译文出版社1985年版，第315页。

② 同上书，第313—315页。

葛擂硬知道他儿子犯了罪，而且以此为耻，并且也愿意将儿子的罪行公之于众（实际上他后来也公布了），但他却不愿儿子被关进监狱——虽然这样他还能经常再见到他，而宁愿费尽周折，把他送往国外，哪怕从此无缘再见一面。这只能说明，葛擂硬不愿让儿子受到监禁的惩罚，在他看来，与逃亡海外比较，儿子的被关进监狱是件更为可怕、更为耻辱的事情。不仅对他和他的家族是如此，对他儿子本人也是如此。

但是这样一来，狄更斯小说中的监狱就呈现出两种色彩：既是迫害好人的地方，又是惩罚罪犯的场所。由此形成一种悖论。造成这种悖论的原因，可以从两个方面探讨。从客观上看，在狄更斯生活的时代，现代监狱制度还未完全完善，而资本主义法律本身也有镇压人民、维护统治集团利益的一面，因而，普通人民不可避免地存在着被冤屈的现象。这是一方面。另一方面，任何社会，只要它还是一个正常的社会，它的监狱就不可能不关押一些真正意义上的罪犯，否则这个社会就无法正常运转，19 世纪的英国当然也不例外。从这个角度看，狄更斯笔下的监狱应是当时社会生活的如实反映。从作者主观上看，狄更斯对当时英国的法律制度与司法机关总体上持否定的态度。他曾多次强调这样的信念："我对于管理国家的人，一般来说，是毫无信心的，我对于被统治的人民，一般来说，是有无限信心的。"[①]《艰难时世》中，工人斯蒂芬想与自己酗酒而又精神失常的妻子离婚，然后再与自己心爱的女工瑞茄结婚。资本家庞得贝却告诉他："是有这么条法律"，"但是这条法律对你根本不适用。这需要钱，需要大量的钱"[②]。普通民众没钱，自然只有受有钱人、受法律的摆布。但是另一方面，狄更斯又无法否定监狱惩罚犯罪的作用，否则，他笔下的社会在功能上便会缺失一个重要的环节，而对反面人物的惩罚也因此而失去了一个有效的手段。因为不能把他们关进监狱，对他们的惩罚就只能是让他们死亡、穷困或者忍受内心的煎熬了。而这些惩罚，从现实的意义上说，都比不上监狱的惩罚。这对以扬善惩

---

① 狄更斯：《致鲁登斯的信》，1869 年，《狄更斯书信集》第四卷，第 251 页。转引自伊瓦肖娃《狄更斯评传》，蔡文显等译，广东人民出版社 1983 年版，第 454 页。

② 狄更斯：《艰难时世》，全增嘏、胡文淑译，上海译文出版社 1985 年版，第 85 页。

恶为己任的狄更斯来说是不能接受的。两个方面原因的合力，形成了这种悖论的现象。

但是深入观察，我们又可发现，在狄更斯的小说中，在对恶人的惩罚方面，监狱只是一种象征，一种类型化的东西。作者满足于把反面人物送进监狱，以此证明他们受到了惩罚，从而达到对他们的否定。至于他们关进监狱之后的情况，作者很少去详细描绘，如《尼古拉斯·尼克尔贝》中的史奎尔斯与马尔贝利，小说只是在最后交代他们被关进了监狱。或者把他们的进入监狱描写成如鱼得水。如《大卫·科波菲尔》中的希普和利提摩。这两个人坏事做绝，后来一个因为欺诈银行、一个因为抢劫主人被判入狱。然而在监狱里，两人竟然都成了模范囚犯，不仅受到狱卒的青睐，而且生活上也受到无微不至的关怀：

> 有好几位绅士，听到这个话，深为感动，于是第三个发话的人，硬挤到前面，以满含感情的口气问，"你觉得那个牛肉怎么样？"
>
> "谢谢你，先生，"乌利亚往这个发话的人那方面瞧着，说，"昨儿的牛肉，不大可心，因为老了点儿。"……
>
> 一阵嗡嗡声发出，一部分是对二十七号这样天神一般的心情表示满意，一部分是对那个包伙食的商人表示愤慨，因为他惹得二十七号抱怨（这种抱怨，克里克先生马上就记在本子上）；嗡嗡之声平息了以后，只见二十七号站在我们的正中间，好像自以为他是一个应受夸奖赞美的博物馆里一件有价值的主要物件一样。①

罪犯成了众星捧月似的人物，他的任何要求或者抱怨，都会得到监狱当局的回应和满足。这样，监狱对他们的惩罚就只具有一种象征的意义，是从性质上对于他们和他们的所作所为的一种否定，而在现实的层面，监狱对他们实际上不构成惩罚。

而对于正面人物与普通民众，监狱的惩罚则是现实存在的，作者不仅

---

① 《大卫·科波菲尔》，张若谷译，上海译文出版社1989年版，第1241页。

详细地描写了监狱对他们肉体的摧残，而且详细地描写了监狱对他们心灵的损害。比如《双城记》中的梅尼特医生。18 年的监禁，使他从一个意气风发的年轻医生，变成一个苍老憔悴、毫无个人意志甚至不能在开着门的房间里正常待着的鞋匠（因为他已经习惯被关在紧闭的牢房里），变成了一具行尸走肉。再如《匹克威克外传》中匹克威克在监狱时的房东，一个皮匠，他因继承了一千英镑的遗产而遭遇官司，庞大的诉讼费耗尽了他的包括那笔遗产在内的所有财产，最后因欠诉讼费被关进监狱。在监狱苦待二十多年后，于贫病中去世。

两相对照，监狱对恶人宽松、对好人严酷的特点便凸显出来。因此，尽管狄更斯笔下的监狱也是罪犯惩罚的场所，但在总体上仍呈现否定的色彩。这与作者对于监狱与法律制度的批判态度在总体上是一致的。

三 作为平民与不良分子混杂之地的监狱

监狱作为一个机构，自然需要一批从业人员。狄更斯笔下的监狱看守，大致可以分为三类。第一类是职业型的。他们以做看守为职业，就像其他人以木匠、铁匠为职业一样，就个人品质而言，谈不上好但也谈不上坏，对待犯人也不特别苛刻。如果不违规或者对个人有点好处，他们也愿意给犯人帮点忙。但由于职业的关系，他们对于囚犯们的苦难司空见惯，因此也谈不上什么同情。如《匹克威克外传》中的洛卡。第二类可以称为良善型。这一类人大多也以看守为职业，但他们的良心还没有被看守的职业完全消磨净尽，对犯人还有一定的同情，能够把自己放在与犯人同等的地位上，设身处地地为犯人着想，为他们做点力所能及的事情，如《小杜丽》中的小约翰。

但最值得注意是第三类。这类看守都是社会上的不良分子，在成为看守前，这些人大多品行不良、道德有亏、谋生乏术，走投无路之后，便投身监狱，成为看守，监狱成为他们的栖身之地、衣食之源。如《大卫·科波菲尔》中克里克。他以前是个卖啤酒花的小商人，后来亏了本，生意做不下去了，便改行办起了教育，成为一个叫作撒伦学堂的校长，其全部本事，就是打骂学生。大卫形容他"除了会动蛮行凶而外，其他一无所能；

他不配为人师表，也就像他不配当海军提督或者陆军司令一样"①。后来他成了一个地方的治安法官，管理着一个监狱。再如《马丁·朱述尔维特》中的窃尾·史癞姆。这位朱述尔维特的族人志大才疏，总以为自己有着宏才大略，可是无人赏识，于是整天怨天尤人，牢骚满腹，与些不三不四的人鬼混，却从不正正经经地做点事情。生活上是得过且过，能借就借，但却很少想着要还，还总是责怪社会待他不公，没有好好地把他照管起来。最后在走投无路之中，做了"公差"。但自己并不看好这份差使。在与老马丁对话的时候，他这样责怪老马丁：

> ……让骨肉之亲来当这个差使，说不定连您都会觉得玷辱家门。要想别这么着，倒得拿金钱来疏通呢。……
>
> ……您瞧瞧我！您族中有这么一个人，一个小拇指上的才学，比其余那些位脑子里的凑到一块儿还都多呢，如今打扮成警官模样，您瞧见了能不觉得丢脸吗？我干上了这个营生就为的要臊您的皮啊。……

老马丁也似乎认为这是个丢人的差使：

> "你跟你挑选的那些朋友过荒唐鬼的日子，要是真已经落到了这步田地，"那个老头子答声儿说，"那就请你安分守己吧。你是用正当手段挣饭吃呢，我希望；那倒也差强人意啊。"②

值得注意的是，这些人的出场，大都是在与真正的罪犯如希普、乔纳斯·朱述尔维特等打交道的时候，或是逮捕他们，或是管理他们。但都没有起到多少积极的作用。史癞姆在逮捕乔纳斯的时候，受了乔纳斯100英镑的贿赂，支开手下人，让他在一间房子里单独待了5分钟以上，使他为自己的自杀、逃避法律的惩罚做好了准备（虽然他最后将这钱还给了乔纳斯，但结果却已造成）。克里克在管理监狱的时候，对囚犯"关怀备至"，

---

① 狄更斯：《大卫·科波菲尔》，张若谷译，上海译文出版社1989年版，第135—136页。
② 狄更斯：《马丁·瞿述伟》下册，叶维之译，上海译文出版社1983年版，第516页。

单是吃的，那些"老老实实、勤苦工作"的"水手、士兵、工人"五百人中，也没有一个有囚犯们"吃得一半那么好"。而之所以要给囚犯这么好的待遇，是因为监狱里实行了一种"制度"，为了这种制度，必须让囚犯们吃得好。这种制度就是狄更斯认为最不人道的单人囚禁制度。"它的主要优点就是：囚人完全与别的囚人隔绝——所有被囚禁的人，没有一个人知道其余任何别人的情况。"这样，就能使"被囚禁的人，心神受到约束，导向健全的心境，因而生出真诚的懊悔与痛恨"。但实际上，这种制度培养出来的，只能是虚伪与仇恨。在这种制度下如鱼得水的，只能是希普、利提摩那样的恶人，他们借忏悔与坦白，发泄自己的怨恨、不满、恶意与欺诈，同时使这些恶意得到满足，但却得到"模范囚犯"的称号。①狄更斯这样描写这些"不良分子看守"和他们所作所为，一方面显示出他对于司法机关的不信任，另一方面也显示了他对于监狱的作用和看守人员的一种怀疑和轻视的心理。

不过，在具体的处理方式上，对于这些"不良看守"，狄更斯同样采取了具体否定与抽象肯定相结合的方法。在体现监狱对于恶人的否定作用的时候，他们以一种正面的姿态出现。如对史癞姆带人来逮捕乔纳斯时的那段描写：

"你瞧见那门了吗？"马可的声音接过来说。他正从那个方向走来。"你瞧瞧吧！"

他一瞧，眼光就在那儿钉住了。作恶降殃、如影随形的门坎，有老父垂死时的足迹，有娇妻表现出无限忧愁的步态，有老司账每天落于其上的人影儿，有他这杀人凶犯从这里迈过去的脚步，来证明这是祸福无门，唯人自招——如今在门口儿站着的都是些什么人呢？……

又进来了三个人，马上动起手来，让他再也跑不了。事情办得又麻利又快，他的眼光还一会儿也没从告发者脸上挪开呢，两个手腕就

①　狄更斯：《大卫·科波菲尔》，张若谷译，上海译文出版社1989年版，第1238—1239页。

已经一齐上了手铐。①

对于乔纳斯而言，法律是何等威严、何等缜密。作为法律的使者的史癞姆等人又是何等的可畏，三下五除二地就把他捆了起来，彻底粉碎了他的任何希望。所谓天网恢恢，疏而不漏。正当老马丁等人对他无可奈何、准备离去的时候，监狱却对他招手了。这是何等的大快人心。但是不良看守的正面姿态也只是在作为法律的抽象的代表，作为监狱的抽象的象征的时候才存在，一旦进入对他们的具体描写的时候，他们的否定的一面便突出出来了。

四　从监狱意象看狄更斯小说创作的特点

综上所述，在狄更斯的小说中，监狱既是揭露社会黑暗的地方，又是惩罚罪犯的场所，既是普通民众谋生的地方，又是不良分子聚集的场所，呈现正反两面性。但是，在表现监狱正面性质的时候，狄更斯笔下的监狱只是一种抽象的存在，一种类型化的东西；而在表现监狱反面性质的时候，监狱便成为一种现实的存在，一种具体影响到它所涉及的每一个人的肉体与精神的东西。因此，在狄更斯的小说中，监狱在整体上呈现否定的色彩。狄更斯对当时英国的法律与司法机构总体上持否定的态度，但在一些具体的现实层面上他又看到或者说无法否定监狱的正面作用。但在小说中，他突出、具体化了监狱反面的一面，淡化、抽象化了监狱正面的一面。这样，他就在对监狱进行全面反映的同时，突出了对监狱的批判。现实主义要求作家如实地反映现实生活，但狄更斯又是一个有着强烈倾向和爱憎好恶的作家，从不在作品中隐瞒自己的思想感情。对监狱的这种处理方法满足了这两方面的要求。如果把视野扩大到狄更斯小说的各个方面，我们就可以发现，在坚持全面反映生活的同时，通过虚化与突出生活的某些方面，以达到自己的创作目的，这种处理方法实际上是狄更斯创作的基本特点之一。笔者以为，这也是他之所以能够成为一个伟大作家的

---

① 狄更斯：《马丁·瞿述伟》下册，叶维之译，上海译文出版社 1983 年版，第 513—514 页。

奥妙之一。

第三节　写出人性的深度:狄更斯创作的魅力之源

一　狄更斯小说中的人性

狄更斯的第一部长篇小说《匹克威克外传》出版后不久，一位未署名的评论家曾称他是"真正的智者和幽默家"，他的小说"展现人性生动而光辉的色彩，唤起我们对人性的理解"①。这一观点后来得到评论家们的反复肯定，如英国批评家爱·莫·福斯特。福斯特将小说中的人物分为扁、圆两种。"扁形人物是围绕着单一的观念或素质塑造的：要是扁形人物身上有一种以上的因素，我们就看出了朝着浑圆人物发展的那条曲线的开端。"他认为："扁形人物本身并不像浑圆人物那样是很大的成功。"但福斯特并不过分贬低扁形人物，他以狄更斯为例说明扁形人物也有杰出之处。他认为："狄更斯作品中的人物差不多都是扁形人物。……但仍然有这么一种不可思议的人性深度感。"这"表明在扁形人物方面会有比那些较为严厉的批评家们所承认的更多的意义"②。爱·莫·福斯特认为，从性格因素多少的角度，狄更斯笔下的人物并不杰出，但是由于这些人物体现了深刻的人性，他们也就走向并达到了杰出。

另外一些评论家则从人物的角度肯定狄更斯对于人性的描写，如 T. S. 艾略特和吉·基·切斯特顿。两人都认为，狄更斯的小说最为成功的部分是人物。杰斯特顿认为："衡量狄更斯的作品从来就是看人物，有时是看各类人物，更多的时候是看故事片段，但从来不用小说标准。人们不能讨论《尼古拉斯·尼克尔贝》算不算一部好小说，或者《我们共同的朋友》算不算一部好小说。……《老古玩店》比不上《大卫·科波菲尔》，但是斯威夫勒却可以和米考伯相提并论。一般来说，没有任何理由可以认为这

---

① An Unsigned Article："Reviews of *Pickwick Papers*." Nos. I－IX, *the Athenaeum*, 3 December 1836, p. 841.

② 福斯特：《小说面面观》，见《小说美学经典三种》，上海文艺出版社 1990 年版，第 255、260、258—259 页。

些卓越的人物应该在这一部小说而不是在另一部小说中出现。没有任何理由可以认为山姆·维勒在漫游中不应该信步走进《尼古拉斯·尼克尔贝》一书中去。也没有任何理由认为巴格斯托克少校不会从《董贝父子》中出来，一下子走进《马丁·朱述尔维特》。……整个看来，应该牢牢掌握住这一点：狄更斯的作品单元——基本组成元素——并不是故事，而是那些影响故事的人物，或者说，更常见的是那些不影响故事的人物。"① 而这些人物的成功，自然少不了对人性的反映。

自然，也有一些批评家否认狄更斯的创作对人性有深刻的表现，如美国作家兼批评家亨利·詹姆斯。在詹姆斯看来，狄更斯"只创造了人物肖像而没有别的。他对于我们了解人的气质没有增加任何东西。他只是下列两种选择的能手：他要么就使我们接受那些平庸的东西，要么使我们心甘情愿去接受古怪的东西"。因为，"小说家不仅应该知道人们而且应该知道人，而要知道人就必须是个哲学家。狄更斯是一个伟大的观察者和伟大的幽默家，但他绝不是什么哲学家。……一个只懂得人们的作家，就算他有狄更斯的幽默和幻想，也只能给我们一些人物肖像和图景，对此我们并无感激之意，因为他只扩大我们关于这个世界的知识"②。詹姆斯重视人的心理，认为心理的真实才是人的真正的真实。从这个角度，他认为更为注重外部世界描写的狄更斯不"知道"人，无法写出深刻的人性。

但詹姆斯关于"人们"与"人"的区分有其模糊之处。"人们"由"人"组成，不了解"人"无法了解"人们"，了解"人们"是以了解"人"为基础的。从这个角度看，很难存在知道"人们"却不知道"人"的情况。另一方面，对内心世界的深入描写可以写出深刻的人性，对外部世界的描写同样可以写出深刻的人性。因为人性总要通过人的言行等外部的东西表现出来。

由此可见，相对而言，福斯特的看法更符合狄更斯小说的实际。桑特耶那认为："狄更斯是人类从未有过的最好的朋友之一。"③ 对人与人类的

---

① G. K. Chesterton：*Charles Dickens*，London：Methuen，1906，p. 36.

② Henry James："The Limitations of Dickens." *The Nation*，1865，pp. 48－54.

③ 罗经国编选：《狄更斯评论集》，上海译文出版社 1981 年版，第 249 页。

热爱，是狄更斯创作的内在动力。但是人不是抽象的，他必然具有一定的人性，同样，人性也不是抽象的，它必然要通过具体的人表现出来。因此，对人的关注，也必然是对人性的关注，对人的探索，也必然要对人性进行探索。人性，不仅是狄更斯小说描写的对象，而且是其描写的目的。他的很多作品以及作品中的很多内容，如果不考虑人性的内容，是很难理解的，其价值也会大大降低，如《大卫·科波菲尔》。这是一部带自传性的作品，它的核心是表现一个父母双亡的孤儿如何在挫折与教训中逐渐成熟，走向正确的人生道路，并通过此，表现了健全的人性的形成与发展过程。主人公大卫成年之后，开始迷上一大堆无甚价值的姑娘。接着，又与虽然天真活泼却又幼稚无知的朵拉结婚。直到最后，才充分认识到与他青梅竹马一起长大、贤淑贞慧的爱妮丝的真正价值，两人结为终身伴侣。这其中的曲折，既非某种社会罪恶，也非谁的道德缺陷所致，而是由于大卫本人的幼稚和辨别能力的缺乏。而且也正是通过这些曲折，大卫才逐渐成熟起来，找到正确的生活之路。在探讨人性这个方面，《大卫·科波菲尔》是狄更斯创作中十分重要的一部作品。在小说的序言中，作者写道："在所有我写的这些书之中，我最爱这一部。……我对于从我的想象中出生的子女，无一不爱……但是，像许多偏爱的父母一样，在我内心的最深处，我有一个最宠爱的孩子。他的名字就叫《大卫·科波菲尔》。"① 作者这样写的时候，是充分意识到了小说在人性探索方面所取得的成就的，而绝非仅仅是因为它反映了他过去的一部分生活。有的评论家从社会批判的角度给予这部小说较低的评价，认为"狄更斯在这里极其注意生活上的琐事与细节，却并不试图提出重大的社会问题"②。这种说法是值得商榷的，它实际上忽略了小说的人性层面。

二　狄更斯小说人性的内涵

人性包括人的自然性与社会性两个部分。相对于自然性，人性的社会性自然更加深刻复杂。马克思认为："人的本质并不是单个人所固有的抽

---

① 《大卫·考坡菲》，张若谷译，上海译文出版社 1989 年版，第 2 页（有改动）。
② 伊瓦肖娃：《狄更斯评传》，蔡文显等译，广东人民出版社 1983 年版，第 284—287 页。

象物。在其现实性上，它是一切社会关系的总和。"① 马克思这里谈的人的本质不等于人性，但对于我们理解人性有着指导性的作用。人性更多地应从社会性的层面来理解。这也是狄更斯理解人性的出发点。

狄更斯所理解的人性，是人的社会属性中普遍、共通的部分。许多批评家也看到了这一点。理查·豪恩认为："如果把狄更斯的作品作为人性的画面而加以全面考虑的话，他全部作品的道义倾向是很明显的。这种人性并不是对邪恶和罪恶的事物谋求获得浪漫色彩的同情，而只是对当今苦难及最终后果的厌恶和惊骇；它对人性中一切本质上好的东西寄以真正的、由衷的同情。"② 另一批评家乔治·吉辛认为，狄更斯作品中的"许多讽刺还具有历久不衰的意义，并时常提醒我们，英国人那些较为严重的缺点不是靠区区几年的普及教育、物质和精神生活的普遍提高和真正民主精神的传播就能克服过来的。诚然，这些弊病有一部分或多或少是全人类所共有的；其中最恶劣的似乎与民族性分不开"③。这种"全人类所共有的"和"民族性"等自然与人性也有着难以分割的联系。

具体到狄更斯的创作，《董贝父子》的核心主题是傲慢，《马丁·朱述尔维特》批判的是伪善，《双城记》批判残暴，《荒凉山庄》批判贪婪，《艰难时世》的基本主题虽然是批判功利主义，但作者拿来与之对立的却是全人类共通的感情。在人物描写上，《大卫·科波菲尔》中的马车夫巴奇斯是个好人，但有点财迷。他把自己所有的财产都装在小箱子里，随时带在身边。临死前还要把箱子放在床头，身子伏在上边，并且因为怕别人猜出里面的东西，不停地解释说里面装的都是些"破衣烂裳"。作者并不注意巴奇斯财迷的阶级、经济等方面的内容，只是侧重种种具体表现，这就使巴奇斯的财迷体现出人性的一般弱点。它使我们想起马二先生临死时伸出的两根手指，葛朗台老头临终前对女儿的交代。《小杜丽》通过克林南姆夫人探索了人的仇恨可以达到什么样的程度。这个女人对丈夫婚外情的仇恨持续了一生，也影响了自己的一生。这种仇恨不仅使她逼走了自己

① 马克思：《关于费尔巴哈的提纲》，《马克思恩格斯选集》，人民出版社 1972 年版，第 18 页。
② R. H. Horne：*A New Spirit of the Age.* London：Smith，Elder，1844，p. 49.
③ George Gissing：*Charles Dickens：A Critical Study.* London：Blackie，1898，Chapter VI.

的丈夫，使她自己生活在寡欢的监禁般的生活之中，而且连累到自己的儿子甚至无辜的小杜丽，但她却丝毫没有反省丈夫婚外情的原因，正是因为她自己严峻的性格，使丈夫感受不到一点家庭的温暖。

对于人性的复杂与深度，狄更斯有着深刻的洞察。《双城记》中，他描写了圣安东的贫民们对前财政大臣、曾说过挨饿的贫民可以吃草的富隆的疯狂的复仇。他们把他从法庭里拖出来，一路拖打到一根路灯柱下，将他吊了上去。然后割下他的头，挑在长矛上，嘴中塞上稻草。接着，他们又从五百多名骑兵的押送中抓出富隆的女婿，把"他的头和心挑在长矛上"，然后带着这三种东西"成群结队穿过街道"。但同样是这些人，却过着饥寒交迫的生活，晚上，连粗劣的面包都填不饱肚子。"然而，人的友情往那燧石般的食物中注进了一点营养，从那上面打出一点愉快的火花。即使那些白天干得最狠的父母，这时也温柔地跟他们瘦弱的孩子玩。虽然处于这样一个世界，前途也是如此，情人们仍相爱着，怀着希望。"① 小说把人们饥寒交迫的处境和他们不受约束的权力、他们的凶狠与柔情交织在一起，显示了人性的复杂与深刻。

狄更斯善于在平常的生活事件中发现丰富的人性内容，如对《大卫·科波菲尔》中萨伦学堂的学生欺负教师麦尔的描写。这些学生平时在校长克里古尔的鞭子的管教下，战战兢兢，噤若寒蝉，可一旦克里古尔因病不能到校，他们便闹翻了天，根本不把麦尔放在眼里。而他们之所以这样，主要是因为麦尔先生穷，母亲在一个济贫院里靠救济过活。这些学生本质并不坏，造成他们对麦尔先生不敬的是孩子天生的好动、顽皮，和人鄙视不如自己者的本能倾向，这个事件也反映了孩子们潜在的善良和同情心。当麦尔受到斯提福兹的顶撞，脸变得十分苍白的时候，他们都安静下来，"一个已经跳到他后边去模仿他的母亲的学生，改变了主意，假装去修理钢笔了"。一个日常小事件，狄更斯却从中挖掘出了丰富的人性内容。

人性的有些内容，人们在日常生活中经常感到却容易忽略，狄更斯却能以鲜明的艺术形象表现出来。如《荒凉山庄》中的巴杰尔医生，他因妻

---

① 《双城记》英文版第 209 页，矮脚鸡丛书 1981 年，译文参考了石永礼、赵文娟的译本。

子前后嫁了三个丈夫而对她崇拜得五体投地。崇拜妻子，这是日常生活中经常发生的事情，但有合理与不合理之分。狄更斯以鲜明的艺术形象反映了这一现象可笑的一面，使人们注意到人性的这一缺陷。另一方面，巴杰尔的崇拜妻子也有世俗的考虑。因为巴杰尔太太的第一个丈夫是英国皇家海军的舰长斯沃塞，"一个非常出色的军官"，第二个丈夫是"名震全欧的丁格教授"，都是可以在人前炫耀的。而他自己，则是巴杰尔太太的第三个丈夫。言下之意，也是一个出色的人物。这又出色地反映了小市民的虚荣心和世俗气。

三　狄更斯探讨人性的角度与特点

从宏观上看，狄更斯对人性的反映与探索具有整体性与系统性的特点。作者不把人性分割开来，进行孤立的观察和分析，而是从整体的角度进行考察，力图完整地反映出它的各个方面，挖掘出它们的全部内涵，追踪它们的来龙去脉。

比如狄更斯对于人性的善恶的考察。他是从善恶的角度来理解人性的。法国批评家卡扎明认为，在一个有许多倾向交织在一起的国家里，狄更斯挑选出了和蔼友好的人性的种种特征，并且把它们组成一个整体。[①]狄更斯对人性善有充分的认识。在他的小说中，处处可以看到人性的闪光，大至《双城记》中卡尔登为他人的幸福而献身，小至《荒凉山庄》中的斯纳斯比看望生病的乔，不停地给他两先令半的银币，用这种办法来表达自己的同情。但另一方面，狄更斯又不是一个田园牧歌式的作家，一味地唱着人性善的赞歌。他对人性恶同样有着深刻的了解。而且，正因为他对人性持肯定的态度，所以他对人性恶的感受就更加敏锐，批判和讽刺也更加强烈。在小说中，他描写了许多恶的典型，如奎尔普、拉尔夫、斯奎尔斯、俾克史涅夫、希普、厄弗里蒙地侯爵、魏格、海德斯通等，这些恶人的恶如俾克史涅夫的伪善、魏格的忘恩负义，都不能仅仅从阶级的角度，而更应从人性的角度观察，他们都从不同方面反映了人性恶的某些内

---

①　罗经国编选：《狄更斯评论集》，上海译文出版社 1981 年版，第 109 页。

容,如《老古玩店》里的奎尔普。他对耐儿祖孙的迫害,开始还可以说是为了挖出吐伦特老头的钱,到后来知道老头确实没钱之后,他就似乎只是因为高兴而这样做了。至于他对妻子的折磨,常常无缘无故地把她拧得青一块紫一块,就更是一种虐待狂的表现。自然,狄更斯作品中的人性"恶"不仅指真正的邪恶,也包括人性的弱点。如《大卫·科波菲尔》中大卫的房东克鲁普太太。每当大卫反对她的意见,或者对她不够顺从的时候,她就马上病倒或将要病倒了。不然,就把诸如水罐、碗碟、锅子之类的东西全部摆在大卫上下必经的楼梯上,断绝他的交通。靠了这种两面夹击,她把大卫治得服服帖帖。但大卫的姨婆贝萃小姐不仅不怕她"得病",而且敢于从她用来挡路的小杂物上踩过去。于是,克鲁普太太转过来讨好贝萃了,这种欺软怕硬的行为很难说是一种邪恶,但它的确反映了人性的弱点。

人性的善恶并不总是截然分明的,它们往往互相交错,不仅善中有恶,而且恶中有善,或者恶同时又是善,善同时又是恶。狄更斯注意并且成功地描写了这种复杂性。如《奥列弗·退斯特》中的南茜。她靠偷盗为生,并在情人赛克斯和贼首费金的指使下拐走了已被人收养的奥列弗,使其重入贼窟。但是她身上又有善的因素。她同情奥列弗的遭遇,暗中帮助他,并冒着生命危险探听费金等人的秘密,把他们的阴谋告诉奥列弗的保护人。奥列弗终于得救,而她自己却为此失去了生命。再如《荒凉山庄》中的杰利比太太。她热心慈善事业,积极参加公众事务。这种本性应该说是好的。但她的热心发展得过了头,挤掉了她作为家庭主妇的责任,造成了家庭的混乱、丈夫的破产,从而又成了恶。这种探索是深刻的,已经具有哲学的品位。

值得重视的是,狄更斯不仅从静态的角度探讨了人性善恶的各种状况,而且从动态的角度探索了善恶的变化与发展。《远大前程》主人公匹普身上的善恶因素就是交替发展的。小时的匹普纯朴、善良、诚实。认识赫薇香和艾丝黛拉之后,他开始对自己的地位不满,羞于再做下等人。后由于一个恩主的提携,他跻身上等人的社会,身上的虚荣、忘恩负义发展到了顶点。待到恩主被捉,自己重新一无所有之后,他认真反省了自己的过去,改正了缺点,走上了一条新的人生道路。

这样，狄更斯便考察了人性善恶的各个方面，对人性的探索具有明显的整体性与系统性。

四 从人物性格到人性描写

狄更斯理解的人性主要是人的社会属性中普遍、共通的部分，但小说中的人物总是个别、具体的，狄更斯是怎样从具体的人物性格进入人性的领域的？归纳起来，其方法主要有两类。

一类是运用夸张的手法，在一定程度上造成人物与现实生活的间离，使人物的某种性格直接或间接地与人性联系起来。如《大卫·科波菲尔》中的密考伯先生。他变着法子借钱，却从不想法还债。债主逼债时，他愁眉苦脸，唉声叹气，扬言马上就要自寻短见。债主走后不到五分钟，他又变得兴高采烈，哼着小曲，喝起潘契酒来，作者故意夸大密考伯的这种性格，从而对那种"虱多不痒，债多不愁"的人做了典型的概括和出色的讽刺。

在狄更斯的小说中，有不少性格怪僻的人物。这些怪僻往往也是集中、夸张的结果，它们有的是人物个性上某个突出的特点，作者以此赋予人物鲜明的个性特征。如《大卫·科波菲尔》中的贝萃小姐。她固执地不许驴子经过她屋前的草地，经常对侵犯其"领地"的驴子和赶驴人"大打出手"。有的怪僻在构成人物鲜明的个性的同时，又反映了一定的人性内容。如《匹克威克外传》中的文克尔先生。他对体育一窍不通，却喜欢冒充运动家，整天穿着一套绿色的猎装。然而他自称会打猎却打着了自己的同伴，自称会溜冰却连冰鞋也穿不上，他使我们发出会心的微笑。然而我们绝不仅仅是笑他，在某种程度上也是笑自己。因为在我们心中都潜伏着那种出风头、充里手的欲望。

有时，狄更斯又故意把某种生活现象夸大到不合情理的程度，使它具有一定的象征意义，获得形而上的真实。如《远大前程》中的朴凯特先生。妻子不理家务，仆人不听使唤，家里乱七八糟，本人束手无策。可作者偏要说明，他的关于家政管理的著作远近闻名，安排他常被人请去讲授家政学。以这种夸张的方式，揭示出人类生活中这种名不副实的现象，并进而反映出人性本身的某种矛盾。

普泛化是狄更斯采用的另一类重要方法。作者往往滤去某一生活现象的具体内容，只取其形式，从而使其带上一定的普遍性，达到反映和探索人生与人性的目的。如《匹克威克外传》中对乡绅华德尔的穷亲戚的描写，他们被邀请参加华德尔女儿的婚礼，在拼命吃喝的同时，扮演着凑热闹、增气氛、做应声虫的角色。并且在别的客人发表演说、称赞主人的时候大声欢呼，在人们谈到主人的"好客、宽宏大量"的时候叫得最响。作者并没有对他们的身份、来历、姓名，甚至他们和主人的亲戚关系做任何说明，只是扣着穷亲戚在阔佬家做客的一般特点，粗线条地勾勒了他们的表现。使他们不再是黑格尔所说的"这一个"，而是这一群或这一种的代表。

我们都有这样的体验：在自己因某种原因而烦恼的时候，如果遇到比我们更不幸的人，我们往往会抛掉自己的烦恼，转而去安慰、帮助他。这是人性的一种基本倾向。《大卫·科波菲尔》中的甘米治太太体现了这一特点。她的丈夫打鱼时遇风暴死去，她总觉得自己是世上最不幸的人，脾气十分古怪。可当辟果提的养女爱米丽与人私奔之后，面对他的巨大不幸，她立刻改变了自己以往的脾气，也不再唠叨自己的不幸，变得同情、诚恳、体贴、乐于并且善于助人了。作者没有描写她的转变过程，甚至连有关的心理活动也没涉及。有人因此认为她的转变不合情理。其实狄更斯这里着眼的并不是她转变的过程，而是转变本身。略去了过程，反而能使它具有一种普遍性，这实际上也是一种普泛化的方法。

第四节　过去与未来:狄更斯小说中的跨时代因素

自 19 世纪 30 年代发表作品以来，狄更斯的声名虽有起伏，但总的来说是一直不衰。这其中的原因批评家们有过不同的阐述，但对其创作中的跨时代因素的关注却有所不够。克里斯蒂娃认为："任何作品的文本都像许多行文的镶嵌品那样构成的，任何文本都是其他文本的吸收和转化。"[①]

---

① 〔法〕朱丽娅·克里斯蒂娃：《符号学：意义分析研究》，引自朱立元《现代西方美学史》，上海文艺出版社 1993 年版，第 947 页。

罗兰·巴特进一步阐释道："任何文本都是一种互文，在一个文本之中，不同程度地以各种多少能辨认的形式存在着其他的文本；譬如，先时文化的文本和周围文化的文本，任何文本都是对过去的引文的重新组织。"① 根据这种思路，我们也可以说，任何优秀作家，其创作必然要融合过去文学的因素，隐含未来文学的种子，并有作者自己的创造。换句话说，对过去文学因素把握的准确与否，对未来文学发展的启示程度，自己创造的创新力度，以及三者的有机融合程度，也就成为一部作品、一个作家优秀与否的关键因素。从这个角度研究狄更斯及其创作，可从一个侧面把握狄更斯作品的奥妙，破解其两百年盛名不衰的原因。

一 结构

西方现代小说的源头，滥觞于西班牙流浪汉小说。最早的流浪汉小说代表作品是 1554 年出版的《托美斯河上的小拉撒路》（中译本名为《小癞子》）。后来陆续出版了马特奥·阿莱曼的《古斯曼·德·阿尔法拉切的生平》（2 卷，1599—1605），弗朗西斯科·洛佩斯·德·乌维达的《流浪女胡斯蒂娜》（1605），以及著名作家克维多的《流浪汉的榜样，无赖们的借鉴，骗子堂巴勃罗斯的生平》（1603），塞万提斯的《林高奈特与戈尔达迪略》（1613）等。流浪汉小说在结构上具有三个重要特征。其一，它以主人公经历为线索贯穿整部作品，通过主人公的活动将所有的情节串联起来；其二，结构比较松散，喜用插曲，事件与事件之间缺乏必然的逻辑联系；其三，常采用第一人称叙事的方式，主人公也就是叙事者。

17 世纪下半叶后，流浪汉小说开始衰落，但其影响却没有消失。就英国来说，整个 18 世纪，其小说创作的主流，如斯摩莱特、菲尔丁等人的作品，其叙事依然继承了流浪汉小说的传统。狄更斯的小说创作，也是在这种传统中开始的。很多学者看到了这一点。狄更斯创作之初，英国《雅典娜》杂志（Athenaum）的一位匿名评论家评论说，"两英镑斯摹莱特，三盎司斯特恩，一点胡克（Hook），加少许语法的皮尔斯·伊根（Pierce

---

① 罗兰·巴特：《文本理论》，张寅德译，《上海文论》1987 年第 5 期。

Egan）——再加上一些愉快的小事件，一些原创的开胃辣酱油"，《匹克威克外传》就写出来了。"博兹是完美的斯摹莱特"已经成了众所周知的陈词滥调。一些人认为狄更斯像斯特恩，一些人则认为狄更斯像菲尔丁。① 另一位评论家乔治·巴奈特·史密斯（George Barnett Smith）认为狄更斯早期的广泛阅读对他的创作产生了较大的影响。"狄更斯以极大的热情阅读了《汤姆·琼斯》《蓝登传》《堂·吉诃德》《鲁滨孙漂流记》。我们有充分的证据表明狄更斯是菲尔丁与斯摹莱特的学生。"② 斯摹莱特的《蓝登传》、斯特恩的《感伤的旅行》、菲尔丁的《弃儿汤姆·琼斯的历史》、塞万提斯的《堂·吉诃德》，采取的都是流浪汉小说的结构形式，评论家将狄更斯与这些作家联系起来，意在指出狄更斯早期小说与流浪汉小说的联系。实际上，狄更斯自己也承认这一点。在《匹克威克外传》的"作者序"中，他宣称："乐意自己去自由发挥，在更广的范围内描写英国的风土人情；而且，不管开头时我给自己规定了什么样的路子，到最后我恐怕还是要从心所欲的。"③ 从心所欲也就意味着小说没有严格的计划，写到哪里算哪里。这种指导思想决定了《匹克威克外传》只能采用流浪汉小说的结构方式。

其实，就结构而言，狄更斯的早期小说如《匹克威克外传》《奥列弗·退斯特》《尼古拉斯·尼克尔贝》《老古玩店》等都带有比较浓厚的流浪汉小说特征。它们都以主人公的经历或游踪为线索，情节随着主人公的行踪而展开。如《老古玩店》，吐伦特老头和小耐儿祖孙二人的经历和在伦敦与乡村的漂流构成了小说的主要情节。中后期小说一定程度上摆脱了这种结构模式，但不少小说仍然保留了流浪汉小说的许多因素，如《马丁·朱述尔维特》《董贝父子》《大卫·科波菲尔》《远大前程》等。这些小说的结构都不是以事件为框架，而是以人物经历为框架，以人物经历上的某一事件作为小说的起始节点，另一事件作为小说的结束节点。如《远大前

---

① *Charles Dickens: the Critical Heritage*, Philip Collins ed. London: Taylor and Francis Group, 1986, p. 32.

② George Barnett Smith: "Charles Dickens." *The Gentleman's Magazine*, n. s., XII. March 1874, p. 304.

③ 狄更斯：《匹克威克外传》，莫雅平译，浙江工商大学出版社 2012 年版，第 2 页。

程》，小说的起始节点是匹普在荒沼中遇见马格韦契，结束节点是匹普在赫薇香小姐旧宅的废墟前遇到艾斯黛拉。但从结构的角度看，这些事件作为开始与结束的节点都不是必然的，而是或然的，如有需要，完全可以向前伸展或向后延伸。另一方面，以人物经历作为主要情节线索的小说，其结构的包容度往往较大，可以容纳许多不同质或不相关联的事件。如《大卫·科波菲尔》，作者实际上通过人物的经历串起了所有他想表达的事件与人物。只要需要，他随时可以将主人公打发到他所需要的地方，与那里的人与事发生联系，从而将那里的人与事纳入小说叙述的范围。如大卫在亚茅斯的一个酒店吃饭的场景，之所以要安排大卫在这里停留，最重要的原因是要描写那个有趣的茶房，而不是情节发展的需要。正因为这样，狄更斯的小说结构总是，比如，没有托尔斯泰的小说结构那样紧凑，即使是他的被认为结构最完整的小说如《远大前程》《荒凉山庄》也是如此。

不过，在小说结构上，狄更斯并不仅仅是流浪汉小说传统的继承者，他在继承的基础上进行了创新，形成了他自己独特的小说结构形式，我们可以将这种小说结构称为"多元整一"。所谓多元，是指狄更斯的小说是由多个叙事单元组成的。这些叙事单元由一定的人物、事件和背景组成，是一个具有内在自足性和内在独立性的故事。内在自足性是指故事本身是完整的，具有自己大致稳定的人物、比较完整的情节和一定的思想意义等形成一个故事所必需的要素。内在独立性是指故事虽然与作品中的其他故事有着千丝万缕的联系，但它并不包含在其他任何一个故事之中，也不是某一故事的分支或插曲，而是独立存在，与其他故事相对而立的。整一则是指狄更斯的小说通过人物、情节、线索等因素，将小说各个单元相互贯穿、连接，使其相互交叉、渗透，共同构成一个有机的统一体。

这样，狄更斯就在英国小说乃至世界小说发展史上提供了"多元整一"这样一种独特的结构方式。这种结构有如下三个特点：第一，散而严谨。多元整一结构是由多个叙事单元复合而成，其反映的生活面往往铺得很开，而各个单元之间又相对独立，整个结构显得比较松散。但另一方面，这种松散又不是杂乱无章、一盘散沙似的散，而是在统一的构思下有秩序的散。作者通过人物的经历、情节的互相关联和贯穿全书的线索将各个单元联系起来，又通过悬念、伏笔、照应等手法，加强这种整一性。因此，从整体上看，狄更斯的小说结构又有严谨的一面。第二，网状结构。狄更斯小说有总的线索，各个叙事单元也有自己的线索。总的线索与单元线索有的重合，但大多数是不重合的。各个叙事单元通过总的线索联系起来。但是总的线索并没有直接连接到小说中的每一个具体的事件和人物，而主要是联结叙事单元，再通过单元线索将具体的人物与事件联系起来。如果将小说结构比作一张网，那么总的线索是纲，单元是节，而具体的人物和事件则是目。另外，各个单元之间由于人物、情节和地点等的因素又存在着各种联系。如果仍用网的比喻，那么，小说线索与各个单元的联系便是经线，而单元之间的联系则是纬线，经纬交织，共同组成小说复杂的网状结构。第三，人物中心。多元整一结构由于没有一个具体的事件给小说提供一个整体的框架，因此，在人物与情节两个小说结构要素上，必然要偏重人物。狄更斯小说的叙事单元是以人物为中心组织起来的，人物占据着中心的位置。在人物的塑造与情节的完整发生矛盾时，作者选择的往往是前者。为了刻画人物，作者可以暂时停下对情节的叙述，转而对某处人物进行跟踪描写。有时，作者又常常在情节中插入一些从结构上看可有可无的事件，以满足人物塑造的需要。[①]

从结构本身看，多元整一结构作为狄更斯独创的一种小说结构模式，有它自身的价值，狄更斯的小说自 19 世纪 30 年代开始发表，一百七十多年来一直受到读者的欢迎，至今盛名不衰，其独特的结构不能不说是原因之一。从文学史的角度看，这种结构模式实际上是狄更斯在流浪汉小说基础上的一种创新发展，它既继承了过去小说的结构特点，又开启了现代小说的结构模式。现代小说结构的基本模式是封闭性的，它以事件或主旨而不是人物经历或时间作为小说的基本框架，由此决定了小说的取材范围和小说人物、事件等的取舍，并使小说的结构变得严谨。如托尔斯泰的《复

---

① 关于狄更斯小说的多元整一结构，可参看赵炎秋《论狄更斯长篇小说的多元整一结构》，《湖南师范大学学报》1993 年第 5 期。或赵炎秋《狄更斯长篇小说研究》第 15 章，社会科学文献出版社 1996 年版。

活》，小说的故事时间虽然拖得很长，但时间并未成为小说的结构框架，成为小说结构框架的是聂赫留朵夫与玛丝洛娃精神上的复活或者重生，一旦他们在精神上获得了新生，小说也就结束了。再如美国作家海勒的《第二十二条军规》，这部作品采用了"反小说"的叙事结构，有意用外观散乱的结构来显示他所描述的现实世界的荒谬和混乱，但是小说的内在结构并不散乱，原因就在于它用了"第二十二条军规"作为整部小说的结构枢纽，小说的任何一个部分都隐含着一种因自相矛盾、不合逻辑的规定或条件所造成的无法摆脱的困境和难以逾越的障碍。现代小说结构的封闭与严谨与流浪汉小说结构的开放与松散正好形成对立的两极，而狄更斯小说的结构就处于这二者的中间，包含了二者的因素。从狄更斯小说的结构往前回溯，就回到流浪汉小说；从他的小说结构往后发展，就成为现代小说的结构。换句话说，狄更斯小说的多元整一结构如果加上一个事件或主旨的框架，它就向现代小说结构转换；如果减少其整一性，叙事向人物经历倾斜，它就向流浪汉小说结构靠拢。狄更斯小说的结构，既连接过去，又通向未来。

二　道德

英国批评家乔治·奥威尔认为：狄更斯"是个道德家，意识到'有东西要说'他总是在布道，而这正是他的创造才能的最终秘密。因为如果你能表示关怀，你就能创造"①。爱德蒙·威尔逊认为："二元论贯穿了狄更斯的全部作品，凡事总有好坏两个方面，每本书都描写了正好相反的两种道德准则，有时不同作品中的人物成双成对，形成对比。"② 狄更斯的作品充满了道德内涵，他对社会的批评主要是一种道德的批判，很多批评家都看到了这一点。

狄更斯道德观的核心是高尚、诚实、仁爱。中间层次是正直、勇敢、无私、利他、厚道、温柔、忠诚、通情达理等品质。表面层次则指人们的

---

① 乔治·奥威尔：《查尔斯·狄更斯》，《狄更斯评论集》，上海译文出版社1981年版，第141页。

② 爱德蒙·威尔逊：《狄更斯：两个斯克路奇》，《狄更斯评论集》，上海译文出版社1981年版，第147页。

教养、生活作风、处世态度等，如文雅、谦和、稳重、严谨、有礼貌、自尊、尊重他人、举止得体等。① 不少批评家认为，狄更斯的道德体系属于维多利亚时期英国中产阶级的道德范畴。如爱德蒙·威尔逊认为，虽然越到晚期狄更斯对中产阶级越感失望，但他的作品《小杜丽》中，"比较健康快活的一组人物仍然代表中产阶级家庭，而中产阶级家庭仍然是狄更斯衡量美德的标准"。在《我们共同的朋友》中，狄更斯虽然对中产阶级感到失望，对中产阶级上层进行了无情的讽刺，但他并没有否定中产阶级的美德，只是这些美德现在要在"贫穷的无产阶级和中产阶级下层才能发现"②。这一观点不无道理。但是威尔逊的说法也存在一定的问题。如果说狄更斯笔下的中产阶级人物并不是他每部作品中的美德的代表，如果说在他的作品中，有些美德只能在中产阶级下层以及无产阶级甚至贵族阶级如《我们共同的朋友》中的尤金身上才能找到，那么，说狄更斯的道德观是维多利亚时代英国中产阶级道德观的代表就存在问题。

其实，狄更斯虽然出身中产阶级并且属于中产阶级，但是他的道德观却不是中产阶级道德观可以范围的。他的道德观是一种提纯了的或者说一种理想化了的维多利亚时代的道德。我们知道，英国维多利亚时代是以讲究道德而著名的。英国资本主义在 19 世纪得到了长足的发展，为了维护自己的统治，根据自己的利益规范人们的行为，英国资产阶级祭起了"道德"这个法宝，把自 16 世纪以来的英国清教徒道德发展到了登峰造极的程度。但是，一个社会提倡什么道德是一回事，人们实际上遵循什么道德则是另外一回事。在很多时代和社会，社会提倡的道德和社会成员实际遵循的道德处于显性的矛盾之中，如古罗马社会的晚期，社会提倡的道德被社会成员特别是这些道德的提倡者古罗马的贵族们公然地违反，这导致了古罗马的衰亡。而在一些时代与社会特别是动荡的时代与社会，人们对于应该提倡什么样的道德根本就达不成共识。如狄德罗的《拉摩的侄儿》

---

① 具体阐释请参见赵炎秋《狄更斯长篇小说研究》第 2 章，社会科学文献出版社 1996 年版。

② 爱德蒙·威尔逊：《狄更斯：两个斯克路奇》，《狄更斯评论集》，上海译文出版社 1981 年版，第 155、157 页。

中，拉摩的侄儿所代表的极端个人主义的道德与小说中的叙事者"我"所代表的正统的道德就发生了尖锐的对立，谁也无法说服谁。维多利亚时代的英国的特殊之处就在于：首先，社会对于应该提倡什么样的道德达成了广泛的共识；其次，社会成员对于社会提倡的道德至少在表面上是遵守的，提倡的道德与人们实际遵循的道德在显性的层面没有矛盾。自然，维多利亚社会所提倡的道德是一种高标准的道德，大多数社会成员囿于各种原因，实际上是无法达到的。但是由于社会的高压，人们不敢公开地反对，只能私下与暗中违反。这就不难理解为什么最讲道德的维多利亚时期也是英国历史上最为虚伪的一个时期。这倒不是因为维多利亚时期的英国人特别喜欢虚伪，而是过高的道德要求与严峻的社会氛围使当时的英国人既无法达到道德要求的水平又不敢公开违反或表示反对，只能以当面一套背后一套来应对。事实上，任何社会，只要它对自己的社会成员提出了难以实践的过高的道德要求，而社会成员又不能或不敢公开违反或提出异议，虚伪的产生是不可避免的。

实事求是地说，对于维多利亚社会提倡的道德，狄更斯也不是完全遵守的。他与女演员爱伦·特南的暧昧关系就说明了这一点。但他在其作品中提倡与实行的道德观却是十分理想与纯洁的，实际上是维多利亚社会提倡的道德的纯洁版和提高版。这一点可以从他与哈代的对比中看出来。哈代也讲究道德，但哈代讲究的是心灵的道德也即自然的道德，而狄更斯讲究的则是社会的道德。哈代笔下的苔丝被人引诱失身，哈代对其给予了无限的同情。尽管她犯了所谓的通奸罪和杀人罪，他却称她为"一个纯洁的女人"。而狄更斯笔下的德洛克夫人婚前因爱失贞，却必须以死来赎罪。狄更斯批判俾克史涅夫，但他批判的是他的虚伪，满口道德却不实行，而对于他鼓吹的道德本身却并不反对。哈代批判安玑·克莱，批判的却是克莱所遵循的社会道德。在哈代那里，社会道德以恶的面貌出现，它给主人公带来的只是灾难与毁灭。而在狄更斯的小说中，道德则以天使的面貌出现，是主人公安身立命的依据。哈代小说中的正面主人公都是社会道德的反叛者，如苔丝、裘德，转变后的安玑·克莱，而狄更斯小说中的正面主人公则是公认的社会道德的维护者和推行者，如大卫、奥利弗、埃丝特等。也正因为如此，哈代所提倡的道德遭到了社会的猛烈抨击，而狄更斯提倡的道德则为社会所普遍赞扬。

不过，社会的普遍赞扬是一回事，社会成员能否普遍遵守、实行则是另一回事。狄更斯开始以为他所属的那个阶层是其所提倡道德的模范遵守者，在其早期作品里将他们描写成正面人物，如匹克威克、奥利弗、尼古拉斯、契尔布里兄弟等。然而随着对生活了解的加深他渐渐发现，中产阶级并不是他理想的道德标本，他将目光转向其他阶级与阶层。然而，与中产阶级一样，其他阶级或阶层作为阶级与阶层也不可能成为道德的标本。这正是狄更斯的矛盾与苦恼所在。既然任何一个阶级与阶层都不能整体地成为他笔下的道德模范，他只能着眼于个人。因此，越到晚期，狄更斯笔下的正面人物越不属于固定的阶级与阶层，而由其所具的道德品质所决定。《双城记》中，既有舍身为人、毫无利己之心的律师卡尔登，也有自高自大、自私自利的律师史曲勒孚。《我们共同的朋友》中，最重要的正面人物丽齐和尤金，一个属于底层民众，一个出身贵族阶层，另一个正面人物约翰·哈蒙则出身资产阶级上层。这正是威尔逊看到了但未能深入解释的现象。

乔治·奥威尔认为，狄更斯"之所以在他那个时代以及在我们这个时代还为大众所欢迎，主要是因为他能用一种滑稽、简单因而是大家能记住的形式表达普通人民天生的正派体面、合乎礼仪的行径。很重要的是从这一观点出发，很不相同的各色各样的人物都能描写成'普通人'。在英国这样的国家里，尽管有它的阶级结构，的确存在一定程度的文化的统一性。……狄更斯发表了一条法则，这在当时而且总的来说就在今天仍旧为人们所信仰，甚至为违反这条法则的人们所信仰。否则就很难解释为什么他的书一方面被工人们阅读（这样的事是从来不曾发生在有他这样的声望的其他小说家身上的），另一方面他本人却又安葬在威斯敏斯特教堂里"[①]。狄更斯作品中的道德观是维多利亚社会道德观的纯洁与提高版。而维多利亚社会的道德观又不是凭空产生的，它是英国历代社会道德观特别是文艺复兴以来英国清教徒道德在新的历史条件下的发展。而由

---

① 乔治·奥威尔：《查尔斯·狄更斯》，《狄更斯评论集》，上海译文出版社 1981 年版，第143—144 页。

于人类社会的继承性与共通性，维多利亚社会所提倡的道德观现在虽然有些已经过时，但整体上仍然是合理的，有着巨大的活力。作为维多利亚社会道德观的理想表现，狄更斯作品中呈现出来的道德观既是传统道德的延续，又进入了现代社会的道德体系，并昭示着未来社会道德的发展方向。而这正是狄更斯及他的作品的魅力所在。

三　城市文学

从空间的角度看，城市与乡村是人类活动的两个最主要的环境。英国的城市化进程始于18世纪下半叶工业革命开始之后，到19世纪中期工业革命基本完成之时，英国的城市人口已达到全国人口的50%，完成了早期城市化的进程。但是尽管如此，由于传统的惯性，以及作家对于城市的习惯与了解需要一个渐进的过程，在狄更斯之前，还没有哪个英国作家将城市作为自己作品表现的主要对象，狄更斯改变了这一现象，使城市成为文学表现的主题。

许多批评家看到了这一点。詹姆斯·乔伊斯写道："人们给他起了个绰号——'了不起的伦敦佬'：没有另外哪个称谓能如此妥帖而全面地描绘他了。一旦他走向远方——到美国（如《美国游记》）或到意大利（如《意大利风光》），他那提笔之手就似乎丧失了原来的灵巧。……在伦敦，他处于故国的心脏地带，是他的王国与力量的根据地。伦敦生活是他的命根子；他对这种生活的感受，比他之前和之后的任何作家的感受都要深刻。这个大都市的颜色、熟悉的噪音和独特的气味都汇集在他的作品里，就像一曲浩瀚的交响乐，其中交织着剪不断理还乱的幽默与悲伤、生存与死亡、希冀与绝望。可如今我们却很难欣赏这一切了，因为我们离他描绘的景色太近了，对他的有趣而感人的角色太熟悉了。但是，他最后站稳脚跟还是倒下去，凭借的肯定是有关他那个时代的伦敦的故事。"[1] 另一批评家雷蒙德·威廉斯认为，狄更斯开创了新型城市小说之先河。[2] 两位批评

① James Joyce："*The Centenary of Charles Dickens*"，1913，from Louis Berrone，ed.，*James Joyce in Padua*，1977，pp. 33–34.

② Raymond Williams：*The Country and the City*. London：Oxford University Press，1973，p. 154.

家都谈到了狄更斯同伦敦和城市文学的关系问题。在某种意义上，狄更斯可以说是英语城市文学的开创者。

但是狄更斯并不是英语文学中头一个描写城市的作者，更不是头一个描写伦敦的作者。18世纪英国作家斯摩莱特的《蓝登传》（1748）中的同名主人公就在伦敦生活过很长一段时间。蓝登的父亲在他很小时便离家出走。长大后，蓝登带上一名侍从到伦敦谋生。经过努力，他获得医师资格，当上助理海军医生，在海上经历过种种磨难，一度沦为奴仆并爱上主人的侄女。后由于爱情无望返回伦敦，又因债务被关进监狱。后被叔父救出。最后，蓝登在西班牙遇见多年未见已经成为富豪的父亲，过上了衣食无忧的生活。菲尔丁的四部长篇小说《约瑟夫·安德鲁斯》（1742）、《大伟人江奈生·魏尔德传》（1743）、《汤姆·琼斯》（1749）、《阿米利亚》（1751）也都涉及伦敦。特别是《汤姆·琼斯》，小说的后半部分基本上是写汤姆在伦敦的经历。与狄更斯同时代的作家如乔治·爱略特、盖斯凯尔夫人等也在其作品中写到了伦敦或英国的其他城市。

但是狄更斯在自己的创作中给城市书写增加了许多新的东西。

首先，伦敦是他的主要描写对象，而且是唯一的主要描写对象。从《博兹速写》开始，伦敦就是狄更斯笔下不变的场景。他的小说有的从头至尾很少离开伦敦如《董贝父子》《我们共同的朋友》；有的从外地写起，但很快就转到伦敦，如《大卫·科波菲尔》《远大前程》；有的小说中的人物因各种原因离开伦敦，到外地漂流，但仍与伦敦有着千丝万缕的联系，并且最终还是返回伦敦，如《老古玩店》《马丁·朱述尔维特》；有的小说外地场景占了很大分量，但其核心与灵魂仍是伦敦，如《荒凉山庄》《艰难时世》；有的小说写的是历史题材，但小说主要写的，仍是历史上的伦敦，如《巴纳比·拉奇》《双城记》。而且，正如乔伊斯所说："《巴纳比·拉奇》，尽管故事的背景设在伦敦，尽管其中部分章节甚至可以与笛福（我可以顺便提一下，笛福是比人们通常所想象的更为重要的作家）的《瘟疫年记事》相媲美，但是并未体现狄更斯最擅长的本领。他擅长的领域不是描写乔治·戈登勋爵时代的伦敦，而是改革法案时期的伦敦。诚然，地方郡县，即'长满雏菊的斑驳草地'的英国乡村，也出现于他的作品中，但总是作为故事的背景或铺垫而已。"① 狄更斯即使是写历史，他描写的实际上仍是他所生活的伦敦。

其次，狄更斯对伦敦做了全方位的描写。狄更斯伦敦场景的核心是中产阶级和伦敦市民，但却不局限于此，维多利亚时代伦敦社会的方方面面，都在他的笔触之下，如《董贝父子》对大资产者董贝的描写，《小杜丽》对巴纳克尔官僚家族的描写，《荒凉山庄》和《远大前程》对孤儿乔与铁匠乔等工人阶层的描写，《巴纳比·拉奇》《荒凉山庄》对戈登勋爵、切斯特爵士、戴德洛克从男爵等贵族阶层的描写，等等。在中产阶级生活场景的周围，狄更斯汇集了伦敦生活的所有场景，从手工作坊到资本主义大工业，从法庭、监狱到政府部门，从贫民窟到贵族府宅，从伦敦街景到女性深闺，维多利亚时代的伦敦以全景的形式在他的笔下呈现出来。而在他之前或与他同时的作家大多只表现了伦敦生活的某个方面。如《蓝登传》主要描写的是伦敦小职员的生活，《汤姆·琼斯》主要描写的是来到伦敦的英国乡绅和伦敦贵族的生活，哈克纳斯夫人的《城市姑娘》主要描写的是伦敦工人阶级的生活，而萨克雷的作品则主要写伦敦上层社会的生活。没有一个作家对伦敦的描写能够像狄更斯这样的全面。

最后，狄更斯写出了伦敦现代都市的特点与复杂性。狄更斯的一生除了短暂的几次外出，其余绝大部分时间都待在伦敦。他对伦敦的依赖度极高，不仅他的创作题材主要由伦敦提供，他的创作情绪、灵感和动力也是来自伦敦。在给好友福斯特的信中，他抱怨在瑞士旅行时不能听到伦敦街上的噪音，而这些噪音是他的创作必不可少的。"街道仿佛给予我的大脑工作时不能缺少的某种东西。在偏僻的地方，我可以好好地写作一两个星期，之后，在伦敦呆上一天，我就可以再次上阵，重新迅速拿起笔杆来。但是假如没有这盏魔灯，日复一日地劳累和写作，那是非常可怕的。"② 正

① James Joyce: "The Centenary of Charles Dickens", 1913, from Louis Berrone, ed., James Joyce in Padua, 1977, p. 34.
② 转引自弗兰茨·梅林《查尔斯·狄更斯》，《狄更斯评论集》，上海译文出版社1981年版，第93—94页。

是由于对伦敦的熟悉，所以狄更斯能够写出伦敦现代都市的真正蕴含。雷蒙德·威廉斯认为，狄更斯描写了伦敦都市最根本的特征：混杂性、拥挤的多样性和运动的随意性。他认为"伦敦这样的城市不能简单地以千篇一律的修辞姿态来描绘，相反，它的混杂性、拥挤的多样性、运动的随意性，是伦敦最引人注目的现象，如果从内部来看，尤其如此。……甚至对于现代经验而言，他所展示的比早期工业革命千篇一律的城市更具根本性的方面是一种矛盾和悖谬：多样性、明显的任意性与最终被视为决定系统的东西共存。这个决定系统是明显的个别事实但又超越了事实，常常掩盖普通情况和命运"。威廉斯认为，城市理念与工业理念有着明显的不同，如果将它们等同起来，就会误读狄更斯的作品。工业小说再现的城市是千篇一律的，"唯有狄更斯将城市经验写进小说中"。"只有在城市经验的维度上才能理解狄更斯的天才。"① 另一批评家艾夫莱姆·斯谢尔则指出，狄更斯深知无所不知的全景式景观不足以把握城市复杂而细微的差别。因此，他试图通过"建立城市不同区域之间的隐形联系"来描写城市生活的复杂性，洞察城市"隐秘的奥秘"②。总之，狄更斯的伦敦书写避开了浅层的描写，写出了现代都市的特点与复杂、内在的律动和隐秘的奥秘。

我们不妨以《荒凉山庄》中的杰利比太太的"慈善事业"来做一简单的分析。作为中产阶级家族主妇的杰利比太太不去关心丈夫的幸福和孩子的生活，却把全部时间和精力投入虚无缥缈的对非洲的慈善事业上。她押着几个怒火中烧的小杰利比去拜访贫穷的烧砖工人，不去解决他们的实际需要，却热衷于给他们发放宣传慈善的传单，受到几个烧砖工人的冷遇。而爱丝特等人的真心帮助则得到了烧砖工人的真诚感谢。在这个节点上，狄更斯不仅区别了真慈善与假慈善，而且探讨了当时伦敦的慈善现状，探讨了慈善活动者的不同动机和慈善接受者的真正需求。伦敦慈善的隐秘面纱在这不起眼的场景中被揭了开来。

随着现代化进程的发展，城市现在已经成为发达国家绝大多数人口

---

① Raymond Williams：*The Country and the City*. London：Oxford University Press，1973，pp. 153 – 154，p. 218，p. 165.

② Efraim Sicher：*Rereading the City*：*Rereading Dickens*. New York：AMS Press，2003，p. 80.

居住的地方，城市也逐渐取代乡村，成为文学描写的主要对象。即使在中国这样城市人口刚刚超过50%的国度，像柳青的《创业史》、周立波的《山乡巨变》这样的纯乡村小说也比较少见了。有些作品如张纬的《古船》、余华的《兄弟》以乡村为背景，但描写对象也已经不再是传统的乡村和农民，而是在城市化浪潮裹挟下的躁动的乡村小市镇。在城市文学的发展中，狄更斯的伦敦书写所提供的经验与开辟的方向至今仍有其重要的价值。

四　狄更斯笔下的先锋人物

英国批评家爱·莫·福斯特在《小说面面观》中认为，狄更斯小说中的人物"几乎都是扁平的"，"每个人物都可以用一句话概括，但却使人奇妙地感觉到了人的深度"。狄更斯笔下人物"一登场，我们就认出了他们；然而达到的效果并不呆板，对于人的认识并不肤浅。……他在类型描写人物方面所取得的巨大成就说明了扁形的内容可能要比那些比较严峻的批评家们所承认的更为丰富"①。福斯特的这段评论狄更斯研究者们几乎耳熟能详，然而如何理解福斯特所谓"人的深度"和人物的"丰富内容"，还有必要做进一步的探讨。

德国美学家席勒认为，古希腊时期，人性是完整的。形式与内容、感官与心灵和谐地统一在一起。而近代由于社会分工、职业与等级之间的差别，以及近代文明分裂一切的理智，人性发生了分裂，人失去了内心的和谐与完整性。席勒的这一思想是否正确，这里不去讨论，但他对古代人与近代人的区别对我们分析狄更斯作品中的人物提供了启示。19世纪以前，西方社会基本处于农耕时代，人与自然处于和谐状态，文学作品中的人物大都是健全的，主宰着他们的思想与情感的是理智，人物遵循着亚里士多德所说的"可然律"与"必然律"行动。20世纪之后，西方进入后工业社会，分工日细，异化日增，包括社会在内的人的创造物对个人的压迫日趋严重，以现代主义和后现代主义为代表的西方20世纪文学中的人物逐渐

① 爱·莫·福斯特：《小说面面观》，《狄更斯评论集》，上海译文出版社1981年版，第102页。

走向传统文学人物的反面，非理性、异化、渺小、卑微、无归属、缺少自主意识等，成为文学作品中人物的主要特点。

　　狄更斯生活时的英国，工业革命已经基本完成，工商业得到长足发展，资本主义进入到鼎盛时期，然而社会对人的压力也越来越大，人的本性开始出现变异。狄更斯敏锐地捕捉到了这种现象，在自己的创作中做了有力的反映。这样，他笔下的人物在一定程度上就带上了一些现代主义和后现代主义的因素。

　　其一，人性的扭曲和异化。异化是德国古典哲学喜欢提及的概念，马克思在其早期著作《1844年经济学哲学手稿》中做了杰出的阐释。按照马克思的观点，异化是在私有制度下，人与自己的劳动和劳动产品相分离而产生的一种社会现象。其基本含义是，人的创造物与人相脱离、相独立，并且反过来奴役人、支配人。异化主题是20世纪西方现代主义作家热衷表现的一个内容。作为19世纪的作家，狄更斯探讨的主要是对金钱的贪欲所造成的人性的异化。如《马丁·朱述尔维特》中的约拿斯，为了早日得到遗产，竟然对自己的父亲下手，企图毒死他。《圣诞欢歌》中转变前的斯克路奇，对财富的执着追求使他丧失了人最起码的感情，完全异化成一架经济的机器。除了财富，他不关心任何东西，除了财富，他与外界也无任何联系。金钱泯灭了人的亲情，也泯灭了人的天性。

　　人性的扭曲，也是狄更斯小说十分关注的一个方面。当时英国贫富悬殊十分严重，狄更斯极为注意这种状况对人性的不利影响，《荒凉山庄》中描写了一个烧砖工人，贫困与失业使他变得乖戾、暴躁。他整天醉醺醺的，打老婆，骂孩子，躺在泥地里面打滚，更为可怕的是，他对这种生活已经习以为常，不仅不觉可耻，反而有点炫耀之意。然而，贫富的悬殊不仅扭曲了穷人，也使富人的人性堕落。《双城记》中的厄弗里蒙地侯爵看穷人不如猪狗。他驱车轧死了穷人的孩子，不仅毫不内疚，反而责怪这个孩子不该挡了他的道，担心惊吓了他的马儿。然而，当他这样做的时候，也就走向了人的反面。

　　其二，自由意志的丧失。哈姆雷特说，人是"宇宙的精华，万物的灵长"。人是有意识的动物，具有自由意志，能自己支配自己，自己控制自己，这是人之所以为人的一个基本要素。但在狄更斯的小说中，不少人物却丧失了这种自由的意志。如《远大前程》中的匹普明知自己不应爱上艾丝黛拉，却陷入爱情的漩涡不能自拔。他也明知艾丝黛拉并不爱他，与他接触只是为了逗弄他，使他痛苦，却无法斩断与她的联系。《小杜丽》中克林南姆作为父母仇恨的牺牲品，处处被母亲的意志所左右，明知母亲恨他，母亲的决定有违他的利益与心意，却只能违心地屈从。《我们共同的朋友》中的海德斯通也是如此，他看起来是自主的行动，千方百计地提高自己的地位，想方设法地追求丽齐，处心积虑地谋杀尤金，最后不向无赖赖德胡德屈服，宁愿与他同归于尽。但是他的这一切行动都被一种激情也即对丽齐的激情所控制，这种激情他无法逃避也无法削弱，推动着他一直走向他的死亡。这实际也是自由意志缺乏的一种表现。

其三，人的渺小感和无能为力感。人的渺小和无能为力，是西方现代派和后现代派文学喜欢描写的主题。根本原因是人与自己的创造物之间关系的异化，社会对人的高压。狄更斯小说中常出现一些象征性的形象，如《小杜丽》中的监狱和兜三绕四部，《荒凉山庄》中的法律制度和法律机构。它们本是人的创造物，却反过来成为人的统治者，牢牢地控制着人们的命运。在它们的面前，个人就像是蛛网中的小虫，越是挣扎，处境就越是凄惨。在与它们的冲突中，人明白无误地显示了自己的弱小与无能。《荒凉山庄》中的农民格里德利为了反抗大法官法庭把他拖入一场无休无止的官司，进行了不屈不挠的斗争；结果是碰得头破血流，最后在贫病中死去。死前才痛苦地承认，自己的一切努力都是徒劳。值得玩味的是，在他的案子中，并没有谁有意和他为难，他甚至没有找到具体的对手。使他陷入绝境的是那高高在上、不可动摇的大法官法庭。这种构思已经有了卡夫卡《城堡》的意境。《双城记》中的梅尼特医生则是另外一种情况。出于对女儿的爱，他到巴黎来营救女儿的丈夫、仇人的后代代尔那，凭着自己的声望和在巴士底狱坐过19年牢的经历，他顺利地救出了代尔那，但是接着又因为他自己在狱中所写的对厄弗里蒙地家族的一份控告书而将代尔那重新送进监狱。作为一个巴士底狱曾经的囚犯、一个广施善缘的医生，梅尼特自信自己有能力救出代尔那，然而，在大革命的汹涌大潮中，个人的那点声望与经历根本算不了什么。"即使共和国要求你牺牲自己的女儿，你也有义务那么做。"① 革命法庭的法官这样告诫他。梅尼特无力回天，只好在神智失常中寻找逃避之路。狄更斯也许是想借这一情节强调仁慈的重要，复仇之心的不可取，但它却从一个侧面彰显了个人在社会面前的渺小与无能为力。

与传统的人物形象相比，狄更斯笔下的这些人物，可以称为先锋人物。但是与20世纪西方文学中的先锋人物相比，狄更斯作品中的先锋人物还不典型。除了这些人物只是分布在狄更斯作品中的若干个点，没有形成面、形成系统之外，更重要的，狄更斯作品中的先锋人物是挂靠在理性的框架之上的。这有两重含义。一重含义是狄更斯笔下的先锋人物在作品中没有占据主导地位，他们存在于众多的传统人物之中。另一重含义是他们虽然具有现代性和后现代性的因素，但他们的行为仍能从理性的角度加以解释，有的甚至还是他们理性思考的结果。如《远大前程》中的匹普，他无可救药地爱上艾丝黛位，除了因为艾丝黛拉确实长得漂亮之外，也因为她代表了他所向往的上层社会的生活。而美国作家麦卡纳斯的《伤心咖啡馆之歌》中，能干富有的爱密利亚小姐不爱俊美男子马西，却爱上了一个来历不明的驼背李蒙。而李蒙则不仅不受宠若惊，反而时吐怨言，最后又帮助马西打败爱密利亚，席卷爱密利亚的财富扬长而去。而爱密利亚却不仅不恨李蒙，反而时时眺望他出走的小路，似在希望他有朝一日能够归来。小说用爱的荒谬来极写人的孤独。但这种荒谬却很难用理性与常识来加以解释。这种在20世纪西方文学中典型的现代主义和后现代主义人物在狄更斯作品中很难见到。但狄更斯笔下的先锋人物却预示了他们的存在。这正是不少西方评论家认为狄更斯具有现代主义色彩的重要原因之一。如安德鲁·桑德斯。桑德斯在狄更斯那里发现了现代主义小说家的起源，认为狄更斯无疑是"维多利亚时代最具代表性的作家，在21世纪狄更斯是最值得我们批评界关注的作家"②。因为他在对传统的继承中开启了20世纪以及21世纪文学创作某些方向。

---

① 狄更斯：《双城记》，宋兆霖译，浙江工商大学出版社2012年版，第284页。
② Andrew Sanders：*Dickens and the Spirit of the Age.* Oxford Clarendon Press，1999，p. 13

除了上述四个方面，跨时代因素在狄更斯小说的其他方面也存在着，如对哥特因素的继承与发展，小说叙述技巧中隐含的电影元素①、象征、物化描写等艺术手法的运用等。从文学特别是小说发展史的角度看，狄更斯处于极其重要的时期。在他所生活的这一时期，西方小说从发展走向成熟，小说创作极其活跃，社会的各种矛盾与发展趋势都在小说中得到了表现。在这承前启后的过渡时期，狄更斯的小说既连接了过去，又启示着未来，这正是其永久的魅力之一。

第五节　狄更斯人道主义的道德内涵

在近两百年的狄更斯学术史上，人道主义思想是批评家们探讨的一个核心的问题。但恰恰在这个核心问题上，人们的观点不尽一致。笔者以为，人们对狄更斯的思想与创作的许多不同有时甚至是矛盾的看法，在很大程度与大家对其思想的核心——人道主义看法的分歧密切相关。因此，重新审视狄更斯的人道主义，弄清其具体内涵，有助于对狄更斯及其创作的理解，统一大家的思想认识。

一　狄更斯的人道主义与他的道德观

狄更斯是一个人道主义作家，人道主义是他生活与创作的基本指导思想。这一点已成中外批评家的共识。但是，对其人道主义思想的内涵，不同的批评家则有不同的看法。西方批评家比较重视狄更斯的仁爱精神，社会和谐的思想。艾德加·约翰逊指出，狄更斯不反对自我之爱，但是"自我的爱只有在和别人进行兄弟般的交往中才会变得健康和有成效"②。而中

---

① 约·劳逊在《电影与小说》中指出："许多出色的电影创作人员都承认小说对自己有帮助，特别是从19世纪的小说大师得到教益。格里菲斯从狄更斯那里学到了很多重要的东西，爱森斯坦发现狄更斯的叙述技巧体现了蒙太奇的原则。冯·斯特劳亨摄制《贪婪》的时候曾经说过，他要用狄更斯、莫泊桑、左拉和弗兰克·诺里斯的方式反映生活。"［美］约·劳逊：《电影语言四讲（四）：电影与小说》，齐宙译，中国电影出版社1961年版。
② 艾德加·约翰逊：《〈圣诞欢歌〉和经济的人》，《狄更斯评论集》，上海译文出版社1981年版，第204页。

国批评家则比较重视狄更斯人道主义的两面性。杨耀民认为:"狄更斯深挚地同情穷人、被压迫的阶级,但是又不赞成他们的彻底解放;对统治集团、代议政府失去信心,但又害怕革命;批评资本主义社会的思想意识、道德风尚的一些表现,但又为这个社会流行的政治、社会、道德观点所局囿、所左右。这些看来矛盾的现象是有统一的思想和阶级基础的。他的立场是民主主义的小资产阶级的立场,他的指导思想是人道主义。"[①]也有一些批评家看到了狄更斯重视道德的一面。乔治·吉辛认为:"狄更斯从来没有停止过道德说教,他把这看作自己的责任。"[②] 可惜吉辛没有就此展开。

其实,道德与人道主义在狄更斯这里是结合在一起的。道德是狄更斯人道主义的主要内涵,而人道主义则是狄更斯道德体系的基础与核心。

狄更斯是一个人道主义者,但他并不以深刻的思想见长。不少评论家曾指出过这一点。埃德加·约翰逊认为,狄更斯主要不是一个有系统的思想家,而是一个富有感情的人。[③] 弗兰茨·梅林指出,狄更斯缺乏思辨的天赋与爱好。[④] 乔治·奥威尔认为,狄更斯的激进主义非常含混不清,甚至他对自己攻击的这个社会的性质也没有明确的理解,他只是出于感情的概念,认为这个社会出了毛病,他最后能说的只是,"为人行事要正派"[⑤]。乔治·吉辛断言:"狄更斯没有任何真正的历史知识,也并不真正理解历史意味着什么。"[⑥] 雷克斯·华纳则写道:"狄更斯不是一个哲学家,他在作品中所涉及的宗教的和哲学的理论似乎并不比菲尔丁和斯摩莱特的理论更为深刻。他继承了这两位流浪汉小说家的传统。……可以肯定地说,狄更斯批判了生活中经济的和社会的基础;但他只是从感情出发,而不是从

---

① 杨耀民:《狄更斯的创作历程与思想特征》,《文学评论》1962 年第 6 期。

② 乔治·吉辛: *Charles Dickens A Critical Study*, p. 80, Huskell House Publisher, LTD. , 1974。

③ 埃德加·约翰逊:《狄更斯——他的悲剧与胜利》,林筠因等译,天津人民出版社 1992 年版,第 736 页。

④ 弗兰茨·梅林:《查尔斯·狄更斯》,《狄更斯评论集》,上海译文出版社 1981 年版。

⑤ 乔治·奥威尔:《查尔斯·狄更斯》,《狄更斯评论集》,上海译文出版社 1981 年版。

⑥ Goerge Gissing: *Charles Dickens A Critical Study*, p. 197, Huskell House Publisher, LTD. , 1974.

哲学的角度去进行批判的。"① 自然，这些评论有些是过于严峻。应该说，狄更斯的思想还是比较广博的，对于社会、人生，有着自己的观察、思考与判断。这在他的创作中处处都有体现。他的《游美札记》一个最重要的特点，就是他对任何事情都自信地保持着自己的判断，不受其他任何人和任何观点的影响。但是，他的思考与判断在许多领域都没有超出当时一般人文知识分子所了解的范围，而且系统性也不够强，有些方面明显的是接受了别人的观点，这也是事实。比如他的历史观，很大程度上是受了卡莱尔的影响——虽然他后来对卡莱尔失去了敬意。另一方面，从社会的角度看，维多利亚时代精神趋向于实用，而不是纯理论的探讨。在这种大环境下，狄更斯的思想不很深刻，也是很自然的。

狄更斯真正有深刻洞察的，是道德与人性两个领域。后者构成他的人道主义思想的基础，前者构成其主要内容。狄更斯观察社会，是从人与人个体之间的关系出发的，其人道主义思想也主要在对这些关系的处理之中体现出来，因此，道德很自然地成为其中的主要内容。作为一个思想家，狄更斯是不深刻的，作为一个道德家，狄更斯却是杰出的。后半句话至少有三层意思：首先，在伦理道德领域，狄更斯有深入的思考，形成了自己的见解，有些是比较独特的；其次，狄更斯的道德观形成了一个完整的体系；再次，狄更斯坚持不懈地进行道德宣传，并且时刻注意把它们在自己的创作中体现出来。

狄更斯的道德系统可以分为三个层次。在《大卫·科波菲尔》中，大卫的姨婆曾嘱咐大卫："永远不要在任何事上卑劣；永远不要做假；永远不要残忍。免除这三种罪恶，特洛，我可以永远对你怀抱希望。"② 卑劣、做假、残忍的反面是高尚、诚实、仁爱，这三点是狄更斯道德体系的核心层次。中间层次是正直、勇敢、无私、利他、厚道、温柔、忠诚、通情达理等品质。表面层次则指人们的教养、生活作风、处世态度等，如文雅、谦和、稳重、严谨、有礼貌、自尊、尊重别人、举止得体等。狄更斯欣赏

---

① 雷克斯·华纳：《谈狄更斯》，《狄更斯评论集》，上海译文出版社1981年版，第162—163页。
② 《大卫·科波菲尔》英文版第182页，牛津大学出版社1983年版，译文引自董秋斯译本。

的是一种有教养的绅士风度。他对当时美国人的粗鲁、不懂礼貌、随地吐痰等习气十分反感，在给福斯特的信中写道：“但是我不喜欢这个国家。……它与我的性情格格不入。……我认为任何英国人都是不可能在这里生活并且幸福的，绝不可能。”①

我们知道，英国维多利亚时代以讲究道德而著名。英国资本主义在19世纪得到了长足的发展，为了维护自己的统治，根据自己的利益规范人们的行为，英国资产阶级祭起了“道德”这个法宝，把自16世纪以来的英国清教徒道德发展到了登峰造极的程度。

狄更斯对当时的社会道德有屈从的一面。比如在对性的看法上，维多利亚时代强调性的纯洁，反对在一切公开场合谈论与性有关的任何问题。狄更斯对此是颇有微词的，在现实生活中，他也有时违反这种道德，但总的来看，他是遵循了这种道德的，特别是在创作中。对社会道德狄更斯也有发展的一面。他对当时英国颇为流行的实用精神是不赞成的，在《艰难时世》中做了很好的讽刺与批判。他也反对当时社会道德中过于严峻的一面。但是，狄更斯的个人道德更多的与社会道德是同一的。他的发展一般也是沿着这个方向进行的。

文学作品中的道德内容，既有社会方面的因素，又有作者本人的因素。但由于狄更斯本人的道德观与当时社会提倡的道德观基本吻合，表现在狄更斯长篇小说中的道德思想大体上也就是作者自己的道德思想，只是前者更加纯洁、美好，更带理想的色彩。比如在小说中，狄更斯宣扬绝对的仁慈、完全的利他。他笔下的正面主人公很少惩罚恶人，很少注意自己的利益。而在现实生活中，狄更斯显然认为，适当地注意个人利益，并不违反道德。他对国际版权的大力呼吁和坚持就是一个明证。对于现实生活中的恶人，他也不主张绝对的心慈手软。

由此可见，狄更斯作品中的道德观、狄更斯个人的道德观和当时社会提倡的道德观，具有内在的一致性，只是越在前面，就越纯洁、美好，越带理想化的色彩。在下面的讨论中，我们所说的道德，主要是指体现在狄

---

① 转引自杨耀民《狄更斯的创作历程与思想特征》，《文学评论》1962年第6期。

更斯作品中的道德。

二　道德：狄更斯创作的目的与出发点

道德，是狄更斯认识、评价社会生活的一个主要出发点。这一点在他对美国社会的评价中表现得很明显。狄更斯曾向往过"自由和民主"的美国，但 1842 年到美国访问之后，这种向往却大大地打了折扣，甚至导致了他某种程度的厌恶。主要原因之一便是美国人喜欢看热闹、管闲事、浮夸、无聊、爱好自我吹嘘、唯"美"独尊、夜郎自大、乱嚼烟草、随地吐痰等。当然，他也看到了一些更为本质的东西。他看到了美国社会自由、民主的虚伪，看到了弥漫全美的拜金主义风气。在《马丁·朱述尔维特》中，他讽刺地写道："他们的一切忧乐、爱憎、希望、德行，与聚散之迹，都似乎已经熔化成金元了。"[1] 他对美国的蓄奴制度感到愤怒，在《游美札记》中，专辟一章做了猛烈的抨击。但是，他的这些观察与批判，主要仍是从道德的角度出发的。他同情黑人，认为蓄奴制的存在是可耻的，但同时又觉得黑人太愚蠢，不配享有民主权利。他没有看到，黑人是否能够享有民主权利首先是一个政治、经济的问题。他希望看到那种不需要斗争和暴力便可以解决社会问题的人道的政治制度，那种保留私有财产条件下的天下一家的理想。然而美国没有这些，于是他感到"很失望，这不是我要看的共和国，这不是我想象中的共和国，我宁取开明君主制——即使有伴随着它的使人厌恶的朝廷公报——我不取这样一个政府"[2]。这与马克思、恩格斯对美国的评价有很大的区别。在《反杜林论》中，恩格斯严厉批判了美国宪法允许奴隶制的存在，同时又肯定了它是世界上最先承认了人权的资产阶级宪法。[3] 在致威士涅威茨基夫人的信中，恩格斯分析了人们对美国的幻想破灭的原因："因为美国毕竟是一切资产者的理想：一个富裕、辽阔、正在发展的国家，建立了没有封建残余或君主制传统的纯资产阶级

---

① 《马丁·瞿述伟》上册，叶维之译，上海译文出版社 1983 年版，第 387 页。
② 见狄更斯给麦克莱迪的信，转引自扬耀民《狄更斯的创作历程与思想特征》，《文学评论》1962 年第 6 期。
③ 参阅《马克思恩格斯选集》第三卷，人民出版社 1992 年版，第 145—146 页。

的制度，没有固定的、血统的无产阶级。这里每一个人如果不能成为资本家，也一定能成为独立的人，可以用自己的资金从事生产或商业，由自己承担一切责任。由于这里在此之前还没有利益对立的阶级，所以我们的（以及你们的）资产者曾经认为，美国是凌驾于阶级对抗和阶级斗争之上的。这种幻想现在破灭了，地球上资产阶级的最后一个天堂正在迅速地变为涤罪所，而只有刚成长起来的美国无产阶级的迅速发展，才有可能使它不致像欧洲那样变为地狱。"① 这里运用的主要是历史、社会、政治的观察方法，与狄更斯的不同是很明显的。

道德也是狄更斯小说创作的主要目的之一。他曾表示："只要我还有思想和把它说出来的能力，我就要坚持攻击残暴和压迫……"② 他"相信衣衫褴褛的人们也会呈现美德，和穿紫着红的人一样。我相信每天吃最小的一块面包的最穷苦的穷人，也多少会欣赏美德和大自然的一切美好事物。我相信美德有时穿着鞋，有时也会赤着脚。我相信美德通常在小街陋巷中，而不是在厅堂里"。"只要对穷人稍有了解的人，没有一个不深为他们的忍耐，不为他们在劳动中，在苦难的日子里，以及死神来到他们头上的时刻所表现出来的那种毫不犹豫地帮助别人的美德所感动。"他认为："到图书协会这样一个地方来努力求知的每一个人，他得到的第一件无价之宝就是自尊心……学得愈多，就会变得愈好，愈加温和，愈加和蔼。"他呼吁培养人们的"健康的原则性，优良的品质、希望、信心和仁慈"。号召"当众揭露各种各样的卑鄙、虚假、残暴和压迫"，并且坚信，"在高处的事物不一定就高；在低处的也不一定就低"③。这些观点和信念，成为他的创作的基本出发点，他努力在小说中把它们表现出来，以起到对社会的教化作用。

狄更斯常从道德的角度出发，描写他的人物。他的小说中，常常出现一些幸福的小圈子，如《匹克威克外传》中的匹克威克圈子，《尼古

---

① 《马克思恩格斯全集》第 36 卷，人民出版社 1974 年版，第 481 页。
② 1841 年 4 月 8 日致一位隐名的非国教牧师的信。
③ The Speeches of Charles Dickens, p. 18, p. 24, pp. 48 - 49, p. 87, p. 24, ed., K. J. Fielding, 1966.

拉斯·尼克尔贝》中的契里布尔圈子，《董贝父子》中的瓦尔特圈子，《双城记》中的露茜圈子，《我们共同的朋友》中的鲍芬圈子，等等。狄更斯对这些小圈子的评价极高。在人欲横流的社会里，它们就像沙漠中的一片绿洲。但狄更斯的这些小圈子，主要还在于其道德上的美好，如契里布尔小圈子。在实践中他们既没涉及政治活动，也没参与重大的历史事件。在经济上他们主要经营海外贸易，但小说中只是简略交代，一笔带过。在思想上，他们在政治、宗教、哲学、历史等任何方面，都没有表现出什么先进的见解。然而，他们仁慈、善良、忠诚、慷慨大方、互相关心、互相帮助。在这里，雇主尽量减轻雇员们的工作，而雇员则尽力多做工作，大家像一家人一样。小说中，一个工人死了，有人到契里布尔兄弟处募捐，他们不仅每人认捐20镑（在当时是个不小的数目），而且非常感谢那位前来募捐的人，因为他使他们避免了一个可能有的疏忽。他们手下一个叫铁姆的职员过生日，两兄弟要走了铁姆的旧鼻烟匣做纪念，却回赠了一个金鼻烟匣和一张比这个烟匣的价值多十倍的支票。狄更斯用大量类似的事情为读者勾画了一个理想世界的雏形，一个道德完美的榜样，以供世人仿效。

有时，一些从其他角度难以理解的东西，转到道德的角度，便一目了然了。米歇尔·斯莱特曾从个性的角度，指出在狄更斯创作中期，其长篇小说中出现了很多感情压倒理智的激情妇女的形象，如《董贝父子》中的艾迪丝、《小杜丽》中的克林兰姆夫人、《荒凉山庄》中的凯蒂·杰利比、《远大前程》中的赫薇香小姐等。他正确地指出，她们虽然个性特征相同，但结局却不一样。然而从斯莱特的分析中，我们却很难看出结局不一样的原因。[①] 但是，如果我们换一个角度，从道德方面考虑，眼前便豁然开朗了。克林兰姆夫人受到的惩罚最重，是因为她的道德品质最为低下。她那残忍的报复，不仅大大超过了需要的程度，而且使一些无辜的人跟着受害，如阿瑟·克林兰姆、小杜丽等。而凯蒂得到圆满的结局，则是因为她具有好的品质，诚实、善良、不记仇恨、有一定的慈爱精神。

---

① Michael Slater: *Dickens and Women*, Ch. 12, J. M. Dent and Sons Ltd. , 1983.

三 道德：狄更斯小说思想内容的基本组成部分

道德既是狄更斯认识评价社会、作品的主要出发点和创作目的之一，它也就必然成为其小说思想内容的一个基本组成部分。这在其小说的基本主题、小说中的人物与事件等方面都体现了出来。

安德烈·莫洛亚认为：狄更斯在他的小说中，"总是在追索一个道德方面的主题。他要披露一样东西，他要谴责一种恶行"①。狄更斯长篇小说的基本主题，有的本身就是一个道德问题。如《董贝父子》批判傲慢，《马丁·朱述尔维特》批判自私，小说的整个构思便是围绕这个中心展开的。有些小说的基本主题不属道德的范畴，但道德仍是小说思想内容的中心之一。如《荒凉山庄》，其基本主题是批判当时的法律制度和法律机构，但这种批判仍是建立在道德的基础之上的，在批判的同时，作者又对自己的道德思想做了充分的表述。

人物与事件是构成小说的基本材料。狄更斯小说的人物与事件都有丰富的道德内涵。如《双城记》中的代尔那、厄弗里蒙地侯爵和卡尔登。

查理斯·代尔那面貌英俊、举止文雅，为人真诚、严谨，待人客气、有礼。他爱上了路茜，一往情深。但他并不把自己的感情强加于她。他愿意耐心等待，一直到路茜自己也有了这个愿望的时候，才愿向她打开自己的心扉。他为自己家族过去的罪恶感到痛苦，厌恶叔父厄弗里蒙地的飞扬跋扈，自动放弃了贵族的称号，抛弃了安享尊荣的闲适生活，独自来到英国，靠教法语自食其力。他与自己家族的联系并不紧密，但是当法国大革命爆发，他家的管家盖白勒被监禁时，他为了维护仁爱与人道，只身去巴黎营救，不料身陷囹圄，最后被处死刑。但他关心的却不是自己，而是妻女与岳父的安危。这是狄更斯理想的青年形象。

厄弗里蒙地侯爵长相文雅，然而作者着重描写的是他那假面具似的面孔与鼻子上的两个凹洼，整个人给人一种阴险、虚伪、残忍的感觉。他顽固地坚持贵族特权，作恶毫无顾忌，压死平民的孩子，就像压死一条狗一

---

① 安德烈·莫洛亚：《狄更斯评传》，朱延生译，山西人民出版社 1984 年版，第 106 页。

样。他毫无仁爱之心，一个农妇请求他给她一块小板或一块石头，刻上名字放在她丈夫的坟前，以便日后容易辨认，他却毫不客气地拒绝了。他把农民不当人，杀死了一个农家少年，反而感到耻辱，认为由他亲手杀这样的"贱货"有损其家族的尊严。就连梅尼特医生这样有一定社会地位的人，在他眼里也不算一回事，只要稍微对他不利，照样送进巴士底狱。这是狄更斯笔下恶的典型。

西得尼·卡尔登的性格要复杂一些。他有些不良品质。他因生活上的挫折，对前途失望。他厌恶社会却又无力反抗，逐渐变得放荡不羁、玩世不恭、懒散、自甘堕落。他也知道自己的这些缺点，但却无力改正。对此，作者做过一定的批判。但卡尔登的本质是好的，内心深处存在着一种伟大的利他主义精神。他爱上了路茜，但知道自己不能给她带来幸福，主动退出情场角逐。这一精神后来在他代替代尔那走上断头台，为自己的心上人路茜的幸福献出宝贵生命的这一壮举中发展到了顶峰，是狄更斯小说中利他主义的典型。

这样的人物可以举出很多组，如《奥列弗·退斯特》中的奥列弗、费金、南茜，《老古玩店》中的小耐儿、奎尔普、斯威夫勒，《艰难时世》中的斯蒂芬、庞得贝、葛擂硬，《大卫·科波菲尔》中的艾妮斯、希普、密考伯，《远大前程》中的乔、奥立克、匹普，等等。在作者的评价体系中，每组人物大致都包括一个正面人物、一个反面人物、一个中间人物。他们虽然性格各异，但道德因素都在其中占据了举足轻重的地位。其中正面人物都具备狄更斯理想的道德品质，反面人物都违反这些道德原则，中间人物则具有好、坏两种道德因素。

人物的道德与人物的命运是紧密联系在一起的。狄更斯强调扬善惩恶。他不能容忍道德低劣者有幸福的结局，他总是把好的命运赋予那些道德上的正面人物。如果把人物的道德与人物的命运组成一个直角坐标系，我们便可看出，狄更斯笔下人物的命运一般是与其道德品质成正比的，道德正，命运也为正，道德负，命运也为负。如《双城记》，前者有梅尼特、露茜、代尔那等，后者有厄弗里蒙地等。只有少数人物，道德为正，而命运为负，如卡尔登，再如《老古玩店》中的小耐儿，这一般造成崇高的氛围或悲剧的品质。但道德为负的，命运上绝不可能为正。① 有些人物，从其他方面来看，可能是进步的，但在道德上是否定的，因此他们的命运也是否定的，如得伐石太太。而她丈夫，虽然也同样是个坚定的革命者，但他尚有仁爱恻隐之心，因此结局就不一样。还有些人物，其道德中有正反两种因素，但有的正面因素为主，性格呈正面色彩；有的反面因素为主，性格呈反面色彩，他们的命运便由此决定。如《我们共同的朋友》中的尤金和《艰难时世》中的赫德豪士。两人都受过很好的教育，年少风流，都同样对生活感到厌倦，没有生活的目标，又同样试图引诱一个年轻女子。但尤金在道德方面有高尚、诚实、正直的一面，不像赫德豪士那样不负责任、无耻，因而结局就大不一样。尤金娶了自己心爱的女子，并改正缺点，过上了幸福的生活，而赫德豪士却丑行暴露，只好避居国外，躲避风头。

再看狄更斯小说中的事件。

事件本身无所谓道德与否，但事件是由人发动、由人参与并影响到人的，而人则是有道德的，这种情况便可能影响到事件，使其在一定程度上与道德挂起钩来。由于狄更斯重视对人物性格中道德因素的揭示与描写，因此，从道德的角度看，狄更斯小说中的事件许多不是中性的，它们往往带有一定的道德色彩，甚至在某些方面与道德评价挂起钩来。这有三种情况。第一种情况是它们本身直接造成了好的与坏的结果。如《荒凉山庄》中贾迪斯的收养埃丝特。它使这个孤苦无依的孤女免除了衣食之虞，使她能够健康成长，成为一个对社会对众人有用的人。第二种情况是事件参与者的动机的好坏。如《荒凉山庄》中格皮向埃丝特的求婚，这本是一种正常现象。但由于格皮的私心，使这一事件带上了轻微的否定色彩。还有些事件不一定与道德有关；但它对人物产生了较大的影响，因而也与道德有所联系，这是第三种情况。如《荒凉山庄》中理查德全身心地投入贾迪斯控贾迪斯案，花费了大量的时间，终于发现了一份有可能使案件了结的遗

---

① 狄更斯的小说中，也有一些人物道德败坏，但遭遇并不坏。如《匹克威克外传》中的道逊与福格，《大卫·科波菲尔》中的摩德斯通等。不过，这类人物作者的重点是批判他们的恶，而没有有意识地描写他们的命运。两者形不成对比。故本书不加考虑。

嘱，但人们还未来得及研究这份遗嘱的真假，案件本身便因遗产被耗尽而不了了之，理查德本人也在这一打击下死去。理查德着迷于贾迪斯控贾迪斯案，与他同律师霍尔斯的认识有关，而他之所以能与霍尔斯认识是由于斯金波的介绍。就这种介绍本身来说并没什么善恶的成分，但由于它带来了一系列严重的后果，这一事件本身也就带上了否定的色彩。小说正面女主人公埃丝特就认为斯金波把霍尔斯介绍给理查德是不妥的。

四 从道德的角度理解狄更斯的人道主义

人道主义作为一种思潮，在西方是从文艺复兴时期开始的，它的基础是一种抽象而普遍的人性。人道主义者从人性出发，建立自己的思想体系，人性既是他们的理论的出发点，也是他们的理论的依据。狄更斯长篇小说中的人道主义也是建立在人性的基础之上的。狄更斯理解的人性是人类共通的属性，他的人道主义思想就是以此为出发点的。他强调"人类之爱"，这是他人道主义思想的重要核心之一。他笔下的正面主人公几乎都是按照"爱"的原则行动的。但狄更斯所理解的人性不是一种历史的具体性，而是一种思想的抽象性的，他往往是从善恶的角度来理解、描写人性。这样，他的人性便与道德挂起钩来，并经常以道德的形式表现出来。因此，在狄更斯的作品中，道德与人性本质上是同一的。在具体的表现上，符合道德的东西往往也是符合人性的。道德与人性构成了狄更斯小说人道主义思想的主要内容。而由于人性往往通过道德表现出来，因此，狄更斯小说的人道主义更多地表现在道德的领域。

理解了这一点，狄更斯小说思想内容方面的很多问题也就迎刃而解了。比如，狄更斯的作品对当时的英国社会进行了广泛的批判。这种批判的基础和出发点是他的人道主义。而他的人道主义的基础是人性，主要内涵是道德，这样，狄更斯小说中的社会批判便与他的道德体系与人性观紧密地联系起来。作者把道德—人性的标准运用到社会生活之中，对符合这一标准的加以肯定，对不符合这一标准的加以批判。因此，狄更斯小说中的社会批判与他的道德体系与人性观实际上有着内在的一致性。如在《双城记》中，他既同情革命爆发前的人民的苦难，肯定他们的反抗斗争，又反对革命爆发后的人民的报复，批判他们的残暴与疯狂。因为在他看来，这都是违反人性与道德的。看似矛盾的态度，其实有着内在的一致性。我们可以从中分析狄更斯人道主义的进步性与局限性，却不能批评作者在对待法国大革命问题上的态度自相矛盾。因为他的评价标准不是历史的，而是道德的、人性的。

从这个角度出发，我们可以说，对社会的批判、对人性的探索和对道德的弘扬，是狄更斯小说思想内容的三个主要侧面。这三个侧面在其人道主义思想的统领之下，既各自独立又相辅相成，共同构成一部复杂而又和谐的狄更斯小说思想内容的三重奏。只有从这个角度出发，我们才能更加准确地把握狄更斯小说复杂的思想内容，也才能更加深刻地理解他的人道主义。

重要文献目录

一 专著

1. 林纾：《林纾文选》，许桂亭选注，百花文艺出版社 2006 年版。

2. 罗经国：《狄更斯评论集》，上海译文出版社 1981 年版。

3. 陈挺：《狄更斯》，辽宁人民出版社 1982 年版。

4. 张玲：《英国伟大的小说家——狄更斯》，北京出版社 1983 年版。

5. 朱虹：《狄更斯小说欣赏》，山西人民出版社 1985 年版。

6. 傅先俊：《英国批判现实主义文学大师狄更斯》，商务印书馆 1989 年版。

7. 王治国：《狄更斯传略》，上海文艺出版社 1991 年版。

8. 谢天振：《深插底层的笔触：狄更斯传》，世界图书出版公司上海分公司 1994 年版。

9. 赵炎秋：《狄更斯长篇小说研究》，社会科学文献出版社 1996 年版。

10. 薛鸿时：《浪漫的现实主义：狄更斯评传》，社会科学文献出版社 1997 年版。

11. 徐澜：《狄更斯：我撞上了你的眼睛》，远方出版社 1997 年版。

12. 车雷：《雾都明灯：狄更斯传》，河北人民出版社 1999 年版。

13. 罗经国：《狄更斯的创作》，辽宁大学出版社 2001 年版。

14. 童炜钢：《狄更斯》，海天出版社 2006 年版。

15. 童真：《狄更斯与中国》，湘潭大学出版社 2008 年版。

16. 赖干坚：《狄更斯评传》，学林出版社 2012 年版。

17. 王星：《七部名著读伦敦：寻找狄更斯》，生活·读书·新知三联书店 2014 年版。

18. 严幸智：《狄更斯与他的时代》，广西师范大学出版社 2014 年版。

19. 孟晓媛、刘继东：《狄更斯》（走进世界文豪系列丛书），辽宁人民出版社 2014 年版。

20. 赵炎秋编选：《狄更斯研究文集》，译林出版社 2014 年版。

21. 赵炎秋、刘白、蔡熙：《狄更斯学术史研究》，译林出版社 2014 年版。

二 论文①

1. 晚清与民国时期

1. 林纾：《〈滑稽外史〉短评数则》，载狄更斯《滑稽外史》，林纾、魏易译，商务印书馆 1907 年版。

2. 林纾：《〈孝女耐儿传〉序》，载狄更斯《孝女耐儿传》，林纾、魏易译，商务印书馆 1907 年版。

3. 林纾：《〈块肉余生述〉前编序》，载狄更斯《块肉余生述》，林纾、魏易译，商务印书馆 1908 年版。

4. 林纾：《〈块肉余生述〉后编识》，载狄更斯《块肉余生述》，林纾、魏易译，商务印书馆 1908 年版。

5. 林纾：《〈贼史〉序》，载狄更斯《孝女耐儿传》，林纾、魏易译，商务印书馆 1908 年版。

6. 林纾：《〈冰雪因缘〉序》，载狄更斯《孝女耐儿传》，林纾、魏易译，商务印书馆 1909 年版。

7. 《迭更司百周之纪念品》，《小说月报》1911 年第 4 期。

8. 庐隐：《艺苑余谈：英国小说之作家·推迭更斯氏为巨擘》，《青年》1911 年第 14 卷第 8 期。

9. 孙毓修：《欧美小说丛谈·司各德、迭更斯二家之批评》，《小说月报》1913 年第 4 卷第 3 号。

---

① 国内狄更斯研究论文特别是 21 世纪的狄更斯研究论文数量较多，本书做了一些挑选，部分论文没有收入。

10. 孙毓修：《耶稣诞日赋》，《小说月报》（五卷）1915 年第 10 期。

11. 谢六逸：《西洋文学发达史》，《小说月报》1922 年第 13 卷第 6 号。

12. 伍光建：《劳苦世界译者序》，《民众文学》1926 年第 13 卷第 14 期。

13. 小泉八云：《十九世纪前半世纪英国的小说家》，《奔流》1929 年第 1 卷第 8 期。

14. 梅林格：《论狄更斯》，画室译，《语丝》1929 年第 5 卷第 14 期。

15. 韩侍桁辑译：《十九前半世纪英国的小说》，《奔流》1929 年第 1 卷第 8—10 期。

16. 樱宁：《近代名人介绍：狄更司》，《循环》1931 年第 1 卷第 25 期。

17. 凯瑟琳·M. 格林（Katharene M. Green）：《迭更斯著作中的男孩》，上海广学会 1932 年版。

18. 高倚筠：《狄更斯的"耶稣传"》，《新垒》1934 年第 4 卷第 5 期。

19. P. W. 威尔逊（Wilson, P. W.）：《英国文坛新发现，不列颠博物院秘档纪：小说名家狄更斯夫人之泪史》，兆素译述，《国闻周报》1934 年第 11 卷第 26 期。

20. 威尔逊：《十九世纪英小说家查理·迭更斯的悲剧》，丁咏璐编译，《行健月刊》1934 年第 3—5 期。

21. 佩弦：《文人宅》（伦敦杂记之四），《中学生》1935 年第 55 期。

22. 平万：《小说名家狄更斯之奋斗》，《自修杂志》1936 年第 1 卷第 2 期。

23. 鲁宾斯太因：《迭更斯的碰壁》，《译文》1936 年新 1 卷第 1 期。

24. 赛珍珠：《我对迭更司所负的债》，克夫译，《译文》新 3 卷第 3 期。

25. 天虹译：《狄更斯〈匹克威克遗嘱〉百年纪念》，《文学》1936 年第 6 卷第 4 期。

26. 徐行：《狄更斯之研究》，《礼拜六》1936 年第 632 期、第 633 期、第 634 期。

27. ［苏］亚尼克尼斯特：《迭更司论——为人道而战的现实主义大师》，许天虹译，《译文》1937 年新 3 卷第 1 期。

28. 莫洛亚：《狄更斯与小说的艺术》，许天虹译，《译文》1937 年新 3 卷第 1 期。

29. 兰光译：《年青的狄更斯》，《译文》1937 年新 3 卷第 1 期。

30. 《迭更斯的晚年》，《文学》1937 年第 8 卷第 6 期。

31. 樱宁：《狄更斯（Charbes dickens，一八一二至一八七〇）》，《循环》第 1 卷第 25 期。

32. 次亭：《狄更司其作品》，《心声周刊》1939 年第 1 卷第 2 期。

33. 周楞伽：《狄更斯论》，《小说月刊》1940 年第 4 期。

34. ［法］莫洛亚：《迭更司的哲学》，天虹译，《现代文艺》1941 年第 2 卷第 6 期。

35. 弗斯特（现通译福斯特），怀谷译述，《狄更斯的生活与著作》，《金沙》第 1 卷第 4 期。

36. 戴烨：《迭更斯的〈双城记〉》，《新学生月刊》1943 年第 2 卷第 1 期。

37. 天虹：《关于迭更司和"匹克维克遗稿"》，《改进》1943 年第 8 卷第 1 期。

38. 之青：《小说家迭更司》，《民力副刊》第 205 期、第 206 期、第 207 期。

39. 陈伯吹：《大作家与小孩子：儿童文学研究的一章：狄更司笔底下的孩子们》，《文化先锋》1944 年第 4 卷第 1 期。

40. ［苏］N. 亚坡斯陀洛夫（N. Apostolov），《托尔斯泰与狄根斯》，刘思源译，《锻炼》1944 年第 2 期。

41. 邹绿芷：《狄更斯——英国伟大的讽刺作家》，载狄更斯《黄昏的故事》，邹绿芷译，1946 年 1 月。

42. 金钧：《英国文豪狄更司》，《幸福世界》1946 年第 1 卷第 3 期。

43. 天泽：《狄更司与其焦炭市》，《启示》1946 年第 5 期。

44. 董秋斯：《匹克威克外传识小》，《读书与出版》1947 年第 3 期。

45. 郁天：《迭更斯和他的〈双城记〉》，《文艺知识》1947 年第 1 集第 4 期。

46. 蒋天佐：《〈匹克威克外传〉译后杂记》，《人世间》1947 年第 4 期。

47. 珂洛连科：《初读迭更斯的〈唐贝父子〉》，何家槐译，《读书与出版》1947 年复 2 第 4 期。

48. 天虹：《关于迭更斯和〈匹克威克遗稿〉》，《改进》第 8 卷第 1 期。

49. 蒋天佐：《关于迭更司》，《文汇丛刊》1947 年第 4 期。

50. 郁天：《迭更斯和他的〈双城记〉》，《文艺知识》1947 年第 1 集第 4 期。

51. 何家槐：《初读狄更斯的〈唐贝父子〉》，《读书与出版》1947 年第 2 卷第 4 期。

52. 何家槐：《我是怎样开始认识狄更斯的》，《文艺春秋》1947 年第 4 卷第 4 期。

53. 郑朝宗：《论迭更斯的写作技巧："块肉余生记"的写作分析》，《明日文艺》1947 年第 1 卷第 6 期。

54. 林海：《〈大卫·高柏菲尔自述〉及其作者》，《时与文》1947 年第 2 卷第 24 期。

55. 董秋斯：《从翻译狄更斯说起》，《读书与出版》1948 年复 3 第 8 期。

56. 青苗：《〈双城记〉读后记》，《文讯》1948 年第 1 期。

57. 丰文起：《人物故事（一七则）：托尔斯泰论狄更斯》，《宇宙文摘》1948 年。

58. 曹湘渠：《史诗的两种写法：兼评〈双城记〉》，《离骚》1948 年第 2 期。

59. 汉弗莱·豪斯（Humphry Housg）：《英国社会问题小说家狄更斯的两个性格》，李联译，《谷雨文艺月刊》1948 年第 4 期。

60. 黎先耀：《迭更司的"人间地狱"》，《文讯》1948 年第 8 卷第 4—5 期。

61. 林海：《迭更司的写作技巧》，《时与文》1948 年第 3 卷第 12 期。

2. 新中国成立到 20 世纪 70 年代

1. 全增嘏：《读迭更斯》，《复旦学报》1955 年第 2 期。

2. 高殿森：《〈着魔的人〉译序》，上海文艺联合出版社 1955 年版。

3. ［苏］伊瓦雪娃：《关于狄更斯作品的评价问题》，李筱菊译，《文史译丛》1956 年第 1 期。

4. 吴柱存：《狄更斯和他的"奥利佛尔"》，《读书月刊》1956 年第 12 期。

5. 华林一：《谈谈狄更斯的〈劳苦世界〉》，《南京大学学报》1957 年第 1 期。

6. 林耳：《略谈"艰难世界"》，《文艺书刊》1957 年第 6 期。

7. 全增嘏、胡文淑：《〈艰难时世〉后记》，新文艺出版社 1957 年版。

8. 钟羽：《谈几部根据狄更斯作品改编的电影》，《中国电影》1957 年第 2 期。

9. 徐德谦：《"上等人"与"下等人"之间——影片〈孤星血泪〉观后》，《解放日报》1957 年 2 月 26 日。

10. 邵单：《看〈孤星血泪〉的一些印象》，《中国电影》1957 年第 2 期。

11. 王云缦：《关于〈孤星血泪〉的人物和情节》，《大众电影》1957 年第 2 期。

12. 海观：《影片〈孤星血泪〉告诉我们什么》，《人民日报》1957 年 3 月 8 日。

13. 佐里：《幽默与讽刺——看英国片〈匹克威克先生外传〉》，《新闻日报》1957 年 3 月 24 日。

14. 沙金娘：《匹克威克在银幕上》，李溪桥译，《电影艺术译丛》1957 年第 3 期。

15. 孙大雨：《狄更斯和他的〈匹克威克书简〉》，《人民日报》1957 年 4 月 19 日。

16. 袁湘生：《谈谈〈匹克威克外传〉》，《北京日报》1957 年 4 月 27 日。

17. 全增嘏：《介绍影片〈匹克威克外传〉》，《大众电影》1957 年第 5 期。

18. 天虹：《狄更司和〈匹克威克先生外传〉》，《浙江日报》1957 年 5 月 24 日。

19. 熊友榛：《〈雾都孤儿〉译者的话》，通俗文艺出版社 1957 年版。

20. 约翰·柏林、凯·提洛特点：《狄更斯的创作生活》，《译文》1957 年第 11 期、第 12 期。

21. 谢金良：《从〈双城记〉分析狄更斯的世界观》，《开封师范学院学报》1960 年第 5 期。

22. （河北大学）中文系外国文学评论组：《略论批判现实主义作家狄更斯》，《河北大学学报》1961 年第 00 期。

23. 蒋天佐：《狄更斯诞生 150 周年纪念》，《文汇报》1962 年 2 月 13 日。

24. 陈嘉：《论狄更斯的〈双城记〉》，《江海学刊》1962 年第 2 期。

25. 戴镏龄：《嫉恶如仇的狄更斯》，《羊城晚报》1962 年 5 月。

26. 柏园：《假使狄更斯今日重游美国——读狄更斯〈美国杂记〉所想到的》，《世界知识》1962 年第 5 期。

27. 范存忠：《狄更斯与美国问题》，《文学评论》1962 年第 3 期。

28. 姚遐：《狄更斯与〈圣诞述异〉》，《新民晚报》1968 年 6 月 8 日。

29. 牛庸懋：《查理斯·狄更斯》，《河南日报》1962 年 6 月 16 日。

30. 王科一：《"世界上是真正有所谓爱的"——漫谈狄更斯的〈艰难时世〉》，《文汇报》1962 年第 8 期。

31. ［苏］卢那察尔斯基：《查尔斯·狄更斯》，蒋路译，《世界文学》1962 年第 8 期。

32. 姚永彩：《从〈艰难时世〉看狄更斯——为纪念狄更斯诞生一百五十周年而作》，《南京大学学报》1962 年第 4 期。

33. 王忠祥：《英国杰出的现实主义作家狄更斯——纪念狄更斯诞生 150 周年》，《湖北日报》1962 年 12 月 19 日。

34. 王佐良：《狄更斯的特点及其他》，《光明日报》1962 年 12 月 20 日。

35. 辛未艾：《从〈艰难时世〉看狄更斯的创作倾向——纪念狄更斯诞生一百五十周年》，《文汇报》1962 年 12 月 25 日。

36. 杨耀民：《狄更斯的创作历程与思想特征》，《文学评论》1962 年第 6 期。

37. 晁涌：《怒火正在到处燃烧——读狄更斯〈游美札记〉有感》，《新民晚报》1963 年 9 月 5 日。

38. 赵萝蕤：《狄更斯与〈美国杂记〉》，《光明日报》1963 年 11 月 21 日。

39. 杨耀民：《狄更斯的〈双城记〉和人道主义》，《光明日报》1964 年 7 月 5 日。

40. 王忠祥：《论狄更斯的〈双城记〉》，《外国文学研究》1978 年第 1 期。

41. ［法］泰纳：《论狄更斯小说中的人物》，陈加洛译，《福建师大学报》1978 年第 2 期。

42. 何文林：《谈谈狄更斯的〈双城记〉》，《河北大学学报》1979 年第 1 期。

43. 富尔顿：《从〈锦绣前程〉到〈孤星血泪〉》，沈善译，《电影艺术译丛》1979 年第 1 期。

44. 赵萝蕤：《批判的现实主义杰出作家狄更斯》，《读书》1979 年第 2 期。

45. 任明耀：《评狄更斯的〈艰难时世〉》，《杭州大学学报》1979 年第 4 期。

3. 20 世纪八九十年代

1. 濮阳翔：《浅论狄更斯的〈双城记〉》，《北京师范大学学报》1980 年第 1 期。

2. 罗素芬：《从〈大卫·科波菲尔〉看狄更斯的资产阶级人道主义》，《语文教研》1980 年第 1 期。

3. 潘耀瑔：《狄更斯创作的艺术特色》，《外国文学研究》1980 年第 2 期。

4. 劳荣：《徘徊于正反之间——读狄更斯的〈匹克威克外传〉》，《百花洲》1980 年第 4 期。

5. 陈星鹤：《谈谈狄更斯的〈双城记〉》，《文科教学》1980 年第 4 期。

6. 王力：《狄更斯与屠格涅夫小说时、空艺术比较》，《比较文学论文集》，南开大学出版社 1980 年版。

7. 赖干坚：《〈艰难时世〉浅论》，《百花洲》1981 年第 1 期。

8. 黄育馥：《关于狄更斯的〈艾德温杜鲁德之谜〉的一些情况》，《外国文学研究》1981 年第 1 期。

9. 金嗣峰：《资产阶级人道主义与狄更斯的〈双城记〉》，《武汉师范学院学报》1981 年第 2 期。

10. 范文瑚：《〈双城记〉所体现的资产阶级人道主义》，《四川师院学报》1981 年第 2 期。

11. 任明耀：《狄更斯作品中的"怪人"形象》，《外国文学研究》1981 年第 4 期。

12. 金嗣峰：《维多利亚盛世的实录——读狄更斯的〈大卫·科波菲尔〉札记》，《武汉大学学报》1981 年第 5 期。

13. A.L. 扎姆希兰诺：《狄更斯和电影》，《世界电影》1982 年第 1 期。

14. 郭珊宝：《狄更斯的儿童形象初探》，《外国文学研究》1982 年第 1 期。

15. 李肇星：《狄更斯描写景物的几个特点——读〈游美札记〉》，《外国文学研究》1982 年第 1 期。

16. 张敏杰：《狄更斯的〈耶稣生涯〉》，《社会科学战线》1982 年第 1 期。

17. 朱虹：《〈大卫·考坡菲尔〉中的重叠镜头及其他》，《名作欣赏》1982 年第 1 期。

18. 郭珊宝：《简论〈远大前程〉的人道主义思想》，《华中师范学院研究生学报》1982 年第 2 期。

19. 郭珊宝：《狄更斯作品中的绅士形象——兼谈人道主义》，《华中师范学院研究生学报》1982 年第 3 期。

20. 朱虹：《〈远大前程〉中第一人称的妙用及其他》，《名作欣赏》1982

年第 5 期。

21. 鲁纯：《一曲小人物的颂歌——评狄更斯的〈大卫·考坡菲〉》，《昌维师范专科学校》1982 年第 1 期、第 2 期。

22. 钱满素：《狄更斯走上歧路了吗？——谈谈英国的文学批评》，《百科知识》1982 年第 2 期。

23. 朱虹：《〈远大前程〉中第一人称的妙用及其他》，《名作欣赏》1982 年第 2 期。

24. 朱虹：《〈老古玩店〉中的感伤情调及其他》，《名作欣赏》1982 年第 3 期。

25. 孔海立：《狄更斯与托尔斯泰的儿童心理描写浅析——从尼考林卡谈起》，《求是学刊》1982 年第 3 期。

26. 方柯：《狄更斯小说形象体系特色浅论》，《江苏大学学报》1982 年第 4 期。

27. 万正方：《狄更斯的创作及其他》，《常德师范专科学校学报》1982 年第 4 期。

28. 朱虹：《〈艰难时世〉的寓言性及其他》，《名作欣赏》1982 年第 4 期。

29. 朱虹：《〈荒凉山庄〉对法律机器的描写及其他》，《名作欣赏》1982 年第 5 期。

30. 姚福申：《狄更斯与报刊》，《新闻大学》1982 年第 5 期。

31. 郭珊宝：《圣诞节的史克罗奇的两重性——读狄更斯的〈圣诞欢歌〉札记》，《求是学刊》1982 年第 5 期。

32. 郭珊宝：《〈匹克威克外传〉的幽默》，《学习与探索》1982 年第 5 期。

33. 张端仪：《狄更斯笔下的孤儿》，《韶关师范专科学校学报》1983 年第 1 期。

34. 田子：《谈〈双城记〉人物分类问题》，《零陵师范专科学校学报》1983 年第 1 期。

35. 邓启龙：《从〈双城记〉看文学领域中的人道主义》，《广州师范学院学报》1983 年第 1 期。

36. 周中兴：《浅谈狄更斯作品中的人道主义思想》，《徐州师范学院学报》1983 年第 2 期。

37. 朱虹：《〈双城记〉——双重的警告》，《名作欣赏》1983 年第 3 期。

38. 米希科·卡库达尼：《狄更斯与戏剧艺术》，《戏剧界》1983 年第 3 期。

39. 朱虹：《〈奥立佛尔·特维斯特〉——现实与噩梦》，《名作欣赏》1983 年第 5 期。

40. 吕伟民：《试谈狄更斯的浪漫主义倾向》，《河南师范大学学报》1983 年第 5 期。

41. 朱虹：《〈匹克威克外传〉——现代的堂吉诃德及其他》，《名作欣赏》1983 年第 6 期。

42. 马家骏：《狄更斯的〈穷人的专利权〉》，《陕西教育》1983 年第 8 期。

43. 郭珊宝：《狄更斯创作个性管窥之二》，《电大语文》1983 年第 5 期。

44. 顾延龄：《浅议〈大卫·科波菲尔〉的两种译本》，《翻译通讯》1983 年第 8 期。

45. 王治国：《谈新译〈大卫·考坡菲〉》，《读书》1983 年第 9 期。

46. 乔纳森·亚德利：《狄更斯在美国》，《哲学社会科学近期学术论文选——武汉大学建校七十周年纪念》，武汉大学出版社 1983 年版。

47. 蓝泰凯：《一曲小私有者崩溃的挽歌——狄更斯的〈老古玩店〉浅论》，《贵阳师范高等专科学校学报》1984 年第 2 期。

48. 朱虹：《〈马丁·柴则尔维特〉——伪善者画像及其他》，《名作欣赏》1984 年第 2 期。

49. 包承吉：《狄更斯的〈双城记〉》，《中文自修》1984 年第 2 期。

50. 罗山川：《〈双城记〉（修订译本）小议一二》，《湘潭师专学报》1984 年第 2 期。

51. 蔡申：《一篇让人"感到不舒适"的小说——读〈穷人的专利权〉》，《宁夏教育学院学刊》1984 年第 2 期。

52. 朱虹：《〈圣诞故事〉：圣诞精神与资本主义的现实》，《名作欣赏》1984 年第 3 期。

53. 臧传真、边国恩：《简评狄更斯的〈荒凉山庄〉》，《牡丹江师范学院学报》1984 年第 3 期。

54. 苏阳宜：《穷人的梦幻、悲哀与觉醒：〈穷人的专利权〉简析》，《盐城师范专科学校学报》1984 年第 4 期。

55. 朱虹：《也和狄更斯交个朋友吧——评莫洛亚的〈狄更斯评传〉》，《名作欣赏》1984 年第 4 期。

56. 李晶：《从〈艰难时世〉谈狄更斯创作的基本特征》，《语文学刊》1984 年第 4 期。

57. 穆南：《从〈黑面纱〉看狄更斯》，《名作欣赏》1984 年第 5 期。

58. 杨建明：《谈狄更斯作品中几个解决社会矛盾的方法》，《艺谭》1985 年第 1 期。

59. 盖亚力：《从〈大卫·科波菲尔〉的内容看狄更斯塑造人物的对比手法》，《佳木斯师范专科学校学报》1985 年第 1 期。

60. 谢南斗：《匹克威克形象质疑》，《零陵师范专科学校学报》1985 年第 1 期。

61. 蔡一平：《资产阶级的哀挽歌，人道主义的奏鸣曲——〈远大前程〉浅析》，《湖州师范专科学校学报》1985 年第 2 期。

62. 蓝泰凯：《一曲小私有者崩溃的挽歌——狄更斯的〈老古玩店〉浅论》，《新筑学刊》1985 年第 1 期。

63. 蔡明水：《狄更斯的象征手法初探》，《外国文学研究》1985 年第 2 期。

64. 易漱泉：《从〈双城记〉看狄更斯的人道主义思想》，《湖南师院学报》1985 年第 2 期。

65. 臧传真、臧良：《谈〈老古玩店〉的艺术特色》，《唐山教育学院学报》1985 年第 2 期。

66. 王世民：《对罗译〈双城记〉的几点浅见》，《陕西师范大学学报》1985 年第 2 期。

67. 伍厚恺：《论〈双城记〉的艺术特色》，《四川大学学报》1985 年第 3 期。

68. 叶大波：《狄更斯语言风格一瞥》，《福建外语》1985 年第 4 期。

69. 智量：《浅论〈我们共同的朋友〉》，《外国文学研究》1985 年第 4 期。

70. 任明耀：《狄更斯笔下的劳动人民形象》，《青海师范大学学报》1985 年第 4 期。

71. ［苏］Л·乌尔诺夫：《果戈理与狄更斯》，李吟波译，《国外社会科学》1985年第8期。

72. 臧传真:《浅谈〈大卫·科波菲尔〉》,《济宁师范专科学校学报》1986
年第1期。

73. 罗经国:《现实与幻想——读狄更斯的〈艰难时世〉》,《外国语文教
学》1986年第1期。

74. 李冰霜:《笑的艺术——谈老舍的幽默艺术与狄更斯的创作》,《外国
文学研究》1986年第1期。

75. 王力:《狄更斯小说的视点与小说叙述观念的衍化》,《天津社会科学》
1986年第3期。

76. 张梦井:《〈双城记〉中的平行结构》,《外语教学》1986年第3期。

77. 刘茜:《狄更斯的舞台生涯》,《课外学习》1986年第6期。

78. 陈超棠:《简论狄更斯的〈双城记〉》,《惠阳师范专科学校学报》1987
年第1期。

79. 陈世荣:《〈匹克威克外传〉和〈老张的哲学〉的幽默与讽刺》,《广西
民族学院(学报)》1987年第2期。

80. 薛龙宝:《略论狄更斯和雨果的人道主义》,《扬州师范学院学报》1987
年第3期。

81. 赵炎秋:《论狄更斯的道德观在其长篇小说人物塑造中的影响》,《陕
西师范大学(学报)》1987年第4期。

82. 郭珊宝:《狄更斯小说的夸张》,《外国文学研究》1987年第4期。

83. 任舒翼:《谈十八世纪两部英国小说对狄更斯幽默风格的影响》,《湘
潭大学(学报)》1987年增刊。

84. 张乃骏:《笔走龙蛇——论狄更斯的修辞手段》,《内蒙古师范大学学
报》1987年第Z1期。

85. 王建琦:《〈双城记〉二重主题浅论》,《聊城师范学院学报》1988年
第1期。

86. 李健:《他们的心和人民的心一起跳动——狄更斯与托尔斯泰小说中人
民性的比较》,《河西学院学报》1988年第1期。

87. 彭禄茂:《老舍的思想与狄更斯》,《赣南师范学院学报》1988年第3期。

88. 奇青：《考证发现狄更斯 1857 年的一篇故事》，《外国文学评论》1988 年第 4 期。

89. 张玲：《剥笋——〈双城记〉主题分层析》，《外国文学研究》1988 年第 4 期。

90. 陈震文、石兴泽：《老舍与狄更斯》，《沈阳师范学院学报》1989 年第 1 期。

91. 冯亦代：《狄更斯生活中的女性》，《文艺报》1989 年 4 月 1 日。

92. 朱虹：《市场上的作家——另一个狄更斯》，《外国文学评论》1989 年第 4 期。

93. 赵炎秋：《外化——狄更斯揭示人物内心世界的重要手法》，《湖南师范大学学报》1989 年第 5 期。

94. 赖干坚：《狄更斯的创作方法特点浅论》，《厦门大学学报》1990 年第 1 期。

95. 申家仁：《〈大卫·科波菲尔〉自我的解脱与补偿》，《佛山师范专科学校学报》1990 年第 1 期。

96. 赵炎秋：《论狄更斯小说人物的基调化倾向》，《湖南师范大学学报》1990 年第 4 期。

97. 张新明：《试论卡尔登形象的美学意义》，《西北第二民族学院学报》1990 年第 4 期。

98. 米瑞恒：《〈远大前程〉的叙事艺术》，《河北大学学报》1991 年第 1 期。

99. 周颐：《兼容了历史与喻指价值的人物——〈狄更斯"扁平人物"论〉之一》，《淮北煤师院学报》1991 年第 1 期。

100. 周颐：《呼唤着人类同情的艺术形象——〈狄更斯"扁平人物"论〉之二》，《淮北煤师院学报》1991 年第 2 期。

101. 孟伟根、毛荣贵：《对〈双城记〉中译本的若干意见》，《绍兴师专学报》1991 年第 2 期。

102. 周颐：《表演出舞台效果的喜剧性格——〈狄更斯"扁平人物"论〉之三》，《淮北煤师院学报》1991 年第 3 期。

103. 张明慧：《革命的悲剧与人道的赞歌：〈双城记〉与〈九三年〉人物

评析》，《盐城师范专科学校学报》1991 年第 3 期。

104. 赵炎秋：《狄更斯小说人物的类型与发展》，《湖南师范大学学报》1991 年第 5 期。

105. 李健：《试论狄更斯人道主义精神的嬗变》，《河西学院学报》1992 年第 2 期。

106. 米瑞恒：《细密周至　浑然天成——评〈远大前程〉的情节结构》，《河北大学学报》1992 年第 2 期。

107. P. 罗杰斯：《〈大卫·科波菲尔〉的托尔斯泰式解读》，王果爱、龚举善译，《郧阳师范专科学校学报》1992 年第 2 期。

108. 续枫林：《狄更斯："两结合"的文学大师》，《新疆社科论坛》1992 年第 2 期。

109. 宁：《狄更斯能纳入后现代主义话语吗?》，《外国文学评论》1992 年第 3 期。

110. 赵炎秋：《论狄更斯小说对人性的探索和表现》，《湖南师范大学学报》1992 年第 3 期。

111. 魏洪丘：《狄更斯和老舍》，《四川外语学院学报》1992 年第 3 期。

112. 赵琼笙：《关于〈双城记〉主题丰富内蕴的哲学阐释》，《曲靖师范学院学报》1992 年第 3 期。

113. 王萍：《老舍与狄更斯的幽默浅论》，《云梦学刊》1993 年第 4 期。

114. 张霞：《修辞格的翻译与风格的传达：对比 *David Copperfield* 两个译本所得启示》，《外国语》1992 年第 5 期。

115. 黄仕荣：《〈荒凉山庄〉与〈复活〉的比较研究》，《广西社会科学》1993 年第 4 期。

116. 罗经国：《试论〈荒凉山庄〉的锁骨观音结构》，《国外文学》1993 年第 4 期。

117. 韩振慎：《从狄更斯的〈艰难时世〉中的写作手法看其对"事实哲学"的批判》，《解放军外语学院学报》1993 年第 5 期。

118. 邢淑云：《浅论狄更斯作品〈艰难时世〉》，《佳木斯大学学报》1994 年第 1 期。

119. 顾国柱：《老舍与狄更斯》，《南都学坛》1994 年第 2 期。

120. 袁荻涌：《老舍与英国文学》，《黄河学刊》1994 年第 2 期。

121. 李鸿泉：《维多利亚盛世的女性悲歌——狄更斯与萨克雷笔下的女性群象》，《外国文学研究》1994 年第 2 期。

122. 周才长：《金融界的董贝与文学中的董贝——兼论历史的真实与典型的真实的模糊关系》，《外国文学研究》1994 年第 3 期。

123. 赵炎秋：《论狄更斯笔下的双重人格人物》，《湖南师范大学学报》1994 年第 6 期。

124. 蒋承勇、郑达华：《狄更斯的心理原型与小说的童话模式》，《杭州师范学院学报》1995 年第 1 期。

125. 赵炎秋：《论狄更斯长篇小说中的家庭观念》，《湘潭师范学院学报》1995 年第 1 期。

126. 赵炎秋：《论狄更斯小说人物塑造中的二元对立原则》，《邵阳师范专科学校学报》1995 年第 3 期。

127. 赵炎秋：《论狄更斯小说中的男性意识》，《漳州师院学报》1995 年第 3 期。

128. 陈苏彬：《从〈大卫·科波菲尔〉看狄更斯的创作思想》，《山西师范大学学报》1995 年第 3 期。

129. 赵炎秋：《描写感受世界——论狄更斯小说创作方法的基本特征》，《湖南师范大学学报》1995 年第 4 期。

130. 赵炎秋：《狄更斯小说的叙事模式及其成就》，《东方论坛》1995 年第 4 期。

131. 赵炎秋：《论人物在狄更斯长篇小说中的位置》，《求索》1995 年第 4 期。

132. 刘琦岩：《海德格尔，昆德拉，狄更斯》，《国外社会科学》1995 年第 10 期。

133. 余迎胜：《无可奈何的定位——谈谈〈大卫·科波菲尔〉中几个妇女形象》，《外国文学研究》1996 年第 1 期。

134. 金钟：《"含笑的眼泪"与"含泪的微笑"——狄更斯和果戈理的两种艺术创作风格之比较》，《景德镇高专学报》1996 年第 1 期。

135. 薛斐：《论中英俄小说中三位反抗的女性——尤三姐、伊迪丝和娜斯塔霞》，《外国文学研究》1996 年第 1 期。

136. 赵炎秋：《建国后狄更斯研究述评》，《柳州师范专科学校学报》1996 年第 1 期。

137. 潘明元：《〈雾都孤儿〉的旺盛生命力》，《四川师范学院学报》1996 年第 6 期。

138. 董晓宇：《英国批判现实主义的代表作——〈双城记〉》，《语文世界》1996 年第 10 期。

139. 李少军：《继承与创新——劳伦斯与狄更斯比较研究》，《外国文学研究》1997 年第 1 期。

140. Pete Hessler：《狄更斯小说与社会改革》，赵洪尹、曹顺发译，《涪陵师范专科学校学报》1997 年第 1 期。

141. 赵洪尹、曹顺发：《狄更斯小说与社会改革》，《涪陵师专学报》1997 年第 1 期。

142. 吉晶玉：《狄更斯儿童题材小说略论》，《乌鲁木齐成人教育学院学报》1997 年第 1 期。

143. 湖晴：《大作家笔下的小世界——几位文学大师儿童题材文本解读》，《南京高师学报》1997 年第 2 期。

144. 陶丹玉：《论〈双城记〉中的宗教倾向》，《外国文学研究》1997 年第 4 期。

145. 肖砚良：《探索·批判·瞻望——狄更斯文学创作历程》，《理论学刊》1997 年第 6 期。

146. 湖晴：《人道主义的三座丰碑——〈双城记〉、〈九三年〉、〈日瓦戈医生〉之比较》，《南京高师学报》1998 年第 1 期。

147. 尹德翔：《略论〈艰难时世〉的感情观点》，《学术交流》1998 年第 1 期。

148. 吉晶玉：《至爱至上的乐章——论狄更斯人道主义思想及其儿童观》，《乌鲁木齐成人教育学院学报》1998 年第 2 期。

149. 李娟：《谈狄更斯文学作品的首先教育思想》，《松辽学刊》1998 年第 3 期。

150. 刘梅芳、张冬梅:《狄更斯小说和哈代小说比较》,《天中学刊》1998年第3期。

151. 张世红:《〈双城记〉的人道主义思想与艺术风格》,《国际关系学院学报》1998年第4期。

152. 包彩霞:《浅谈〈远大前程〉中"明"与"暗"对比意象的运用》,《北京第二外国语学院学报》1998年第6期。

153. 成梅:《〈牛天赐传〉与〈远大前程〉综述》,《广州师院学报》1998年第10期。

154. 葛桂录:《文学因缘:林纾眼中的狄更斯》,《淮阴师范学院学报》1999年第1期。

155. 成梅:《〈老张的哲学〉与〈艰难时世〉漫谈》,《外国文学研究》1999年第1期。

156. 江萍、文清:《狄更斯作品艺术特色评析》,《兰州大学学报》1999年第2期。

157. 丁建民、殷企平:《狄更斯园林中的奇葩——试论〈狄更斯演讲集〉的价值》,《浙江大学学报》1999年第3期。

158. 葛桂录:《"善状社会之情态的迭更司"——民国时期狄更斯在中国的接受》,《淮阴师范学院学报》1999年第4期。

159. 刘精香:《〈雾都孤儿〉中南希形象剖析》,《中南民族学院学报》1999年第3期。

160. 尹德翔:《宣示人性精神的持久艺术——重读狄更斯的〈艰难时世〉》,《国外文学》1999年第4期。

161. 孙广平:《试分析〈我们共同的朋友〉中丽齐与贝拉的性格特征》,《黑龙江教育学院学报》1999年第5期。

4.21 世纪前 15 年

1. 艾晓玲:《〈远大前程〉的叙事特征》,《四川大学学报》2000年第1期。

2. 张世梅、田祥斌:《狄更斯笔下的孤儿形象》,《青海师范专科学校学报》2000年第1期。

3. 杨建华:《句法严谨　选词精妙——评张若谷译〈大卫·考坡菲〉》,《山西教育学院学报》2000 年第 1 期。

4. 黎娜：《查尔斯·狄更斯小说的通俗性》，《咸宁师范专科学校学报》2000 年第 2 期。

5. 江玉琴、宋庆丽：《自恋，神经病，抑或双重人格？——辨析〈远大前程〉中郝维仙小姐性格》，《江西广播电视大学学报》2000 年第 2 期。

6. 朱江：《狄更斯笔下的两个儿童形象——谈奥列佛·退斯特和大卫·科波菲尔》，《淮阴工学院学报》2000 年第 3 期。

7. 傅云霞：《狄更斯象征艺术的诗化效果》，《湘潭大学学报》2000 年第 3 期。

8. 何玉敏：《简析南茜的性格变化》，《河南商业高等专科学校学报》2000 年第 3 期。

9. 李珠：《超前的思想意识　象征的艺术手法——〈远大前程〉与〈了不起的盖茨比〉之比较》，《临沂师范学院学报》2001 年第 1 期。

10. 张国清：《浅析狄更斯小说的故事性》，《沧州师范专科学校学报》2001 年第 1 期。

11. 孙淑玲：《〈远大前程〉中的感伤基调》，《天津商学院学报》2001 年第 2 期。

12. 白淑杰：《现实主义的人民性——试析狄更斯作品的人道主义思想》，《青海师范专科学校学报》2001 年第 2 期。

13. 葛桂录：《狄更斯：打开老舍小说殿堂的第一把钥匙》，《宁夏大学学报》2001 年第 3 期。

14. 聂月芬：《〈穷人的专利权〉创作思想与艺术特色》，《南通职业大学学报》2001 年第 4 期。

15. 杨金才：《从〈书记员巴特尔比〉看麦尔维尔与狄更斯的近缘关系》，《南京社会科学》2001 年第 8 期。

16. 李月锦：《〈远大前程〉中仁爱的感化力量》，《衡水师范专科学校学报》2002 年第 1 期。

17. 孔庆华：《郝薇香和爱米丽的形象比较——兼论〈远大前程〉和〈献给爱米丽的一朵玫瑰花〉的写作方法》，《青岛大学师范学院学报》2002 年第 2 期。

18. 陈清兰：《狄更斯笔下的儿童教育问题》，《郴州师范高等专科学校学报》2002 年第 6 期。

19. 杜龙芳：《浅谈狄更斯的〈双城记〉》，《西南民族学院学报》2002 年第 12 期。

20. 殷企平：《〈董贝父子〉中的"铁路意象"》，《外语与外语教学》2003 年第 1 期。

21. 殷企平：《对所谓〈艰难时世〉中"败笔"的思考》，《外国文学研究》2003 年第 1 期。

22. 张春蕾、祝诚：《赛珍珠对狄更斯小说的创作的借鉴——兼论赛珍珠研究中的西方文化因素问题》，《江苏大学学报》2003 年第 1 期。

23. 胡强：《创造性的接受主体——论张天翼的小说创作与外来影响》，《外国文学研究》2003 年第 3 期。

24. 周春天：《〈大卫·科波菲尔〉中的漫画人物》，《金陵职业大学学报》2003 年第 3 期。

25. 高建红：《平民意识和绅士情绪的双重变奏——狄更斯〈双城记〉倾向性的二重性》，《武汉理工大学（学报）》2003 年第 4 期。

26. 闫晓茹：《试析〈雾都孤儿〉情节的巧合》（英文），《伊犁教育学院学报》2003 年第 4 期。

27. 孙建芳：《狄更斯小说的情感色彩和法律因素》，《安顺师范高等专科学校学报》2003 年第 4 期。

28. 李洪源：《狄更斯的文学作品与电影》，《大众电影》2003 年第 16 期。

29. 王爽：《谈狄更斯在〈双城记〉中的人道主义思想》，《长春大学学报》2003 年第 6 期。

30. 苏新连：《〈远大前程〉：叙述、聚焦与悬念》，《徐州教育学院学报》2004 年第 1 期。

31. 展素贤、荣丽：《被禁锢的心灵——查尔斯·狄更斯小说〈远大前程〉中的"监狱意象"》，《保定师范专科学校学报》2004 年第 1 期。

32. 唐伟胜：《从〈远大前程〉看可靠叙事中的修辞交流关系》，《四川外语学院学报》2004 年第 2 期。

33. 严幸智：《现世情怀：狄更斯的宗教观》，《广西社会科学》2004 年第 2 期。

34. 应小敏：《幽默轻快中的沉痛——论狄更斯小说〈匹克威克外传〉的社会讽刺意义》，《浙江省委学校学报》2004 年第 2 期。

35. 丛娟：《狄更斯〈双城记〉伦理价值观新探》，《韩山师范学院学报》2004 年第 2 期。

36. 严幸智：《狄更斯中产阶级价值观论析》，《西北民族大学学报》2004 年第 2 期。

37. 乔国强：《从〈雾都孤儿〉看狄更斯的反犹主义倾向》，《外国文学研究》2004 年第 2 期。

38. 傅守祥：《论〈双城记〉浪漫现实主义的仁爱精神》，《山东师范大学学报》2004 年第 3 期。

39. 郭春林：《〈远大前程〉女性形象探析》，《潍坊学院学报》2004 年第 3 期。

40. 陈晓兰：《腐朽之力：狄更斯小说中的废墟意象》，《外国文学评论》2004 年第 4 期。

41. 严辛智：《狄更斯倡导公平教育》，《苏州科技学院学报》2004 年第 4 期。

42. 董燕：《女性自我超越的悲剧——评〈董贝父子〉中的伊迪丝》，《山东省工会管理干部学院学报》2004 年第 4 期。

43. 严辛智：《关注尊严：狄更斯与社会救助》，《学海》2004 年第 6 期。

44. 吴敏：《〈双城记〉：人道主义的"谴责"与"幻想"》，《嘉兴学院学报》2004 年第 6 期。

45. 丛娟：《〈双城记〉的人物形象塑造及其价值意蕴新析》，《韶关学院学报》2004 年第 7 期。

46. 李宇容：《解读狄更斯小说人物创造的特点》，《丽水学院学报》2005 年第 1 期。

47. 李莹莹：《试析 David Copperfield 两个中译本》，《长春工程学院学报》2005 年第 1 期。

48. 赵炎秋：《狄更斯小说中的监狱》，《外国文学评论》2005 年第 2 期。

49. 严幸智：《感性改良主义狄更斯》，《天津外国语学院学报》2005 年第 2 期。

50. 徐玉凤：《学会"折中"走向成熟——析〈远大前程〉主人公匹普的成熟过程》，《聊城大学学报》2005年第3期。

51. 胡英、刘涛波：《〈献给爱米丽的一朵玫瑰花〉与〈远大前程〉叙事比较研究》，《华南理工大学学报》（社会科学版）2005年第3期。

52. 王向辉：《梦的结构及潜意识的流露——解读狄更斯的〈远大前程〉》，《名作欣赏》2005年第4期。

53. 殷企平：《〈小杜丽〉中的进步"瘟疫"》，《浙江大学学报》2005年第4期。

54. 张春蕾：《赛珍珠和狄更斯创作中的基督教精神》，《苏州大学学报》2005年第5期。

55. 袁玉梅：《论狄更斯中长篇小说中的忏悔形象》，《中山大学学报论丛》2005年第6期。

56. 顾黎敏：《驰骋在侦探文坛上的经典小说家——探析狄更斯〈德鲁德疑案〉的侦探小说特征》，《解放军外国语学院学报》2005年第6期。

57. 李增、曹彦：《论狄更斯〈远大前程〉中的浪漫主义倾向》，《东北师范大学学报》2005年第6期。

58. 殷企平：《是〈董贝父子〉，还是〈董贝父女〉？——狄更斯笔下的"进步"和异化》，《杭州电子科技大学学报》2006年第1期。

59. 高又谦：《温厚的幽默与辛辣的讽刺——再读〈大卫·科波菲尔〉》，《南京工业大学学报》（社会科学版）2006年第1期。

60. 王孟夏：《郝薇香小姐与爱米莉小姐：男权社会的无辜牺牲品》，《焦作师范高等专科学校学报》2006年第2期。

61. 白岸杨：《完美的女性——"仙女"和"天使"的结合——评狄更斯的〈大卫·科波菲尔〉中的女主人公形象》，《高等教育与学术研究》2006年第1期。

62. 李增、龙瑞翠：《〈荒凉山庄〉阶级人物的道德伦理学分析》，《外国文学研究》2006年第2期。

63. 吴文燕：《福楼拜与狄更斯创作特色比较》，《六盘水师范高等专科学校学报》2006年第2期。

64. 严幸智：《关注穷苦人的文学：再读狄更斯的〈圣诞故事集〉》，《学海》2006 年第 3 期。

65. 赖淑芳：《狄更斯童年创伤的再现》，《外国文学研究》2006 年第 3 期。

66. 李跃红：《从一份被忽视的文本看宗教的狄更斯》，《云南民族大学学报》2006 年第 3 期。

67. 姜秋霞、郭来福、金萍：《社会意识形态与外国文学译介转换策略——以狄更斯的〈大卫·考坡菲〉的三个译本为例》，《外国文学研究》2006 年第 4 期。

68. 赵炎秋：《狄更斯与晚清中国四外交官笔下的英国监狱——狄更斯小说中的监狱研究之三》，《中国文学研究》2006 年第 4 期。

69. 刘晓华：《再论语域理论与翻译批评——兼论〈大卫·科波菲尔〉的两个汉译本》，《三峡大学学报》2006 年第 5 期。

70. 廖新丽：《〈双城记〉中的语用学渗透——违背合作原则的体现》，《思茅师范高等专科学校学报》2006 年第 5 期。

71. 孙文倩：《狄更斯与安徒生的女性人物描写浅析》，《科技信息》（科学研究）2006 年第 S1 期。

72. 赵炎秋：《对于历史的道德叩问——狄更斯小说中的监狱研究之二》，《湖南师范大学学报》2006 年第 6 期。

73. 童真：《狄更斯作品在中国大陆的传播和接受——以翻译出版为视角》，《湖南师范大学学报》2006 年第 6 期。

74. 王红：《〈老古玩店〉的生态批评解读》，《哈尔滨学院学报》2007 年第 1 期。

75. 杨婷凤：《论老舍和狄更斯小说中的人道主义思想》，《洛阳师范学院学报》2007 年第 3 期。

76. 王丽颖：《浅议狄更斯〈匹克威克外传〉中的双关语》，《辽宁师范专科学校学报》2007 年第 2 期。

77. 李国庆：《〈圣诞欢歌〉中译文功能语篇分析初探》，《江西财经大学学报》2007 年第 2 期。

78. 李洋：《理想与现实二元对立的诗意超越——〈远大前程〉的结构主

义辨析》，《合肥工业大学学报》（社会科学版）2007 年第 2 期。

79. 傅晓燕、何云波：《现代工业废墟——狄更斯笔下的城市景观》，《长沙铁道学院学报》2007 年第 3 期。

80. 童彦：《论狄更斯小说〈大卫·科波菲尔〉中的艺术魅力》，《文艺理论与批评》2007 年第 3 期。

81. 傅晓燕：《狄更斯：城市职业作家三要征研究》，《求索》2007 年第 3 期。

82. 傅晓燕：《文学伦敦——萨克雷与狄更斯的批判视角》，《长沙大学学报》2007 年第 4 期。

83. 宗红梅：《论〈双城记〉中狄更斯的宗教观》，《南昌高专学报》2007 年第 4 期。

84. 陈君铭：《从 Great Expectations 中的译文对比谈篇章翻译》，《牡丹江大学学报》2007 年第 7 期。

85. 杨芳：《狄更斯与斯坦贝克宗教思想对比研究》，《科教文汇》（下旬刊）2007 年第 7 期。

86. 任柳：《死亡与焦虑——狄更斯小说中的火车形象》，《山东文学》2007 年第 8 期。

87. 艾莉森·凯斯：《叙事理论中的性别与历史——〈大卫·科波菲尔〉与〈荒凉山庄〉中的回顾性距离》，申丹译，《江西社会科学》2007 年第 5 期。

88. 沈丽：《林纾与狄更斯——吸收与反哺》，《宜春学院学报》2007 年第 5 期。

89. 齐晓燕：《论狄更斯小说的儿童视角》，《河南师范大学学报》2007 年第 5 期。

90. 张迎新：《从〈远大前程〉的人物塑造解读狄更斯的创作风格》，《黑龙江教育学院学报》2007 年第 11 期。

91. 马静：《狄更斯〈双城记〉的宗教色彩》，《科技信息》（学术研究）2007 年第 31 期。

92. 李跃红：《狄更斯创作的非现实主义性及其原因》，《云南民族大学学报》2007 年第 6 期。

93. 田建平：《狄更斯的伦敦与老舍的北京——谈跨文化文学接受对老舍小说题材选择的影响》，《吉首大学学报》2007 年第 6 期。

94. 卜颖颖：《狄更斯笔下的迷情世界——析〈远大前程〉中的侦探小说元素》，《山西高等学校社会科学学报》2007 年第 12 期。

95. 李树娟、李伟丽：《〈远大前程〉译本加注对比分析》，《三峡大学学报》2007 年第 S2 期。

96. 耿卫玲：《〈远大前程〉中的意象和象征解析》，《和田师范专科学校学报》2008 年第 1 期。

97. 魏淑仙：《意识形态和诗学对译文的影响——评〈大卫·科波菲尔〉两译本在凸显人物性格方面的差异》，《武汉工程职业技术学院学报》2008 年第 1 期。

98. 王苹：《〈远大前程〉中的他者及其抗争》，《译林》2008 年第 2 期。

99. 周春天：《从几个孤儿的成长看狄更斯的道德教育思想》，《沙洲职业工学院学报》2008 年第 2 期。

100. 李增：《狄更斯小说中的"边缘人物"与维多利亚意识形态的权力话语》，《外国文学研究》2008 年第 2 期。

101. 冯建明：《乔伊斯与狄更斯两部自传体名著开篇的比较》，《邯郸职业技术学院学报》2008 年第 2 期。

102. 田建平：《跨文化文学接受影响下老舍小说的结构安排——老舍小说中狄更斯式的正反、善恶两极对立世界》，《怀化学院学报》2008 年第 3 期。

103. 田建平、俞艳珍：《跨文化文学接受影响下的"大变形"原则——浅谈狄更斯对老舍小说人物形象塑造的影响》，《吉首大学学报》2008 年第 3 期。

104. 童真：《文学翻译与文化过滤——以狄更斯〈大卫·科波菲尔〉的三个中译本为例》，《湘潭大学学报》2008 年第 3 期。

105. 田建平：《功利主义哲学统治下的人性——浅谈〈艰难时世〉中的人物》，《湘潭师范学院学报》2008 年第 3 期。

106. 赵敏：《两个牺牲者和一次大革命——由〈双城记〉中的卡尔顿和〈九三年〉中的戈万之比较谈开去》，《江苏科技大学学报》2008 年第 3 期。

107. 王珏:《中产阶级的新绅士理想与道德改良——论18、19世纪英国小说中绅士人物形象的嬗变及其成因》,《英美文学研究论丛》2008年6月。

108. 陈颖:《寻找理想中的"桃花源"——浅析狄更斯对工业化城市废墟的思考》,《名作欣赏》2008年第5期。

109. 王培培:《匹普命运的现代价值——试析〈远大前程〉主人公匹普的命运》,《科技信息》2008年第7期。

110. 龙怀珠:《一个心灵被摧残的反抗女性——〈荒凉山庄〉中德洛克夫人形象评析》,《宝鸡文理学院学报》2008年第4期。

111. 田建平:《跨文化文学接受下喜中蕴悲的幽默风格——谈狄更斯对老舍的审美影响》,《辽宁行政学院学报》2008年第4期。

112. 童真、胡葆华:《张天翼与狄更斯》,《湖南大学学报》2008年第4期。

113. 龙瑞翠、李增:《维多利亚时代小说中人物阶级属性界定问题研究》,《北方论丛》2008年第5期。

114. 郭荣:《冷酷现实下人性扭曲的标本——从变态心理学看曹七巧与郝维仙的性格畸变》,《湖南工业大学学报》2008年第5期。

115. 吴桂辉:《狄更斯小说的后殖民解读》,《牡丹江大学学报》2008年第10期。

116. 房霞:《〈远大前程〉中的圣经创世神话原型》,《四川文理学院学报》2008年第6期。

117. 黄昊文:《〈匹克威克外传〉与流浪汉小说的"姻缘"窥视》,《湖南科技学院学报》2008年第6期。

118. 李增、龙瑞翠:《英国"黄金时代"道德风尚之流变——英国维多利亚社会阶级与道德关系流变探论》,《东北师大学报》2008年第6期。

119. 郭荣:《论〈远大前程〉中狄更斯的男性意识》,《辽宁行政学院学报》2008年第11期。

120. 杨富刚:《凤凰涅槃 浴火重生——从大卫·科波菲尔身上透视狄更斯的童年时代》,《牡丹江大学学报》2009年第1期。

121. 赵义华:《〈荒凉山庄〉中叙事空间的修辞效用》,《世界文学评论》2009年第1期。

122. 周佳球：《〈艰难时世〉的基督教视角解读》，《齐齐哈尔大学学报》2009 年第 2 期。

123. 肖锦龙：《意识和文学叙写模式——米勒〈查尔斯·狄更斯〉意识批评之得失浅议》，《清华大学学报》2009 年第 2 期。

124. 胡晓姣：《〈大卫·柯波菲尔〉四译本比较分析——以人物语言及抒情段落为对象》，《鸡西大学学报》2009 年第 2 期。

125. 吴桂辉：《狄更斯小说的后殖民解读》，《牡丹江师范学院学报》2009 年第 2 期。

126. 林艳青、卢秋菊：《〈荒凉山庄〉中的伦敦和伦敦的雾》，《长江大学学报》2009 年第 2 期。

127. 原梅：《现实主义精神的飞扬与流动——浅谈茅盾与狄更斯的创作，以〈大卫·科波菲尔〉〈子夜〉为例》，《甘肃社会科学》2009 年第 2 期。

128. 吕煜、张喆：《狄更斯与中国儿童文学作品中的儿童形象比较》，《郑州航空工业管理学院学报》2009 年第 2 期。

129. 卢丽萍：《狄更斯与老舍创作中人道主义之比较》，《南华大学学报》2009 年第 2 期。

130. 郭荣：《论〈远大前程〉中皮普的阿妮玛原型及其发展过程》，《黄冈师范学院学报》2009 年第 2 期。

131. 范良芹：《跨文化语境中的接受与变异——从卡莱尔〈法国大革命〉看狄更斯〈双城记〉的误读》，《山花》2009 年第 4 期。

132. 郭荣：《浅论〈远大前程〉中匹普自我追求的欲望特征及其发展过程》，《时代文学》2009 年 5 月下半期。

133. 付一春：《论老舍对狄更斯的接受和变异——以〈牛天赐传〉和〈大卫·考坡菲〉为例》，《湖南医科大学学报》（社会科学版）2009 年第 3 期。

134. 朱沅沅：《〈荒凉山庄〉圣经隐喻与宗教道德化分析》，《国外文学》2009 年第 3 期。

135. 胡爱华：《爱米莉、郝薇香人物形象之互文性解读》，《辽宁教育行政学院学报》2009 年第 3 期。

136. 解直锋：《〈我们共同的朋友〉的象征手法分析》，《山东文学》2009年第6期。

137. 李金英：《由〈大卫·科波菲尔〉谈宗教信仰对狄更斯写作的影响》，《辽宁行政学院学报》2009年第4期。

138. 秦燕：《浅析〈远大前程〉中哈维夏姆和马格维奇悲剧命运背后的社会心理》，《琼州学院学报》2009年第4期。

139. 吴曼：《〈远大前程〉的结构主义浅析》，《长春教育学院学报》2009年第4期。

140. 郭荣：《论〈远大前程〉中的女性人物对皮普性格发展的影响》，《哈尔滨学院学报》2009年第5期。

141. 盛春来：《二元对立在〈远大前程〉中的体现》，《三峡大学学报》2009年第5期。

142. 甄蕾：《女性疯癫与男权文明：西方文学"疯女人"形象之类型分析》，《作家》2009年第10期。

143. 周晓微：《老舍与狄更斯笔下底层人物描写比较》，《东南大学学报》2009年第11卷增刊。

144. 韩彦芝：《浪漫的现实主义大师查尔斯·狄更斯——〈大卫·科波菲尔〉的艺术特色赏析》，《时代文学》2009年第24期。

145. 邹创：《二十年来我国狄更斯研究综述》，《西江月》2010年1月上。

146. 张缵：《从小说到电影：〈雾都孤儿〉与犹太人形象再现》，《广西师范大学学报》2010年第1期。

147. 延辉：《狄更斯笔下童话模式中的女性天使与魔鬼》，《时代文学》2010年2月上半期。

148. 郝钦海、孙万军：《狄更斯"扁平人物"产生的原因及其艺术魅力》，《大家》2010年第2期。

149. 王瑞雪：《不同的时空 相同的悲剧——心理解读狄更斯笔下的郝维仙和福克纳笔下的爱米丽》，《吉林华桥外国语学院学报》2010年第2期。

150. 韩彦枝：《从大卫·科波菲尔给希普的痛快的一巴掌谈起——狄更斯小说对反面人物的刻画探析》，《小说评论》2010年第2期。

151. 陈洁：《狄更斯笔下的弃儿形象及其现实意义》，《名作欣赏》2010 年第 4 期。

152. 严幸智：《狄更斯作品中的异化》，《长春大学学报》2010 年第 3 期。

153. 陈颖、李潇颖：《从生态批评的视角解读狄更斯作品中回归自然的主题》，《名作欣赏》2010 年第 7 期。

154. 孙峰：《追寻幸福的悲伤之歌——〈老古玩店〉中的逃离主题》，《宜宾学院学报》2010 年第 7 期。

155. 孙达丹：《死刑成为表演——法学视角下的〈双城记〉》，《前沿》2010 年第 8 期。

156. 张冰：《解析〈远大前程〉的意象写作手法》，《作家》2010 年第 8 期。

157. 高莹、方凡：《论反讽在〈艰难时世〉中的运用》，《周口师范学院学报》2010 年第 4 期。

158. 冯瑞贞、任晓霏、李崇月：《情到深处人孤独——哈维沙姆小姐悲剧命运的必然性解读》，《山东社会科学》2010 年第 5 期。

159. 张芳芳：《交互主体性理论观照下的文学名著复译——以 David Copperfield 两复译本为个案》，《保险职业学院学报》2010 年第 5 期。

160. 李梅：《狄更斯笔下的女权主义》，《名作欣赏》2010 年第 10 期。

161. 张静、范晓红：《西方和谐教育思想的历史嬗变及狄更斯的儿童教育观》，《江西社会科学》2010 年第 6 期。

162. 刘忠纯：《颠覆：狄更斯小说动态发展的人物关系》，《绥化学院学报》2010 年第 6 期。

163. 朱衍华：《罗稷南〈双城记〉的两个译本对比研究——兼谈重译问题》，《鸡西大学学报》2010 年第 6 期。

164. 李静：《〈大卫·科波菲尔〉中爱妮丝和〈曼斯菲尔德庄园〉中范妮之形象比较》，《海外英语》2010 年 12 月。

165. 刘白：《21 世纪国内狄更斯小说研究述评》，《湖南科技大学学报》2011 年第 1 期。

166. 倪敏：《叙事视角观照下的林译〈大卫·科波菲尔〉》，《河北理工大学学报》2011 年第 1 期。

167. 吴佩芬：《文学经典在跨文化阐释中的接受与变异——论〈双城记〉在汉语外国文学史的经典化》，《语文学刊》2011 年第 1 期。

168. 段绍俊：《〈雾都孤儿〉中人物的创造性叛逆——重塑》，《昆明学院学报》2011 年第 1 期。

169. 陆丹路：《传播者与媒介的作用：论狄更斯作品在中国的传播》，《镇江高专学报》2011 年第 2 期。

170. 熊荣敏：《多重空间的构建——论〈远大前程〉的空间叙事艺术》，《时代文艺》2011 年第 2 期。

171. 李钊：《浅论翻译中的忠实——David Copperfield 中译本比较》，《西南民族大学学报》2011 年第 S2 期。

172. 王薇薇：《论〈小杜丽〉中的象征手法》，《湖北经济学院学报》2011 年第 2 期。

173. 张月娥：《〈远大前程〉中的"距离"美学》，《太原城市职业技术学院学报》2011 年第 2 期。

174. 张晋军：《狄更斯：张天翼文学的基石——论张天翼对狄更斯影响的接受》，《太原大学教育学院学报》2011 年第 2 期。

175. 刘白：《狄更斯生前英美评论》，《世界文学评论》2011 年第 2 期。

176. 段绍俊：《〈雾都孤儿〉中情节的重构——狄更斯小说影视改编研究》，《长城》2011 年第 4 期。

177. 刘忠纯：《论狄更斯小说意象的圣经原型》，《湖南科技学院学报》2011 年第 5 期。

178. 殷企平、杨世真：《新中国 60 年狄更斯研究之考察与分析》，《外国文学研究》2011 年第 3 期。

179. 林琳：《文化诗学观照下狄更斯〈双城记〉的空间隐喻》，《沈阳师范大学学报》2011 年第 3 期。

180. 玛丽—凯瑟琳·哈里森：《虚构与移情伦理的悖论：重读狄更斯的现实主义》，戚宗海译，尚必武审定，《叙事》（中国版）2011 年第三辑。

181. 肖政艳：《浅析维多利亚中产阶级价值观——以〈远大前程〉为例》，《四川教育学院学报》2011 年第 4 期。

182. 龚静：《〈远大前程〉对〈简·爱〉的借鉴与反冲及其对维多利亚时期中产阶级男性气质的建构》，《外国文学评论》2011年第4期。

183. 姜智芹：《箱子意象·无罪负罪·父母形象投射——〈美国〉、〈大卫·科波菲尔〉比较研究》，《山东师范大学学报》2011年第4期。

184. 刘冬梅：《〈远大前程〉中皮普之精神分析理论解读》，《齐齐哈尔师专学报》2011年第4期。

185. 邓敏、冯梅：《异化的社会，扭曲的人性——狄更斯小说中人性异化的工业化》，《山花》2011年第7期。

186. 李钊：《浅论翻译中的忠实——David Copperfield 中译本比较》，《西南民族大学学报》2011年第S2期。

187. 黄亚南：《从互文性的角度观照文学作品中的相互指涉——以〈整整一打〉和〈荒凉山庄〉为例》，《文学界》（理论版）2011年第9期。

188. 赵升平：《狄更斯的大众化小说艺术——西方文学愉悦因素系列研究之一》，《吕梁学院学报》2011年第5期。

189. 刘白：《心理美学视域下的狄更斯小说创作》，《河南师范大学学报》2011年第5期。

190. 方颀玮、麦永雄：《文学机器的装配：从福斯塔夫式背景到狄更斯小说》，《社会科学辑刊》2011年第6期。

191. 于丽锦：《从〈大卫·科波菲尔〉看狄更斯的人道主义精神》，《山东社会科学》（专辑）2011年12月。

192. 龙瑞翠：《〈远大前程〉中慈善话语的多元性研究》，《长春工业大学学报》2011年第6期。

193. 胡小英：《浅议狄更斯小说的现代性——兼论狄更斯的女权主义思想》，《新西部》（下旬·理论版）2011年第12期。

194. 蔡熙：《狄更斯的城市小说探赜》，《沈阳师范大学学报》2012年第1期。

195. 陆丹路、吴庆宏：《叙事学观照下〈雾都孤儿〉电影文本研究》，《电影文学》2012年第1期。

196. 赵炎秋：《林纾的狄更斯小说研究试探》，《武陵学刊》2012年第1期。

197. 魏婷：《怪诞的世界　畸形的人物——解读狄更斯〈荒凉山庄〉怪诞

表征》，《牡丹江师范学院学报》2012 年第 1 期。

198. 梁心爱：《从功能语法的主位结构看〈雾都孤儿〉原版和简写版》，《南昌教育学院学报》2012 年第 2 期。

199. 熊荣敏、张绍全：《论〈远大前程〉的心理空间构建》，《外国语文》2012 年第 2 期。

200. 程雨丝、阎爽：《解读〈艰难时世〉的空间权力》，《短篇小说》（原创版）2012 年第 3 期。

201. 蔡熙：《21 世纪西方狄更斯研究综述》，《当代外国文学》2012 年第 2 期。

202. 郑文韬、郑飞：《论马格维奇的自我救赎——基于语料库的〈远大前程〉文本检索分析》，《北京航空航天大学学报》2012 年第 2 期。

203. 杨永芳：《叙述学范畴下〈荒凉山庄〉故事层面研究》，《学术探索》2012 年第 3 期。

204. 陆建德：《新语境下，如何读狄更斯》，《人民日报》2012 年 4 月 10 日。

205. 陈洁：《梦境和潜意识的流露——狄更斯的弗洛伊德式研究》，《名作欣赏》2012 年第 4 期。

206. 张娜：《浅析〈雾都孤儿〉中南希悲剧命运的必然性》，《芒种》2012 年第 5 期。

207. 张月娥：《〈远大前程〉中的"距离"控制手法》，《安阳工学院学报》2012 年第 3 期。

208. 赵炎秋、蔡熙：《利维斯的狄更斯批评回顾及反思》，《湖南师范大学学报》2012 年第 3 期。

209. 蔡熙：《国外马克思主义狄更斯批评研究》，《湖南社会科学》2012 年第 3 期。

210. 柏民理：《从狄更斯以及〈双城记〉看中国社会文化发展》，《西安文理学院学报》2012 年第 3 期。

211. 汪凡凡：《评析〈艰难时世〉中的工业文明》，《信阳农业高等专科学校学报》2012 年第 3 期。

212. 雷宇：《乔治·斯坦纳翻译四步骤下的译者主体性——〈雾都孤儿〉四个中译本对比分析》，《长春理工大学学报》（社会科学版）2012 年第 3 期。

213. 王育芳：《女性主义视野中的〈董贝父子〉与〈福尔赛世家〉》，《译林》2012 年第 4 期。

214. 邹德媛：《〈远大前程〉中叙述距离的控制》，《赤峰学院学报》2012 年第 8 期。

215. 陈翠萍：《从作品看作家的宗教思想动态——双面人物在〈双城记〉和〈愤怒的葡萄〉中的不同体现》，《长春理工大学学报》2012 年第 4 期。

216. 张晶鑫：《试论狄更斯对司各特的继承和发展——以〈巴纳比·拉奇〉和〈密得洛西恩监狱〉为例》，《乐山师范学院学报》2012 年第 4 期。

217. 陈紫云：《现代小说叙述维度下的狄更斯小说再研究》，《学术评论》2012 年第 4、5 期合刊。

218. 蒋承勇：《〈双城记〉："美德"与"恐怖"演绎的人性之善恶》，《浙江工商大学学报》2012 年第 5 期。

219. 张德明：《狄更斯的绅士情结》，《浙江工商大学学报》2012 年第 5 期。

220. 陆建德：《专为下层社会写照——纪念狄更斯诞辰两百周年》，《浙江工商大学学报》2012 年第 5 期。

221. 蔡熙：《希利斯·米勒的狄更斯批评及其反思》，《贵州社会科学》2012 年第 5 期。

222. 张杰：《郁达夫与狄更斯笔下的火车形象》，《大连海事大学学报》2012 年第 5 期。

223. 李秀玉：《心灵的"还乡"——解读〈圣诞颂歌〉中的时间意识和死亡意识》，《重庆教育学院学报》2012 年第 5 期。

224. 胡全新：《三十年代瞿秋白对狄更斯的接受》，《前沿》2012 年第 22 期。

225. 杨斯越：《浅析狄更斯〈双城记〉的浪漫现实主义精神》，《剑南文学》2012 年第 12 期。

226. 王凌：《狄更斯的批判现实主义文学对维多利亚时期社会矛盾的影响》，《黑龙江教育学院学报》2013 年第 10 期。

227. 王瑞玚：《探求〈双城记〉中"伦敦"意象的矛盾性》，《佳木斯教育学院学报》2013 年第 11 期。

228. 李吟：《从〈雾都孤儿〉看狄更斯小说的现实性与童话性》，《巢湖学院学报》2013 年第 5 期。

229. 赖干坚：《狄更斯的艺术品格（一）——纪念狄更斯诞辰二百周年》，《沈阳大学学报》（社会科学版）2013 年第 1 期。

230. 赖干坚：《狄更斯的艺术品格（二）——纪念狄更斯诞辰二百周年》，《沈阳大学学报》（社会科学版）2013 年第 2 期。

231. 王晓燕：《论狄更斯和〈雾都孤儿〉》，《长江大学学报》（社会科学版）2013 年第 6 期。

232. 简丽华：《狄更斯作品中"天使"形象创作的局限》，《湖南科技学院学报》2013 年第 6 期。

233. 王鸿博：《〈大卫·科波菲尔〉首段汉译分析》，《北方工业大学学报》2013 年第 2 期。

234. 陈紫云：《狄更斯小说的生态批评观》，《黎明职业大学学报》2013 年第 2 期。

235. 王浩：《从互文性角度看〈杰克·迈格斯〉与〈远大前程〉》，《海外英语》2013 年第 13 期。

236. 巫晓凤：《论〈雾都孤儿〉电影改编的艺术特色》，《电影文学》2013 年第 14 期。

237. 陈海燕：《"人性"的异化与守望——论狄更斯及其〈双城记〉》，《菏泽学院学报》2013 年第 4 期。

238. 殷企平：《"朋友"意象与共同体形塑——〈我们共同的朋友〉的文化蕴涵》，《外国文学研究》2013 年第 4 期。

239. 柯彦玢《〈艰难时世〉与〈劳苦世界〉：从"诗"到"史"的演变》，《外国文学》2013 年第 4 期。

240. 孟志明：《狄更斯成长小说与大学生的人文素质教育》，《长春理工大学学报》（社会科学版）2013 年第 9 期。

241. 王艳坤、崔伟丽：《同样的幽默，相异的风格——浅谈狄更斯与马克·吐温的创作风格的不同》，《青年文学家》2013 年第 19 期。

242. 赵炎秋：《感受与物化：狄更斯创作方法再探》，《英美文学研究论丛》第 19 辑，上海外语教育出版社 2013 年版。

243. 赵炎秋：《21 世纪初中国狄更斯学术史研究》，《湖南师范大学学报》（社会科学版）2014 年第 6 期。

244. 覃春华：《查尔斯·狄更斯作品〈远大前程〉语言特色解读》，《长沙铁道学院学报》（社会科学版）2014 年第 3 期。

245. 刘宇晶：《英国作家狄更斯对流浪汉小说的继承和发展》，《语文建设》2014 年第 36 期。

246. 闵晓萌：《情与利的冲突——〈艰难时世〉中"自然"家庭关系的复杂性》，《天津外国语大学学报》2014 年第 1 期。

247. 赵炎秋、李兰：《共和国前三十年中国狄更斯学术史研究》，《湖南社会科学》2014 年第 2 期。

248. 陈齐乐：《〈双城记〉：历史拐点处的记忆——再论狄更斯笔下的大革命描写》，《太原师范学院学报》（社会科学版）2014 年第 2 期。

249. 赵炎秋：《过去与未来：狄更斯小说中的跨时代因素》，《湖南大学学报》（社会科学版）2014 年第 2 期。

250. 简丽华：《浅析狄更斯作品中"天使"形象创作的意义》，《云南社会主义学院学报》2014 年第 1 期。

251. 黄雅娟：《欧洲梦、美国梦和中国梦——观〈远大前程〉〈了不起的盖茨比〉有感》，《山东商业职业技术学院学报》2014 年第 2 期。

252. 尹康敏：《时代良知的呼唤——作为社会评论家狄更斯对英国社会发展的影响》，《信阳师范学院学报》（哲学社会科学版）2014 年第 4 期。

253. 白杨：《〈双城记〉人物形象折射出的人道主义精神》，《齐齐哈尔工程学院学报》2014 年第 2 期。

254. 李兰、夏多多：《狄更斯笔下的伦敦环境》，《太原师范学院学报》（社会科学版）2014 年第 5 期。

255. 蒋承勇：《娱乐性、通俗性与经典的生成——狄更斯小说经典性的别一种重读》，《浙江社会科学》2014 年第 9 期。

256. 王欣：《中英文化交流的硕果——评〈狄更斯全集〉的翻译出版》，《外国文学研究》2014 年第 5 期。

257. 王焕、张德玉：《查尔斯·狄更斯人道主义博爱思想在小说人物中的体现——对〈双城记〉中露茜、达奈和梅尼特医生形象的解读》,《湖北经济学院学报》(人文社会科学版)2014年第10期。

258. 孙雅楠:《略论狄更斯小说的童话模式》,《参花》(下)2014年第12期。

259. 黄娟:《论〈远大前程〉中匹普与狄更斯的相似性》,《芒种》2014年第16期。

260. 张兵:《探讨〈双城记〉文体的重复性》,《芒种》2014年第17期。

261. 蒲娟:《〈艰难时世〉中对现实的讽刺和仁爱追求》,《芒种》2014年第20期。

262. 王敏:《心灵的返璞归真:柏拉图"灵魂"观在〈圣诞颂歌〉中的体现》,《语言与文化研究》第十四辑,知识产权出版社2014年版。

后　记

本书是三卷本丛书"英美中狄更斯学术史研究"的第三卷。

2004年，中国社会科学院外国文学研究所启动了"外国文学学术史研究工程"，2008年，在第一期项目即将完工之时，又启动了第二期，项目全称为"外国文学学术史研究工程·欧美日经典作家系列"，其中有一个子项目"狄更斯学术史研究"，外文所邀请我承担。

接到这个邀请，我感到很荣幸。狄更斯是19世纪英国及世界著名作家，著作等身，影响遍及全球，在中国也拥有大批读者。对狄更斯学术史进行研究，既有必要，也是必然。我进入学术生涯就是从研究狄更斯开始的，对狄更斯有着很深的感情。外文所要我承担"狄更斯学术史研究"子项目，我既高兴，也觉得义不容辞。因为时间与精力的原因，我又邀请了当时在我这里读博士的蔡熙与刘白两位年轻学者参加了课题组，共同承担这一课题。

全球狄更斯研究的重心在英美，但我们是中国学者，在中国研究狄更斯学术史，不可少了中国视野和中国的研究成果。因此，我们将课题研究的重点放在英、美、中三国的狄更斯学术史上。但问题随之而来。狄更斯是重要作家，成名至今已经一百八十多年，其作品传入中国也已一百多年，相关研究成果在中国都可谓汗牛充栋，更别说英美。而按外文所的要求，每个子项目成果的字数要控制在25万字以内。要在这样少的篇幅内涵盖如此多的内容，不能不说是件难事。原则自然是精中选精，按照陈众议所长的说法，将那些基石性的、在狄更斯研究中绕不过的代表作家、代表作品、代表性的观点挑选出来。但是这样也有一些遗憾，一是在选的过程，难免漏掉一些虽然不是特别重要，但对狄更斯研究仍然有着重要启示意义的作家、作品和观点；二是因为篇幅的原因，选入的作家、作品与观点有的也无法完全展开。如何解决这一矛盾，我们从第一期工程部分先生的做法中得到启示，即将这个课题作为两个课题来做。先将英、美、中狄更斯学术史分开来写，每一个国家写一本25万字左右的专著，然后再从这三本专著中选出比较重要的内容，组成一本25万字的专著。为此，2010年我领头申报了教育部一般课题"英美中狄更斯学术史研究"，并获得批准，为我们的研究注入了新的动力。

按照分工，刘白承担1836年至1939年的"英美狄更斯学术史研究"，蔡熙承担"第二次世界大战"以后的"英美狄更斯学术史研究"，我承担"中国狄更斯学术史研究"。经过6年的努力，3本书都已成型，外文所的课题也圆满完成。但当我们将这些成果呈现在读者面前时，我们仍然感到忐忑。因为虽然我们尽了自己的努力，但完稿之后，仍然感到有许多不足。这些不足，有些与我们的水平有关，敬请专家、读者指正。有些则是客观情势使然，比如，我们将英美狄更斯学术史的截止时间定为2010年，中国狄更斯学术史的截止时间定为2014年。相对研究的时间，截止时间已经比较超前了，但研究结束，修改、定稿，时间又过去了几年，待到专著与读者见面，可能还得经过一段时间，时效性就又滞后了。学术研究总是一项遗憾的工作。好在狄更斯在中国不会缺乏研究者，相信后来的学者会比我们做得更好。

赵炎秋

2015年1月21日于长沙岳麓山下